I0627394

LOS BORODIN

IV

Esperanza y gloria

SÉLECTOR
ACTUALIDAD EDITORIAL

SELECTOR ®
actualidad editorial

Doctor Erazo 120, Col. Doctores, C.P. 06720, México, D.F.
Tel. (01 55) 51 34 05 70 • Fax (01 55) 51 34 05 91
Lada sin costo: 01 800 821 72 80

Título: LOS BORODIN IV. ESPERANZA Y GLORIA
Autor: Christopher Nicole
Adaptadora: Angélica Monroy López
Colección: Novela

Diseño de portada: Socorro Ramírez Gutiérrez
Ilustración de portada: iStockphoto

© Christopher Nicole, 1983. Esta edición se publica bajo licencia con el propietario de los derechos.

Título original: *Hope and Glory*

D.R. © Selector, S.A. de C.V., 2013
Doctor Erazo 120, Col. Doctores,
Del. Cuauhtémoc,
C.P. 06720, México, D.F.

ISBN: 978-607-453-144-2

Primera edición: junio 2013

Sistema de clasificación Melvil Dewey

823
N916
2013

Nicole, Christopher
Los Borodin IV. Esperanza y Gloria / Christopher Nicole.–
Ciudad de México, México: Selector, 2013.

392 pp.

ISBN: 978-607-453-144-2

1. Literatura. 2. Narrativa. 3. Novela histórica.

A no ser que los personajes de esta novela
sean identificados históricamente, son de
la invención del autor y no están destinados
a representar personas reales,
vivas o muertas.

CAPÍTULO I

EL PATIO ESTABA HELADO. PESE A QUE LA NIEVE HABÍA CESADO de caer y ya estaba casi toda derretida, el aire de la primavera conservaba su penetrante frío y hacía estremecer a los hombres. Aun los integrantes del escuadrón de fusileros, envueltos en sus amplias gabardinas verdes, con los gorros de pieles bien encasquetados y las gualdrapas bajas para proteger las orejas, se estremecían ocasionalmente, mientras golpeaban con la palma de las manos las culatas de los rifles y tan pronto asentaban en el suelo una de sus botas como la otra. Aunque quizá sus estremecimientos se debieran a lo que debían hacer.

Vigilaban cautelosamente el arco del portón que llevaba a la parte central de Lubianka. Ésa era su casa. Como miembros de la NKVD, estaban obligados a considerar aquel siniestro edificio en el corazón de Moscú como la única razón de su existencia. Incluso la plaza frente a la cual se erigía el edificio con su prisión secreta, tenía el nombre de Félix Dzerzhinsky, el que fuera el primer comandante de la Checa, como se nombraba por entonces a la fuerza de seguridad. El comandante actual era Nikolai Yezhov, un hombre cuya infamia se había difundido de un extremo al otro durante los últimos cuatro años en los que había acatado los terribles mandatos de su amo, el comisario Stalin; no obstante, aquellos fusileros del pelotón de ejecuciones no temían tanto al comisario Yezhov, quien, después de todo, no hacía más que cumplir con lo que se le ordenaba; sino, más bien, al hombre que daba las órdenes. Le tenían pavor al verdadero verdugo de Stalin, el subcomisario de la seguridad interna, Iván Nej.

Y allí estaba él, en persona, saliendo por el arco del portón, dirigiendo otro escuadrón de hombres de la NKVD, marchando con rigidez hacia delante. El comisario Nej era un hombre de baja estatura con los hombros caídos y la espalda arqueada que caminaba velozmente, de suerte que no le costaba trabajo alguno mantener el paso al mismo ritmo de los hombres que marchaban detrás de él; llevaba anteojos con gruesos arillos de hueso y un bigotito muy delgado que, en forma extraña, dejaba las facciones protuberantes de su rostro —la barbilla saliente y la nariz larga que formaban un conjunto perfecto con el pico enorme de su gorra de caqui— en perpetua exposición de tal modo que le daban un desfavorable parecido con algún ser extraterrestre. Su pistola era demasiado grande para la cadera sobre la cual colgaba, golpeándola rítmicamente. Pero, en aquel instante, no había nadie en absoluto que se atreviera a sonreír ante la apariencia del sujeto. Éste se había detenido y había dado media vuelta para mirar a los guardias que escoltaban a los prisioneros hasta los postes clavados en el fondo del patio. Allí, rodeando a los postes y a los prisioneros, se quedaron los guardias. Una vez más, el escalofrío agitó a los fusileros que proseguían esperando. Ya desde hacía cuatro años habían ejecutado a un grupo y otro y a otro más, de hombres acusados de desviacionistas por el comisario Stalin o de conspirar contra el régimen. Pero aquellos habían sido hombrecillos de poca monta. El año anterior, algunos generales marcharon por el patio hasta los postes; entre ellos, el gran Tukhachevsky, el hombre que había encabezado los Ejércitos Rojos por el Vístula en 1920, dieciocho años antes. Aquél había sido un día memorable; mas también los generales vienen y van. Ésa es una más de las características de su cargo. Por ahora, el grupo de hombres estaba conformado por el camarada Bukharin, el camarada Zinoviev y el camarada Kamenev. Éstos no eran individuos insignificantes; eran, más bien, los hombres que compartieron con Lenin el exilio en Suiza, los que regresaron junto con él durante los gloriosos días de 1917 y los que, a su lado —y con el camarada Stalin, el camarada Trotsky y los hermanos Nej—, habían aniquilado al gobierno provisional, habían suprimido los últimos vestigios del zarismo y habían fundado el Estado soviético. Ellos eran los "padres de la nación" y eran los que ahora morirían, temblando de frío, porque sólo iban cubiertos con la camisa, atados a los postes en el extremo del patio ensangrentado.

¿Cuál había sido su crimen? ¿Acaso un hombre de la calidad del camarada Bukharin podría ser un desviacionista? ¿Podría ser un agente provocador enemigo? ¿Un trotskista? ¿No sería, más bien, que el camarada Stalin se había propuesto eliminar hasta el último rastro de crítica o de oposición dentro del Politburó? Pero, en aquel momento, ninguno de los hombres que estaban presentes podría permitir que cruzaran por su cabeza tales pensamientos.

Quizá el único podría ser el camarada Nej, quien ya sabía la respuesta. Pero incluso éste parecía ansioso de acabar con aquello. Cuando el camarada Bukharin tuvo sujetas sus muñecas detrás del poste contra el cual había sido colocado, sacudió la cabeza para rechazar la venda que le ofrecían y, en cambio, abrió la boca para hablar. Entonces, el camarada Nej le dijo serenamente:

—Aquí no se puede hablar, camarada. Si insistes, mandaré que te pongan una mordaza y tú, camarada comandante, cumple con tu deber.

Se escuchó el repiqueteo del pasador de los cargadores y, después, las detonaciones; las cabezas de los otrora famosos y poderosos dirigentes cayeron sobre los pechos de los cuerpos desmadejados.

Y el camarada Nej sonreía.

George Hayman detuvo de golpe su Rolls-Royce entre una ráfaga de rechinidos de los frenos y de fuentes de grava. A pesar de que ya había cumplido los sesenta y un años, pese a su enorme riqueza y poder, conservaba su preferencia por conducir él mismo su automóvil y lo hacía como un joven, tratando sin cesar de superar su propia marca de velocidad en el recorrido diario desde Manhattan, atravesando el puente de Queensboro para tomar la Avenida Norte, a lo largo de Manhasset y Roslyn, hasta llegar a su residencia frente a la bahía de Cold Spring. En realidad, sólo los mechones grises entreverados en su pelo castaño proporcionaban algún indicio sobre su edad. Ni siquiera usaba lentes, a no ser para leer. Alto y macizo, con la curva del vientre bien disimulada bajo el corte perfecto de su traje, caminaba con paso ágil y rápido; su rostro alargado y algo solemne podía transformarse por completo con una sonrisa alegre e infantil cuando estaba contento, como ahora. Porque, al entregar las llaves de su vehículo al chofer Rowntree para que lo guardara en la cochera, ya había mirado a la puerta abierta, sobre los escalones del frente de su casa y a su mujer, quien lo estaba esperando para darle la bienvenida.

La presencia de su esposa lo había sorprendido. Desde que George le había permitido lanzar su propia revista, bajo el poderoso cobijo de Publicaciones Hayman, Inc., Ilona Hayman había dedicado sus días a trabajar con esmero. Con el propósito de preservar su independencia, se había mudado, con todo su personal, del lujoso edificio Hayman a unas oficinas alquiladas en el ambiente más austero de la Calle Cuarenta y Dos. Desde allí, trabajando casi siempre de las nueve de la mañana a las siete de la noche durante días enteros, había incrementado la circulación de su revista *You* a la cifra respetable de doscientos cincuenta mil ejemplares mensuales. Sus lectores provenían de muy diversos sectores de la comunidad y los artículos que se publicaban con profusas ilustraciones iban desde las crónicas teatrales y musicales a los serios análisis políticos respecto del nada prometedor panorama de Europa.

George no estaba resentido por la independencia de su mujer. Ilona era dueña de una personalidad demasiado inquieta como para ser una simple ama de casa; en especial ahora que sus hijos ya habían crecido. Además, la administración de su hogar no había sufrido en lo más mínimo, puesto que la señora Stephens era una excelente ama de llaves. Por otro lado, para George era un placer admirar a Ilona como una próspera mujer de negocios.

Aunque, por supuesto, era un placer admirarla de cualquier manera. Tenía la rara cualidad de ser una de esas mujeres que dan brillo y esplendor a cualquier ambiente u ocasión en que se hallen. Era nueve años menor que su marido y conservaba su figura en condiciones mucho mejores que las de él. Para estar a la par, Ilona había permitido que aparecieran los mechones grises en su magnífica cabellera dorada; pero éstos podían confundirse con matices intencionales para embellecer el cabello, puesto que continuaba conservándolo largo; se diría que era uno de sus lazos con el pasado, con el poder y la magnificencia que había conocido como Ilona Borodina, hermana del primer príncipe de toda Rusia, aquella cabellera y las facciones perfectamente esculpidas que sugerían el mármol en reposo; aunque ahora esa quietud se había quebrantado al sonreír cuando su esposo la tomó en sus brazos, mientras que Harrison, el mayordomo, bajaba con discreción su mirada.

—Me alegro de que hayas vuelto temprano a casa —expresó Ilona—. Aquí están las muchachas, y no podrás adivinar lo que nos llegó hoy: una carta de...

—De Peter —le interrumpió él—. Ése es el motivo por el que llegué temprano.

—¿De Peter? —preguntó Ilona asombrada—. Yo iba a decir de Tattie. Por eso regresé a casa más temprano.

Él la atrajo para sí.

—Se trata de una reunión familiar por correo. Tal vez nos den las mismas noticias.

Dejó uno de sus brazos en torno a su cintura y avanzaron juntos a través de la puerta de entrada hacia la amplia sala que llenaba todo el ancho de la casa, hasta el extremo, cubierto con los ventanales de estilo francés que conducían al prado donde se jugaba al *cricket* y bordeado con macizos de flores. Aquel prado, así como el laberinto de arbustos recortados, que ocultaban los establos y las construcciones adyacentes, y el huerto que se extendía más allá, habían sido diseñados por Ilona y representaban su mundo particular. Aquellos lugares le permitían pasar a través de la neblina del tiempo hasta llegar a su casa familiar de Starogan, tal como era antes de que la vorágine de la revolución de Lenin lo redujera todo a escombros. No obstante, mucho tiempo antes de la hecatombe, ella misma había huido de la paz y la belleza de Starogan con la intención de seguir el destino de su marido estadounidense. El suyo había sido un romance borrascoso que, a ella, le acarreó una serie de infortunios, un nefasto primer matrimonio, un primer hijo ilegítimo y, por fin, el exilio de su patria, así como una serie de acontecimientos traumáticos. Sin embargo, consideraba que todo eso había valido la pena, pues estaba convencida del amor de George. Así lo afirmaba ella y así lo creía él.

Ahora, George cavilaba. ¿Qué recuerdos, qué consideraciones le evocarían a Ilona las cartas de su hermano y de su hermana quienes aún estaban inmersos en el remolino de la Rusia stalinista?

Pero lo primero era ir a ver a las chicas, puesto que en la felicidad de sus hijos residía una gran parte de su propia felicidad.

—¡Papito! —Felícitas le dio un beso en la mejilla y lo estrechó entre sus brazos. Era la más joven de sus hijos, de veinticinco años y una Borodina de la cabeza a los pies. Sólo que, a diferencia de su madre, llevaba el cabello corto, aunque había resistido los embates de la moda y no se había hecho permanente, así que le caía lacio por ambos lados de la cabeza, formando un velo dorado, sedoso y suave sobre sus dos orejas. La gran estatura la había heredado de su padre y de su madre, pero las facciones Borodin no revelaban la menor influencia de las de los Hayman y tenía los mismos ojos azules y brillantes de Ilona. Pese a ello, poseía el mismo temperamento que su padre, reflexivo más que impetuoso, aunque aquella noche estaba emocionada y vivaz para mantenerse a tono con el enorme zafiro que ostentaba en el dedo anular de su mano izquierda. Su compromiso matrimonial ya estaba un poco retrasado, pero parecía que su elección era muy buena; era la única de los hijos de los Hayman que contaba con un prometido que coincidía con los gustos de Ilona. En efecto, David Cassidy, hijo de un hombre acaudalado y teniente de la Marina de Estados Unidos, era considerado como un tipo encantador por derecho propio. Sin duda, Felícitas sería plenamente feliz.

En aquel momento, Beth se incorporaba del sofá para ofrecer su mejilla al beso de su suegro, era una persona difícil de catalogar. Era parte de los Hayman por haberse casado con George, el hijo menor y hermano de Felícitas, pero era una joven pequeña, frágil, de piel morena y profundos ojos negros de mirada intensa, tan distinta de los Borodin como era posible imaginar; además, no había que olvidar que era una artista y sus inclinaciones a la "bohemia", a las que no había querido renunciar aun después de seis años de casamiento, habían generado en ella una mentalidad opuesta por completo tanto a la de los Hayman como a la de los Borodin. Pero, a pesar de todo, había conseguido hacer feliz al joven George y, al lograrlo, había conquistado el respeto, mas no el afecto, de Ilona. Asimismo, gracias a ella, Ilona tenía a la pequeña Diana. Ésta jugueteaba en el jardín, pero, en aquel instante, entró saltando a través de los ventanales franceses para que la recogieran las manos de su abuelo que la levantaron en vilo y la acariciaron amorosamente. Una primera nieta es siempre un vínculo precioso en la familia y Diana Hayman, de cinco años apenas, ya había tendido aquel puente, por lo menos físicamente; no obstante haber heredado el cabello negro de su madre y sus ojos oscuros y profundos, sus facciones poseían la pureza de las de los Borodin, una regia combinación que ya sugería la belleza que aquella niña tendría al crecer un poco más.

—Dime tú primero tus noticias —solicitó Ilona vertiendo el té en las tazas y sentándose junto a su esposo, en cuyas piernas ya se había encaramado la pequeña Diana.

—No hay nada nuevo; en él nada ha cambiado —comentó George—. Lo único interesante es que haya escrito una carta tras diez años de silencio y... apuesto a que no te imaginas desde dónde la envía.

—No me dirás que ha vuelto a Estados Unidos, ¿verdad?

George sacudió la cabeza.

—Desde Berlín.

—¿Berlín?

—Allá está viviendo ahora. De hecho, menciona que me escribió la carta a solicitud del gobierno alemán.

—¿Peter? ¿Mi hermano, Peter Borodin está en Berlín? ¿Será posible que esté trabajando para los alemanes? —manifestó Ilona incrédula. Impulsado por su lucha implacable contra los bolcheviques, Peter había llegado a hacer muchas cosas, pero era imposible que el príncipe de Starogan se hubiese convertido en un fascista.

—Bueno, yo no iría tan lejos como para afirmar que está trabajando para los alemanes. No creo que Peter haya trabajado jamás para otro fin que no sea el de sus absurdos ideales. Sin embargo, ahora parece opinar que en la Alemania nazi se funda su única esperanza para derrocar a Stalin. Dedica párrafos enteros de su carta a citar fragmentos del *Mein Kampf* que aluden a la necesidad de que Alemania se extienda hacia el Este y también indica la aversión que Hitler siente por el comunismo.

—Está loco —alegó Ilona—. Absoluta y totalmente loco; ese ardor anticomunista que le inflama le ha quemado incluso el cerebro. Tiemblo al pensar en la cantidad de tiempo y de dinero que ha perdido, en los sufrimientos que ha ocasionado por esa obsesión de combatir a los bolcheviques en Rusia.

—Bueno, siquiera ya no está John en sus garras —indicó George.

—No estaba pensando tanto en Johnnie como en la pobre de Judith —al pronunciar aquel nombre, Ilona se ruborizó. Ya había vuelto a incluirla en su círculo de amigos; quizá jamás había dejado de ser una buena amiga. No obstante, Ilona no podía olvidar que Judith fue la amante de George—. Recuerda que los nazis asesinaron a golpes a su hermano y no olvides que Peter proclama que siempre la ha amado. ¿Cómo pudo hacerle algo así?

Las muchachas más jóvenes miraban alternativamente a Ilona y a George. "Pertenecen a los Hayman y esto es parte de la historia de la familia;

aunque, por fortuna —reflexionó George—, los pleitos y las rivalidades de la parentela no les afectan en lo más mínimo, y menos a la pequeña Diana."

—Bueno, es obvio que Peter ya no se ocupa de Judith, puesto que ella se escapó con Boris Petrov. El hecho, mi amor, es que me comenta, como acostumbra, algunas cosas que vale la pena considerar.

—¿Como cuáles?

—Como lo que ha estado ocurriendo en Rusia en los últimos cuatro años. Desde el asesinato de Kirov, según menciona Peter, todos o casi todos los hombres destacados que se han opuesto a Stalin han sido liquidados uno tras otro y sólo Dios sabe junto con cuántos más. No tengo idea de cómo es que Michael Nej continúa con vida.

—Si vive, es porque está del lado de Stalin —interpretó Ilona.

—De cuando en cuando, Michael ha declarado a voces su oposición. De cualquier modo, Peter me ha propuesto dos cuestiones que, aunque no lo creas, pretende que yo exponga al gobierno. Parece que no se ha percatado de que mi amistad con Roosevelt no es tan grande como lo era con Hoover.

Ilona frunció el ceño.

—¿Cuáles? —inquirió.

—La primera es que la eliminación que Stalin ha efectuado de sus opositores podría significar que esté considerando seriamente lanzar una ofensiva bolchevique en masa contra Europa. La segunda estriba en que las purgas han acabado con los más altos dirigentes militares y es posible que ahora el ejército ruso esté más desorganizado y debilitado que en cualquier época pasada; por lo tanto, ésta sería la oportunidad para emprender una guerra preventiva y aniquilar a los bolcheviques de una vez por todas.

—¡Dios mío! —exclamó Ilona—. Te repito que está loco; loco de remate. ¿Acaso supone que Roosevelt en verdad tomará en consideración sus propuestas?

—No —contestó George—. Peter cree que Alemania e Italia pueden llevar a cabo la tarea, quizá con la ayuda de Hungría y Finlandia. Lo que quiere es estar seguro de la neutralidad de Estados Unidos en caso de que esa guerra estalle.

Ilona lanzó un profundo suspiro.

—¿Sospechas que fue Hitler el que le encomendó semejante tarea?

—Yo diría que sí. Puesto que Peter fue el que escribió la carta, el gobierno alemán puede lavarse las manos y desmentir toda injerencia en su contenido en el momento en que lo crea conveniente.

—Peter como un esbirro de Hitler, haciendo el trabajo sucio... —expresó Ilona—. ¿Qué piensas hacer?

—Nada. En realidad, estoy completamente de acuerdo con él. Stalin se está volviendo paranoico. Desde hace mucho tiempo, yo sabía que eso le iba a suceder y me parece que la muerte de su adorada Nadezhda Alliluyeva precipitó el proceso.

—¡Un maniático en el poder en Alemania y otro en Rusia! —recalcó Felícitas—. ¡Cómo está el mundo!

—Sin embargo, yo no estoy de acuerdo con ninguno de los dos. Tengo motivos para pensar que Joseph Vissarionovich no está loco. Desconozco lo que está haciendo, pero les garantizo que debe ser parte de alguna estrategia.

—¿Eso quiere decir que está de acuerdo con la matanza de miles de personas? —preguntó Beth.

—¡Por supuesto que no! Los métodos de Stalin son infames, pero no son los de un paranoico. Recuerden que yo también recibí una carta de Tattie esta mañana.

—Ibas a hablarme de ella —señaló George.

—Echa por tierra tu teoría y la de Peter. Tattie está a punto de emprender una gira.

Esta vez fue George el que expresó su sorpresa.

—¿Adónde?

—A Alemania, precisamente. Sus presentaciones son parte de una misión diplomática y cultural que partirá encabezada por Michael Nej y por Tatiana, como comisario de Cultura. ¿Te parece que ésa sea una medida de un gobernante paranoico? —George, con aire reflexivo se acariciaba la barbilla—. Por cierto, la única loca de alegría en todo este asunto es Tattie, pues podrá volver a ver a Clive Bullen. Creo que ya le escribió para anunciarle su viaje. Además, llevará consigo a su hija Svetlana y a Natasha Brusilova, quien ahora funge como su primera bailarina... —se quedó callada y volvió el rostro para mirar a su esposo. La única mancha que enturbiaba la felicidad de la pareja era el amor imposible de John, el hijo de Ilona, por la hermosa bailarina rusa, un amor que, sin duda, la chica correspondía, pero que parecía destinado a la separación, puesto que John había sido declarado persona *non grata* dentro de Rusia por haber actuado como agente de las actividades antisoviéticas de su tío Peter. Pero si a Natasha se le permitía salir de Rusia aunque fuera durante una temporada...—. Supongo que no será posible... —continuó Ilona.

—De cualquier forma, yo tenía pensado enviar a John a Holanda este verano. Allá tendrá lugar un gran torneo de ajedrez, casi equivalente a un campeonato mundial. Allá estarán Alekhine, Casablanca, todos los grandes. También asistirá ese otro ruso famoso Botvinnik.

—¡Ay, George! —dijo Ilona—. Sería algo maravilloso para Johnnie. Aunque, ¿no crees que...?

—¿Que esté perdiendo el tiempo? —la interrumpió George encogiéndose de hombros—. Yo creo que sí. Pero me parece justo que tenga la oportunidad de ver de nuevo a su padre. Yo me ocuparé de organizarlo todo —apretó cariñosamente con un brazo los hombros de Ilona y se levantó—. ¿Y qué hay de nosotros?

—¿De nosotros? —inquirió Ilona levantando vivamente la cabeza.

—Bueno... Europa durante el verano... Tattie y Michael...

—¡Oh! Eso también sería maravilloso... Pero... el periódico...

George sabía a cuál periódico se refería, pero dejó que ella lo dijera.

—En realidad, mi amor, desde hace tiempo he estado pensado en dejar a nuestro hijo George en mi lugar durante algún tiempo, digamos un mes, para ver cómo se desenvuelve —al decir esto, le dirigió una de sus sonrisas a Beth.

—¡Oh!, ¿en serio? —gritó Beth, incapaz de creer lo que acababa de oír. Se habían casado cuando el joven George aún estaba en el colegio y, pese a que el muchacho había entrado a trabajar en el periódico principal de su padre en cuanto obtuvo su certificado de estudios, ni él ni ella estaban tan convencidos de que fuera la persona idónea para desempeñar el cargo.

—Nada más para ver su desenvolvimiento —aclaró George, sonriendo todavía.

—Pero yo estaba pensando en *You* —especificó Ilona—. Tengo planeado escribir una serie de artículos con ese caballero, Disney, el dibujante. Ya está haciendo una película de largometraje con dibujos animados.

—Creo que suena demasiado ambicioso —opinó Felícitas.

—Y yo pienso que está cometiendo una tontería —indicó George—. Ya he oído hablar de él. Estoy seguro de que Helen podrá ocuparse de esos artículos; eso sería mejor. Imagínate: una película sobre Blanca Nieves tiene que ser un fracaso, aunque sea Judy Garland la que actúe en ella. Como quiera que sea, querida, unas vacaciones te caerán muy bien.

—Lo que pasa es que quieres regresar a Europa, ¿no es cierto, George?

—¡Claro que sí! Debo reconocer que estoy interesado en todo esto. Si Stalin envía una misión cultural y diplomática a Berlín, su actitud ya no es una locura. Me temo que sea algo endemoniadamente más serio.

Joseph Vissarianovich Stalin, de pie ante una amplia ventana del Kremlin, contemplaba el río Moscova, que corría plácidamente para unirse con el Volga. Era su paisaje predilecto y le gustaba admirarlo en aquella postura, con las manos cruzadas a la espalda, la expresión adusta velada por el gran bigote que cubría por completo la boca. Cuando estaba parado de aquel modo, las otras personas que estaban en la habitación debían aguardar en silencio a que él acomodara sus pensamientos y tomara sus decisiones. Si bien ninguno de los tres hombres que estaban sentados en las sillas frente al enorme escritorio sabía cuáles eran las razones por las que él y no otro hubiese llegado a aquel puesto como heredero de la estatura y las prerrogativas de Lenin dentro del partido, todos sabían que era imposible averiguarlo si deseaban continuar con vida.

Ni siquiera Michael Nej, quien era el integrante más antiguo del partido y que, como tal, ocupaba el lugar central de la hilera de tres sillas. Era mucho más alto que su hermano, sentado a su lado o que Vyacheslav Molotov, que ocupaba la otra silla. Michael Nej poseía facciones regulares, pero redondeadas que le brindaban una expresión de suavidad y unos ojos castaños, grandes y brillantes, que daban la falsa impresión de intelectualismo. Porque a él también le faltaba ese nivel de educación del que carecían la mayoría de los líderes del partido; no obstante, Michael se había esforzado por llenar esa laguna, leyendo todo lo que caía en sus manos, desde su juventud. Y si todo el mundo suponía que jamás se había levantado hasta el nivel que le correspondía debido a sus antecedentes de campesino, él sabía que en realidad era su falta de ambición personal la que lo mantenía siempre un paso atrás de la cumbre. Aunque, además, influía en ello esa desconfianza que Stalin le demostraba. Sin embargo, él, cuando todos los demás esperaban que hubiese caído como víctima de algunas de las recientes purgas, continuaba en pie como el hombre a quien el secretario del partido recurría siempre que surgía alguna dificultad específica que era indispensable resolver.

Por fin, Stalin se volvió hacia ellos.

—Espero que hayas comprendido con exactitud, Michael Nikolaievich, lo que tengo en mente.

—Ya lo he comprendido, Joseph Vissarionovich —asintió Michael—. Pero eso no significa, necesariamente, que me guste lo que debo hacer.

—Yo tampoco vislumbro la más mínima posibilidad de éxito para esta misión —manifestó Molotov.

A paso lento, Stalin regresó hacia atrás de su escritorio y se sentó.

—¿Y tú qué dices, Iván Nikolaievich?

—Yo estoy seguro de que sabes muy bien lo que haces, Joseph Vissarionovich —expuso Iván Nej—. Aunque considero que es bastante exagerado el tamaño de la misión. Desde mi punto de vista, esa sección cultural no es esencial.

Stalin lo miró sonriendo.

—¿Por qué no te has divorciado de tu mujer, Iván Nikolaievich?

Iván se ruborizó y bajó la cabeza.

—Mi opinión no tiene nada que ver con Tatiana Dimitrievna.

—Una de las grandes virtudes del hombre es ser honesto consigo mismo —observó Stalin suavemente—. A ti te siguen consumiendo los celos al pensar que Tatiana pueda encontrarse de nuevo con ese tal Bullen, como, sin duda, lo intentará. Si te divorciaras de ella, Iván Nikolaievich, te ahorrarías muchos sufrimientos.

—Tatiana Dimitrievna es mi esposa. Jamás me divorciaré de ella.

Stalin se encogió de hombros.

—Entonces, soportarás todo lo que sea necesario para bien del Estado. Como ya te lo había mencionado, tiene sus errores. Quizá no sea una comisario ideal de Cultura dentro de la Unión Soviética. Tiene muchas ideas propias, su moral es muy deficiente y se niega a seguir varias pautas del partido; pero, en el extranjero, Tatiana es la rusa mejor conocida y todos la quieren mucho. No sólo es su danza la que la ha hecho famosa y popular; también y muy importante es el hecho de que sea una Borodin de Starogan, la hermana de un príncipe, ni más ni menos, la cuñada de un millonario estadounidense que prefiere vivir en Rusia para trabajar por y para nosotros. Eso es lo que la hace invaluable. Además, Iván Nikolaievich, los alemanes aprecian la cultura. Y, lo que es más, adoran a Tatiana Dimitrievna. Recuerda que su última gira en Alemania fue un éxito arrollador. Ahora, dejará embrujados a los nazis y con eso facilitará en gran medida la labor de Michael Nikolaievich. ¿Verdad, Michael —le dirigió una sonrisa—, que no tendrías inconveniente en que Tatiana y sus chicas formen parte de tu grupo?

—Ninguno, por supuesto —concedió Michael—. Tengo reservas de que seamos bien recibidos en la Alemania nazi, esa bestia enorme que se ha propuesto lograr nuestra destrucción. Dudo de que sea necesario ir allá.

Stalin lanzó un profundo suspiro.

—Ya te lo he explicado, Michael Nikolaievich. No tenemos dudas de que Europa se encamina hacia la guerra. Los países democráticos han permitido que Alemania se convierta en una nación muy poderosa, en comparación con sus propias fuerzas, y Alemania es ambiciosa, siempre lo ha sido, y Hitler es el más ambicioso de todos los alemanes. Quiere adueñarse de Checoslovaquia; eso no lo dudes. Ese asunto de los Sudetes no es más que un pretexto. Ahora bien, ¿los países democráticos participarán en los combates? Ésa es la pregunta que debemos plantearnos.

—Por supuesto que lo harán —aseveró Molotov—. Están comprometidos a luchar. Por lo menos, Francia lo está y Gran Bretaña apoyará a Francia.

—¿Puedo señalar, Joseph Vissarionovich, que también nosotros estamos comprometidos con respaldar a Francia? —preguntó Michael con tono muy amable.

También la sonrisa de Stalin era muy amable.

—Eso, si los franceses se lanzan a la lucha y, si lo hacen, camaradas, se nos presentará una oportunidad providencial para deshacernos del nazismo de una vez por todas. Pero, ¿si no lo hacen? Ése es el dilema.

—¿Hay algún dilema? —preguntó Molotov.

—Creo que sí lo hay —replicó Stalin—. Tengo la sospecha de que las democracias, luego de haber leído el *Mein Kampf*, el libro que *Herr* Hitler tuvo a bien escribir para que todos lo estudiáramos, están seguras de que, con el tiempo, Alemania y Rusia estarán en guerra y eso sería de gran provecho para ellas, antes de preocuparse por poner un alto a la Wehrmacht. Ahora bien, no dudo de que todos ustedes estén de acuerdo, una situación contraria sería mucho mejor para nosotros. De cualquier forma, a nadie le puede perjudicar que hagamos especular a Alemania ni que hagamos el intento de que las democracias se muestren más amables con nosotros. Estamos en este negocio por el bien de Rusia, Michael Nikolaievich, y no para sacar del fuego las castañas que otros se comerán. Si declaramos la guerra contra Alemania, será en el mejor momento, de acuerdo con lo que hayamos decidido. Ésa es la tarea que te corresponde realizar —volvió la cabeza para fijar la vista en Iván—. Y si Tatiana Dimitrievna puede ayudarte en algo, le estaremos muy agradecidos, ¿no es verdad, Iván Nikolaievich?

El redoble de los tambores despertó el eco en la bóveda de la estación ferroviaria de Tiergarten, en Berlín, seguido de inmediato por el tintineo de los címbalos y después por todos los instrumentos de la orquesta, anunciando la llegada del tren. Se vociferaron las órdenes y los soldados de uniforme negro alineados en el andén adoptaron la posición de atención, presentando sus rifles y con los rostros rígidos, mirando al frente. La comisión de recepción, integrada en su mayoría por gente con uniforme negro, pero con algunos civiles mezclados entre ellos, avanzó hacia el frente del andén.

El expreso de Moscú se detuvo despacio, se abrieron las compuertas y se tendió la larga alfombra roja. Michael, de pie sobre la escalerilla, levantó la mano en el aire y la agitó para saludar. Formando un fuerte contraste con la abundancia de uniformes negros que se veían por todas partes, con las grandes banderas negras y rojas que colgaban con profusión del techo y con la atmósfera militar que rodeaba todo lo que se relacionara con el nuevo Reich, Michael descendió de la escalerilla vistiendo un sencillo traje gris claro con un sombrero que le hacía juego el cual se quitó con una mano para estrechar las que se tendían para recibirlo. Aunque, ya para entonces, la atención de los presentes se centraba en la mujer que bajó al andén detrás de Michael.

Tatina Nej era mucho más que una versión más joven de su hermana. Quizá careciera del porte elegante de Ilona, pero, en cambio, de ella emanaba, aun a los cuarenta y cinco años de edad, un alegría rebosante y espontánea, un entusiasmo efervescente que infundía vida a los rasgos de los Borodin y la envolvían en un enorme halo luminoso, también en aquella sombría tarde berlinesa. Por otro lado, en ese mismo sitio, se hallaban numerosas personas, sobre todo hombres, que recordaban la última visita de

Tatiana a Alemania, trece años antes, cuando conquistó de golpe a la capital, como lo había hecho con toda Europa, con su originalidad y el erotismo de sus danzas.

—Yo la vi bailar, *frau* Nej. Se diría que fue ayer —Joachim von Ribbentrop le tomó la mano para besarla con el entusiasmo de un vendedor de champaña que acabara de recibir un voluminoso pedido.

—*Herr* Ribbentrop es el ministro de Relaciones Exteriores del Reich —explicó Michael, omitiendo a propósito el aristocrático *von*.

—Su actuación fue magnífica, *frau* Nej. Magnífica en verdad. Pero ahora también nos ofrece una apariencia estupenda —a Ribbentrop se le habían dado órdenes para que se mostrara amable y complaciente ante los rusos, a pesar de todo.

—Muchas gracias, camarada —contestó Tatiana graciosamente—. Me parece que fue ayer cuando estuve en Berlín; aunque su ciudad ha cambiado. Hay demasiados uniformes... —le sonrió—. ¿Lucharán contra alguien?

Ribbentrop dejó de sonreír y Michael, apresuradamente, empezó a presentarlo con los demás agregados que descendían del tren. *Frau* Von Ribbentrop se hizo cargo de Tatiana, mientras que cada una de las jóvenes bailarinas de su grupo se acomodaba sobre el andén.

—Mi hija, Svetlana dijo Tatiana.

Svetlana Nej hizo una breve reverencia y *frau* Von Ribbentrop le sonrió. Svetlana, como hija de Iván, había heredado la baja estatura de su padre, junto con los colores y los rasgos de su madre, así que ofrecía una versión pequeña de la famosa belleza de los Borodin. Su personilla apenas alcanzaba los hombros de su madre.

—Y ésta es mi primera bailarina, Natasha Brusilova —indicó Tatiana.

Otra caravana. En marcado contraste con la rubia y luminosa belleza de los Borodin, Natasha Brusilova apenas parecía rusa, con sus facciones delicadas y cuerpo espigado, su cabellera rojiza y sus ojos de mirada solemne.

—Encantada de conocerla —dijo *frau* Von Ribbentrop, mientras observaba a las otras treinta o más jóvenes que continuaban bajando del tren—. Estoy verdaderamente encantada de conocerlas y ansiosa por verlas actuar.

Michael fue por su cuñada y su sobrina y las escoltó a través de la doble fila de soldados que se cuadraban hacia los automóviles que aguardaban frente a la estación.

—¡Cuántos soldados! —exclamó Tatiana de nuevo.

—Bueno —murmuró Michael—, estamos en un Estado militar.

—Y todos son muy guapos —susurró a su vez Svetlana con una sonrisa coqueta.

—A mí me dan miedo —confesó Natasha y oprimió el brazo de Tatiana—. Camarada Nej, usted cree que...

—Ya lo sabremos —dijo Tatiana haciendo una pausa para sonreír y saludar con ademanes a una muchedumbre que la esperaba frente a la estación—. Michael lo averiguará para que lo sepamos.

—¿Qué es lo que debo averiguar? —preguntó Michael completando sus saludos y haciéndose a un lado para dejar que Ribbentrop entrara primero al auto oficial.

—Si ya están aquí Clive y Johnnie —siseó Tatiana.

Michael la miró sonriendo paternalmente.

—John llegará mañana. Viene de Holanda.

Tatiana miró de reojo a Natasha y se echó a reír al ver los rubores que se le habían subido a la cara.

—Recuerda —le dijo—, que estás aquí para bailar, no para quedar embarazada.

—¡Oh!, camarada Nej... —Natasha bajó la cabeza, un poco avergonzada.

—¿Y Clive? —preguntó Tatiana.

—Tengo entendido que el señor Bullen ya está aquí —advirtió Michael—. Debe estar esperándote en el hotel.

De pronto, se sentía de nuevo como una niña y tan inquieta y nerviosa como lo había estado la primera vez que visitó Berlín, trece años antes. Su visita a la ciudad en 1925 había sido, tal vez, el acontecimiento más trascendente de su existencia, pues había justificado su vida por completo. Había justificado todas las discusiones de su niñez con su madre, cuando se empeñaba en no hacer otra cosa que bailar de acuerdo con su estilo, obedeciendo sus sentimientos y sus instintos, más que las reglas y las fórmulas establecidas y desgastadas por el tiempo. Había justificado sus pleitos con su hermano Peter, cuando éste se hizo cargo del principado de Starogan y cayó en la cuenta de que también había heredado los problemas de cuidar a sus dos hermanas: una princesa que no quería nada más que huir con un corresponsal de prensa estadounidense y la otra, una princesa que había alternado con personas tan detestables como un maniático sexual, el monje Rasputín. A fin de cuentas, Ilona se le había escapado de entre los dedos: su profundo amor y la tenacidad de George Hayman fueron demasiado poderosos incluso para un príncipe de Starogan. Pero Tatiana era más joven y, por lo tanto, más fácil de retener y él la retuvo prácticamente prisionera en Starogan durante siete años, en espera de que apareciera un prometido adecuado que la hiciera comprender sus desatinados impulsos. El triunfo de Tatiana en Berlín justificó su ira e incluso el odio que había experimentado por su hermano y por todo el resto de su familia, quienes respaldaron su actitud.

Pero, en particular, había justificado su propia decisión de sobrevivir a la revolución e incluso de progresar en ella, lo cual, Tatiana suponía, era difícil de entender para mucha gente. La horda enardecida que Iván Nej había dirigido para lanzar un ataque contra la mansión de sus antiguos amos no tenía otro objetivo sino la destrucción. En una sola tarde catastrófica, los Borodin habían quedado hechos trizas (literalmente en algunos casos, como en el de su prima Xenia, famosa por su belleza). Sólo Ilona, a salvo con su nacionalidad estadounidense, y su hermano Peter, que aún combatía al frente de su regimiento, sobrevivieron a aquella hecatombe. Y la pequeña Tattie, por supuesto. No se había librado de los malos tratos. Al igual que Xenia, había sido arrojada sobre una cama para ser violada; pero si bien la turba sacó a rastras a Xenia para despedazarla, Iván Nej, quien había sido el criado que lustraba los zapatos en Starogan, había reclamado para sí a la mujer que siempre había deseado o que quizá había amado y, precisamente en aquel amor, Tatiana había visto la oportunidad para salvarse y sobrevivir.

Mas el precio de su supervivencia había sido el matrimonio, pues Iván así lo exigía. El matrimonio con el criado que lustraba los zapatos, con el que había asesinado a su madre, a su tía, a sus primas. El matrimonio con un revolucionario rojo que habría de convertirse en el hombre más temido y aborrecido en toda Rusia. Todos se quedaron horrorizados: Peter, Ilona, George y también Michael. No habían sido capaces de comprender que su única alternativa —huir con Peter, con el hermano que la encerrara durante siete años y que no le permitiría jamás hacer algo de lo que quisiera, salvo ser una princesa de Starogan— era imposible de realizar. Quizá odiaba a Iván, probablemente sufría por tener que entregarle su cuerpo todas las noches, pero lo cierto era que él le había permitido bailar. Por intermedio de Iván, había podido acercarse al propio Lenin y éste quería que continuara bailando.

Berlín, en 1925, había sido la justificación de todo aquello.

Y también le había dado a Clive Bullen. El caballero inglés la estuvo observando con atención la noche de su presentación, en la función espectacular, cuando el auditorio había enloquecido de entusiasmo y bien podía decirse que después asistió a todas y cada una de las representaciones durante toda la gira. Fue en Londres donde quedó consumada su pasión y buscaron el modo de lograr mucho más, hasta que su aventura quedó truncada bruscamente por el absurdo intento de Peter de secuestrar a su hermana para llevársela a Estados Unidos, hacia la libertad, según decía él. La libertad para ser una nulidad, en vez de la mujer más famosa en Rusia. Peter no había sido capaz de vislumbrarlo. Ni siquiera Ilona llegó a entenderla a cabalidad. Pero Clive Bullen sí; a pesar de que la amaba profundamente, debió reconocer que Tatiana requería mucho más que una simple relación humana y que ella, al ufanarse de ser la "diosa dorada de la estepa", como la llamaban en los periódicos, proclamaba sencillamente su propia verdad.

Y aquel amor mutuo había resistido los embates del tiempo. Provista de ese amor —y con los honores que llovieron sobre ella tras aquella gira—, tuvo el valor de abandonar a Iván para vivir su propia vida, concentrada en su academia de baile, en la educación de las muchachas a las que entrenaba y en Clive. En los últimos años, fueron muy poco comunes los encuentros entre los dos y uno de ellos, en 1932, estuvo al borde del desastre, ya que Iván envió a que lo detuvieran con motivo de una acusación de sabotaje, torpemente fraguada, en la planta hidroeléctrica que Clive estaba edificando sobre el Volga. Michael había intervenido para salvar a Clive y ahora, de nuevo, era quien la llevaba para encontrarse otra vez con él.

¡Querido Michael! Lo miró, sentado a su lado en el automóvil y descubrió que él también la estaba observando. Ella le sonrió, como pidiendo perdón. Ambos eran viejos amigos. Desde que ella tuvo uso de razón, recordaba a Michael, el hermano mayor de Iván, siempre allí, como el criado de confianza de su padre. Había sido mejor amigo de Ilona que de ella, ya que eran casi de la misma edad; pero, para Tattie, siempre había sido Michael Nikolaievich, grave, serio y pensativo, siempre bien dispuesto a entenderlo todo. Un hombre cuyo amor por Ilona, cuya extraordinaria aventura amorosa con ella, lo había arrastrado a los caminos más insólitos, desde su participación en el asesinato del primer ministro Stolypin, en 1911, a través de las cámaras de tortura del príncipe Roditchev, hasta la intervención en el exilio con Lenin en Suiza y, circunstancialmente, en razón de aquella amistad con el líder, su importante desempeño en el gobierno de Rusia. Para el mundo en general, Michael Nej no era diferente a su hermano: ambos tenían las manos manchadas de sangre. ¿No había sido Michael Nej quien firmó la orden que condujo a la ejecución del zar y de toda su familia?

Sólo ella, Tatiana, sabía que era tan distinto a su hermano como podían serlo dos hombres en el mundo. Ella y también Ilona. Solamente ella sabía que Michael lamentaba tener que trabajar con un ser como su hermano, que estaba arrepentido de muchas de sus decisiones de los últimos cuatro años, que reprobaba la situación traumática que se había apoderado de Rusia y que quizá se odiaba a sí mismo por haber tomado parte en ella. Era posible que detestara también a Stalin; sin embargo, como el propio Stalin lo sabía, era un patriota tan vehemente, un hombre tan totalmente consagrado a la continuación del sueño de Lenin, que se mantenía como el hombre más importante del partido, después de Stalin, por supuesto.

Y únicamente ella sabía que era un hombre a quien podría sonreírle y sería capaz de escoltar a su propia cuñada a un encuentro clandestino con su amante, un capitalista inglés. Quizá Michael no aprobara aquel proceder, pero él conduciría a Tattie, porque se trataba de ella, porque eso era lo que ella anhelaba y porque, como todo el mundo sabía, él la adoraba.

Tatiana le envió un beso con la punta de sus dedos y él le respondió con un guiño cariñoso. Pero, ya para entonces, el automóvil se había detenido y los ansiosos botones del hotel abrían las portezuelas. Había llegado el momento de Clive.

Tattie siempre se preocupaba porque él hubiese cambiado. A lo mejor, tarde o temprano, tendría que ser así. Recordó que Clive era diez años mayor que ella; por lo tanto, tenía cincuenta y cinco años.

Pero aún no cambiaba... no había cambiado nada, al menos para ella. Había algunas hebras grises en su cabello negro que él llevaba siempre tan bien peinado y que a ella le fascinaba alborotar. Había una ligera prominencia en su vientre, pero eso le permitía a Tattie sentirlo con más fuerza sobre ella. Mas, todo lo esencial: los rasgos regulares y agudos de su rostro, la sonrisa serena, la intensidad de su mirada, la notable dulzura y gentileza con las que la retenía en sus brazos; todas esas cosas seguían estando allí y, seguramente, siempre lo estarían, así como su gran fuerza latente, que ella había descubierto desde el principio de sus relaciones, pero a la que le otorgaba menor valor que a su gentileza. Tatiana sabía muy poco de los modales gentiles. Le pasó por la cabeza la idea de que no había conocido jamás los modales delicados y gentiles hasta que conoció a aquel hombre. Pese a lo reducido de su círculo familiar, los Borodin no eran personas inclinadas a las gentilezas. Y las revoluciones, por su naturaleza misma, no son cosas agradables y no producen gente amable y sutil. Iván sólo era capaz de causar dolor.

Tal vez hubiera otras personas amables y delicadas en el mundo. Tattie no dudaba de que George fuera un hombre lleno de gentileza y tenía la sospecha de que también Michael Nej podría ser muy gentil en la cama. Pero Clive era el primer hombre gentil que ella había conocido, el primero y el único. De hecho, aquélla era una idea extraña y divertida, pues Tatiana Nej, famosa en el mundo por el erotismo y la atrevida inmoralidad de sus danzas, por su belleza y por su talento, no había conocido más que a dos hombres en toda su vida.

Pero, por ahora, todo lo que ella quería lo tenía en sus brazos.

Él le dio un beso en la nariz.

—Apenas puedo creer que esto esté sucediendo, que tú estés en verdad aquí —con mucha suavidad, apartó algunos mechones húmedos de su frente y los acomodó en la masa de cabello dorado desparramada sobre la almohada—. Que estemos aquí, Tattie...

Ella colocó su dedo índice sobre sus labios, pero él ladeó la cabeza.

—Es necesario que hable contigo, mi amor. Ya no es posible que continúes viviendo en Rusia. No puedes seguir allá.

—Mi labor aún no concluye, Clive. Yo no estoy acabada como bailarina ni como formadora de bailarinas. Ésa es mi vida. Tú lo sabes, mi amor, mi único y verdadero amor.

—Pero no es indispensable que te quedes en Rusia para realizar tu obra —insistió Clive—. Tú misma habrás visto que Stalin se está convirtiendo en un monstruo. ¿Podrías justificar lo que ha hecho estos últimos años?

—Había mucha gente que se oponía a los planes que él tenía para Rusia.

—¿Y eso basta para que haya ordenado asesinar a toda esa gente? Han sido miles los que ha mandado matar. ¿Puedes justificar semejante conducta, Tattie?

Ella se encogió de hombros.

—Yo no sé cuál sea la verdad de las cosas.

—Lo que quieres decir es que no quieres enterarte. Y ahora se le ocurre enviar una misión aquí, a Alemania...

—Tú estás aquí, en Alemania.

—Eso no significa que me agraden los nazis.

—Bueno, a mí tampoco, aunque no conozco a muchos de ellos. Y, como dice Svetlana, son hombres muy guapos. Todos esos jóvenes con sus uniformes negros son encantadores. Y, de cualquier modo, tu gobierno también está negociando con ellos. Todos los periódicos están llenos de noticias acerca de esas negociaciones sobre Checoslovaquia.

Clive suspiró.

—El mundo está hecho un caos. Yo, en particular, no considero que nuestro gobierno represente en realidad los sentimientos del pueblo británico.

Ella sonrió.

—Ésa es una confesión del fracaso de las democracias. En la Rusia soviética, nos preocupamos por representar los sentimientos de Joseph Vissarionovich y no al contrario —se echó a reír al ver que Clive fruncía el ceño—. ¿Eso te incomoda?

—Me preocupa. ¿No te has dado cuenta, Tattie, de que tú sigues con vida gracias a que tu amigo Joseph quiere que vivas?

—Pues sí —aceptó ella—, somos amigos, hace años que lo somos. Ya sé que ha hecho cosas nefastas, pero es asunto suyo gobernar Rusia y es asunto mío sostener y realzar la cultura rusa, la cultura soviética, la cultura revolucionaria y no interferir en sus negocios.

—Pero él sí interviene en los tuyos.

—Porque él es el primer secretario del partido.

—No es más que un dictador. ¿No puedes comprenderlo? Y a su modo, es un tipo tan malo y tan funesto como Hitler.

Tatiana se resistía a enojarse.

—Es el que gobierna Rusia. Todos los zares fueron dictadores. Siempre ha habido dictadores en Rusia. Y los zares mataban a las personas, las ahorcaban, las fusilaban y las enviaban a Siberia, tal como Joseph lo hace. Ojalá que no fuera necesario llegar a esas medidas y todos deberíamos luchar para que así fuese. Pero, puesto que lo es, debe hacerse. Por el momento, Joseph es el único capaz de hacerlo y, al mismo tiempo, de mantener unido al país.

—Y utilizar para ello a sujetos como Iván.

Tatiana hizo un rictus.

—Te repito que no hay nadie más que él para hacerlo —se incorporó para apoyarse en la almohada con el codo y sus senos pesados descansaron sobre el brazo de Clive—. ¿Por qué debemos discutir? Después de seis años estamos de nuevo juntos en la cama y tú quieres pelear conmigo.

—No se trata de riñas, querida. Sólo que tengo miedo de que algo te ocurra.

—Entonces, no tengas miedo. Escúchame: estoy entrenando a Svetlana para que se haga cargo de mi puesto. No llegará jamás a ser una gran bailarina, pero tiene una mente muy despierta y ha estado junto a mí desde el principio. Conoce la escuela y mis métodos a la perfección. Sin embargo, sólo tiene dieciocho años; es necesario concederle uno o dos años más. Cuando cumpla los veintiún años, podré nombrarla mi asistente particular y, cuando cumpla unos más, cuando tenga veinticinco, podré dejarla a cargo de la academia. Entonces, si así lo deseas, Clive, estaré en condiciones de salir de Rusia y quedarme contigo, si quieres...

—¿Si yo quiero? ¡Oh, querida, querida mía! —la estrechó entre sus brazos y ella se apoyó sobre su pecho, cubriéndole el rostro con sus cabellos—. ¡Por supuesto que quiero! Pero... son siete años. Yo habré cumplido los sesenta y uno.

—Y yo tendré cincuenta y uno —dijo ella y lo besó en la boca—. Ya para entonces no querrás que esté contigo.

—Yo quiero que estés conmigo —musitó él—. ¡Siempre, siempre! —surgió su deseo en el bajo vientre y ella contribuyó con su parte. La cama se convirtió en un caleidoscopio de pasiones, de movimientos, de sentimientos que iban en aumento. "Como una danza —penso Tattie, aunque estaba acostada de espaldas—, siempre como una danza; la más dulce de todas."

Clive cerró los ojos y su cuerpo se relajó. Ella se deslizó hacia afuera y se quedó acostada a su lado, con la cabeza inclinada sobre su pecho, la barbilla metida bajo su brazo, los ojos muy cerca de su rostro.

—Por ahora, no puedo dejar mi escuela, Clive. No, hasta que Svetlana esté lista. Es mi escuela. Fue el mismo Lenin el que me la dio. Es todo lo que tengo y sólo he vivido para ella. Es la única razón de mi existencia. Todas las chicas, todos los músicos, dependen de mí. Yo soy todo para ellos y ellos lo son todo para mí. Dime que me comprendes, Clive, querido, dímelo...

Clive abrió los ojos.

—Te entiendo, mi amor. Comprendo que tú eres la criatura más espléndida de este mundo.

Tatiana le lanzó un beso.

—Soy la diosa eslava. Así lo dicen los críticos y ellos siempre tienen la razón, ¿no es verdad? —se levantó de la cama y alcanzó su bata—. Y, ahora, vendrás conmigo a ver cómo ensayamos. Tengo deseos de bailar —dio unos pasos, giró en el centro de la habitación con tanta agilidad que se levantaron por el aire su cabellera y el ruedo de su bata—. Tengo deseos de bailar.

El estruendo de los aplausos estalló desde el hueco de la orquesta pasando por las filas y los asientos de los palcos y ascendió hasta el techo del auditorio, hasta que todo el mundo se levantó para aplaudir, aclamar, y corear con entusiasmo hasta enronquecer por el espectáculo que acababan de presenciar.

Era una noche entre los colores negro, rojo y oro, pensó Michael Nej; como si hubiese presenciado una puesta de sol que robó los colores más dramáticos del espectro. Ahora que las luces estaban encendidas, todas aquellas muchachas encantadoras que agradecían desde el escenario seguían siendo parte del esplendor que lo envolvía todo en torno de Michael. Por todos lados surgían los uniformes negros o de un azul muy oscuro, con cintas rojas y galones dorados. Por todas partes se apreciaban los rostros limpios, afeitados, atractivos, de rasgos enérgicos, de aire decidido. Michael cayó en la cuenta de que, por primera vez en su vida, estaba observando con admiración a los hombres más que a las mujeres. Experimentaba una sensación extraña, casi una sugerencia de una homosexualidad amenazante. Se había adentrado en un mundo masculino como no se había visto en Europa desde el tiempo de las Cruzadas, un mundo en el que, al igual que en aquella sociedad feudal, no había otro fundamento que la fuerza y no existía otro propósito que la reafirmación de esa fuerza.

¿Con qué contaban las democracias para enfrentar a aquel gigante, cuando se propusieran contener su avance? ¿Con ancianos de levita, bombín y paraguas al brazo? ¿Con alguna piadosa memoria de triunfos pasados, arrebatada de las mandíbulas de la derrota? Era una perspectiva igualmente inquietante tanto para él como para Stalin, aunque Michael podría sugerir que Rusia estaba en la misma posición que las democracias. No obstante, aquélla podría ser una sospecha enfermiza de la que Stalin se había librado al adoptar una actitud de maniático, luego de la muerte de su esposa Nadezhda Alliluyeva, a la que prosiguió rápidamente el asesinato de Kirov. Sin duda, existió un grupo que conspiraba contra la constante acumulación del poder en manos del partido, en especial de su secretario y sus subordinados inmediatos. Sin duda, muchos de los veteranos integrantes del partido habían recordado la advertencia que León Trotsky les hizo en 1924, tras el fallecimiento de Lenin, en el sentido de que su propio derrocamiento y su desgracia no era más que el principio, pues estaban cediendo todo lo que ellos y la revolución representaban en el poder de un solo hombre y también parecía indudable que los nocivos zaristas, los hombres como Peter Borodin y sus agentes esparcidos en toda la nación para sembrar la sedición antisoviética, habían penetrado hasta las filas del Ejército Rojo. Michael se había sentido desalentado e indignado por la brutalidad implacable con la que Stalin había impartido sus órdenes a sus policías secretos, Lavrenti Beria e Iván Nej, para que detuvieran a las víctimas, las torturaran, las engatusaran o las sobornaran para hacerlas confesar y, después, las ejecutaran con salvaje eficacia. A pesar de ello, Michael no había estado presente en las celdas subterráneas de Lubianka, así que no había forma de que supiera cuáles de las confesiones eran auténticas y cuáles habían sido inducidas exclusivamente con dolor y terror. Le provocaba náuseas el recuerdo de tantos de sus viejos compañeros y camaradas, como Nikolai Bukharin y Lev Kamenev, entregados a las garras de Iván y de sus escuadrones del terror; pero, tal como él mismo se lo preguntaba en muchas ocasiones: ¿acaso había otra opción? Pese a que Stalin continuaba avanzando por un camino ensangrentado y de que Michael se percataba de que muchas veces su jefe reaccionaba con la ira venenosa de un loco, debía reconocer que Stalin seguía siendo el único gobernante posible de aquel turbulento conjunto de gente y de religiones y de estados nacionales e incluso de razas que integraba la Unión Soviética. Era necesario respaldarlo porque, sencillamente, no quedaba otra alternativa y era indispensable apoyar sus políticas, pues continuaba siendo el más grande pragmático de todos los tiempos, el hombre cuyo empuje representaba la grandeza de Rusia.

"Y como ése es también mi propio empuje —pensaba Michael—, aquí estoy, en el centro de esta siniestra reunión, tratando de ganar tiempo para que el Ejército Rojo se reorganice y para que nuestras industrias se preparen para la lucha vaticinada en el *Mein Kampf* que, tarde o temprano, se desatará." Una lucha que Rusia debería ganar o desaparecería para siempre del mapa, como una colonia alemana, tan devastada como lo estuvo cuando la invadieron sus propios ancestros, los mongoles.

"Pero, ¿sería posible que los alemanes supieran todo eso?", se preguntaba Michael mirando el reluciente rostro de Von Ribbentrop quien, muy cerca de él, continuaba aplaudiendo con entusiasmo. Porque, si por ventura lo sabían, ¿qué estaba él haciendo allí?

—¡Magníficas bailarinas! —exclamaba el ministro de Relaciones Exteriores—. Yo jamás había visto algo parecido, *herr* Nej. *Frau* Nej y sus chicas me hicieron pensar en las valquirias cabalgando a través de nuestro cielo. Ése debe ser el sueño de cualquier hombre valiente con sangre roja en las venas: contar con un racimo de mujeres hermosas que lo recogieran en el campo de batalla para transportarlo en sus brazos a su última morada.

—Sin duda —reconoció Michael, preguntándose si quizá Von Ribbentrop habría querido decir "sangre aria" en vez de "sangre roja"—. ¿Desea que lo conduzca a los camerinos para que conozca a algunas de las bailarinas?

Ribbentrop sonrió fríamente.

—Quizá más tarde. Hay una recepción, ¿lo sabía? Asistirá el Führer. No debemos retrasarnos. Además, debo darle un mensaje.

—¿Un mensaje para mí? —preguntó Michael.

—Sí. Parece que un joven estadounidense está preguntando por usted. Su nombre es John Hayman. Es un periodista. ¿Desea verlo?

—¡John! —exclamó Michael.

Von Ribbentrop arqueó las cejas.

—¿Conoce usted a esa persona?

Michael le dio una palmada sobre el brazo, sonriendo de verdad por primera vez.

—¿Que si lo conozco, *herr* Ribbentrop? ¡Es mi hijo!

A diferencia de los demás hombres del auditorio, John Hayman no vestía uniforme ni llevaba corbata negra. Con su saco casual y sus pantalones de franela gris, esperaba rodeado por los guardias del lugar, como si tuviera una enfermedad contagiosa y sólo ellos pudieran evitar que la propagara a todos los presentes. Aquellos hombres contemplaron con sorpresa y un aire de desaprobación al comisario ruso que se acercaba a ellos con los brazos abiertos.

Pero, hallándose a sólo tres pasos de distancia de su hijo, se detuvo de repente. Había caído en la cuenta de que, para él, era una nueva experiencia tener un hijo. Recordaba cómo se sintió embargado de felicidad al saber que Ilona estaba embarazada, en aquel maravilloso verano de 1907, allá, en la vieja casona de Starogan, antes de que su mundo se desmoronara a su alrededor. En ese entonces, durante un momento de delirante fantasía, creyó que Ilona, enfurecida y desesperada porque la obligaban a separarse de George, el hombre a quien amaba, y la forzaban a casarse con el príncipe Roditchev, el hombre a quien odiaba, bien podía huir con él, con el que había sido el *valet* de su hermano y en cuyos brazos había encontrado un sustituto para su pasión. Habría sido posible que Ilona y Michael permanecieran juntos, con el hijo de ambos.

Sin embargo, ella tomó la decisión lógica e inevitable de hacer pasar al hijo que esperaba como si fuera de Roditchev. Eso ocasionó que Michael se enojara con Ilona por primera vez en su vida. Pero era tan grande su amor, que se sometió a la resolución de ella.

Posteriormente, Ilona escapó de Rusia y Michael no tuvo oportunidad de ver a su hijo más que en una ocasión en catorce años, durante la revolución. El chico había crecido pensando que era el hijo del príncipe Roditchev y heredero del título, pese a que su madre le había impuesto el apellido de su padrastro. Aquella suposición le había impulsado a aborrecer todo lo que fuera bolchevique y a acercarse a su tío, el príncipe Peter, quien estaba dedicado en cuerpo y alma a combatir el bolchevismo. Fue así como el joven John, en calidad de espía y ostentando el apellido Borodin, regresó a Rusia y, como era de esperarse, fue detenido y quedó a merced de la policía secreta, de Iván Nej y de su infame asistente, Anna Ragosina.

Michael se las había ingeniado para rescatarlo y lo hizo en su calidad de padre del muchacho. Pasaron juntos una semana, un tiempo muy breve para llegar a conocerse con profundidad. Además, ¿cómo era posible que un joven de veinticinco años aceptara en un instante y, de buenas a primeras, que no era hijo de un príncipe zarista, sino de un comisario bolchevique? Por otro lado, sus actividades zaristas le valieron ser deportado de Rusia para siempre, una sentencia muy leve si se considera que Michael lo había salvado de ser enviado a un campo de trabajo en Siberia.

Ahora, a los treinta y un años de edad, era en un hombre de anchas espaldas y ojos oscuros de mirada reflexiva, como los de su padre verdadero, así como de espléndidos rasgos perfectamente delineados, como los de su madre; más, como un hombre cabal, ¿estaría en buenos términos consigo mismo y con sus antecedentes?

—Iván —dijo Michael en ruso y, de inmediato, se ruborizó—. Debía haberte llamado John.

—Para ti, siempre seré Iván, padre —aseguró John Hayman, hablando también en ruso y, poco después, padre e hijo estaban en los brazos uno del otro.

¡Tenían tantas cosas que decirse, tanto que preguntarse y que jamás podrían preguntarse! Sólo hablarían de lugares comunes, aunque eso también era importante.

—¿Cómo está tu madre?

—Está muy bien. ¿Sabías que va a venir aquí con George? Por supuesto, no iban a perderse la oportunidad de reunirse con mi tía Tattie.

—¡Magnífico! —exclamó Michael sosteniendo a su hijo con los brazos extendidos para poder verlo mejor—. ¿Y tú? ¿Continúas escribiendo sobre los torneos de ajedrez?

John Hayman torció la boca al sonreír.

—Sí, como corresponsal. Ahora estoy informando acerca del torneo del AVRO, pero George me permitió tomarme una semana para venir a verte. A ti y a ellos, claro. Estarán aquí dentro de dos días. Por ahora, se encuentran en Southampton.

Michael volvió a sonreírle.

—¿Y Natasha Brusilova?

John se sonrojó.

—¿Está bien?

—Ya lo creo y está bailando mejor que nunca. Debes venir conmigo a los camerinos para que la veas. Y también para que veas a tu tía.

John Hayman se examinó la ropa.

—No estoy vestido para la ocasión, pero es que el tren llegó hace poco. Fui al hotel, mas no pude esperar lo suficiente para cambiarme.

Michael le colocó cariñosamente una mano sobre el hombro y lo condujo entre los escandalizados vigilantes y los espectadores que ya empezaban a retirarse del auditorio, a la zona de entretelones.

—Estás muy bien así. Natasha Brusilova se alegrará al verte. Además, si no la ves ahora, deberás esperar hasta mañana. Todos asistiremos a una recepción en la cancillería —hizo un guiño en dirección a su hijo—, para encontrarnos con el Führer.

—¡Oh! —expresó John—. Yo esperaba que...

—Ya tendrás el día de mañana, Iván Mikhailovich y el día de pasado mañana y también un día después.

—¿Y más tarde? Padre, se me presentará la ocasión...

—Vamos a ver, eso es algo que tendrás que discutir con Tatiana Dimitrievna y, seguramente, con Natasha Feodorovna —Michael abrió la puerta del camerino para que entrara su hijo y le murmuró al pasar—: Pero ya que las dos están aquí, ¿por qué no lo haces en seguida?

—¡Johnnie! —gritó Tatiana Nej, extendiendo mucho los brazos—. ¡Johnnie Hayman!

Titubeó un poco en la puerta abierta del camerino. De hecho, cualquiera habría vacilado antes de cruzar la puerta del camerino de la tía Tattie. Ésta, como de costumbre, había estado gozando de los aplausos, tanto en el escenario como fuera de él, y aún no se cambiaba de ropa. Puesto que en la función de aquella noche había representado a la reina de los espíritus del agua, vestía una túnica de gasa azul con plumas largas adornándole la cabeza y formando olanes de sus caderas para abajo; pero, entre las plumas y la gasa de la túnica, relucía una malla de escamas de plata que parecía una segunda piel; en algunas zonas, en verdad parecía una segunda piel. John pensaba que los brazos de su tía estaban a punto de apretarlo contra aquellos pechos voluminosos con los pezones erguidos.

Pero, además, su encuentro con la tía Tattie le resultaba inquietante por muchos otros motivos, por muchas otras cosas que habían sucedido en el pasado: era un recordatorio de aquel absurdo intento del tío Peter para secuestrarla durante la primera gira y forzarla a huir hacia el Occidente, un plan en el que Peter esperaba contar con la ciega obediencia de su sobrino, pues, en aquel tiempo, John había decidido acatar lo que su tío Peter le ordenara. Sin embargo, después de su reconciliación con Peter y de sus acaloradas discusiones con su madre y con su padrastro, regresó a Rusia para trabajar como espía. Y Tattie, de nuevo, corriendo grandes riesgos, acudió a liberarlo, no sólo por el cariño que le tenía, sino porque había descubierto que se estaba viendo en secreto con una de sus mejores bailarinas.

Pero Tatiana Dimitrievna, cuyo corazón era tan generoso como su figura o como su sonrisa, estaba bien dispuesta a perdonar y a olvidar, pues era el hijo de Ilona y porque ella misma lo amaba.

—¡Johnnie! —exclamó de nuevo—. ¡Qué bien te ves!

Ya estaba entre sus brazos, siendo besado y sofocado contra el hermoso cuerpo de su tía y mirando con aire de disculpa a Clive Bullen.

—¡Hola, John! —dijo Clive estrechándole la mano—. Se te ve muy bien. ¿Cómo van los torneos?

—Paul Keres y Reuben Fine están frente a frente —respondió John.

—¿No dices nada de Michael Botvinnik? —inquirió Tatiana. Botvinnik era el único jugador ruso que tomaba parte en el torneo.

—Lo está haciendo bien, pero no lo suficientemente bien —informó John—. No querrán hablar de ajedrez toda la noche, ¿verdad?

—Eres tú el que no quiere —aclaró Tattie y se acercó a una puerta—. Natasha Feodorovna —gritó—. Ven acá.

—Yo no quería molestarla —se disculpó John.

—Tonterías —declaró Tattie—. Ya terminó por esta noche y tiene muchas ganas de verte. Guarda todas tus cartas, ¿lo sabías?

—¡Tatiana Dimitrievna! —protestó la chica desde la puerta.

—Bueno, estoy segura de que a Johnnie le complacerá saberlo —puntualizó Tatiana.

A John se le trabó la lengua. Natasha Brusilova tenía veintiún años cuando él la conoció y se enamoró de ella. De eso hacía seis años. En esa época, era una jovencita tímida e insegura, acosada por el daño psicológico de saber cómo asesinaron a sus padres cuando fue la masacre de los kulaks, ordenada por Stalin en 1929 y, luego, alentada por la fortuna de haber sido elegida por la gran Tatiana Nej para que fuera su futura primera bailarina. Pero, en este momento, a los veintisiete años, ya era la primera bailarina de la compañía, superada sólo por Tatiana y con toda la sofisticación que el éxito podría brindarle. Y todavía había más. La jovencita delgada y vacilante había sido reemplazada por una auténtica mujer. Natasha Feodorovna, era aún esbelta, como correspondía a una bailarina profesional —Tattie era la excepción a la regla—, pero llevaba su esbeltez con la gracia de una gacela, mostraba su rostro en toda su hermosura, circundado por el halo de cabello castaño, que llevaba más corto que las otras bailarinas del grupo, y observaba a John con una seguridad que le estremecía. La primera vez que se conocieron, él pensaba que era el hijo de un príncipe y él mismo, aunque exiliado, tenía la certeza de ser un príncipe por derecho propio; ella opinaba lo mismo. En cambio, John había resultado hijo de un comisario. Bueno, él trataba de recordar y de tener presente que, tal vez, todo aquello tenía un gran valor en Rusia y que Natasha Feodorovna vivía ahí. A pesar de ello, estaba consciente de que, fuera de Rusia, todo eso no significaba nada y también de que, en su vida actual, él era totalmente insignificante: un jugador de ajedrez que jamás llegaría a ser un maestro y, por lo tanto, tendría que conformarse con reportar lo que los maestros hacían; no era más que un periodista que trabajaba para su padrastro y que no había dado visos de poseer alguna otra habilidad en toda su vida; se identificaba como un hombre que siempre estaría a la mitad de un camino en el que ella, Natasha, ya había alcanzado la meta final.

Y él la amaba y, pese a eso, no había hecho con ella otra cosa que acariciarle una mano y besarla furtivamente, con juvenil inocencia. Seis años antes, cuando ella pensaba que él era un príncipe.

—Me parece que voy a refugiarme en tu habitación por esta noche, Natasha Feodorovna —decidió Tatiana—. Acompáñame, Olga Mikhailovna. Ven tú también, Clive.

Se llevó a Clive y a su doncella hacia la puerta, antes de que Natasha, como si despertara de pronto, pudiera protestar:

—No debes hacer eso, Tatiana Dimitrievna —advirtió—. Quiero decir...

—Muchachita tonta —dijo Tatiana y cerró la puerta.

—Tu tía es muy amable —afirmó Natasha—. Supone que tú y yo tenemos muchas cosas que decirnos.

—¿Y no es verdad? —preguntó John.

Natasha cruzó la habitación y se sentó en una silla.

—No lo sé.

—Natasha —John se arrodilló a su lado—. Te he escrito cada semana. Cada semana durante seis años.

—Y a mí me ha dado mucho gusto recibir tus cartas.

—Y las has guardado.

Un leve sonrojo le coloreó las mejillas.

—Tal como lo mencionó Tatiana Dimitrievna, las he guardado.

—Entonces... —John hizo una pausa y se mordió los labios—. ¿No hay alguien más?

—¿Cómo podría haber alguien más?

—Bueno... han pasado seis años. Y tú eres tan hermosa, tan encantadora en todos sentidos. Y ahora también eres muy famosa.

—Una primera bailarina no tiene tiempo para dedicarlo al romance —expuso Natasha observándolo con detenimiento.

—¡Gracias a Dios! —exclamó John—. Pero ahora estamos aquí, fuera de Rusia y estamos juntos...

Natasha suspiró brevemente.

—Yo he venido aquí para bailar, Johnnie.

—Por supuesto. Pero la gira será larga, según me han comentado. Tendrás muchos días libres.

—Si Tatiana Dimitrievna lo permite.

—¡Por supuesto que lo permitirá! Yo se lo pediré. Estoy seguro de que estará encantada de que tú y yo, bueno...

—Tatiana Dimitrievna siente mucho cariño por ti —reconoció Natasha con tono grave—. A menudo me habla de ti y te considera su sobrino favorito.

—Allí lo tienes; no habrá ningún problema, Natasha. Tendremos mucho tiempo para nosotros y hay mucho de que hablar, muchos planes por hacer, muchos...

Natasha se levantó.

—Sí, espero que nos veamos, Johnnie; pero, por el momento, debo apresurarme para cambiarme de ropa. Tenemos que ir a la cancillería. Allí, el propio Führer nos ofrece una recepción.

—Ya lo sé —dijo John poniéndose de pie también—. Me gustaría mucho ir contigo.

—A mí también me gustaría que vinieras —dijo ella.

—Natasha —John le tomó una mano y la levantó para besarla—. ¿Será posible que te vea mañana?

—No sé. No conozco nuestro programa de actividades. Tendrás que llamarme por teléfono.

—Entonces, eso es lo que haré. Natasha... —apretó los dedos al sentir que la chica iba a retirar su mano—. Hace seis años...

Ella titubeó un instante y luego permitió que él la atrajera hacia sus brazos. Natasha lo besó y su beso tenía toda la castidad que él recordaba. Sólo una separación muy leve de los labios y la suave sensación de la lengua al tocar la suya y, poco después, apartó su boca repentinamente, como si se hubiese asustado de su propia osadía. Y él no la retuvo; hubiera sido imposible que él la intentara forzar.

—Es necesario que me vaya —repitió ella—. Llámame por teléfono al hotel mañana, Johnnie.

Éste permitió que se le escapara de entre los dedos.

Michael estaba desilusionado. El que estaba ante él era un hombre de baja estatura, de cabello lacio y negro y de facciones comunes, sin que nada llamara la atención a no ser el pequeño y brillante bigote. Se decía que era un individuo al que nadie miraría dos veces al pasar entre un grupo de gente y, sin embargo, era el canciller de Alemania. Pero, al mismo tiempo, parecía un extraño canciller, fuera de lugar en aquel ambiente, incómodo en su traje negro de noche e inquieto al hallarse rodeado por tantas altas y hermosas mujeres.

—Me han dicho que bailan muy bien, *herr* Nej —le indicó—. Ribbentrop afirma que bailan muy bien.

—Es cierto, su excelencia —asintió Michael—. Pero, ¿no asistirá a alguna de las funciones?

Hitler se mostró en verdad sorprendido.

—¿Asistir a una función? Podría ser, *herr* Nej; ya veremos. Aunque estamos en momentos muy apremiantes. Son tiempos de mucha presión. El teatro es un lujo que muy rara vez puedo permitirme. Es mucho el trabajo que debemos hacer, ¿no es cierto? Además, tendré que trabajar con usted, *herr* Nej.

Michael experimentó la rara sensación de que su interlocutor había estado a punto de decir: "Incluso con usted". Inclinó la cabeza.

—Ciertamente, estoy aquí para trabajar, su excelencia.

—¿Sí? Bueno, tendrá que conversar con Ribbentrop y, después, sin duda, hablaremos usted y yo. Así es. ¿Ya conoce al Reichsmarschall?

—Tengo el placer de saludarlo, *herr* Göring —dijo Michael teniendo cuidado de abstenerse de emplear cualquier título.

Según le habían dicho a Michael, aquel hombre había sido un as de la aviación durante la Guerra Mundial, pero ahora había engordado de manera considerable y presentaba un aspecto grotesco con su cara redonda y llena de protuberancias, como un bulbo, en la que estaban a punto de perderse sus diminutos ojillos. De momento, Göring lo miró con el ceño fruncido, pero, muy pronto, le torció las facciones una sonrisa cortés y forzada.

—¡Cuántas muchachitas encantadoras, *herr* Nej! —exclamó—. Bien puede considerarse afortunado teniéndolas a todas tan cerca a toda hora. Sería muy agradable que las llevara a mi casa de campo para una actuación privada, ¿verdad? Ja, ja...

—Eso tendría que solicitárselo a madame Nej, *herr* Göring. Aquí llega precisamente, excelencia. Voy a presentarle a Tatiana Nej, nuestra comisario de Cultura y la más grande bailarina del mundo.

Hitler parecía todavía más incómodo al quedar frente a aquella mujer mucho más alta que él y radiante de belleza. Tatiana llevaba un vestido de noche de *georgette* blanco con adornos color vino en las hombreras, la costura y el ruedo de la falda, un ceñidor de terciopelo y largos guantes de piel suave, en el mismo color vino, que le llegaban hasta el codo. Para una mujer como ella, el escote era muy recatado, pero, de cualquier manera, era difícil dejar de apreciar sus atributos físicos.

—Es un placer, excelencia —dijo, haciendo una leve caravana. A diferencia de Michael, ella no se había propuesto aprender alemán.

—¿No es acaso una representante perfecta de la belleza aria, mi Führer? —murmuró Ribbentrop.

—Sí lo es —contestó Hitler un poco más animado por un momento—. Ya lo creo que sí. ¿No opinas tú lo mismo, Hermann?

Göring se hallaba inclinado sobre la mano de Tattie.

—¿Vendrá a visitarme, madame Nej? Y traerá consigo a todas sus adorables alumnas, ¿verdad?

En ese momento, Michael creyó que Tattie iba a sacarle la lengua a Göring, pero, por fortuna, no lo hizo.

—Estamos aquí para bailar, *herr* Reichsmarschall —puntualizó.

—A mí me encanta la danza —aseguró Göring—. Y ahora, ¿no querrá presentarme a algunas de sus chicas?

Tatiana lanzó una furtiva mirada a Hitler y obtuvo una señal afirmativa con la cabeza.

—Vamos, por favor, *frau* Nej. No podré quedarme mucho tiempo. Asuntos de Estado, ¿comprende? Asuntos de Estado.

—Bueno, excelencia. Vamos a ver: allá está mi hija, por ejemplo.

—Podría haberlo dicho con una mirada —dijo Göring con entusiasmo—. Una belleza semejante no podía pertenecer a nadie más. Empecemos por ella.

Tattie frunció el ceño.

—No conozco a la persona con la que está hablando.

Svetlana conversaba absorta con un muchacho muy bien parecido que vestía el uniforme negro y azul oscuro de los miembros de la ss. Sus cabezas estaban muy próximas una de la otra y podía advertirse que el pelo rubio del joven era más claro que el de la muchacha.

—¿Qué no es ése el joven Hassell? —inquirió Göring.

Hitler miró en la dirección indicada.

—Sí, sí es —dijo—. Es Paul von Hassell, *frau* Nej. Uno de nuestros jóvenes más brillantes. Ya lo ha demostrado al elegir a su hija para platicar con ella, ¿no es verdad? Ja, ja. Debo irme, Ribbentrop. Le doy la bienvenida al Reich, *herr* Nej. Aproveche bien su tiempo —le sonrió fríamente—. Y nuestro tiempo también. *Frau* Nej: le aseguro que ésta ha sido una de las noches más memorables en mi vida.

Los acompañantes de Hitler adoptaron la posición de firmes, las voces de las conversaciones cesaron y, a una señal de Von Ribbentrop, la banda interpretó el himno nacional. Hitler abandonó el salón con las manos cruzadas a la espalda, sonriendo a un lado y al otro. Sus ayudantes salieron de inmediato detrás de él.

—Y ahora —anunció Göring poniendo la mano de Tatiana bajo su brazo—, han terminado las formalidades. Es momento de divertirnos. Ahora, podrá presentarme a todas y cada una de sus encantadoras jóvenes. Empezando por su hija, por supuesto. Hassell tendrá que vérselas conmigo, ¿no? —su vientre enorme se sacudió por los espasmos de su risa sonora que apagó el ruido de las otras charlas y todas las cabezas se volvieron para verlo.

Tatiana, molesta y arqueando las cejas miró a Michael y éste se encogió levemente de hombros.

—Bueno, entonces, *herr* Reichsmarschall —inició diciendo.

Pero Ribbentrop la interrumpió.

—Antes de proseguir, *frau* Nej, debo advertirle que tengo una sorpresa para usted, una gran sorpresa. Se trata de un invitado especial que estará igualmente asombrado al verla.

Se volvió hacia una de las puertas laterales del gran salón que se abrió para dar paso a dos hombres. Uno era muy bajo, feo hasta la insolencia, con un cuerpo contrahecho y grotesco, que se acercó cojeando hacia ella sobre un pie postizo y la boca torcida con una sonrisa.

—Deseo presentarle a *herr* Goebbels —estaba diciendo Von Ribbentrop—. Es nuestro *gauleiter* en Berlín y, lo que es más importante, es *nuestro* ministro de Cultura.

Pero Tattie no estaba interesada en Goebbels. Estaba mirando fijamente al otro hombre que lo acompañaba, como si estuviera viendo un fantasma. Era más alto que ella, esbelto y elegante, lucía su cabello rubio, el color fresco de sus mejillas y el corte perfecto de sus facciones, en su caso, adornadas por un pequeño bigote.

—Sin duda, al otro caballero ya lo conoce —comentó Von Ribbentrop y sonrió entre dientes—. *Frau* Nej: su hermano, el príncipe Peter Borodin de Starogan.

CAPÍTULO II

—MADAME NEJ —PRONUNCIÓ GOEBBELS TOMANDO LAS DOS MA-
nos de Tatiana y atrayéndola hacia él— ¡Qué hermosa es! Sin duda, las fotografías no le hacen justicia.

Pocas veces en su vida Tatiana se había sentido confundida ante la actitud de un hombre, aquélla fue una de ellas. Las miradas de aquel hombre la recorrían insistentemente; los ojos se movían, lentos y acariciantes,
desde su rostro a su cuello y después bajaban al escote de su vestido deleitándose en la contemplación y con tanta obstinación que parecían empeñados en penetrar por la tela para descubrir las delicias que había debajo
de ella.

Por lo demás, Tatiana no tenía algún interés en él y, cuando le permitió
que le besara la mano, lo hizo con tanto apasionamiento, que se vio obligada
a retirarla enérgicamente.

—¿Peter? —inquirió como si no pudiera creer lo que sus ojos veían.

—Tengo entendido que hace mucho tiempo que no tenía la oportunidad
de ver a su hermano —señaló Von Ribbentrop con una sonrisa maliciosa.

—Hace trece años —precisó Tatiana—. Y ahora dime, Peter: ¿estás aquí,
en Berlín?

Peter se inclinó para besarle la mano.

—¿No es acaso Berlín la nueva capital de Europa, Tatiana Dimitrievna?
Luces muy bien.

—Gracias. A ti también te veo bien. Te escribí cuando Raquel murió,
pero tú no respondiste a mi carta.

—Fue una etapa muy complicada para mí —respondió él mirando de
soslayo a Michael quien aguardaba paciente.

—¿Te acuerdas de Michael? —le preguntó Tatiana.

—Por supuesto —contestó Peter con marcado tono de frialdad—. ¿Qué
hace aquí? ¿Es tu guardaespaldas?

Michael ya le había tendido la mano a su antiguo patrón. Le parecía extraño no experimentar algún sentimiento de rencor, ni siquiera de temor al estar frente a él. No había vuelto a ver a Peter Borodin desde 1907, cuando le notificó que renunciaba a su puesto de *valet*. En aquel entonces, el príncipe lo reprendió furioso y le vaticinó que terminaría muy mal; sin duda, Peter pensó que su profecía era acertada, pues Michael fue aprehendido y condenado a muerte por el asesinato del primer ministro Stolypin. No obstante, a partir de ahí, los acontecimientos se sucedieron uno tras otro. El príncipe de Starogan era ahora el fugitivo y el plebeyo de su lacayo estaba en un puesto por debajo del regidor supremo de Rusia. Ése era un motivo más que suficiente para que los dos se aborrecieran a muerte; pero había algunos más: en el ínterin, Michael había conocido y había amado a la querida del príncipe Peter, a Judith Stein. Para ese caso, no podía haber perdón ni Michael lo deseaba; sin embargo, no estaba en el carácter de éste sentir odio por su rival.

Ahora, sólo sonrió con amabilidad.

—Yo no creo que Tatiana Dimitrievna aceptara de buena gana los servicios de un guardaespaldas —le dijo.

—Tatiana Dimitrievna —repitió Peter muy despacio, como haciéndose a la idea de que un sirviente pudiera mencionar por su nombre a una princesa en su presencia—. ¿Y qué hay de tu otro guardaespaldas, el asesino? Pero, por supuesto, se me olvidaba que Michael no es menos asesino que su hermano.

Ribbentrop se aclaró la garganta y Goebbels hizo una señal con la mano para que trajeran bebidas.

—Si lo que quieren es ponerse a discutir —dijo Tatiana— recuerden que a los dos los puedo poner en su lugar. Ya lo tuve que hacer con Peter la última vez que nos vimos. ¿Sabía, *herr* Ribbentrop —explicó—, que mi propio hermano trató de secuestrarme?

—Bebamos un poco de champaña —sugirió Goebbels—. Con seguridad que trató de secuestrarla por su propio bien, *frau* Nej.

—Cuando Peter emprende algo por el bien de alguien —manifestó Tatiana—, lo hace sin consultar primero si la persona a quien quiere beneficiar desea que le presten aquel servicio.

—Ya veo que no has cambiado, Tattie —declaró Peter tomando una copa—. Ahora que estás aquí, podríamos comer juntos. Estoy seguro de que a Ruth le encantará conocer a... Svetlana. ¿Es así como se llama?

—A mí me encantaría conocer a Ruth. Jamás he visto a mi sobrina —Tatiana les estaba dando explicaciones a los alemanes indiferentes que la rodeaban—. Es mi sobrina y yo nunca la he visto. Pero eso significa, Peter, que Ruth está aquí contigo en Alemania, ¿verdad?

—Por supuesto —dijo Peter—. Ahora estamos aquí. Estos caballeros han sido tan bondadosos como para brindarme una casa.

—¿Una casa? —inquirió Tatiana—. Una casa aquí, en Alemania, con los na...

Fue Michael el que intervino, alarmado.

—Me imagino que estará muy contento por aquí, *herr* Borodin —dijo apresuradamente para interrumpir a Tatiana—. Desde el punto de vista histórico, Alemania y Rusia siempre han estado muy unidas —sonrió levemente—. En los viejos tiempos, la mitad de nuestras zarinas eran princesas alemanas.

—Es cierto —dijo Peter sin abandonar su tono frío—. Y no tengo la menor duda de que Alemania y Rusia continuarán fortaleciendo sus lazos en el futuro.

—Así es —afirmó Ribbentrop incómodo.

—Claro que sí —dijo Tatiana—. Para eso estamos aquí. Bueno, en realidad, yo sólo soy la cereza del pastel; así lo dijo Joseph Vissarionovich. Pero Michael está aquí para tratar asuntos comerciales, nuestras relaciones en el futuro y, quizá, algún acuerdo político. ¿No es así, Michael?

Michael miró fijamente a Ribbentrop y éste le devolvió la mirada. Goebbels apuró rápidamente otra copa de champaña.

Los dos hombres miraron a Peter.

—¿Un acuerdo político? —inquirió Peter serenamente—. ¿Un acuerdo entre Alemania y los soviéticos?

—Una discusión sobre el futuro de Europa —sugirió Goebbels eufemísticamente.

—¿Un acuerdo político? —repitió Peter levantando el tono de su voz paulatinamente—. ¿Entre la Alemania nazi y los bolcheviques? ¿Un acuerdo con el pueblo que ustedes... nosotros... hemos jurado exterminar?

—Debo recordarle, príncipe Peter, que estamos en una reunión social —observó Ribbentrop—. En realidad, señor...

—¿Será posible que firmen un acuerdo... con ése? —gritó Peter señalando a Michael.

Varias cabezas se volvieron hacia ellos y las conversaciones cesaron; pero Goebbels rápidamente afrontó la crisis. Hizo una señal enérgica hacia la banda de música que, hasta entonces, estaba interpretando una música suave y tranquila que permitía conversar libremente y que, de pronto, atacó una obertura wagneriana que ahogó todos los demás sonidos.

—Les ofrezco disculpas —vociferó Ribbentrop tratando de hacerse oír—. El príncipe Peter no ha comprendido la situación.

—¿Qué debo comprender? —rugió Peter a su vez—. Ya lo he entendido muy bien. Usted, señor, me ha engañado, ha tratado de hacerme tonto. Pues bien, señor, yo no voy a tolerarlo. Yo...

—Haga el favor de disculparnos, *herr* Nej —dijo Goebbels, tomando a Peter por un brazo—. Fue una recepción muy agradable. *Frau* Nej, haberla conocido ha sido una ocasión memorable para mí. Espero con ansia reanudar nuestra conversación lo más pronto posible.

—Yo no voy a ninguna parte —declaró Peter—. No me iré de aquí. ¿Por qué razón habría de irme? Si he venido...

Pero ya no dijo más porque ya tenía aprisionado su otro brazo por un hombrazo corpulento en uniforme.

—Es tiempo de partir —explicó Goebbels—. Hay que trabajar un poco todavía.

—¡Vaya! —exclamó Tatiana mientras su hermano era conducido por los dos hombres a través de la puerta—. Peter no ha cambiado y creo que jamás lo hará. Todo lo que quiere es pelear. ¿Quiere usted pelear también, *herr* Ribbentrop?

—Es necesario que aprenda a dominar su carácter, príncipe Borodin —advirtió Goebbels con aire severo, mientras conducía a Peter a un salón privado.

—¿Dominarme?—reclamó éste en voz muy alta, aprovechando la ocasión de que estaban lejos de la música estruendosa y ya era posible dejarse escuchar—. ¿Cómo podría hacerlo? Ese hombre es un asesino, tiene las manos manchadas de sangre. Es el seductor de mi hermana. Fue él quien firmó la orden para que se procediera al asesinato del zar y su familia. Ahora me lo encuentro aquí, invitado por ustedes, y disponiéndose a negociar con ustedes...

—Todo el mundo sabe, príncipe Peter, que un diplomático está obligado a relacionarse con muchas personas a las que no se atrevería a recibir en su casa —eso lo dijo Ribbentrop que había abandonado el salón de recepciones para unirse a ellos.

—*Herr* Von Ribbentrop —declaró Peter—. Yo vine a Alemania por una razón, por una única razón muy poderosa, que usted ya conoce. Estoy comprometido y empeñado en el combate contra el bolchevismo en todas sus formas y en todos los lugares donde esa doctrina infame haya puesto los ojos. Entre todas las naciones de Europa, entre todas las del mundo, sólo la Alemania nazi, la Alemania del Führer, estaba dispuesta a oponerse al bolchevismo con todos los medios a su alcance, incluso con la fuerza de las armas si fuera necesario. Por lo tanto, vine aquí de buena fe y ofrecí al gobierno mis servicios. Y bien puedo añadir, *herr* Von Ribbentrop, que el ofrecimiento de mis servicios fue bien recibido y avalado por usted mismo. Estoy hablando de mi red de agentes dentro de Rusia, de los hombres y mujeres que, como yo, han dedicado sus vidas al derrocamiento de Stalin y todo su séquito. ¿Esperan acaso que yo me preste a la recepción de uno de los elementos más nefastos de esa banda, aquí, en Berlín? ¡No, por Dios! A Michael Nej no puede tratársele como diplomático. ¡Michael Nej es un criado; es el hijo de un siervo! Su hermano lustraba los zapatos de toda la familia. Él mismo lustraba mis botas. ¿Es posible que lo traten como a un diplomático?

—El Tercer Reich no requiere la condonación de las acciones de sus huéspedes —expresó Von Ribbentrop con una voz de tono tan helado como el viento del Ártico.

—Los tiempos cambian, príncipe Peter —explicó Goebbels en un tono más amable—. No obstante, un enemigo continúa siendo siempre un enemigo.

—Creo que no comprendo —indicó Peter.

—Estoy convencido de que *herr* Von Ribbentrop ha hecho el intento de explicárselo —dijo Goebbels lanzando una mirada a su colega—. No hay otra opción para la existencia de la nación alemana, para la vida del Tercer Reich, que la guerra con Rusia, una guerra victoriosa para nosotros y que se librará en un futuro cercano. Nuestro Führer ya ha manifestado ese propósito; ésa es la voluntad del Partido Nazi, la de la nación, el espacio necesario para poder respirar. ¿Dónde podría conseguir ese espacio vital sino a expensas del Este? —volvió a contemplar a Von Ribbentrop que lo estaba observando ansiosamente—. Precisamente en el Este, donde los bolcheviques han alineado a tantos de los pueblos que ellos dominan y que, sin duda, preferirían estar regidos por los alemanes que por "esos revolucionarios de manos ensangrentadas", como usted los ha descrito con tanto acierto.

—Ahora sí comprendo —dijo Peter impaciente—. Cuando se produzca esa guerra y Alemania obtenga el triunfo, podrá quedarse con Ucrania. Yo no he puesto objeción a eso.

—Así es —concedió Goebbels—; sin embargo, no es posible cometer errores ahora, príncipe Peter. La guerra contra Rusia es un asunto muy serio. Recuerde la suerte de todos los que han hecho el intento de conquistar ese inmenso territorio. Recuerde a Napoleón y a Carlos XII. Los dos fracasaron y eso que ambos eran los más grandes soldados de su época.

—Es que luchaban contra un país unido —aclaró Peter— en el que el pueblo seguía al pie de la letra el llamado de Dios y del zar y combatían también contra un ejército muy bien capacitado y bien armado. Ésos son los aspectos que yo he destacado con insistencia durante estos últimos seis meses. En la actualidad, la desunión en Rusia es mucho mayor que en el periodo de la invasión de los mongoles. El ejército ahora es pura chusma. Yo soy el primero en reconocer que los bolcheviques descubrieron a varios generales excelentes...

—Ya lo creo —asintió Von Ribbentrop—. ¿No fue uno de ellos quien lo derrotó en 1920?

—Si perdimos, fue por falta de armamento y de abastecimiento —puntualizó Peter—. Andábamos escasos de todo; si los países que se decían nuestros aliados nos hubieran apoyado, nosotros habríamos detenido a los bolcheviques y no estaría el mundo actual enfrentando la catástrofe. Pero todo eso es del tiempo pasado. Aquellos grandes generales han sido aniquilados uno por uno por órdenes de Stalin. El ejército está en un estado de desorganización total. No podrán hallar una oportunidad mejor que la presente, caballeros, para atacar Rusia.

—Uno de aquellos generales, por lo menos, vive aún y se encuentra aquí, como invitado —recalcó Von Ribbentrop.

—¿Michael Nej? ¡Bah! Es un campesino, hijo de campesinos.

—Pero estaba al mando del ejército que le hizo frente al suyo y lo venció, ¿no es cierto?

—Estaban muy bien armados y nosotros no —pregonó Peter alzando la voz—. Tenían muchos tanques y nosotros ninguno. Ellos tenían...

—Si me disculpa, todo eso resulta irrelevante, Peter —le interrumpió Goebbels—. Es posible que tenga razón y que, en estos momentos, Rusia sea un país muy vulnerable; pero nosotros también lo somos. No podríamos lanzarnos contra Rusia sin rectificar antes nuestras fronteras, porque no queremos correr el riesgo de vernos cercados por las democracias. Francia e Inglaterra no se quedarán de brazos cruzados mirando cómo atacamos Rusia.

—¡Tonterías! —exclamó Peter—. Ni Francia ni Inglaterra combatirán por los bolcheviques. Los aborrecen tanto como nosotros, aunque les falta el valor de aceptarlo.

—Las naciones democráticas lucharán siempre que vean la oportunidad de obtener algún beneficio —expuso Goebbels—. Por ahora, están muy activas a causa de ese asunto de los Sudetes. Es fundamental que nosotros dejemos resueltos ése y otros problemas, antes de pensar en atacar Rusia. Y no olvide que, si deciden pelear en favor de Checoslovaquia, Rusia se verá forzada, por un tratado, a ayudarles. Ahora sabemos, gracias a sus agentes, príncipe Peter, que Rusia no está en condiciones de pelear con nadie y que haría lo posible por evadir esa obligación. ¿No sería muy conveniente que se pusiera a trabajar para nosotros, como una medida meramente temporal, para incrementar todo lo posible esa falta de disposición de Rusia para hacer la guerra? Sería esencial convencer a los bolcheviques de que, pese a lo que está escrito en el *Mein Kampf,* nosotros sí estamos bien dispuestos a vivir y dejar vivir, a dividir a Europa en esferas de influencia y, dentro de las fronteras de cada esfera, podamos existir los unos para los otros con beneficios mutuos y comunes.

—Eso sería proceder con hipocresía —gruñó Peter.

—Pero es necesario proceder así —insistió Goebbels—. No hay nada que temer. Con el tiempo, vamos a tener a Rusia. Usted tendrá a Michael Nej. Le doy mi palabra. Usted podrá agarrarlo a él y a su hermano y estrangular a ambos con sus propias manos.

Peter se le quedó mirando.

—¿Me ha tomado por un verdugo? Soy el príncipe de Starogan. Mi interés es hacer justicia; ni más ni menos que eso.

—Por supuesto, por supuesto —se apresuró a decir Goebbels—. Se hará como usted quiera, ¿no le he dado mi palabra? Aunque estará de acuerdo conmigo en que los asesinos deben ser colgados. Lo único que requerimos es darles una cantidad suficiente de cuerda para que no sospechen que tengamos ese objetivo. Confíe en nosotros, príncipe Peter. Le garantizo que cumpliremos.

Peter se mostraba titubeante y miraba alternativamente a los dos hombres.

—No irán a pedirme que me siente a cenar con ese hombre, era mi *valet*.

—Claro que no —respondió Goebbels—. Lo de esta noche fue un error. Fue un descuido de mi parte. Me parece que lo mejor es que ahora regrese a su casa. Hay varios papeles que debe analizar. Permítame que lo acompañe hasta su auto. Estoy seguro de que *herr* Von Ribbentrop lo disculpará ante los invitados.

—Desde luego —dijo Von Ribbentrop, acatando la insinuación del ministro de Propaganda.

Peter hizo una inclinación con la cabeza para despedirse y salió para bajar por la escalera con Goebbels pisándole los talones. Von Ribbentrop encendió un cigarrillo y se quedó mirando pensativamente por la ventana, sin moverse, hasta que escuchó los pasos del cojo que regresaba.

—Estoy asombrado de que lo toleres todavía —declaró—. El odio de ese hombre por los bolcheviques es patológico. No puedo entender que un hombre que tenga tan escaso control sobre sí mismo nos sea de alguna utilidad.

—El príncipe sabe lo que está haciendo —replicó Goebbels—. Su red de agentes dentro de Rusia es muy valiosa para nosotros y tú lo sabes. Y aún hay más, pues toda aquella gente está motivada por un *ideal*, con tanta fuerza como él. No piden que se les pague y mueren gustosos por él. Tendríamos que buscar mucho y en muchos sitios para hallar gente tan útil para nosotros como ellos. Y eso sin mencionar el alto valor de la propaganda de tener aquí al príncipe, trabajando abiertamente para nosotros.

—¡Bah! —exclamó Von Ribbentrop—. Yo no considero que tenga ni la mitad del valor que tú le otorgas. ¿Y qué ocurrirá en el futuro? ¿No crees que vayamos a tener molestias por causa suya? De acuerdo con el príncipe, podremos quedarnos con Ucrania. ¡Qué ridículo! ¿No será capaz de entender que queremos toda la Rusia europea? Le podemos dejar Siberia y las estepas para que establezca allá su reino y se convierta en otro zar.

—Eso no lo ha entendido, Joachim, y te agradecería que no lo iluminaras al respecto. Cuando hayamos derrotado a Rusia, el príncipe Borodin habrá cumplido con su cometido y habrá dejado de sernos útil —le dio una amistosa palmada a Von Ribbentrop en la espalda—. Para entonces, podremos dejar que se cuelgue en el mismo patíbulo que los hermanos Nej, uno al lado de los otros. ¿No sería ésa una buena idea?

—Eso sí me gustaría verlo —aceptó Von Ribbentrop—. Y también esa perra rubia de su hermana podría estar colgada junto con ellos.

—Sería un desperdicio imperdonable —observó Goebbels—. Madame Nej es una de las mujeres más hermosas que hay en el mundo —emitió un suspiró—. Y he escuchado que su hermana, la estadounidense, es aún más bella. Bueno, ya veremos lo que puede hacerse con ésta —hizo un guiño—. Y por el amor de Dios, Joachim, no dejes que el Borodin te irrite. Es un buen instrumento, nada más que eso. Un instrumento.

—Todas las reseñas te favorecen —Clive Bullen, sentado en la terraza de la habitación del hotel, envuelto en su bata, dobló el último de los periódicos y lo dejó a un lado.

Tatiana vertió café en su taza.

—¿Acaso te sorprende?

—Como recordarás uno o dos de los periódicos se mostraron un poco escandalizados la otra vez que estuviste aquí.

Tatiana dejó la taza llena frente a él, le levantó la cabeza con su mano y le dio un beso en la boca.

—Aquello fue en 1925. Ahora estamos en 1938. Los tiempos han cambiado y las actitudes también. La gente se ha vuelto más civilizada.

—¿Podrías decir lo mismo de la gente de aquí?

Tatiana se sentó a su lado.

—Son revolucionarios, como en Rusia. Se requiere tiempo para limar las asperezas de una revolución. Comoquiera que sea, parece que les gusta mi modo de bailar.

—Lo que sucede es que han decidido ser corteses con los integrantes de la misión rusa y han girado instrucciones a los periódicos para que te traten bien.

—¡Malvado! —exclamó Tatiana, pero sonreía al decirlo—. No me importa si me detestan. Yo estoy aquí y tú estás aquí. Y nos espera un mes completo. Apenas puedo creerlo; me propongo disfrutar cada minuto.

—Antes de que tengamos que separarnos durante... ¿Cuánto tiempo dijiste? ¿Seis años?

Tatiana hizo una ligera mueca.

—No será tan largo el tiempo y, dentro de seis años, ya no nos separaremos nunca más. Te lo he prometido. Además, habrá otras misiones culturales, Joseph Vissarionovich está decidido a ponerse en paz con todo el mundo en Europa. Seguramente habrá otras misiones culturales.

Clive la observó, era algo que no podría cansarse de hacer; pero estaba preocupado por la serenidad casi peligrosa, por la enorme confianza que Tatiana manifestaba en todo lo que ella decidía que iba a suceder debido a que en el pasado siempre había sido así.

—A ti te agrada Joseph Stalin, ¿no es cierto? —le dijo—. Tú confías en él.

—Bueno... —Tatiana reflexionó mientras daba un sorbo a su café—. Sí, me agrada, me gusta lo que hace. En cuanto a confiar en él, por supuesto, confío en él. Trabajo para él.

—No es exactamente lo mismo.

Tatiana se inclinó sobre la mesa para poner el dedo índice en los labios de Clive.

—Nada de política. No he viajado miles de kilómetros para estar contigo hablando de eso. Aquí llegan las chicas. Svetlana, mi amorcito querido —se levantó de la mesa para besar a su hija—. Natasha —un beso más para Natasha Brusilova—. Ahora, vengan, siéntense y cuéntenme todo lo que ocurrió anoche —las acompañó a la mesa. Las dos llevaban bata y tenían los ojos adormilados—. Saluden a Clive —ordenó Tatiana.

Natasha Brusilova se ruborizó al ofrecer la mejilla; en cambio, si Svetlana se sentía incómoda al sentarse a desayunar junto al amante de su madre, no lo demostró.

—Fue una fiesta maravillosa —declaró, sentándose y untando mantequilla a su pan tostado—. Todos fueron muy amables. Después de la recepción, fuimos a una especie de club nocturno, instalado en un sótano, donde todos cantamos y bailamos y había un espectáculo en el escenario...

—Yo estaba muy enojada —aseguró Natasha—. Había desnudos, insinuaciones y posturas obscenas.

—Estuvo muy divertido —protestó Svetlana— y todos fueron encantadores y atentos...

—¿Alguien en particular? —le preguntó Tatiana.

—Bueno... —ahora fue Svetlana la que se ruborizó—. Yo conocí al joven más atractivo que te puedas imaginar, mamá.

—Su nombre es Paul von Hassell, es un teniente en la guardia de los SS y también te puedo decir que el propio Hitler le tiene gran estima.

—¡Qué alegría! —expresó Clive tranquilamente y Tatiana le dio un pisotón por debajo de la mesa.

—¿Cómo lo sabes? —inquirió Svetlana.

—Es mi deber saberlo todo. ¿Te acompañó al hotel anoche?

—Sí, mamá.

—¿Y?

Svetlana se le quedó mirando por un instante y después se echó a reír.

—No sucedió nada más. Me dio un beso en la mano. Pero debes saber, mamá, que quiere llevarme a cenar esta noche.

—Yo no creo que sea buena idea acercarse demasiado a esos nazis —sugirió Clive.

—Clive tiene razón —añadió Tatiana—. No hay que acercarse demasiado; pero ese joven es un protegido de Hitler y estamos aquí para cultivar la amistad de Hitler. Considero que bien podríamos permitirle ir a cenar, luego de la función. ¿No estás de acuerdo, Natasha Feodorovna?

—Yo no sabría qué decir —expresó Natasha encogiéndose de hombros.

—¿Por qué? —le preguntó Tatiana—. ¿No conociste tú también a algún alemán guapo?

De nuevo se encogió de hombros.

—Supongo que sí. Conocí a varios.

—Pero tenías la cabeza ocupada con Johnnie. ¿Vendrá a comer?

Natasha hizo un signo afirmativo con la cabeza y volvió a ruborizarse.

—Tatiana Dimitrievna, deseo hablar contigo a solas, si eso es posible.

—Por supuesto que sí, en especial si se trata de Johnnie. Después del almuerzo. Clive se fuma un puro al terminar y yo no soporto el olor. Entonces hablaremos —volvió el rostro al escuchar que la puerta se abría—. ¿Sí, Olga Mikhailovna?

La mujer saludó con una caravana.

—Allí está una muchachita que quiere verla, camarada Nej.

—¿Una muchachita? ¿No tiene nombre?

—Quizá lo que desea es unirse a tu grupo de baile —insinuó Clive.

—Su nombre es Ruth Borodina, camarada Nej.

—¡Ruth! —gritó Tatiana, levantándose de un salto—. ¡Mi sobrina! —se detuvo en la mitad de la habitación y se volvió a mirar por encima del hombro—. Es tu prima, Svetlana. Es la hija que tuvo Peter con Raquel Stein. ¡Qué alegría que haya venido!

—Esperemos que no se parezca a su padre —masculló Svetlana. Pero Tatiana ya había abierto la puerta de par en par y tiraba de su sobrina para meterla a la habitación.

—¡Ruth! —exclamaba—. ¡Ruth Borodina! Párate allí y déjame que te vea.

La chica obedeció lanzando una mirada curiosa a la mesa en la terraza y a sus ocupantes. Era muy esbelta, pero no le faltaba carne ni en las caderas ni en el pecho; su pelo lacio y negro, como el de su madre, le caía hasta la mitad de sus espaldas. Sus facciones grandes y bien delineadas estaban dominadas por sus enormes ojos negros.

—¿Sabes? —le dijo Tattie—, eres la copia al carbón de tu tía Judith cuando yo la vi por primera vez. ¿Qué edad tienes, Ruth?

—Diecisiete años, madame Nej —Ruth Borodina hablaba el ruso perfectamente, a pesar de que había partido de Rusia cuando era muy pequeña.

—Diecisiete. Creo que tu tía Judith tenía esa edad por entonces. ¿Y qué es eso de decirme madame Nej? Soy tu tía Tattie —echó los brazos sobre los hombros de la joven, la abrazó y, a continuación, la arrastró prácticamente hacia la mesa.

—Yo... he venido sólo para disculparme —explicó Ruth—. Para pedir disculpas por la conducta de mi padre en la recepción de anoche. Supongo que se portó groseramente.

—Tu padre es un hombre muy grosero cuando se lo propone —aceptó Tattie—, pero eso nada tiene que ver contigo.

—Sin embargo, también fue imprudente con el comisario Nej —aseveró Ruth—. Quiero pedirle disculpas a usted, señor.

Tatiana lanzó una carcajada.

—Éste no es el comisario Nej, Ruth. Éste es mi amigo, el señor Bullen.

—¡Oh! —los colores le tiñeron las mejillas pálidas—. Lo siento mucho, señor —se quedó indecisa, mirando la bata de Clive y después a la cama deshecha a través de la puerta abierta.

—Clive es amigo mío, Ruth —explicó Tatiana—. Y ésta es mi hija Svetlana.

Svetlana corrió en torno a la mesa para recibir su beso.

—Y ésta es mi bailarina principal, Natasha Brusilova.

—¡Oh! —exclamó Ruth haciendo una leve reverencia—. He leído mucho sobre usted, madame Brusilova. Soy una admiradora de sus bailes. Yo... yo también quisiera ser bailarina.

—Entonces lo serás —afirmó Tattie ocupando su silla—. Y ahora, tomarás café con nosotros.

Con mucho cuidado, Ruth ocupó una silla.

—Mi padre no me lo permitirá jamás.

—¿No quiere que tomes café? —preguntó Svetlana intempestivamente.

Ruth se ruborizó.

—Quiero decir que mi padre jamás me permitiría bailar en público. Me ha dicho que...

—Que serás la futura princesa de Starogan —le completó su tía—. Me parece estar oyéndolo. Los padres a veces son un estorbo, aunque —dijo pensativa—, mi padre no lo era. Peter salió a mi madre. Ella sí que era muy molesta. Pero ahora quiero que me hables de ti, Ruth; ¿por qué estás viviendo en Alemania, en qué escuela estudias...?

—Tengo una institutriz —informó Ruth.

—¡Ah, vamos! Yo también tenía una institutriz. Era una mujer francesa y no recuerdo su nombre. Bueno, entonces, háblame de... ¿Otra vez tú, Olga Mikhailovna? ¿Qué quieres ahora?

—Traigo un mensaje —dijo Olga—. De parte de un doctor Goebbels.

—¿Goebbels? Yo he escuchado ese nombre.

—Lo conociste anoche —explicó Natasha—. Era un hombrecillo con una pierna más corta.

—Es el ministro de Propaganda —dijo Ruth con mucha reverencia.

—¿Es aquel hombrecillo cojo? ¡Dios mío! Jamás había conocido a un hombre que me disgustara tanto. ¿Qué es lo que quiere, Olga?

—La invita a almorzar con él, camarada.

Tattie miró a Clive, quien se encogió de hombros.

—Supongo que ésa es parte de la razón de que estés aquí —dijo él—. Después de todo, es el ministro de la Propaganda.

—Y la pasarás muy bien —comentó Svetlana riendo de buena gana—. Anoche oí hablar de él. Dicen que es el hombre más lujurioso de toda Alemania. Aseguran que es capaz de quitarle los calzones a cualquier chica luego de estar con ella cinco minutos.

—¡Svetlana! —protestó Natasha.

—¿Tú crees que sea capaz? —preguntó Tattie.

—*Herr* Goebbels es un gran hombre —declaró Ruth—. Eso dice mi padre.

—Estoy segura de que así lo dice —afirmó Tattie—. Bueno, Olga, le dirás al mensajero que declino la invitación para almorzar.

—¿Rechazar al doctor Goebbels? —dijo Ruth horrorizada.

—Yo he venido a bailar —expresó Tatiana— y no a dejarme manosear por esos pequeños nazis cojos. Además... —sonrió mirándolos uno por uno—, Ilona y George llegan hoy. Comeremos todos juntos.

—Es en verdad asombroso que aún podamos reunirnos todos, así como ahora, de cuando en cuando —le dijo Ilona a Michael. Se hallaba sentada a su derecha en sentido oblicuo al de Tattie quien se encontraba sentada a la derecha de George al otro lado de la mesa. Clive Bullen estaba a la derecha de Ilona y Svetlana estaba entre él y George; Natasha se había sentado a la izquierda de Michael, con John a su izquierda, junto a su tía—. De pronto, me ha parecido que sólo fue ayer cuando todos nosotros nos sentamos a la mesa.

—Eso fue hace seis años —comentó Michael—. Nos reunimos para la cena y Judith y Boris Petrov estaban con nosotros.

—Sí, se me había olvidado —confesó Ilona—. Ya no hemos vuelto a saber de ellos. ¿Cómo están?

—Yo creo que muy felices. No se han casado, ¿sabes? Me parece que Judith no se atreverá jamás a casarse con un bolchevique, ni siquiera con uno como Boris que ya no desea tener nada que ver con nosotros. Pero viven los dos juntos y muy contentos, en París, según me han informado y, sin duda, allá estará Judith muy ocupada, ayudando a los emigrados judíos. Eso es lo que siempre ha procurado hacer.

—Sí. Judith siempre ha deseado ayudar a los demás —recalcó Ilona pensativamente. Se habían encontrado por primera vez en Kitai-Gorod, en aquella noche inolvidable de diciembre de 1905, cuando la revolución estalló en Moscú. Ilona era entonces la princesa Roditcheva, esposa del gobernador militar de la ciudad, el hombre que, poco después, iba a disparar los cañones sobre hombres, mujeres y niños para frustrar la rebelión. Y Judith Stein era una joven judía revolucionaria, sólo una muchachita, casi una niña, que soñaba con derrocar al zarismo y sustituirlo con una república socialista modelo. Las dos mujeres habían compartido los horrores y las miserias de aquellos días antes de separarse: Ilona para reanudar su vida de aristócrata durante el día y el terror de las noches en la cama de Roditchev, mientras Judith continuaba progresando entre los estratos subterráneos del terrorismo y la anarquía, hasta dar con sus huesos en los campos de trabajo de Siberia, con la espalda aún marcada por el látigo y el bastón de Roditchev. En eso pensaba Ilona y recordaba que, irónicamente, ella también llevaba esas cicatrices.

No obstante, con el correr del tiempo, las dos mujeres habían conseguido escapar de sus respectivas prisiones. Ilona se había liberado, gracias al gran amor de George Hayman. Judith, libre también, proseguía buscando su destino. Aunque parezca increíble, ambas habían pasado sus vidas amando a los mismos hombres en tiempos y de maneras muy diferentes. Judith llegó a ser la querida de su hermano Peter. Ilona había amado a Michael Nej debido a su gran ira y desesperación por lo que se veía obligada a padecer como esposa de Roditchev. Por su parte, Judith lo había amado para cumplir con un trato y poder sobrevivir. También, Ilona había amado a George como su esposa, en tanto que Judith tuvo que conformarse con ser la amante de él.

Tanto era lo que tenían en común que, o debían quererse profundamente, por encima de todo, o bien, odiarse de igual modo, por encima de todo.

Ya Michael había tomado suavemente con sus dedos la copa de champaña y la levantaba poco a poco, mientras le decía a Ilona:

—Los recuerdos deben limitarse a los acontecimientos felices.

Ella levantó su copa para beber y se ruborizó.

—¿Cómo sabías lo que estaba recordando?

—Me pareció lo más probable.

Ilona sonrió.

—Quizá estaba pensando que la última vez que estuvimos juntos, también estaban con nosotros Catalina y Nona. Ellas están ausentes ahora.

—Bueno —aclaró Michael—, Nona debe asistir a la escuela y Catalina... A ella no le gusta viajar y no está hecha para estas recepciones diplomáticas —se miraron mutuamente, cada cual al tanto de que el matrimonio de Michael con Catalina Lissitsina se había decidido con precipitación, cuando él había vuelto a ver a Ilona. Ése era un tema que él no hubiese querido abordar—. De todas formas, tú estabas pensando en Judith.

—¿Cómo lo sabías? Iremos a París la próxima semana, cuando salgamos de Berlín. George tiene la intención de visitar las grandes capitales de Europa durante su gira. Dice que será la última que hagamos. De modo que, sin duda, visitaremos a los Petrov. ¿Le daré a ella tus afectuosos saludos?

—Por supuesto —dijo Michael—. ¿Por qué dice George que éste será su último viaje a Europa?

Ilona se encogió levemente de hombros.

—Supongo que él está creyendo que, dentro de unos años, Europa ya no será igual a como nosotros la conocemos. ¿Estás de acuerdo con él?

—Mi labor es conservarla como está —repuso Michael con mucha seriedad, pero de inmediato bajó los párpados, tal como ella lo había visto hacer en muchas ocasiones cuando trataba de evadir algún tema. Ahora no estaba dispuesto a discutir sobre política—. Hablemos de cosas más agradables. John está muy bien, ¿no te parece?

Ilona lanzó una mirada a su hijo quien estaba enfrascado en la conversación con Natasha Brusilova.

—Sí. Supongo que está bien.

—Pero estás preocupada por él, ¿verdad?

—Pues sí. Me parece que no está haciendo nada de provecho. Quiero decir que eso de estar informando sobre los torneos de ajedrez no es hacer algo de provecho.

—Si eso lo hace feliz...

—Se puede estar feliz echado de espaldas sobre la playa tirando piedrecitas al mar, pero llega un momento en que es necesario levantarse y hacer algo.

—Está hablando la esposa de uno de los editores estadounidenses más prósperos —observó Michael sonriente—. Si ves a alguien que no esté ganando un millón por día, consideras que está perdiendo el tiempo.

—¿Y a ti, Michael, no te parece que John debería estar haciendo algo más de lo que hace?

—No todo el mundo puede ser una máquina humana —explicó Michael—. El mundo está compuesto por diversas clases de gente y, entre ellas, debe haber quienes informen sobre el curso de los torneos de ajedrez para beneficio de otros millones de personas que son fanáticas del ajedrez y que no pueden darse el lujo de asistir a las competencias. Johnnie hace dichosa a mucha gente. Él también es dichoso. No considero que eso sea tan malo.

—El camarada Nej me ha resultado filósofo —dijo Ilona—. Sin embargo, yo no creo que Johnnie sea dichoso excepto, quizá, cuando él juega ajedrez —miró de reojo a Natasha y no se atrevió a decir nada sin correr el riesgo de que ella lo oyera.

Michael movió la cabeza afirmativamente.

—También eso se arreglará, estoy seguro. Y, ahora, dime: ¿sabías que Peter está viviendo en Berlín?

Ilona asintió.

—¿Lo has visto? Creo que mañana vamos a comer con él.

—Ha cambiado.

—¿Qué dices? —preguntó Ilona sonriendo—. No ha cambiado ni un ápice y jamás lo hará. Tú no lo has visto desde hace mucho tiempo y yo tampoco. Pero él es mi hermano, Michael. No es posible que lo ignore, estando aquí. De cualquier modo, estoy preocupada por Ruth, llevada de un país a otro, sin asistir a la escuela... —suspiró profundamente—. Como sea, no pretendo modificar las cosas con mi influencia. ¡Por Dios! ¡Cuánta tristeza! Estamos todos juntos aquí, sanos y salvos y bebiendo champaña, deberíamos estar festejándolo. Ofrece un brindis, Michael, por favor, brindemos todos.

—¡Por supuesto! —Michael dio una palmada sobre la mesa y se puso de pie—. Brindemos. Todos hemos sobrevivido a muchas pruebas para encontrarnos hoy aquí. Ojalá que haya muchos de estos encuentros. Brindemos por los Borodin, por los Hayman y por los Nej. Por todos nosotros. Brindemos por todos nosotros.

Ilona llamó al timbre de la puerta del departamento, sacó el pañuelo y enjugó unas gotitas de sudor sobre su labio superior. No sabía casi nada sobre aquella joven. Sólo estaba enterada de que su existencia había sido muy difícil, casi trágica. Era la hija de Peter Borodin y Ruth Stein, la hermana de Judith, y había nacido durante las últimas etapas de la revolución, cuando el Ejército Blanco ruso iba quedando sistemáticamente aniquilado por la creciente fuerza del Ejército Rojo de Trotsky y Michael Nej y, desde luego, en el momento en que dio su primer grito, Ruth Borodina fue una exiliada. Durante el tiempo que estuvo en Nueva York, en la década de 1920, y a pesar de las ostentosas pretensiones de Peter, ella y sus padres no fueron más que los parientes pobres de los Hayman y, siguiendo las huellas de su madre, muerta trágicamente a temprana edad, fue arrastrada detrás de su padre, primero a Inglaterra y después aquí, a Alemania. Por lo menos durante algún periodo, gozó de la compañía y la afectuosa protección de su tía Judith; pero, a partir del instante en que Judith discutió con Peter, se quedó sola, cuidando y sosteniendo la casa para su padre y, sin duda, mucho más sola aquí, en Berlín, en 1938, cuando difícilmente era consciente de sus antecedentes judíos, escudada, como estaba, por su apellido Borodin.

Se abrió la puerta y Ruth se le quedó mirando. Llevaba un delantal sobre un vestido gris de tela corriente y su cabellera estaba sostenida por una cinta. No llevaba maquillaje, lo que permitió advertir con más claridad el rubor que encendió sus mejillas en aquel momento.

—¿Señora Hayman? ¡Cuánto..., cuánto me alegro de verla!

—Soy tu tía Ilona —dijo ésta—. ¿Puedo pasar?

—Claro —Ruth desprendió la cadena que sujetaba la puerta por dentro—. Mi padre quiere que la cadena siempre esté puesta —explicó—. Dice que en la actualidad no puede confiarse en nadie.

—Tiene mucha razón, te lo aseguro —afirmó Ilona y volvió a colocar la cadena luego de cerrar la puerta. El departamento era sorprendentemente amplio. La tía y la sobrina se quedaron paradas en el centro de un pequeño vestíbulo de entrada con cinco puertas a su alrededor, una de las cuales estaba abierta y daba acceso a una sala muy amplia y bien iluminada y ventilada; pero el mobiliario era corriente y parecía muy usado, lo mismo que la alfombra de la que podía decirse a primera vista que había conocido mejores tiempos—. ¿Está tu padre en la casa?

—Lo siento mucho, pero no está.

—¡Qué bueno! —dijo Ilona. Se quitó los guantes y se sentó en el sofá, junto a la ventana.

—Pero... —dijo Ruth con gesto muy serio—. Mi padre va a comer con usted.

—Ya lo sé, pero eso será más tarde. A quien he venido a ver es a ti —dijo Ilona—. ¿Te acuerdas de mí?

—Pues... —Ruth titubeó.

—Ya veo que no. Bueno, solamente tenías siete años cuando partiste de Nueva York.

—Yo... Yo fui a visitar ayer a mi tía Tatiana... madame Nej —mencionó Ruth.

—Sí, ella misma me lo dijo. Estaba muy contenta por haberte visto. Ruth... —ahora fue Ilona quien vaciló—. ¿Puedo preguntarte qué edad tienes?

—Tengo diecisiete años —Ruth se sentó en una silla de respaldo derecho, sobre el borde del asiento y con las manos cruzadas sobre su regazo.

—Entonces, ¿por qué no estás en la escuela?

—Bueno, es que mi padre no quiere enviarme a la escuela. Las colegiaturas son muy costosas y yo ya sé todo lo que necesito.

—Pero... no te vas a pasar el resto de tu vida cuidando la casa para Peter. Voy a tener que hablar seriamente con él acerca de ti.

—No —dijo Ruth con asombrosa firmeza.

Ilona arqueó las cejas y se le quedó mirando.

—Quiero decir... —Ruth se ruborizó—, no vale la pena hablar de mí. Yo... yo soy enteramente feliz.

—¿Lo eres? —le preguntó Ilona—. ¿Sabes en qué consiste la felicidad?

—¿Alguien lo sabe?

—Bueno... para empezar, hay muchas otras cosas mejores que puedes hacer con tu vida en lugar de estar encerrada en este departamento todo el día, limpiando y cocinando. ¿Has ido a alguna fiesta?

—Mi padre no aprueba que asista a las fiestas.

—Ya veo. Pero, en ese caso, ¿cómo vas a conocer a algún joven que te guste?

—¿Para qué debería conocer a alguno?

—¿Qué no piensas casarte?

—¿Casarme aquí, en Alemania? —Ruth se estremeció ligeramente—. Quizá cuando nos vayamos de aquí. Mi padre afirma que seguramente nos iremos de Alemania muy pronto. Tal vez regresemos a Rusia.

—¡Ay, Dios mío! —suspiró Ilona—. Incluso tu padre debe saber que ése es un sueño inalcanzable —se levantó del sofá y extendió las dos manos—. Ven, mi querida Ruth. Yo debo hablar con Peter. La manera en que te trata es cruel. Le voy a pedir que te permita ir conmigo a Estados Unidos. Sólo será una visita, pero haremos que sea muy larga. Ruth... ¡hay tantas cosas buenas en la vida! ¡Créeme!

—No —rogó Ruth—. Por favor, no lo hagas, tía Ilona.

—Pero...

—¡Por favor! —suplicó Ruth—. ¿Es que no lo entiendes? Yo soy todo lo que mi padre tiene. Ya sé que vive en el pasado, que sueña con Starogan y con los días gloriosos. Ésa es toda la dicha de que puede gozar; no obstante, debe vivir en el presente, en el aquí y en el ahora y él me necesita. Yo... yo puedo hacerlo sonreír algunas veces. También, algunas veces, él me llama "su pequeña Raquel". Amaba a mi madre, tía Ilona.

Ilona recordó las amargas peleas, las constantes humillaciones de Raquel y decidió no insistir.

—Así que es imposible que yo lo deje —explicó Ruth—. Por ahora es imposible.

Ilona suspiró. Después, tiró de las manos de Ruth para atraerla junto a ella y darle un beso.

—Él no te merece, querida mía —le dijo.

—Únicamente me tiene a mí —insistió Ruth—. Eso nadie puede cambiarlo.

—Sí —dijo Ilona y la besó de nuevo—. Sólo ten presente, mi querida, mi adorable muchacha, que también debes procurar lo mejor para ti misma.

Recuérdalo muy bien y, si algún día necesitas cualquier cosa, recuerda que George y yo estamos allí, esperando saber de ti en todo momento.

—Me agrada mucho tu madre —le confió Natasha Brusilova a John—. Me cayó muy bien desde la primera vez que la conocí, hace seis años. Entonces, se me ocurrió pensar que tú eres un hombre afortunado —sonrió tímidamente—. Y que también ella es una mujer afortunada.

Habían almorzado juntos en el hotel y se suponía que las bailarinas debían estar descansando antes de la representación de la noche; pero igualmente agradable y placentero resultaba descansar junto a la piscina del hotel, disfrutando de la cálida luz del sol y, además, allí podrían hablar. De hecho, John no sabía si Natasha deseaba estar a solas con él; sin embargo, ya era tiempo de "agarrar al toro por los cuernos". Faltaba poco para que ella retornara a Rusia.

—No has comentado nada acerca de mi padre —señaló John.

—Es un comisario —dijo ella.

—Lo cual significa que es una criatura detestable, o bien, que no puedes hacer algún comentario.

—Lo último me parece lo más justo —expresó ella aún sonriente.

—Natasha... —titubeó y le dio a la chica la oportunidad de interrumpirlo y de cambiar de tema; pero ella aguardó con paciencia, mirando el agua de la piscina, contenta por verse momentáneamente distraída por el estruendo de alguno que se lanzó desde el trampolín. Para él, ya no se trataba sólo del placer de verla de nuevo; sino de verla, por primera vez, en traje de baño, para apreciar la longitud y la belleza de sus piernas, las formas esbeltas de su cuerpo, que no podían ocultar el traje de baño blanco, de una pieza, el esplendor de su piel, tan blanca y ligeramente dorada por las pecas. A pesar de que desde antes la amaba, ahora, de repente, también la deseaba. Como si todos los hombres de Berlín no estuvieran deseando en aquel mismo instante a la primera bailarina del grupo Nej cuya fotografía había sido publicada en todos los periódicos—. Quería decirte que lamento mucho lo que ocurrió entre nosotros —dijo de pronto— y la parte que yo desempeñé en aquellos acontecimientos.

—Ya sé que lo lamentas, pero tú no tuviste nada que ver en aquello, aparte de ser un testigo inocente.

—¿Te parece que fue así? Fue mi tío el que asesinó a tus padres. ¡Por Dios!, ¿cómo podría olvidarme de eso?, ¿podrías tú?

—Tú ni siquiera sabías que se trataba de tu tío —dijo ella sonriendo suavemente.

—¿Ésa es excusa para él o para mí? Tampoco olvides que me hice pasar por un príncipe...

Natasha sacudió la cabeza.

—Tú creías que eras un príncipe. Debes creerme, Johnnie; yo comprendo lo que debes haber pasado.

—Sí —dijo él y se quedó contemplando el agua de la piscina, donde el clavadista, evidentemente alguno de los brillantes muchachos de Hitler, nadaba a una velocidad increíble—. ¿Podrías decirme algo?

—Sí, claro.

—¿Habrías ido a encontrarte conmigo aquella noche si hubieses sabido que yo no era un príncipe? ¿Si hubieses sabido que yo era el hijo de Michael Nej?

Natasha se le quedó mirando durante varios segundos.

—Si por entonces hubiese sabido que tú eras el hijo de Michael Nej, creo que no habría ido a encontrarte —dijo ella por fin.

—Bueno, entonces...

—Pero si hubiese sabido que no eras un príncipe, sí habría ido.

—Natasha... —le tomó la mano y después aflojó la presión de sus dedos—. Pero ahora, ya lo sabes.

—Nadie es responsable del padre que lo trajo al mundo, John. Y, si te interesa, a mí me agrada el comisario Nej y siento admiración por él. No me refiero al comisario Iván Nej; a ése lo detesto y supongo que habrá mucha gente en Rusia que opine lo mismo. Pero, ciertamente, tú no puedes ser responsable de tu tío.

Bajó los ojos a la mano de la chica que él sostenía entre las suyas. No se atrevía a levantar la vista para mirar sus ojos.

—Natasha, ¿quieres casarte conmigo?

La muchacha retiró su mano.

—¿Casarme contigo?

Él levantó la cabeza.

—Con seguridad sabías que eso era lo que iba a proponerte. Hace seis años te pedí lo mismo.

—Sí —dijo ella—. Aunque no de esa manera.

—Yo debía salir de Rusia y no permitían que te llevara conmigo.

—Tú nunca me lo propusiste.

—Iba a hacerlo, pero mi padre me dijo que no era posible en aquellas circunstancias. Iba a ser deportado bajo la acusación de espía y se había dado mucha difusión a mi caso. Mi padre me aconsejó que esperara. Pues bien, ya he esperado.

—¿Has esperado seis años para pedirme que me case contigo? —era evidente que estaba sorprendida.

—Te escribía cartas cada semana.

—Ya lo sé.

—Y tú las guardabas todas.

—Sí, me gustaba mucho recibir tus cartas; en ellas me hablabas de un mundo totalmente diferente al mío.

—También te decía que te amaba.

—En las cartas se dicen muchas cosas así —advirtió Natasha.

—Pero tú jamás expresaste lo mismo en tus respuestas —comentó John con un dejo de tristeza—. Ésa es una señal de que no me amas; por lo menos, no lo suficiente para casarte conmigo. Quizá porque en realidad soy un Nej.

—No —dijo ella—. Te aseguro que no es por eso.

—Entonces, ¿por qué? —Natasha lo observó unos segundos y se mordió los labios—. ¿Me amas aunque sea un poco?

—Creo que podría amarte mucho.

—Bueno, ¿entonces?...

—Porque yo no sé absolutamente nada acerca del amor. ¿Cómo podría saberlo? Escucha —le dijo a John tomando su mano al ver que él se disponía a hablar—. Como sabes, mis padres fueron asesinados cuando yo tenía diecisiete años. Eso fue al poco tiempo de haberte conocido, ¿lo recuerdas? ¿Cómo era posible que yo supiera algo sobre el amor entonces? ¿Cómo podía saber nada de nada? Todo lo que yo anhelaba era morir también. Creo que habría muerto, a no ser por Tatiana Dimitrievna. Yo habría sido ejecutada por la OGPU si Tatiana Dimitrievna no hubiera intervenido.

John suspiró.

—Iván Nej puede ser mi tío, pero resulta que ella también es mi tía. Ya vez que no todos somos malvados.

—Yo no quise decir eso, Johnnie; lo que yo quiero expresarte es que Tatiana Dimitrievna me protegió, me dio refugio en su academia y me cuidó. Le estoy eternamente agradecida, pero yo no era más que una más entre varios cientos de chicas y ella misma tiene una hija propia. Difícilmente, Tatiana podría enseñarme a amar de nuevo. Todo lo que podía enseñarme era a bailar y a olvidarlo todo a través de la danza. Así, el baile se convirtió en mi vida entera, pues ahí encontré el único medio de olvidarme de mis pesares.

—Y luego aparecí yo para añadir nuevas miserias a tu vida.

—Al contrario; tú me permitiste vislumbrar una felicidad que no me hubiese atrevido a imaginar y que jamás pensé que pudiese ser mía. Pero, ¿cuánto tiempo tuvimos en aquel entonces para estar juntos? No había transcurrido ni una semana entera antes de que te llevaran arrestado. Después, a mí también me llevaron a las celdas de Lubianka.

—Lo recuerdo —admitió John con tono sombrío.

—Yo no sabía para qué me llevaban —prosiguió diciendo Natasha—. Ahora lo sé: querían amedrentarte con mi presencia en aquel lugar. Pero, en ese momento, no lo sabía. Estaba aterrorizada, pues creí que iban a interrogarme y a acusarme de ser espía. Cuando me condujeron de nuevo por aquel largo corredor y luego me enviaron a casa sin hacerme algún daño, no supe qué hacer ni qué decir. Sólo me quedé acostada, sacudida por estremecimientos constantes. Incluso después de que a ti también te pusieron en libertad, yo continuaba temblando. Sólo el baile me rescató.

—Y ahora eres una de las grandes bailarinas del mundo —le dijo él.

Natasha sacudió la cabeza.

—No soy más que una de las grandes bailarinas de Rusia. El mundo podrá reconocerme si continuamos haciendo giras como ésta. Debe haber otras. Tatiana Dimitrievna me lo ha prometido.

John la estaba mirando con el ceño fruncido.

—Y todo lo que tú quieres es bailar, ¿verdad?

—Ésa es mi vida entera, Johnnie. Es la única esencia que poseo.

—¿No has pensado que el matrimonio y los hijos pueden aportar una esencia nueva para reemplazar la que ahora tienes?

—Johnnie —repuso ella con voz suplicante—. Apenas te conozco.

—¿Después de las trescientas cartas que te he escrito?

—¿Es posible conocer a fondo a un escritor sólo por haber leído algunos de sus libros?

—Pero... —John tomó la decisión de remitirse a los hechos— no podrás ser una bailarina durante toda tu vida.

—Lo sé; sólo me quedan unos cuantos años para permanecer en la cumbre. Unos cuantos años, muy pocos...

—Unos pocos años más —murmuró él.

—Pero, Johnnie... —los dedos de la joven apretaron con fuerza los suyos—. Yo quisiera que hasta entonces siguieras siendo mi amigo; me encantaría que continuaras escribiéndome cada semana. Yo quisiera... —se quedó callada y se mordió el labi o inferior, mirándolo, mientras un suave rubor encendía sus mejillas.

—Quisieras que yo volviera a proponerte matrimonio dentro de algunos años —concluyó él. A John le pareció que la muchacha iba a hacer un signo negativo con la cabeza, pero Natasha suspiró y dijo con un tono levemente ahogado:

—Me sentiré muy agradecida contigo si, dentro de algunos años, aún conservas los mismos sentimientos hacia mí.

Tatiana Nej bebió de su copa un sorbo del vino del Rin, helado, y siguió mirando a su sobrino especulativamente.

—Dímelo todo de nuevo —le ordenó—. Repíteme con exactitud todo lo que ella te comentó.

—¿Para qué, tía Tattie? —protestó John—. Me dijo que no. Todas las palabras dulces de nuestra conversación se reducen a ese "no" final. Lo único que ella quiere es continuar bailando.

—Claro que quiere seguir bailando —dijo Tattie—. Es una gran bailarina y todos deberíamos dedicarnos a lo que sabemos hacer bien. Pero eso no significa que dedicará su vida entera a lo mismo.

—Clive ha estado esperando desde hace trece años —explicó Tatiana—. Y está dispuesto a esperar otros seis años más. Me ama. ¿Amas tú a Natasha?

—Por supuesto que la amo, tía Tattie, pero seamos sinceros: tú y Clive... Bueno, es más bien una larga separación que simplemente estar esperando, ¿no es verdad?

Tatiana extendió el brazo con la copa para que él volviera a llenársela.

—Y ahora me dirás exactamente lo que ella te dijo, otra vez.

John lanzó un suspiro y obedeció. En realidad, era muy difícil ponerse a discutir con una mujer como Tatiana Nej.

—Sí —declaró Tattie—, creo que ya sé lo que ella dijo. Y también sé que tú eres un grandísimo tonto. ¿Qué has estado haciendo durante estos últimos seis años? No me dirás que jugando ajedrez, ¿verdad?; no sé si haya otra manera más fácil de pudrir el cerebro. ¿Qué no has comprendido lo que ella estaba tratando de decirte? Pues te lo aclararé: "No puedo casarme contigo hasta dentro de algunos años", te decía; "pero no hay necesidad de que nosotros debamos esperar tanto".

John se sobresaltó de tal modo que derramó unas gotas de vino sobre la mesita al levantar la cabeza para mirar sorprendido a su tía y exclamó:

—¡Tía Tattie!

—¡Señor, dame paciencia! —imploró ésta—. Ya no eres un niño, Johnnie; eres un hombre. ¿Has estado alguna vez con una muchacha en la intimidad?

—Bueno, por supuesto. Pero no... no con chicas como Natasha.

—¿Y en qué es diferente Natasha? Tiene un par de piernas, ¿no es cierto? Tiene senos. Y te aseguro que tiene vagina.

—¡Tía Tattie, por favor!

—¡Ay, estos estadounidenses me sacan de quicio! Todas esas cosas están allí. Ésas son las cosas que vas a utilizar cuando le hagas el amor; sin embargo, tienes miedo de oír que se les llame por su nombre. Eso es una niñería; pero, está bien, me comportaré decentemente. Natasha es exactamente igual a cualquier otra mujer de veintisiete años, sólo que mucho más bonita. Se está muriendo por tener a un hombre, pero se ha mantenido intacta para ti desde hace seis años. Y ahora se te ofrece y tú no haces nada.

—Pero... ella es Natasha Brusilova. La Natasha Brusilova.

—¡Dios, dame paciencia! ¿No soy yo la Tatiana Nej? Eso no desalienta a Clive, te lo garantizo. Al contrario; eso lo excita más.

John se mordió los labios.

—De modo que mi recomendación, John Hayman, consiste en que te animes a invitarla a cenar y, luego, te la llevarás a tu habitación del hotel y la meterás en la cama. Pero evita embarazarla. Tiene mucho que hacer.

—No podría hacer eso —manifestó John—. Vamos... sencillamente no puedo hacer una cosa así. De cualquier manera, me iré de la ciudad pasado mañana.

—Todavía tienes esta noche y mañana por la noche.

John sacudió la cabeza.

—No, de verdad que no, tía Tattie, pienso que no... —levantó la vista aliviado cuando se abrió la puerta para dar paso a Svetlana. Vestía un traje con saco y pantalones verde pálido, en el que se habían pegado algunas hojas; además, llevaba una hoja en el pelo. Tenía el rostro encendido y una expresión excitada. Toda la habitación pareció contagiarse con el ritmo acelerado de su pulso.

Se detuvo cuando vio a su primo.

—¡Oh! —exclamó—. Lo siento mucho. No tenía la intención de interrumpir.

—No estás interrumpiendo nada —le dijo su madre—. Llena una copa de vino para Svetlana, Johnnie. A ver si nos dice en qué pajar estuvo rodando.

—¡Oh! —Svetlana corrió al espejo y se quitó rápidamente la hoja que tenía adherida al pelo.

—Llevas otra hoja prendida a tu trasero —le dijo Tattie—. Al verla, me tranquilizo, porque al menos me doy cuenta de que no te quitaste los pantalones.

—¡Mamá! —Svetlana volvió la cabeza rápidamente, con las mejillas encendidas. Lanzó una mirada nerviosa a John que le tendía la copa y su rubor se intensificó.

—Yo creo que debo irme —comentó John—. Fue muy agradable hablar contigo, tía Tattie, y te agradezco mucho tus consejos. En verdad te los agradezco.

—Pero no vas a seguirlos —indicó Tatiana en tono de queja.

—Bueno, voy a pensarlo.

—Durante seis años más —agregó Tatiana—. Ven a darme un beso —le apretó el brazo y le acarició la mano; luego, lo vio salir y cerrar la puerta—. Y ahora, señorita... —dijo dirigiéndose a su hija.

—¿Se va a casar con Natasha, mamá? ¡Dímelo!

—Tal como van las cosas, lo dudo mucho —informó Tattie—. A no ser que yo intervenga. Y tú, ¿con quién te vas a casar?

—¡Ay, mamá! —exclamó Svetlana y fue a arrodillarse junto a la silla de su madre—. Te aseguro que es el hombre más maravilloso del mundo. Fuimos a pasear al parque, al zoológico y tomamos té con crema...

—¿Y así vas a bailar esta noche? —le reclamó Tatiana.

—Sólo un poco de té con crema. Y hablamos, hablamos y hablamos.

—Tirados en la hierba —señaló Tattie.

—Bueno, el tiempo estaba tibio y agradable. Pero no ocurrió nada, mamá. De verdad. Paul es todo un caballero.

—¿Paul es ese *herr* Von Hassell? —inquirió Tatiana.

—Por supuesto; pero, ¿sabes una cosa, mamá?: si él no se hubiese portado como un caballero, creo que yo no lo habría rechazado. ¡Lo amo tanto!

—¡Por el amor de Dios! Hace apenas unos días que lo conoces —gritó Tattie.

—Y tú, ¿no siempre estás diciéndome cómo te enamoraste de Clive Bullen a primera vista?

Tatiana suspiró y, después, con una repentina explosión de ira, lanzó su copa contra la pared y la hizo añicos.

—¡Mamá! —protestó Svetlana haciendo a un lado con sus pies los vidrios de la copa.

—Mi sobrino favorito —clamó— no quiere mover ni un dedo para atrapar a la chica con quien yo quiero que se case, mientras que mi hija pierde la cabeza por un nazi. ¡Un nazi!

—Eso no se lo puedes reprochar, mamá. En realidad, no puede decirse que sea un nazi y, si lo es, eso se debe a que en Alemania todos son nazis.

—¿Ah, sí? —inquirió Tattie—. Pertenece a la ss y con eso se es todo lo nazi a que se puede llegar.

—La Waffen ss —explicó Svetlana— es el regimiento de batalla; es la élite. Paul desea pertenecer a los mejores.

Tatiana se quedó observando atentamente a su hija.

—Y tú lo amas. ¿Él te ama a ti?

—¡Ay, sí, mamá! Estoy segura de que él me ama.

—Muy bien, muy bien —dijo Tattie y, con una caricia, alborotó el cabello de Svetlana—. Entonces, ¿quién soy yo para poner objeciones? No obstante, tu padre no dará jamás su consentimiento.

—En ese caso, esperaremos a que yo tenga veintiún años. Sólo me faltan dos años.

—¡Dos años solamente! —exclamó Tatiana y se encogió de hombros—. Tienes tiempo, mi pequeña. Aún tienes mucho tiempo.

Judith Stein había envejecido en tal forma que, para Ilona, quien sólo era un año mayor que ella, era inconcebible. Había grandes mechones grises en su cabello negro, profundas arrugas en su rostro y, si bien su cuerpo se conservaba delgado, parecía el resultado de las penurias y las preocupaciones, más que el producto de un ejercicio saludable.

Las facciones grandes y atractivas del rostro de Judith continuaban manteniendo la serenidad que Ilona le conocía y, si tardó en dejar que se distendiera su gesto severo con una sonrisa, al abrir la puerta, sin duda era porque, al reconocer a Ilona, recordó que le sería muy difícil enfrentar a aquella mujer a la que, como amante de George, había traicionado alguna vez. Y el hecho de que ella e Ilona fueran viejas amigas incrementaba la dificultad del encuentro.

Pero eso pertenecía al pasado.

—¡Judith! —exclamó Ilona y la abrazó con mucho afecto—. ¿Qué no nos esperabas?

—¡Por supuesto! —Judith presentó su mejilla a George para que le diera un beso—. Sólo que no sabía en qué momento iban a llegar —se separó de ellos y, volviendo la cabeza, llamó—: Boris: Ilona y George están aquí.

Boris Petrov llegó haciendo alharaca. Era más joven y de estatura más corta que Judith y se había dejado engordar; sin embargo, seguía siendo un hombre atractivo, con sus rasgos firmes y su mandíbula cuadrada. Además, era la causa de cualquier porción de felicidad que Judith hubiese podido alcanzar, aunque para Ilona era muy extraño el camino que Judith había tenido que recorrer —de ser una revolucionaria socialista a tener que huir de los horrores del bolchevismo extremo, incluyendo la ejecución de sus padres— para encontrar, finalmente, la felicidad con un comisario bolchevique.

Aunque, en realidad, Boris ya no era un bolchevique. Era un diplomático y los años en Washington y en París lo habían transformado en un hombre de mundo que le besaba a Ilona las dos mejillas y le daba un apretón cordial a la mano de George. De inmediato, sirvió a todos grandes vasos con licor de Calvados el cual, de repente, hizo aparecer a París más brillante.

—Ya debes saber que aquí debemos afrontar numerosos problemas —comentó Boris a George tan pronto como todos tomaron asiento—. Serios problemas.

—Ya estoy enterado de algunos —respondió George—, pero yo tenía entendido que te favorecen. ¿No es uno de los principales que sean los comunistas los que están al mando en el gobierno?

—Ésa es sólo una parte del problema, puedes estar seguro.

—Pero debe ser la parte que tú apoyas. Boris sonrió. Él y George habían sido amigos durante mucho tiempo y no podía sentirse ofendido por una observación como ésa.

—Hasta cierto punto nada más. Es indudable que, cuando se trata de oponerse a Hitler y a sus nazis, la nación debe contar con un gobierno fuerte, bien preparado para tomar la decisión que sea necesaria, aunque resulte desagradable —Boris se encogió de hombros—. Hasta el momento, no hemos dejado de repetir esto a esos franceses comunistas; pero todos ellos son gente muy difícil de persuadir. No quieren aceptar ningún cambio.

—A mí me enferman —interrumpió Judith— cuando afirman que no tienen la intención de luchar por su país. ¿Cómo puede haber gente así?

—La semana pasada vimos a Ruth —intervino Ilona como para cambiar de tema—. Se ha convertido en una chica preciosa. Se parece mucho a ti, Judith; es decir, cuando tú eras tan joven como ella.

—¿La viste en Berlín? —quiso saber Judith.

—Sí, allá la vimos.

—No comprendo cómo es posible que viva allá. A su tío Joseph lo asesinaron a golpes aquellos maleantes y ella continúa viviendo allá.

George observó que la mano de Boris acarició la mano de Judith cuando ésta mencionó la trágica muerte de su hermano.

—Supongo que Ruth está allá porque Peter vive en Berlín —observó Ilona encogiéndose levemente de hombros y lanzando una mirada a Boris—. Continúa persiguiendo, como siempre, sus absurdos sueños.

—No deben ser tan absurdos, puesto que está intentando comprometer en ellos al gobierno alemán —explicó Boris—. Y entonces, George, tú que has estado en Londres, en Roma, en Berlín y ahora en París, dime cómo ves la situación y qué opinas de ella.

George suspiró.

—Estuve hablando con Halifax y con Beaverbrook en Londres y tuve la impresión de que los ingleses no saben con certeza lo que está sucediendo o no son capaces de creerlo todavía. Continúan confiados en que, si ellos no se mueven, todo este malestar que ahora impera, se disipará.

—También hablaste con Churchill —le recordó Ilona.

—Sí, por supuesto. Él sí sabe lo que en realidad está ocurriendo, pero, de hecho, ya es un anciano estadista casi retirado; muchos de los ingleses lo consideran el profeta del desastre. Y aquí, en París, ya hablé también con Reynaud. El hombre confía en que los ingleses acabarán por solucionar la situación.

—¿Llegará a solucionarse, George? —quiso saber Ilona.

—No —contestó él—. Tuve ocasión de hablar con Von Ribbentrop en Berlín e incluso fui recibido por el Führer en una breve audiencia. Todos se mostraron muy condescendientes. Quisieran contar con una propaganda periodística favorable en Estados Unidos y no han podido lograrla; no obstante, ni siquiera tratan de disimular que a toda la región de Europa central y oriental la consideran como el patio trasero de su casa y que de ella tomarán lo que les venga en gana.

—Pero, ¿no se dan cuenta de que arriesgan el pescuezo?

—Ellos no lo creen así —puntualizó George— y yo me siento inclinado a estar de acuerdo con ellos. Cuando estuve en Roma, sostuve una larga conversación con el conde Ciano. Y oye bien lo que te digo, Boris: Ciano detesta a los nazis, no confía en ellos y les tiene miedo. ¿Acaso no les tenemos miedo todos? Pero también te garantizo, Boris, que, haciendo un lado los sentimientos personales, a Italia no le queda otra opción que estar del lado de los nazis. Los italianos están seguros de que ellos serán los que dominen en Europa, por lo menos durante dos generaciones y, por lo tanto, quieren estar de parte de los alemanes al menos durante ese tiempo. Y, si quieres saber algo más, me parece que tu gente del Kremlin está intentando adoptar el mismo punto de vista.

Boris exhaló un suspiro hondo.

—Sí, esa misión de Nej es algo incomprensible para mí.

—Es una locura —declaró Judith—. Se diría que Stalin ahora sí ha perdido la cabeza. No puede haber otra explicación. ¿No comprenden, por Dios, que el nazismo es por completo opuesto al comunismo? El nazismo está dedicado a la destrucción del comunismo, ¿por qué ha hecho eso Stalin?

—Quizá porque ya no puede hacer otra cosa —comentó George—. Después de todo lo que ha acontecido en Rusia en los últimos cuatro años, la nación no está preparada para enfrentar a Alemania por sí misma.

—Eso es totalmente cierto —reconoció Boris—. Pero, en cambio, si se recurre a las armas, los rusos apoyarán a los franceses y también a los británicos. Si, por ejemplo, los alemanes no retiran sus demandas sobre Checoslovaquia, veremos cómo se repiten las divisiones de la Gran Guerra. Eso dejaría liquidado a Hitler.

—¿Y si suponemos que ni los franceses ni los ingleses emprenderán la lucha por Checoslovaquia?

Boris miró a George frunciendo el ceño.

—Están obligados a pelear, George. Han dado toda clase de garantías.

—Bueno, yo no depositaría mi confianza en las garantías prometidas por el grupo que actualmente está en Westminster. Por lo menos, no después de lo que vi y escuché.

—No puedo creerlo —afirmó Judith—. Sencillamente no puedo creerlo. Vamos a sentarnos con los brazos cruzados y a permitir que hagan lo que les plazca. Son el diablo; no sólo lo digo por lo que yo misma pude constatar cuando vivía allá: esas pandillas de jóvenes deambulando y golpeando a cualquiera cuyo aspecto les desagradara. No sólo por el modo en que asesinaron a Joseph; lo digo por lo que veo y lo que oigo entre la gente que viene a refugiarse aquí, la gente a quien yo trato de ayudar. Eso es todo lo que yo hago: les busco algún sitio para que vivan mientras estén en París y les consigo pasajes en barco para Estados Unidos, para Palestina, para América del Sur o para cualquier parte donde los nazis no puedan alcanzarlos. ¡Y las historias que me cuentan!... George, ¿por qué no permites que los lectores estadounidenses sepan quiénes son en realidad los nazis? Para empezar, háblales de los campos de concentración.

—Eso es lo que trato de hacer —expuso George—; pero no puede odiarse a un pueblo entero sólo porque fusila a los opositores políticos —se volvió para mirar a Boris—. ¿No es verdad que se trata de un pasatiempo muy antiguo?

—¿Fusilarlos? —gritó Judith—. ¿Tienes idea de lo que les hacen?

—De hecho, sí —aseguró George—. A mí me llevaron a uno de esos campos. Estoy de acuerdo con que es contrario a todo derecho humano que a la gente se le ajusticie sólo por sostener un punto de vista distinto al del gobierno o por formar parte de una raza o de una minoría. Reconozco que es inhumano y detestable que se les humille, forzándolos a usar ese ridículo uniforme de pijama; pero no hay ninguna prueba de que sean maltratados. Por lo menos, a mí no me consta.

—No lo viste porque no se te permitió que lo vieras —replicó Judith.

—Yo no estoy en el negocio de la propaganda, Judith. Mi labor reside en informar sobre la verdad hasta donde yo pueda.

—A mí me asombra que te hayan dejado entrar a uno de esos campos de concentración —opinó Boris.

—Yo lo solicité y no me hicieron objeción alguna. Debo decir que, toda la gente que miré, parecía muy contenta de estar allí. Se les permite continuar con sus oficios, con sus entretenimientos y su vida social dentro de los límites del campamento. Como ya lo mencioné, aborrezco la idea de que se prive a alguien de su libertad. Tengo el propósito de resaltar ese aspecto en mis artículos del periódico, pero eso depende de la situación y de las condiciones. Como Goebbels decía: Alemania está aún en medio de una revolución social y cultural. Cuando esa revolución concluya —y él piensa que será muy pronto— se cerrarán los campos y esas personas quedarán en libertad.

—¿Y tú le creíste? —preguntó Judith amargamente.

—No encontré razón para no hacerlo.

—¿Y no caíste en la cuenta de que se te mostró un campo específico, especialmente preparado para tu visita? A cualquiera le abrirían el campo si anunciara su visita con anticipación. No requieren más para ocultar a los que han sido azotados o que están muriéndose de hambre.

—Judith, no hay evidencias de que realmente ocurran esas cosas. Yo estoy dispuesto a ayudar a tu gente en lo que pueda. Criticaré al gobierno nazi con toda energía; mas no puedes pedirme que mienta acerca de ellos. ¿Algunas de las personas que ayudas han estado dentro de un campo de concentración?

—Bueno, por supuesto que no han estado allí o, de lo contrario, no vendrían a pedir ayuda.

—Pero todos son rumores, son cosas que se oyen decir.

—¡Oh, por el amor de Dios! Entonces, nos sentaremos a aguardar a que los nazis se apoderen de Europa —aseguró Judith—. ¡Qué calamidad! ¡Qué lío tan terrible! —hizo una pausa para mirar a Boris—. ¿Qué vamos a hacer? ¿Qué podemos hacer?

—Vamos a comer —contestó él—. Después, nos sentaremos en la terraza con una botella de vino. Estamos en París y en verano. Los nazis están lejos. El Rin está entre ellos y nosotros.

—A lo que yo agrego: "amén" —declaró George—. Espero que el río permanezca en su lugar.

CAPÍTULO III

JOSEPH VISSARIONOVICH STALIN SE LEVANTÓ DE SU ESCRITORIO y rodeándolo, avanzó hacia el frente con los brazos extendidos.

—Has hecho bien —dijo—. Bien —tomó a Tatiana Nej entre sus brazos, la estrechó y la besó en cada mejilla—. Yo sabía que podías. Tomaste a Alemania por asalto. Eres un tesoro. ¿No es verdad que es un tesoro, Iván Nikolaievich?

Iván Nej miró a su hermano, Michael, quien estaba sentado en la otra silla frente al escritorio.

—Sí, Joseph Vissarionovich —masculló—. Ella ha sido un tesoro.

—Entonces, ponte de pie y dale un beso —ordenó Stalin—. Me disgusta ver que las personas se hagan tontas. Aunque tú y Tatiana Dimitrievna hayan llegado a la conclusión de que ya no es posible que continúen viviendo juntos, aún son marido y mujer. Besa a tu esposa, Iván Nikolaievich.

Soltó a Tattie y dio unos pasos hacia atrás. Iván se levantó a su vez, mirándola con odio. Al conquistar a Tattie en aquel inolvidable día de primavera de 1918, había imaginado alcanzar todos sus sueños, los sueños de un limpiabotas que deseaba con vehemencia a la hija de su amo.

Y, sin embargo, él había sido el conquistado. No lo supo entonces. Enredado en el ajetreo de la revolución y de su papel cada día más importante en ella, había animado a Tattie a beber fuera de sus horas de trabajo en el campamento del Ejército Rojo. Jamás se dio cuenta del pantano en el que había metido los pies.

Con el tiempo, el vodka se había disipado, y Tattie había comprendido que había conseguido su primer objetivo: sobrevivir. Entonces, había empezado a pensar de nuevo, y Tatiana Dimitrievna, abandonada por sus padres, su hermano y su hermana, como una débil mental debido a su obsesión por la danza, poseía la inteligencia más sagaz y la voluntad más dispuesta que él se hubiera encontrado. Iván Nej podía haberla raptado y haberla hecho su mujer, pero ella era sensible, bella y talentosa, y allí había todo un mundo nuevo por conquistar. Ciertamente, había conquistado a Lenin, lo mismo que a Stalin, cualesquiera que hayan sido las razones aparentes que el secretario del partido pudiera aducir para complacer sus caprichos y sus ambiciones y, conforme había conquistado, había crecido y crecido hasta convertirse en algo demasiado grande para sus brazos, hasta que los deseos de ella y no los de él eran los que prevalecían, hasta que, por fin, ella había logrado escapar por completo de él tras humillarlo en público.

Así que lo único que quedaba era odio. Odio y una resolución cada vez más definida de hacerla regresar algún día y, más todavía: de encerrarla en sus celdas de Lubianka y de escuchar sus gritos.

Algún día; pero, ciertamente, no el de hoy. Él tendió los brazos y ella mecánicamente avanzó para recibir un beso en la mejilla. Él podía haber sido un sobrinito haciéndole perder el tiempo.

—Y ahora, Joseph Vissarionovich —dijo ella—, creo que me merezco algún premio.

—Ciertamente —respondió Stalin—. Y ya he decidido cuál será. ¿Conoces Minsk?

—Por supuesto que conozco Minsk —contestó Tattie—. Ya me he presentado allí.

—Claro —dijo Stalin—, pero no estoy seguro de que conozcas la región que se localiza al sur de Minsk.

—Al sur de Minsk está la zona pantanosa —especificó Tattie.

—Oh, por supuesto; pero los pantanos del Pripet están muy al sur. Me refiero a la región que se ubica alrededor de Slutsk. Es un lugar hermoso; caliente en el verano y, sin embargo, tiene buena tierra de cultivo. Hay una enorme granja no lejos de Slutsk que perteneció a un noble en aquellos viejos y malos tiempos en que eso era posible. Te la estoy regalando.

—¿Una granja? —inquirió Tattie—. ¿Y qué voy a hacer con una granja?

—Oh, los koljós se encargarán del cultivo. Pero las construcciones —y hay una gran cantidad de ellas, incluyendo una auténtica casa solariega antigua— permanecen intactas. Se me ocurrió que allí podría estar el sitio para que entrenaras a tus muchachas, lejos del bullicio de Moscú, porque, como sabes, ahora la academia está rodeada de departamentos y avenidas, y todo el tiempo hay ruido de tránsito. Allá en Slutsk estarás en paz, como debería ser. ¿No te parece brillante?

—Bueno... Supongo que sí —respondió Tattie.

—Bien, entonces, haré los arreglos necesarios para que tu escuela sea transferida a ese sitio.

—Sí —dijo Tattie como ausente—. Es verdaderamente abrumador de tu parte, Joseph Vissarionovich. No me esperaba algo así.

—Pero estoy muy agradecido por la parte que desempeñaste para que la misión de Michael Nikolaievich fuera un éxito —declaró Stalin—. Rusia está agradecida.

—Sí —dijo de nuevo Tattie—. No obstante, te voy a pedir algo más.

—Bueno, ¿por qué no pedir? —comentó jovialmente Stalin—. El que no se arriesga, no gana, ¿eh? De todas maneras, la granja es tuya.

—Bueno —manifestó Tattie—. Estaba pensando que, en las actuales circunstancias, sería recomendable rescindir la orden de expulsar a John Hayman de Rusia. Después de todo —se apresuró a decir ella al ver que Stalin levantaba las cejas—, nos interesa mostrarnos amistosos con los estadounidenses, y John es hijo de Michael Nikolaievich. Te garantizo que ha terminado completamente con mi hermano; sólo trabajó para él, porque no sabía quién era.

—Y, por supuesto, está enamorado de tu principal bailarina —agregó Stalin.

—Bueno —dijo Tattie—, no sé si vayan a llegar a algo; pero podría ser una buena propaganda.

—Considero que tienes razón —accedió Stalin—. Sí, creo que puede ser posible, al paso del tiempo. Pienso que puede ser posible.

—Y, en ese caso —mencionó Tattie—, sería injusto mantener la orden de deportación contra cualquiera de los británicos que se vieron involucrados en ese asunto.

—Espera un minuto —dijo Iván.

—Creo que tiene razón —replicó Stalin.

Iván hizo un ruido sordo.

—Sí —recalcó Stalin—. Puedes dejar esto con toda seguridad en mis manos, Tatiana Dimitrievna. Sí, ciertamente —la tomó de las manos, la acercó a sí y la besó de nuevo—. Estoy complacido contigo. Complacido. Transmíteles mis afectuosas felicitaciones a tus chicas.

—Te lo agradezco, Joseph Vissarionovich —aseguró Tattie—. ¡Oh!, te lo agradezco —y salió de prisa de la habitación.

Joseph Vissarionovich —dijo Iván.

Stalin movió la cabeza.

—Ella lo ha hecho bien, y creo que con buen éxito. Al igual que tú, Michael Nikolaievich —Stalin se sentó en su escritorio y dedicó su atención a Michael Nej, quien aún no había hablado—. ¿Así que consideras que las perspectivas para un pacto de no agresión son buenas?

—Queda aún mucho por hacer, Joseph Vissarionovich —aseveró Michael Nikolaievich—; pero los alemanes ciertamente están interesados.

—Sí —dijo Stalin—. Bueno, tendremos que esperar y ver cómo se desarrolla este asunto de Checoslovaquia. Si lleva a la guerra, tendremos que reconsiderar nuestra situación; aunque si las democracias lo aceptan, como creo que lo harán, entonces podemos seguir adelante. Pero, ¿qué hay de ese Peter Borodin? ¿No está influyendo a los alemanes en contra nuestra?

Michael se encogió de hombros.

—Por los datos que tengo, no con mucho éxito. Parece que les ha ocasinado algunas molestias.

—Eso está bien —respondió Stalin—. Sí, muy bien. Me agrada mucho el rumbo que han tomado las cosas, Michael Nikolaievich. Ahora, veamos, ¿no vas a reconocer que lo de la misión fue una buena idea?

—Son gente detestable —contestó Michael—, absolutamente detestable; les falta categoría y dignidad. El solo pensamiento de tener que tratar con ellos me eriza la piel.

—Son los líderes actuales de Alemania —acotó Stalin—. Esperemos que no sean los líderes permanentes de Alemania. Ahora, tómate unas vacaciones, Michael. Diles a Catalina y a tu hija y váyanse a Crimea. Lo has hecho bien.

Michael se levantó, observó a su hermano y salió de la oficina. Stalin aguardó a que la puerta se cerrara y después se reclinó en su asiento.

—Michael lo ha hecho bien. Ahora me siento mucho más tranquilo que antes acerca de la situación, pero algunos aspectos aún continúan siendo problemáticos.

—Todo esto de la recompensa a Tatiana Dimitrievna —rezongó Iván— es innecesario. ¿Ya sabes que está sugiriendo que Svetlana Ivanovna se case con un nazi? La tonta muchacha se ha enamorado perdidamente de una bestia rubia. Bueno, yo se lo he prohibido terminantemente.

—Es un derecho que te corresponde como padre —indicó Stalin con cierto desgano.

—Pero, por supuesto, la chica tiene diecinueve años —rugió Iván—. Dentro de poco, podrá ignorarme. Es todo lo que Tattie está haciendo, volver a mis propios hijos en mi contra. Y ahora, ¡una granja para ella! Es absurdo, Joseph Vissarionovich y esto no es socialismo.

—Estoy seguro de que tienes razón, Iván Nikolaievich. Pero, aun así, lo de la granja tiene un propósito, y una recompensa la mantiene a ella feliz.

—¿Un propósito?

—Creo que ya es tiempo de que Tatiana Dimitrievna se aleje un poco de la mirada pública. Slutsk está muy lejos de Moscú y de Leningrado. Me parece que es un lugar ideal para que ella adiestre a sus chicas.

Los ojos de Iván brillaron.

—Eso significa que por fin...

—Quiero decir que estoy llegando a la conclusión de que ella puede completar su vida activa como comisario de Cultura. Ni ella ni yo hemos podido definir jamás con exactitud qué es cultura revolucionaria y qué no lo es. Acerca de este asunto, tuve ocasión de hablar con Tattie en 1932. Y entonces, debido a las circunstancias, ella estaba deseosa de escuchar. Por ejemplo, Shostakovich estaba componiendo las tonterías más desviacionistas que he escuchado. Ella solucionó el problema. Obtuvimos una retractación pública de él y ahora se mantiene estrictamente dentro de la línea del partido. Pero, en este momento, la misma Tattie está recayendo en sus antiguas costumbres. He estado observando sus partituras musicales y, de hecho, en los temas de las danzas que ha estado realizando, puedo distinguir varias ideas anticomunistas.

—Ciertamente es culpable de desviación —declaró enfáticamente Iván—. Y siempre he creído que en secreto ella es trotskista. Aunque, como una Borodina... debes saber que se reunió con su hermano cuando estuvo en Berlín.

—Quisiera discutir eso contigo —respondió Stalin.

—Sólo da la orden, Joseph Vissarionovich, y la detendré.

Stalin lo miró con una benevolente y cansada mirada.

—Y la meterás a una de tus celdas y la reducirás a una lastimosa ruina, ¿verdad?

—Bueno...

—Dudo que tuvieras éxito con Tatiana Dimitrievna. Y, suponiendo que lo hicieras, luego, ¿qué? ¿La pondrías contra un muro y la dejarías llena de agujeros?

Iván tenía el ceño fruncido y se veía poco seguro.

—Si se demuestra que ella es trotskista o una agente zarista...

—Comienzas a hablar como Yezhov; lo que quiero comentar contigo es otra cosa. Creo que ya hemos eliminado suficientes trotskistas y agentes del zar. Pienso que, en vista de las nubes tormentosas que se están reuniendo en torno nuestro, debemos concentrar nuestros esfuerzos a unificar la nación y a prepararla para las pruebas que nos aguardan.

—Sí —respondió Iván tristemente—. Tomará tiempo. Y en los casos de criminales conocidos...

—Puede llevarse a cabo más rápido de lo que piensas —aseguró Stalin—. El país y el mundo requieren un solo ejemplo, una señal clara de que el gobierno soviético está poniendo un alto a los procesos estatales, de que se está preparando para moverse hacia adelante y hacia arriba.

Iván sólo lo miraba desconcertado y preocupado.

—Estimo —prosiguió Stalin, hablando con más tranquilidad— que el camarada Yezhov también ha cumplido con su misión. Considero que ya es tiempo de probar que se ha excedido en su autoridad y que una gran cantidad de sus arrestos y ejecuciones se efectuaron en realidad para ocultar las pruebas de su propia desviación, de sus propias inclinaciones trotskistas. Me gustaría que hicieras esto por mí, Iván Nikolaievich.

Por fin, Iván sonrió, pero aún preocupado.

—Muchas de esas órdenes fueron firmadas por mí, Joseph Vissarionovich.

—Entonces, concéntrate en las que no hayas firmado, Iván Nikolaievich.

Iván asintió lentamente.

—Yezhov —dijo—, nunca me ha gustado.

—Ni a mí —agregó Stalin—. En todo el mundo, su nombre se ha convertido en sinónimo de asesinato y crimen judicial. Le está dando mala fama a todo el partido. Debemos ser capaces de poner orden en nuestra propia casa.

—Sí —asintió Iván—. Sí —se levantó—, lo haré de inmediato. Y después...

—Y después —completó Stalin—, el camarada Beria podrá hacerse cargo de la NKVD.

Iván se sentó de nuevo, despacio.

Stalin le sonrió.

—¿Todavía buscando los signos externos de poder, Iván Nikolaievich? ¿No te he dicho que no son necesarios?

—Pero, Joseph Vissarionovich, si no puedo aspirar a ser jefe de la NKVD, ¿qué puedo ser?

—Lo que eres. Mi *éminence grise*, te llaman. No hay posición más poderosa que ésta, Iván. No, no. Tú estarás detrás de Lavrenti Pavlovich, como estuviste detrás de Yezhov, y te asegurarás de que acate mis órdenes. Y, en caso de alguna falla, tú y yo decidiremos qué es lo mejor. ¿Me entiendes?

—Sí —respondió Iván con tristeza, con la cabeza metida entre los hombros.

—Bueno, ahora, que ya has tomado una decisión con respecto al asunto Yezhov, tengo una tarea para ti. Una tarea que sabrás apreciar.

Iván levantó la cabeza.

—La gente que estás entrenando —preguntó Stalin—, ¿es eficaz?

—¡Oh!, sí —algo de entusiasmo regresó a la voz de Iván. Luego, miró frunciendo el ceño a su jefe—. Yo no sabía...

—¿Que yo sabía de ese asunto? ¿Por qué no me habías comentado eso?

—Bueno...

—No apruebo los ejércitos secretos, a no ser que sean los míos.

—Pero por supuesto que te pertenecen, Joseph Vissarionovich —protestó Iván—. Como yo. Y fuiste tú el que me dio la idea. ¿Te acuerdas de la joven Ragosina?

—Claro que sí. La enviaste a un campo de trabajos forzados durante cinco años por haberse excedido en su autoridad.

—Por instrucciones tuyas, Joseph Vissarionovich.

—¡Ah!, sí —expresó Stalin—. Bueno, por la forma en que los estadounidenses y los británicos estaban actuando acerca de ese estúpido asunto del sabotaje en 1932, era indispensable hacer un escarmiento en alguien. ¿Dónde está ella ahora? Ya debe haber finalizado su sentencia.

—No lo sé —aclaró Iván—, pero fue a causa de Anna Ragosina que se me ocurrió la idea. La adiestré para que fuera mi esclava y fuera absolutamente implacable. Mataba sin compasión, sin titubear, apenas se lo ordenaba. Podía destruir a un hombre o a una mujer en pocos minutos, y dejarlos en capacidad de comparecer ante un tribunal y confesar sus crímenes.

—Me parece que extrañas a esa joven, Iván Nikolaievich.

—Bueno... —Iván se ruborizó—. Pero, de cualquier modo, cuando ella fue enviada lejos, empecé a pensar. Comprendí que mi error consistió en hacer sólo una Ragosina. Entonces, decidí crear toda una brigada, una docena de hombres y mujeres que pudieran obedecer todas mis órdenes, y cada uno fuera tan hábil y despiadado como Anna Ragosina.

—¿Tus órdenes, Iván Nikolaievich? —indagó Stalin con voz suave.

—Como yo cumplo las tuyas, Joseph Vissarionovich.

Stalin lo miró durante varios segundos. Por último, asintió con la cabeza.

—Jamás lo dudé, y, ¿ya están listos ahora?

—Bueno, aún están al inicio de su capacitación. Debo confesar que ninguno de ellos es una Ragosina; aquella muchacha era sorprendente. Pero continuarán su adiestramiento, te lo prometo.

—Entonces, quiero que encuentres a Anna Ragosina y que la integres de nuevo a tu compañía.

—¿Encontrar a Anna Ragosina?

—Tengo una comisión urgente para ti, Iván Nikolaievich. Un encargo que sólo puede ser desempeñado por una brigada altamente capacitada como la que me has descrito. Es una tarea que no debe fallar.

—Bueno, entonces, bajo mi mando...

Stalin negó con la cabeza.

—No, no. En caso de que en esta misión falle algo, debemos estar en posibilidades de descartar cualquier implicación. No sería conveniente que tú asumieras el mando. Además, Iván Nikolaievich, no me gustaría perderte.

El ceño de Iván volvió a aparecer, distorsionando su rostro.

—Esta "misión", como la llamas, parece muy riesgosa.

—Y lo es; pero también es muy importante —Stalin se inclinó hacia delante—. Escúchame: estarás de acuerdo con que, aunque pueda no gustarnos, cierto convenio con la Alemania nazi es esencial para nosotros hasta que el Ejército Rojo se haya reorganizado, hasta que nuestras industrias sean capaces de soportar el peso de una gran guerra.

—Por supuesto, Joseph Vissarionovich. Jamás he dicho lo contrario.

—Así es. Y gracias a los esfuerzos de tu hermano, ahora tal convenio parece posible. Mas no lo será, en mi opinión, mientras las mentes nazis estén siendo envenenadas contra nosotros por los discursos zaristas.

Iván se le quedó mirando y, a continuación, dijo pausadamente:

—Peter Borodin —Stalin se echó hacia atrás—. Peter Borodin —pronunció Iván de nuevo, también echándose hacia atrás—. ¡Cuánto he esperado oírte decir estas palabras, Joseph Vissarionovich! Pero no necesitaremos una brigada, un sólo asesino dedicado a...

Stalin movió negativamente la cabeza.

—Deseo que me traigas a Borodin aquí, vivo, a Rusia —después, sonrió—. ¿No te gustaría tenerlo aquí, vivo?

—¡Dios mío! Si pudiera ser. Si...

—Se logrará. Tu gente lo hará, Iván Nikolaievich. Anna Ragosina lo hará. Devuélvele su rango, devuélvele todo lo que ella tuvo, todo lo que alguna vez quiso. Hazla coronel en la NKVD y dile que, si efectúa esta misión, como lo espero, conocerá nuestra gratitud eterna.

Iván se mordió los labios.

—¿Después de cinco años en un campo de trabajo?

—Debe haberse endurecido todavía más.

—Habrá aprendido a odiar.

—¿A odiarnos quieres decir? También habrá aprendido a triunfar. Y sólo puede triunfar volviendo a conseguir su fuerza. Otórgasela en la forma que quiera, Iván Nikolaievich. Como sabes, no deseo saber detalles; lo único que me interesa es tener aquí en Rusia a Peter Borodin. Lo quiero contando un cuento que podamos apreciar, en una corte, aquí, en Moscú, el próximo verano. Ése es tu encargo, Iván Nikolaievich. Tráeme a Peter Borodin.

Iván Nej se encontraba en el entresuelo que rodeaba el gimnasio y observaba a la gente que estaba en el salón inferior. Doce de ellos eran instructores, hombres musculosos en camiseta y pantalones mojados de sudor. Los otros doce eran seis hombres y seis mujeres jóvenes. Estaban desnudos y de pie contra la pared, con las manos cruzadas detrás de la cabeza, mientras los instructores les arrojaban balones de futbol con toda su fuerza. Cada golpe les dejaba una mancha roja de sangre que se acumulaba bajo su blanca piel, dejándoles apenas el tiempo para desaparecer antes de que se volviera a reunir. Cada vez que la pelota se estrellaba en su rostro o en sus genitales, les quitaba el aliento; sin embargo, ninguno de los cuerpos se movía y ninguno de los doce pares de ojos se cerraba. Fracasar era inconcebible, porque no podía haber fracaso. A nadie en ese salón podía permitírsele retornar a una vida normal para que contara lo que había experimentado allí, y lo que se le había entrenado a hacer.

Su gente. Este sentimiento lo excitaba al contemplarlos. Los había seleccionado individualmente, de orfanatos, como lo había hecho con Anna Ragosina. Quería personas sin parientes, sin vínculos. Y había querido juventud y belleza. Eran los muchachos más atractivos que había podido hallar. Y ellos sabían que, habiendo estado de acuerdo en trabajar con él, con todas las recompensas que ello pudiera eventualmente aportarles, también dependían por completo de él. Eran títeres que danzaban movidos por sus hilos, que cubrían sus requisitos y satisfacían sus necesidades físicas y emocionales, como Anna Ragosina lo había hecho una década antes. Y aprendían a asesinar, bajo cualquier circunstancia, como Anna lo había hecho. Iván conocía sus currículos de memoria. Ya habían recorrido trotando una y otra vez el gimnasio. Ya habían hecho cincuenta planchas cada uno y se habían dominado en la barra veinticinco veces. Y ahora, cuando sus cuerpos habían sido suficientemente golpeados por los balones, deberían dirigirse a la sala de tiro con pistola y atinarle a sus blancos. Mientras sus manos estaban aún resbalosas por el sudor, sus corazones palpitantes, las ingles adoloridas y las mejillas con punzadas. Con el tiempo, deberían ser las personas más insensibles de la Tierra.

Con el tiempo, pues, hasta el momento, ninguno de ellos se comparaba con Anna Ragosina. Anna Ragosina. Verla de nuevo haría que estos muchachos no tuvieran sentido. ¿Cómo sería tras cinco años en un campo de trabajo? Ciertamente, ella no había abrigado alguna duda acerca de su destino. Fue la única vez que había suplicado por algo en su vida. Y él la había enviado de cualquier manera. Anna Ragosina.

Si todavía se encontraba viva.

La puerta que estaba detrás de él se abrió y él se volvió. Una de sus secretarias estaba allí, una esbelta mujer con lentes y una expresión agobiada. Ella desvió la mirada y la dirigió a los cuerpos desnudos.

—¿Sí? —preguntó él.

—Alguien solicita una entrevista, camarada comisario.

Iván la miró con el ceño fruncido.

—¿Una entrevista? Yo no concedo entrevistas.

—Se trata de su hijo, camarada comisario. El camarada Nej.

—¿Mi hijo? ¿Gregory Ivanovich está aquí? ¿En Lubianka?

—Sí, camarada comisario.

Iván la hizo bruscamente a un lado y corrió por el corredor. Los tacones de ella sonaban detrás de él.

—¿Qué está haciendo aquí? —inquirió sobre su hombro.

—Desea verlo, camarada comisario.

Iván llegó a su oficina, abrió la puerta y observó al muchacho. Por lo regular, sólo lo visitaba una vez por semana, cuando formalmente tomaban juntos el té. A Svetlana la veía aún con menos frecuencia, puesto que ella siempre estaba ensayando o practicando en la academia. En realidad, no había pensado mucho en ellos. Eran jóvenes como los demás. Había tenido hijos con Zoé Geller hacía muchos años, en Starogan, y le habían disgustado tanto como la madre de ellos. Uno todavía vivía y era muy conocido como jugador de ajedrez; pero no tenía nada en común con ninguno de ellos, todos se parecían a sus madres.

Gregory tenía los rasgos pronunciados de Iván y el cabello negro, pero, a los dieciocho años, ya era un auténtico Borodin en tamaño y sobrepasaba en estatura a su padre.

—Gregory Ivanovich —Iván le estrechó la mano—. ¿Por qué has venido aquí? —y se permitió una sonrisa—. La gente no suele venir voluntariamente a Lubianka. Yo no lo promuevo —después, apuntó hacia una silla—. Siéntate.

Gregory Nej se sentó despacio en la silla de respaldo recto.

—Mi madre me dice que se marcha de Moscú, a Bielorrusia.

Iván asintió con la cabeza.

—El camarada Stalin le ha regalado una granja allá. Según sé, es un lugar enorme. Él considera que la academia ya no es adecuada ahora que Moscú ha crecido alrededor de ella.

—Ella desea que la acompañe —dijo Gregory.

—Bueno, me imagino que a ella le gustaría.

—Yo no soy un bailarín, papá.

—Así es. Bueno, tendremos que discutir tu carrera. Ante todo, debes terminar la escuela y entrar en la universidad. Luego, veremos qué es lo mejor para ti.

—Me gustaría trabajar contigo, papá.

Iván se echó hacia atrás en su silla.

—¿Conmigo?

—Sí.

—Tu madre jamás lo permitiría.

—Ella no puede detenerme —afirmó Gregory—. Tengo dieciocho años y me estoy ofreciendo de manera voluntaria.

Iván lo miró con el ceño fruncido.

—¿Puedo preguntar por qué?

—Bueno —Gregory se ruborizó y se mordió los labios—, no quiero salir de Moscú. Y no quiero continuar viviendo rodeado de mujeres y de músicos. No me interesa la música. Deseo hacer algo por Rusia. Y yo pienso...

—Que trabajando conmigo podrías hacerlo con facilidad.

—No quiero hacerlo con facilidad —aclaró Gregory—, pero deseo trabajar contigo.

Iván pensó en él, se permitió una rápida imagen mental de Gregory, desnudo, de pie contra una pared que se hallaba abajo, mientras alguien le aventaba una pelota de futbol a las partes pudendas. Era una imagen extrañamente fascinante; apenas conocía al muchacho. Pero no era huérfano, sin ninguna relación o vínculo: era el hijo de la comisario de Cultura, el sobrino del líder del partido. Aceptarlo sería quebrantar todas las reglas que él había establecido para integrar su brigada.

Por otro lado, si él pudiera convertirlo también en esclavo, en un instrumento servicial, ¡qué forma de devolverle el golpe a Tattie!

Pero allí no podía haber nada de correr a casa con mamá.

—Trabajar conmigo es muy duro —dijo—. Muy, pero muy duro y, una vez que aceptes trabajar conmigo, ya no podrás cambiar de parecer.

—Lo entiendo —dijo Gregory—. No deseo que sea fácil.

—Deberás hacer cosas difíciles, por el bien del Estado —advirtió Iván—. No puede haber titubeos ni piedad ni intentos de comprender los motivos. Lo único que vale son las exigencias del Estado y deben ser obedecidas. ¿Lo entiendes?

—Sí —contestó Gregory.

Iván lo observó durante unos instantes.

—Muy bien —dijo finalmente—. Quiero que regreses a casa y que lo medites una noche más. No se lo menciones a tu madre; pero, si vuelves mañana por aquí, entonces te aceptaré.

—Gracias, papá —Gregory se puso de pie, pareció que iba a extender la mano, pero después cambió de parecer y salió de la oficina.

—Es muy duro —comentó su secretaria— usar a su propio hijo.

—Sí —admitió Iván—. Dime, ¿hay alguna noticia de aquella mujer Ragosina?

—¡Oh!, sí, camarada comisario. La hemos encontrado.

El corazón de Iván saltó.

—¿Dónde? —se incorporó.

—Está viviendo en Tomsk, pero se le ha dicho que se reporte aquí. Llegará en una semana.

—¿Qué ha estado haciendo en Tomsk?

—Ha estado trabajando en una fábrica, camarada comisario.

—¿Está casada?

—No, camarada comisario.

—Y estará aquí en una semana. Te lo agradezco, Vera Igorovna. Lo has hecho bien.

Se reclinó de nuevo en su asiento. Su corazón golpeteaba. Todo su cuerpo se henchía con anticipación. Luego de seis años; los seis años más miserables de su vida. Sus intentos de aprehender a Ilona Hayman en 1932, de destruir a Clive Bullen, se habían convertido en un desastre. Él mismo había escapado a la desgracia sacrificando a Anna Ragosina y, desde entonces, se había quedado con un sentimiento de fracaso absoluto, con un sentimiento de no haber conseguido nada en la vida. Así, había podido entregarse con mayor crueldad aún a exterminar a todo trotskista designado por Stalin, pero sin haber sentido el menor placer, ni siquiera interés, en lo que estaba haciendo.

Pero de repente... la autorización para arreglárselas con Peter Borodin, después de tanto tiempo. Su propio hijo, viniendo para trabajar con él. Y Anna Ragosina a punto de volver tras seis años.

—Sí, ciertamente, Vera Igorovna —expresó poniéndose de pie—. Lo has hecho muy bien. Busca tu abrigo y te llevaré a comer. La secretaria se le quedó mirando con la boca abierta.

El tren empezó a detenerse y Anna Ragosina se incorporó. Le dolían el trasero y la espalda; había viajado todo el camino desde Tomsk en un vagón de tercera clase, sentada y durmiendo en asientos de tablas, rodeada de cuerpos malolientes y del humo de los cigarrillos, acurrucada en una esquina, tan aterrada de que pudieran identificarla, que no se había atrevido a entablar conversación con sus compañeros de asiento. Los dolores de su cuerpo, que estaban presentes incluso cuando no estaba sentada sobre duras tablas, eran un recordatorio de lo que había sufrido, tanto de las patadas como de los azotes, de los arañazos, palizas y golpes rabiosos que había recibido de sus compañeros prisioneros cuando descubrieron quién era ella. Enviar a Anna a un campo de trabajo era condenarla a muerte.

Como tal vez había sido la finalidad. Estaba muy bien enterada de las misiones secretas que Iván Nej desempeñaba para su jefe. Sólo rodeándola de gente que no creería nada de lo que ella pudiera decir y que ni siquiera aceptaría entablar conversación con ella, Stalin y Nej podrían sentirse seguros. Pero ella había sobrevivido. Puesto que ya había vivido durante años con odio, vivir otros cinco años así no había resultado tan difícil. No había tratado de resistir. Había sido más inteligente: a cada golpe infligido en su cuerpo, ella simplemente se había hecho un ovillo, empeñada en proteger sus pechos, sus ingles y sus riñones y había dejado que su mente se preparara con el odio.

La única vez que había respondido fue cuando destrozaron su cabello. No fueron los guardias. Ella sabía que le harían el corte obligatorio de pelo que se les hacía a todos los prisioneros y había preparado su mente para ello y, aunque ellos se lo habían cortado demasiado, le habían dejado un flequillo que le caía hasta las orejas. Su cabello siempre había sido su más orgullosa posesión, aquella madeja negra y gruesa que ella dejaba que rodeara su rostro de Madona como un matorral, partido por el centro e impedido de caer frente a sus ojos con un prendedor en cada sien y dejado descansar gentilmente sobre sus hombros y espalda. Tenerlo corto era una tragedia, pero ella sabía que le crecería con rapidez. Aunque ése no fue el final: para humillarla, sus furiosos compañeros de prisión le habían arrancado el resto. Esto había sido más de lo que podía aguantar; entonces, había supuesto que jamás le volvería a crecer. Su cráneo parecía demasiado maltratado como para permitir un milagro así.

Sin embargo, había crecido de nuevo y, para entonces, se habían fastidiado de atormentarla; es más, habían dejado de tomarla en cuenta y la habían aislado por completo. Sin duda, habían supuesto que eso también sería un castigo, pero para ella había sido el mayor favor que se le hubiera podido hacer. En los últimos cuatro años que pasó en el campo de trabajo, ella calculaba que no había intercambiado más de media docena de palabras con una sola persona. Finalmente, había sido capaz de pensar.

Se había mantenido cuerda pensando en John Hayman. Aunque sólo lo había tenido bajo su custodia durante veinticuatro horas —o quizá, ella pensaba, precisamente por eso—, él continuó siendo el único ser humano, ciertamente el único hombre, por el que había sentido un mínimo interés verdadero. Desde luego, aquello se relacionaba con su buen tipo Borodin; era uno de los hombres más apuestos que había conocido; pero, más que esto, fue el primer hombre occidental con el que ella había entrado en contacto más íntimo, casi como una criatura de otro mundo, con una apariencia y una escala de valores muy diferentes y fascinantes. Pensar en John Hayman le había ayudado a acrecentar su odio, pero ahora con un paulatino sentimiento de insignificancia.

Ella siempre había odiado, desde el día en que, cuando tenía sólo diez años, los rojos habían fusilado a sus padres y la habían llevado a ella y a sus dos jóvenes hermanos al orfelinato. A los diez años, su odio no había sido nada concreto, no había sido capaz de maquinar planes, de tomar decisiones y, entonces, también, había estado temerosa. En primer lugar, el orfelinato había aislado sus sentimientos. Casi todas las niñas que estaban allí habían perdido a sus padres en la revolución, y la mayoría de ellas habían estado en el lado blanco. Sus maestras, y en particular la comisario, la camarada Tereshkova, habían explicado con claridad desde el principio que ellas en realidad no entendían la teoría consistente en ejecutar a los padres y salvar a los niños, pero, puesto que a las niñas les había sido concedido por el benevolente Estado tal oportunidad de vivir y de llegar a ser algo, a ellas les correspondía hacerlo. Podían alistarse en una cuadrilla de las que reparaban la vía del tren o como barrenderas de avenidas; o podían avanzar hacia la universidad y conseguir un digno lugar en la sociedad soviética.

Como detalle curioso, en toda la escuela sólo había habido un suicidio. Anna suponía que se debía a que, cuando alguna de ellas había llegado a la edad, a los quince años, en la que el suicidio se acepta mentalmente como una forma de protesta y de escape, ellas ya habían sido expuestas durante varios años a un programa intensivo de comunicación y se les había enseñado una y otra vez que sus padres y familiares, si no habían sido malas personas, sí habían estado equivocados, y que la sociedad soviética, aunque en ocasiones aparecía como áspera, e indiferente hacia el individuo así como bastante brutal para el inconforme, estaba haciendo su mejor esfuerzo para convertirse en un paraíso para cualquiera que estuviese preparado para trabajar duro y reconocer que el partido sabía lo mejor y que, en verdad, podían crear una muy buena vida para ellos mismos si observaban estas reglas de oro. No parecía haber otra opción, ni siquiera para Anna Ragosina. Pero Anna por lo menos había encontrado una compensación para su conciencia; ella sobreviviría e incluso prosperaría, como el Estado le exigía hacerlo. No obstante, continuaría odiando; odiaría a los hombres que habían matado a su madre y a su padre, a los hombres de la Checa y un día, quizá... un día. Si se trataba de una idea infantil, poner la esperanza de uno en un futuro remoto y ciertamente inalcanzable, no era menos satisfactorio por ello.

Y después había sucedido el milagro. Iván Nej había llegado al orfelinato, buscando a una mujer. Había sido tan simple como esto, aunque él lo había disfrazado de la búsqueda de un asistente personal. Su mujer lo había abandonado y, como Anna lo había descubierto casi de inmediato, él era desesperadamente inepto como amante o como mero acompañante de mujeres. Sólo podía herirlas y había deseado herir a una de su propiedad. En compensación, le había brindado el uso del uniforme de policía secreto en el que ella había concentrado todo su odio, y le ofreció, además, poder expiar este odio en incontables víctimas inocentes e indefensas.

Por supuesto, él no había sabido del odio; tampoco la camarada Tereshkova. Pero ésta había intuido que sobrevendría un desastre. Le había advertido al comisario Nej que Anna Ragosina no era en realidad la mujer que estaba buscando: era demasiado taciturna, introvertida, apasionada. Dado lo que iba a ofrecerle, se convertiría en un monstruo. Ella también se lo había dicho mucho a Anna; pero ésta no había dudado ni por un instante en vestir aquel uniforme, en pertenecer a la NKVD, como había llegado a ser llamada, a ser parte de aquel Estado dentro del Estado que, de hecho, gobernaba Rusia. ¿Qué mejor oportunidad se le presentaría de destruir aquella organización que convirtiéndose en parte de ella?

Un sueño descabellado, sin embargo, porque ella se había convertido, con rapidez, en el monstruo que la camarada Tereshkova había predicho. Si su odio iba a seguir siendo ciego, entonces su único placer iba a residir en infundir tal odio ciego en otros. Odio ciego y temor aún más ciego. La vista de ese pálido y armónico rostro en su matorral de pelo negro, de aquellas blancas manos con las venas azules apenas a flor de piel, el sonido de esa voz pausada, se habían convertido en sinónimo de terror para millares de hombres, mujeres e incluso niños. Y para Iván Nej se había convertido en algo indispensable; o por lo menos ella así lo había supuesto. Él la había valorado tanto por su sumisión en la cama —que era lo que él anhelaba en una mujer— como por su crueldad viciosa y su serenidad. Pero no la había valorado más que su propio pellejo. Para lograr un sueño absurdo, había detenido a la mujer de George Hayman bajo un falso cargo, hecha su mente un remolino de deseos obscenos que iban de la violación a la destrucción. Cuando, como Anna podía haberle dicho que ocurriría, el escándalo resultante había llegado casi al Kremlin, lo único que había tratado de salvar fue su reputación y las apariencias. De ese modo, Anna Ragosina fue señalada como la autora del arresto, así como la que había apresado a John Hayman para hacer caer a su madre en la telaraña, y la que asaltó a Boris Petrov y a Judith Stein cuando ellos habían intentado intervenir. No importa quién haya dado las órdenes, Anna Ragosina había hecho el trabajo y, por lo tanto, debía ser castigada.

Cuando al fin salió del campo de trabajo, no había ansiado hacer otra cosa que desaparecer en la oscuridad. Alguna vez había soñado con ponerse en contacto con sus hermanos; de hecho, ella sabía que uno de ellos ahora era inspector de una fábrica en Kharkov, que estaba casado y tenía hijos y que podía brindarle un buen hogar. Mas el pensamiento de verlo de nuevo resultaba imposible, pues, probablemente, él sabría en lo que ella se había convertido. Por supuesto, ella aún conservaba su belleza; a pesar de las cicatrices en su cuerpo y en su alma, los hombres se sentían atraídos hacia ella, y Anna había sentido algún placer en permitir que se enamoraran de ella, antes de aplastarlos con su indiferencia. Pero ésa había sido una alegría estéril y no había imaginado algo mejor.

Hasta ahora. Él quería que volviera. Y ella estaba en camino, pues de todos los hombres del mundo ella sabía que odiaba sólo a uno: a Iván Nej.

Y allí estaba él, de pie en el andén para recibirla.

—¡Anna! —exclamó Iván—. ¡Anna!

Ella le dejó que la tomara de la mano.

—Camarada comisario.

Él la contempló a través de sus lentes.

—No has cambiado —dijo, como para confirmárselo a sí mismo—. Nada te cambiará, Anna Petrovna.

—No, camarada comisario —contestó ella—. Nada me cambiará.

Él le sonrió y después miró a diestra y siniestra. La gente los estaba observando. El comisario Iván Nej era fácilmente identificable y tal vez algunas personas estaban reconociendo también a la mujer, ahora que estaban juntos.

—Ven —dijo él y se encaminaron al automóvil. Habían transcurrido seis años desde que ella había viajado en coche por última vez—. Hay mucho que hacer —comentó Iván—. Mucho —y la contempló en una forma que ella recordaba muy bien, dejando que su mirada la recorriera del cuello a las rodillas y viceversa.

Ella sabía que no habría otra bienvenida que aquella. Así como no habría disculpas por haberla traicionado seis años antes. Así como, en la peculiar mentalidad de Iván, no cabía la menor duda de que ella estaría feliz de volver a estar bajo sus órdenes e incluso en su cama. Pero habiendo enviado a tanta gente a los campos de trabajo en su tiempo, él estaba interesado en lo que a ella le había ocurrido. Sin duda, querría explorar, seguir la huella de cada una de sus heridas sobre la blanca piel de su espalda y de su vientre, observar de ese modo en que a ella le resultaba tan repugnante.

Iván no volvió a hablar hasta que arribaron al departamento y entonces preguntó:

—¿Qué es lo que más deseas ahora?

Anna pensó que eso sería lo más cerca que él estaría de hacer las paces.

—Darme un baño con agua caliente —dijo. Él la miró con el ceño fruncido—. No me he dado uno en seis años, camarada comisario —informó encogiéndose de hombros—. No me he bañado en estos últimos tres días.

Suponía que él podía haberse percatado de que podía haber insistido en que ella por lo menos se duchara antes de principiar a abrirse camino a través de sus sistemas, como inevitablemente lo haría. Había olvidado que Iván Nej había nacido y se había criado en una granja y, en realidad, jamás se había refinado.

Pero ahora Iván sonrió.

—Entonces toma tu baño, Anna. Pero no te demores. Tenemos mucho que hacer.

Y mucho para ella también, una vez que tuviera la oportunidad. Seis años antes, atormentada vehementemente en cuerpo y alma, había buscado su salvación y una venganza privada en los brazos de Nikolai Nej, el jugador de ajedrez, un hombre que había detestado a su padre tanto como ella, pero que, como ella, como muchos de los hijos de la revolución, no había podido hallar un futuro mejor que el del estilo soviético. ¿Dónde estaba ahora Nikolai? Sin duda, estaría casado y tendría hijos. Pero había algo por descubrir, una vez que hubiera tomado por completo posesión como asistente personal del comisario Nej, una vez que hubiera recobrado la agudeza física y mental que alguna vez poseyó, y una vez que se hubiera acostumbrado al hecho de que ya no estaba sola, sino que ahora había más de una docena de Annas Ragosinas, tanto hombres como mujeres, recibiendo entrenamiento junto con ella.

Anna se quedó analizándolos en el maravillosamente bien equipado gimnasio que les estaba reservado. Allí hubo un momento de titubeo, debido a un súbito resurgimiento de aquel profundo temor, de aquel resentimiento y desconfianza y disgusto por toda la humanidad y también por los sentimientos femeninos. Según sus cálculos, todos ellos se ubicaban entre los dieciocho y los veintitrés años. No había mucha diferencia, ella sólo tenía veintiocho; pero ellos eran jóvenes y frescos y aún no estaban marcados, suponía ella, en sus mentes, aunque no dudaba de que cada una de las chicas hubiera sido expuesta a la lujuria de Iván Nej. Por otro lado, ella, aunque sólo hubiera vivido veintiocho veranos sobre la Tierra, era una mujer muy vieja.

El descubrimiento de que no tenía de qué preocuparse, fue alegría pura. Sus músculos eran tan fuertes como los de ellos y, si su vientre no estaba tan plano y sus senos no estaban tan erguidos, ella era Anna Ragosina, traída del destierro para dirigirlos. Ése era el placer más grande. No podía dar crédito a sus oídos cuando Iván se lo anunció a ellos; ella se volvió a mirarlo con la boca abierta y, después, rápidamente, la cerró de nuevo. No deseaba que su gente sospechara que no lo había sabido con antelación.

Iván estaba gozando también.

—Ustedes habrán oído hablar de Anna Petrovna —mencionó—. Bueno, camaradas, déjenme decirles esto: si cualquiera de ustedes puede llegar a igualarla, será una persona notable. Desde este instante, ella es su comandante. Su palabra es ley entre ustedes. Obedézcanla y progresarán. Desobedézcanla y los destruirá.

Iván observó a Anna y ella asintió con la cabeza, brevemente. Pero su corazón estaba bombeando sangre a través de sus venas. Poder, eso era lo que ella en realidad había anhelado.

—Quiero que selecciones a tres de ellos —indicó Iván, cuando los reclutas habían vuelto a sus ejercicios—. Tres de ellos para que te acompañen en una misión de gran trascendencia, extremadamente delicada.

Ella lo miró. Había estado en misión antes y fue a dar a Siberia.

Iván comprendió de inmediato. Se rió y le dio un abrazo.

—Es por el bien del Estado, pero tú no debes involucrar al Estado.

Ella asintió con la cabeza.

—Entiendo, camarada comisario. Tres de estos doce.

—Hay unos cuantos más, pero son muy nuevos. No es posible que estén listos a tiempo.

—¿Pero ellos están bajo mis órdenes?

Iván Nej vaciló. ¿Por qué ahora que él había decidido eso ella lo dudaba?

—Sí —contestó—. La brigada entera está bajo tu mando, Anna Petrovna. Utilízalos con prudencia.

Más juventud y belleza, incluyendo a un joven alto con una hermosa cara particularmente intensa por sus profundos ojos negros y el cabello negro, y la determinación con la cual él asumía cada tarea. El parecido facial con su padre era inconfundible. Ella miró a Iván.

Él se sonrojó.

—Sí —declaró—. Es mi hijo —pareció como si fuera a decir algo más, pero cambió de opinión, pues haber dicho más hubiera sido revelar debilidad humana. Porque él amaba a este hijo, se dio cuenta Anna, en tanto que a Nikolai jamás lo había considerado más que una molestia. "Iván Nej —se dijo—, te tengo en mis manos."

Pero ella sonrió gravemente.

—Te doy mi palabra de que yo cuidaré de tu hijo, camarada comisario.

Eres muy joven —dijo Anna.

—Tengo dieciocho años —respondió con rudeza y se sonrojó. Pero el rubor se debió más a la insinuación de que tal vez no podría dar el ancho. Era muy joven y era nuevo en este ámbito. No podía permanecer en la misma habitación con una mujer desnuda, desnudo también él, y no responder y, cuando esta mujer era Anna Ragosina, todo su cuerpo se veía afectado.

—Esto es ser joven —expresó ella.

—Soy tan bueno como cualquiera de los otros —aseguró él tratando de seguir mirándola a los ojos, lo que era difícil, ya que ella no tenía escrúpulo alguno para contemplarlo de arriba a abajo.

Ella se encogió de hombros.

—Físicamente, Gregory Ivanovich. Pero la fortaleza física y la salud física no valen nada. La mente es la que importa. Un lisiado puede matar, si tiene decisión, mientras que un Atlas fallará, si le falta determinación.

—Lo entiendo —contestó él—. Por eso estoy aquí.

Ella asintió con la cabeza.

—Quiero que me golpees, Gregory Ivanovich.

Él la miró con el ceño fruncido.

—Quiero que me dejes inconsciente —prosiguió diciendo ella—. Ahora. Porque si no lo haces yo seré la que te deje inconsciente, ¿me comprendes?

Gregory titubeaba aún, sin saber con certeza si se trataba de una especie de juego.

—Voy a contar hasta tres —dijo ella—. Entonces, debes ser tú o yo.

Él recorrió con la mirada el salón, esperanzado. Pero ella había sacado a los demás. Puesto que era el más joven y el más nuevo, era el que requería una lección extra. Además, tenía que justificarse incluso a los ojos de su padre. Él no venía de un orfelinato, sino de la academia de Tatiana Nej, el seno de la lujuria. Demandaba todo el adiestramiento que pudiera obtener, si deseaba tener éxito.

—Tres —dijo ella y asestó un golpe; con la mano en posición horizontal y con los dedos rígidos, en los genitales de Gregory. Éste emitió un alarido aterrador e intentó dar un paso lateral; las uñas de ella rasgaron la carne de la parte interna de los muslos de Gregory. El dolor provocó una reacción; su mano derecha comenzó a moverse, pero sólo para agarrar su brazo y alejarla. Detrás del brazo, todo el cuerpo de Gregory se estaba moviendo hacia adelante, girando sobre su pie izquierdo. Anna dio media vuelta y colocó su muslo en la ingle del joven. El gesto de dolor lo hizo perder el control, y ella levantó sus manos, por atrás de su propia cabeza, para cogerlo del cabello y lanzarlo hacia adelante. Gregory Nej salió proyectado por encima de ella, dio un giro en el aire y cayó pesadamente en el suelo sobre su hombro. Sus brazos y piernas se aflojaron a medida que rodaba y la cabeza se estrelló contra el suelo.

Permaneció allí durante unos minutos, parpadeando hacia el techo; a continuación, se sentó, pero sólo para encontrarse con los dedos del pie derecho de Anna que golpearon en su cuello. Gregory pareció arquearse y luego cayó sobre su rostro y sintió náuseas terribles. Anna se sentó a horcajadas sobre su espalda y puso sus dedos sobre el cuello de él.

—Ahora, te mataré —le susurró al oído. En realidad, era algo sencillo: simplemente se trataba de entrelazar las manos por abajo de la mandíbula indefensa de Gregory, de apoyar la rodilla sobre la nuca y de tirar hacia arriba. Y tal vez él esperaba que ella lo hiciera así. Su cuerpo se contrajo, los dedos de los pies tamborilearon sobre el suelo en un instante de desesperación.

Anna se echó a reír y se puso de pie. Después, se dirigió al grifo que se hallaba en una esquina, llenó una cubeta, regresó y la vació sobre Gregory. Por un segundo, apenas si se movió; acto seguido, rodó sobre su espalda y se quedó allí con la cabeza sobre el agua. Sus ojos se abrían y cerraban constantemente mientras se esforzaba por respirar. Anna llenó el balde de nuevo y volvió a vaciarlo sobre el joven. Esta vez, él balbuceo algo, se sentó limpiándose el agua de los ojos, y restregándose la nariz con los dedos.

Anna se acercó a la mesa, llenó un vaso de vodka y se lo llevó. Se arrodilló junto a él.

—Bebe.

Él la miró parpadeando.

—¿Jamás has bebido vodka? —quiso saber ella.

Él negó con la cabeza.

Anna sonrió.

—No te hará daño. Te ayudará a sentirte mejor.

Bebió ella y sintió correr un calorcillo por su pecho.

—Bebe.

Gregory Nej bebió y jadeó.

—Un poco más —ordenó Anna.

Él vació todo el vaso y se le quedó viendo.

—Ahora, ya entiendes algo de lo que quiero —dijo ella—. Pero aún te resta mucho por aprender. Tengo mucho que enseñarte —extendió el brazo, limpió un poco de agua que había sobre el ojo del joven con el dedo índice y observó cómo la mirada de él pasaba de su cuello a sus pechos. Anna dejó que su propia mano se deslizara sobre el rostro de él hasta llegar a su barbilla, luego la bajo hasta el vientre y un poco más abajo hasta tocarlo y sentir que respondía. Él continuaba viéndola con los ojos abiertos.

—¿Nunca has estado con una mujer? —inquirió ella.

Él negó despacio con la cabeza.

Anna Ragosina sonrió suavemente.

—Entonces, esto también es parte de tu entrenamiento, Gregory Ivanovich —ella lo soltó, se puso de pie, y vigiló el movimiento de su cabeza hasta que siguió su cuerpo con la mirada—. Allí hay un colchón.

—Tú eres la mujer de mi padre —advirtió Gregory.

Ella se apoyó en su codo para mirarlo.

—¿Y eso te importa?

Lo que él adujera era irrelevante. No podía dejarla sola. Sus dedos acariciaron sus muslos, pasaron entre sus piernas, tocaron sus labios, subieron hasta sus pechos, provocaron que sus pezones se pusieran erectos, tocaron la firme línea de su mandíbula. En ese instante, él amó con el enorme ardor de un joven introducido a los deleites de una mujer mayor que él. Una mujer más grande y dispuesta. Una mujer mayor decidida a complacer y, por lo tanto, a conquistar.

—Deseo que seas mía —expresó él.

—Soy tuya —respondió ella—. Siempre que sea posible. También debo ser de tu padre. Debes comprender esto. Tu padre es uno de los hombres más poderosos de la nación. Sin su poder, yo no podría estar aquí contigo ahora.

Él la besó entre los pechos, tomándolos con sus manos para abrigar con ellos su boca y su nariz, suspirando entre su carne.

—¿Amas a mi padre?

Ella lanzó un largo suspiro.

—Lo odio —contestó.

Él despegó su cara del pecho de Anna para poder mirarla al rostro. El corazón de Anna sufrió una sacudida. ¿Lo habría juzgado mal?

—Pero trabajas para él —dijo Gregory—. Y te acuestas con él.

—Porque debo hacerlo. Él me envió una vez a Siberia; con una simple firma, puede volver a hacerlo.

Gregory movió afirmativamente la cabeza.

—Mi madre también lo odia —comentó.

—¿Y tú?

Un encogimiento de hombros.

—No lo conozco muy bien; resulta difícil odiar al propio padre.

—Tú debes formarte tu propio criterio, tu propia opinión cuando lo llegues a conocer mejor —Anna sonrió—. Trabajando aquí, lo conocerás mucho mejor —ella se incorporó y se arrodilló delante de él—. Ahora, debemos vestirnos y volver al trabajo. Aún hay mucho por hacer.

—¿Tu misión?

Por supuesto, toda la brigada estaba enterada de ella; aunque no sabían quién, o qué o dónde.

—Eso, entre otras cosas.

Él le tomó la mano.

—Permíteme ser parte de tu brigada, Anna.

Ella lo miró con el ceño fruncido.

—¿Tú? —por un momento, estuvo tentada a ello; pero su instinto profesional y su sentido común vinieron en su ayuda—. Eres demasiado joven y no estás suficientemente capacitado.

—Anna...

Ella negó con la cabeza.

—No, ya habrá otras misiones.

—Te amo, Anna.

Anna Ragosina se rió.

—¿Basándote en un acto sexual? Pronto tal vez me odiarás como odiarás a tu padre.

—No —respondió él—. Nunca te odiaré, Anna.

Ella se inclinó y lo besó en la boca.

—Deberías tratar de encontrar a una chica de tu edad, Gregory Ivanovich —Anna se levantó, dejando que él la contemplara totalmente una vez más—. Ahora debo irme.

—Para estar con mi padre.

Anna sonrió.

—Por el momento, no tengo otra alternativa.

A Anna no le gustaba Berlín. Antes, sólo había estado allí en una sola ocasión, en 1932, y entonces también había estado involucrada en un secuestro, el de la hermana de Peter Borodin, Ilona Hayman. Qué extraño que debiera destinar su vida a combatir a una sola familia.

Y ese último episodio había resultado desastroso para Anna. En sí, el secuestro había sido la cosa más sencilla del mundo, pues a Ilona Hayman ni siquiera se le ocurrió que sería secuestrada. Ella tenía gran urgencia por llegar a Moscú para reunirse con su hijo, y allí estaba una joven amable ofreciéndole un viaje en avión que le ahorraría muchos días de viaje por tren cuando, en realidad, todo el tiempo estuvo viajando directamente a las celdas de Iván Nej.

Lo de ahora no iba a ser tan fácil. Peter Borodin no se dejaría embaucar con artificios. Y, como Iván Nej había repetido con tanta frecuencia, el gobierno soviético no podía verse involucrado. Así pues, habían conseguido un avión de uno de sus agentes suecos y habían volado hasta Berlín desde Malmoe, fingiendo ser un grupo de jóvenes aristócratas suecos que iban a pasar un fin de semana al nuevo Reich. No importaba que sólo Jonsson, el piloto, hablara sueco; todos los demás hablaban el alemán con fluidez.

Ahora, sentada a la mesa en el comedor de su hotel, contemplando el Unter den Linden, ella inspeccionó su bolso de mano mientras los otros la miraban con ansiedad. Ellos eran los principiantes, ella la experta. Ella les había dicho lo que debían hacer; incluso, les había expuesto lo que podría suceder. No obstante, ellos esperaban con desesperación su orden de mando o que les confirmara que todo iba a salir como se había proyectado.

Y, ¿qué sentía ella a propósito de todo aquello? Curiosamente, casi nada. Jamás en su vida había posado los ojos sobre el príncipe de Starogan y comprendía sólo una parte de la personal animadversión que Iván Nej sentía contra toda la familia. Ella podía entender que, así como Ilona y Tatiana eran mujeres hermosas, el príncipe Peter sería un hombre guapo, pero ocurría que tenía cincuenta y seis años de edad, dos veces su propia edad, y a ella no le gustaban los hombres muy viejos. Iván Nej también lo sabía. Iván y el campo de trabajo, donde las mujeres se avejentaban a los treinta años, habían desarrollado en ella una fobia por la edad, un terror por este hecho inevitable que se apoderaba de su cuerpo y de su mente. Los ancianos tenían conciencia y complejos y temían por el futuro, porque la aniquilación se estaba precipitando sobre ellos.

Y, ¿ella no sentía temor ante el futuro, temor de las sombras que seguramente se cernirían en torno de su lecho de muerte, ansiosas de poner sus manos sobre ella? Aún no, ya que ella era joven. Aquellas sombras estaban todavía muy lejos en su futuro, ni siquiera temía al futuro inmediato. Después de todo, la Gestapo era tan mala como la NKVD. Esto se le hacía difícil de creer. Ningún campo de concentración alemán podía ser tan infernal como un campo de trabajos forzados siberiano. Y, además, si ella fuera apresada aquí, no dudaba de que Iván la rescatara pronto. Él sabía lo que ella valía y, como su hijo, le rendía culto en aquel santuario que era su cuerpo.

Entonces, no había motivo para que ella continuara temiendo algo. Ya lo había experimentado todo y aún seguía siendo Anna Ragosina.

Cerró su bolso de mano con un chasquido y se levantó. Los tres hombres hicieron lo mismo. Inseguros dentro de sus elegantes trajes, con su cabello pulcramente peinado, tratando de imitar el ejemplo de su seguridad, de la forma en que ella llevaba su vestido, balanceaba su bolso, fumaba su cigarrillo.

Jonsson le quitó el abrigo, pero ella lo dejó sobre sus hombros. La noche era fría, aunque el verano ya estaba próximo. El verano de 1939, ella cumpliría veintinueve años.

Al caminar por la avenida, los otros la seguían a distancia. Ellos sabían hacia dónde se dirigían, pero cada uno tenía su propia tarea, y era indispensable que cada uno llegara por separado. Anna caminaba por el pavimento, mirando los aparadores de las tiendas, observando a los que pasaban a su lado, intercambiando saludos. Allí había un pueblo entusiasta, sorprendido de su propio éxito, incapaz de contener su humor un tanto bullicioso, un poco temeroso de lo que su destacado líder pudiera decidir hacer después, donde su insaciable ambición, habiendo devorado con buen éxito tanto a Austria como a Checoslovaquia sin más obstáculo que una protesta verbal de las democracias, pudiera conducirlo, pero que despacio se iba percatando de que, cualquier cosa que él decidiera, por espantosa que pudiera parecer a primera vista, la haría y con buen éxito, y la fuerza, el poder y la reputación de Alemania se acrecentarían un poco más.

Un pueblo que debía ser destruido antes de que llegara a ser demasiado poderoso. Anna sabía todo lo referente a ese plan. El trabajo de esa noche era parte de él.

Subió los escalones hacia el edificio de departamentos, tomó el elevador y salió de él en el cuarto piso. Allí permaneció fumando un cigarrillo hasta que escuchó el ruido de pasos en la escalera. Después, hizo sonar la campanilla y observó que la puerta era abierta por una chica alta y delgada, quien se asomó por el espacio que dejaba la cadena que había puesto.

—¿*Fräulein* Borodina? —preguntó Anna en alemán. De reojo vio cómo Gutchkin tomaba su puesto al final del corredor. Jonsson no debía estar lejos detrás de él; Plekhov debería ya estar aguardando con el automóvil.

—Sí —respondió Ruth Borodina.

—Yo soy *fräulein* Schmidt, del diario *Frankfurter Zeitung*. Telefonee a propósito de una entrevista con su padre.

Ruth frunció el ceño.

—¿Una entrevista? Mi padre no la mencionó.

—Sí —contestó Anna—. Si le avisara que estoy aquí...

—Pero no puedo —dijo Ruth—. Mi padre está fuera.

Anna la miró con el ceño fruncido, pequeñas campanas de alarma empezaban a sonar en su mente.

—¿Fuera? No sabía nada. Él estuvo aquí, ayer.

Ruth sonrió.

—Él mismo tampoco lo sabía, pero salió esta mañana. Se trata de una reunión con el Führer, en Berchtesgaden.

"Pésima suerte", pensó Anna. Definitivamente, estaba comenzando a aborrecer Berlín, era una ciudad desafortunada. Sin embargo, siguió sonriendo.

—Entonces, obviamente, fue tan importante que se le olvidó avisarme —dijo—. ¿Cuándo supone usted que regresará?

—No tardará muchos días —contestó Ruth.

Anna se mordió los labios. Aquello era todo, una rápida llamada telefónica a Frankfurt evidenciaría que ellos no habían enviado a nadie a entrevistar al príncipe de Starogan. Había fracasado, era la primera vez en toda su carrera que fallaba al llevar a cabo los deseos de Iván Nej, y era la primera misión que se le encomendaba tras haber vuelto de Siberia. Sentía como si le hubieran dado de patadas en el estómago.

—Lo siento mucho —manifestó Ruth.

Anna Ragosina la observó. Era la única hija del príncipe. La última auténtica Borodin de Starogan, aunque ella no se asemejara en lo más mínimo a las rubias bellezas que las Borodin habían sido siempre. Pero ella era la última Borodin de Starogan.

—Yo también lo siento —dijo Anna—. ¿Podría hacer una llamada telefónica? Como pensaba que demoraría algún tiempo aquí, envié mi automóvil a otro asunto, usted comprende. No volverá a recogerme sino dentro de una hora, a no ser que lo llame.

—¡Oh!, por supuesto —respondió Ruth—. No sé en qué estaba pensando al dejarla a usted de pie, aquí en el vestíbulo. Pase usted, *fräulein* Schmidt.

Ruth retrocedió y Anna entró. Ruth Borodina cerró la puerta y volvió a poner la cadena.

—Una no puede ser jamás demasiado cuidadosa —explicó—. Ni siquiera en Berlín.

—Entiendo —dijo Anna comprensivamente—. Todo el mundo es un caos, ¿no es cierto?

—El teléfono está aquí —indicó Ruth, conduciendo a Anna por un corredor que se encontraba entre dos recámaras. Se detuvo frente a una mesa pulida y señaló hacia el aparato. Le estaba dando la espalda a Anna, y ésta ya había sacado una bolsita llena de arena de su bolso de mano; con ella, golpeó la nuca de la joven.

CAPÍTULO IV

JOSEPH STALIN ESTABA DE PIE JUNTO A LA VENTANA, MIRANDO hacia el río Moscova, que corría allá abajo. Tenía los hombros caídos y echados hacia adelante, así que parecía jorobado, una mala señal. Iván Nej limpió sus anteojos con su pañuelo y los volvió a colocar sobre su nariz muy despacio. No podía hacer otra cosa más que esperar.

—Dime algo acerca de Yezhov —dijo Stalin sin volver la cabeza.

—Fue detenido y acusado de exceder su autoridad —informó Iván—. Ayer por la madrugada fue fusilado.

—¿Protestó?

—Sólo solicitó que se le concediera una entrevista contigo, Joseph Vissarionovich, pero yo le negué el permiso.

—Bien hecho, Iván Nikolaievich. Darás a la publicidad la noticia de su muerte.

—Como tú quieras, camarada.

—Será una medida favorable para nuestra reputación —por fin, Stalin volvió la cabeza—. No obstante, en el otro asunto que te encomendé has fracasado, Iván Nikolaievich.

Iván se humedeció los labios.

—Esa mujer, Ragosina, ya no es lo que era, Joseph Vissarionovich —contestó—. No dejo de decirme que fue un error hacerla retornar. ¡Cinco años en un campo de trabajo!

—Sí —afirmó Stalin y se sentó frente a su escritorio.

Iván siguió esperando, pero un poco más tranquilo. No había sido idea suya mandar traer de regreso a la joven.

—¿Qué has hecho con ella? —inquirió Stalin.

—Hasta ahora nada. Esperaba saber tu opinión, pero puedes estar seguro de que voy a castigarla. Por supuesto que lo haré; te lo prometo.

—Yo no me refería a la Ragosina —señaló Stalin—. Creo que cometerías un error si la tratas con demasiada dureza. Quizá todo lo que requiera sea una vigilancia más estrecha, una dirección más estricta. Por lo que tú mismo me has informado, la Ragosina desempeñó la operación muy hábilmente y sin cometer alguna falta, excepto que la víctima no fue la que le habíamos acordado. No, no. No debes mostrarte muy riguroso con ella; sin embargo, yo estaba hablando de la hija de Peter Borodin.

—Bueno, Joseph Vissarionovich; ya que la tenemos aquí...

—Los alemanes mantienen sus conversaciones con nosotros. Beria me ha comunicado que ahora se están ocupando de Polonia. Con eso y con lo de Checoslovaquia, la Wehrmacht quedaría en las mismas fronteras de Rusia. Y, entre tanto, tal como lo pronostiqué el año pasado, las democracias continúan de brazos cruzados sin hacer nada. Esas garantías que Inglaterra le había dado a Polonia, lo mismo que las que le otorgó a Rumania, son letra muerta que no sirven para nada. Los ingleses no van a luchar, Iván Nikolaievich. Por lo tanto, ahora es más necesario que nunca establecer algún acuerdo con Hitler. Voy a girar instrucciones a Molotov y a Michael Nej para que apresuren esas discusiones con Von Ribbentrop. No deseo que nada, absolutamente nada, intervenga en ese proceso.

—Podríamos hacer un nuevo intento —sugirió Iván, esperanzado.

Stalin exhaló un suspiro.

—No has entendido a lo que me refiero, Iván Nikolaievich. ¿Hacer un nuevo intento? ¿No te has dado cuenta de que, desde el instante en que la hija desapareció, Peter Borodin no puede salir de su departamento si no lo acompañan varios guardias armados que incluso duermen con él en la misma habitación? Por otro lado, y cualquier cosa que el príncipe haya dicho en privado, nadie nos ha acusado hasta el momento de que hayamos sido nosotros los que metimos la mano en la desaparición de la hija. Eso significa que Hitler y Von Ribbentrop están más interesados en negociar con nosotros que en acusarnos de secuestro. Yo quisiera que las cosas prosigan tal como están. No se tocará ni un pelo de Peter Borodin.

—Sí, Joseph Vissarionovich —esta vez, fue Iván el que suspiró.

—Por otra parte —siguió hablando Stalin—, no podemos correr el riesgo de que esa chica llegue alguna vez a identificar a sus secuestradores ni que cruce una sola palabra con cualquiera de los prisioneros, una palabra comprometedora que algún día pudiera utilizarse como parte de una acusación en contra nuestra. ¿Estás captando a dónde quiero llegar?

Iván limpió de nuevo sus anteojos.

—Quizá la muchacha nos sea útil algún día.

—Lo dudo, Iván Nikolaievich. No veo qué utilidad puede tener. Lo que yo pienso es que, si desapareció misteriosamente, debe seguir así. Ésa es una cuestión urgente, Iván Nikolaievich.

Iván esperó un segundo más, pero, al ver que su jefe ya había concluido, se puso de pie e hizo la seña de saludar.

—Como tú digas, Joseph Vissarionovich. Continuará en calidad de desaparecida —salió del edificio y se metió en el auto con la cabeza que era un hervidero de ideas.

Estacionó el automóvil en el patio interior de la prisión de Lubianka y bajó en seguida a los sótanos, entró en el cubículo de observación y miró a través de la ventana oculta a la celda que estaba inmediatamente abajo. La joven estaba sentada en el suelo, con las piernas encogidas, recostada en la pared, en un rincón. Tenía la cabeza inclinada como si estuviese atenta a lo que pudiera escuchar. Se le había despojado de toda su ropa para registrarla; mas no se le había hecho algún daño físico. Sólo le vendaron los ojos y le sujetaron las muñecas a la espalda con unas esposas, de modo que casi no podía moverse, pero sí podía oír con claridad. Sin duda, era un peligro.

Se abrió la puerta del cubículo y él se dio la vuelta para encontrarse con Anna Ragosina.

—¿Qué es lo que piensas hacer con ella? —inquirió Anna Ragosina.

"Anna sigue creyendo que realizó su misión con éxito —se dijo Iván, lleno de amargura—. No es capaz de comprender el aprieto en que me metió."

—¿Siquiera comprende lo que le ha ocurriido? —quiso saber Iván.

Anna negó con un ademán de la cabeza, breve e impaciente.

—Yo la inyecté y la mantuve adormilada con sedantes y con los ojos cubiertos hasta que llegamos aquí. No fue difícil.

—De cualquier modo, debe haber oído hablar en ruso cuando llegó.

Anna volvió a sacudir la cabeza enérgicamente.

—No he permitido que nadie se acerque a ella desde que llegamos. Yo misma la he alimentado y me he dirigido a ella siempre en alemán.

Iván se puso de pie.

—Tú me has fallado, Anna Petrovna.

Ella irguió la cabeza y frunció el ceño.

—Yo te envié para que nos trajeras a Peter Borodin —expresó Iván con voz pausada y áspera—, no a su hija.

—Yo hice lo más que pude, camarada comisario —le respondió Anna tranquilamente—. El príncipe Peter no estaba allí. Había partido en forma inesperada. Yo había estudiado la situación con mucho cuidado, su partida fue un golpe de mala suerte.

—¿Te crees que a mí me importa la buena o la mala suerte? —inquirió Iván amenazante—. Eso de la suerte es un pretexto para disfrazar los fracasos. Tú has fallado y basta —Iván levantó su mano abierta y descargó el golpe a través de la cara de Anna. Ella había visto la amenaza e instintivamente alzó sus propias manos para defenderse, pero, después, cambió de opinión y permitió que la mano de Iván le azotara el rostro, cortando su labio inferior, por donde brotó una gruesa gota de sangre. Su cabeza se balanceó y, de inmediato, volvió a quedarse erguida y quieta. Su mirada parecía cargada de veneno, pues ella sabía y él también, que, de haberlo querido, Anna era capaz de romper en dos su cuerpo avejentado, recurriendo a sus habilidades especiales. Si se atreviera, mas no se atrevería jamás. Él era el comisario Nej y ella era su engendro.

Se pasó la lengua por el labio herido.

—Esa muchacha no es totalmente inútil para nosotros, camarada comisario —afirmó suavemente—. ¿Su madre no era judía?

Iván la miró.

—No creo que los nazis lo sepan, camarada comisario —explicó Anna—. No creo que el príncipe Peter se los haya dicho.

—¿Y eso en qué puede perjudicarlo? —indagó Iván—. Él no es judío.

—Pero adora a su hija —aseguró Anna—. Si la regresamos a Alemania y la denunciamos como judía... Podríamos amenazar...

Iván regresó a sentarse en la silla y volvió a observar a la muchacha en la celda. Tenía la cabeza caída sobre el pecho. A lo mejor estaba dormida.

—Yo puedo arreglarlo, camarada comisario —insistió Anna.

—Te la llevarás a la celda cuarenta y siete —ordenó Iván.

Anna adoptó una expresión severa.

—¿La celda cuarenta y siete? Pero si fue allí...

—Sí —interrumpió Iván—. Fue allí donde pusimos al camarada Glinka para que muriera de hambre. Pero yo no quiero que esa muchacha muera de hambre ni de nada, Anna Petrovna. Quiero que la alimentes y que la trates bien y no quiero que vea a nadie más en la prisión excepto a ti y no deseo que nadie en la prisión la vea si no eres tú. ¿Comprendes? A partir de este momento, esa chica está a tu cargo y es tu única responsabilidad.

—Yo soy tu asistente —aclaró Anna—. Soy la comandante del escuadrón.

—Ya no lo eres más —le comunicó Iván—. Me fallaste. Se diría que todavía no estás lista para hacerte cargo de esas responsabilidades. Te dedicarás por completo a cuidar de la muchacha. Puesto que ya te vio la cara, ya no importa. Pero le hablarás sólo en alemán, sólo le darás libros en alemán para que lea. No le infligirás algún castigo físico, Anna Petrovna. Yo vendré a verla desde aquí de cuando en cuando para constatar que está bien.

—Me estás ofendiendo —replicó Anna—. Yo no soy carcelera.

—Tómalo como un castigo por tu fracaso —le indicó Iván—. Si no quieres un castigo más severo, si no quieres que te encerremos en una celda junto a la suya, deberás obedecerme.

Anna abrió la boca para protestar; la cerró de nuevo y luego dijo:

—¿Y mis sugerencias?

—Es posible que las tome en cuenta algún día; pero, ahora, no. Hasta entonces, la joven queda a tu cuidado. Eso es todo lo que debes hacer.

Iván pensó que de nuevo iba a hablar y se preguntó qué sería lo que iba a decir. Luego, Anna dio media vuelta y salió de la habitación.

Anna dejó el paquete de ropa sobre la mesa. La celda contenía muebles nuevos: una cama cerca de la mesa, sillas, un lavabo con su aguamanil, su jarra y su cubo. Para ser una celda, podía decirse que era muy cómoda, pero no había ni una sola ventana y ni siquiera la calefacción podía disipar el frío que sentía por estar varios metros bajo tierra. En aquella profundidad, no era posible escuchar siquiera los gritos lejanos de los otros prisioneros.

La chica se le quedó mirando con sus profundos ojos negros y sosteniendo los cobertores hasta la barbilla. Se diría que estaba dispuesta a defenderse de un ataque físico.

—Aquí tienes algunas ropas —le dijo Anna—. No hay necesidad de que pases todo el tiempo en la cama. Te sentirás mejor si te vistes y caminas de cuando en cuando alrededor de la celda. También, deberías hacer ejercicio. ¿Quieres que te enseñe cómo?

La muchacha seguía mirándola.

Anna se quitó la chaqueta y los pantalones y se sentó en la silla para quitarse las botas. Luego, se incorporó y empezó a dar un trote corto, sin avanzar, durante varios minutos, hasta que el sudor principió a brotar en su piel y su respiración se apresuró. A continuación, se echó de bruces en el suelo y, durante cincuenta veces, levantó todo su cuerpo con la fuerza de sus brazos; se acostó de espaldas y alzó las dos piernas y toda la mitad inferior de su cuerpo, para iniciar un enérgico pedaleo sobre una bicicleta imaginaria. Cuando se puso de pie de nuevo, estaba sudorosa y jadeante. Abrió el paquete, sacó una toalla y se enjugó el sudor delicadamente, sin dejar de ver a la joven.

—Si haces eso dos veces al día, te conservarás saludable. No te convendría estar enferma mientras estés aquí. Además, te he traído algunos libros para que puedas leer. Te traje a Goethe y a Schiller y hay también algunas ediciones en alemán de Shakespeare y de Tolstoi. Esas lecturas te ayudarán a no aburrirte.

—¿Quién eres tú? —preguntó entonces Ruth Borodina.

Anna se encogió de hombros.

—Soy tu carcelera —contestó—. Y, si te portas bien, seré también tu amiga.

—¿Todavía estoy en Alemania? —inquirió Ruth.

—¿En qué otra parte podrías estar? —le respondió Anna.

—No lo sé —manifestó Ruth pensativamente—. Sólo recuerdo que tú estabas junto a mí; luego, todo es vago y confuso. Pero sí recuerdo con exactitud que viajamos a algún lado.

Anna le sonrió.

—Sí, ya no estás en Berlín.

—Pero tú no eres alemana —le soltó Ruth—. Yo sé que no eres alemana; tampoco eres nazi.

Anna arqueó las cejas, sorprendida.

—Estás muy segura.

—Los nazis quemaron todos los libros de Goethe y de Schiller hace seis años —explicó Ruth.

Anna se mordió los labios. Había muchas cosas que debía saber para desempeñar sus funciones con eficacia. Volvió a sonreír a la joven.

—Entonces, como tú has dicho, no soy nazi —atravesó la habitación y se sentó sobre la cama al lado de Ruth.

—¿Quién eres, entonces? —le preguntó suplicante—. ¿Por qué me trajiste aquí? ¿Por qué me pegaste? ¿Odias a mi padre? ¿Eres comunista?

—Soy tu carcelera —repitió Anna y levantó la mano para quitar unos mechones de la frente de Ruth. Poder. De pronto, había caído en la cuenta de que no había perdido para nada su poder. Ahora lo tenía que concentrar por completo en aquella muchacha; pero no por eso dejaba de sentirse contenta con él. Iván había mencionado que a Ruth Borodina no se le debía hacer daño físicamente; pero si ella se sentía con deseos de producir una herida aquí o una contusión más allá difícilmente podría acusársele de hacer daño. Y aquella jovencita era una Borodina, era la prima de John Hayman. Incluso, esa chica podría ayudarla a borrar el recuerdo de John.

Ruth echó atrás la cabeza.

—No volverás a ver a nadie más que a mí durante mucho tiempo —declaró entonces Anna con tono amenazante—. Quizá por el resto de tu vida. Si no llegas a ser mi amiga, no tendrás ningún amigo. Y, si te conviertes en mi enemiga, llevarás una existencia miserable —tomó la mano de Ruth y tiró de ella suavemente; pero Ruth permaneció inmóvil.

—Me golpeaste hasta dejarme inconsciente, me inyectaste droga, me secuestraste y me encerraste en esta prisión. ¿No eres tú mi enemiga? —inquirió Ruth.

—Obedecía órdenes —advirtió Anna—. Hice exactamente lo que me mandaron que hiciera porque lo que deseo es seguir viviendo. Si tú quieres sobrevivir, deberás hacer exactamente lo que te diga que hagas. Ahora, baja esos cobertores y ven acá, junto a mí. Quiero tocarte.

Ruth Borodina retrocedió todo lo posible sobre la cama, hasta quedar pegada a la pared, asida con fuerza a las cobijas.

—Si tú me tocas... —murmuró.

Anna se levantó.

—¿Qué harías, princesa Borodina? ¿Te pondrías a gritar? Nadie te puede escuchar y a nadie le importaría si gritas o no. ¿Te propones ofrecerme resistencia? Yo podría matarte con dos o tres golpes de mi mano. ¿Qué piensas hacer?

—Eres rusa —masculló Ruth—. Debí haber imaginado que eras rusa.

Anna la miró con gesto amenazante.

—¡Tonterías! —exclamó.

—Toda tu actitud y la forma en que me has hablado, revelan que eres rusa —aseveró Ruth con firmeza—. Estoy convencida de que lo eres —miró a su alrededor, como asustada—. ¿Estamos en Moscú?

—Si yo fuera tú, ni siquiera me pondría a pensar en esas cosas —le insinuó Anna—. Tengo el poder suficiente para ocasionarte mucho daño, para hundirte en el dolor —miró su reloj de pulsera y empezó a vestirse con rapidez—. Ahora, debo irme. Te recomiendo que te levantes y te laves, que te vistas y te pongas a comer algo. En el paquete hallarás vodka. Bebe un poco y, después, acuéstate a leer un buen libro. Yo volveré a su debido tiempo. Mientras tanto, piensa en lo que te he dicho.

Al salir, cerró la puerta de la celda y se quedó unos instantes recostada sobre la hoja. ¡Qué torpeza acababa de cometer! Ya había incurrido en dos errores aquella mañana. ¡Si Iván lo supiera!...

Aunque, por otro lado, ¿por qué tendría Iván que enterarse de su equivocación? No se atrevería a dejarse ver por la joven y sólo gozaría espiándola por la ventanilla oculta. La muchacha sería para ella. ¡Toda suya! Experimentó una sensación especial de satisfacción. Durante cinco años en el campo de trabajo, había pertenecido a otras mujeres y había sido tratada por ellas de acuerdo con sus caprichos: la habían violado, la habían amado o la habían maltratado, según su estado de ánimo. En ese mismo sentido, la chica era toda suya. La posesión completa.

Aunque sin brindarle jamás una satisfacción total; nada de aquello sería comparable al acto real. Ruth Borodina no podía ser para ella más que un paliativo. Subió de prisa las escaleras y recorrió a paso largo el corredor. Ya no se le autorizaba entrar al gimnasio de entrenamiento; pero ya sabía a qué hora finalizaba la sesión. Y, en efecto, allí estaban todos ellos, saliendo en tropel por la ancha puerta, riendo y conversando entre sí, conscientes de que eran integrantes de una élite, un cuerpo de ejército dentro del ejército, contentos de no tener que ver la cara agria de su jefa, todos menos uno, seguramente. Anna se quedó de pie en el corredor, viéndolos pasar y ellos también la observaban de soslayo. Algunos desviaban la mirada; uno o dos murmuraban: "Buenas tardes, Anna Petrovna".

Gregory Nej salió al último. Tal vez se las ingenió deliberadamente para quedarse al último, poder encontrarse con ella y concertar una cita.

—Buenas tardes, Gregory Ivanovich —dijo ella cuando se le acercó.

Él se le quedó mirando un momento; después, desvió la mirada.

—Buenas tardes, camarada Ragosina —dijo y se alejó a paso largo detrás de sus amigos.

Anna lo siguió con la mirada hasta que desapareció y se quedó viendo hacia el mismo lugar mientras apretaba los puños con tanta fuerza que las uñas se le clavaron en las palmas. "No me voy a poner a llorar —se dijo, apretando los dientes—. Sería una lástima echarse a llorar por un Nej." Poco a poco abrió las manos; después, echó a andar por el corredor, bajó las escaleras y, una vez en el fondo de los sótanos de la prisión de Lubianka, abrió la puerta de la celda cuarenta y siete.

—El presidente lo espera, señor Hayman —se apresuró a decir el asistente mientras se acercaba a paso rápido sobre el resplandeciente piso de madera, para colocarse frente a él y hacer una breve caravana. George Hayman ya estaba dispuesto a esperar. Desde hacía siete años, cuando el gobierno de Hoover estaba a punto de finalizar, no había vuelto a pisar la Casa Blanca. No podía decirse que conociera bien al presidente Roosevelt, aunque se habían visto a menudo cuando éste era gobernador de Nueva York. Siempre había sentido un gran respeto por aquel hombre y de cuando en cuando se decía con cierta pena que él había votado por los republicanos, en primer lugar, porque su padre siempre lo había hecho y, en segundo, porque, como propietario de una gran cadena internacional de un periódico estadounidense, debía mostrarse como un hombre de negocios conservador. Asimismo, tampoco aprobaba andar cambiando de dirección ni de negocios ni de individuos; no obstante, reconocía con agrado que la mayor parte de la nueva política económica de Roosevelt estaba impregnada de sentido común.

Se abrió la puerta y se halló en la Oficina Oval. Ya conocía a los otros tres hombres que estaban allí; hizo una inclinación de la cabeza para saludar a Cordell Hull, el secretario de Estado y al subsecretario Sumner Welles, se inclinó sobre el amplio escritorio para estrechar la mano del presidente y experimentó una sensación de sobresalto. George era cinco años mayor que el presidente; pero Roosevelt se veía mucho mayor a los cincuenta y siete años que tenía, pues estaba avejentado, débil y con aspecto de enfermo. Evidentemente, las repercusiones de su mal, que lo habían dejado incapacitado para levantarse a saludar a sus huéspedes, contribuían al aspecto desfallecido; además, su piel, arrugada y lívida, tenía un color de marfil sucio, sus ojos miraban con ansiedad y tenía hacia abajo las comisuras de la boca.

A pesar de todo, su voz resonaba tan vigorosa y tajante como siempre.

—Es un placer tenerlo con nosotros, Hayman. Siéntese. Me gustaría que leyera esto.

George tomó los papeles marcados como Memorándum Secreto, les echó una ojeada y frunció el entrecejo.

—Eso no va a publicarse, George —indicó Hull.

—Aún no —aclaró Roosevelt—, pero muy pronto será del dominio común.

George dejó el memorándum sobre el escritorio.

—¿No hay comentarios? —preguntó Roosevelt.

—No me sorprende lo más mínimo —dijo George.

Roosevelt asintió con la cabeza.

—Cuando usted volvió de Europa, el año pasado, yo le solicité que se detuviera para conversar conmigo y entonces usted me expuso que los nazis estaban negociando con los soviéticos. Yo le respondí que, seguramente, estaba equivocado. Muy bien, ahora ya existe entre los dos un pacto comercial y está a punto de firmarse uno de no agresión, si es que ese informe está en lo correcto. ¿Usted que opina?

—Sí lo creo.

—Entonces, tenga a bien decirme, desde su punto de vista, lo que esta información implica.

George tiró levemente de su nariz.

—Significa que, en el transcurso de un mes, Alemania invadirá Polonia.

—Los rusos no tolerarán jamás que la invasión se efectúe —declaró Hull.

—Los nazis de Alemania quedarían sobre la frontera de Rusia —puntualizó Welles.

Roosevelt fijó su mirada en George.

Éste se encogió de hombros.

—Han solicitado mi opinión. ¿No ha manifestado Hitler con toda claridad que se apoderará de Danzig y del corredor polaco? ¿No significa eso una invasión de Polonia, o bien, si los polacos se niegan a luchar, una ocupación de su país, como los alemanes lo hicieron en Checoslovaquia y en Austria? Stalin debe haber permitido todo eso, puesto que estuvo de acuerdo con la firma del pacto.

—¿Pelearán los polacos? —inquirió Roosevelt.

—Yo supongo que sí —afirmó George—. Siempre han estado luchando con alguien, incluso entre ellos mismos, desde que se convirtieron en una nación. No se preocupan demasiado por las consecuencias.

—Pero Francia y la Gran Bretaña se han comprometido a apoyarlos —recordó Hull.

—Así que tendremos una réplica de la Guerra Mundial —comentó Roosevelt—. ¿Es así como usted lo ve, Hayman?

—Así lo he estado viendo desde que Hitler ascendió al poder.

Roosevelt asintió moviendo la cabeza.

—¿Y los rusos?

—Se sentarán cruzados de brazos a contemplar el desarrollo de los acontecimientos, al menos durante un tiempo, según creo yo.

—¿Y cuál es su opinión respecto de lo que este país debe de hacer? —preguntó Roosevelt.

George respiró profundamente.

—La única esperanza que existe para evitar una Segunda Guerra Mundial estriba en que esta administración declare públicamente y en voz alta que, si Francia y la Gran Bretaña llegan a intervenir en una guerra defensiva contra la Alemania nazi, Estados Unidos apoyará decididamente a las democracias, con la fuerza de las armas, si fuera necesario.

—Eso dista mucho de ser una filosofía republicana —observó Hull.

—Es mi filosofía personal y lo ha sido desde hace mucho tiempo.

—Sería como darles un cheque en blanco —advirtió Welles—. Sería un absurdo.

—De cualquier forma, eso es imposible —adujo Roosevelt tranquilamente—. No tengo los poderes constitucionales para emitir semejante declaración y ya saben lo complicado que me resulta hacer cambiar de opinión al Congreso.

—Y hacer cambiar de opinión al país —agregó Hull.

—Muy bien; entonces, no nos queda más remedio que sentarnos a ver cómo arden los fuegos artificiales, hasta que llegue el momento en que nos hagan daño —sugirió George—. Y ese momento llegará, pueden estar seguros, tal como ocurrió la última vez.

—¿No hay una probabilidad, aunque sea remota, de que los franceses y los ingleses se hagan a un lado de nuevo, tal como lo hicieron en el caso de los checos? —inquirió Welles.

—Imagino que sí —aceptó George—. En ese caso, Alemania ocupará toda la porción del territorio polaco que le convenga y después verá dónde pone la mira. Sobre Rumania, supongo. ¿En verdad desea, señor presidente, quedarse de brazos cruzados, mirando que la suástica ondea sobre toda Europa?

—No —dijo Roosevelt—, pero antes debemos estar seguros de que eso es lo que Hitler pretende hacer. A principios del año próximo, voy a enviar a Sumner al frente de una misión. Irá a Berlín, a Roma, a Londres y a París y hablará de todos esos asuntos con los dirigentes de aquellas naciones. A su regreso, tendremos un panorama preciso de la situación.

—A su regreso —agregó George—, estaremos en medio de la guerra.

—Esperemos que no sea así —expresó Roosevelt y extendió la mano—. Fue muy amable de su parte venir a vernos, Hayman. ¿Tendría algún inconveniente en proporcionarle a Sumner en privado algunas instrucciones acerca de la gente con quien le conviene hablar durante su viaje?

George le estrechó la mano.

—Estaré encantado; basta que me llamen.

El avión lo estaba esperando para transportarlo de vuelta a Nueva York, pero él no tenía deseos de retornar a sus oficinas y condujo su auto a Cold Spring Harbor. Era consciente de una sensación de profunda tristeza mezclada con ciertos alientos de alivio. Durante largo tiempo, se había debatido en un mar de confusiones y de incertidumbre. Ya no habría tal incertidumbre. Hitler había conseguido lo que quería: una garantía de que no habría guerra en dos frentes, esa pesadilla que había acosado al Estado mayor alemán durante setenta años y que, sin duda, había sido el origen de la derrota de Alemania en 1918. "Seguramente —se dijo con tristeza—, deben estar festejando en Berlín esta noche."

Pero, ¿qué estaría haciendo la gente en Moscú? Sin duda, aquel acuerdo constituía un triunfo para Michael Nej, aunque él quiso que fuera Molotov el que obtuviera el crédito. Desde el punto de vista de George, Michael no creía en las ventajas de su misión, pero Stalin le había ordenado que la llevara a cabo y él había cumplido, como siempre, con toda habilidad y fidelidad. Tal como Michael había admitido, los rusos estaban ganando tiempo; pero quizá estuvieran ganando algo más que eso: una división de Europa oriental en esferas de influencia alemana y rusa, lo cual permitiría la extensión de la doctrina y de los métodos soviéticos, tal como Trotsky había soñado en 1918 y que Lenin había considerado como un imposible.

En ese caso, el porvenir se presentaba sombrío.

—¡George! —Ilona salió a su encuentro y le dio un beso—. La señora Killett me comentó que estuviste en la Casa Blanca.

—Sí, ya encontraron de nuevo el modo de utilizarme.

—¿Has tenido noticias de Ruth? Dime, por favor, que ya se sabe algo.

—Me temo que no; pero, en cambio, Michael ha triunfado. Los rusos y los alemanes, de acuerdo con un informe secreto enviado desde Berlín, están a punto de firmar un pacto de no agresión para respaldar el acuerdo comercial firmado el mes pasado.

—No puedo creerlo —señaló ella—. Es increíble.

—Pero así es. Y eso implica que habrá guerra. Así se lo manifesté a Roosevelt y a Cordell Hull; pero, al parecer, aún esperan un milagro. Lo que sí no puedo ni imaginar es lo que piense tu hermano.

—¿Peter?... —ella tomó la mano de George mientras caminaban hacia la sala—. ¿Sabes?, a veces creo que debería ir a verlo. Han transcurrido cinco meses y no se sabe nada de Ruth. Peter debe estar desesperado. George, ¿no le has preguntado a Michael sobre ella?

—Ya sabes que sí, querida. Está tan desconcertado como yo por ese asunto. Podría pensarse de inmediato en Iván y sus trucos execrables; pero Michael está muy cerca de las altas esferas de Moscú y no se ha mencionado nada sobre una posible intervención de Rusia. De cualquier modo, tú sabes que no tendría sentido. Al parecer, Peter continúa tratando con los nazis en Berlín, aunque éstos no parecen bien dispuestos a seguir su consejo y los rusos lo saben. ¿Se habrían atrevido los rusos a enturbiar las negociaciones con Berlín organizando un secuestro?

—Entonces, si no la tienen ellos, ¿quién? Recuerda que la sacaron de su departamento... Tengo el terrible presentimiento, George, de que la pobre chica ha sido víctima de un crimen sexual y que su cadáver está escondido en alguna cuneta.

—Yo no lo creo. A mi manera de ver, sólo hay dos posibilidades. Una estaría bien; la otra resultaría muy triste.

Los dedos de Ilona se apretaron sobre los de él cuando llegaron a la puerta cerrada de la sala y se detuvieron allí.

—Dímelas, George.

—Recuerda que se la robaron cuando Peter estaba fuera de casa. Por lo tanto, existe la posibilidad de que Ruth haya escapado con alguien. Alguien a quien ella conocía, pero que su padre desaprobaba. Quizá ella conocía a Peter tan bien como tú. Tú también trataste de huir de su custodia alguna vez, ¿lo recuerdas?

Ella suspiró tristemente.

—Eso fue otra cosa. Me resulta difícil imaginar que Ruth haya escapado. Ama a su padre y es muy afectuosa con él y lo obedece en todo. Además, estaba perfectamente enterada de sus opiniones. ¿Cuál es la otra posibilidad?

—Que alguien en Alemania haya recordado o haya descubierto que la madre de Ruth era judía.

Ella se le quedó mirando.

—¡Ay, Dios mío!

—Debes comprender que, si bien los nazis no pretenden pelear con Peter, ya que el príncipe de Starogan es muy valioso para la propaganda, es probable que hayan decidido que no conviene que una joven judía aparezca con él, cuando está desempeñando sus funciones oficiales.

—¡Ay, George!

—Se trata de una posibilidad, mi amor, nada más, y, mientras más pienso al respecto, menos probable me parece. Los alemanes han negado tener cualquier conocimiento sobre el asunto y la policía alemana ha hecho lo posible por hallar a la desaparecida.

—Bueno, ¿acaso no podrían estar fingiendo?

—No los creo capaces de negar en falso. A lo mejor ya tienen a alguien a quien acusar del crimen y quizá se dispongan a arrestarlo; pero aún hay una tercera posibilidad: que Peter haya sospechado que existía un plan para secuestrarla y la haya enviado fuera.

—¿Adónde?

—Bueno... ¿Por qué no a París? Allá estaría a salvo con Judith y el hecho de que ésta parezca también angustiada por su desaparición puede ser una medida de disimulo para encubrir la maniobra.

—El caso es que yo quiero saber algo, por el amor de Dios. Cada vez que nuestra existencia parece encaminada a transcurrir con tranquilidad, ocurre algo que la transforma. George, Johnnie está aquí —al decir esto, abrió la puerta de la sala.

George se adelantó para saludar a Felícitas con un beso en la mejilla.

—¡Hola! ¿Tienes noticias del joven Cassidy?

—¡Oh! —exclamó ella encogiéndose de hombros—. Está surcando el Pacífico de un lado para el otro. La semana pasada me llamó desde Pearl Harbor. La está pasando muy bien.

—¿Lo bastante como para olvidarse de que se va a casar?

—¡Ay, papá! Ya sabes que no se va a casar hasta que consiga el grado de teniente. Queremos bastarnos a nosotros mismos. Dentro de tres meses, habrá terminado.

—Lo creeré cuando lo vea —George dio media vuelta para ver a su hijastro—. ¿No debías estar en Chicago?

John Hayman se levantó.

—Me agarraste *in fraganti*; pero el torneo inicia mañana. Voy a partir esta noche. Quería ver antes a mi madre... y a ti, por supuesto. George...

—Tattie quiere que Johnnie vaya a visitarlos en Rusia —le interrumpió Ilona, ansiosa por dar la noticia.

—¿Es posible? ¿Qué no tienes prohibido estar en Rusia?

—La prohibición ya fue rescindida —anunció John emocionado—. Mi tía Tattie se las arregló para que el interdicto fuera revocado. Podría entrar a Rusia para cubrir el gran torneo de ajedrez. A principios del año entrante, tendrá lugar un campeonato de toda Rusia.

—Considero que no debería de ir —observó Ilona—. Correrá muchos riesgos. Quizá sea una especie de truco por parte de Iván para apoderarse otra vez de él.

—No digas eso, madre —protestó John pacientemente—. Tú sabes que no puede ser así. La orden fue firmada por el propio Stalin. No puede tratarse de un truco. Y... además...

—Quieres volver a ver a Natasha Brusilova. ¿Acaso no te rechazó la última vez que le propusiste matrimonio? —insistió Ilona.

—No del todo —contestó John un poco turbado—. Es verdad que deseo volver a verla, por supuesto. ¿Podré asistir a ese campeonato, George?

—Tal vez no te has percatado de que, posiblemente, habrá guerra en Europa el año próximo —le advirtió George.

—En Rusia no habrá guerra. Mi tía Tattie está de acuerdo contigo en que la habrá, pero está convencida de que Rusia está decidida a mantenerse fuera de cualquier conflicto, al igual que nosotros. Además —señaló después con una sonrisa—, si están aconteciendo tantas cosas allá, yo podría hacer algo más que informar acerca del ajedrez. Tendrás un reportero dentro de la misma Rusia. Estoy seguro de que eso sí valdría la pena.

George miró a Ilona y ésta se encogió de hombros, impotente.

—Es cierto —afirmó George—. El proyecto parece interesante —le dio una cariñosa palmada a su hijastro en el hombro—. ¿Sabes? Si yo no creyera que sería un estorbo para que desarrolles tus actividades allá, me iría contigo.

Ilona Hayman, sentada frente a su escritorio, pasaba revista con gesto de disgusto al material que habría de presentar su publicación. Helen Meynon, su jefa de redacción, se movía con inquietud a su lado. El hecho de ser la jefa de redacción de la revista *You*, determinaba la culminación de su carrera hasta el momento, pero, en su fuero interno, deseaba que la directora y propietaria le concediera una mayor independencia. En particular, aquel día tenía el presentimiento de que alguna catástrofe se cernía sobre su cabeza.

Su presentimiento era acertado.

—No está bien —dijo Ilona.

—Pero, señora Hayman, Artie Shaw goza de mucha popularidad en estos momentos, cualquiera que sea su... bueno... —se quedó callada al recordar que la dueña también contaba con algunas indiscreciones conyugales entre sus antecedentes.

—A mí no me interesan en lo más mínimo los problemas del señor Shaw con las mujeres —declaró Ilona—. Sencillamente, opino que, en las actuales circunstancias, es absurdo elegir su caso como artículo principal.

Helen Meynon adoptó un aire de preocupación.

—¿Cuáles circunstancias, señora Hayman? Todavía es muy pronto para presentar las perspectivas de los posibles candidatos presidenciales. Además, usted misma ha comentado que no quiere en su revista una gran inclinación política. Declaró que las artes, las modas e incluso los deportes deben ocupar los principales artículos.

—Estoy hablando de la guerra —dijo Ilona glacialmente.

—¿Cómo?... ¡Ah, la guerra!

—¡La guerra! —repitió Ilona.

—Pues bien, señora Hayman, hablando con franqueza, no creo que nuestros lectores estén interesados en lo que está ocurriendo en Europa. No estamos involucrados en eso, ni mucho menos. De hecho, no *está* sucediendo nada en verdad trascendente. Yo estuve hablando el otro día con

John Brien y él me aseguró que toda esta situación habrá concluido en un par de semanas.

—¿Él piensa eso?

—Creo que todos los corresponsales extranjeros opinan como él, señora Hayman. El asunto de Polonia ya está terminado y liquidado; Hitler se cuidó muy bien de no hacer algún disparo más de los absolutamente necesarios. En Francia, Chamberlain hizo lo que tenía que hacer; es casi seguro que se desentenderá del asunto. Es decir, ¿qué podrían hacer la Gran Bretaña y Francia tal como la situación está por ahora?

—Bueno, yo no pienso que vaya a desentenderse del asunto —dejó asentado Ilona—. Desde mi punto e vista, el conflicto apenas está iniciando. Quiero que se redacte un artículo destacado sobre la guerra en la Gran Bretaña, acerca de la forma en que los ingleses ven la situación: las amas de casa, los niños. Pretendo estar en condiciones de exponer a los estadounidenses cómo sienten los ingleses por allá. Sí, ya sé que no es posible cambiar la edición para este mes. Si no queda más remedio, publique ese absurdo artículo sobre Artie Shaw, pero es necesario que el mes próximo insertemos ese artículo de Londres. Póngase en contacto con cualquiera de los nuestros que esté allá por ahora o con cualquiera de los corresponsales del *American People*. Si es necesario, envíe a alguien a Londres; pero el artículo debe estar listo para el mes entrante.

—Señora Hayman: si Chamberlain consigue hacer la paz, quedaremos en ridículo.

Ilona se reclinó sobre el respaldo de su sillón y sonrió.

—¿Quiere apostar algo a que Inglaterra entrará a la guerra, Helen?

El aplauso fue atronador; surgió del auditorio y cayó como una cascada sobre el escenario cuando las luces se encendieron y, por fin, los bailarines pudieron ver a su público. Natasha Brusilova parpadeó sorprendida al contemplar el mar de rostros y se le llenaron los ojos de lágrimas, como ocurría siempre cuando una representación concluía. Poco a poco, pudo identificar algunas caras: el enorme bigotazo de Stalin, el deslumbrante escote de Tatiana Nej, que en ese instante se ponía de pie para ir a los camerinos, las facciones serenas de Catalina Nej, la sonrisa amable de Michael Nej y, después, el bigote enhiesto de Iván Nej, el policía. Rápidamente, desvió la mirada, sonrió al resto del auditorio, hizo otra reverencia y recibió un ramo de flores en sus brazos, entregado por una de sus compañeras. El telón cayó definitivamente y pudo correr entretelones para reunirse con el resto del grupo que ya se estaba congregando en torno de Tatiana para recibir sus felicitaciones.

—Estuvieron magníficas —estaba diciendo Tatiana—. Fue un final maravilloso. Estoy muy contenta con todas. En especial contigo, Natasha. Fue un deleite tu baile —besó a su protegida en cada mejilla—. Algún día serás tan buena como yo... tal vez. Ahora, ven conmigo. Tengo algo para ti —condujo a Natasha al camerino y le entregó un sobre—. Es una carta de Johnnie.

Natasha se sentó y rasgó el sobre, sacó la hoja y principió a leer quedándose absorta, completamente inmóvil, como le sucedía siempre que recibía una carta de John Hayman o siquiera escuchaba pronunciar su nombre.

Al terminar, levantó la cabeza.

—Vendrá a visitarnos en la próxima primavera.

—Ya lo sé —dijo Tatiana—. A mí también me escribió. Las cartas llegaron ayer.

—¿Ayer? ¿Por qué...?

Tatiana la miró sonriente.

—Yo no quise que leyeras tu carta antes de la representación final. Habrías estado muy distraída. Ahora, ya puedes pensar en todo lo que te dice. Es a ti a quien viene a ver, ¿lo sabías?

—¿A mí?

—¡Claro que sí! Viene a pedirte que te cases con él, como siempre. ¿Vas a decirle que sí esta vez?

Natasha volvió a leer la carta. Una serie de lugares comunes y palabras tiernas; pero toda la misiva hervía por la excitación de poder verla de nuevo.

—Porque yo creo que ya es tiempo de que adoptes una decisión al respecto —indicó Tatiana.

Natasha dejó de leer y Tatiana fue a sentarse junto a ella.

—Para cuando él venga, cumplirás treinta años. Si alguna vez has tenido la intención de casarte y tener hijos, ya no debes esperar más.

—Pero... ¿y mi carrera...?

—Hasta hoy, has tenido una espléndida carrera —explicó Tattie—. Ahora, ha llegado el momento de decidir si tu matrimonio está por encima de tu carrera. Si es así y si es John Hayman el hombre con el que has decidido casarte, tendrás que considerar que deberás abandonar Rusia.

Natasha la miró. Abandonar Rusia. ¿Acaso pensaba Tatiana que ella quería quedarse en Rusia si tuviera algún otro lugar a donde ir? ¿Allí, donde su padre y su madre habían sido ejecutados por órdenes del Estado?

Natasha no estaba en la hacienda de su padre cuando los hombres de la Checa, encabezados por Iván Nej y Anna Ragosina a su lado, se lanzaron sobre ella, la destruyeron, la arrasaron por completo y, a sangre fría, dispararon sus armas contra su mamá y su papá, por el único crimen de que eran kulaks; es decir, granjeros que habían prosperado más que los otros. Las noticias las había recibido Natasha de segunda mano, cuando estaba a salvo en el refugio de la Academia de Tatiana Nej en Moscú. Se sintió devastada por el dolor, enferma de pena y emanaron en su fuero interno los deseos de venganza; mas nunca pudo ni siquiera imaginar lo que hubiese sentido y lo que hubiese hecho de haber estado allí cuando llegaron los de la Checa. Sólo estaba consciente de que odiaba profundamente incluso el nombre de Iván Nej, el de la policía secreta y a todo el gobierno soviético, con una intensidad que, a duras penas, podía expresar para sí misma.

Pero jamás se había atrevido a comunicar aquellos sentimientos ni a Tatiana ni a Svetlana, sus dos únicas amigas en todo el mundo. Tattie posiblemente detestaba a su esposo tanto como todos los demás; pero aquello era por motivos meramente personales. De hecho, esa conjunción resultaba muy extraña, ya que, según todas las versiones, la propia madre de Tattie, lo mismo que el resto de su familia, habían sido asesinados exactamente igual que los Brusilov y a manos del mismo hombre. No obstante, Tattie era una mujer única, una mujer que hacía las leyes para sí misma. Y no podía esperarse que Svetlana odiara a su propio padre, en particular porque nunca se le había permitido presenciar alguno de los siniestros trabajos del jefe de la policía.

Pero, al mismo tiempo, Natasha, cuando era niña, no había considerado jamás escapar de Rusia. Ella era rusa. El resto del mundo no le ofrecía nada más que la suerte amarga de una refugiada y, antes de que creciera lo suficiente como para vislumbrar la posibilidad de que sería preferible ser una pobre refugiada en alguna parte, que continuar viviendo en una sociedad de asesinos, había sido cautivada por el encanto de la danza, con la posibilidad de llegar a ser una figura destacada y, muy pronto, con el conocimiento de que llegaría a ser famosa. Se decía a sí misma que, en muchos aspectos, se había comportado como una cobarde; mas lo cierto era que, en su calidad de estrella de la danza, su vida en Rusia resultaba muy cómoda. Se sentía orgullosa al percatarse de que se había elevado hasta la cumbre dentro de una sociedad que había destruido a su familia. ¿Y qué era lo que podía ofrecerle John Hayman a cambio? Si bien aborrecía a los bolcheviques, aceptaba algunas de las cosas que éstos afirmaban acerca de los estadounidenses y su sistema capitalista, sobre los miles y miles que morían de hambre, de acuerdo con *Pravda*, sobre la forma cruel e implacable con la que los ricos explotaban a los pobres.

Además, la decisión no se había presentado con tanta urgencia como ahora. ¿Era verdaderamente urgente? Natasha se sentía muy complacida de que la amara alguien tan distinto y tan agradable.

—No puedes pretender que él te siga esperando para siempre —le dijo Tatiana con dulzura.

Ya había esperado diez años. Aunque diez años antes los dos habían sido muy jóvenes, casi niños. Por lo menos, ella sí lo era. Ahora...

—Es un hombre rico —le advirtió Tattie—. Muy rico. Y recuerda, Natasha, que Ilona es su madre en mucho mayor sentido del que Michael es su padre.

—¿Debo casarme con un hombre sólo porque es rico, Tatiana Dimitrievna?

—Sólo estoy intentando disipar los temores que tú pudieras tener —le respondió Tatiana—. Su padrastro es un hombre muy poderoso. No podrás imaginarte que pasarás penalidades. Además, en Estados Unidos, todos son mucho más felices de lo que nosotros podamos llegar a serlo aquí.

Natasha la miró asombrada. ¿No equivalía eso a una traición?

Tattie sonrió.

—Lo que te digo es cierto. Aquí vivimos como niños gobernados por un padrastro severo y autoritario llamado Joseph Stalin y por toda su turba. En Estados Unidos, la gente es adulta y todos han llegado a un grado de madurez en el que son responsables de sus actos y, de hecho, cometen errores. En ocasiones, eligen a personas que no debían estar en la administración y, también a veces, aprueban leyes equivocadas. Precisamente ésos son sus errores. Tienen el derecho de enmendarlos y, después, incurrir en otros nuevos. Ése es su sistema. Aquí no nos queda otra opción que la de soportar los traspiés que Joseph Vissarionovich cometa. Así que no tienes motivo para preocuparte por irte a vivir a Estados Unidos.

—¿Por qué tú no te has ido para allá? —quiso saber Natasha.

—Yo emigraré de Rusia cuando esté lista para hacerlo.

—Pero, si sales, volverás.

—Quizá.

—Pero, ¿por qué?

—Yo soy Tatiana Nej —puntualizó ella.

No había forma de responder a eso. Además, era un asunto sin trascendencia. Lo cierto era que John regresaba a Rusia y venía para verla a ella. Tal como había dicho Tattie, volvería a pedirle que se casara con él. Tatiana le había sugerido que, esta vez, diera su consentimiento. ¿Quería insinuar con eso que ella, Natasha Brusilova, no llegaría jamás a ser tan buena bailarina como Tatiana Nej? ¿Le habría insinuado que ya había alcanzado la cumbre de su carrera y que debería retirarse?

Y luego, abandonar Rusia. ¿Tal vez porque su fama le servía de protección y, sin ella, se recordaría que era la hija de un kulak?

—Sin embargo —concluyó Tattie gentilmente—, todo lo que hemos hablado depende exclusivamente de si amas o no a Johnnie.

Estaban jugando al *cricket*. La tía Tattie había llegado a adoptar un aspecto y una actitud enteramente bucólicos, de acuerdo con el ambiente que la rodeaba. Su sombrero de paja de alas enormes combinaba con el sencillo vestido de muselina clara y alentaba a sus alumnas a vestir igual que ella. Se diría que estaba empeñada en representar al personaje de una campesina de

Bielorrusia en alguno de los dramas de Chejov. Por otro lado, parecía muy feliz, aunque ahora su dicha era serena. John Hayman se decía que semejante actitud se debía a que ya estaba muy cerca de los cincuenta años; pero también podría ser, como ella misma se lo había mencionado con un falso tono de autocompasión, que su amigo Stalin había decidido reorganizar el Politburó y a ella la había sustituido en el cargo de comisario de Cultura. "Fue un gran alivio, en verdad —había confesado Tattie—. Yo aborrecía tener que asistir a esas densas e inútiles juntas mensuales."

Pero lo más probable era que se debiera a que, durante aquella visita de John, Clive Bullen no estaría. Sería muy difícil para Tattie que en los próximos años tuviera oportunidad de volver a ver a Clive, ya que éste, a pesar de su edad, así como los demás ingleses, había sido llamado para ingresar en el ejército para combatir contra Alemania. Sin duda, también aquel contratiempo era motivo de una preocupación especial para Tatiana; no obstante, ella estaba tan llena de entusiasmo como siempre para todo lo que hacía, incluso golpear la pelota de madera con el mazo del mismo material, yendo y viniendo por el prado. Estaba guiando a Svetlana, su compañera, por medio de órdenes breves y tajantes y se diría que iba a destrozar el mazo cuando asestaba los golpes a la pelota y, para terminar, derribó de una patada el arco de hierro de la meta cuando Natasha Brusilova tiraba para anotar el último punto que le daba el triunfo al equipo integrado por ella y John.

—Tendremos que jugar otra partida —decidió Tattie—. La disputaremos mañana. Esta tarde iremos a que les muestre la granja.

John lanzó una mirada a Natasha y arqueó las cejas, asombrado. Tatiana insistía en considerar la granja como propiedad suya, a pesar de que no era más que una porción de un koljós sobre el que ella no tenía algún derecho de propiedad.

—Aunque supongo que tú preferirás salir a pasear con Natasha —manifestó con pesar—. ¡Ah!, bueno, mi amor... —abrazó con un brazo a Svetlana y le revolvió el cabello bruscamente—. Paul estará aquí muy pronto.

—Tú no has aprobado del todo al capitán Von Hassell, ¿no es verdad? —preguntó Natasha. Habían terminado de almorzar y la casona estaba en un silencio absoluto porque todos dormían o descansaban con excepción de ellos dos, sentados uno junto al otro sobre la terraza lateral.

—Apenas lo conozco —explicó John—. Lo vi una vez, hace dos años. Confieso que me parece muy raro que ahora, cuando toda Europa está en guerra, a él se le permita tomarse una temporada de descanso y venir de vacaciones a Rusia.

—¡Bah! —exclamó ella—. Todo el mundo sabe que la guerra ya está prácticamente concluida. Ya no tiene importancia si la Gran Bretaña firma o no la paz, ¿no es verdad? Alemania se ha apoderado de toda la Europa occidental, que es lo que quería desde un principio. ¿Viste algunas señales de guerra ahora que venías?

—Bueno, yo viajé en un barco sueco directamente de Nueva York a Estocolmo y, de allí, a Leningrado, así que no pude ver nada. Además, tú me habías dicho que no te interesaba la política.

—Como van las cosas, todos debemos estar interesados en la política —comentó Natasha—. Por añadidura, la cuestión de la guerra ya se ha entrometido en nuestra profesión de bailarinas. Ya fue cancelada la gira que íbamos a emprender este verano. Dice Tatiana Dimitrievna que tal vez la podamos efectuar el año entrante.

—Nosotros no estamos en guerra —dijo John suavemente.

Natasha le sonrió.

—Me alegro de que tú tampoco estés en la guerra, Johnnie. Me da mucho gusto. También, estoy muy contenta de que hayas podido venir aquí.

Aquellas fueron las primeras palabras de bienvenida que ella le había dirigido desde la noche anterior, cuando él llegó. John suponía que, en parte, aquello se debía a su propia timidez. Aunque ella también debía experimentar cierta timidez, ya que habían transcurrido dos años. John había sentido cierto temor ante la idea de volver a verla.

Y Natasha estaba más hermosa que nunca, más deseable y también más distante e inabordable. John no contaba con algún medio para saber con certeza si las sugerencias que su tía Tattie le había hecho en Berlín se basaban en algo más que la propia intuición. Pero, precisamente, había venido decidido a averiguarlo. No volvería a presentársele una mejor oportunidad. Natasha estaba allí, descansando, lejos de Slutsk, entre una y otra de las representaciones, sin algo más que hacer salvo las prácticas de algunas horas diarias junto con las otras jóvenes. El resto del tiempo podía dedicarlo a divertirse como mejor quisiera. Por su parte, él también estaba seguro de que no podría hallar un ambiente más favorable para sus propósitos. El lugar mismo le traía reminiscencias precisas de Starogan, sin el sofocante calor del verano; pero suficientemente tibio y agradable, con los mismos trigales interminables alrededor de las casas de la aldea, con idénticos olores y sonidos de los establos y la misma corriente lenta del río que serpenteaba a escasos dos kilómetros de distancia, que también se desbordaba en el verano y formaba pantanos con sus nubes de mosquitos y con el atractivo adicional de los bosques tupidos que se alzaban más allá del río, oscuros y misteriosos, brindando un lugar lleno de atractivos para los exploradores, pero que la tía Tattie calificaba de peligrosos e impenetrables debido a sus altas malezas y sus pantanos.

Asimismo la casa era una construcción enorme, aunque de arquitectura muy distinta a la de Starogan: macizas chimeneas de piedra sugerían que allí el invierno debía ser mucho más frío de lo que era en la cuenca del Don. Pero la casona poseía los mismos salones vastos y silenciosos, las mismas terrazas abiertas o techadas donde podía disfrutarse, como entonces, de la brisa de la tarde, incluso el mismo ejército de criados, que, por supuesto, ahora eran camaradas, pero que se disputaban el honor de servir a la legendaria Tatiana Nej y a su famoso conjunto de bailarinas.

Y también el mismo huerto que él recordaba tan bien en Starogan, con los árboles cubiertos de hojas y de manzanas. Era un lugar de solaz y de contento.

—¿Te gustaría que fuéramos a dar un paseo? —le preguntó tímidamente.

Ella estiró el cuerpo perezosamente sobre su silla en la terraza.

—Yo preferiría quedarme aquí.

—¡Oh! —exclamó él y se mordió los labios.

Natasha se echó a reír.

—Nadie vendrá a interrumpirnos, si eso es lo que te molesta. Después del almuerzo, escuché a Tatiana Dimitrievna dando instrucciones para que nadie viniera a esta terraza.

—¡Ah! —exclamó él de nuevo, todavía indeciso.

Natasha lanzó un suspiro, pero continuó sonriendo.

—Desde hace un par de años, Tatiana Dimitrievna ha pasado mucho tiempo dándome consejos. Hace poco me señalaba que el año próximo cumpliré treinta años.

Johnnie se animó a tomarle las manos.

—Natasha...

—Y aún soy virgen —dijo en tono pensativo, se volvió a mirarlo y se echó a reír al verlo ruborizado—. Soy yo la que debería tener los colores en las mejillas. ¿Me sigues amando, Johnnie?

—¡Qué si te amo! ¡Ah, cariño mío...! —la apretó entre sus brazos para besarla en la boca, en los ojos y el cabello; permitió que su mano acariciara muy levemente la curva de sus pechos y sintió que la emoción estremecía su cuerpo—. ¡Te amo!

—Creo que sí me amas —asintió ella—, puesto que no has dejado de escribirme durante mucho tiempo. ¿Sabes que tengo trescientas cartas tuyas en paquetes atados con listones azules cada uno?

John no estaba seguro si ella estaba haciéndole alguna broma. Pero sí estaba seguro de que jamás había recibido una invitación tan evidente como en aquel instante.

—¡Natasha!... —de nuevo, la estrechó entre sus brazos con fuerza y, mirando por encima de su hombro, advirtió la hilera de bolitas de su espina dorsal bajando por la espalda. ¿Acaso él era un cobarde? No había nada a lo que pudiera tenerle miedo. Ella no se negaría a aceptar su propuesta.

—Así que, según creo —dijo Natasha hablándole al oído—, si tú aún lo deseas, me casaré contigo —John levantó la cabeza y la apartó un poco para poder mirarla mejor—. Pero quizá tú has cambiado de opinión —prosiguió diciendo ella con un tono de fingida tristeza.

—Vamos, Natasha... —la apretó otra vez entre sus brazos, pero, en ese instante, dejó a un lado los pensamientos de un encuentro sexual. Había algo tan exquisitamente puro en ella, tan inmensamente saludable y femenino, que él no deseaba hacer otra cosa que retenerla entre sus brazos. No ponía en duda que ella fuera deliciosamente sexual; pero su encuentro no podía ser un deleite transitorio, un encuentro ocasional; tendría que ser algo permanente. Llegar a tener a Natasha Brusilova y tenerla que dejar luego, aunque fuera por breve tiempo, era intolerable. Además, si ya estaba decidido que iban a casarse...

—Entonces, yo digo que sí —afirmó ella y lo besó en la nariz—. El verano próximo.

—¿El verano próximo? —protestó él en voz alta.

—Bueno —explicó ella—, no creo que hayas decidido venir a vivir a Rusia.

—No podría hacerlo, aunque quisiera.

—Por supuesto que no. En ese caso, comprenderás que debo hacer una solicitud para que se me permita emigrar a Estados Unidos.

—¿Es muy difícil conseguirlo?

—Para mucha gente implica años de gestiones, pero yo lo conseguiré, pues Tatiana Dimitrievna me lo garantizó, aunque tomará algunos meses, incluso para ella. Y, además, puede presentarse esa última gira que yo desearía hacer tan pronto como Tattie vea que la situación en Europa se estabiliza. Será mi última gira, Johnnie. Tú no querrás privarme de ese gusto, ¿verdad?

—Claro que no; pero es que el próximo verano parece muy lejano —suspiró—. Y yo no podré quedarme aquí contigo. No hay nada que yo pueda hacer al respecto, incluso si tu gobierno autoriza que me quede.

—Yo no quiero que te quedes —le dijo ella—. Tendré mucho trabajo. Tendré que practicar y después me presentaré a bailar. Aún debemos cumplir con muchos compromisos, incluso si no hacemos esa gira; pero sólo faltan doce meses, mi querido Johnnie. Sólo doce meses.

Natasha no le había llamado jamás "mi querido"; de hecho, ella nunca había insinuado siquiera una invitación o un compromiso. Ahora, todos los años de incertidumbre e incluso de infelicidad se desvanecieron; sólo en compañía de aquella chica había saboreado la verdadera felicidad. A diferencia de él, Natasha había conseguido el triunfo en su vida; era una bailarina nata, una joven que, pese a su trágica adolescencia, estaba hecha para el éxito. ¿Cómo era posible que un simple reportero de torneos de ajedrez, por muy encumbrado que fuera su abolengo por parte de madre, por muy valiosas que fueran sus relaciones tanto en Estados Unidos como en Rusia, se atreviera a aspirar a tanta belleza y tanto talento?

Pero ahora...

Ella había estado observando, con ansia, el cambio que se realizaba en él, en la expresión de sus ojos. Ahora, sonreía y lo volvió a besar.

—Sólo un año, Johnnie —le susurró en voz muy baja apretándolo entre sus brazos—. Un año nada más.

Se preguntó si Natasha se había sentido defraudada. Si así fuera, no lo había demostrado. Por lo demás, la idea era absurda; mucho más ahora que antes. Natasha era suya; se había prometido a él. Todo aquel cuerpo esbelto, de músculos duros, de carnes magníficamente modeladas, junto con la sonrisa encantadora, ligeramente burlona, y el carácter decidido, iban a pertenecerle por completo. Valía la pena recibir y retener todo aquello, pues no eran cosas que se prestaran apresuradamente durante una hora, sobre todo si ya se las habían prometido para siempre.

Asimismo, Natasha le estaba brindando el esplendor de su carrera artística. Para él, esa entrega constituía una gran responsabilidad. Comprendía que una primera bailarina, a no ser que se tratara de Tatiana Nej, ya viera acercarse el final de su carrera al cumplir treinta años. Por lo tanto, no se sentía responsable de sacarla del brillo y de la exaltación de entusiasmar a miles de personas en los escenarios de las capitales de Europa; pero sí se sentía inmensamente responsable de lograr que Natasha, en su vida futura a su lado, no fuera a sufrir al hacer comparaciones con la excitante vida de su juventud. Por ese motivo, se sintió verdaderamente angustiado al tener que separarse de ella de nuevo y arreglarlo todo para el futuro.

—¿Estás seguro de lo que vas a hacer, Johnnie? —le preguntó Ilona—. ¿Estás completamente seguro?

—Completamente. A mí me parece que la he amado durante toda mi vida, madre. Han transcurrido diez años —se encogió de hombros—. Creo que llegué a imaginar que eso no iba a ocurrir jamás. ¡Es obvio que estoy seguro, madre!

—Y no puedes ponerle "peros" a la familia, Ilona —le advirtió George con una sonrisa—. Los Brusilov eran kulaks honrados y muy encumbrados en su tiempo. También, puede decirse que proceden de la mejor parte del país.

—Yo creo que me siento intranquila porque todo esto ha sucedido tan de repente —se quejó Ilona.

—¿De repente? —preguntaron al mismo tiempo John y George.

—Además, aún debe transcurrir un año —observó George—. Hay tiempo para que cambies de idea, John.

—Más bien ella puede cambiar de idea, George. Yo voy a... —John se mordió el labio. George asintió con la cabeza.

—Te vas a casar con una bailarina de fama internacional —dijo George.

—¿Comprendes lo que es eso, no es verdad?

—No olvides que hace treinta años yo puse muy alto la mira para casarme con una princesa; sin embargo, tú tendrás que sentar cabeza. Tu matrimonio implica que ya no podrás andar de un lado a otro por el mundo y deberás establecerte. ¿Qué te parecería dirigir la sección de deportes?

John se le quedó mirando.

—¿La sección de deportes? —preguntó.

—Bueno, el viejo Hapgood se jubilará el año próximo. Yo siempre te he tenido presente para que ocupes su puesto, pero me pareció que no ibas a aceptar. Creo que, esta vez, sí lo harás, ¿no es cierto?

—El director de la sección de deportes del *American People* —murmuró John.

—¡Ay, George! —exclamó Ilona—. Eso sería maravilloso —le mandó un beso soplando sobre la punta de sus dedos—. Eres muy amable.

—Pero... ¿Tú crees que yo sea capaz de desempeñar ese cargo? —quiso saber John.

—¡Por supuesto que sí! Puedes empezar desde ahora como ayudante de director para que vayas practicando —le sonrió—. Y no te preocupes: tendrás suficiente tiempo libre para el verano.

—Para el verano próximo —recalcó Ilona—. No quiero más arrebatos, como ocurrió con tu hermano George.

—¡Ah! —exclamó John—. Mi tía Tattie tiene algunas opiniones al respecto. Ilona frunció el ceño.

—¿No pensarás casarte en Rusia, verdad John? No puede ser así. Allá no tendrás más que una ceremonia civil.

—Puedes casarte por la Iglesia en Rusia, si así lo quieres —le explicó John—; pero eso se considera ilegal. No obstante, mi tía Tattie sabe que no hay manera, tal como están las cosas por ahora, de viajar hasta acá con sus alumnas para asistir a la boda. Por eso, ella desea que sea allá. Después de todo, Natasha es, prácticamente, como su hija.

—De modo que tendrás dos bodas —señaló George.

—Así será, precisamente. Iré a buscar a Natasha a Moscú el verano próximo e iremos juntos a Slutsk. Todas las chicas estarán allá, practicando; tendremos la boda en la granja y, luego, Natasha y yo vendremos aquí.

—¿Cómo piensas llegar hasta allá? —inquirió Ilona.

—He pensado usar una ruta distinta. Embarcarme hasta Lisboa y después transportarme en el tren a través de Europa. Resultará muy interesante.

—No me agrada la idea de que tengas que cruzar el Atlántico —expresó Ilona—. De veras.

—Vamos, mi amor; nadie se atrevería a hundir un barco estadounidense —le recordó George—. Yo estoy de acuerdo con John. Una travesía por la Europa nazi debe ser muy interesante.

—Es un viaje largo —dijo Ilona—. Tú y la muchacha estarán solos y no vendrán debidamente casados.

Su esposo y su hijo la miraron con la boca abierta.

—Bueno —dijo ella, ruborizándose un poco—, las cosas eran diferentes antes de la guerra.

—¿Antes de cuál guerra? —inquirió John—. De cualquier forma, madre, estaremos debidamente casados, por lo menos ante nosotros mismos. También, podríamos casarnos con una ceremonia civil, si así lo quieres y, luego, cuando regresemos, podemos casarnos de nuevo. ¡Imagínate, una boda en septiembre, en Nueva York!

—Eso sí que sería magnífico —exclamó Ilona con creciente entusiasmo a medida que principiaba a evaluar las posibilidades—. Felícitas podría ser la dama y la pequeña Diana, la niña de las flores... Me daría mucho gusto que invitaras a David Cassidy como padrino, Johnnie.

—No veo por qué no.

—¡Oh, formidable! —prosiguió diciendo Ilona—. Las listas; tenemos que comenzar a hacer las listas de inmediato. ¡Será la boda del año! ¡Oh, George...!

Éste le rodeó los hombros con su brazo y le ofreció su pañuelo para que se enjugara las lágrimas. John era su primer hijo y había sido un hijo amado. Lo era todo para ella, como George lo comprendía muy bien: era un recordatorio constante de la época gloriosa de Rusia, de las emociones, de las experiencias, del amor que Ilona Borodina había experimentado treinta años atrás.

—Ahora, debo decirte algo —le advirtió George—: conozco muy bien a alguien que haría esfuerzos sobrehumanos para asistir a tu boda. Su nombre es Michael Nej, quien jamás ha visitado Estados Unidos.

Ilona estaba sentada frente a su escritorio con los anteojos encaramados sobre la punta de la nariz, leyendo con atención las hojas de papel escritas a máquina que sostenía en las manos. Mientras tanto, Helen Meynon fumaba nerviosamente un cigarrillo tras otro. Un año antes, disgustada con su jefa, estaba decidida a renunciar; mas no lo hizo. A pesar de ello, el hecho de que Ilona pareciera dueña de ciertos dones de premonición sobre el futuro no facilitaba la tarea de trabajar para ella.

—¿Será verdad todo esto? —preguntó por fin Ilona.

—El que lo dice es un buen hombre.

—¿Habrá estado en esos lugares y habrá visto lo que describe? Me cuesta trabajo creerlo.

Helen Meynon decidió esperar.

Ilona se puso de pie, se acercó al mapa que colgaba en una de las paredes y se quedó mirando el contorno de Europa.

—Francia —dijo—. Austria, Bélgica, Holanda, Noruega, Polonia, Hungría... todas las naciones le pertenecen ahora prácticamente a Alemania. ¿Cómo puedo creer una historia como la que he leído, en el sentido de que en todos esos países se tortura y se asesina a la gente, que se toma como rehenes a los habitantes de aldeas enteras y luego se les mata, sin que nadie haga algo para impedirlo?

—Es que no pueden hacer nada —indicó Helen.

—Sin embargo, Helen, ya antes hubo pueblos enteros gobernados por la fuerza bruta y siempre han hecho algo para protestar o para defenderse. Ahora, se trata de un continente casi entero... Eso no tiene sentido.

—Muy pronto será el continente entero —añadió Helen—. Corren rumores de que Hitler está a punto de cerrar un trato o una especie de pacto con los yugoslavos, con la finalidad de enviar por allí un ejército para ayudar a Mussolini en su combate contra los griegos y los ingleses. Asimismo, Bulgaria está de parte de Hitler y me parece que también Rumania.

—Quizá estén de su parte para evitar que se cometan carnicerías entre sus pobladores. Esperaremos a ver qué sucede, Helen.

—Pero...

—Mi esposo me comentó en alguna ocasión que su trabajo consistía en informar acerca de las noticias, no en fabricarlas. Eso también se aplica para nosotras. Por otro lado, te puedo decir por las cartas que constantemente recibimos que nuestros lectores ansían desesperadamente artículos sobre temas alegres. Ésta es la oportunidad para ofrecerles algo ligero. Les hablaremos de los matrimonios, haremos una reseña de famosos enlaces internacionales. ¿Sabías que John se va a casar con la bailarina rusa Natasha Brusilova?

—Ya había escuchado algo de eso.

—Bueno, ahí tienes. Si publicamos una serie, podríamos concluirla con un matrimonio que nos toca de cerca. Sería espléndido, inyectaríamos una nota de alegría en la vida de las personas; nada como una gran boda y la de John será de las mejores. Se va a casar por partida doble, ¿sabías? Una boda en Rusia y otra en Nueva York. No te imaginas todo lo que es necesario trabajar para organizarla. Piensa en que la Rusia comunista debe dar la autorización a una de sus mejores bailarinas para que se case con un estadounidense. Desde luego, mi hermana se hace cargo de las gestiones; pero, de cualquier modo, eso representa una hazaña.

A Helen Meynon le pareció que la señora Hayman estaba nerviosa. Era la primera vez que le detectaba esa debilidad. Aplastó en el cenicero su onceavo cigarrillo, se levantó, recogió las hojas del artículo que estaban sobre el escritorio y dijo:

—¿Y qué hacemos con esto? Es posible que todo lo que dice sea verdad.

—Si resulta cierto —dijo Ilona—, por supuesto, lo publicaremos. Eso será más adelante en este año. George y yo viajaremos a Rusia para asistir a la primera boda. Visitaremos la Europa ocupada por los nazis. Cuando yo esté de vuelta, podré decirte si todo eso es verdadero o es falso. Sólo podremos ponernos a rezar para que sea falso.

El tren atravesaba bufando la planicie polaca que ya parecía sofocada por el calor del principio del verano. "Pero toda Europa —se dijo John para sus adentros—, parece sofocada y no precisamente por el calor."

En el transcurso de los últimos años, John se había esforzado por mantenerse distanciado de la política. Antes, a impulsos de su entusiasmo y de sus confusiones juveniles, se había puesto a trabajar al servicio de su tío Peter, no consideró las repercusiones de lo que estaba haciendo, ni siquiera los posibles perjuicios físicos. Había creído que era el hijo del príncipe Sergei Roditchev y consideraba deber suyo auxiliar a su tío en todo lo posible para conseguir el derrocamiento del bolchevismo y la restauración de la aristocracia rusa en el sitio que le correspondía dentro del esquema de las cosas. El reconocimiento repentino e inesperado de que había estado luchando contra su propia estirpe y contra su propio padre verdadero, lo dejó sumido en la confusión. Su padrastro, George, lo había criado y educado como a un capitalista y, tras haber visto, desde el interior de una celda en la prisión de Lubianka, cómo administraban los bolcheviques su Estado, comprendió que jamás podría simpatizar con ellos y mucho menos admirarlos. Le pareció mejor mantenerse al margen y lejos de las realidades de la vida, pensando que, cuando el pueblo ruso estuviera harto de sus poderosos señores rojos, los echaría fuera, tal como había eliminado a los zares y a sus sanguinarios verdugos.

A raíz de aquella decisión, quedó separado de todos los asuntos políticos, de todas las cosas remotamente reales, como, sin duda, lo habría dicho George . No había nada de esa realidad en el ajedrez, donde cada juego generaba una completa situación existencial y después la borraba para proseguir con el siguiente juego. Además, por regla general, los jugadores de ajedrez preferían no involucrarse en la política. El ajedrez era un juego demasiado internacional. Pero, durante los últimos dos o tres años, fue imposible pasar por alto el militarismo de Alemania y de Italia e incluso los propios ajedrecistas de esas naciones protestaron por ello en su esfera privada. Hasta entonces, el término de cada uno de los torneos internacionales y, sobre todo, la clausura de cada una de las olimpiadas bianuales de ajedrez, habían sido siempre la ocasión para considerar la siguiente competencia, sin preocuparse mayormente de lo que pudiera ocurrir en los intermedios.

Pues bien, ahora todo el mundo había sido rebasado por los acontecimientos. En 1941, Europa estaba aplastada por las botas. Incluso en España, que se había mantenido al margen de los conflictos, se había impuesto un estado policial bajo el cual se debatía el pueblo para recuperarse de los estragos de la guerra civil. Francia era una amarga experiencia para los que jugaron ajedrez en París en 1938. Precisamente ahí tuvo que pasar la noche John para abordar un tren al día siguiente, pero no salió del hotel en toda la noche, a pesar de que su madre le sugirió que fuera a visitar a Judith Stein. Pensó que ésta estaría a salvo en su posición de amante de un diplomático ruso y, evidentemente, los nazis no la molestarían, no obstante sus antecedentes judíos; sin embargo, no podía menos que sentirse angustiada por todo lo que acontecía en torno suyo.

Después de París, se le presentó la desaforada alegría de Alemania, como si los alemanes no pudieran acabar de creer lo que estaba ocurriendo: su Führer había conquistado toda Europa y ya no se le oponía nadie más que un puñado de isleños ingleses intransigentes y, salvo las batallas navales, ya no se libraban más combates que los que tenían lugar en las infecundas arenas del norte de África y las acciones policiales en los Balcanes. Luego de Alemania, fue necesario adentrarse en la Europa oriental y en la realidad. Polonia había quedado desolada y devastada físicamente, y por lo que él pudo apreciar, también mentalmente. Puesto que los alemanes ya habían ocupado Yugoslavia, Grecia y también Rumania, John suponía que esos países debían estar en las mismas condiciones. No era posible dejar de sentir alivio y satisfacción al pertenecer a la nación más poderosa del mundo, capaz, por su misma fuerza, de permanecer aislada y remota de las miserias de otras más pequeñas. Asimismo, era grato estar viajando a otro país casi igualmente poderoso.

Aquellos eran pensamientos sombríos para el novio que iba camino de su boda. Dos horas más tarde, el tren arribaría a Brest-Litovsk, hasta donde se había extendido la frontera de Rusia a partir de 1939. Entonces, John se ubicaría a poco más de trescientos kilómetros de la academia de su tía Tattie. Era mucho más agradable hacer un análisis mental de los juegos disputados un año antes en el encuentro entre el ex campeón del mundo, el holandés Max Euwe, y el joven genio estonio, Paul Keres, de quien muchos comentaban que habría de ser el próximo campeón. Y John cayó en la cuenta, un tanto asombrado, de que ese futuro campeón debería ser, necesariamente, un ciudadano ruso, puesto que los bolcheviques se habían adueñado de las repúblicas del Báltico.

Se abrió la puerta de su compartimiento. John levantó la cabeza y, como ocurría siempre al mirar uno de aquellos uniformes negros, sintió que los latidos de su corazón se apresuraban. No sólo se trataba de una asociación de ideas al recordar que todo el mundo se inclinaba de manera automática ante cualquiera de los soberbios jóvenes alemanes; se trataba de que el mismo uniforme parecía llevar consigo una violencia omnipotente que, en un instante, reducía a una insignificancia la raída ropa deportiva que él vestía.

Sin embargo, aquel joven oficial del uniforme negro le estaba sonriendo y John recapacitó de pronto en el sentido de que no había necesidad de temerle a ese hombre.

Se incorporó.

—¡Paul! —exclamó—. Paul von Hassell —se estrecharon las manos—. ¿Vas a Slutsk?

—Para una breve visita —dijo Paul—. Mira —se sentó al lado de John y levantó la tapa de un pequeño estuche azul para mostrar un gran brillante que chisporroteaba sobre un cojín de terciopelo rojo—. ¿Crees que a ella le guste?

—Le encantará —afirmó John—. ¿Ya sabe que lo va a recibir?

—¡Ah! —suspiró Paul von Hassell recostándose sobre el respaldo. Se quitó la gorra militar y la arrojó sobre el asiento del frente—. Ya sabe que lo va a recibir, algún día. Así que yo me dije: ¿por qué no ahora? Si va a haber una boda en la familia, ¿por qué no puede haber dos?

—¿Qué opina Iván?

—¿Iván el Terrible? —sonrió Paul— ¡Ah!, sí; Svetlana cumplirá veintiún años dentro de tres meses, no lo olvides, y, sin duda, madame Nej está de nuestra parte. Llegaremos a ser parientes, John. ¿Qué te parece?

Era algo que ni siquiera había considerado; no obstante, Paul era uno de los tipos más encantadores que él hubiese conocido, a pesar de que era nazi. En el verano anterior, cuando John estuvo en Slutsk, habían ido juntos de cacería, jugaron ajedrez y salieron a caminar y a pasear junto con las mujeres que amaban. Por supuesto, Paul había hecho gala de una confianza en sí mismo de la que John carecía en absoluto, y éste reconocía que su modo de cortejar a las damas era muy diferente. Y, por cierto, la dicha de Svetlana era innegable.

Pero a John le pareció extraño observar que, en aquella ocasión, el joven alemán parecía menos confiado que de costumbre. O tal vez el nerviosismo en masa que alteraba a la nación se le había contagiado también a él. Parecía exageradamente radiante y animado. Se tendió sobre los cojines del asiento para sonreírle a John.

—Cuéntame los detalles de lo que has arreglado para tu boda —solicitó.

—La boda propiamente dicha se celebrará el 15 de julio —explicó John—. Mi madre y mi padrastro llegarán el 10. Te estoy hablando de la boda en Rusia, pues tendremos otra en Nueva York, en septiembre.

—¿Qué necesidad tienes de la boda rusa? —le preguntó Paul—. ¿Por qué no llegas a recoger a Natasha y, sencillamente, te la llevas a Estados Unidos contigo?

—Sinceramente, mi tía Tattie pondría objeciones a un procedimiento semejante. Está empeñada en que todas las alumnas de la academia participen en la ceremonia.

—Entonces, ¿para qué esperas hasta mediados de julio? Sólo estamos a principios de junio, faltan seis semanas. ¿Por qué no celebras tu boda rusa de inmediato? Así, podrías volver a Estados Unidos para fines del mes.

—Imposible —advirtió John—. En primer lugar, mi madre y George no podrían llegar aquí antes de un mes; en segundo, Natasha no terminará su temporada de presentaciones sino hasta finales de la semana entrante. Ahora voy camino de Moscú para recogerla y luego viajaremos juntos a Slutsk.

—Sí, ya veo —dijo Paul—. Son las circunstancias las que dictan nuestras vidas, ¿no es verdad? —después, reflexionando en voz alta, expresó—: Tú eres estadounidense y Natasha Brusilova se convierte en estadounidense en el momento en que se case contigo.

—Ésa es la idea general —respondió John al tiempo que se preguntaba qué era lo que Paul trataba de insinuar.

—Eso está bien. Y cuando Svetlana se case conmigo se convertirá en ciudadana alemana —sonrió con aire de culpa—. Es una lástima que no podamos encontrar una medida semejante para otorgarle otra ciudadanía a madame Nej. Porque debes saber, mi querido John, que nosotros, los alemanes, jamás desearíamos destruir el verdadero talento, en especial en las artes. De eso puedes estar seguro.

Svetlana Nej se quedó mirando el contenido del estuche.

—¡Qué hermoso es! —exclamó—. ¡Es hermosísimo! Yo jamás había visto una cosa igual.

—Entonces, ¿por qué no te lo pones? —le preguntó Paul.

Ella levantó la cabeza y lo observó fijamente. Paul le estaba proponiendo que se casara con él. Pensó que era raro que ella intuyera ya, desde un principio, que algún día le pediría que se casara con él y que, llegado el momento, ella le respondería que "sí"; pero jamás se había puesto a pensar en todas las consecuencias que aquella breve palabrita entrañaba.

Aquel hombre era un sueño, un sueño que constantemente se le presentaba a tal punto que ella había llegado a pensar que la perseguiría toda la vida. Rusia era tan gris... Y, si bien la vida para la hija de Tatiana Nej no era tan melancólica como para los demás, sus privilegios parecían acentuar la monotonía de todo lo que la rodeaba. Por añadidura, su madre era una romántica y, cuando le narraba a su hija los recuerdos de la existencia en Starogan o de las fiestas y reuniones en San Petersburgo, cuando el zar reinaba en Rusia, era como si estuviera escuchando el relato de un maravilloso cuento de hadas... Sólo que ella sabía que aquel cuento había sido realidad.

Ya estaba resignada a aceptar el hecho de que ella había nacido en una época equivocada. Incluso sus débiles esperanzas de que, por medio de la danza, llegaría a conquistar una fama que la libraría de la existencia gris, se habían desvanecido. Junto con su madre, había llegado a la conclusión de que ella jamás sería una gran bailarina. Tendría que continuar conformándose con sus sueños.

Pero todo eso había acontecido antes de la visita a Berlín. Aquella capital fue como un mundo nuevo para ella, un mundo poblado por una multitud de brillantes uniformes y jóvenes apuestos. Era como la reencarnación del San Petersburgo que ella imaginaba y, si bien el Führer constituía una especie de zar insignificante, no podía menos que admirarse del esplendor con que se rodeaba y todo aquel esplendor se había concentrado en ese hombre guapo que quería casarse con ella.

Pero, a decir verdad, ella apenas lo conocía. No sabía de él otra cosa sino que se esforzaba por ser amable, gentil y divertido. Además, sabía que era nazi, lo que, por regla general, era mal visto. Aunque, por supuesto, él no podía andar involucrado en cosas malas o desagradables.

Y era él quien se la podía llevar lejos de Rusia. Ella viviría en Berlín, en medio de todo el brillo y el esplendor que había conocido. Viviría en la capital de una nación en guerra; pero se trataba de una guerra que no tenía más que el nombre y que seguía existiendo sólo porque los ingleses se negaban a firmar la paz para ponerle fin. Por lo tanto, existía un estado de guerra en el que la podía pasar muy bien.

Cayó en la cuenta de que estaba a punto de iniciar una vida tan dramática como había sido la de su madre.

Con mucha parsimonia, sacó el anillo de su estuche, introdujo su dedo, lo contempló y, después, levantó el rostro para recibir un beso de Paul.

—Es un tipo raro —confesó John—. No me interpreten mal. A mí me cae muy bien y lo aprecio mucho; pero parecía empeñado en que yo me manifestara muy orgulloso por el hecho de ser estadounidense. Insistía en eso.

—Es cierto —comentó Tatiana—. En esta ocasión, se ha comportado de una manera muy extraña. ¿Saben que le pidió a Svetlana que huyera con él?

—¡No es posible! —exclamó Natasha. Ésta, lo mismo que John y Tatiana y la misma Svetlana, estaban sentados frente a la gran mesa del comedor de la casa de la granja, abriendo un sobre tras otro para sacar las cartas de respuesta a las invitaciones a la boda, apilando las que aceptaban en un lado y las que declinaban, en el otro. Eran muy pocos los que no asistirían. Se diría que toda la comarca estaba ansiosa por acudir a Slutsk para la boda.

—¡Mamá! —protestó Svetlana, sonrojándose hasta las raíces de los cabellos dorados—. Tú me habías prometido...

—Vamos, criatura. Estamos en familia —dijo Tattie.

—No aceptaste, ¿verdad? —dijo John.

—Bueno... Yo le pregunté a mi mamá y ella me dijo que no.

—¡Una huida! —gruñó Tattie—. Yo no permitiría que una hija mía se fugue con un hombre. ¿Quién habrá oído de semejante absurdo? Svetlana tendrá una boda más espléndida que la tuya, Natasha Brusilova.

—Pero, ¿por qué motivo quería escapar contigo? —inquirió Natasha.

—Bueno —explicó Svetlana—, porque yo no cumpliré veintiún años hasta septiembre, ¿comprendes? Y como mi padre no me dará su autorización para casarme con Paul, no queríamos tener que aguardar hasta entonces.

—Pero si ya estamos casi a fines de junio —advirtió Natasha—. Sólo faltan tres meses.

—Sí, pero, como dice Paul, Alemania está en guerra y lo pueden enviar lejos en cualquier instante...

—Ya casi no hay combates —expresó Tattie.

—Hay lucha en el norte de África —afirmó Svetlana—. A Paul lo pueden enviar al norte de África.

—¡Tonterías! Sólo mandan al norte de África a las divisiones Panzer y Paul está en la infantería. No puedo comprender esa impaciencia.

—Pero, de cualquier modo, siguen siendo amigos, ¿verdad? —dijo John—. Ya veo que llevas su anillo.

—¡Por supuesto! —contestó Svetlana—. Vamos a casarnos tan pronto como sea posible. No se enojó ni nada por el estilo. Sólo se entristeció. Y, después, empezó a decirme cosas extrañas: que el aire de Slutsk era malo para mi salud y que yo debería irme al norte de Moscú y permanecer allí hasta nuestra boda y, cuando le comente que iría a Moscú al finalizar el verano, me dijo que eran los meses del verano los que más le preocupaban.

—A decir verdad, Paul me sugirió que adelantáramos la boda —señaló Tattie—. Quería que la hiciéramos este mes y no el próximo. ¡Como si eso fuera posible!

—¡Qué extraño! —observó entonces John—. A mí me hizo la misma propuesta acerca de mi propia boda. Aparte de que también me recomendó que yo te convenciera, Natasha, para que te escaparas conmigo.

—Parece que ese joven sólo piensa en fugas —comentó Tatiana.

—Y tú nunca me dijiste nada —indicó Natasha sonriendo.

—Bueno... yo estaba completamente seguro de que la tía Tattie no aprobaría el plan.

—Me habría puesto furiosa —declaró Tatiana—. Absolutamente enfurecida. ¿Ésta es la última confirmación?

—Así es —asintió John. Se reclinó en el respaldo de la silla y se tapó la boca para disimular un bostezo. Bebió unos sorbos del brandy que le habían servido después de la cena. ¡Qué gran tranquilidad había en la granja! No se escuchaba ningún sonido, ni siquiera el soplo del viento perturbaba la quietud de la noche.

—Pero no hubo respuesta de Gregory —suspiró Tattie.

—Tal vez no piense molestarse en responder —señaló Svetlana—. O bien, está muy ocupado. ¿Qué es lo que hace, mamá, que ni siquiera puede venir?

—¿No lo sabes? —preguntó Tattie—. Está trabajando con su padre.

—¿En la NKVD? —inquirió Natasha con incredulidad.

—No, no creo que se haya convertido en policía, es demasiado joven. Iván me ha comentado que le dio un trabajo de escritorio. Pero ésa no es una justificación para que no responda a la invitación para la boda. Mañana lo llamaré por teléfono —lanzó una mirada a John—. Un joven debe tener la oportunidad de desplegar las alas, tú lo sabes muy bien.

—Sí que lo sé —asintió John.

—Además —continuó diciendo como si hablara consigo misma—, supongo que le hace bien estar con su padre, de cuando en cuando —de nuevo observó directamente a John—. El tuyo vendrá aquí dentro de un par de semanas, un día antes de la llegada de Ilona y George. ¿No te alegra? Deberías pasar más tiempo con él.

—Sí, me dará mucho gusto verlo —contestó John y se puso de pie—. ¿Vienes a dar un paseo conmigo, Natasha?

—Sí, es una magnífica idea —se reunió con él en la puerta—. Buenas noches, Tatiana Dimitrievna, Svetlana Ivanovna.

Tatiana emitió un suspiro sonoro.

—¡Oh, estar joven de nuevo para pasear bajo la luz de la luna!...

—¿No vendrá el señor Bullen a la boda, mamá? —preguntó Svetlana con absoluta inocencia.

—¿Acaso puede venir? —inquirió Tattie—. Aunque pudiera obtener un permiso, sería imposible que viniera con esta estúpida guerra. ¿Por qué los ingleses no firman la paz de una vez, Johnnie? ¿Por qué no firman la paz?

—No lo sé, tía Tattie, no soy Churchill.

—Ese hombre es un alborotador —se quejó Tatiana—. Siempre lo ha sido, desde la época de la Gran Guerra. Y, ¿sabes algo más?, jamás ha querido a los rusos; fue Michael quien me lo dijo.

—Bueno —expresó John haciendo un guiño—, quizá ahora que los alemanes han llegado hasta la isla de Creta se vean forzados a invadir la Gran Bretaña, pues ya no les queda algo más que conquistar.

—¡Nunca! —gritó Svetlana sobresaltándose—. No pueden hacer eso. Si lo hacen, Paul tendría que verse involucrado.

—Sólo era una broma —dijo John para tranquilizarla—. Yo te apuesto que, en estos momentos, los ingleses están gestionando la paz. Espera y lo verás —salió y cerró la puerta detrás de ellos. Tomó la mano de Natasha y bajaron juntos los escalones de la terraza exterior—. ¿Sabes? Pienso que Svetlana hubiese querido huir con Paul.

—Tatiana Dimitrievna no se lo hubiese perdonado jamás —aclaró Natasha. La suavidad del pasto se sentía bajo la planta de los pies. Por encima de ellos, la luna iba descendiendo hacia los tejados de los establos—. Aunque, en realidad, no me explico cómo desea abandonar estos lugares. Yo jamás quisiera irme de aquí. A mí me parece el lugar más celestial de la Tierra; más hermoso aún que la granja de mi padre porque es más verde.

—A mí me recuerda a Starogan —confesó John y apretó sus dedos sobre los de la mano que tenía en la suya—. ¿Estás verdaderamente triste porque debes abandonar estos lugares?

Ella lo miró sonriendo.

—Por supuesto que tengo un poco de miedo. Voy a una enorme tierra extraña sobre la que no sé nada...

—Estados Unidos te encantará —le prometió él—. Y, sin duda, todo el país estará encantado contigo.

—Estás hablando como si yo tuviera que partir en una gira —llegaron a la banca del jardín y ella se sentó—. Recuerda que ya no volveré a emprender ninguna.

Él se sentó en el suelo, a sus pies y se reclinó sobre sus rodillas.

—¿Eso te preocupa?

Natasha metió sus dedos entre los cabellos de John.

—No tanto como yo creía. A decir verdad, experimenté una sensación de alivio al finalizar mi representación final, la semana pasada. Pero eso era porque sabía que tú me esperabas tras bambalinas.

Él se incorporó para quedar de rodillas.

—¿Es verdad, Natasha? ¿Es realmente cierto?

Ella se inclinó para besarle la nariz.

—Voy a casarme contigo, tonto.

—Sí, aún no puedo creerlo. No puedo acabar de convencerme de que estoy aquí, contigo y que, dentro de tres semanas, estaremos casados.

—Y que entonces tú me darás muchos niños.

—¡Oh, Natasha! Yo no estaba pensando en eso.

Ella suspiró muy suavemente.

—¿Eres feliz?

—¡Sí! —exclamó él—. ¡Inmensamente feliz! ¡Delirantemente feliz!

—Entonces —dijo ella besándolo de nuevo—, los niños llegarán por añadidura. Y, ahora, creo que deberíamos irnos a la cama ya es muy tarde. Oí las campanas de la medianoche en el reloj de la aldea cuando terminábamos de revisar las cartas.

—¡Natasha!... —John le apretó las manos con fuerza cuando ya estaban los dos de pie—. Estás... Quiero decir... Tú deseas que nosotros... —hizo una segunda pausa.

Ella le estaba sonriendo.

—¿Quieres saber si ahora desearía haber perdido mi virginidad? —Natasha sacudió la cabeza—. No, ahora no. Estoy contenta de que hayamos esperado, de que yo haya esperado; pero deberás ser paciente conmigo. Una virgen de treinta años puede sentirse... ¿cómo le dicen a eso en Estados Unidos?

—¿Reprimida? Tú no lo estás. Eres la protegida de mi tía Tattie y ella es una mujer en la que no existen las inhibiciones.

—Muchas mujeres desearían ser como tu tía Tattie —manifestó Natasha—. Pero creo que deben ser muy pocas las que llegan a ser como ella. Contigo no me sentiré reprimida, Johnnie. No me digas que te lamentas de eso ahora. ¿Podrías esperar otras tres semanas?

—Por ti, podría esperar para siempre. A veces, he creído que ya he esperado para siempre. Es tanto lo que te amo, Natasha; pero no acabo de convencerme de que una mujer como tú..., tan capaz... pueda amar a un hombre como yo.

—¿Cuál es el problema contigo?

—Bueno, no tengo talento para nada, Natasha, no sé conversar, carezco de atractivos...

—Tú tienes talento. ¿No eres tú el editor de la sección de deportes del periódico *American People*?

—Por nepotismo.

Natasha sacudió la cabeza.

—No creo que el señor Hayman tenga tendencia a los favoritismos, Johnnie. De cualquier forma, yo te amaría aunque fueras el jorobado de Nuestra Señora de París.

—Dime por qué.

—Porque eres un hombre lleno de gentileza; porque eres muy amable y muy reflexivo. Porque estoy convencida de que no eres capaz de hacer un mal a nadie.

—Natasha...

—A la cama —dijo ella con firmeza.

Se fueron a la cama, pero no para dormir. John comprendió que por fin ocurriría lo que tanto ansiaba. Hacía mucho tiempo que vivía con su sueño y ahora, finalmente, se haría realidad. Iba a ser suyo de una manera en la que él no podía creer un año antes, cuando puso el anillo en el dedo de la chica; no lo creía posible durante los preparativos para la boda, mientras se enviaban las cartas de invitación ni tampoco cuando fue a Moscú y asistió a la última presentación de Natasha y había presenciado la gran ovación con que se le despidió por parte del auditorio, la entrega de los ramos de flores y los brindis con las copas de champaña y los vivas y los besos. Y ella renunciaba a todo para casarse con un editor de la sección de deportes.

Pero ella lo amó. A fin de cuentas, él tuvo que reconocerlo. Ella lo amó.

Después, él estaba de pie frente a la ventana, observando el corte diagonal de la luz de la luna sobre el patio, escuchando el murmullo de la brisa del amanecer que ya empezaba a soplar y el zumbido ronco y distante de los aviones que crecía y crecía a cada instante.

¿Aviones? ¿A las cuatro de la mañana? Y era un gran número de aviones. Intentó mirar por la ventana, pero no vio nada, aunque sí pudo oír una serie de golpes; golpes intermitentes que también se acercaban y crecían en intensidad, como el zumbido de los aviones.

John Hayman se quedó absolutamente quieto, incapaz de dar crédito a lo que estaba escuchando, a lo que el ruido le anunciaba: una gran flotilla de aviones volaba sobre Rusia y dejaba caer bombas.

Se oyó el alarido de una mujer.

CAPÍTULO V

EL GRITO DESPERTÓ A TATIANA. DORMÍA A PIERNA SUELTA, COMO de costumbre, y su sueño no había sido inquietado por el estruendo distante de los aviones ni por el estrépito de las bombas, cuyos estallidos se escuchaban cada vez más próximos; pero el lamento la despertó de golpe. El indicio de que alguna de sus alumnas pudiera estar en riesgo la hizo levantarse de un salto de la cama y, con el mismo impulso, tomó la bata que estaba sobre una silla, corrió hacia la puerta y, después, a lo largo del corredor que rodeaba el gran salón central.

Ya entonces se estaban abriendo las puertas de todas las habitaciones y en los pasillos se apiñaban las jóvenes en sus camisones de dormir y sus batas, hablando todas al mismo tiempo y, entre ellas, John Hayman, el único hombre a quien se había autorizado pasar la noche en la mansión, ofrecía un aspecto asustado.

—¡Silencio! —gritó Tatiana golpeando las manos—. ¿Qué ocurre, Johnnie? ¿Quién gritó?

—Fui yo, Tatiana Dimitrievna —contestó una de las chicas—. Oí explotar las bombas. ¡Allí están otra vez! Tatiana Dimitrievna tengo mucho miedo.

Como si obedecieran a una señal, todas las muchachas se agruparon en torno de Tattie, buscando protección.

—¡Silencio! ¡Cállense! —volvió a gritar—. ¿Estás allí Natasha Feodorovna?

—Aquí estoy, Tatiana Dimitrievna —respondió Natasha tan tranquila como siempre.

—Llévate a estas niñas a la cocina y sírveles chocolate. Tú también, Svetlana. Johnnie, ¿qué está ocurriendo?

John se acercó para detenerse junto a su tía.

—Estoy muy preocupado; creo que nos están atacando, tía Tattie.

—¿Atacando? —inquirió ella—. ¿Cómo puede ser posible eso? ¿Quién podría atacarnos?

—No pueden ser otros más que los alemanes.

—¿Los alemanes? ¡Qué locura! Hemos firmado un pacto con ellos. ¡Ay Dios mío! Debo hablar por teléfono —se metió corriendo a su oficina, levantó el auricular, agitó la horquilla y, al fin, levantó la cabeza para lanzar una mirada de desesperación a John.

—Tía Tattie —le dijo con voz apremiante, inclinándose sobre el escritorio—. Me parece que deberíamos salir de aquí.

—¿Salir de aquí? ¿Abandonar Slutsk? ¿Para qué?

—Estamos a menos de ciento cincuenta kilómetros de la frontera.

—¿Y supones que Rusia será invadida? ¡Qué absurdo! —de nuevo agitó la horquilla del teléfono repetidas veces, sin éxito—. Todos están dormidos. ¡En un momento como éste y todos duermen! ¡Ah, haré que los despellejen!

—Por lo menos ordena que las chicas se vistan, tía Tattie —le rogó John—. Pídeles que empaquen sus cosas. Así, podremos irnos de prisa a Slutsk y tomar el tren.

—¿Para ir adónde?

—A cualquier parte —gritó John—. De otro modo, las muchachas quedarán en medio del combate. Las matarán a todas.

—¿A mis niñas? ¿Las matarán? ¡Qué necedad! —repitió. Se levantó, lanzó una mirada furibunda al teléfono, dio unos pasos y se detuvo, inclinando la cabeza como para oír mejor—. Escucha.

El zumbido de los aviones había quedado opacado por el ruido de las ruedas pesadas y las voces de hombres que gritaban órdenes. Un instante después, Svetlana irrumpió en la oficina como una tromba, con el rostro encendido y la trenza flotando por los aires.

—¡Hay soldados en el patio, mamá! Ya van a entrar a la casa.

—¿Los soldados en mi casa? —con paso apresurado, Tattie se acercó a la puerta que daba al salón, la abrió de par en par y permaneció de pie en el umbral observando fijamente a los hombres de uniformes verdes, cuando éstos principiaron a entrar, pisando fuerte en los pisos de parquet, cargados con ametralladoras y cajas de municiones, empujando los muebles a un lado y al otro—. ¡Alto allí! —ordenó Tatiana—. ¿Qué están haciendo?

Todos los hombres se detuvieron y levantaron la cabeza para mirar escaleras arriba a esa mujer que sólo unos cuantos habían visto en el escenario o en los carteles que anunciaban sus presentaciones. Entró un capitán al salón, miró a través de la puerta del comedor y la cocina, donde se estaban reuniendo las jóvenes; a continuación, vio hacia arriba de la escalera e hizo un saludo militar.

—Camarada Nej, lo siento mucho. Recibí órdenes de tomar esta casa y acondicionarla como un baluarte para la resistencia.

—¿Un baluarte? Pero, ¿qué es lo que sucede?

—Son los alemanes, camarada Nej. Rompieron la tregua y nos están invadiendo. Han bombardeado nuestros aeropuertos y nuestras instalaciones militares. Ya cruzaron la frontera y están avanzando muy rápido. Nosotros también debemos apurarnos. ¡Traigan todos los colchones! —ordenó—. Pónganlos sobre las ventanas. Las camas también. ¡De prisa!

Tattie se metió las dos manos en su esplendida cabellera y tiró de ella como si fuera a arrancársela de raíz; luego, se echó el pelo hacia atrás y bajó por las escaleras.

—¿Y qué ocurrirá con mis niñas? —inquirió, esforzándose para que su voz pareciera serena.

El capitán se volvió hacia ella con expresión de fastidio.

—No lo sé, camarada Nej. No me han dado ninguna orden para ocuparme de ellas.

—Pero es que no pueden quedarse aquí —comentó John—. ¿Podría prestarnos sus camiones para que nos lleven a la ciudad y abordemos un tren?

El capitán se le quedó mirando.

—Sí —afirmó Tatiana—, eso será lo mejor.

—Pero no hay trenes —aclaró el capitán—. Han sido suspendidos.

—Bueno, entonces, préstenos sus camiones para que nos lleven adonde podamos tomar el tren.

El capitán sacudió firmemente la cabeza y anunció:

—Estoy destruyendo mis camiones, camarada Nej.

Tatiana volteó para observar a través de la puerta abierta en el instante en que se produjo un flamazo y estalló el primero de los camiones. En seguida, empezaron a arder los otros. Varias de las jóvenes comenzaron a gritar.

—¡Está destruyendo los camiones! —vociferó Tatiana—. ¿Por qué, en el nombre de Lenin?

—Son órdenes, camarada Nej.

—¿Le han ordenado que se atrinchere en la casa y que destruya sus medios de transporte? —indagó John.

—Lo traigo todo escrito aquí —aseguró el capitán, golpeándose el pecho con la palma de la mano.

—Déjeme ver esos papeles —clamó Tatiana metiendo la mano en el bolsillo superior de su saco y apoderándose de ellos antes de que él pudiera detenerla.

—¡Camarada Nej! —protestó el capitán.

Tatiana echó una ojeada a los renglones escritos a máquina.

—Dice que, en el caso de que la retirada parezca imposible, se destruya todo el transporte. La retirada no es imposible, camarada.

—Pero a mí se me ordenó retener esta plaza hasta el último hombre —explicó el capitán—. De modo que la retirada es imposible y, por lo tanto, debo destruir mis camiones.

Tatiana miró de soslayo a John al tiempo que devolvía los papeles al capitán sin decir palabra.

—Entonces, ¿qué debe hacer la camarada Nej? ¿Qué será de las mujeres que están con ella? —inquirió John—. No pretenderá que se vayan andando de aquí, ¿verdad?

—Yo sugiero que se vista, camarada Nej —recomendó el capitán. Echó un vistazo en torno suyo sobre las muchachas en camisón de dormir que, evidentemente, estaban distrayendo a los soldados—. Tanto usted como las chicas deben vestirse y aguardar el resultado de esta batalla. No transcurrirá mucho tiempo; haremos retroceder a los alemanes sin mayores complicaciones. Además, me han prometido enviarme ayuda. Ya están en camino los tanques y la artillería para respaldarme. Todo habrá concluido antes del almuerzo, y si acaso hay lucha por aquí, podrán ocultarse en las bodegas del sótano.

—¡Ugh! Hay tanta humedad aquí abajo —Tattie encabezaba el desfile de las muchachas que descendían por las escaleras de piedra que llevaban a la oscuridad del sótano.

Durante doce horas esperaron, atentas y vigilantes, intercambiando entre ellas los rumores que les indicaba el miedo. Habían atisbado el cielo, donde los aviones alemanes volaban en flotillas, sin que los rusos los estorbaran para nada. Además, oyeron las descargas de los disparos de la artillería pesada que estaba cada vez más próxima. Los alemanes no habían sido derrotados para la hora del almuerzo y el capitán se vio forzado a corregir el tiempo que había calculado, estableciéndolo para la hora de la cena. Poco más tarde, cuando empezaba a anochecer y el estruendo de la artillería se había acercado mucho más, el mismo capitán sugirió que fueran a refugiarse en las bodegas del sótano.

—Pero es que allí hay ratas, mamá —observó Svetlana levantándose la falda para que no tocara el suelo—. Nina Alexandrovna vio una rata el otro día. ¿No es verdad, Nina Alexandrovna?

—Sí, y era muy grande —aseguró Nina.

—¿Y qué estabas haciendo aquí, en el sótano, Nina Alexandrovna? —preguntó Natasha.

—Bueno... —comenzó diciendo Nina.

—Ya cállense —comentó Tatiana, deteniéndose en el centro del piso del sótano y viendo a su alrededor los estantes de las botellas, ya vacíos: los vinos de buena calidad habían sido sacados de su lugar desde hacía mucho tiempo—. Quizá debamos permanecer aquí durante algún tiempo, breve, supongo. ¿Trajiste el pan y la carne, Olga Mikhailovna? Muy bien. Ya pueden comenzar a preparar los sándwiches para la cena. Dejen allá el vodka, junto a las jarras de agua. Y ahora, veamos: trajimos naipes para entretenernos y Natasha

Feodorovna tiene algunos libros... ¡Ah, cómo quisiera que esos hombres acaben de caminar con sus pesadas botas sobre nuestras cabezas! —suspiró largamente—. Bueno, ¿qué les estaba comentando? ¡Dios mío! ¿Y esto, qué es?

La luz se había apagado.

—Han cortado la luz —anunció John, sin necesidad.

—Deben haber volado la planta en Slutsk —sugirió Svetlana.

—¡Por Dios, no podemos quedarnos aquí, en la oscuridad! —expresó Tatiana—. Ni siquiera puedo ver mi mano que tengo frente a mis ojos... ¿Quién está sollozando?

—Es Lena Vassilievna —contestó una voz en las sombras.

—Pues, que deje de llorar. ¿Dónde están las lámparas de mano?

—Yo tengo una —informó John. La encendió y lanzó un rayo de luz alrededor, alumbrando los rostros aterrados.

—¿Sólo una? —inquirió Tattie.

—Yo compré una, Tatiana Dimitrievna —añadió Olga Mikhailovna, la mujer que la ayudaba a vestirse.

—Muy bien —dijo Tatiana—. Yo debía haber pensado antes en la falta de luz; pero allá arriba, en los cajones de la alacena, hay muchas velas. Sube y tráelas, Johnnie, y no te olvides de los fósforos.

—En seguida, tía Tattie.

—Yo iré contigo —se ofreció Natasha.

—¡De prisa! —ordenó Tattie.

John esperó en las escaleras a que Natasha lo alcanzara. Subieron juntos y, tomando todo tipo de precauciones, abrieron despacio la puerta de la cocina. Aquella sección había sido construida aparte del edificio principal de la mansión, para evitar el peligro de incendios, pero había un corredor que la comunicaba con el salón principal de la planta baja; allí también faltaba la luz eléctrica, pero aún había suficiente luz del sol. En la cocina, había algunos soldados, aguardando junto a las ventanas, empuñando los rifles, con el cañón descansando sobre el alféizar. Así habían esperado todo el día. La mayoría de los vidrios de las ventanas estaban rotos. Se diría que los soldados ya se habían acostumbrado a verse rodeados de chicas atractivas; pero, aun así, muchos volvieron la cabeza para observar a Natasha Brusilova.

—¡Qué desastre! —exclamó Natasha al pisar un trozo de vidrio—. Se necesitará una fortuna para reparar todo esto.

La muchacha trataba de mantener la conversación sobre temas triviales, como lo había hecho desde un principio. Debía estar sintiendo una gran desilusión al ver que la catástrofe se había producido poco antes de su boda; no obstante, no había dado muestras de amargura. Se había sobrepuesto a sus sentimientos entregándose al trabajo para ayudar a Tattie y para sostener el ánimo de las demás alumnas.

Aunque, quizá, reflexionaba John, lo mismo que él, lo mismo que todos los demás, había quedado atónita ante la incomprensible inmensidad de lo que estaba sucediendo.

—No creo que nadie se ocupe de reparaciones —mencionó—. Mi tía Tattie tendrá que buscar una nueva casa —empujó la puerta para entrar al gran salón. Allí estaban, esperando, otros soldados y había más arriba de la escalera. Condujo a Natasha a través del salón. Pensó que era increíble que sólo unos días antes hubiese estado allí sentado, jugando ajedrez contra Paul von Hassell y ahora, Paul debía estar... Se dio una palmada sobre la frente—. Von Hassell sabía que esto iba a ocurrir.

—¿Qué?

Subieron por las escaleras al piso superior y John abrió la puerta de la despensa. Los tres soldados que estaban dentro volvieron la cabeza para mirarlos.

—Venimos a buscar unas velas —explicó John señalando el mueble de la alacena.

Los soldados se encogieron de hombros y se limitaron a mirar a Natasha.

—Él lo sabía —prosiguió diciendo John, abriendo las puertas de la alacena—. ¿Te acuerdas de lo que nos decía? Estaba empeñado en que adelantáramos la fecha de la boda o que, por lo menos, nos fuéramos a Moscú. También intentaba escapar con Svetlana.

—Dame las velas —solicitó Natasha extendiendo los brazos—. Es verdad que lo sabía. No volveré a dirigirle la palabra en mi vida. No hablaré jamás con algún alemán.

John colocó una hilera de velas en sus brazos y ella los levantó para apretarlas contra su pecho.

—No olvides los fósforos —dijo.

Johnnie se puso a buscar dentro de la alacena.

—¡Qué desastre tan terrible! —exclamó porque ya no era capaz de reprimir los pensamientos que se le venían a la cabeza—. Mi madre y George ya vienen en camino... —levantó la cabeza y miró a Natasha por encima del hombro.

—Bueno —comentó ella—. Ya no tendremos una gran boda aquí, en Rusia; pero, ciertamente, nos vamos a casar, ¿no es verdad?

—Puedes apostar tu vida en ello. De hecho... —se acercó a ella con la caja de fósforos en la mano— me alegro de que nos hayamos librado de todas esas fiestas. Podremos ir tú y yo con el juez y...

Un enorme estruendo lo invadió todo. El tremendo cascabeleo de ruedas metálicas, seguido de silbidos ensordecedores que culminaban con una explosión que estremecía toda la casa, hasta sus cimientos. Trozos de yeso caían del techo y de las paredes. John cayó en la cuenta de que estaba acostado en el suelo, junto a Natasha, cubriéndole la cabeza con un brazo.

Desde la ventana, los soldados comenzaron a disparar sus rifles, aunando el tableteo de los disparos al espantoso ruido general. Los demás soldados abrieron fuego con sus rifles y sus ametralladoras. La habitación se llenó de humo y de un insoportable olor acre.

—¡Dios mío! —exclamó Natasha, sentada en el suelo—. ¿Qué es todo eso?

—¡Son tanques! —gritó uno de los soldados sin dejar de disparar contra un enemigo invisible.

—Vamos al sótano —sugirió John—. No te levantes —agarró a Natasha de las muñecas para evitar que se incorporara y tiró de ella para que se pusiera de rodillas—. Guarda las velas en tus bolsillos —de cualquier manera, las velas ya estaban rotas. Él guardó unos cuantos cabos junto con los cerillos en sus propios bolsillos y apoyó su mano sobre la cintura de la joven—. Quédate de rodillas y agachada —le ordenó. Se sintió asombrado al no experimentar temor. Recordó que tampoco había sentido miedo en 1932, cuando fue arrestado por la policía secreta. Entonces, lo mismo que ahora, estaba muy ocupado tratando de proteger a Natasha.

El rugido constante se detuvo de repente por un estallido todavía más fuerte. John fue arrojado por una oleada de aire caliente. Se precipitó contra Natasha quien también cayó y se fue rodando por el suelo hasta la barandilla de la escalera que se rompió bajo su peso. Dio un grito de desesperación al sentir que caía y John la atrapó por un tobillo para impedir que se precipitara al piso inferior, cinco metros más abajo. Con gran esfuerzo, se incorporó hasta ponerse de rodillas y tiró del cuerpo de la joven, hasta que ella pudo agarrarse de los barrotes rotos de la barandilla y alzarse para rodar por el piso y quedar junto a él.

—¡Diablos!

Los dos a la vez miraron hacia la habitación de la que acababan de salir. Toda la pared de un lado había sido volada y habían desaparecido dos de los tres soldados que estaban junto a la ventana; sin duda, habían caído al jardín. El tercero, de espaldas en el suelo, miraba inmóvil al cielo raso. Su rostro, desfigurado, era una masa sanguinolenta y la sangre salía a borbotones de su pecho.

—¡Oh, Dios mío! —exclamó Natasha, deslizándose para retroceder y, quizá recordando los días de su niñez, se santiguó. John se asomó para mirar hacia afuera. Bajo la luz del atardecer, contempló los grandes tanques que avanzaban sacudiéndose por los campos de trigo, tan confiados en la impotencia de sus enemigos, que llevaban las escotillas abiertas y podía apreciarse con claridad las cabezas con cascos de los comandantes, observando el avance. Detrás de los tanques, se distinguían las oleadas de soldados de infantería, avanzando en orden y, de cuando en cuando, levantando sus rifles para disparar. Podía ver los fogonazos y, por ahora, no sentía miedo; pero hubo un instante en que escuchó el silbido de la bala junto a él y después el golpe seco contra la pared interior, con la consecuente lluvia de trozos de tierra y de yeso.

—¡Vamos! —le gritó entonces a Natasha, quien sólo se encontraba a unos centímetros de distancia. Los oídos le zumbaban por los silbidos de las balas y el ruido atronador de los disparos. Asió a la joven por el brazo, olvidándose de las velas que caían por todos lados en torno suyo y rodaban por el piso hacia las escaleras. Hasta ese momento, comprendió que las escaleras también habían caído.

—¡Estamos atrapados! —gritó Natasha y en ese instante le llegó el olor a madera quemada.

—Espera —dijo él. Se deslizó por el borde de la barandilla rota. Se quedó colgando un momento de las manos y se dejó caer al piso de abajo—. Ven —le indicó—, yo te agarro.

Ella titubeó, pero un nuevo disparo cercano y la lluvia de yeso y de tierra, la forzaron a decidirse. Se deslizó sobre el vientre, bajó las piernas por encima del borde y él, abajo, la tomó por los tobillos.

—¡Vamos! —le dijo.

Ella se dejó caer, confiada al sentir el sostén de los brazos de John. Se deslizó entre ellos hasta que sus pies tocaron el suelo; entonces, jadeante, dio media vuelta y besó a John en la boca.

—Vamos a morir —murmuró—. Lo sé...

—¡Me lleva el diablo! —le agarró la mano y la arrastró de prisa hacia el siguiente tramo de la escalera, que estaba intacto—. Recogeremos a mi tía Tattie y a las chicas y nos largaremos de aquí de inmediato.

Agachados y muy juntos los dos, bajaron por las escaleras, llegaron al gran salón de la planta baja; se detuvieron un segundo para mirar a su alrededor la destrucción del lugar y a los soldados muertos. Experimentaron la sensación de ser los únicos sobrevivientes y corrieron hacia la puerta de la cocina, pero se detuvieron de repente cuando una bala pasó silbando sobre sus cabezas. Instintivamente, se dejaron caer de rodillas, volvieron la cabeza y observaron sorprendidos a los hombres de uniforme gris que entraban por la puerta principal.

—Madame Nej —el coronel Von Spicheren, un hombre alto, enjuto y con facciones afiladas, que usaba monóculo y hablaba en ruso perfecto, se dirigía a Tatiana—: Éste es un gran honor para mí. La vi bailar en Berlín en 1938. Ahora, desearía que la ocasión de nuestro nuevo encuentro fuera menos desagradable.

Tattie le lanzó una mirada fulminante y luego desvió la vista para contemplar la casa que, en aquellos instantes, ardía ferozmente por los cuatro costados. El calor se extendía a través del patio exterior y se dejaba sentir en la cara y los brazos. Las jóvenes se apiñaban todas juntas, horrorizadas y azoradas, pues, hasta aquel momento, habían estado completamente seguras de que, bajo la protección de Tatiana Nej, estaban a salvo de todo lo malo en el mundo.

—Han destruido mi casa —declaró Tattie—. El camarada Joseph Vissarionovich Stalin me cedió esa casa.

—Lo lamento, madame Nej —se disculpó el coronel—. Son los infortunios de la guerra, pero yo le garantizo que una de las casas o de las villas adyacentes estará a su disposición y a la de sus alumnas —paseó su mirada sobre ellas, sonriendo ampliamente. Estaba contento consigo mismo; era la primera noche de la invasión y había conseguido mucho más que lo que le indicaban los objetivos originales.

—¿Una villa? —preguntó Tatiana—. ¿Y qué será de nosotras? ¿Cómo obtendremos comida? ¿Dónde están nuestros servidores? ¿Los trabajadores del koljós?

—¡Oh! —exclamó el coronel—. Eso sí que no podría decírselo, porque no lo sé. Lo más probable es que hayan huido a los bosques o a Slutsk, pero ya los rodearemos y los haremos volver, se lo prometo. Sin embargo, por esta noche, estaré encantado si usted y sus jóvenes nos honran a mis oficiales y a mí acompañándonos a cenar. Por ahora, el frente ha avanzado mucho y estimamos que mañana llegarán las fuerzas administrativas a esta región y entonces se les dispensarán los debidos cuidados.

—Para mañana —afirmó orgullosamente Svetlana—, nuestros soldados habrán llegado para matarlos a todos.

El coronel hizo una breve inclinación de cabeza.

—En ese caso, *fräulein*, ya no habrá nada que las preocupe. Pero, antes, debo informarle que el capitán Von Hassell me solicitó que la cuidara especialmente, *fräulein* Nej.

Svetlana se limitó a lanzarle una mirada fulminante, igual a las de su madre.

—¿No podrían enviarnos a las líneas de los rusos? —preguntó Natasha—. Nosotras no somos soldados.

—Eso lo discutiremos con nuestras fuerzas administrativas cuando lleguen —explicó el coronel—. Para ser franco con usted, *fräulein* Brusilova, por ahora no existe tal cosa como la línea de combate rusa. Su gente está en completa retirada o se ha refugiado en bolsones aislados que pensamos rodear y eliminar. Estarán mejor aquí, se lo aseguro. Por supuesto, ese joven deberá unirse a uno de los batallones de trabajadores.

—Yo soy ciudadano estadounidense —aclaró John en tono de protesta.

El coronel arqueó las cejas.

—¿Tiene pasaporte?

—Por supuesto —John sacó el pasaporte del bolsillo interior de su saco.

—En ese caso, señor Hayman —dijo el coronel— no tiene usted nada que hacer aquí. Yo mismo tendré el gusto de brindarle el transporte hasta alguna estación ferroviaria que esté en funciones, donde podrá tomar un tren para viajar a Berlín y, de allí, a Estados Unidos.

Natasha contuvo el aliento notoriamente.

—Por supuesto que debes irte, Johnnie —decidió Tattie—. Ilona debe estar muy preocupada por ti.

John Hayman se mordió los labios. Luego de todos aquellos años de espera, resultaría insoportable verse de nuevo separado de Natasha, precisamente cuando estaban a punto de casarse...

Sacudió la cabeza enérgicamente.

—Prefiero quedarme con mi tía y con mi prometida, si no tiene inconveniente, coronel.

El coronel Von Spicheren se encogió de hombros.

—Yo no tengo inconveniente. Sólo debo advertirle que, si decide quedarse, no será posible tratarlo en forma distinta al resto de los que están aquí.

—¿Eso significa que nos van a maltratar, coronel? —inquirió Tattie.

—Claro que no, madame Nej; aunque, por supuesto, habrá algunas restricciones y, de cuando en cuando, habrá escasez de alimentos. Estamos en mitad de una gran guerra que, probablemente, no concluya hasta fines de este año...

—¿Fines de este año? —dijo Svetlana—. Terminará mucho antes, cuando los derrotemos...

El coronel la miró con fastidio.

—Sin duda, *fräulein* Nej; pero, como ya mencioné, habrá momentos difíciles antes de que eso ocurra; no obstante, señor Hayman, si ésa es su decisión...

—Ésa es mi decisión.

—Muy bien; puede usted sumarse a la nómina de la escuela y reitero mi invitación para la cena, madame Nej.

—¡Oh!, está bien, aceptamos —asintió Tatiana—; pero tendremos que asistir tal como estamos —de nuevo se volvió para contemplar el edificio aún en llamas—. Allá está nuestra ropa, sin mencionar mi piano y las partituras de nuestra próxima presentación. Todo se lo ha devorado el fuego.

—De nuevo le ofrezco disculpas, créame. Asignaré a una cuadrilla de mis hombres para que las ayuden a instalarse lo más cómodamente posible en su sede temporal.

—Quisiéramos algo de ropa —especificó Tattie.

—La tendrán, por supuesto. Sin duda, en Slutsk podrá adquirirse.

—Tendrán que comprarla y traérnosla —declaró Tatiana.

El coronel suspiró y después inclinó la cabeza.

—Así se hará mañana, sin falta. ¿Tienen ustedes algún dinero?

—¡Claro! —aseguró Tatiana—; también está hecho cenizas allí dentro. Dígales en Slutsk que me den crédito, me conocen y saben que se les pagará todo. ¡Ah!, estoy muy enojada. Estampó su pie contra el suelo y luego lo levantó para mirarlo: el lodo había manchado el zapato y había salpicaduras de fango en el pie—. ¡A la mierda con todos ustedes! —gritó y echó a andar hacia las casas—. Vengan conmigo, hay mucho trabajo para nosotras, vamos.

John y Natasha marcharon detrás de todas.

—Estoy feliz de que hayas decidido quedarte, Johnnie —expresó Natasha, radiante—. Estoy muy contenta.

—Me parece —dijo Tattie— que, según el comportamiento de los soldados, ese coronel no es tan malo.

Eran las cuatro de la madrugada y estaban todos frente a la casa que habían elegido, observando a los alemanes que se agrupaban en el patio, disponiéndose a partir. Tras arder toda la noche, la parte principal de la mansión ya no era más que un montón de escombros ennegrecidos y el calor que despedía ya se había atenuado. Empezaba a vislumbrarse la luz del amanecer y todo parecía en calma, a no ser por el ruido sordo y constante que todo lo invadía: el enorme rumor de cientos de vehículos que estaban calentando sus motores para iniciar la jornada; el escándalo que provocaban millares de hombres que cargaban con sus armas y sus mochilas para emprender la marcha. Aquel sonido parecía extenderse hasta límites remotos, más allá, seguramente, de Slutsk y quizá más allá de la frontera con Polonia, como un indicio de la magnitud de las fuerzas alemanas concentradas en aquella región.

Otro indicio del éxito de la avanzada alemana era el hecho de que no se escuchaba ni lejano ni próximo el estruendo de los disparos por ninguna parte hacia el oriente. Los rusos estaban en completa retirada.

Las muchachas no se habían ido aún a descansar. La excitación era muy grande y, al parecer, ninguna de ellas estaba dispuesta a meterse en la cama en cualquiera de las edificaciones que rodeaban la casa principal de la granja, reducida ahora a cenizas. Todas aquellas construcciones habían permanecido deshabitadas durante años y se usaban, sobre todo, como bodegas o almacenes. Además, la cena a la que el coronel Von Spicheren las había invitado finalizó después de la medianoche. Fue durante la cena, precisamente, cuando el operador de la radio se presentó para transmitir órdenes precisas: los elementos de la infantería y los tanques debían salir al amanecer.

En realidad, Natasha se decía a sí misma que todo aquello resultaba muy emocionante. Sentía una gran compasión por la matanza de los soldados rusos y por el incendio de la casa; pero, en vista de sus sentimientos hacia los bolcheviques, hacia el Estado soviético y todo lo que representaba, no podía por menos que decirse que aceptaba la invasión alemana, como una buena causa, si culminaba con el derrocamiento de Stalin y sus seguidores, como Iván Nej. Los soldados alemanes eran jóvenes y agradables y se diría que estaban constantemente disculpándose por lo que se veían forzados a hacer. En su fuero interno, anidaba el deseo de que no muriera más que un número muy reducido de ellos, que ganaran la guerra lo más pronto posible y que hicieran de Rusia un buen lugar para vivir.

Y había algo mucho más importante: lo ocurrido tuvo la particularidad de aclarar sus verdaderos sentimientos respecto de John Hayman. Ella había aceptado casarse con él e incluso había tomado la iniciativa; pero, hasta entonces, no estaba absolutamente segura de amarlo. También, hasta aquel instante, dudaba mucho de que él la amara, puesto que jamás había intentado hacer el amor con ella, mientras que la mayoría de los hombres que ella conocía le hacían proposiciones de inmediato y, muchos de ellos, llegaron a rodearle el talle con el brazo. Pero, ahora, de pronto, aquellas dudas se habían disipado. Johnnie había decidido permanecer a su lado durante todo el tiempo que la guerra durara. Ésa era una auténtica prueba de amor. Además, en la actitud serena y ecuánime que John adoptó el día anterior, bajo el fuego de los rifles, las ametralladoras y los tanques, ella descubrió una cualidad de su carácter que no sospechaba que él tuviera, una cualidad muy valiosa en aquellas circunstancias.

Si no lo había amado hasta ahora, estaba convencida de que lo amaría muy pronto. En aquel momento, el brazo de John le rodeaba la cintura y ella reclinó la cabeza sobre su hombro; no obstante, pensó que él jamás había hecho el intento de tocar sus pechos o acariciarle los muslos. Era el caballero más perfecto que ella hubiese conocido y seguramente que continuaría siéndolo al casarse, lo cual resultaba alentador, puesto que, para entonces, los dos querrían tener más y ambos obtendrían más y más uno del otro.

Nuevos vehículos entraban en el patio, salpicando fango a su alrededor y, de repente, se vio al coronel Von Spicheren que avanzaba hacia ellos, acompañado por otro oficial.

—Madame Nej —dijo el coronel en cuanto se acercó—: he venido a despedirme; pero las fuerzas administrativas ya han llegado y yo la he puesto en manos del coronel Von Harringen. La saludo, madame, y le manifiesto la esperanza de que, en un futuro próximo, tenga la oportunidad de admirarla en el escenario junto con sus alumnas.

Saludó tocando la visera de su gorra, pero sin levantar la mano para hacer el saludo nazi; hizo una observación en alemán al coronel que lo acompañaba, una observación que Natasha escuchó, pero que no pudo entender por su escaso conocimiento del idioma, dio media vuelta y se alejó en dirección a los vehículos que esperaban. La intensidad del ruido se incrementó de manera considerable en cuanto cada vehículo y cada camión rugió para cobrar vida y emprender la marcha. Durante varios minutos, fue imposible oír una palabra por encima del sonido ensordecedor, hasta que la fila de vehículos salió del patio. Las jóvenes se reunieron para contemplar una nueva serie de camiones que entraron al patio, de donde descendieron otros hombres; aunque éstos eran distintos: en vez del uniforme verde olivo, portaban uniformes negros, iguales al del coronel Von Harringen. En sus gorras, lucía el emblema de la calavera. De pronto, Natasha sintió que los dedos de John le apretaban con fuerza el brazo.

Harringen observaba fijamente a Tatiana.

—El coronel se dirigió a usted, llamándola madame Nej, ¿no es cierto? —le preguntó. Su cara era grande y redonda, de facciones duras, incapaces de expresar alguna emoción o sentimiento. Era un rostro semejante a un melón de color encendido, que surgía del cuello tieso del uniforme.

—Sí, yo soy Tatiana Nej.

—¿La bailarina?

—Yo bailo —dijo Tatiana con rigidez—. Estas jóvenes son integrantes de mi academia de danza. El coronel nos dejó a su cuidado.

Harringen seguía con la vista clavada en ella.

—Usted está casada con un tal Iván Nej —declaró.

Tatiana hizo una mueca de desagrado y afirmó con la cabeza.

—Sí —reconoció.

—¿Es un comisario?

—Sí, por cierto, coronel Von Harringen: es un comisario.

El coronel se volvió hacia su ayudante.

—Esta mujer será fusilada —dijo sin cambiar de tono—. La sentencia se llevará a cabo de inmediato.

Durante un segundo, Natasha sintió que la mente se le paralizaba y, al parecer, a todos los demás les había ocurrido lo mismo, incluyendo a la misma Tattie. Todos se quedaron mirando sin parpadear al coronel, en tanto el ruido del ejército que se alejaba iba perdiéndose poco a poco en el aire quieto de la mañana. Pero, muy pronto, aquel ruido fue sustituido por el que generaban los hombres de la ss, acomodando sus vehículos y descargando su material, al tiempo que el sol, enorme y poderoso, se aparecía por encima de los árboles del huerto, alumbraba los rostros con intensidad y creaba un mundo de luces y sombras.

El ayudante del coronel había mascullado una orden y dos de sus hombres se adelantaron para agarrar a Tattie por los brazos.

—¡Aguarden un instante! —gritó John como si despertara de pronto.

El coronel Von Harringen lo miró con frialdad.

—Tú debes ser el estadounidense Hayman —comentó.

—Es correcto —respondió John— y madame Nej es mi tía.

—A ti, te vamos a deportar —anunció el coronel—. Ésta es una zona militar y no deben estar en ella los civiles neutrales.

—Si tocas a mi tía con un dedo...

—En vista de que el estadounidense simpatiza con los comunistas —manifestó Harringen interrumpiendo a John y hablando con su ayudante—, habrá que ponerlo bajo arresto hasta que consigamos un transporte que se lo lleve a Berlín. Ocúpese de eso.

Estaban totalmente rodeados por los soldados de uniforme negro y otros dos de ellos habían sujetado a John por los brazos, mientras éste se debatía sin saber qué hacer.

—¡Estás loco! —declaró Tattie—, total y completamente loco. Yo soy Tatiana Nej, ¿cómo te atreves a implantar tus métodos nazis en mi escuela de danza? Te sugiero que te comuniques con tus superiores y averigües lo que debes hacer.

No parecía asustada en lo más mínimo, obviamente, se dijo Natasha, porque siendo Tatiana Dimitrievna se negaba a aceptar que algo tan horrible pudiera sucederle a ella. Además, parecía haber ganado la primera batalla. Luego de observarla fijamente durante varios segundos, los mismos que ella le sostuvo la mirada, Harringen chasqueó los dedos.

—Esta mujer debe quedar confinada y a solas —ordenó—. Comuníquenme con el cuartel general por teléfono.

El ayudante hizo el saludo nazi y los dos soldados tomaron a Tattie de los brazos.

—¡Suelten a mi madre! —vociferó Svetlana, asiéndose a la manga del uniforme del coronel y tirando furiosamente de ella. Él dio media vuelta con violencia y, por un momento, Natasha creyó que iba a golpearla. Pero el coronel se contuvo.

—Y tú debes ser *fräulein* Nej —dijo—. ¿Verdad que sí?

—¿Me vas a fusilar a mí también? —siguió gritando Svetlana—. Iván Nej es mi padre.

Harringen afirmó con la cabeza.

—Sí —contestó—, pero parece ser que a ti se te ha dado una dispensa, *fräulein*. Aunque yo considero que será mejor que a ti también te encierren. Ocúpate de eso, Dieter.

El ayudante saludó de nuevo y otros dos guardias se adelantaron. John hizo un vano intento para liberarse, recibió un golpe en las costillas y fue llevado a rastras hacia las ruinas de la casona; Svetlana era conducida detrás de él. Natasha cayó en la cuenta de que ella estaba parada frente a las chicas, con la brisa matutina agitándole la falda al rededor de los tobillos. Volvió la cabeza para mirar por encima de su hombro: las jóvenes estaban agrupadas muy juntas, unidos sus hombros como si desearan presentar un frente unido para evitar la catástrofe.

—Usted es Natasha Brusilova —declaró Harringen.

Natasha irguió enérgicamente la cabeza para mirarlo de frente y, para su sorpresa, vio que le estaba sonriendo.

—La vi bailar en Berlín, *fräulein* —prosiguió diciendo él con tono amable—. Estuvo magnífica.

Natasha abrió la boca, volvió a cerrarla e hizo un esfuerzo para controlarse. Si aquel hombre era su admirador...

—No es posible que usted pretenda hacerle daño a madame Nej —dijo—. Es una bailarina más famosa que yo.

—Pero es la esposa de un comisario comunista y ella misma fue comisario hasta hace poco. Tengo órdenes de liquidar a todos los que, de una u otra forma, estén relacionados con el régimen soviético. Lo siento mucho, pero así están las cosas.

—Sin embargo, no le hará ningún daño a Svetlana —expresó ella envalentonada. Aquel coronel parecía un hombre sensato, aunque estaba atado de pies y manos por las órdenes que recibía.

—*Fräulein* Nej está comprometida en matrimonio con un oficial alemán y, debido a ello, éste ha obtenido una dispensa especial para ella.

—Entonces, ¿qué van a hacer conmigo? Yo también estoy relacionada con el régimen.

—¡Tonterías! —dijo Harringen—. Usted es una bailarina; una gran bailarina muy famosa. Nadie se atreverá a fusilarla, *fräulein* Brusilova. Por supuesto que usted es rusa y, por lo tanto, enemiga del Reich; por otro lado, están con usted treinta atractivas y encantadoras jóvenes. Yo las dejo a su cargo, *fräulein* Brusilova. A usted la responsabilizo por su conducta y por su obediencia.

Natasha se le quedó mirando.

—¿Haciendo qué?

El coronel sonrió con frialdad.

—Haciendo lo que toda mujer sabe hacer bien, *fräulein*. Se me instruyó para instalar un burdel militar en este distrito. Usted y sus chicas constituirán el personal. Elija media docena, contándose usted misma, por supuesto, para integrar la reserva para los oficiales. Tome las medidas pertinentes para que no se acerquen a ellas los demás hombres; muy pronto les asignaremos un sitio adecuado. Dieter, mi ayudante, se ocupará de eso.

Las palabras del coronel, horriblemente incomprensibles, penetraban despacio en el cerebro de Natasha.

—Está... —no podía completar la frase—. ¿Está usted loco? —gritó—. ¿Cree que estas chicas son comunes y corrientes? Son de lo mejor que hay en Rusia. Han estudiado para ser grandes bailarinas. Todas ellas serán famosas y usted sugiere...

La mano enguantada del coronel le cruzó la mejilla a Natasha y la echó hacia atrás contra los brazos de su ayudante, con un hilillo de sangre que le caía sobre la barbilla. Durante un segundo, su mente quedó en blanco; apenas podía respirar. Nadie le había pegado así en toda su vida, ni siquiera los hombres de Iván Nej ni tampoco Anna Ragosina, en 1932, cuando la apresaron acusada de complicidad en un complot.

—Cuando se dirija a mí, deberá hacerlo con toda propiedad, *fräulein* —advirtió el coronel. Después, añadió más suavemente—: Pronto lo aprenderá y, ahora, dígame: ¿hay alguna judía en la escuela?

Dieter la había soltado y ella cayó de rodillas. Hizo un esfuerzo para incorporarse. Se levantó y abrió la boca para hablar, pero la tenía llena de sangre y tuvo que escupir para poder siquiera respirar.

El coronel le dio la espalda para quedar de frente a las muchachas.

—Vamos, vamos —les dijo—. ¿Alguna de ustedes es judía? Ya escucharon lo que acabo de decir a *fräulein* Brusilova. Todas serán las rameras de los militares. Eso les gustará mucho, ¿no es verdad?

Las jóvenes se le quedaron mirando y se apretaron más las unas contra las otras. Una de ellas, quizá Lena Vassilievna, supuso Natasha, comenzó a llorar.

—Pero las judías rusas no pueden servir a los soldados alemanes. Vamos, preséntense.

Hubo otra breve vacilación y luego una de las chicas, Hannah Jabsky, se abrió paso entre las demás y se adelantó con las manos extendidas, como si quisiera protegerse con ellas.

—¿Eres judía? —le preguntó Harringen.

Ella afirmó con rápidos movimientos de la cabeza.

—Pero no eres la única, ¿verdad? Hay otras judías; señálamelas para que yo las vea. Tú no quieres ser una puta como las demás, ¿no es cierto? No, tú eres una buena muchachita judía.

Hannah se mordió los labios y, a continuación, dio media vuelta para señalar a dos chicas. Ellas avanzaron despacio entre las demás, tomadas de las manos. Lo mismo que las otras, eran delgadas, atléticas y hermosas. El coronel les dedicó una sonrisa y Natasha sintió que se le encogía el corazón. Si no se las destinaba a ser rameras, ¿qué sería de ellas?

—¿No hay más? —inquirió Harringen.

Hannah hizo un gesto negativo. Las otras dos chicas permanecían inmóviles, tomadas de las manos.

—Muy bien —afirmó Harringen en alemán—. Llévenlas con los otros judíos y comisarios que hemos arrestado y procedan de inmediato a fusilarlos a todos.

El teniente hizo el saludo nazi y las chicas se le quedaron mirando sin comprender, mientras que otros guardias se acercaban a ellas.

A Natasha le parecía que le iba a reventar la cabeza. Lanzó un aullido frenético y se echó hacia adelante con las manos en alto para atacar al coronel con sus uñas.

Pensó que había alcanzado a clavarlas en sus mejillas, pero no era más que el cuello de su saco, porque hizo retroceder su cabeza y agarró a la joven por las muñecas, mientras Dieter rodeaba su cintura con el brazo colocando su mano abierta sobre el estómago de Natasha y lo apretó con fuerza de tal modo que a ella se le cortó el aliento.

De nuevo cayó sobre sus rodillas. La luz de la mañana parecía bailar una danza delirante frente a sus ojos, mientras las tres jovencitas judías eran arrastradas por los guardias a través del patio. De pronto, Hannah despertó a la realidad.

—¡Ayúdanos! —gritó con una voz ahogada—. ¡Ayúdanos, Natasha Feodorovna!

Al verlas, se tenía la impresión de que se sacudían con fuerza; pero quizá era el movimiento instintivo para pegarse más entre sí.

—¡Socorro! —clamó de nuevo Hannah y su voz se oyó más débil. A las tres las sacaron del patio y las condujeron poco más adelante, por el camino, donde ya estaban los otros judíos y comisarios que habían sido detenidos. Hasta ese momento, Natasha no se había percatado de que los hombres de la ss habían estado tan ocupados.

Varias voces hablaban en alemán a su alrededor; dos soldados la tomaron por los brazos y la levantaron en vilo para que se pusiera de pie. Luego, la empujaron y, al igual que a John, la llevaron a empellones a una de las casas de la granja. Volvía la cabeza a un lado y al otro, pero sólo pudo ver por un instante y a lo lejos a las jóvenes judías. ¿A ella qué le irían a hacer? Sin duda, la castigarían por haber atacado al coronel. A lo mejor a ella también la matarían a balazos. Tal vez...

Fue empujada contra un automóvil oficial, con el estómago oprimido contra el cofre y los tobillos golpeando contra la defensa. Perdió el equilibrio y cayó, precisamente cuando los hombres la empujaban hacia adelante; éstos dejaron de tirar de sus brazos y tiraron de ella por las muñecas. El rostro de Natasha golpeó contra el metal caliente del cofre y alzó la cabeza para encontrarse con el coronel. Se hallaba de pie entre los dos soldados que continuaban tirando de sus muñecas, de manera que la impulsaron hacia adelante y quedó aplanada sobre el cofre, con las piernas colgando hacia el otro lado.

—Te indiqué que tú serías la responsable de todas esas muchachas —sentenció el coronel hablando de nuevo en ruso—. Tu propia conducta les servirá de ejemplo. Tu mal comportamiento alentará en ellas uno peor. Por lo tanto, debemos darte un escarmiento. ¿Entiendes lo que te digo, *fräulein*?

Ella lo miró fijamente. Oyó a Lena Vassilievna sollozar y comprendió que las otras chicas estaban allí para ver el castigo que le iban a imponer. Sintió las manos de los hombres sobre sus espaldas y en su cintura; escuchó el sonido característico de la tela cuando se rasga y experimentó el calor del sol sobre su espalda y sus piernas. Por un instante, el terror la paralizó. Estaba desnuda ante un centenar o un miliar de soldados alemanes y ante sus propias compañeras. Ella, Natasha Feodorovna Brusilova, la que había bailado el vals en brazos de Joachim von Ribbentrop; ella a la que se calificaba como la mejor bailarina de Rusia y quizá del mundo. Ella... ella trataba ahora de mover con furia las piernas con la esperanza de propinar un golpe a cualquiera que estuviese cerca; pero no logró otra cosa sino que le sujetaran los tobillos, le separaran las piernas, le retuvieran los pies contra el suelo, al tiempo que los hombres que la sostenían por las muñecas tiraron de ellas con más fuerza, de manera que todo el cuerpo quedó anclado, boca abajo, adherido al metal del cofre, sintiendo que su piel se restiraba. Observaba la cara del coronel, en la que se advertía una débil sonrisa sarcástica, cuando torció enérgicamente la cabeza, sorprendida porque, de pronto, una delgada línea de agudo dolor fue trazada sobre sus posaderas. En un primer momento, no fue más que eso; pero, un instante después, el dolor intenso como fuego líquido se extendió hacia su vientre y hasta sus caderas y sus muslos, hacia abajo, al mismo tiempo.

Se le abrió la boca, a pesar de que se hizo el propósito de no gritar, todo consistía en ejercer la fuerza de voluntad; sin embargo, el segundo latigazo la sorprendió cuando aún no estaba preparada para resistirlo.

Natasha cayó en la cuenta de que le estaban lavando el rostro con agua fresca; unas manos suaves se lo acariciaban y un pecho amplio y más suave todavía, le sostenía la cabeza. Abrió los ojos y miró a Olga Mikhailovna, quien le estaba enjugando la cara con un trapo húmedo. Abrió la boca y se asombró de la resequedad de su garganta. Había estado gritando; gritó tanto que se le habían secado los pulmones.

Se tocó los labios con la lengua y alguien le acercó un vaso con agua a la boca. Allí estaban todas las muchachas, agrupadas en lo que parecía ser una cocina. Sí, estaban todas menos Hannah y las otras dos jovencitas judías;

también, faltaban Svetlana, John... y Tattie. Sintió que el corazón le latía con fuerza, intentó moverse y descubrió el aguijonazo del dolor.

Había estado allí todo el tiempo, pero apagado, adormecido en el fondo de su mente consciente. Ahora, estallaba de repente y adoptaba la forma de una serie de clavos ardientes que se le clavaban en las nalgas y enviaban oleadas de fuego a sus piernas y a su bajo vientre. Lanzó un gemido e hizo girar la cabeza para hundir el rostro en el pecho de Olga; intentó gritar cuando unos dedos rozaron sus llagas y descubrió que no podía emitir sonido alguno; pero sí comprendió que se estaba tratando de ayudarla untándole grasa en sus heridas.

—No puede hablar —comentó Olga Mikhailovna—. ¡Dios mío, no puede hablar!

Natasha aspiró el aire lentamente. Cada movimiento en cada una de las partes de su cuerpo le ocasionaba dolor.

—Puedo hablar —susurró levantando un poco la cabeza—. ¿Dónde... dónde estamos?

—Nos han enviado a esta cocina —explicó Olga—. Recuerda que no se quemó con el resto de la casa. Dicen que deberemos cocinar para ellos hasta que quede arreglado el lugar donde nos van a colocar, allí donde tendremos que... —prefirió lanzar un suspiro y quedarse callada.

—Pero es que yo no he estado jamás con un hombre —gimoteó Lena Vassilievna—. ¡Jamás! Me volveré loca. ¿Qué irá a ser de mí, Natasha Feodorovna?

—Ya lo has dicho: probablemente te vuelvas loca —contestó Natasha. Haciendo un gran esfuerzo para darse vuelta y quedar de rodillas para mirar de frente a sus compañeras. Ellas también la observaban—. No debemos tener miedo —recomendó valientemente, procurando concentrarse y evitar que el dolor la obligara a torcer la boca—. ¿Qué será de nosotras? Por lo menos, no nos fusilarán. Sólo tendremos que echarnos de espaldas. Luego, tendremos que...

Se quedó callada al ver la expresión en el rostro de Olga y miró hacia donde ésta estaba viendo. Dos alemanes estaban sentados hacia el fondo, junto a la puerta, con los rifles descansando sobre sus muslos. Los dos sonreían; tal vez comprendían el ruso.

—Debe aprender a conducirse, *fräulein* —mencionó uno de los soldados, en ruso—. Si no se comporta como es debido, la azotarán de nuevo y, entonces, los oficiales no querrán nada con usted y tendrá que acostarse con nosotros. ¿Eh? A nosotros nos encantaría, Natasha Brusilova. Pero a usted no.

Natasha se mordió los labios, pensando en que, si volvían a pegarle con el látigo, se volvería loca. Al imaginarlo sintió deseos de gritar una vez más.

Se sintió horrorizada al ver que sus manos estaban temblando. Sus labios también temblaban. Sin duda, toda su cara se estremecía.

Los guardias lo habían notado. Ambos sonreían más ampliamente al tiempo que la observaban. Sin duda, había algo más que el simple desprecio en sus sonrisas, pues tenían mucho en qué recrear la vista. Natasha comprendió, entonces, que estaba desnuda.

Olga Mikhailovna entendió lo mismo; se quitó su amplia falda para cubrir con ella a la muchacha. Natasha sacudió la cabeza al ver que las enaguas de Olga le cubrían muy poco de su cuerpo; pero ésta le sonrió amablemente.

—Yo estoy vieja y gorda —expresó—. No tendrán ningún placer con verme; pero ahora, dime, Natasha Feodorovna: ¿Qué vamos a hacer todas nosotras?

Natasha se envolvió lo mejor posible en el faldón de Olga y se sintió casi humana al cubrirse los hombros y el vientre, aunque sus piernas quedaran desnudas. Luego, hizo el intento de levantarse y las oleadas de dolor volvieron a dejarse sentir. Apretó los dientes y se esforzó por incorporarse. Al conseguirlo, dio la espalda a los dos guardias. ¡Si por lo menos pudiera apartar el miedo que la embargaba, el horror, la repugnancia por lo que le estaba ocurriendo! Pensó que, si pudiera vaciar su cerebro de todas aquellas emociones, llegaría a adoptar alguna decisión muy importante. Pero, para eso, necesitaba estar sola y no rodeada por aquellas jovencitas que la observaban sin cesar, ansiosamente, cada cual tan atemorizada y tan molesta como ella misma, cada una esperando secretamente, orando con fervor, para que la gran Natasha Brusilova, la que las guiaba a través de tantas danzas con una confianza suprema, pudiera ser capaz de salvarlas de aquella hecatombe, de decirles lo que debía hacerse, de dirigirlas.

La puerta de la cocina se abrió y una media docena de hombres, con ropas de faena, entraron cargados de sacos que dejaron en el suelo. Venían acompañados de un sargento que se detuvo en el centro de la habitación, con las manos en jarras.

—¡A trabajar! —gritó en ruso—. ¡Arriba esas nalgas! Están aquí para trabajar. En esos grandes sacos hay papas. Pónganse a pelarlas y a cocerlas. Hagan una sopa de papa —levantó el brazo y entraron otros hombres con pollos en las manos. A los pollos ya les habían retorcido la cabeza—. Allí tienen pollos —señaló—. Desplúmenlos y cocínenlos. Apúrense.

Las jovencitas se miraron entre sí; ninguna de ellas había cocinado en su vida y la sola vista de los pollos muertos ya estaba provocando en Lena un nuevo ataque de llanto.

—Que sea una buena comida —ordenó el sargento— o yo, personalmente, me ocuparé de despellejar a dos o tres de ustedes —salió como una tromba de la cocina y la puerta se cerró.

De repente, Natasha sintió que tenía hambre. Además, quería hacer algo, cualquier cosa, que la distrajera de sus sombríos pensamientos.

—Muy bien. Vamos de una vez —dijo—. Vamos a ponernos a trabajar.

Escucharon el rápido tronido de los disparos de las armas de fuego, se miraron unas a las otras; luego, observaron a los guardias alemanes que les sonreían, como si nada. No hablaron; sabían que aquel ruido significaba que Hannah Jabsky y sus amigas —sus propias amigas—, así como muchos otros hombres y mujeres, habían muerto.

¿Y Tatiana Dimitrievna? ¿Habría caído ella también en la fosa común, con su magnífico cuerpo perforado por las balas? Las jóvenes no podían creerlo. Tatiana Dimitrievna había estado allí, con ellas, desde que podían hacer memoria. Tatiana Dimitrievna no podía morir.

Cocinaron y prepararon los alimentos exclusivamente para los oficiales, quienes se sentaron a comer en la construcción más grande de la granja. Los demás hombres cocinaron para ellos empleando sus propios recipientes y sus pequeñas estufas de petróleo, dispersos en los campos alrededor del patio. Asimismo, las muchachas se encargaron de servir la comida. Natasha sintió que cometía un acto de cobardía, pero no se sentía con fuerzas para servir, no quería enfrentarse con Von Harringen o con ese otro hombre, Dieter, que la había azotado y sabía que no se conformarían sólo con que ella les sirviera.

—Constantemente nos manoseaban —expresó Nina Alexandrovna—, era algo muy desagradable. Nos metían las manos bajo las faldas y el coronel Von Harringen me ordenó que te comentara que me pusieras entre las seis elegidas. ¿Qué significa eso, Natasha Feodorovna?

Nina estaba muy emocionada; era una jovencita hermosa, de cabellos rubios esponjados y grandes senos, que jamás hubiese llegado más allá del grupo del coro, no porque no pudiera bailar, sino ya que era inconcebible que una chica con una figura tan voluptuosa se pusiera a saltar en el centro de un escenario, a no ser que llevase el nombre de Tatiana Nej.

Natasha la acarició cariñosamente. Sus dolores se habían atenuado y gracias a ello podía pensar de nuevo.

—Era un cumplido de su parte, Nina Alexandrovna —le explicó.

Pasaron la tarde lavando platos y, después, tuvieron que empezar a preparar la cena. Oyeron oleadas de disparos a lo lejos y creyeron que se estaba fusilando a más gente; pero, de una u otra forma, ya no tenía mayor trascendencia. Más tarde, ya de noche, escucharon un alarido que sonó muy cerca; era un grito de desesperación e identificaron la voz.

—Ésa es Svetlana —susurró Olga—. ¿Qué le estarán haciendo?

Ya no hubo más gritos.

—No creo que le hagan nada —aseguró Natasha con tristeza—. Tal vez acaban de anunciarle que Tatiana Dimitrievna ha muerto.

Varias de las jóvenes siguieron el ejemplo de Lena y comenzaron a llorar. Estaban exhaustas, sentían mucho temor y no hallaban a alguien que pudiera ayudarlas. Tatiana Dimitrievna había fallecido y Natasha Feodorovna no daba visos de algún liderazgo.

"Pero, ¿qué puedo hacer? —reflexionó— ¿Qué puedo hacer yo?, excepto someterme, lo mismo que todas las demás, someterme y sufrir. Ni siquiera se me permitirá despedirme de Johnnie y, ya separado de mí, ¿querría volver alguna vez al lado de una ramera de los militares, suponiendo que continuara viva?"

Agarró en su mano un cuchillo de la cocina y experimentó el deseo de clavárselo muy hondo en el estómago y salir después a ver a los alemanes y reírse de ellos mientras moría, porque había conseguido escapar a sus perversas intensiones; sin embargo, no podía abandonar a sus compañeras. Por otro lado, se sentía muy fatigada, le dolía mucho el trasero y era incapaz de pensar con claridad. Ya habría tiempo para tramar el suicidio cuando tuviera la cabeza despejada.

Prepararon la cena, la sirvieron y lavaron los platos. Nadie había averiguado dónde irían a dormir, así que quizá tendrían que hacerlo en el suelo de la cocina. No había cobertores para suavizar la dureza de las piedras del piso; pero, por fortuna, la noche de junio era tibia y los guardias alemanes ya no estaban allí: las muchachas estaban demasiado asustadas y bien se les podía dejar solas, sin vigilancia.

—Tendremos que acomodarnos como mejor podamos —observó Natasha e intentó sonreír—. Por lo menos dormiremos solas, a lo mejor por última vez. Los oficiales y los soldados que montaban la guardia, afuera, se habían entregado a bromas y risotadas, lo cual recordó a las jóvenes que, al día siguiente, tendrían una casa dispuesta en Slutsk y, entonces, podrían iniciar sus deberes.

Poco a poco, las chicas se acomodaron para acostarse y dormir. Natasha decidió dormir afuera, junto a la puerta; pero no tardó en descubrir que le era imposible tenderse de espaldas y tampoco le resultaba cómodo echarse boca abajo sobre la piedra fría. Se preguntaba si aquella noche podría dormir, cuando la puerta se abrió. Se sentó de inmediato mirando la oscuridad y después un poderoso rayo de luz de una lámpara de mano le alumbró el rostro y la dejó ciega por un instante.

—*Fräulein* Brusilova —dijo el teniente Dieter—. Levántate.

Obedeció y, una vez de pie, lanzó una mirada ansiosa a las muchachas, pensando que ninguna de ellas estaría dormida todavía.

—Ven acá —mandó Dieter.

Natasha salió de la cocina para meterse al corredor medio quemado. El techo de aquel corredor ya se había colapsado y sólo las estrellas en el cielo oscuro brillaban sobre su cabeza. Cuando el teniente se lo indicó, salió del corredor para bajar al patio. Las hogueras donde los soldados habían calentado su cena todavía chisporroteaban, pero los hombres ya se habían retirado a descansar en sus respectivas tiendas entre los devastados trigales.

—Entra allí —dijo Dieter, señalando con el rayo de luz de su lámpara la casa donde se había servido la comida a los oficiales.

—¿Para qué? —preguntó ella.

Él le estaba sonriendo y podía distinguir el brillo de sus dientes reluciendo en la oscuridad.

—Quiero hablar contigo.

Ella titubeó unos segundos y luego entró por delante del teniente hacia el oscuro interior de la casa.

—Ahora hablaremos bajo —le dijo él—, arriba está durmiendo el coronel.

Abrió una puerta y echó la luz hacia el interior de una pequeña habitación. A Natasha le pareció que se trataba de una oficina, pues había un escritorio que había sido empujado contra la pared del fondo, pero no había más muebles; sólo podía verse una de esas grandes bolsas para dormir en el suelo.

—Es duro el suelo —mencionó el teniente. Volvió a lucir sus dientes en una sonrisa—; sobre todo considerando que yo estaré encima de ti.

Natasha se volvió bruscamente y, de nuevo, el rayo de luz le alumbró la cara.

—Si te resistes —le dijo el teniente—, te azotaré de nuevo. Te arrancaré el pellejo de tus preciosas nalgas a latigazos, Natasha. Me causará mucho placer hacerlo, así como me di gusto azotándote esta mañana. Además, ¿qué caso tiene que te resistas conmigo? A partir de mañana, vas a estar haciendo lo mismo cincuenta veces al día. Yo sólo voy a ser el primero.

La luz continuaba en su cara y mantenía en las sombras el rostro del teniente. La sensación de pánico le invadió la cabeza. Hubiese deseado escapar, estar lejos de allí, huir a cualquier parte, pero no estar allí. Iba a suplicar y a rogar; ella sabía que iba a hacerlo, por mucho que detestara verse forzada a tanto.

—Soy virgen —confesó.

El rayo de luz se sacudió durante un instante; el teniente se sentía asombrado.

—Tú eres Natasha Feodorovna, la famosa bailarina —dijo.

—Soy virgen —repitió ella.

—¿Qué edad tienes?

—Treinta años.

—Tienes treinta años, eres una bailarina famosa, estás comprometida para casarte y, ¿aún eres virgen?

Natasha afirmó con la cabeza, tratando de adoptar una actitud serena.

Él cerró la puerta y se rió brevemente.

—En ese caso, soy un hombre afortunado; pero no debes preocuparte. Puesto que eres una bailarina, es difícil que tu himen esté intacto. Yo sé mucho de esas cosas.

Ella se le quedó mirando. Ya para entonces, sus ojos se habían acostumbrado a la oscuridad. La pobre chica había pensado por un segundo hacer el intento de escapar.

—Además —prosiguió comentando él— no debes gritar, pues eso molestaría al coronel... Y a tu novio.

Natasha se quedó sin respiración e hizo girar la cabeza para ver a un lado y al otro.

Dieter sonrió y empezó a desabrocharse la chaqueta.

—No, no está aquí, pero lo tenemos pared de por medio, en la carbonera; así que te conviene quedarte quieta y haré un trato contigo. No hagas ruido, procura complacerme y yo te permitiré que te despidas de tu prometido mañana por la mañana, antes de partir. Además, dejaré que le des el último adiós a *frau* Nej.

—¿Madame Nej está viva?

—Por ahora; pero mañana se la llevarán a Alemania, órdenes del doctor Goebbels. Parece que ella insultó a nuestro buen doctor en 1938, cuando estuvo en Berlín. Ahora, él quiere estar presente en su ejecución; creo que la van a colgar. El doctor jamás olvida las afrentas —ya se había quitado la chaqueta, que dobló con cuidado y la dejó tendida a través del escritorio y encima colocó su cinturón. La funda de la pistola brillaba tenuemente con el resplandor de la linterna y, junto a él, con mayor intensidad, relucía la funda muy adornada de una daga larga que también portaba el teniente en su cinturón. Tomó la linterna de nuevo y dirigió el rayo de luz sobre la joven—. Quítate de una vez esa falda. Quiero verte otra vez.

Fueron las palabras "otra vez" las que le aclararon la mente a la muchacha. Antes, cuando la azotaron, no había otra cosa que miedo y sufrimiento. Saber que Tattie aún vivía, aunque sólo fuera por unas cuantas horas, y tener conciencia de que John estaba cerca, con una delgada pared entre ellos, fueron dos ideas que la llenaron de confusión. Pero las palabras "otra vez" le aportaron de nuevo todo el horror que había experimentado por la mañana. Aquel hombre le había arrancado las ropas de su cuerpo, la había mostrado desnuda a las miradas de sus compañeras y de los soldados alemanes allí reunidos y después había dejado caer el látigo sobre su espalda, sonriendo, sin duda, mientras la azotaba. De repente, la comprensión que había estado buscando durante todo el día se adueñó de ella. Aún sentía adolorido el cuerpo, pero se diría que ya se había acostumbrado al dolor.

Tenía la mente despejada, podía odiar; eso era lo que había estado buscando durante cada minuto de todas las horas, desde que la golpearon. Siempre había creído que odiaba a Iván Nej, a Anna Ragosina y a todos los integrantes de la policía secreta. Ahora, comprendía que jamás había sabido cuál era el significado de la palabra "odiar". Para odiar, era indispensable estar dispuesto a matar, a destruir; de otro modo, el sentimiento o la emoción no era otra cosa que disgusto.

No obstante, era necesario matar o destruir con éxito, cuando se presentara la oportunidad, cuando surgiera el momento en que fuera posible matar sin falta, cuando fuera posible hacerlo sin que nadie sospechara sus propósitos. Lentamente, se despojó de la falda de Olga, la retiró de sus hombros y la dejó caer a un lado. Debía haber perdido su virginidad varios años antes, debía habérsela entregado a John Hayman desde tiempo atrás, desde 1932, cuando estuvieron juntos en una banca del parque, un par de muchachos inocentes que no se atrevían a hacer otra cosa más que tomarse de las manos. Se imaginó que los dos habían permanecido en la inocencia, a pesar de los años transcurridos. Y ahora, ya no llegaría a conocer los placeres de la intimidad entre uno y otro porque él retornaría a Estados Unidos y ella permanecería en Rusia, convertida en una prostituta o, quizá, en una asesina o quién sabe en cuántas cosas más...

Pero sí estaba segura de que no se sometería. Si aquel hombre que estaba frente a ella quería conservar la vida, la acompañaría de inmediato hasta la cocina para dejarla junto a sus compañeras, completamente a salvo; mas era evidente que él no haría semejante cosa. El rayo de luz de la linterna se deslizaba despacio a lo largo de su cuerpo, subiendo y bajando, deteniéndose en sus pechos breves, en su vientre enjuto, en su vello púbico y en las curvas bien torneadas de sus caderas.

—Eres deliciosa —expresó Dieter—. Te vi bailar en Berlín hace tres años. También entonces pensé que eras una delicia; pero nunca imaginé que algún día iba a poseerte.

"No llegarás a poseerme", se dijo Natasha, aunque sin pronunciar ni una palabra. Si tenía que ocurrir, que ocurriera de prisa. Ella no podría hacer nada hasta que él quedara saciado, indefenso. Se arrodilló sobre la bolsa para dormir y, a continuación, se sentó con las piernas dobladas. El rayo de luz seguía todos sus movimientos.

—Extiende las piernas y sepáralas —ordenó él.

Natasha extendió las piernas y esperó. Él acabó de despojarse y ella cayó en la cuenta de que jamás había visto a un hombre desnudo, a no ser el instante en que pudo ver al propio Johnnie, cuando a ella la arrastraron a las celdas subterráneas de Lubianka y pasó de prisa frente a la puerta abierta de la celda donde lo estaban interrogando. Dieter, para dar una exhibición de su belleza, cometió el acto narcisista de iluminar su cuerpo con la linterna antes de apagarla, dejando la pequeña habitación en completa oscuridad.

Después, Natasha no podía hacer nada más que aguardar y sentir. Las manos del teniente se deslizaron sobre sus pechos, al tiempo que su boca buscaba con avidez la suya. Ella se lo permitió, pero se sintió asombrada de que el hombre tratara de abrirle los labios para tomar su lengua. También deseaba hacer eso... y ella tenía que soportarlo, pero ya la mano del teniente acariciaba los cabellos de su bajo vientre y sus dedos bajaban para tocarla. Sin duda, iba a exigir más de lo que ella esperaba. Trató de juntar las piernas; recibió una palmada en la parte inferior de sus muslos y volvió a abrirlas: no debía crisparlo ni enfurecerlo o no quedaría luego suficientemente flojo e inerme.

El preámbulo finalizó. Ya estaba el cuerpo del teniente encima del de ella y podía sentirlo apoyado en su cadera. Un segundo después, se produjo un dolor atroz y penetrante y, al mismo tiempo, una sensación tremenda y ardiente en su bajo vientre. Sin embargo, todo había resultado muy sencillo. Él empezó a moverse hacia arriba y hacia abajo, haciendo chocar su cuerpo en varias ocasiones contra el de ella, mientras buscaba ávidamente su boca con la suya y luego la dejaba para hundir el rostro en su cuello y morderle las orejas. Acto seguido, se quedó tieso e inmóvil, jadeando con fuerza y, a continuación, se deslizó hacia abajo y se quedó acostado de espaldas junto a ella.

—Eso sí que estuvo bien —expresó él al cabo de un momento—. Tú estuviste tan bien como yo esperaba, Natasha Feodorovna. Volveré a estar contigo otra vez.

Ella se incorporó, apoyándose sobre un codo, sinceramente asombrada. No había hecho absolutamente nada por complacerlo.

Observó que tenía los ojos cerrados y respiraba acompasada y profundamente. Quizá ya estaría dormido. Con movimientos muy lentos, se colocó de rodillas.

—No te vayas —susurró él—. Quédate aquí, conmigo.

Natasha sintió asco ya que tenía mojada la parte interior de sus muslos.

—Sólo me limpiaré un poco —explicó—. Volveré contigo en un instante —sus manos se deslizaron suavemente sobre el escritorio. Tocaron la tela de la chaqueta y el cinturón y la funda labrada de la daga. Extrajo con mucho cuidado la daga de su funda. Le pareció que había hecho un ruido fuerte al sacarla, pero el hombre que yacía junto a su rodilla no se inmutó.

Natasha dio media vuelta sobre sus rodillas. Alzó una pierna y la pasó por encima de su cuerpo para sujetarlo. Inclinó la cabeza sobre él y se le quedó mirando. El teniente abrió los ojos; apenas se podían distinguir en la oscuridad. También vio el brillo de sus dientes cuando le sonrió.

—Eso está mejor —dijo—. Eso está muy bien pensado. Acuéstate encima de mí, Natasha Feodorovna.

De repente, de un solo golpe, ella le sepultó la daga en la garganta.

Natasha abrió el cerrojo de la puerta de la carbonera, entró y encendió la linterna de mano para alumbrar el interior. John estaba sentado en el suelo y parpadeaba. Había polvo de carbón en sus manos y en su rostro; además, sus pantalones y su camisa se veían sucios.

—¿Quién es? —preguntó.

Ella volvió la linterna para alumbrarse y, en ese instante, recordó que estaba desnuda. Aunque eso ya no parecía tener alguna importancia.

—¿Natasha? —se puso de pie y dio un paso hacia ella. Después, se detuvo—. ¡Natasha! ¿Qué te han hecho?

—Sólo he venido a despedirme —anunció ella.

—¿Adiós? Pero... —se adelantó para tomar su mano y ella se lo permitió. Apagó la linterna—. No comprendo, Natasha. Te escuché cuando gritabas; también oí los golpes del látigo. Pero no podía ver. ¡Oh, querida mía...!

—¡Adiós! —dijo ella y retrocedió hacia la puerta.

John le cerró el paso y cerró la puerta con su hombro.

—Dime lo que estás haciendo.

Natasha se encogió de hombros.

—Acabo de matar a un oficial alemán. Seguramente me matarán o me colgarán, como piensan colgar a Tatiana Dimitrievna; pero antes, creo que voy a asesinar a tantos alemanes como pueda.

John la atrajo hacia él y ella permitió que tocara el cuchillo.

—¡Dios mío! —exclamó él al tocarlo y al sentir la sangre pegajosa en la mano que sostenía la daga.

—Así que ahora voy a salir, te encerraré de nuevo y así nadie podrá acusarte de estar involucrado en este asunto.

—Yo quiero estarlo.

Con mucha precaución, le quitó la daga de la mano y ella lo permitió.

—¿No sería más sensato que tratemos de huir?

—¿Adónde? —inquirió ella—. ¿Adónde podría yo escapar?

—Los bosques no están lejos de aquí; podríamos llegar hasta allá y escondernos hasta que los rusos lancen su contraataque. Porque tiene que haber una reacción por parte de los rusos; estoy seguro.

—¿Nosotros? —preguntó ella volviendo el rostro para mirarlo.

—¿Acaso crees que yo podría escapar y dejarte aquí, Natasha?

Una sensación de alivio que emanó del fondo de su estómago le invadió todo el cuerpo. Fue una oleada de alegría que la estremeció por completo. Después, recordó y dijo:

—Me acaban de violar; lo maté por eso —los brazos de John la apretaron contra él—. Johnnie —repitió ella—, acabo de ser violada.

—Y por eso lo mataste —concluyó él—. No podía esperarse menos de ti, Natasha Feodorovna.

Ésta apartó la cabeza para poder observarlo mejor en la penumbra. Sintió deseos de ponerse a gritar de felicidad. Luego, sus impulsos eran los de echarse a llorar.

—¿Sería posible huir —dijo— sin las chicas?

—Las llevaremos con nosotros.

La confianza de John no tenía límites. Pero también podría decirse que era exagerada.

—¿Nos iríamos sin Tatiana Dimitrievna?

—Ella se irá con nosotros. Hay que salvarla antes que a nadie; recuerda que está condenada a muerte.

Natasha hizo un gesto de desaliento.

—Ni siquiera sabemos dónde está —manifestó con tristeza.

—Svetlana lo sabe; hoy la llevaron a verla tan pronto como se confirmó la sentencia.

Ella lo miró.

—¿Y dónde está Svetlana?

—En la puerta siguiente. Allá afuera hay un lavabo.

Natasha sacudió la cabeza.

—No puede ser tan sencillo.

—Sí lo es, Natasha. Puede serlo si se pone toda la voluntad en conseguirlo.

Se le presentaba como un hombre magnífico. Era todo lo que ella había soñado que fuese o que pudiese ser. Se decidió y retrocedió unos pasos; en el rayo de luna que iluminaba el patio, dio vuelta para dirigirse a la puerta del baño y entonces escuchó unos pasos detrás de ella. Giró sobre sus talones y miró al centinela que avanzaba despacio, empuñando por delante el rifle automático.

—¡Alto! —ordenó en alemán—. Identifíquese.

Natasha aspiró una bocanada de aire y lanzó una mirada furtiva hacia las sombras detrás de ella. Todo sería muy sencillo, había explicado Johnnie, si se pone la voluntad en ello. Ella estaba dispuesta; ya había asesinado y bien podía hacerlo de nuevo... Pero él no había matado jamás y era él quien llevaba la daga.

Muy despacio pronunció las palabras:

—Soy Natasha Brusilova —informó.

—¿La bailarina? —el centinela se acercó más a ella, observando sorprendido su cuerpo desnudo, como si no pudiera creer en su buena suerte.

—Sí —dijo ella—. Yo soy.

Se había acercado tanto que casi podía tocarla. John salió de las sombras y clavó la daga en el cuerpo del soldado, al mismo tiempo que le tapaba la boca con la mano.

Natasha tuvo tiempo de agarrar el rifle antes de que cayera al suelo. De pronto, tuvo conciencia de que todo iba a salir bien. Escaparían de allí. Después, se casaría. Se casaría con un hombre en el que podía confiar absolutamente.

CAPÍTULO VI

JUDITH STEIN YA HABÍA DESPERTADO. HASTA ENTONCES, ESTABA soñando que caminaba por una avenida muy concurrida, antes de la guerra, entre el bullicio de las conversaciones de los transeúntes que, por instantes, dominaba el monótono ruido del tránsito. Sin duda, su sueño tenía que haber acontecido durante una época anterior a la guerra. Durante los últimos dos años, París se había convertido en una ciudad silenciosa.

Acababa de amanecer, pero no eran más que las cuatro y media de la madrugada. A pesar de que las ventanas habían permanecido abiertas durante toda la noche, hacía calor en la recámara. La sábana era como la superficie de un mar encrespado, entre cuyos pliegues asomaban, cual rocas, un par de pantorrillas que después desaparecían para volver a emerger. La cabeza de Boris estaba metida bajo su hombro, pues así le agradaba dormir, y su respiración era acompasada y profunda.

No era más que el amanecer de un nuevo día en el curso del cual Boris se iría a la embajada y ella saldría de compras; ésa era su ocupación diaria, puesto que todo escaseaba tanto que era indispensable proveerse lo más temprano posible. Por tanto, desde las primeras horas, se sumaba a las hileras de gente que, armada de paciencia, aguardaba durante horas para adquirir un poco de pan; se detenía para beber un poco de café caliente en cualquier puesto de la calle y se sentaba a contemplar el desfile de los parisinos abatidos que iban y venían frente a ella. Judith vivía en un extraño limbo, pues todo el mundo sabía que era judía, incluyendo a los soldados alemanes que bebían café con ella; pero, gracias a que su amante ruso estaba provisto de inmunidad diplomática, era intocable. Judith creía que estaba atravesando por la situación más segura de las que hubiera experimentado en su existencia, excepto aquellos pocos años maravillosos en los que se refugió bajo la amorosa protección de George Hayman.

Y se aferraba a la suposición de que, algún día, también París recuperaría su vivacidad y su alegría, en cuanto retrocediera la marea negra del nazismo; entonces, volvería a escuchar el alboroto de las conversaciones mezclado con el incesante rugido del tránsito.

Con un gesto de desagrado, observó al cielo raso. Habían sido el bramido gruñón del tránsito y el barullo de las conversaciones los que la despertaron; aunque, más que conversaciones, eran comentarios altisonantes aunados a órdenes que pronunciadas sonaban como ladridos.

Varias veces tocó con el codo las costillas de Boris.

—Despierta, Boris. Algo ocurre allá afuera.

—¿Hm? —abrió los ojos.

—Escucha —se sentó en la cama y la sábana cayó hasta su cintura—. Hay movimiento de tropas.

—Voy a ver —saltó de la cama, tomó su bata y se la estaba poniendo cuando dio media vuelta hacia la puerta porque acababa de sonar el timbre. Abrió la puerta de la habitación y se acercó de prisa a la puerta del frente de su departamento. También Judith se puso de pie y, con gesto instintivo, tomó su ropa interior y su vestido que había dejado descuidadamente sobre una silla la noche anterior. Su corazón latía con mucha prisa y empezaba a encogérsele el estómago. Ya sabía lo que sucedería después, ya que lo mismo le había sucedido antes, porque, para Judith Stein, lo mismo tendría que continuar aconteciendo hasta el día de su muerte.

El grupo de hombres abarrotó el amplio salón y cada cual adoptó su posición en fila contra la pared, de frente al gran escritorio y el ventanal que había detrás de él. Clive Bullen fue el último en entrar.

Portaba uniforme, lo mismo que todos los demás, sin distinción de edades. La mayoría de ellos se conocían aunque sólo fuera de vista por su participación en las misiones comerciales de preguerra y todos lo identificaban a él, de manera que en ninguno de ellos podría haber dudas acerca de por qué estaban allí ni sobre lo que se les iba a solicitar que hicieran. Pero, de cualquier modo, Clive habría estado allí voluntariamente. De pronto, la guerra se había convertido en un asunto muy personal.

El hombre que estaba sentado detrás del escritorio se incorporó y sus ayudantes se apartaron para darle paso con el fin de ir a colocarse en el centro de la habitación. Era el único que llevaba ropas de civil, un tanto desordenadas. Una cadena de reloj, de oro, colgaba del bolsillo de su chaleco. Asimismo, su cabeza grande y sus hombros parecían colgar, empujados por su propio peso. Sostenía entre sus dedos un puro apagado que, de cuando en cuando, se llevaba a los labios para causar el efecto de pausa; a veces, señalaba enérgicamente con el puro para enfatizar sus declaraciones.

—Como todos saben —principió a decir—, ayer por la mañana los nazis invadieron el territorio de Rusia. Se me ha comunicado que Rusia es un país que todos ustedes conocen muy bien. Por lo tanto, ya habrán comprendido que esa nación se halla ahora entre las garras de uno de los regímenes más bestiales que hayan existido en este mundo, un régimen que se empeña en erradicar toda individualidad, toda libertad personal, para erigir un sistema monolítico de control del Estado, un régimen que ha aniquilado a millones de seres humanos de entre sus propios ciudadanos para conseguir ese propósito. Se trata de un sistema al que yo me he opuesto desde el momento en que tomó el poder, en 1917. Debo informarles, caballeros, que por malvado y pernicioso que el régimen soviético sea, es preferible al nazismo. Han transcurrido ahora veintiún meses desde que nos hemos echado a cuestas la carga de ofrecer resistencia a Hitler y a sus secuaces. En ese lapso, contemplamos cómo cada uno de nuestros aliados: Francia y Polonia, Bélgica y Holanda, Noruega y Dinamarca, Yugoslavia y Grecia, han quedado aplastados bajo la bota militar de los nazis. Nunca derrotará a Inglaterra. En cambio, nosotros deberemos vencerlos sin ayuda... —hizo una pausa y lanzó una mirada de soslayo a un retrato firmado de Franklin D. Roosevelt que colgaba de la pared—, lo cual constituye una labor larga y de enormes proporciones. Pero ahora podemos contar con un aliado; no se trata de un pueblo en el que pueda confiarse ni con el que, en condiciones normales, procuráramos relacionarnos. Pero les garantizo que es una nación que sabrá defenderse, que es fuerte e, indiscutiblemente, muy valiente. Por tanto, se sigue que debemos pelear con ella hombro con hombro hasta que la basura nazi sea triturada, exterminada de la faz de la Tierra y completamente erradicada de la mente de los hombres. Pero es lógico que antes sepamos lo que en realidad ocurre en Rusia, sus necesidades en cuanto a armas, municiones y equipo; debemos saber cuánta es su determinación para sostener la lucha hasta obtener su debida conclusión. Ésa es su misión. Por el conocimiento que tienen de ese pueblo, de su idioma y de sus costumbres y también por sus relaciones personales con sus dirigentes, sólo ustedes, caballeros, están capacitados para establecer el vínculo entre el gobierno de Su Majestad y el de Joseph Stalin. Estoy al tanto de que la tarea resultará onerosa y, en muchas ocasiones, riesgosa y, asimismo, estoy consciente de que, a menudo, se enfrentarán a las sospechas y a la desconfianza, así como a los malos tratos. Mas estoy convencido de que soportarán dichos contratiempos, porque es su país el que se los demanda. Muchas gracias, caballeros. Mayor Bullen, quédese un momento.

Todos fueron retirándose de la habitación. El mayor Clive Bullen mantuvo su pose de atención hasta que el último de los presentes salió.

—Según tengo entendido, usted tiene intereses personales en Rusia, mayor Bullen —le dijo Churchill.

—Es verdad que los tengo, señor.

—¿Ha tenido noticias de ella?

—No, señor. Aparte de que su casa se sitúa directamente sobre el paso de los ejércitos invasores.

—¡Pobre mujer! —exclamó Churchill—. ¡Pobre mujer! Su pasaje tiene prioridad sobre los demás. Dentro de tres días, zarpa su barco de Bristol. Espero que encuentre sana y salva a madame Nej; pero no se olvide de que también tiene otros deberes. Que Dios lo acompañe, mayor Bullen.

En la oficina imperaba el silencio. Eso solía ocurrir entre los que habitualmente se reunían allí. Pero el silencio de aquel día no era como el de los demás. Por regla general, cuando aquellos hombres se congregaban, era para hacer el intento de atisbar hacia el futuro y para dominarlo en provecho propio. Aquella mañana, el futuro los avasallaba lo mismo que a todo el país. El silencio que predominaba en la oficina era un silencio colérico.

El timbre del teléfono sonó. Stalin levantó el auricular y escuchó. La otra persona estuvo hablando durante varios minutos y, a continuación, Stalin volvió a dejar el auricular en el aparato.

—Ha caído Grodno —anunció—. También cayó Lvov. Los alemanes han cruzado la antigua frontera y avanzan hacia Minsk.

—¡Minsk! —exclamó Michael Nej—. Pero...

—Allí está Tattie —interrumpió Iván Nej— junto con las alumnas de la academia. ¿Tenemos alguna noticia al respecto, Joseph Vissarionovich?

—¿Cómo podríamos tener noticias sobre los individuos? —inquirió Stalin—. Nadie sabe lo que está ocurriendo, aparte de que los alemanes están avanzando por doquier.

—En momentos como éste, los individuos no cuentan —declaró Molotov—; en especial tratándose de individuos como Tatiana Dimitrievna. Parte de la culpa de lo que está sucediendo debe atribuírsele a ella. A ella y a ti, Michael Nikolaievich —Michael arqueó las cejas—. Tú nos aseguraste que los alemanes querían la paz —insistió Molotov, con su voz rasposa más ronca que nunca—. Nos dijiste que el mayor deseo de los alemanes era evitar que hubiera dos frentes para combatir en ellos si la guerra se producía. Pues bien, estabas equivocado, camarada comisario.

—También expuse desde el principio, y antes de que cualquiera de ustedes lo hiciera —recalcó Michael—, que cualquier pacto que se firmara con Alemania no era más que una táctica dilatoria. Alemania es nuestra enemiga natural, porque, desde hace tiempo, nos ha elegido para adueñarse de nosotros. Siempre hemos sabido que era necesario anticiparnos y destruir a los alemanes, pero ellos también conocían nuestras intenciones. Ahora, se nos han adelantado.

—Y sin ninguna advertencia —indicó Beria limpiando sus anteojos con su pañuelo—. Sin habernos dado el menor indicio. Eso es barbarismo.

—La Alemania nazi es una nación bárbara —añadió Michael.

—Tu servicio de inteligencia nos ha fallado, Lavrenti Pavlovich —advirtió Iván dirigiéndose a Beria—. Ahora bien: si yo fuera el que encabezara el sector de espionaje...

—Se están poniendo a pelear como muchachos malcriados —los reprendió Stalin. Otra vez la habitación quedó en silencio—. El asunto principal es que tanto Grodno como Lvov han caído en manos de los alemanes y el mismo día las dos. Eso representa un frente de varios cientos de kilómetros y se me ha informado que los alemanes están avanzando desde el Báltico hasta la frontera con Rumania. Ése es el ataque más grande en la historia, amenaza con ahogarnos una oleada de alemanes y se ponen a discutir de quién es o no la culpa y quién debe quedarse o no quedarse. Ya tendremos tiempo de contar a nuestros muertos y de señalar a los responsables de esta debacle cuando hayamos repelido a los alemanes. Y, hasta ahora, parece que somos incapaces de hacer algo para lograrlo. Nuestra fuerza aérea ha sido destruida. Al parecer, los comandantes de nuestro ejército sufren un ataque colectivo de parálisis. Nuestra patria está en grave peligro. Camaradas: estamos luchando por salvar nuestras vidas; en esta habitación, combatimos por salvar la vida. No quiero escuchar más discusiones ni peleas; lo que quiero es acción.

—Quiero solicitarte permiso para trasladarme al frente de Bielorusia, Joseph Vissarionovich —dijo Michael.

—¿Para encontrarte con Tatiana Dimitrievna?

—Con ella, con su escuela y con mi hijo, que también está allá.

—Es cierto. El estadounidense. Bueno, él tendrá que arreglárselas lo mejor que pueda para sobrevivir, Michael Nikolaievich. No puedo desperdiciar a mis hombres ni a mis cerebros en búsquedas infructuosas para hallar a alguien que, posiblemente, ya haya muerto. Es indispensable detener a los alemanes, camaradas. Como ya sabemos por las lecciones de la historia, nuestra mejor defensa contra una invasión siempre ha sido el país mismo. Militarmente hablando, siempre llega un instante en el que al agresor se le agotan las líneas de comunicación y ésa es la oportunidad para que los defensores asesten el golpe. Yo asumo esos principios. Además, debo decir que tengo plena confianza en el futuro. Por lo pronto, ya contamos con la certeza de que la Gran Bretaña nos apoyará...

—¿La Gran Bretaña? —refunfuñó Molotov—. ¿Churchill? Ese hombre nos detesta, siempre nos ha odiado.

—Parece que no tanto como a los nazis —especificó Stalin.

—De cualquier manera, ¿qué ayuda podrían brindarnos los ingleses? —preguntó Iván.

—Una gran ayuda en armamentos y pertrechos y, quizá, lanzando un ataque contra los alemanes en Europa. Y eso no es todo, ya que también los estadounidenses han prometido asistirnos. El final del túnel se presenta brillante, camaradas; pero es un túnel muy largo y no es seguro que podamos llegar al final si nos detenemos en la mitad. Ahora, tenemos necesidad de trazar una línea para que los alemanes no avancen más allá por ningún motivo, aunque para detenerlos debamos morir con la pistola en la mano.

—No podrán pasar jamás más allá de los Urales —insinuó Beria.

Los otros cuatro hombres que estaban en la habitación volvieron la cabeza para mirarlo.

—No pasarán más allá de Moscú —replicó Stalin—. Tampoco tomarán la Crimea ni Leningrado. Ésa es mi decisión y debe ser su voluntad firme. Pero todo eso equivale a la pérdida de una buena parte de nuestro territorio y de casi toda nuestra industria pesada. A ti, Lavrenti Pavlovich, te encargo la labor de desmantelar nuestras plantas industriales, de trasladar todas las piezas más allá de los Urales y volver a instalarlas allá. Y además, todo eso hay que hacerlo de prisa, tanto para impedir que los alemanes las destruyan o las capturen, como por el hecho de que no podemos darnos el lujo de sufrir una interrupción en nuestra producción. Si el avance de los alemanes no se detiene pronto, y no hay indicios de que vaya a detenerse, es mi deseo que la tarea se efectúe dentro de las próximas dos semanas.

Beria se le quedó mirando azorado.

—¿Dos semanas? ¿Dos semanas para desmantelar varios cientos de plantas industriales, transportarlas y reinstalarlas?

—Y ponerlas a producir de nuevo —le recordó Stalin.

—Eso es algo imposible.

—No quiero volver a escuchar esa palabra, Lavrenti Pavlovich. Lo que quiero es que se haga. Tienes carta blanca para reclutar hombres, siempre y cuando no estén en edad de prestar su servicio militar, mujeres e incluso niños si lo consideras conveniente; pero el trabajo debe hacerse.

Beria se pellizcó el lóbulo de una oreja, sin responder nada.

—Y ahora tú, Vyacheslav Mikhailovich —dijo Stalin dirigiéndose a Molotov—: tu misión consiste en garantizar que los japoneses no invadan Siberia para apoyar a sus amigos, los alemanes. Ciertamente, nosotros no podremos sostener una guerra en dos frentes, aunque Hitler estime que él sí puede. Ofrece todo lo que tengas, pero es indispensable que asegures la paz en el Oriente.

Molotov asintió con un movimiento de la cabeza.

—Has mencionado algunos puntos del mapa más allá de los cuales no se permitirá que los alemanes pasen —observó Michael Nej—. ¿No se trata de un sueño, Joseph Vissarionovich? Si no podemos detener ahora a los alemanes, cuando nuestros ejércitos están aún intactos, ¿cómo podremos esperar detenerlos después?

—Son tres las razones —explicó Stalin—. En primer lugar, porque Leningrado, Moscú y la Crimea son las tres marcas que señalan el límite posible de las líneas de comunicación de los alemanes. En cuanto éstos alcancen tales límites, estarán en su punto para nuestro contraataque. En segundo, porque nuestros ejércitos no están, en este momento, absolutamente bien preparados para la guerra. Será indispensable que reagrupemos a nuestros soldados, debemos ejercitar nuevos grupos armados y, para ello, tendremos que traer muchos hombres desde el Este, tan pronto como Vyacheslav Mikhailovich nos avise que ya podemos hacerlo. En tercer lugar, porque ésa habrá de ser nuestra firme voluntad. Habrá de ser, en especial, la firme voluntad de nuestros comandantes. Aquí, en Moscú, yo seré quien tome el mando.

—¿Tú? —preguntaron los presentes al unísono. Stalin no había tomado jamás el mando en tiempos de guerra.

Él sonrió.

—Timoshenko será el comandante de mi ejército —detalló—. Khrushchev podrá trasladarse al Sur con Budenny. Una buena combinación de experiencia y de talento, ¿no?

—¿Y Leningrado? —inquirió Beria—. De todos los puntos, es el más vulnerable. Si los finlandeses se pasan al lado de los alemanes...

—Los finlandeses ya están del lado de los alemanes —aclaró Stalin tranquilamente—. Esa noticia es parte del informe que acabo de recibir.

—En ese caso, Leningrado está liquidado —declaró Molotov.

—De ningún modo. Nosotros podemos contener a los finlandeses —expresó Stalin—. Un buen comandante puede contener a los finlandeses y, al mismo tiempo, preparar a la ciudad para enfrentar a los alemanes, en caso de necesidad. Michael Nikolaievich, a ti te enviaré a Leningrado —Michael levantó la cabeza—. Tú ya has participado en una guerra. Combatiste con éxito, sin los abastecimientos apropiados ni suficientes y con muy pocos hombres contra un enemigo muy superior en armamentos y en hombres. Deseo que vuelvas a hacer lo mismo. Te daré a Voroshilov como jefe de tu ejército —Michael hizo un ademán, como si fuera a hablar, pero cambió de idea y afirmó con la cabeza—. Te prometo —continuó diciendo Stalin— que, en cuanto reciba cualquier noticia en relación con tu hijo o con Tatiana Dimitrievna, te lo haré saber. Muchas gracias, camaradas. Tienen una gran cantidad de trabajo frente a ustedes; llévenlo a cabo sin tardanza.

—A mí no me has asignado ninguna misión, Joseph Vissarionovich —indicó Iván.

—Quédate y hablaremos —dijo Stalin sacudiendo la cabeza afirmativamente.

Los otros tres hombres lanzaron una mirada furtiva a Iván a medida que iban saliendo de la oficina. Al igual que los demás rusos, ellos también detestaban y temían la relación tan estrecha entre Iván y el secretario del partido.

—Te advertí que todo esto ocurriría —dijo Iván—. Desde el principio, te advertí que hacer tratos con Hitler era una locura.

—Sí —reconoció Stalin—. Al parecer, tenías razón.

—Pero si yo hubiese sido el comisario de la NKVD —manifestó Iván—, habría descubierto a tiempo sus intenciones. Te habría dado informes exactos sobre fechas, horas, lugares… Y esta catástrofe no se hubiese presentado.

—Sin duda —admitió Stalin—; no obstante, eso que mencionas equivale a mirar hacia atrás por encima de tu hombro. En tiempos de guerra, el hecho de mirar hacia atrás es un error imperdonable. Los alemanes consideraron oportuno declarar una guerra contra nosotros; bueno, nosotros haremos la guerra contra ellos. Todos esos hombres que están a tu cargo han esperado demasiado para entrar en actividad. Desde mi punto de vista, lo de Trotsky fue sólo un ensayo y resultó exitoso.

—Es que hemos perdido práctica —advirtió Iván.

—Era de esperarse; pero, por el carácter mismo de sus actividades, tus hombres forman un escuadrón suicida. Muy bien: ahora es necesario que los pongas a trabajar.

Iván sacudió la cabeza.

—Ahora es imposible infiltrar a mis hombres en Alemania —puntualizó— y, mucho menos, que se acerquen a gente tan bien custodiada como Hitler y Göring.

—Yo no estaba pensando en asesinatos ni en atentados —expuso Stalin—. No ganaríamos esta guerra con eliminar a unos cuantos; la ganaríamos desmantelando los ejércitos alemanes por todos los medios que estén a nuestro alcance. Hasta ahora, por lo que he llegado a saber, en dondequiera que los alemanes han atacado, nuestros soldados se derriten como la cera frente a la llama. Unos cuantos caen en combate, otros más se rinden y muchos más desaparecen. ¿Qué te imaginas que ha pasado con ellos?

—Bueno… —dijo Iván con cautela.

—Han desertado —apuntó Stalin—. Asimismo, he recibido informes de que, en algunos sitios, como Ucrania y Bielorrusia, los habitantes les dan la bienvenida a los alemanes como si fueran sus amigos.

—¿Estás pensando en Tatiana Dimitrievna?

—No me sorprendería; es demasiado cosmopolita. Pero no pensaba en ella, sino en todos; en toda la gente común y corriente. Los ucranianos han sido siempre poco patriotas y los rusos blancos no son mejores. Ése es uno de los motivos por los que los alemanes están avanzando con tanta facilidad, Iván Nikolaievich. Nuestros soldados desertan y nuestros civiles fraternizan. Debemos impedirlo. Tus hombres están capacitados para ese tipo de lucha y para matar y para ser fieles. Tú los enviarás detrás de las líneas alemanas, en grupos de dos y de tres. Les ordenarás que se hagan cargo de los soldados que anden escondidos por allí, que recluten a todos los civiles que se requieran y que emprendan una guerra de guerrillas contra los alemanes, con sabotajes, asaltos, asesinatos, con todos los medios que se les ocurran.

—Seguramente los alemanes responderán con represalias contra la población civil.

Stalin sonrió.

—Entonces, los civiles tendrán que pelear.

—Y eso resultaría peligroso —expuso Iván—. Los alemanes acabarían con ellos.

—En ese caso, morirán como soldados, que es lo que debían haber hecho desde un principio.

—Sí, pero mi escuadrilla...

—Puedes empezar a entrenar una nueva, Iván Nicolaievich. De hecho, yo quisiera que te pusieras a entrenarla de inmediato; pero no cometas el error de apegarte demasiado a tus hombres. Están allí para ser utilizados y ahora es su patria la que los necesita. No puedes fallarme en esto, Iván Nikolaievich. Manda a tu gente a trabajar.

—Hay un telegrama para ti —informó Catalina Nej. Estaba de pie junto a la mesa, observando a su esposo, mientras Nona, la hija de ambos, de dieciséis años de edad, dueña de las mismas facciones tártaras anchas y llamativas de su madre y el mismo cabello negro y encrespado, aguardaba al otro lado de la mesa. Como todos los rusos, las dos mujeres estaban estupefactas por los terribles acontecimientos de los últimos dos días. Ambas sabían que Michael venía directamente desde el Kremlin.

Michael tomó el sobre mecánicamente. Sentía el cerebro ardiente ante la idea de la gran responsabilidad que le aguardaba. Además, rondaban por su cabeza las preocupaciones por la suerte que su hijo John hubiese podido correr.

—Partiremos a Leningrado —comunicó— hoy mismo. Así que empieza a empacar tus cosas. Tú también, Nona. Ya te pondremos de nuevo en la escuela en Leningrado.

—¿Leningrado? —inquirió Catalina como un eco.

Michael hizo un gesto afirmativo y abrió el sobre del telegrama con su dedo pulgar.

—Debo tomar el mando de las defensas en la ciudad. Los finlandeses se han levantado contra nosotros, ¿sabes?

—¿Los finlandeses? —gritó Catalina.

—Sí. Joseph Vissarionovich tiene dudas de que seamos capaces de detener el avance de los alemanes, antes de que penetren más profundamente en Rusia. Solicita que a Leningrado se le refuerce todo lo posible. Ése es mi deber.

—Pero... ¡no tendremos que luchar! Seguramente los alemanes jamás se aproximarán hasta allá. Leningrado está a varios cientos de kilómetros de la frontera.

Michael le apretó la mano.

—No son cientos de kilómetros los que la separan de la frontera con Latvia, Catalina Petrovna. Y los habitantes de Latvia son tan fascistas como los alemanes. Ni tampoco está Leningrado a cientos de kilómetros de la frontera con los finlandeses; es posible que debamos pelear. Pero ya lo hemos hecho antes.

—Éramos jóvenes entonces —Catalina volvió la cabeza para mirar a Nona cuyas mejillas se habían sonrojado por la excitación.

—Pues ahora tendremos que luchar siendo más viejos —dijo Michael—. No puede ser muy diferente, sólo que ahora sabemos más y contamos con experiencia; por lo tanto, cometeremos menos errores. El cable proviene de Inglaterra. Debe ser de Clive Bullen para preguntarme por Tattie. Sólo Dios sabe lo que yo pueda responderle —extendió la hoja de papel:

PROFUNDAMENTE CONSTERNADO POR LAS NOTICIAS Y LAS EXIGENCIAS ALEMANAS PUNTO HA CAÍDO MINSK PUNTO INFORMA SOBRE SEGURIDAD DE TATIANA, NATASHA Y JOHN PUNTO QUIZÁ BORIS Y JUDITH VOLVIERON A RUSIA PUNTO INFORMA SI PODEMOS SERVIR DE ALGO PUNTO GEORGE.

—¡George! —exclamó Michael—. ¡Por supuesto! George e Ilona venían en viaje para asistir a la boda.

—¿Dónde están? —inquirió Catalina.

—En Londres —repentinamente chasqueó los dedos—. ¡Judith! ¡Por Dios, me había olvidado de Judith!

—Boris es miembro de la embajada rusa en París —mencionó Catalina—. Ni siquiera los alemanes pueden pasar por alto ese hecho. Boris y Judith serán enviados a Rusia.

—¿Crees que así será? —Michael tamborileó sobre la mesa con sus dedos—. George podrá prestarnos ayuda. Es neutral. Sí... —acercó un cuaderno y se puso a escribir el borrador de un mensaje: "Minsk atacado. Sin noticias sobre la academia. Esperamos con ansia cualquier información. Nada sobre los Petrov todavía, pero tendremos noticias muy pronto".

—George Hayman los encontrará —aseguró Catalina—. Si hay alguien capaz de hallarlos y de ponerlos a salvo, ése es George.

Michael la miró de soslayo. En muchas ocasiones se había preguntado qué tan íntimas habían sido las relaciones entre George Hayman y su mujer, antes de casarse con ella. Catalina había sido la escolta oficial de George en Rusia, cuando los Hayman efectuaron su primera visita tras la revolución. Quizá a Catalina le ocurrió lo que a muchas otras mujeres y se había enamorado de él. Ése era el efecto que George Hayman provocaba en las mujeres; en particular, en las de gran valía. De esas mujeres capaces de resumir rápidamente las cualidades de un hombre y quedarse con el mejor.

Sin embargo, reflexionar sobre la envidia que le ocasionaban los éxitos de George resultaba una pérdida de tiempo. Además, muy a menudo en el pasado, su ayuda había sido muy valiosa y ahora la necesitaba más que nunca—. Sí —concedió Michael—, si hay alguien que pueda encontrarlos y sacarlos de apuros, ése es George —se levantó—. Ahora, debes empacar y de prisa. Esta noche tomaremos el tren para Leningrado.

—¿Y tú?

—Voy a las oficinas para enviar este cable y para averiguar qué ha sido de los Petrov.

—¡Por Dios! —Ilona lanzó su exclamación parada frente a la ventana de la habitación del hotel, contemplando las copas de los árboles del parque, que se mecían con suavidad en la tibieza de aquel día. En cuanto al clima, según los expertos, en años, junio había sido uno de los mejores; pero, en lo referente a los acontecimientos, para ella, había sido uno de los más terribles.

George miraba ambos telegramas que estaban extendidos sobre la mesa. Por su actitud, se diría que tenía la mente en blanco. Aquella estaba destinada a ser una temporada feliz: una reunión familiar en Rusia, recuerdos de Starogan. Pero, esta vez, él mismo y Michael estaban desempeñando el papel de los mayores en edad.

Pero ahora... Era estrictamente necesario que se concentrara. Y, por muy imperioso que fuera el telegrama de Michael, el otro mensaje debía tener prioridad. El mensaje decía:

PRESIDENTE DECIDIÓ OFRECER AL KREMLIN TODA LA AYUDA MATERIAL POSIBLE INCLUYENDO UNA EXTENSIÓN DEL TRATADO DE PRÉSTAMO Y ARRIENDO PUNTO ES NECESARIO ESTABLECER CUANTO ANTES LOS REQUISITOS PUNTO EN VISTA DE SUS CONOCIMIENTOS DE RUSIA Y DE SUS DIRIGENTES Y DE LA VENTAJA DE ENCONTRARSE YA EN EUROPA DEBERÁ HACERSE CARGO DE LAS NEGOCIACIONES PRELIMINARES MIENTRAS LLEGA LA MISIÓN MILITAR PUNTO TELEGRAFÍE SU ACEPTACIÓN E INICIE DE INMEDIATO WELLES.

Por supuesto, no podía pensar en rehusarse; no obstante, para un neutral, la forma más rápida de llegar a Rusia era atravesar Europa central y, si eso era lo que tendría que hacer...

—¡Paul! —exclamó George. Ilona, desde la ventana, se volvió para mirarlo—. El joven Paul von Hassell. ¿No estaba prácticamente comprometido para casarse con Svetlana? Seguramente ya sabe lo que ha sido de ella y de todos los demás; incluso, es posible que ya se haya hecho cargo del asunto.

—¿Tú crees, George? ¿En verdad consideras que haya intervenido? —Ilona dejó de observar por la ventana y fue a sentarse junto a él.

—Por supuesto, pero, de cualquier modo, pienso detenerme para verlo y averiguar las cosas por mí mismo. John no está en peligro, naturalmente; pero Tattie y sus alumnas deben estar consideradas como enemigas. No quiero imaginar que se las hayan llevado a un campo o a una prisión. Mientras más pronto llegue a Berlín será mejor.

—Ahora mismo me pondré a empacar —dijo Ilona.

—Ahora, querida mía...

—Yo iré contigo —declaró Ilona—. ¿Esperabas que me quedara en Londres?

—No, no esperaba eso —afirmó George—; pero debes pensar en Felícitas y en George. También, debes pensar en ti misma. Por el momento, Europa es un sitio muy poco agradable y muy peligroso. Con esta invasión alemana a Rusia, ¿quién puede saber dónde estallará el próximo golpe? De todas formas, yo debo ir a Moscú y estaré obligado a atravesar algunas zonas sujetas al control militar...

—Y si tienen que matarte, prefieres que sea a ti solo.

—Vamos, querida mía... —le expresó George—. El viaje no será muy placentero que digamos. Y créeme: no tengo la más mínima intención de que hagan fuego contra mí.

—Pero sí tienes la intención de actuar de nuevo como corresponsal de guerra, lo llevas en la sangre. Sin embargo, a tu edad, George...

—Estoy tan entero como siempre. Ésta es una oportunidad única. Ilona... —el timbre del teléfono sonó y él lo contestó en seguida.

—Hay una llamada para usted, señor Hayman —informó la voz de la telefonista—. Es de un tal coronel Bullen, ¿la recibirá?

—¡Por supuesto!... ¿Clive? ¿Dónde estás?

—Estoy en Bristol. He tratado de comunicarme contigo durante todo el día. ¿Ya te enteraste de las noticias?

—Claro.

—Me refiero a las noticias sobre Tattie.

—Lo único que sé es que ha desaparecido.

—Ha sido tomada prisionera por los alemanes —explicó Clive—. Acaban de transmitir en las noticias del radio que, en la batalla frente a Minsk, la famosa bailarina Tatiana Nej cayó en manos de los alemanes con todas sus alumnas.

—¡Gracias a Dios! —exclamó George.

—¿Le das gracias a Dios porque Tattie es una prisionera de los alemanes?

—Sí. Por lo menos sabemos que está con vida. John está con ella, ¿lo sabías?

—¡Es verdad, George! ¡La boda! Lo había olvidado por completo.

—Hoy mismo viajaré a Alemania —le comentó George—. No sé lo que vaya a encontrarme allá; pero, si es humanamente posible, haré el intento de buscar a Tattie y de verla. Te doy mi palabra. Tal vez las encuentre a todas y, por lo menos, sabré si están bien.

—Lo sé —dijo Clive—. Si hubiera algún medio... bueno... ¿Para qué quieren los alemanes capturar a un grupo de bailarinas? Quizá pueda gestionar un intercambio.

—Ya veré qué puede hacerse —prometió George—; sin embargo, debes saber que éste ya no es el mismo tipo de guerra que tú y yo conocimos. Ya no se trata de que dos ejércitos se enfrenten para combatir y que en ambos bandos se trate bien a los civiles y se proceda galantemente con las damas.

—Ya lo sé —replicó Clive—; pese a ello, Tattie... es popular tanto en Alemania como en Rusia.

—En eso tienes razón. Deja en mis manos el asunto, Clive. Yo te avisaré tan pronto como sepa algo. ¿Dónde puedo ponerme en contacto contigo?

—Estaré en Rusia —expresó Clive.

—¿En Rusia?

—Bueno, ahora estamos involucrados en esto tanto como ellos; les proporcionaremos toda la ayuda que esté en nuestras manos. A mí se me ha dado un lugar en la misión que Inglaterra les envía. Mañana partiré. Así que ya sabes dónde encontrarme, por si consigues liberar a Tattie.

—Sí —afirmó George pensativo—. ¿Cómo diablos piensas llegar a Rusia cuando toda Europa está dominada por los nazis?

—Según tengo entendido, volaremos por encima del Polo Norte o algo por el estilo; pero, no te preocupes por mí, viejo. Procura sacar de allá a Tattie.

—Si puedo —dijo George y dio vuelta a la cabeza porque acababa de escuchar que alguien tocaba la puerta—. Es un día muy ocupado. Que tengas buen viaje —colgó el auricular del teléfono.

Ya Ilona había respondido al llamado y regresaba con el sobre de un telegrama en la mano.

—Es otro mensaje de Michael —anunció.

—A lo mejor consiguieron cruzar las líneas de combate —dijo con ansia al tiempo que se precipitaba para arrebatar prácticamente el sobre de la mano de Ilona y abrirlo con presteza.

PETROV DEPORTADO DE FRANCIA CON EL RESTO DE LA EMBAJADA PUNTO JUDITH DETENIDA POR LA GESTAPO PUNTO NECESITA AYUDA GEORGE PUNTO MICHAEL.

John Hayman permaneció inmóvil observando el cuerpo del guardia que acababa de matar: un bulto deforme tirado en el suelo frente a la puerta abierta. Luego, contempló su mano; aún empuñaba la daga, pero la hoja de acero ya no relucía; además, sentía su mano tiesa, cubierta con una sustancia pegajosa. Percibía un olor extraño, desconocido para él, pero que no olvidaría jamás. Nunca había matado a un hombre. Se sentía enfermo.

—¡Johnnie! ¿Estás bien, Johnnie? —Natasha podía haber sido una extraña; pero era Natasha y llevaba en sus brazos el rifle automático que el guardia cargaba—. Debemos apurarnos —manifestó—. ¿Dijiste que Svetlana estaba en la otra puerta?

John hizo el intento de hablar, vio que tenía la boca llena de una saliva pastosa, movió la cabeza y señaló la puerta.

Natasha caminó rápidamente hacia la puerta y se agachó para examinar el cerrojo.

—Está cerrado con candado —dijo—. Dame el cuchillo.

—Está... —se pasó la mano sobre los labios y sintió el espasmo de la náusea, pero no vomitó—. Está cubierto de sangre...

—Es sangre de alemán —mencionó ella y le quitó el cuchillo de la mano y empezó a trabajar con él sobre el candado. Dentro del cuarto de baño se escuchó el ruido del movimiento.

—¿Quién es? —susurró la voz de Svetlana.

—Yo —repuso Natasha— y Johnnie. ¡Chist!

—Pero...

—¡Chist! —repitió Natasha y el candado se abrió. Tiró de la puerta y la abrió de par en par—. Ven afuera.

—Pero... ¿adónde vamos?

—Lejos de aquí —Natasha la tomó de la mano y la sacó para que la alumbrara la luz de la luna.

—¿Lejos? Es que... —Svetlana se quedó mirando azorada al guardia alemán muerto y en seguida al cuerpo desnudo de Natasha.

—Fue necesario —contestó Natasha decidida—. Johnnie lo mató. Ahora, debemos escapar.

—No hay ninguna parte a donde podamos ir —indicó Svetlana—. Por otro lado...

—Por otro lado, tú no estás en peligro —aseguró Natasha—; pero nosotros, sí. A tu madre la enviarán mañana a Alemania para morir en la horca. ¿Puedes entenderlo? A Hannah y a Rivka ya las fusilaron. Y todas nosotras, las que quedamos con vida, quedaremos convertidas en rameras. ¿Lo entendiste? Yo... —hizo una pausa y se podía oír el paso del aire que aspiraba con ansia a sus pulmones—. Yo ya he quedado convertida en una prostituta.

Svetlana la continuaba mirando.

—De manera que nos vamos a ir y tú debes venir con nosotros —advirtió Natasha—. Pero, antes, nos dirás dónde está tu madre.

—Ella... —Svetlana apuntó hacia la casa de la que acababan de salir—. Ella está allí.

—¿Con los oficiales alemanes?

Svetlana asintió.

—Entonces, tendremos que matarlos a todos —declaró Natasha frunciendo el ceño.

—Espera un momento —dijo John.

—Son enemigos nuestros —insistió Natasha—. Tanto tuyos como míos, Johnnie. Ya mataste tú a uno de ellos.

Él lanzó una mirada furtiva a Svetlana.

—¿Lo hiciste, John? —preguntó ésta—. ¿De veras mataste a uno de ellos?

—No quedaba otra alternativa.

—Y en lugar de estar parados aquí, deberíamos ir a matar más alemanes —aseveró Natasha. De pronto, se había convertido en una mujer extraña para ellos. Era Natasha Brusilova, la gran bailarina que siempre había dominado un escenario y que ahora se había puesto al frente de un escenario mayor—. ¿Dónde está tu madre exactamente?

—Está en el piso de arriba. En la recámara de la parte posterior, allí fue donde yo la vi.

—Seguramente allí está todavía. Escúchame, Svetlana —Natasha prosiguió hablando—. Irás a la cocina de la casona y despertarás a todas las chicas. Les dirás que guarden silencio, pero que se preparen para partir en cuanto las llamemos. ¿Podrás hacer eso?

Svetlana titubeó un segundo y después afirmó con la cabeza.

—Muy bien. Te quedarás con ellas hasta que las llamemos. Ahora, Johnnie, tú y yo debemos rescatar a Tatiana Dimitrievna.

—¿En esa casa llena de oficiales alemanes? —inquirió él. Todo le había parecido muy sencillo hasta hacía unos instantes: como la acción en un cuento de aventuras. Pero eso había sido antes de ver sus manos manchadas de sangre.

Natasha se arrodilló junto al centinela muerto.

—Por lo menos uno de los oficiales está liquidado —señaló.

—¿Tú... Tú lo mataste?

—Él me violó —expresó ella mientras despojaba al centinela muerto de su equipo—. Robó la virginidad que yo tenía reservada para ti, Johnnie. Yo no sentí remordimientos al matarlo, así como tú no vacilaste en asesinar al centinela.

—Ahora, me siento enfermo por eso, si quieres saberlo —replicó John.

—Lo entiendo —respondió Natasha—; pero ése es un sentimiento que debe superarse durante una guerra —se puso de pie, sosteniendo en sus manos cuatro granadas y la cartuchera.

—¿Cómo sabías dónde hallar todo eso?

—Ya había visto fotografías de los soldados alemanes —contestó Natasha—. ¿Sabes cómo usar las granadas?

—Se tira del gancho, se cuenta hasta cuatro y se arroja la granada hacia el blanco. Parece muy sencillo, ¿no es verdad?

—Es muy sencillo si tienes el valor de hacerlo —expuso Natasha y extendió hacia John la mano en la que empuñaba el cuchillo.

Éste sacudió la cabeza.

—No volveré a utilizarlo jamás; no podría. Dame el rifle; yo era del equipo de tiro en el colegio.

Natasha apretó los brazos sobre el rifle, como para indicar que no pensaba desprenderse de él.

—Yo sé dónde hay una pistola —indicó—. Ven conmigo.

Lo condujo por el patio; con mucho cuidado, abrió la puerta del frente de la casa y entró al salón oscuro. Él entró a su lado y ella se volvió para cerrar la puerta.

—¿No deberías dejarla abierta? —preguntó.

—No, quizá haya otro centinela —explicó ella y, avanzando por el salón, abrió la puerta de la oficina que se situaba a la izquierda. John esperó en el umbral, parpadeando para acostumbrarse a la oscuridad. Al entrar, Natasha tropezó contra una silla y estuvo a punto de derribarla. John contuvo la respiración, pero, al parecer, nadie escuchó el ruido. Hasta entonces, cayó en la cuenta de que estaba en presencia de un hombre muerto y desnudo tirado en el piso cuya sangre coagulada formaba una mancha negra alrededor de su pecho. Era el sujeto que había violado a Natasha y que había sido asesinado por la mujer con la que él iba a casarse.

Natasha dio media vuelta y puso la pistola Luger en su mano.

—No tengas miedo de usarla —comentó—. Debe estar cargada con varias balas.

—Ésta es una locura —expresó John—. Hay muchos oficiales.

—Aparte de ti, que eres el único hombre, no tienen que vérselas sino con mujeres, Johnnie —expresó ella—. No esperan un ataque, puedes estar convencido... —a continuación, lo agarró por las dos manos y lo atrajo hacia ella—. Tenemos que triunfar, Johnnie, o moriremos. No nos queda otra opción. Olvídate de formalidades, como rendirte, estrechar las manos enemigas y esperar a ver qué ocurre. Ya has matado a un alemán, yo maté a otro. Si nos atrapan, nos torturarán hasta la muerte; de igual modo, torturarán a Tatiana Dimitrievna si no la rescatamos. A todas las muchachas las asesinarán, poco a poco, ya sea por desnutrición o por contagiarles enfermedades. Johnnie, no podemos fallar.

Él suspiró y bajó la cabeza.

—Tú piensas que no es mucho lo que yo pueda hacer, ¿verdad?

Ella le apretó las manos.

—Creo que ya has hecho mucho y que harás todo lo necesario. Eres un magnífico hombre; todo es cuestión de que prepares tu mente para hacer algo. Algo terrible, si quieres; algo que jamás habías pensado hacer. Pero ese algo es indispensable hacerlo. Es algo que debes hacer, Johnnie; es absolutamente necesario...

—Sí, no te defraudaré, Natasha. Te lo prometo.

Salieron juntos de la oficina al salón y escucharon el ruido de botas que crujían sobre la grava de las piedras.

—¡Dios todopoderoso! —murmuró Johnnie—. Es el otro centinela.

—Yo dije que había más de uno —musitó Natasha.

—Verá a su compañero muerto y dará la voz de alarma.

—Por eso tenemos que acabar con él antes de que lo descubra —tras un breve titubeo, le entregó a John el rifle automático, la cartuchera y las granadas—. Yo lo haré, tengo la daga.

—Natasha...

—Ve por Tatiana —ordenó—. Dispara si debes hacerlo. Luego, te reunirás aquí conmigo. Dame la pistola y vete de una vez.

Por un instante, John vaciló y luego abrió la puerta con mucha precaución. La luz de la luna penetró por la abertura al salón y fue más fácil ver. Los pasos del alemán se detuvieron y dejaron de escucharse los ruidos en las piedras del patio. Después, se oyó su voz:

—¿Quién está allí?

—Una mujer sola —respondió Natasha al tiempo que salía de las sombras.

John subió a zancadas la corta escalera, se detuvo en el descansillo y miró en torno suyo, escuchó que alguien roncaba detrás de la primera puerta, se acercó de puntillas a la puerta del fondo y probó la manija.

—¿Quién anda ahí? —musitó Tatiana.

—John —cuchicheó él—. Aguarda un momento —tanteó el cerrojo. Tendría que hacerlo saltar con el gancho de la culata de su pistola. El ruido sería muy fuerte.

Se escuchó un fuerte alarido procedente del patio. Por un segundo, se quedó inmóvil, pensando que Natasha había gritado; en seguida, comprendió que había sido el centinela alemán. Pero ya debía haberlo oído todo el mundo; no había tiempo que perder.

—¡Apártate! —gritó. Disparó el rifle contra la cerradura que voló hecha pedazos. La puerta se abrió y Tatiana salió con el pelo suelto.

—¡Johnnie! —gritó—. ¡Oh, Johnnie!

Cayó en sus brazos. John percibió que, detrás de él, se abría la puerta de una habitación.

—¿Qué fue eso? —dijo la voz de un hombre en alemán. John abrió fuego contra la puerta por encima del hombro de Tatiana. El hombre emitió un gruñido de asombro y cayó de espaldas. A su derecha, escuchó que alguien gritaba.

—Baja por la escalera —ordenó. Podía mirar a Natasha de pie en el umbral de la puerta del frente. Ésta hizo un ademán con el brazo y la vio que salía corriendo hacia la cocina para reunirse con las chicas. Tattie estaba en mitad de las escaleras, cuando otra de las puertas se abrió. John, sosteniendo el rifle sobre la cintura, disparó hacia la puerta. Se oyeron voces dentro y la puerta permaneció abierta. Agarró una de las granadas y tiró del gancho con sus dientes. Contó cuatro segundos que le parecieron eternos. Apareció un hombre en la puerta en paños menores, pero armado con una Luger. John aventó la granada contra él con fuerza, como si lanzara una pelota de beisbol. El hombre se agachó, pero la granada le pegó en la espalda y lo hizo dar la vuelta para quedar de cara hacia el interior de la recámara. Alguien gritó: "¡Una granada!" Y, de inmediato, se produjo un tremendo flamazo rojo y un estallido ensordecedor. John quedó ciego por un instante, perdió el equilibrio y rodó escaleras abajo. Tatiana lo esperaba al pie de la escalera y lo ayudó a incorporarse.

—Estuviste magnífico —dijo jadeante—. ¡Cuidado! —el tono de su voz se había elevado. Había salido un hombre de otro de los dormitorios y estaba observándolos desde arriba con la pistola en la mano. Se produjo una ráfaga y algo golpeó la pared detrás de él con gran estruendo. John también disparaba, barriendo el descansillo de la escalera con balas. El hombre se precipitó escaleras abajo, rodando y rebotando pesadamente; su Luger cayó de sus manos hasta el piso, junto a él. Tattie la recogió.

—Siempre había querido tener una de éstas —aseguró.

—¡Vámonos! —había un acento de angustia en la voz de John. Abrió la puerta y entró al patio iluminado por la luna. De inmediato, le dispararon desde una de las ventanas altas; él comprendió que estaba expuesto y, agachándose, corrió a guarecerse en las sombras, junto a la pared. Tatiana estaba detrás de él. Vieron que la puerta de la cocina se abría y las jóvenes salieron en tropel al patio.

—¡Cúbranse! —gritó John.

Natasha se quedó expectante, mirando el patio iluminado por la luna y después se detonaron algunos balazos. Una de las muchachas lanzó un aullido y dio media vuelta antes de caer al suelo, convertida en una masa de tela blanca.

—¡Dios mío! —gimió Tattie.

Las demás se refugiaron en las sombras. No podían salir de allí mientras el patio estuviera dominado por los hombres que ocupaban las ventanas altas y, muy pronto, la alarma se extendería.

—Que permanezcan donde están hasta que oigan el tiroteo —dijo John—. Entonces, saldrás corriendo con todas ellas.

—¿Adónde iremos? —inquirió Tattie—. Estamos rodeados por el ejército alemán.

—Corran hacia el río —le dijo él.

—¿A los pantanos?

—Allá no podrán encontrarnos. Y, pasando el río, están los bosques. Allí estaríamos mejor. Llévatelas allá, si puedes.

Por encima de sus cabezas se escucharon más descargas y ahora se dejaron oír, a lo lejos, los silbatos de los soldados.

—¿Y tú? —preguntó Tatiana.

—Yo iré detrás de ti; vete de prisa.

John volvió a entrar a la casa, pasó por encima del cadáver, percibió el olor de la madera quemada, que provenía, sin duda, del dormitorio donde había arrojado la granada. Metió varias balas en el cargador del rifle y subió corriendo las escaleras. Quedó frente a un hombre que se disponía a bajar y le disparó sobre el pecho. Detrás, aparecieron más. Probablemente habían dejado sólo a un oficial para que dominara el patio desde la ventana; pero las pistolas Luger no eran tan efectivas como el rifle automático. John se lanzó hacia ellos, haciendo fuego sin cesar, agarrado al cañón del rifle que se calentó hasta quemarle la mano, mientras el sudor le chorreaba sobre el pecho y la espalda. En el umbral de la puerta abierta, disparó de nuevo y el hombre que estaba en la ventana cayó de espaldas lanzando un bramido. John corrió a la ventana y se asomó al patio.

—¡Ahora! —gritó—. ¡Ahora!

Se escuchó el ruido de un motor y un camión se estrelló contra el arco del portón de entrada al patio, que empezó a desmoronarse. Algunos hombres saltaron fuera del camión, empuñando sus rifles. Ya para entonces, John, desde la ventana, había tirado del gancho de la granada y, un instante después, la arrojó hacia el cofre del camión. Una fuente de llamas se levantó y el arco del portón acabó de derrumbarse. John pudo mirar a Natasha y a las chicas corriendo hacia el fondo del patio, seguidas por Tatiana. Él se apartó de la ventana para llegar a la parte posterior de la casa y quedó frente a un hombre sin armas, posiblemente uno de los ayudantes de los oficiales, quien estaba de pie, mirando sorprendido a cada uno de los muertos de los que estaba rodeado.

—¡No dispare! —gritó a voz en cuello—. ¡No dispare! Estoy desarmado.

Era un alemán. Estaba en su camino. John le disparó y le atravesó la cabeza.

Con el corazón latiéndole tan fuerte que parecía querer salírsele del pecho, el aliento entrecortado y saliendo con grandes resoplidos, John llegó precipitadamente por la puerta posterior de la casa, corrió entre las tablas de los chiqueros y contempló el campo abierto frente a él. Detrás, se escuchaban los silbatos, los rugidos de los camiones, los gritos de los hombres e incluso dos o tres disparos de los rifles. Sin duda, los soldados creían que se trataba de un contraataque preparado por los rusos y, por ahora, les preocupaba más planear su defensa que buscar a las jóvenes de la academia. Para beneplácito de los perseguidos, la luna se ocultó detrás de una nube y la noche quedó sumergida en una densa oscuridad.

Muy pronto, los ojos de John se acostumbraron a las sombras y pudo distinguir a las muchachas corriendo frente a él, dando tropezones entre los charcos y apartándose de las vacas que las miraban pasar con sorpresa. Procuró apresurar el paso, negándose a pensar en lo que acababa de hacer y en todo lo que había hecho aquella noche. Él era el editor de la sección de deportes de un periódico y no un soldado. Cuando era más joven, gustaba de manejar las armas y se sentía orgulloso de su habilidad en el tiro al blanco en el colegio. Incluso, siguió durante una breve temporada un curso militar, pues se creía hijo de un príncipe y era conveniente la milicia; pero lo abandonó al saber que sólo era hijo de un comisario ruso y, entonces, trató de alejarse todo lo posible de los conflictos.

Pese a ello, ahora acababa de matar a varios hombres; por lo menos a dos a sangre fría.

Frente a él, las jóvenes se habían detenido al borde del pantano.

—¡Ugh! —protestó Nina Alexandrovna—. Está mojado y pegajoso.

—Me estoy hundiendo —gritó otra voz—. ¡Sosténganme, que me hundo!

—¡Cállense! —ordenó Natasha—. No hagan tanto ruido. ¡Johnnie! ¿Estás aquí?

John se acercó jadeando y tosiendo, sintiendo que el lodo tiraba de sus pies.

—¡Escuchen! —dijo Tatiana.

Los disparos se oían muy espaciados y sólo se escuchaba el lejano ruido de los motores.

—Sí —dijo John—, ya deben haberse percatado de que no se trata de un ataque. Ahora, principiarán a investigar lo que ha sucedido en realidad y, muy pronto, empezarán a buscarnos.

—Dentro de dos horas amanecerá —mencionó Natasha.

—Y estaremos aquí, atascadas en el lodo —sollozó Lena Vassilievna—. Nos matarán. Lo sé, así será.

—Sí —afirmó Natasha—, por supuesto que nos matarán. Por eso, si no quieren que las maten, deberán seguirme. Vamos a cruzar el río.

—¿El río? ¡Yo no sé nadar!

—Ni yo tampoco —dijo otra de las chicas.

—Las que sepan nadar llevarán a las otras. No nos queda otra alternativa. ¿Es que no se dan cuenta? Es el río o las balas de los alemanes. ¡Vamos, adelante!

—Natasha Feodorovna tiene razón —indicó Tattie, haciéndose cargo de la situación—. Claro que no queda otra opción. Tendrán que seguirnos. Yo sí sé nadar. Las que no sepan se quedarán junto a mí.

—Yo también sé nadar —declaró Natasha.

—Y yo —afirmó Olga Mikhailovna.

—Yo nado bien.

—Y yo.

—Allí tienen —señaló Tatiana—; no hay de qué preocuparse. ¡Johnnie!

—¡Oh!, yo puedo nadar —dijo éste—; pero me quedaré en la retaguardia.

—Asegúrate de permanecer cerca de nosotras —le advirtió Tattie. Su enorme confianza era como un bálsamo para todos. John pensó que ya se había hecho a la idea de que, después de todo, no la iban a colgar ni a fusilar contra una pared; o bien, de que, tratándose de Tatiana Dimitrievna, los alemanes no podrían hacerle daño. John echó a andar detrás de las jóvenes, oyendo sus breves gemidos y lamentos cuando sus pies descalzos se hundían en el lodo hasta tocar algún madero o una piedra sumergidos. Las miraba avanzar, uniéndose unas con las otras. Muy pronto, tuvieron el agua hasta la cintura y empezaron a agitarse para salir del lodo y flotar en el río, con nuevos grititos y sollozos. John colgó el rifle de su hombro y comenzó a nadar, siguiendo a las chicas, manteniéndose cerca de dos de ellas que se abrazaban entre sí, jadeando y bufando.

Hacia atrás, escuchó el sonido de los silbatos; los disparos habían cesado por completo. Fue entonces cuando se escucharon con claridad los ladridos de los perros.

El chapoteo de las nadadoras y sus gritos se incrementaron en intensidad. Las muchachas también habían oído a los perros.

—¡No se detengan! —gritó John escupiendo agua—. Los perros no podrán olernos cuando crucemos el río.

Alguien gritó: "¡Auxilio!" Era un gemido que venía de la oscuridad. John se separó de las dos chicas a las que seguía de cerca y nadó en dirección a donde se había escuchado la voz. En la oscuridad, pudo distinguir débilmente una mano que se agitaba y se acercó hasta atrapar el cuerpo de la joven. No podía saber de quién se trataba porque tenía el rostro cubierto por el pelo negro, empapado. La agarró por las axilas y la levantó para que sacara la cabeza a la superficie. Ella se dio la vuelta y lo golpeó con la cabeza, con desesperación, con los brazos y las piernas rígidos. Gemía y lanzaba agua por la boca. John comprendió que tenía calambres.

—Cálmate —le dijo—. Cálmate, yo te remolcaré —sosteniéndola por debajo de los brazos, la llevó de espaldas, pataleando con energía para avanzar nadando. Pero, en seguida, la chica se sacudió de nuevo y lanzó un grito. Su cabeza se hundió bajo la superficie. Con todas sus fuerzas, John tiró de ella, todavía tenía las piernas rígidas; pero sus brazos se agitaban con tanta fuerza que empujó al hombre a un lado y lo obligó a hundir la cabeza en el agua.

Cuando John resurgió a la superficie, ya la muchacha estaba a varios metros de distancia, flotando en la corriente. De nuevo, nadó hacia ella y volvió a luchar valerosamente. Perdió el sentido y, luego, sintió que sus pies tocaban el suelo y había mujeres a su alrededor, encabezadas por Natasha y, entre todas, lo arrastraban, a él y a la jovencita.

—¡Johnnie! —exclamó Natasha alarmada al ver que se incorporaba, se ponía de rodillas y vomitaba el agua de sus pulmones—. ¿Estás bien, Johnnie?

—Estoy bien —jadeó—. ¿Cómo está ella?

Cuatro de las muchachas cargaban el cuerpo exánime de la accidentada para recostarlo en la orilla, sobre la hierba. A gatas, John se acercó al lugar donde las chicas se inclinaban para examinarla.

—Ya no respira...

—Déjenme verla —ordenó Tattie y se arrodilló junto a la joven, con las faldas alzadas hasta los muslos, para agitarle violentamente los brazos, darle fuertes palmadas sobre el pecho y rudos masajes en el estómago. Luego, lanzó un profundo suspiro—. ¡Pobres niñas mías! —dijo—. ¡Mis pobres niñas!

—Morir ahogada es mejor que vivir como esclava de los alemanes —aseguró Natasha—. Ya no podemos hacer nada por ella, Tatiana Dimitrievna. En huir es en lo que debemos pensar. Vámonos ya... Escuchen...

Ya se oían más cercanos los sonidos de los silbatos y los ladridos de los perros; además, rugía cerca el motor de un camión y, unos instantes después, la luz de un faro atravesó las sombras a varios cientos de metros de distancia, puesto que la corriente del río se había llevado hacia abajo a los fugitivos; no obstante, el rayo del faro barría con afán las orillas y se movía en la dirección donde se hallaban.

—¡De prisa! —dijo John poniéndose de pie y alzando también a su tía Tattie.

—¿Adónde iremos? —preguntó Nina Alexandrovna—. ¿Dónde nos esconderemos para que no nos puedan encontrar?

John se quedó mirando a Natasha.

—Al bosque —respondió—. Si nos escondemos en el bosque, no nos hallarán.

Llegaron a los primeros árboles cuando los dedos luminosos de los faros buscadores se alzaban en el horizonte y escudriñaban en el cielo oscuro. Ya para entonces, las jóvenes estaban al borde de desfallecer. Sus pies, entrenados para la danza, les habían servido a la perfección; pero sus ropas estaban hechas harapos, debido a la maleza entre la cual habían corrido para refugiarse; tenían la garganta seca y les rugía el estómago. A pesar de todo, por ahora estaban a salvo. John, quien venía a la saga para ayudar a las retrasadas, se unió a todas las demás en el lugar donde se habían echado a tierra, exhaustas. John también lo estaba; muchas veces, durante la carrera, había tenido que tirar o empujar e incluso golpear a algunas de las chicas, para que continuaran avanzando; había vuelto la cabeza para ver hacia atrás y, en una de esas ocasiones, constató que los rayos de luz de los faros apuntaban en líneas disparatadas y dedujo que el camión que llevaba los faros había llegado demasiado cerca de la orilla del río y se había empantanado. Asimismo, los ladridos de los perros se habían dispersado; sin duda, más adelante los obligarían a cruzar el río para que siguieran los rastros de los fugitivos, pero la labor resultaría complicada y tardada para aquellos hombres que no estaban entrenados en la búsqueda. Tampoco se atreverían a echarse al río para cruzarlo a nado con los perros, y el puente más próximo se ubicaba a varios kilómetros río arriba.

John se esforzaba por adoptar la decisión acerca de lo que más convenía hacer después. Por el momento, todas estaban descansando, echadas bajo los árboles y respirando hondo para recuperar el aliento. Frente a ellos no había nada más que un bosque tupido, pantanos y lagunas, en los que cualquier ejército de regular tamaño quedaría extraviado. Lo más probable era que los alemanes no los persiguieran hasta allí. Pero, ¿cómo se las ingeniarían para internarse en aquella espesura? ¿Qué harían para sobrevivir? Las jóvenes no eran exploradoras; ni siquiera eran campesinas capaces de soportar las penurias. Ni tampoco eran, según se dijo John con cierta tristeza, integrantes del Komsomol. Tattie había decidido que sus alumnas estaban muy por encima de aquellas clases y, por lo tanto, no se les había enseñado ni siquiera el rudimento de las excursiones. El mundo de aquellas jovencitas estaba en los escenarios, en los camerinos, en las salas de maquillaje, entre los aplausos y los vivas del público... Y en un ambiente de lujo y de comodidad en el que se respondía a todas sus necesidades. Y su propio mundo, se dijo John, tampoco podía calificarse de miserable y con penurias. En realidad, no sabía si él sería capaz de llevar a cabo lo que debía hacerse.

Pero, asimismo, pocas horas antes no sabía si era capaz de matar a un hombre. Tampoco Natasha lo sabía.

Se puso de pie con desgano.

—Debemos seguir adelante.

Todas se le quedaron viendo, incluso su tía Tattie quien parpadeó como asustada. John no la había mirado jamás tan descuidada y maltrecha. Ni siquiera cuando él mismo y su tío Peter tomaron la absurda decisión de secuestrarla, allá por 1925. Ahora, la espléndida cabellera dorada estaba despeinada y mojada, y su hermoso rostro estaba enlodado y sudado .

Natasha fue la primera en obedecerlo y levantarse. También ella lucía tan maltrecha como Tatiana y, además, su cabello castaño estaba apelmazado por el lodo y continuaba desnuda. De pronto, John cayó en la cuenta de que, durante las terribles horas de aquella noche, apenas había notado el hecho intranquilizante de la desnudez de Natasha. Entonces, se quitó el saco empapado, se lo echó sobre los hombros y la envolvió en él tiernamente. Pero se diría que ella no le dio ninguna importancia a lo que él estaba haciendo.

—Johnnie está en lo cierto —dijo—. Los perros caerán pronto sobre nosotras si no nos vamos.

—Se nos echarán encima —sollozó Nina Alexandrovna—. Nos harán pedazos con sus dientes.

—No podrán encontrarnos en el bosque —afirmó John—. Por eso tenemos que internarnos más.

—Nos moriremos de hambre —se lamentó Lena Vassilievna—. Tengo mucha hambre. Tengo tanta hambre que me duele el estómago.

—Yo creí que eran los pies los que te dolían —dijo Natasha cruelmente.

—También me duelen los pies —explicó Lena Vassilievna—, pero no me duelen tanto como el estómago.

—Eso se debe a que has dejado de moverte —expresó Natasha—. Si te levantas ahora y comienzas a caminar, los pies te dolerán tanto que te olvidarás de que el estómago te duele. Levántense todas. Vamos, le... —se detuvo en seco y todos contuvieron el aliento, asombrados al escuchar el clic sonoro de un rifle que se carga y que pareció despertar ecos en el aire impasible del amanecer.

También John, al igual que todas las demás, volvió la cabeza hacia el lugar de donde el ruido procedía. John apartó los brazos para que se viera que no intentaba tomar el rifle. Se quedó mirando al soldado ruso que se les acercaba apuntándoles con el arma y después a los otros tres hombres que aparecieron detrás de él; uno, que llevaba las cintas de sargento en su chaqueta, se había detenido junto a un tronco y los observaba con curiosidad.

—¿Quiénes son ustedes? —inquirió el sargento.

—Somos de la academia de danza —respondió Natasha—. Hemos conseguido escapar de los alemanes. ¿Quién eres tú?

—Somos del Noveno Regimiento —contestó el sargento—; bueno, los que quedamos del Noveno Regimiento.

—En ese caso, nos uniremos a ustedes —decidió Natasha—. Llegaremos con ustedes a nuestras líneas de combate.

—¿Nuestras líneas de combate? —se burló el sargento—. Ya no quedan líneas de combate, camarada, no queda nada de los ejércitos rusos. Los alemanes han traspasado estos bosques; los han dejado atrás porque no significan nada para ellos. Ahora van rumbo a Moscú y no podemos hacer nada para evitarlo. Ni siquiera nos quedan abastecimientos para compartirlos con los refugiados civiles. Deberán arreglárselas como puedan.

—Si nos abandonan, moriremos de hambre —replicó Natasha.

—En la guerra ocurren esas cosas —puntualizó el sargento, dio media vuelta y un paso como si fuera a alejarse.

Natasha miró a John quien, indeciso, observaba fijamente al sargento. Matar soldados alemanes era una cosa; pelear con soldados rusos para conseguir un pedazo de pan, era otra muy diferente. Además, nadie se atrevería a disparar por temor de que el ruido atrajera a los alemanes.

—Aguarden un segundo —gritó Tattie poniéndose de pie. Los hombres la miraron con gesto grave y el ceño fruncido. A John le pareció que ninguno de los presentes había visto a una mujer tan dominante, a pesar de lo desaliñada que se encontraba—. Yo soy Tatiana Nej —se identificó ella—. Aquí, todos recibirán órdenes mías, camarada sargento.

—¿Camarada Nej? —inquirió el sargento acercándose para mirarla. Posiblemente había visto una fotografía suya.

—La camarada Nej —repitió Tatiana para que no quedaran dudas—. Mi esposo es el comisario Iván Nej, vicecomisario de la seguridad interna y mi cuñado es el comisario Michael Nej, vicepresidente del Partido Comunista. Desde este instante, camarada sargento, usted recibirá mis órdenes.

El sargento vacilaba, mirando a un lado y al otro.

—No tenemos alimentos —masculló—. Apenas teníamos esperanzas de sobrevivir nosotros.

—Ésas son tonterías —replicó Tatiana—. Todos estarán mejor con estas chicas bonitas para hacerles compañía. Iremos con ustedes, camaradas. Todos juntos formaremos nuestro propio ejército, aquí, en el bosque.

CAPÍTULO VII

—NO DEBEMOS QUEDARNOS AQUÍ —ADVIRTIÓ EL SARGENTO—. Estamos muy cerca del río y, sin duda, los alemanes vendrán a perseguirlos.

—Mira a mis pobres niñas —comentó Tatiana. Estaban dispersas por todos lados, echadas sobre la tierra mojada, tan exhaustas que ya no se preocupaban por su apariencia. Ya era de día—. Necesitan agua y comida.

—Por aquí no hay nada de eso, camarada comisario —informó el sargento—. Más adentro, en el bosque... —hizo una pausa y se encogió de hombros— hay algo de comer. Por allá corre un arroyo de agua limpia.

—Allá es adonde debemos ir —decidió Tatiana—. ¿Qué tan lejos está?

De nuevo se encogió de hombros mientras paseaba la mirada sobre las chicas.

—Unos ocho kilómetros.

—¿Ocho kilómetros? —inquirió Tatiana.

—¡Ocho kilómetros! —exclamó Lena Vassilievna y se echó a llorar.

—Este bosque es enorme —aclaró el sargento sin necesidad.

—Y tendremos que internarnos en él para estar a salvo —afirmó Natasha poniéndose de pie resueltamente. El sargento y sus hombres se quedaron mirando complacidos las piernas desnudas de la joven. Ella pareció ignorarlo—. Bueno —dijo—, vamos, andando.

Se fueron dando tumbos por el bosque, encabezadas por el sargento y por Tattie que iba junto a él. Detrás, literalmente a rastras, todas las alumnas, esforzándose, bufando y quejándose cada que tropezaban contra una rama caída o una raíz saliente, cuando pisaban el fango o sobre ramas espinosas. Los tres soldados caminaban junto a ellas, bien dispuestos a ayudarlas, rodeando las cinturas con sus brazos, deslizando sus dedos sobre las caderas e incluso sobre los pechos. John, quien iba atrás, junto a Natasha, reflexionó en que el destino de aquellas mujercitas era inevitable, ya fuera en manos de los alemanes o en las de sus propios compatriotas.

—Me parece que tendremos problemas —expresó. Estaba desesperado por conversar con ella, por recuperar algo de la primera intimidad mental, porque sospechaba que cualquier otra intimidad se había desvanecido con el oficial alemán muerto en el piso de la oficina y los dos centinelas muertos. Iba a ser muy difícil reconquistarla.

—Yo estaba pensando en eso —confesó Natasha—. Todo depende del tiempo que vayamos a pasar en estos bosques, del tiempo que tarden los ejércitos rusos en llegar hasta nosotros. Quisiera que me dieras tu opinión al respecto.

—No creo que yo sea el más indicado para dar esa opinión —refirió él—; pero pienso que los rusos tardarán una o dos semanas en recuperarse.

—Entonces, tendremos que regularizar la situación —expresó ella—. No podemos tolerar que haya promiscuidad. Cada hombre deberá elegir a una de las chicas para que sólo él duerma con ella.

Hablaba del asunto con frialdad, como si se tratara de un negocio. John empezaba a comprender que las reacciones de Natasha durante toda la catástrofe habían sido frías y calculadas, parecidas a las de una transacción. Estaba tan asustada como él en la casona cuando las balas de los tanques detonaban a su alrededor. Estaba tan confundida y azorada como todos los demás cuando llegaron las tropas de los ss; no obstante, en algún momento que se produjo entre su flagelación y su violación, se generó en ella un profundo cambio. Sin duda, la mayoría de las mujeres se habrían derrumbado por completo ante tanto dolor y tanta humillación. En cambio, Natasha Brusilova había reaccionado con valentía, con carácter. La Natasha de ahora no era de la que él se había enamorado; mas, tal vez, esta nueva fuera un ser mucho más valioso. Si él tuviera el carácter necesario para comprenderla... Anhelaba decir algo que le revelara a Natasha que sus sentimientos hacia ella no habían cambiado para nada; pero se sentía incapaz de pensar en algo que no pareciera trivial o criticable.

Así que se limitó a decir lo que la lógica imponía:

—Recuerda que sólo hay cuatro hombres y las jovencitas son veinticinco.

—Es cierto —aseguró ella en el instante en que se endurecía la expresión de su rostro. John cayó en la cuenta de que estaba recordando a las dos jóvenes que habían caído: una alcanzada por las balas, una masa de tela blanca, tirada en el patio; la otra, ahogada en el río: una masa de tela blanca sobre el lodo de la orilla. Y también pensaba en las tres chicas judías que fueron fusiladas.

—Pero encontraremos más hombres —explicó ella—entre los que huyeron para buscar refugio en los bosques.

Y tenía mucha razón. Tras dos o tres horas de caminata, que les pareció interminable, desembocaron en un claro, en lo más profundo del bosque.

Allí les salieron al encuentro unos cincuenta soldados, quienes las observaban con miradas hambrientas, unos reclinados sobre los troncos de los árboles y otros arrodillados o sentados en el suelo.

—Debo hablar con Tatiana Dimitrievna —comunicó Natasha y se alejó de prisa. John se alegró de tener la oportunidad de sentarse él mismo a descansar y a mirar a las chicas. Éstas apresuraron sus movimientos al ver el arroyo de aguas cristalinas que corría saltando entre los árboles. John dejó su rifle sobre sus muslos y se quedó observando a los hombres que, poco a poco, se iban aproximando a él. Los soldados llevaban los uniformes tan enlodados y tan desarreglados como él llevaba sus ropas y se percató de que muchos de ellos habían perdido sus armas. No formularon preguntas, pues, al hacerlo, le habrían concedido a John el derecho de preguntar, a su vez, quiénes eran y de dónde provenían.

Se fueron retirando poco a poco para contemplar a las mujeres que habían metido en el arroyo sus pies cansados y recogían agua en sus manos juntas para refrescarse las gargantas resecas, dejando a un lado todo recato para lavarse el pelo y limpiar el lodo adherido a sus piernas.

Muy pronto, cada una de ellas sería asignada a cada uno de los hombres, reflexionaba John, pues Natasha había estado hablando con Tatiana y ésta había hecho venir al sargento y a otros de los soldados de mayor edad, quienes escuchaban con gran interés lo que ella les estaba explicando. John se dijo que, en cualquier momento, se efectuaría en el claro del bosque una especie de mercado de esclavas para la distribución de las chicas, aunque, esta vez, y luego de todo lo que habían pasado, a las jovencitas no les disgustaría mucho que las aparearan con algún soldado, aunque sólo fuera por protección. Ni siquiera Lena Vassilievna pondría objeciones.

Pero, ¿qué sería de John Hayman? Se reclinó hacia atrás y contempló la luz del sol a través de los árboles. Ya estaba lo suficientemente alto para emitir sus rayos entre las ramas y las hojas, provocando en el suelo un caprichoso diseño de parches luminosos y dramáticas cavernas de sombras. Por encima de los árboles, la bóveda del cielo aparecía limpia; pero no estaba vacía. Un avión de reconocimiento de un solo motor describía círculos enormes, precisamente encima de las copas de los árboles. Sin duda, estaba buscando el escondrijo de las chicas imprudentes que se habían atrevido a desafiar el poder del Reich. Resultaba obvio suponer que el piloto no tardaría mucho en hallarlas; quizá ya las había localizado. Era de esperar, entonces, que un destacamento del ejército alemán se presentara en el claro del bosque, de un momento a otro, para aniquilarlos a todos. A lo mejor eso ocurriría ese mismo día. A John le costaba trabajo convencerse de que mañana, a la misma hora, él todavía estaría con vida. Todo aquello parecía increíble; era como una pesadilla que se negaba a concluir al abrir los ojos. Él era estadounidense, era ciudadano de una nación que se había negado a tener algo que ver con esa oleada de pasiones brutales que estremecían todo el escenario de Europa. John sólo había venido a recoger a su prometida. Pero, ahora, había matado una y otra y otra vez y, su novia...

La vio que venía hacia él con una cantimplora y media pieza de pan; adelantaba cada una de sus piernas, magníficamente torneadas, una sobre la otra al caminar, su cabello castaño, ahora lavado y seco, se levantaba con graciosas ondulaciones a impulsos de la brisa matinal, llevaba suelto el saco que él le había echado sobre los hombros, sostenido únicamente por dos botones y amenazando a cada instante con abrirse y mostrar su belleza. Quizá fuera su mujer, si él se atreviera; mas ya no sería nunca su prometida.

Se arrodilló a su lado y le dio el pan.

—Tatiana Dimitrievna ha convencido a los hombres de que compartan sus raciones con nosotros; pero, desde mañana, tendrán que salir a buscar alimentos. Supongo que todos debemos ir; aunque, en estas circunstancias, ya es algo que podamos pensar en un mañana.

John partió el pan en dos trozos y le dio a ella una porción; con mucho cuidado, se metió a la boca un mendrugo y empezó a masticar; sólo al ver el alimento se acordó de lo hambriento que estaba.

—¿Es que no quieres pensar en el mañana, Iván Mikhailovich? —le preguntó tranquilamente.

—Sólo puedo pensar en el día de hoy —contestó él—. Es posible que el de mañana no llegue jamás.

Natasha lo estuvo observando largamente, mientras él tragaba el resto del pan; después se levantó.

—Sí —dijo y se apartó de él para internarse en el bosque.

Él la miró alejarse, dudoso sobre sus intenciones y no queriendo perturbar su soledad si eso era lo que ella deseaba. Pero, luego, Natasha se detuvo, volvió la cabeza y lo miró por encima de su hombro. De inmediato, él se levantó para seguirla, mientras lanzaba miradas sigilosas a todos lados, con miedo de que alguien los hubiera visto; después, se dijo que eso no tenía importancia, ya nada parecía tenerla, excepto el hecho de que él y ella pudiesen estar juntos en ése y en todos los momentos en que se les permitiera. Natasha se arrodilló de nuevo en el suelo, se quitó el saco y lo dejó sobre la hierba, detrás de ella.

John se arrodilló a su lado, ella abrió los ojos.

—Debes poseerme, Johnnie —le dijo—, así como él me poseyó. Tú me tocarás todas las partes que él me tocó. Harás todo lo que él hizo y eso será mucho mejor —Natasha notó que él vacilaba, lo tomó por los hombros y lo atrajo hacia ella.

—Será mejor, mucho mejor —insistió ella—. Yo te ayudaré para que todo resulte bien. Y así será, porque los dos estamos vivos. Somos mucho más afortunados que los que han muerto o los que están esperando que los maten. Tú y yo estamos vivos.

Iván Nej caminaba despacio arriba y abajo de los corredores de la prisión de Lubianka. No hablaba ni saludaba a nadie. Los policías con los que se cruzaba, saludaban rápidamente y continuaban su camino de prisa. Ellos comprendían que su jefe, lo mismo que todos los dirigentes del partido, estuviesen desechos por la invasión de los alemanes, por la facilidad con que los ejércitos alemanes parecían capaces de dispersar y destruir las fuerzas rusas, por la terrible inmensidad de la catástrofe que había caído sobre su patria.

Para empeorar las cosas, no sabía hasta dónde llegaba la magnitud de su miseria. Tattie debía estar muerta o, en el mejor de los casos, sería una prisionera en manos de los alemanes. Lo mismo podía decirse de Svetlana. Y ahora se le había ordenado enviar también a Gregory a una muerte casi segura. Porque él, Iván, sabía mejor que nadie, mejor que el mismo Stalin, que, de todas las repúblicas que conformaban la Unión Soviética, las de Ucrania y Bielorrusia eran los miembros más reacios, los que con más facilidad darían la bienvenida a los alemanes como amigos y liberadores y, por consiguiente, los que menos probabilidades ofrecían de prestar ayuda a los soldados que quedaron aislados de su ejército. Sería más factible que los trataran como a bandidos y colaboraran con los alemanes en su liquidación.

De modo que todos aquellos hombres y mujeres jóvenes, entrenados de manera excelente, cada uno de los cuales era considerado por él como la prolongación de su propia personalidad, los que serían capaces de gobernar Rusia dentro de poco tiempo, por él o para quien él eligiera para suceder a Stalin —puesto que Joseph Vissarionovich tenía más de sesenta años y ya daba indicios de vejez—; todos aquellos muchachos, incluyendo a su propio hijo, serían sacrificados uno por uno.

Pero él, Iván Nej, no era capaz de concentrar sus pensamientos en sus destinos. Sólo era capaz de pensar en Tattie. Era imposible saber con certidumbre lo que había sido de ella. En el caso de Tatiana Dimitrievna, todo era posible. Quizá, como lo había sugerido Stalin, había aceptado a los alemanes para salvarse, como antaño lo había aceptado a él. Era necesario reconocer que Tattie jamás había sido una auténtica comunista. Por eso, podía suponerse que ahora estaría bailando para los alemanes y durmiendo con sus generales...

Iván apretó con fuerza las manos. Sentía rabia, porque, si bien Tattie lo había humillado, lo había dejado muchas veces con una cruel sensación de incapacidad cuando él había intentado hacerle el amor o también cuando él había hecho el intento de arrancarla de su corazón y de su mente, recurriendo a mujeres jóvenes, hermosas e inocentes que temían al vicecomisario de la seguridad interna y fingían éxtasis profundos cuando estaban con él en la cama, ella, Tatiana, seguía siendo la mujer a la que amaba, la que quería tener junto a él para el resto de su vida.

Y Svetlana también tendría que sufrir la suerte de su madre, junto con Natasha Brusilova y todas las demás y John Hayman. Aunque no; pues John Hayman, siendo estadounidense, no sufriría absolutamente nada. A John Hayman se le darían palmaditas amistosas en la espalda y se le dejaría ir. John Hayman, al igual que su insufrible padrastro, era uno de esos hombres que van por la vida recibiendo sonrisas y amistosas palmaditas en la espalda.

Al llegar a los corredores inferiores, donde se ubicaban las celdas de observación, su ánimo miserable se había transformado en furia efervescente, en odio en ebullición. Era un odio generalizado contra todo lo que él no había podido llegar a ser, contra todo lo que no había sabido hacer. Había llegado hasta allí, como lo hacía casi a diario, para mirar a su prisionera. En toda Lubianka, se tenía conocimiento de que había una prisionera en la celda cuarenta y siete. Era probable que incluso el mismo Beria lo supiera, pero éste tenía un prudente respeto por la intimidad de Iván con el secretario del partido como para ponerse a preguntar o a intervenir. Si Iván Nikolaievich había decidido mantener a alguien en un perpetuo aislamiento por el resto de sus días, sin duda actuaba por órdenes de Stalin. Lo que le estaba ocurriendo a la prisionera era otro tema tabú; ése también era un asunto entre Iván y su jefe.

Por supuesto, se decía Iván, todos se asombrarían si supieran la verdad. La joven que estaba observando a través de la mirilla oculta, estaba sentada frente a la mesa, leyendo un libro, del que tomaba notas en una hoja de papel. Su pelo negro estaba cuidadosamente peinado hacia atrás y terminaba en una cola de caballo atada con una cinta color de rosa. Su vestido estaba limpio y recién planchado. Su rostro y su cuerpo parecían saludables y regordetes, ya no se parecía tanto a su madre luego de dos años de cautiverio, ya que había engordado, pese a los cuidados de Anna Ragosina en el sentido de que practicara ejercicio diariamente. Tan sólo su tez blanca revelaba que, desde hacía casi dos años, no había vuelto a ver el sol.

Por otro lado, era una delicia contemplar a aquella criatura y, durante los dos años anteriores, Iván la había observado en todas las posturas físicas imaginables, en todos los estados de ánimo y realizando todos los aspectos de la actividad humana. Había llegado a ser como una fantasía viva que actuaba para su placer. Pero no sabía las transformaciones que se habían generado en su mente, en su personalidad, durante los últimos veinticuatro meses. Al principio, la chica lloraba con frecuencia y pasaba largas horas mirando al techo de su celda con expresión desesperada. Pero, desde mucho tiempo atrás, parecía resignada e incluso contenta. Por supuesto que hablaba con su carcelera y con ella se lamentaba, suplicaba o, simplemente, pasaba las horas conversando. No obstante, Iván prefería no preguntarle nada a Anna Ragosina; sólo se conformaba con su fantasía silenciosa.

Pero, ahora, ya no tenía importancia nada de eso. Ruth Borodina se había convertido en una parte del odio que consumía su mente, tanto como cualquier otro o quizá más. Era la hija de Peter Borodin y éste era un enemigo peligroso para Rusia.

Oyó que la puerta de la celda de observación se abría suavemente a sus espaldas, pero no volvió la cabeza.

—Traigo noticias muy graves, camarada comisario —anuncio Anna Ragosina—. Lamento mucho la captura de la camarada Nej.

Entonces sí volvió Iván la cabeza para mirarla. Aquella mujer era la única que conocía un poco el infierno mental que él soportaba. ¿No era ése un motivo para odiarla también profundamente? ¿O no sería, más bien, una razón para volverla a admitir a la antigua intimidad? Actuar de carcelera durante dos años debía ser tan desagradable para Anna Ragosina como para Ruth Borodina ser prisionera.

De modo que ahora había llegado el tiempo de terminar con toda esa situación.

—Me alegro mucho de que ahora, por lo menos, estemos actuando abiertamente y sepamos a qué atenernos, Anna Petrovna —dijo—. Luchemos contra los alemanes como siempre lo han querido las circunstancias. Destruyamos a los alemanes y a todos los que los ayudan. Quiero que esa joven sea ejecutada.

—¿Ruth Borodina? Pero...

—Mátala despacio, dolorosamente, como tú sabes. Yo miraré desde aquí. Deberás hacerlo hoy mismo. Tomarás fotografías cuando la tortures y ya muerta. Luego, se las enviaremos a su padre.

Anna Ragosina parecía tener dificultades para respirar cuando le respondió a Iván:

—Yo supuse que no querías ejecutarla.

—Pues estabas equivocada. Deseo que la ejecutes lo más pronto posible. Prepara los instrumentos que requieras y luego me informarás. Yo vendré aquí para observar —dicho esto se puso de pie.

Anna Ragosina se irguió, poniéndose en pose de atención.

—No, camarada comisario.

Iván se detuvo para verla.

—Yo no ejecutaré a esa muchacha, camarada comisario.

Iván Nej frunció el ceño.

—¿Intentas desobedecer mis órdenes?

—Lo que yo... —Anna se mordió los labios.

Iván la señaló como si la acusara.

—Tú has creado un vínculo. Tú misma lo has provocado. Yo había escuchado decir que esas cosas ocurrían. Bueno, bueno. Dime, ¿no debería mandar que te ejecutaran a ti también junto con ella?

El rostro de Anna palideció, con excepción del rubor que encendió sus mejillas, pero de inmediato recuperó el dominio sobre sí misma.

—Es imposible estar a cargo de alguien durante dos años y no tener relaciones estrechas con él o con ella, camarada comisario. Pero yo he llegado a pensar que podía utilizarse a la chica con mucho mayor provecho en vez de sólo matarla. Si lo que quieres es causar daño a Peter Borodin, entonces usa a la joven tal como yo te lo sugerí hace dos años y envíala de vuelta a Alemania, denunciando su condición de judía; es más: devuélvela como una judía que ha pasado dos años con nosotros en Rusia. Eso ocasionará más daño a tus enemigos que una simple bala; un daño mucho más profundo que la noticia de que la muchacha ha muerto.

Iván se le quedó mirando. Lo que Anna decía era cierto y él la odió aún más por decir eso.

—Eso que propones destruirá también a la chica —dijo—. La meterán en un campo de concentración. ¿Dos años de prisión solitaria en Moscú y después un campo de concentración? ¿No sería eso un peor destino que la muerte?

—Si con ello consigues tus propósitos, camarada comisario... —insistió Anna Ragosina.

—Sí —admitió Iván—. Mis propósitos quedarán absolutamente realizados. Haremos lo que has sugerido. La enviaremos de regreso a Alemania, Anna Petrovna. Y, luego, yo te recompensaré por tu lealtad durante estos últimos dos años. Te instalaré de nuevo en tu puesto del escuadrón —le dio una palmada sobre los hombros—. Vamos a requerir gente con talento como el tuyo para derrotar a los alemanes.

Anna Ragosina abrió la puerta de la celda cuarenta y siete y Ruth Borodina levantó la cabeza para sonreír a manera de bienvenida. Su alegría parecía sincera. "Bueno —se dijo Anna—, también yo me alegro mucho de verla. Y también mi profunda tristeza es genuina por tener que decirle adiós."

Anna Ragosina no había imaginado que se desarrollaría ese afecto tan profundo; dos años atrás habría negado rotundamente que tal afecto hubiese podido florecer. Sin embargo, ahora sólo sentirlo era un placer. El carácter de aquella posesión se había inclinado mucho más a la intimidad que a la satisfacción. Como Anna no había sido capaz de desahogar sus sentimientos por medio de la crueldad física, ni siquiera por los métodos del hambre o de la falta de sueño, sólo le quedaron las armas de la sujeción, del dominio mental y sexual, sin comprender hasta dónde podrían llevarla.

En el orfanatorio no había tenido amigas cercanas. Sus compañeras de dormitorio la consideraban muy reservada y no tardaron en aprender a temerle por sus violentos enojos cuando trataban de juguetear con ella o de hacerle bromas, con la imprudente inocencia de los niños. En sus tratos con ellas, la propia Anna las consideraba pueriles. Cuando Iván Nej la sacó del orfanatorio para llevársela a su cama y le ordenó que se desvistiera, no tenía la menor idea de lo que él deseaba, de lo que él haría o de lo que él sentía. No obtuvo placer en lo que le ocurrió —era imposible gozar del sexo con Iván Nej—, pero sí logró un extraño conocimiento interno sobre el poder que una mujer podía conseguir frente a un hombre que la deseara con ardor. Y eso, ciertamente, le había procurado un gran placer y, para su propia satisfacción, pudo emplear aquel poder como principal interrogadora de la OGPU, deleitándose en hacer creer a sus víctimas masculinos que sentía cierto interés por ellos para reducirlos luego a una miserable piltrafa de carnes maceradas por el látigo y de atroces sufrimientos provocados por las aplicaciones de pimienta en sus órganos sexuales. Sólo con John Hayman su interés había sido auténtico y, puesto que el joven había sido arrebatado de sus garras antes de siquiera poder tocarlo debidamente, no sabía si haberlo destruido le hubiese brindado algún placer o algún sufrimiento, y también desconocía si ella hubiese sido capaz de destruirlo.

Si bien durante diez años su único anhelo era tener a John Hayman a su merced, el hecho no formaba parte de la realidad de su existencia. En cuanto a las mujeres: siempre las había considerado un fastidio y, tras sus experiencias en el campo de trabajo, donde ella había sido la víctima, se sintió llena de disgusto por su propio sexo. Su gozo por molestar a Ruth Borodina procedía de presenciar la profunda consternación de la joven por lo que le estaba sucediendo.

A pesar de todo, no halló placer alguno en aquello. Ruth se resistió como mejor pudo, pero inútilmente, puesto que debía vérselas con una mujer de más edad, de mayor fuerza y de mucha más experiencia. Y Anna, para sorpresa propia, se declaró incapaz de imponerse a la fuerza: quedó reducida a actitudes pueriles de niña de escuela, como enojarse o negarse a hablar o incluso echarse a llorar. Durante algún tiempo, se sintió confundida por sus propios sentimientos, aunque ya tenía la práctica suficiente para analizar las emociones de sus víctimas como para poder juzgarse a sí misma con un distanciamiento semejante. El concepto al que llegó fue sorprendente: después de autoanalizarse, se percató de que ella misma era una víctima tanto como Ruth. En ninguna parte de Rusia y, por supuesto, del mundo, Anna Ragosina podía contar con un amigo. Hacía largo tiempo que había perdido el contacto con sus hermanos. Su habilidad para manipular a sus amantes, con los que había sostenido en alto su ego mientras estuvo en Tomsk, se le arrebató cuando fue llamada de vuelta a Lubianka. Entonces, veía al escuadrón donde trabajaba como la misión de su vida y a Gregory Nej como el gancho sobre el cual podía colgar sus emociones. Pero tanto su trabajo como su hombre le fueron arrebatados de las garras, debido a aquella jovencita prisionera.

De buenas a primeras, el odio dejó de ser suficiente para sostenerla. Le habría servido, como siempre, si Ruth hubiese sido detestable. Pero, en realidad, la muchacha poseía gracia, belleza, bondad y una cierta habilidad para manejar las situaciones, heredada, sin duda, de su tía Tattie. Una vez pasada la primera impresión de que estaba encerrada en la prisión, tal vez por mucho tiempo, se las ingenió para sacar el mejor partido posible de su situación y, si Anna Ragosina habría de ser el único contacto humano que se le permitiría tener, era indispensable darle por su lado.

Para Anna Ragosina no había modo de averiguar si Ruth gozaba con el amor físico; por lo menos, fingía gozarlo. Pero, sin duda, se complacía en la conversación y con la compañía y en verdad estaba dispuesta a aceptar que era necesaria una extensión física de esa intimidad. Por eso, en aquel instante, levantó la cabeza y ofreció la boca para que Anna se la besara, le dio a ésta un apretón de manos y, en seguida, según suponía Ruth, se tomó su venganza.

—Ya tengo reunidas —anunció golpeando sus notas con la punta de los dedos— suficientes evidencias para demostrar que las políticas de Lenin tienen poca relación con las teorías de Marx. Estoy pensando seriamente en compilar todas estas notas en un libro. Así pasaré el tiempo.

Anna se sentó sobre la cama. Se preguntaba por qué había rechazado las instrucciones originales de su jefe. Había sido una negativa instintiva de algo demasiado horrible de presenciar, como poner fin a la existencia de aquella personalidad vibrante, del único ser en el mundo que pudiera llamar su amigo. Pero, ¿acaso no había propuesto una alternativa aún más cruel e inhumana? ¿Qué no le harían los alemanes a Ruth Borodina? La dejarían sentir el hambre y, si acaso se rebelaba, como sin duda lo haría, la azotarían y la harían sufrir lo indecible. No obstante, era posible sobrevivir al hambre y las flagelaciones. Ella misma, Anna, había sobrevivido a todo eso. Sin duda, también Ruth lo soportaría. Además, en el caso de ella, era incluso posible que la posición de su padre ante los nazis fuera tan encumbrada y tan firme, que pudiera evitarle sufrimientos a su hija. Por lo menos, era esencial creer que así sería.

—He venido a despedirme de ti —le informó. Ruth Borodina levantó la cabeza y se le quedó mirando con mucha atención. A pesar de su compostura y su valor, aquellos dos años los había vivido consciente de que su vida estaba a merced del capricho de sus captores. Anna le sonrió—. Te dejarán en libertad —Ruth no hizo otra cosa que seguirla observando—. Te regresarán a Alemania —le dijo Anna—; volverás al lado de tu padre.

La mirada fija de Ruth se endureció un poco y después volvió a la normalidad.

—¿Al lado de mi padre? No entiendo lo que me dices.

Anna se encogió de hombros.

—Las circunstancias han cambiado —explicó—. Ya no es necesario, según parece, que continúes aquí.

Ruth cerró su libro.

—¡Libre! —exclamó como si hablara consigo misma. Una serie de expresiones cambiantes le iluminaron el rostro: la incredulidad, la incertidumbre que, poco a poco, le daban paso a una auténtica felicidad íntima y particular, una alegría personal por el giro que iba a producirse en su vida. Pero, muy pronto, aquella expresión cambió por la de la duda—. Estás tratando de hacerme una broma —dijo—. Una broma cruel.

Anna negó con la cabeza.

—No, hoy mismo saldrás en libertad —hizo una breve pausa—. Te extrañaré mucho.

Ruth volvió a verla fijamente; se levantó y fue a sentarse sobre la cama, junto a ella y le echó un brazo sobre los hombros.

—Yo también, Anna Petrovna. Creo que habría terminado por volverme loca si tú no hubieses estado conmigo —le dio un beso en los labios. Era la primera vez que hacía eso por iniciativa propia. Por la alegría que la embargaba, era posible que gozara haciendo el amor con ella y quizá en eso también tomara la iniciativa, algo que Anna deseaba desde hacía mucho tiempo.

Pero ahora, ni eso ni nada tendría sentido. Ruth ya no estaba interesada en ella. A decir verdad, jamás había estado interesada en ella ni había sido su amiga; sólo le había importado sobrevivir. Era, después de todo, una verdadera Borodin.

"Bueno —se dijo Anna, sintiendo que su odio siempre latente resurgía—, que ahora intente sobrevivir en manos de la Gestapo."

La apartó con brusquedad, se levantó de la cama y salió cerrando la puerta de la celda.

George Hayman miró con detenimiento a su alrededor en los andenes de la estación Tiergarten. Con excepción de Dick Conway, quien había ido a la estación para recibirlo, no vio a nadie más que no portara uniforme. Ya había en Berlín muchos uniformes en la última ocasión que estuvo allí, según recordaba George; pero, ahora, la ciudad parecía inundada con ellos.

Además, la atmósfera parecía diferente. En 1938, la ciudad y la nación entera lucían confiadas y entusiasmadas. Ahora, a fines de junio de 1941, la efervescencia se había disipado y se observaban por doquier las expresiones despectivas, de reto y de autosuficiencia. Quizá ello se debía a las conquistas de Alemania, pero, en particular, a la noción de que Alemania era vulnerable, por lo menos, a los ataques de los aviones ingleses de la RAF. En torno suyo, los escombros y la devastación eran pruebas fehacientes de que los bombarderos británicos hacían visitas regulares sobre Berlín. Pero, lo más probable, según reflexionaba George, era el temor reprimido de los alemanes por las consecuencias de la última fanfarronada de su Führer. Todos los periódicos y los carteles pegados a los muros proclamaban las resonantes victorias de los alemanes en Rusia y el avance incontenible de sus soldados: más de un millón de combatientes rusos habían caído o eran prisioneros; ejércitos rusos enteros, con sus tanques y su artillería, habían sido devorados en la avanzada de los alemanes. Sin embargo, la gran mayoría de éstos no creían verdaderamente en esas exageraciones y albergaban el temor de lo que les ocurriría al hacer frente a la inmensidad de Rusia y de que podría resultar inútil la formidable tarea que se le había encomendado a la Wehrmacht. Si resultaban vencedores, toda Europa sería suya; pero si eran derrotados... ¿equivaldría a abrir la caja de Pandora con fatales consecuencias, no sólo para ellos mismos, sino para el continente entero, desde el Canal de la Mancha hasta los montes Urales?

Excepto por los daños causados por las bombas y las exageraciones de los periódicos, no había más señales de que Berlín fuera el centro de la mayor guerra de la historia. Ya casi anochecía cuando George salió de la estación, pero nadie ponía mucha atención al cumplimiento de los reglamentos nocturnos. Por lo que él podía apreciar, había luces en todas las ventanas y los restaurantes a lo largo del Unter den Linden; estaban tan iluminados y tan abarrotados de clientes, como siempre los había visto. Sólo se advertía que circulaban menos autos que los de costumbre.

—Hay dificultades para conseguir el gas —respondió Conway a las preguntas de su jefe—. Los productos importados, como el café por ejemplo, escasean terriblemente. Pero no hay una verdadera carencia de alimentos, no hay racionamiento ni una movilización total de la población como se está haciendo en Inglaterra. De hecho, aquí, a las mujeres se les ha permitido que sigan con sus labores de amas de casa. ¿Cree usted todavía que los ingleses le vayan a ganar a Alemania, señor Hayman?

—Estoy completamente seguro de que no van a perder esta guerra —repuso George y luego abordó temas más apremiantes—. ¿Lograste hablar con el príncipe Peter Borodin y con el capitán Von Hassell?

—Sí, señor, y prometieron venir a su hotel esta noche.

Al llegar, descubrieron que Peter Borodin ya estaba allí, andando de arriba a abajo por el vestíbulo.

—Llegas con retraso —dijo al verlo en voz tan alta que varias personas volvieron la cabeza para mirarlo.

—Podremos echarle la culpa a los ferrocarriles o a las bombas inglesas —dijo George saludándolo de mano, mientras dejaba que Conway lo registrara en el hotel.

—Decías que querías verme con urgencia —dijo Peter—. ¿Acaso Ilona no está bien?

—Ilona está perfectamente —afirmó George y se llevó a su cuñado al bar del Hotel Albert. No había vuelto a encontrarse con Peter desde la desaparición de su hija y esperaba verlo algo desconcertado; pero, como siempre, Peter Borodin no se inmutaba por nada, ni siquiera por lo que pudiera pasarle a sí mismo—. ¿Te tomas un whisky?

El encargado del bar ya estaba sirviendo el whisky escocés legítimo.

—En la Alemania nazi, no tenemos restricciones de ningún tipo —indicó Peter.

—Me alegro de saberlo, Peter. Yo he venido porque es necesario que ayudes a Judith.

Peter arqueó las cejas, sorprendido.

—¿Judith? ¿Qué tengo yo que ver con Judith?

—Mucho. ¡Por Dios!, alguna vez la amaste.

—De eso hace largo tiempo.

—Y te casaste con su hermana.

—También eso fue hace mucho tiempo —aclaró Peter—. De cualquier modo, Judith hizo su elección al irse con ese tipo, Petrov. Siempre fue una revolucionaria de corazón. Bueno, que levante ahora sus barricadas en Moscú y ya veremos si con ellas impide nuestros tanques.

—Judith no está en Moscú —explicó George pacientemente—. Me parece que está en Alemania.

—¿Judith Stein en Alemania? ¡Eso es imposible!

—Ojalá lo fuera. La detuvieron en París, como judía. Estuve en su departamento; lo encontré en un desorden absoluto. Fui al cuartel de la Gestapo en París y allí sencillamente se encogieron de hombros. En forma vaga, se refirieron al campo de concentración de Ravensbrück.

—¿Judith? ¡Por el amor de Dios!

—Exacto —mencionó George—. Tú podrías ayudar puesto que tienes grandes influencias aquí en Berlín. Tendrás que averiguar dónde está exactamente y después sacarla de allí.

Peter se le quedó mirando.

—¿Yo? ¿Por qué demonios tendría que ser yo? Judith es una enemiga del Reich...

—¡Por Dios! —gritó George, provocando que otras cabezas se volvieran para mirarlos—. ¿Por qué habría de ser una enemiga del Reich? ¿Por ser judía?

—Baja la voz —solicitó Peter—. Hay ciertas cosas que ni siquiera los visitantes estadounidenses discuten en público. Por si no lo sabes, te diré que, cuando Judith vivía aquí, con su hermano, hace diez años, estaba relacionada con actividades comunistas. En ese entonces, los comunistas estaban intentando obtener puestos en el gobierno, ¿lo recuerdas?

—¿Ése es un crimen? La palabra es "elegidos".

—En la actualidad eso se considera un crimen —afirmó Peter—. Añádele el hecho de que es la supuesta esposa de un diplomático soviético... Bueno, no me sorprende que la hayan arrestado. No hay absolutamente nada que yo pueda hacer ni tampoco nada que yo habría querido hacer por ella.

—Eres un... —durante un segundo, George se quedó mudo. Levantó la vista y notó que Conway venía hacia ellos, abriéndose paso entre los bebedores que aún estaban en el bar, seguido de cerca por Paul von Hassell. Éste lucía tan apuesto como siempre y tan impecablemente uniformado y correcto como siempre; no obstante, su expresión era mucho más grave en esta ocasión.

—Señor Hayman —estrechó la mano de George—. ¿Está usted buscando noticias de madame Nej y de Svetlana?

—Sí, y también de John —repuso George— y de Natasha Brusilova. En realidad, de toda la academia.

—Por supuesto —Paul aceptó un whisky y se sentó—. Las noticias que tengo son muy malas.

—Dígame.

—La academia fue invadida, así como todas las posiciones rusas por el asalto inicial de nuestros soldados —detalló Paul—. Pero, naturalmente, al ser damas, fueron tratadas con toda delicadeza. Por supuesto que a John, como estadounidense, se le invitó a que saliera; pero él se negó.

—John no dejaría jamás a Natasha —dijo George— ni a su tía.

—Posiblemente —admitió Paul—; pero, el hecho es que, de acuerdo con la información recibida, en la noche posterior a su captura, las chicas escaparon.

—¿Escaparon? —preguntó Conway sorprendido.

Paul se sonrojó.

—Se dice que estaban dirigidas por John Hayman. Mucho me temo que sea un asunto muy serio, señor Hayman. Su hijastro se comportó como un comando enemigo. Se nos ha comunicado que dio muerte o que ha herido gravemente a no menos de doce oficiales y soldados de la Wehrmacht.

—¡Por Dios! —exclamó George—. ¡Qué cosa tan absolutamente... —se detuvo para cambiar la palabra que iba a decir— terrible!

—Así es —asintió Paul—. El joven está involucrado en problemas muy graves. El *obergruppenführer* Heydrich, quien está al mando en todas esas zonas liberadas, está muy enojado por el incidente. El coronel Von Harringen ha sido destituido de su cargo; sin embargo, aún hay esperanzas de arreglo. Yo conseguí autorización para visitar la región, establecer contacto con los prófugos, si puedo, y lograr su rendición. El *obergruppenführer* Heydrich prometió tratarlos lo más benévolamente posible. Yo partiré pasado mañana.

—¿Dónde están precisamente, de acuerdo con lo que usted sabe? —preguntó George.

—Huyeron a los pantanos situados alrededor del río Pripet. Es una región muy extensa y prácticamente inexpugnable para un grupo numeroso de hombres. Tenemos entendido que ya deben haberse encontrado con algunos fugitivos de los ejércitos que destruimos al tomar Slutsk; pero el nuevo comandante, el coronel Von Bledow, ha recibido instrucciones para dejarlos en paz por ahora. Por supuesto, si nuestros ejércitos están avanzando a un ritmo tan rápido, no tienen tiempo para ocuparse de esos grupos aislados que han quedado atrás del frente de batalla. Así que, si consigo llegar a Minsk a tiempo para lograr su rendición, todavía sería posible solucionar la situación.

—¿Minsk? —preguntó Peter Borodin—. Yo también iré a Minsk la semana próxima.

—¿Vas a buscar a Tattie, por supuesto? —inquirió George.

—¡No, por Dios! Ni siquiera sabía que estaba allí. Voy a empezar a reunir un Ejército de Rusos Blancos para ayudar a la Wehrmacht a destruir los últimos vestigios del comunismo.

—¿Lo dices en serio?

Peter adoptó una actitud altiva para mirar a George.

—Nunca en mi vida he hablado con tanta seriedad.

—Eso te convertirá en un traidor.

—No seas infantil. ¿No sabes que, a los ojos de los bolcheviques, yo he sido un traidor desde 1918?

—Supongo que tienes razón —reconoció George—. Pero... —se detuvo y lanzó una mirada de soslayo a Paul. Llegó a la conclusión de que el tono de la conversación no era el apropiado para proseguirla en presencia del oficial alemán, considerando, sobre todo, su próxima misión. De modo que sólo dijo—: ¿Qué le ocurrirá a John?

—Bueno, nadie lo puede salvar de la deportación; pero si yo pudiera aclarar el asunto de que lo hecho por él era para defender a mujeres indefensas, entonces... Nosotros, los alemanes somos muy comprensivos ante esa clase de actitudes. Y, como ya mencioné, se me ha prometido toda la clemencia que sea posible por parte del *obergruppenführer*.

—Espero en Dios que tenga razón —dijo George.

—¿Qué es lo que usted intenta hacer? Yo me comuniqué por teléfono con el *obergruppenführer* tan pronto como me enteré de que usted iba a llegar a Berlín, pero no pude conseguir un permiso para que visitara la zona, puesto que está bajo la ley marcial.

George afirmó con la cabeza.

—Por el momento, todo el asunto queda en sus manos, Paul; pero yo estaré muy cerca por si acaso se intenta someter a juicio a John. Por ahora, trataré de obtener una entrevista con *herr* Goebbels —lanzó una mirada de reojo a Peter— en relación con una amiga mía que también está en apuros. Luego, partiré a Turquía y después a Rusia.

—¿A Rusia?

—¿Llegarás a tiempo para presenciar su rendición? —sugirió Peter.

George se encogió de hombros.

—Podría ser. Ya estuve antes con el ejército ruso cuando tuvo que rendirse, ¿te acuerdas? —le dirigió una sonrisa a su cuñado—. Pero todos sobrevivimos y me imagino que así será de nuevo. Bebamos la última copa de la noche.

Al detenerse, el tren dio una fuerte sacudida y Judith Stein se despertó. Sus sueños habían sido tan agitados, tan vívidos, que ahora le parecía raro haber estado dormida; pero la espalda le dolía, debido a la dureza de las tablas en las que estaba acostada y su cabeza parecía que iba a estallarle de dolor, pues había estado golpeando con ella los tablones del vagón de ganado en el que había permanecido encerrada desde hacía una semana. Era consciente de que no se había lavado los dientes ni la cara durante todo ese tiempo; asimismo, estaba al tanto de que ninguna de las personas que abarrotaban el vagón se había aseado y que no todas habían estado en condiciones de aguantar sus evacuaciones y esperar a las breves e irregulares paradas del tren, cuando se les permitía bajar, precisamente para eso.

Ahora, por lo menos, ya no había más que mujeres en el compartimiento. A los hombres los habían sacado dos días antes. ¿O quizá fue el día anterior? La sensación de hambre complicaba mucho la noción sobre el curso del tiempo. Judith suponía que, a decir verdad, de no haber sido por Michelle, quien continuaba durmiendo a pierna suelta con la cabeza reclinada sobre su brazo, ella ya habría muerto de hambre. ¡Qué extraño que su vida dependiera de una mujer a la que jamás había visto antes del sábado anterior!

La situación involucraba todos los ingredientes para constituir una pesadilla clásica e interminable. Lo peor de todo era que antes ya había tenido la misma pesadilla. Ahora, las cosas habían ido mejor. En aquel entonces, la policía del zar, los de la Okhrana, derribaron la puerta de la recámara, rompiendo sus goznes; a ella misma la tumbaron a golpes y, ya en el suelo, la patearon mientras saqueaban su habitación; luego, la sacaron a empellones, la arrastraron escaleras abajo y la empujaron para meterla en el auto, a pesar de que ella estaba dispuesta a subir por sí misma. Ahora, en cambio, los oficiales de la Gestapo se habían limitado a mirarla en forma escrutadora y a hablar en voz baja. Ni siquiera cuando Boris profirió un rugido de rabia y de angustia al saber que a Judith no se le permitiría acompañarlo a Rusia los de la Gestapo dejaron de comportarse con toda corrección. A Boris lo habían retenido sin pegarle y habían indicado la puerta por donde Judith debía salir, en vez de empujarla para que lo hiciera.

Había preguntado si se le permitiría llevar algo de ropa y sus cosméticos, pero se le respondió que no. Los de la Okhrana la habrían golpeado por su atrevimiento al hacer semejante petición. Luego, los de la Gestapo la subieron a un automóvil y la llevaron directamente a la estación y a aquel vagón de carga para ganado, abarrotado de gente. Era degradante que la trataran de manera tan impersonal, como si fuera un animal, pero aquella misma impersonalidad, aquel anonimato de la masa, eran preferibles al horrible aislamiento del arresto de la Okhrana. Aquellos policías la llevaron después ante el príncipe Roditchev, marido de Ilona y jefe de la policía del zar. Ya antes la había retenido el príncipe Roditchev; pero aquella primera vez había interrumpido sus brutales funciones el príncipe Peter Borodin —¡Qué figura tan noble y tan magnífica era entonces!—, antes de que pudiera tocarla con un dedo. Durante cuatro años, el príncipe Roditchev había alimentado aquella humillación y, cuando Judith quedó de nuevo frente a él, el príncipe Peter estaba lejos.

A pesar de todo, nada de lo que le había ocurrido durante la última semana —tratada como animal, obligada a dormir sobre las tablas duras del vagón de carga, forzada a aspirar los olores del sudor, los excrementos y la orina de la demás gente—, podía compararse con los horrores que había experimentado aquella chica de veintidós años, a la que nadie había besado con pasión, al ser despojada de sus ropas y quedar desnuda ante los policías que se reían y se burlaban de ella, al ser apaleada a golpes de bastón, al quedar tendida de espaldas sobre una mesa, con las piernas y los brazos abiertos, fieramente sostenidos por los policías, mientras la violaban despacio con el mismo bastón con que la habían golpeado, entre burlas y chascarrillos. Judith había permanecido varias semanas en la celda que Roditchev le había asignado y éste la visitaba diariamente para golpearla con el bastón y para introducírselo de nuevo entre las piernas, para atormentarla en todas las formas posibles. En ese tiempo, creyó que se volvería loca, pero no fue así ni tampoco enloqueció cuando el juez dictó la sentencia de muerte contra ella ni cuando el príncipe Peter le trajo noticias de la conmutación de la pena; tampoco perdió la cabeza cuando comprendió que aquella conmutación implicaba el exilio de por vida en Siberia ni cuando vio el terreno desolado en el que iba a habitar por el resto de su vida ni cuando tuvo que tratar a los criminales, asesinos y prostitutas que fueron sus compañeros.

Así que, ¿iba a volverse loca ahora que la habían detenido los nazis por el único motivo de ser judía?

Esa suposición ni siquiera le pasó por la cabeza. Continuó diciéndose a sí misma que era necesario sobrevivir a esta nueva catástrofe, como había sobrevivido a la primera; no obstante, empezó a dudar de su resistencia cuando las cosas se presentaron tan desastrosas e infames como la primera vez. Pensó que, quizá, a los cincuenta y tres años de edad, ya no se tiene la misma resistencia que a los veintidós. Además, alimentaba el sentimiento de que, habiendo sufrido una experiencia parecida en el pasado, el destino ya no tenía derecho a infligirle otra igual. Durante los ocho años que vivió con Boris Petrov, tuvo ocasión de conocer por primera vez en su existencia el significado de la palabra seguridad. Su orgullo le había impedido casarse con Boris, pues no había podido convencerse a sí misma de que lo amaba; sin embargo, jamás se había preocupado por la inestabilidad de su situación y nunca la analizó. Boris era más joven que ella y desempeñaba un cargo diplomático para el gobierno soviético; en el fondo, Judith seguía apegada a los principios del socialismo, pero, en su fuero interno, conservaba latente el odio contra el sistema soviético que fuera el responsable del asesinato de sus padres. Aunque, sin considerar esos detalles, Boris era el hombre más amable, más bondadoso y gentil que ella hubiese conocido. Por ende, Boris la amaba, tanto por su reputación de revolucionaria, según suponía Judith, cuanto por ella misma. Sin duda, él la continuaba considerando atractiva y le hacía el amor de una manera excitante, pese a que jamás volvió a gozar del éxtasis que los brazos de George le proporcionaban.

En resumidas cuentas, Judith y Boris vivían cómodos y tranquilos y eso era lo importante; es decir, habían vivido así hasta el sábado anterior. La seguridad y la comodidad habían ablandado a Judith, habían rebajado su dura cáscara de aguante y ya no se sentía capaz de hacer frente a las grandes penalidades como las duras tablas de aquel vagón de carga. Además, se había encontrado, de buenas a primeras, completamente inarticulada, con el cerebro ofuscado por la incomprensión de lo que le estaba ocurriendo, el desconocimiento de por qué su hermoso departamento de París había sido invadido o por qué estaba encerrada entre fétidos olores en aquel vagón para ganado. Cuando el tren se detuvo por primera vez y las puertas se abrieron para que los guardias arrojaran dentro media docena de piezas de pan y unos baldes de agua, Judith había sido incapaz de moverse y no participó en la pelea para tomar posesión del alimento. Pero Michelle había hecho provisiones para las dos, luego insistió en que las compartiera con ella y, desde aquel instante, Michelle decidió que aquella mujer de cabello canoso y porte distinguido habría de quedar a su cargo. Judith no tenía la menor idea acerca de quién era Michelle ni de dónde vivía ni lo que hacía antes de aquel sábado, puesto que, tácitamente, se había acordado de que las indagaciones estaban fuera de lugar, por lo menos hasta que supieran lo que sería de ellas; pero Michelle era una mujer muy agradable y servicial, regordeta, de buen humor, evidentemente soltera, ya que no llevaba anillos de ningún tipo, y muy sencilla. Tal vez rondaba los treinta años de edad. Era una de esas personalidades muy valiosas, siempre dispuestas a sacar el mejor partido de las peores situaciones.

Judith se dijo para sus adentros que ojalá y aquella mujer no cambiara jamás al variar la situación en que se encontraban, porque, en aquel momento, los guardias abrían las puertas del vagón y a todas las mujeres que lo abarrotaban se les iba llamando para que salieran a la luz del día y, según temía Judith, conocieran su destino final. Frente a ellas se levantaba ahora una reja muy alta de tela de alambre y, más allá de la alambrada, se observaban diversos edificios con aspecto de barracas, rodeando un conjunto de casas más altas. Sobre el portón de rejas hacia el cual avanzaban en fila podía verse un gran letrero con una sola palabra: RAVENSBRÜCK.

A Judith se le cortó la respiración. Por las mujeres que ella había ayudado a salir de Alemania antes de la guerra, se había enterado de lo que era Ravensbrück.

La chica era de baja estatura, morena y de mirada intensa. Enfundada en su severo uniforme —camisa blanca, falda y corbata negras, gruesas medias de algodón y modestos zapatos de tacón bajo— tenía el aspecto de una estudiante; pero Peter Borodin sospechaba que era mayor de edad que una simple colegiala. La muchacha lo observaba con desconfianza y Peter se imaginó que así debía mirar a todos los hombres.

—El *obergruppenführer* Heydrich recibirá en seguida a su excelencia —anunció la joven.

Peter asintió con la cabeza y se levantó de la silla que ocupaba, dejando en el asiento su sombrero y su bastón, plenamente consciente de que todos los secretarios, hombres y mujeres, que ocupaban sus puestos en la oficina exterior, lo estaban observando fijamente. Por supuesto, todos sabían quién era; pero, ¿sabrían acaso que había venido a suplicar?

Se dijo que él jamás había suplicado a nadie por nada. Pero, no; eso era falso. En una ocasión había rogado. En 1911, le había suplicado clemencia al zar para que le perdonara la vida a Judith Stein y su ruego había sido escuchado. En esta ocasión, estaba a punto de hacer la misma súplica, pero ahora no había ninguna zarina Alexandra oculta detrás de una cortina de terciopelo rojo para escuchar, a veces para condenar y otras, como entonces, para demostrar su simpatía por el joven príncipe de Starogan quien estaba tan enamorado, aunque de alguien que no le convenía.

"Pero, en nombre de Dios, ¿por qué?", se había preguntado muchas veces a sí mismo. Quizá, en aquella ocasión en la que había intervenido para salvarla, hubiese cometido un error. Por cierto, si Judith Stein hubiera muerto en la horca, como dictaba la sentencia, no habría pasado de ser el recuerdo trágico de una joven hermosa y apasionada que se había dejado sorprender implicada en algo que ni ella misma comprendía a cabalidad ni estaba bajo su control y que hubiese muerto por ese motivo. Ciertamente, la mujer que volvió del exilio en Siberia, tres años después, ya no era la muchacha nerviosa e idealista de la que él se había enamorado. Ni siquiera se había mostrado agradecida de que alguien se ocupara de devolverla del destierro al mundo de los vivos.

A pesar de ello, era un hecho que no la habían ahorcado y también que había vuelto del exilio y que ahora estaba de nuevo en apremiante necesidad de que la ayudaran. ¿Por qué tenía que preocuparse él de la suerte que pudiera correr Judith Stein? ¿Por qué debía ser precisamente de ella de quien se preocupara entre los miles o quizá millones de judíos que la Gestapo había arrestado como enemigos del Reich? Peter jamás había considerado con detenimiento el asunto del sionismo. A los judíos se les consideraba como sujetos indeseables también en la Rusia de los zares. A menudo, se negaron a ser rusos, primero y judíos después y, en resumidas cuentas, acabaron por vivir de acuerdo con sus propias leyes, comer sus propios alimentos, mezclarse sólo con los individuos de su comunidad y casarse de modo exclusivo con los de su clase. También, de cuando en cuando, se habían negado a servir en el ejército aunque así lo exigía el país. Por supuesto que, en una nación como la Alemania nazi, dedicada por completo a la guerra, los judíos serían calificados, cuando menos, de subversivos y cuando más, de traidores.

Eso era lo que Peter había intentado explicarle a George sin ningún éxito; pese a ello, era por causa de George que él estaba en aquellas oficinas y eso, sólo ante sí mismo, lo aceptaría. Pero así era. Resultaba imposible negarle algo a George, no porque tuviera algún poder sobre él, sino sencillamente porque negarse a hacer un favor para George equivalía a rendirse al sentimiento de inferioridad que aquel hombre creaba invariablemente en torno suyo. Peter no podía comprender cómo se las había arreglado Ilona para permanecer treinta años o más a su lado.

—Príncipe Borodin —Richard Heydrich era el epítome del Estado dentro de un Estado que él mismo creara para su amo, Heinrich Himmler quien, a su vez, había concebido ese Estado para entregárselo a su amo, Adolfo Hitler. Heydrich era alto, rubio y muy apuesto. Su uniforme negro parecía haber llegado un momento antes de la casa del sastre. Tenía las manos muy cuidadas y sus mejillas, recientemente afeitadas, lucían muy limpias. Sus modales eran impecables—, tengo un gran placer en recibirlo, excelencia, aunque no podría decir que sea un placer inesperado. Si no hubiese venido a verme, yo habría ido a verlo.

—¿De veras? —Peter se sentó y aceptó el cigarrillo turco que le ofrecían—. Aunque, por supuesto, usted ya debe tener un expediente sobre ella.

—¿Un expediente? —Heydrich se encogió de hombros—. Voy a abrir uno, sin duda. Pero debo confesar que jamás lo había considerado necesario. La policía civil debe tener uno en alguna parte, pero lo más probable es que ya lo hayan cerrado.

—Así debe ser —admitió Peter—. Creo que hace unos diez años que salió de Alemania y lo cierto es, *herr obergruppenführer*, que probablemente esto parezca una imposición, pero el caso es que ella es mi cuñada.

Heydrich frunció el ceño.

—Perdóneme, su excelencia, pero, ¿de qué persona estamos hablando?

Esta vez fue Peter quien frunció el ceño.

—Pues, de Judith Stein, por supuesto.

Heydrich se reclinó sobre el respaldo de su sillón.

—¿Judith Stein?

—Sí, fue detenida durante una redada de la Gestapo en París la semana pasada.

Heydrich afirmó con la cabeza.

—Sí, la detuvieron. Ahora está en camino al campamento para mujeres de Ravensbrück. ¡Judith Stein! ¡Por Dios! Claro que tengo un expediente sobre Judith Stein, príncipe Borodin. Siempre he tenido un expediente sobre Judith Stein.

—Sí —dijo Peter—, estoy al tanto de sus actividades y de sus escritos. Pero me estaba preguntando si...

—De modo que su excelencia ha venido a pedirme que deje en libertad a Judith Stein —expresó Heydrich en tono pensativo.

—Sí, supongo que así es. Estoy dispuesto y preparado a responder por ella.

—¿No hubo alguna otra razón para que viniera a verme?

—Me gustaría que me aclarara de qué estamos hablando —dijo Peter empezando a sentirse algo irritado.

Heydrich le sonrió.

—Príncipe Borodin: tengo una noticia tremenda para usted. Su hija ha sido encontrada.

Peter se enderezó sobre la silla como impulsado por un resorte.

—¿Ruth? ¿Han encontrado su cadáver?

—Esta viva, excelencia, nos ha sido devuelta —hizo una pausa como para buscar el efecto teatral—. Los rusos nos la entregaron —Peter se le quedó mirando asombrado sin decir nada—. ¿No sabía que su hija estuvo en Rusia estos últimos dos años?

—¿Ruth, en Rusia? Debe haber alguna equivocación.

Heydrich negó con un movimiento de la cabeza.

—Tenemos la certeza de que se trata de Ruth Borodina. Podrá verla, naturalmente; pero no hay duda de que es su hija.

Peter miró a un lado y al otro, como si esperara ver a Ruth sentada en algún rincón.

—¿Dónde está?

—Bueno, también ella está en Ravensbrück.

—¿Han enviado a mi hija al campo de prisioneros de Ravensbrück? —inquirió Peter controlando sus sentimientos.

—Podría preguntarle, excelencia, ¿qué otra cosa podríamos hacer con ella? Ella misma admitió que pasó dos años en manos de la NKVD. ¿Qué es lo que indica eso? La joven tiene suerte de que no la haya entregado yo a mis guardias, allá abajo.

—¡Es absurdo! —protestó Peter—. Mi hija detesta a los bolcheviques tanto como yo. Ellos la secuestraron, por supuesto. Yo siempre pensé que la habían secuestrado.

Heydrich hizo un signo afirmativo.

—Estoy totalmente de acuerdo y le ofrezco disculpas por no haberle creído hace dos años, cuando me lo comentó. Por supuesto, la joven es inocente de cualquier inclinación o simpatía hacia los rusos. De eso estoy seguro, ¿sabe por qué? Cuando hablé con ella, ni siquiera sabía que estábamos en guerra. ¿Podría creerlo? Durante dos años, excelencia, estuvo incomunicada, sin ver a nadie más que a una sola carcelera. Verdaderamente a los rusos les gusta hacer las cosas de una manera misteriosa.

Peter se puso de pie.

—Debo ir a verla. Quiero que me dé una orden para ponerla en libertad, *herr obergruppenführer*. Le doy mi palabra de príncipe de que ella no ha cometido algún crimen contra el Reich. ¡Esa pobre criatura, por el amor de Dios! ¡Dos años en las garras de aquellos monstruos! Debo apurarme para ir por ella —chasqueó los dedos en forma imperiosa—. La orden, *herr obergruppenführer*.

Heydrich siguió reclinado en su sillón y sonrió.

—Mucho me temo que *fräulein* Borodina deberá quedarse en Ravensbrück, excelencia.

Peter adoptó una actitud de reto.

—Los mismos rusos —prosiguió diciendo Heydrich a manera de explicación— nos señalaron que la chica es, en parte, judía. Lamento mucho que hayan sido los rusos los que nos lo informaron; pero es un hecho y ella se encuentra dentro del grado prohibitivo.

—¿Pero es que acaso se han atrevido a calificar de judía a mi hija? —gritó Peter Borodin.

—Su madre era judía, excelencia. Ése es un hecho innegable y usted es un hombre importante, príncipe Borodin. Dentro de poco, se trasladará al frente oriental donde empezará a reclutar ese ejército antibolchevique que nos ha prometido. Sus antecedentes deben ser irreprochables; su familia debe ser intachable, como lo es, sin duda, la familia del príncipe de Starogan. Pero, con seguridad, estará de acuerdo conmigo en que no es posible que prosigamos con nuestras medidas necesarias para liberar a Europa de esa raza de gusanos que ha contaminado incluso el aire del continente desde hace dos mil años y, al mismo tiempo, hacer excepciones. Si lo hiciéramos, mucha gente podría decir: "No nos enviarán a un campo de concentración. Miren a la hija del príncipe de Starogan: es judía y vive libre como el viento". No, no, permanecerá en Ravensbrück. Pero no se inquiete, ya he dado órdenes para que se le dispense buen trato. Además, puedo garantizarle que Ravensbrück es preferible a muchos otros campos de concentración. Mientras ella y usted mismo se comporten como es debido, no se le hará daño.

—Me está amenazando —expresó Peter—. Está tratando de amedrentarme al proferir amenazas contra mí como si fuera mi antagonista ahora mismo, en estos momentos trascendentales de la guerra, cuando su gobierno requiere de mi ayuda más que nunca. Está cometiendo un grave error, *herr obergruppenführer*. Suponga que renuncio y me niego a prestarles ayuda.

Heydrich se encogió de hombros visiblemente.

—Renuncie cuando quiera, excelencia —contestó. Sus modales amables y correctos cambiaron. Se inclinó hacia adelante con las facciones rígidas, hablando muy despacio para acentuar cada palabra con tono enérgico y una intención apasionada—. Pero antes, su excelencia, le sugiero que escuche: a partir de ahora, ya no es usted de utilidad para nosotros. Damos por concluida la red de espionaje que usted organizó. Lo enviaremos al Oriente para que una al ejército de Ucrania con el nuestro, si acaso puede. Bien puedo decirle que un gran número de mis colegas y de mis superiores dudan profundamente de que pueda hacerlo o de que cualquier fuerza que llegue a reunir valga más que un comino. De manera, señor, que, a partir de este instante, su importancia es nula. Sólo a usted le corresponde dar pruebas de lo que pueda proporcionarnos. Por supuesto que deberá ser algo muy bueno, si es que quiere evitar que lo refundamos en un campo de concentración también a usted. Y, desde luego, ni ahora ni después, está en una posición que le autorice a decirme lo que debo o no hacer, príncipe Peter —en seguida, desapareció su tensión, se reclinó de nuevo sobre el respaldo del sillón y volvió a sonreír, mirando el rostro asombrado de Peter frente a él—. Pero ya le he dicho que podrá visitar a su hija y soy un hombre que cumple con su palabra. También podrá visitar a Judith Stein —su sonrisa se convirtió en una mueca macabra—. Sin duda, excelencia, estará agradecido de que yo haya ordenado ponerlas a ambas en el mismo campo; así, podrán hacerse compañía mutuamente.

—¡Vamos, vamos! —la mujer era alta, de constitución maciza y pesada y tenía el cabello amarillo. Vestía un uniforme verde, con una gorra suave, terminada en pico, botas hasta la rodilla y ofrecía un aspecto que podía parecer ridículo a un observador imparcial. Pero las mujeres que desfilaban entrando por la puerta de la reja no estaban en condiciones de ser imparciales. Ya habían caído en la cuenta, de pronto, de que la mujer corpulenta llevaba en su mano un látigo corto, con el que golpeaba su falda rítmicamente—. ¡Vamos de una vez! —vociferó—. ¡Alto allí! ¡Alto gusanos! ¡Alto!

La procesión se detuvo frente al primer edificio del conjunto central, que no era precisamente una barraca, según se dijo Judith, pues no tenía techo; sin embargo, se abstuvo de observar a su alrededor, puesto que no quería parecer inquisitiva. Ya había aprendido la lección treinta años antes, cuando iba camino de Siberia. Para una persona en su posición, sucedería lo que tenía que suceder. No valía la pena anticiparse, sino vivir cada segundo a medida que se fuera presentando; esperando con paciencia a que finalizara el mal momento y gozando lo mejor posible los buenos instantes.

Por ahora, no se había presentado algún motivo de queja. Ya era un alivio estar fuera del vagón de ganado, al aire libre, en aquel glorioso día de verano, tibio y luminoso. Es verdad que se sentía sucia y hambrienta, pero quizá muy pronto le darían de comer e incluso sería posible poder asearse. Observó con disimulo a la carcelera. La mujer tenía un rostro atractivo o por lo menos debió serlo alguna vez, por la regularidad de sus facciones, los ojos de color azul pálido y la abundante cabellera amarilla, ondulada. "Vaya, vaya —se dijo Judith—; se diría que hubiese podido ser una Borodina." Y ciertamente poseía una figura parecida a la de los Borodin, pero en su expresión no se advertía algún rasgo de nobleza, ni siquiera de humanidad, mientras observaba a las mujeres que estaban de pie frente a ella. Tampoco se distinguía en su gesto alguna animosidad contra ellas. Judith suponía que, en esencia, estaba tan poco interesada en ellas como lo habían estado los guardias del tren.

Y, entonces, la carcelera empezó a hablar de nuevo, aunque, en el primer momento, sus palabras resultaban incomprensibles.

—Muy bien —estaba diciendo—. Y ahora, a desnudarse. Vamos, vamos; quítense toda la ropa.

Todas las mujeres se le quedaron mirando y después volvieron la cabeza para ver a los guardias que ya se habían comenzado a asomar a las ventanas de las torres de vigilancia para observarlas. Pero... Estaban al aire libre en una mañana asoleada y brillante... Lo que ordenaba la carcelera no tenía sentido.

—¿Es que están sordas? —gritó con fuerza y un tono imperioso, al tiempo que golpeaba sus botas con el látigo—. Mandé que se desnudaran. Vamos a quitarles la mugre —agarró a la mujer que estaba más cerca por el frente de la blusa y la sacudió enérgicamente—. ¡Quítatela!

Las mujeres miraron a un lado y al otro y, después, muy despacio, empezaron a desnudarse. Con dedos temblorosos, desabrochaban los botones y con aire de desaliento bajaban las faldas hasta la mitad de los muslos, alzando la cabeza de cuando en cuando, para observar, con desconcierto a la carcelera. Judith experimentó una profunda vergüenza. Pensó que hacía tanto tiempo que vivía sola con Boris, en la intimidad de su piso de París, que no había vuelto a mirar a una mujer que se desvestía. Probablemente la última vez que lo vio fue en 1917, cuando estuvo al cuidado de las zarevnas, poco antes de que fueran arrestadas. Y las zarevnas eran jóvenes, encantadoras y saludables, así que no había nada ofensivo ni íntimo en los momentos en los que las veía desnudarse. Pero no era lo mismo para una mujer entrada en años, pasada de peso, forzada a quedar desnuda por completo, al aire libre, en medio de un patio abierto y sucio, bajo la luz brillante del sol y la mirada escrutadora de los guardias que la estaban vigilando... Y no estaba sola. Había muchas otras que se estaban despojando de sus ropas con mucha prisa para obedecer al más primitivo instinto del rebaño.

De repente, Judith se sintió aislada e inmediatamente tuvo miedo. Su intuición le advertía que cometería un grave error si se apartaba de la multitud de mujeres para presentarse como un individuo. Hasta ahora, ninguno de los guardias del tren y tampoco la carcelera alta y rubia se habían fijado en ella a pesar de su alta estatura y de que, según ella se confesaba privadamente, todavía se conservaba atractiva. Era una entre muchas y le parecía indispensable conservar ese anonimato. Con gestos desesperados, se despojó de sus vestidos, sintió el calor del sol sobre sus hombros y, a continuación, hasta abajo de su espalda, cuando dio media vuelta para no quedar de frente a la luz, esperando aún el sonido de las risas de los guardias o algún comentario soez, como los que hacían los policías de Roditchev. Pero si había risas, burlas y comentarios, no estarían dirigidos a ella. Eran muchos los senos y numerosas las nalgas que aparecieron de repente en exhibición para cualquiera que quisiera verlos. Incluso un cuerpo de mujer tan escultórico como el de Judith Stein pasaría inadvertido.

Y ahora avanzaban hacia adelante con los pies descalzos hundiéndose en la tierra seca. Al parecer, se les había ordenado que abandonaran sus ropas en el sitio donde se las quitaron. Michelle se había colocado delante de ella. Judith mantenía los ojos fijos en los hombros regordetes que tenía delante. Pensó que manteniendo los ojos fijos en la espalda de Michelle podía evitar esa urgencia humana tan normal de enterarse por anticipado del horror que le aguardaba; de esa forma, podría mantener dominada su mente y salvarse de las crisis de pánico. Creyó que le bastaba tener presente en todo momento la idea de que cualquier cosa que pudiera ocurrirle no sería jamás tan atroz como lo que debió sufrir a manos de los policías de Roditchev.

La luz del sol quedó empañada en el mismo instante en que el chorro de agua le pegó en la cara con tanta fuerza que estuvo a punto de derribarla. Pero el agua misma estaba tibia, producía una deliciosa sensación de alivio y ahora estaban detrás de enormes muros de piedra por encima de los cuales asomaban los tubos de las regaderas; por eso, ella podía darse la vuelta y permitir que el chorro le cayera en la espalda y que mojara las colinas y los valles de su cuerpo, para llevarse la fetidez y el sudor; y también podía abrir la boca para que el agua entrara en ella y aliviara su garganta reseca. Suponía que el agua no era enteramente potable, pero se dijo que una molestia del estómago le provocaría el menor de sus males.

Al salir del baño se sintió casi humana, pero de inmediato se alteró de nuevo al escuchar la orden de alinearse otra vez bajo el sol a la vista de los guardias. Varias mujeres uniformadas empezaron a ir y venir a lo largo de la hilera de prisioneras que comenzó a caminar muy despacio, hasta el punto de que una de las mujeres cayó extenuada, de rodillas y fue forzada a incorporarse de nuevo por los gritos de uno de los guardias.

No obstante, ya se habían restablecido los sentimientos de humanidad y compañerismo. Michelle volvió la cabeza para mirarla por encima del hombro y sonreírle; probablemente ya para entonces se había disipado su sentimiento de inquietud. Pero la ansiedad general se conservaba y se incrementaba a medida que se aproximaban a otro portón contiguo y se escuchó el llanto desesperado de una mujer. Otra vez volvió la cabeza Michelle, pero ahora su sonrisa se había esfumado por completo y su rostro manifestaba miedo. Unos instantes después, la propia Michelle desapareció; Judith quedó frente a una puerta cerrada, detrás de la cual se oía un constante tintineo metálico y el suave y constante zumbido de una especie de motor. De pronto, comprendió lo que significaba todo aquello e instintivamente levantó las manos para cubrir con ellas su cabellera negra con mechones grises, como si quisiera protegerla; la puerta se estaba abriendo y alguien la empujó para que entrara. Sintió que sus pies resbalaban sobre un grueso tapiz de pelo castaño, negro, gris y rubio y vio, desalentada, que los peluqueros eran hombres. Éstos la contemplaban haciendo muecas y cuchicheaban acerca de su figura; luego, se acercaron a ella, la engancharon por los pechos para colocarla en la posición conveniente y principiaron a trabajar sobre su cabeza con las tijeras y las máquinas eléctricas; una vez rapada, comenzaron a despojarla del vello púbico. En pocos minutos, la privaron de su individualidad de una forma tan efectiva como no habían podido conseguirlo las penalidades en el vagón de carga de ganado ni la desnudez en público. El hecho de que todas las demás mujeres tenían el mismo aspecto grotesco no representaba un consuelo.

Todas compartían la misma vergüenza. Procuraban no mirarse entre sí y no miraban a los guardias, ni siquiera al cielo. Tenían la vista fija en el suelo, entre sus pies, esperando que les ordenaran marchar a algún otro sitio. Fue a otra habitación donde debían examinarlas dos médicos y un dentista. Judith pensó que aquella había sido la experiencia más desagradable y humillante y, también, en potencia la más amenazadora, pues, una vez finalizado el examen, a cada prisionera se le entregaba una tarjeta de diversos colores, ya fuera negra, roja o amarilla, provista de un cordel con el que debía colgársela al cuello. A todas y cada una las estaban etiquetando.

Al abandonar el cuarto de los exámenes médicos, Judith se encontró en el conjunto de edificios propiamente dicho, en presencia de una multitud de mujeres, recientemente bañadas y rapadas. Seguramente había llegado otro cargamento de prisioneras antes del que provenía de París. Todas aquellas mujeres fueron divididas en tres grupos. Las que ostentaban la tarjeta negra alrededor de su cuello eran las más viejas o las que estaban enfermas; ésas se apiñaron entre sí, como si estuvieran al tanto de los peligros de su condición. Las de la tarjeta roja eran las mujeres jóvenes o de edad mediana, que se veían saludables, pero sin la más mínima pretensión de ser bellas; Michelle estaba en ese grupo. Las que llevaban tarjetas amarillas eran las chicas jóvenes y hermosas y las más apetecibles por su figura. No era difícil imaginar el destino que aguardaba a las de la tarjeta negra, las viejas y las enfermas quienes, sin duda, no tardarían en desaparecer para siempre; al mismo tiempo, era fácil deducir el destino de las jóvenes y hermosas de la tarjeta amarilla. Judith se estremeció de pies a cabeza y dio unos pasos para reunirse con el grupo de mujeres de tarjeta roja; pero, en seguida, se detuvo porque una de las carceleras había aullado la voz de alto y, poco después, le puso la mano sobre el hombro. Bajó la cabeza para mirar, consternada, la tarjeta amarilla que colgaba de su cuello. Otro empellón la mandó, dando traspiés, contra el grupo de las jóvenes y hermosas. Éstas la sostuvieron en sus manos para evitar que cayera y, en aquel instante, escuchó un susurro que la llamaba:

—¿Tía Judith? ¿Tía Judith?

Era absolutamente increíble; alzó la cabeza enérgicamente y se quedó contemplando, con ojos de asombro, a Ruth Borodina que estaba frente a ella. Parpadeó muchas veces, pues era imposible aceptar como cierto lo que estaba viendo. Ruth debía estar muerta; había fallecido dos años antes, como todo el mundo sabía. El hecho constituía uno más en la larga serie de tragedias de los Stein que había iniciado la tarde en la que aceptó la invitación para tomar el té en la casa de la princesa Ilona Roditcheva y fue absorbida en la órbita de los Borodin.

Sin embargo, aquella chica era Ruth, una Ruth saludable y bien alimentada. Una Ruth que, por increíble que pareciera, estaba sonriendo con el rostro iluminado por la alegría y que se arrojaba sobre ella para echarle los brazos al cuello.

—¡Oh, tía Judith! ¡Qué alegría me da verte en este lugar! —pero, de inmediato, apartó la cabeza, se mordió los labios y retrocedió bruscamente, el látigo le había cruzado la espalda.

—¡Mirando al frente! —vociferó una de las carceleras, otra mujer enorme y fuerte, con el cabello largo, ondulado y teñido de un extraño color rojo, cayéndole hasta los hombros por debajo de la gorra militar. Pero no ofrecía un semblante severo, antes bien, hacía el intento de sonreír.

—Ustedes son las privilegiadas —afirmó—. Oh, sí. Tendrán buena comida y quizá un trago de vez en cuando, si se portan bien. ¡En fila todo el mundo! ¡En fila! Pero ustedes dos no —señaló a Ruth y a Judith.

"Por el amor de Dios —exclamó Judith para sus adentros—. A esta muchacha la deben haber traído aquí por equivocación." Si unos minutos antes la idea de que la convirtieran en prostituta la llenaba de horror, ahora lo deseaba con tal de estar cerca de Ruth.

La carcelera les sonría más ampliamente.

—Judith Stein —dijo— y Ruth Borodina —consultó el cuaderno de notas que llevaba en la mano y después volvió a mirarlas, como para estar segura de que ésas eran las dos personas que respondían a ese par de nombres—. Sí, son nuestras invitadas especiales —agregó—. El comandante desea verlas a las dos.

Judith sintió que el estómago se le encogía. A fin de cuentas, había quedado marcada e individualizada como la prisionera y no como una prisionera.

Pero, esta vez, Ruth Borodina estaba envuelta en su infortunio.

CAPÍTULO VIII

IVÁN NEJ ESTABA PARADO FRENTE A SU ESCRITORIO Y EXAMINABA a los diecinueve jóvenes que formaban una fila delante de él. Los muchachos, en rígida postura de atención, llenaban la oficina. En su rostro no se vislumbraba expresión alguna. Ésos eran su gente, sus criaturas. Los estuvo observando fijamente durante varios segundos. Los había mirado bajo todas las condiciones imaginables durante su entrenamiento; abrumados por la fatiga y saltando de alegría, al borde de las lágrimas por el agotamiento y la desesperación y anhelantes por la felicidad de haber triunfado.

Asimismo, había estado viendo a las integrantes femeninas del escuadrón mucho más estrechamente.

Y ahora debía despedirse de todos ellos, de Anna Ragosina, quien le estaba devolviendo la mirada, mostrándole su cara habitual, una máscara pálida e inexpresiva; de su hijo Gregory, de pie en el otro extremo de la fila, contemplando también a su padre con una jubilosa anticipación iluminándole el rostro. El pobre chico tonto que iba a partir lleno de entusiasmo para unirse a su madre y a su hermana en alguna tumba o en un campo de concentración nazi... ¿Y qué era de sus hermanos? Había tenido otros dos hijos con Zoé Geller, su primera esposa. Uno había reventado de hambre durante la guerra civil. El otro, Nikolai, conquistó por sí mismo un nombre famoso como jugador de ajedrez durante la década de 1930; pero jamás hizo el intento de ponerse en contacto con su padre. Sin duda, el muy necio culpaba a Iván por la muerte de su madre: Zoé Geller, quien también había perecido durante aquellos días terribles que siguieron al encumbramiento de los bolcheviques, en 1917. Tal vez Nikolai estaba ahora en el ejército; aun así, estaba tan perdido como si hubiera muerto.

Gregory ansiaba seguir esos ejemplos descabellados y dejar a su padre más solo que nunca. Pero eso, Iván no permitiría que ocurriera.

Se aclaró la garganta y los miembros del escuadrón se pusieron en pose de atención con mayor rigidez.

—Como ya todos saben —comenzó exponiendo Iván—, durante los últimos días los ejércitos que custodiaban nuestras fronteras han sufrido graves derrotas. Eso se debe, en parte, al asalto por sorpresa que lanzaron los alemanes que cometieron la traición de fingirse amigos nuestros hasta el último momento. Pero, indiscutiblemente, nuestros fracasos se deben, además, a las actividades de los desviacionistas, los traidores antibolcheviques, tanto en nuestros mismos ejércitos como detrás de nuestras líneas en general. De cualquier modo, el resultado es el mismo. Hasta ahora, los alemanes están avanzando y quizá deba transcurrir bastante tiempo antes de que podamos concentrar las fuerzas suficientes para detenerlos. Eso haremos; no lo duden. El enemigo será vencido; pero, mientras más pronto, será mejor y esa derrota no la podremos infligir hasta que cada uno de los hombres y cada una de las mujeres de la Rusia soviética se comprometan en la lucha, se dediquen a matar alemanes y se decidan a morir, si fuera necesario, para salvar a la patria —hizo una pausa para contemplar los rostros, todos resplandecientes por la excitación y el fervor patriótico. Sentían la emoción de que los enviaban al frente de batalla y, en cierto sentido, así era—. Nuestra tarea —prosiguió— consiste en guiar esa lucha en su forma más pura. Nuestros ejércitos han sido vencidos y sus unidades están dispersas. Muchos de nuestros eficaces soldados rusos han muerto y muchos otros han caído prisioneros. Pero, también, existen otros muchos, muchos más, que han quedado superados por la rapidez del avance de los alemanes. Ésos están allí, camaradas, desconcertados, indudablemente, y sin líderes, escondidos en los bosques o en las cumbres agrestes de las montañas, donde los alemanes no han podido hallarlos. Permanecen allí, detrás de las líneas alemanas y éstas, como bandas de goma, se estiran cada vez más y, en consecuencia, se hacen cada vez más delgadas y más débiles, al penetrar en nuestro territorio. A esos rusos que han quedado allá, debemos encontrarlos y volverlos a movilizar. Es indispensable guiarlos y conducirlos, mas no hacia acá, donde ya tenemos suficientes, sino contra los alemanes, detrás de las líneas en los lugares donde ahora se ubiquen, de tal forma que lleguen a cortar las vías de comunicación alemanas y, entonces, los ejércitos invasores serán aniquilados. Para honor y gloria nuestra, Joseph Vissarionovich Stalin ha decidido confiarnos la realización de esa tarea soberanamente importante. En sus manos está.

Otra vez se detuvo y, analizando los rostros, vio que ya ninguno miraba rígidamente al frente, sino que lo observaban a él, fascinados y ansiosos de que continuara hablando para saber lo que les esperaba.

Iván fue hacia la pared y desenrolló un gran mapa de la región occidental de Rusia. De su escritorio, tomó un lápiz azul y trazó una gruesa línea donde se localizaban los límites del avance alemán, tal como lo indicaban las últimas noticias del frente. Escuchó la respiración agitada de los jóvenes que estaban detrás de él. Como se había impuesto una severa censura desde el inicio de la invasión, ninguno de ellos sabía con certeza que los alemanes hubiesen avanzado con tanta rapidez y en una escala tan amplia.

—Ésta no es la línea de las fortificaciones, por supuesto —explicó Iván—, ni siquiera es la de las trincheras. Representa sólo la zona en la que ya no quedan unidades del Ejército Rojo en actividad y en la que los alemanes han ocupado las poblaciones que han considerado útiles para su avance; no obstante, todavía hay muchas regiones en las que es posible penetrar los centros fuertes del enemigo por parte de hombres y mujeres decididos y valientes, sobre todo en grupos. A ustedes los he dividido en seis grupos de tres integrantes cada uno: un comandante y dos comandantes asistentes. Tendrán total autoridad para conducir, requisar, destruir y ejecutar. Tendrán poderes de vida o muerte sobre los soldados y los civiles que estimen necesarios para cumplir con su misión. Cada grupo será el responsable de un área y, dentro de los límites estipulados, podrán elegir el área preferida —en ese momento, dio media vuelta rápida para quedar frente a ellos—. Antes de solicitar voluntarios, deseo aclarar algo: se les ha seleccionado para esta misión porque son de los mejores elementos con los que contamos. Se les ha enseñado cómo matar de manera efectiva, cómo llevar a los límites máximos una guerra personal, cómo ser totalmente implacables. Espero que también se les haya instruido acerca de cómo morir. No tomen las cosas a la ligera: las tareas que se les proponen son desesperadas; deberán emplear las cualidades que se les enseñaron hasta sus límites máximos. Con el fin de otorgarles esa autoridad absoluta que requieren, es indispensable que obtengan las órdenes firmadas por mí. Si los alemanes los atrapan mientras lleven encima esas órdenes, se ocuparán de darles muerte, en una forma lenta y cruel. Deberán estar preparados para eso, sin traicionar a sus camaradas, ni a aquella gente con la que ya hayan establecido contacto. ¿Me han comprendido?

Todos se le quedaron mirando firmemente. Ya habían desaparecido las expresiones de entusiasmo y de ansiedad en los rostros, mas, en todos ellos, podía distinguirse el gesto de la determinación; una determinación más firme que la de antes. Todos estaban conscientes de la magnitud de la confianza que se depositaba en ellos.

—Muy bien —dijo Iván—. Ahora, deben saber que la primera de las áreas es la más riesgosa. Es la zona de los pantanos del río Pripet. Durante las primeras cuarenta y ocho horas de su ataque, los alemanes se las ingeniaron para atravesar toda la región de Polonia que habían ocupado nuestras fuerzas en 1939; luego, emprendieron el avance en dos frentes definidos: uno hacia el sur, en dirección a Kiev y a la Crimea; el otro, camaradas, hacia el norte, contra Moscú y Leningrado. En sus progresos, no consideraron que el área del Pripet fuera apropiada para el movimiento de grandes contingentes de tropas y, por lo tanto, la sobrepasaron. Es allí donde se han acumulado numerosas tropas rusas, aisladas por las destrucciones de nuestros comandos. Son hombres con armas en sus manos que sólo requieren un dirigente capaz para principiar la lucha. Pero los pantanos del Pripet constituyen, asimismo, la zona más profundamente incrustada detrás de las líneas alemanas. Se necesita mucho tiempo para llegar hasta allá y caminando siempre bajo la amenaza de la traición o la captura. Además, es esencial advertirles que ésa será la última zona que recibirá la ayuda de nuestros ejércitos cuando inicie el contraataque y será imposible transportar por aire cualquier clase de equipo a esa región tan distante a la retaguardia de las líneas alemanas, sobre todo si consideramos la actual superioridad aérea de los alemanes. Cualquiera que esté al mando del grupo en la región del Pripet, deberá arreglárselas con sus propios recursos —hizo una pausa para mirar la hilera de rostros y después añadió—: Ésa es también la zona en que se ubican mi mujer, mi hija y las demás alumnas de la academia de danza Nej, que allí se esconden desde su dramática escapatoria de la custodia alemana; por lo tanto, es una zona de mucho interés personal para mí. Ahora, quiero plantearles una pregunta: ¿quién se ofrece como voluntario?

Gregory Nej se adelantó algunos pasos.

—Yo me presento como voluntario, camarada comisario —dijo con firmeza.

Iván hizo un breve signo negativo con la cabeza.

—Yo he tomado ya una decisión sobre tus deberes, camarada Nej —declaró Iván.

—Pero... — el rostro de Gregory enrojeció de pronto.

—Entiendo que estés preocupado por la suerte de tu madre y de tu hermana, camarada Nej —replicó Iván—. Yo también experimento esas emociones. Por eso mismo, considero que tú no eres apto para desempeñar esa tarea. El que vaya o la que vaya al Pripet no debe estar movido por otras emociones que la necesidad de aniquilar alemanes. Vuelve a ocupar tu lugar en la fila.

Gregory vaciló unos segundos; miró brevemente a su derecha con las mejillas aún encendidas y luego volvió a ocupar su sitio en la fila.

"Qué pretexto tan absurdo —se dijo Anna Ragosina—. No enviará a su hijo a una muerte casi segura, pero sí a todos nosotros. Me mandará a mí. Ésa es la recompensa que me prometió: la muerte segura."

Luchar con Tatiana Nej y la boba de su hija; también con Natasha Brusilova, a la que había detenido años atrás. Luchar con John Hayman. De repente, cayó en la cuenta y la emoción la estremeció. Había olvidado que él también estaba en Slutsk junto con las Nej. ¡John Hayman! ¡Habían transcurrido tantos años! Pero ahora estaría bajo su mando, obligado a obedecerla, a hacer todo lo que ella le ordenara hacer.

Se percató de que Iván la estaba mirando. Ella era de lo mejor que él poseía. Dio unos pasos al frente.

—Me ofrezco como voluntaria para la zona del Pripet, camarada comisario —expresó.

El tren avanzaba sacudiéndose despacio a través de la planicie polaca o, mejor dicho, lo que alguna vez fue la planicie polaca y ahora era alemana, según se decía Paul von Hassell para sus adentros. También aquello era parte del terrible asunto en el que él, con toda Alemania, estaba comprometido, en el nombre del Führer y de la existencia del pueblo alemán.

En eso creía Paul absolutamente. En los recuerdos de su niñez veía a su padre llorando con desesperación cuando sus ahorros cuidadosamente guardados se desvanecían por completo durante los desastres económicos de los primeros años de la década de 1920; se veía separado de su elegante colegio de *kindergarten* para asistir a la escuela gratuita para los hijos de los padres desempleados. Pero, luego, su padre se había recuperado. Era un hombre trabajador y, con mucho cuidado, reconstruyó su práctica de abogado y sus economías destrozadas; pese a ello, no estaba preparado para olvidar los años difíciles. "Alemania necesita una monarquía —acostumbraba a decir—. Requiere una mano fuerte en el timón. Si ya no se nos permite tener a un emperador, busquemos un presidente que sea más que una figura de ornato. Un presidente que sepa gobernar."

Herr Von Hassell fue uno de los primeros partidarios de los nazis y alentaba a su hijo para que siguiera la estrella que habría de restituir la antigua grandeza de Alemania y que encumbraría al pueblo alemán a los niveles de prosperidad y de seguridad que había conocido. También, animaba a su hijo para que se colocara en la cúspide como su meta. Si quería ser un soldado como los otros jóvenes de su edad que aspiraban ingresar a la Wehrmacht o a la Luftwaffe, debería enlistarse a la Guardia Pretoriana, a la élite, a la Waffen ss, la fuerza de combate más exclusiva de Alemania y quizá del mundo entero. Y allí fue admitido, suponía que tanto por su presencia —en el primer desfile fue destacado como el ejemplar perfecto de la belleza aria—, como por su talento. A él le complacía ser atractivo y tener talento y sabía que lo tenía: era capaz de disparar con tino y rapidez; podía comprender las órdenes de inmediato y efectuarlas con mayor prontitud y eficacia que cualquiera de sus compañeros. Se había mencionado su nombre al propio Führer y, durante el desfile del día de la graduación, sólo cuatro años antes, se le había elegido para mantener una conversación con el gran hombre, quien le dio amistosas palmadas sobre la espalda y le indicó con claridad que iba por muy buen camino.

El hecho de que su buena marcha tendría que culminar en una guerra y que esa guerra iba a librarse contra la Rusia soviética, era algo que jamás había sido puesto en duda. Él, lo mismo que todos los oficiales compañeros suyos, fueron adiestrados para esa guerra, mental y físicamente, y todos habían asimilado la doctrina nazi en el sentido de que los soviéticos eran monstruos infrahumanos incapaces de tener ideas inteligentes o críticas, que los grandes artistas rusos de antaño —Tchaikovsky y Tolstoi, Rimsky-Korsakov y Chejov— fueron fenómenos que ya no podrían volver a presentarse tras el derrumbe del zarismo, puesto que todo talento quedaba sofocado bajo el peso brutal y gris del dogma bolchevique. Por lo tanto, parecía sensato que una raza tan inferior como la rusa quedara convertida en una colonia del Reich.

El arribo de la misión soviética a Berlín durante el verano de 1938 había ocasionado un vuelco a todas aquellas doctrinas. Sin previo aviso, tanto Paul como todos los demás, es decir, todos los alemanes que no habían sido aceptados en la confianza particular de Hitler, recibieron la enseñanza de que, viéndolo bien, los rusos no eran tan malos como se decía y que, en realidad, los dos sistemas totalitarios, el de Alemania y el de la Unión Soviética, eran los que aportaban las mejores perspectivas para la prosperidad del porvenir en Europa, puesto que los verdaderos enemigos del Reich eran los países democráticos, como Inglaterra y Francia, que se habían interpuesto obstinadamente en el camino de la expansión de Alemania hacia sus propias fronteras étnicas y culturales. Y, a pesar de que aquel abrupto cambio de rumbo parecía muy confuso, el pueblo alemán lo aceptó con gusto. Paul, al igual que los demás, se sentía tan valiente y tan patriota como cualquier otro, pero la idea de emprender una guerra contra las terribles y desconocidas hordas rusas lo estremecía de miedo. Por otro lado, las democracias no parecían dispuestas ni preparadas para el combate. Y después, aparecieron los amables, los atractivos rusos en persona. Los primeros rusos que Paul había visto en su vida fueron los miembros de aquella misión Nej enviada por los soviéticos y todos le parecieron personas encantadoras. La misma madame Nej era el epítome de todo lo que una artista grande y famosa debía ser y sus danzarinas no tenían comparación con las mujeres que él había conocido tanto en inteligencia como en hermosura. Y en Svetlana Nej halló a la mujer perfecta. Al descubrirla, encontró lo mejor que le había ocurrido en su vida y le pareció que con ella se completaba su existencia. Y si su felicidad iba a ser empañada por una guerra, un conflicto en primer lugar contra Inglaterra, bueno, lo tomaría como un beneficio, puesto que para los oficiales cualquier guerra entraña una rápida promoción y, al final de la misma, su vida profesional quedaría establecida en el camino propio para igualar su felicidad doméstica.

Sin embargo, la guerra que se desató representó para él una gran desilusión. No le faltaba valor ni carecía de talento; pero le parecía imposible encontrar dentro de sí mismo el antagonismo y el odio suficientes para ejercer el mando con la implacable objetividad que la guerra moderna exigía. Se decía para sus adentros que habría sido diferente en una verdadera guerra, como las que él conocía en los libros, con batallas sangrientas y encarnizadas. Entonces sí podría haberse demostrado su determinación innata de triunfar, de ser el mejor. Pero todos los ejércitos que se enfrentaron a la Wehrmacht —los polacos, los daneses, los noruegos, los holandeses, los belgas y los franceses e incluso los ingleses mismos— se habían derretido como cera ante la llama en dondequiera que los Panzers entraban en acción. Las unidades especiales, como la Waffen ss, no habían hecho nada más que operaciones de limpieza y de reorganización entre los restos desmoralizados de los regimientos vencidos. Paul sólo sentía lástima por esos enemigos. A lo mejor por eso, mientras muchos de sus compañeros y contemporáneos habían ascendido a mayores y coroneles, él conservaba su grado de capitán. Eso ya no parecía tan relevante, si se le comparaba con el futuro que le aguardaba al lado de Svetlana.

Pero, poco después, la Wehrmacht se volvió hacia el oriente. Aquellas actividades policiales, como se les nombraba, contra Yugoslavia y Grecia, no eran cosa seria en sí mismas y apenas podía calificárseles de guerras, puesto que el enemigo, como de costumbre, brevemente respaldado por los ingleses, acababa por huir en desbandada dondequiera que las fuerzas alemanas avanzaban. Mas aquellas actividades estaban acompañadas por persistentes y crecientes rumores de que sólo se trataba de operaciones de fortalecimiento del flanco de los Balcanes antes de que se iniciara la verdadera batalla; la batalla para la que se habían estado preparando durante toda la vida. Muchos de los oficiales compañeros suyos consideraban inaceptables esas sugerencias: Inglaterra, sin mayor efectividad, continuaba participando en la guerra y al pacto de no agresión con Rusia aún le restaban ocho años de actividad. Pese a ello, para Paul von Hassell, aquellos rumores empezaron a adquirir un sentido profundo. Encajaban a la perfección en todo lo que el Führer había dicho desde su primer discurso y Paul se los sabía todos casi de memoria. La lucha, el *Kampf,* no se conquistaría con palabras y con promesas. Ésas no eran más que armas débiles que debían emplearse lo más hábilmente posible. A fin de cuentas, el triunfo quedaría en el lado donde se demostrara la mayor determinación de ganar, la posición indoblegable. El halago y las muestras de amistad hacia los rusos no habían sido más que una fase política ventajosa para uno o dos años.

Entonces, ¿qué le quedaba a Paul von Hassell y a su prometida rusa? Lleno de angustia y luchando contra sus indecisiones, había ido a visitar a su coronel y éste lo tranquilizó. Svetlana Nej era, en realidad, una Borodina, descendiente directa de la antigua familia principesca de Rusia. No era posible admitir que fuera una bolchevique, incluso cuando su madre hubiese sido una comisario soviética. En cuanto al hecho de que Svetlana estaba en Bielorrusia, es decir, directamente en el paso de la avanzada germana, podía solucionarse haciendo el intento de rescatarla de allí, sin revelar ningún secreto, o bien, si esto fracasaba, dar una orden en el sentido de que ningún soldado alemán fuera a hacer daño a la hija de Tatiana Nej.

Paul se tranquilizó, a pesar de que se le dio una respuesta negativa a su petición de que Svetlana fuera trasladada a una de las puntas de lanza de las invasiones alemanas. Después, se alegró sobremanera al enterarse de la noticia de que la academia de danza, en pleno, había sido hecha prisionera y de que se habían dado instrucciones para que *fräulein* Nej fuese enviada a Berlín. Se diría que toda la Wehrmacht se había unido para garantizar su felicidad.

Pero eso era antes del catastrófico escape. Paul había culpado a John Hayman. No podía imaginar que una mujer fuera capaz de dirigir un acto de violencia tan bien concertado. En cambio, Hayman, un joven estadounidense con antepasados rusos, hijo de un comisario... Cierto que era un muchacho con el que había simpatizado, pero jamás confió en él, quizá por su aparente indiferencia en cuanto a los verdaderos propósitos de la vida, en cuanto a cualquier concepto de lucha.

En particular, el hecho de haberse llevado consigo a Svetlana... Por supuesto que la chica habría opuesto resistencia, pero habría sido su madre, apoyando a su sobrino, la que le ordenó huir con las demás. ¡Qué disparate habían cometido! Obviamente, todos quedaron fuera de la ley, ya que incluso se atrevieron a matar a soldados alemanes. Paul había estado a punto de caer de rodillas para suplicar, en esa posición, que le permitieran hacer el intento de salvarla. ¡Ah, si fuera posible rescatarla! Tal vez ya estuviera muerta de inanición en aquellos horribles bosques desolados o ahogada en los inhóspitos pantanos a donde habían "huido".

Asimismo, era posible que se le hubiese forzado a cometer algún crimen incalificable contra el Reich.

La marcha del tren era más lenta. Levantó la cabeza, la sacudió con energía como para despertar totalmente y se quedó mirando al príncipe Peter Borodin que estaba sentado frente a él. Habían viajado juntos en el compartimiento desde Berlín, casi veinticuatro horas completas, habían comido, dormido y se habían afeitado juntos; pero apenas habían intercambiado algunas palabras. Si Paul estaba preocupado, el príncipe parecía estarlo mucho más.

Sin embargo, en él se había efectuado un cambio en las dos semanas transcurridas desde que se vieron en compañía de George Hayman, en el Hotel Albert de Berlín. Ese día, Peter estaba como él siempre lo había conocido: vivo, en estado de alerta, agresivo, casi desafiante en sus respuestas a las críticas; Paul ya sabía que siempre había avanzado por un camino equivocado, pero con una determinación inquebrantable, pues ése era su camino. En cambio, durante aquel viaje, lo veía con los hombros caídos, jorobado, con los pliegues del rostro más acentuados. Incluso su vestimenta, tan elegante como de costumbre, parecía demasiado holgada para él. Al parecer, en dos semanas había duplicado su edad.

Resultaba sencillo saber por qué, se dijo Paul. Aunque fingiera haber tachado de su lista el nombre de su hermana menor y de la familia de ésta por sus relaciones con los bolcheviques, no podía dejar de estar preocupado por la suerte de Tatiana. Por ende, en aquellos instantes, por encima de toda su retórica, sus estridentes declaraciones y su anticomunismo feroz, estaba emprendiendo la tarea que siempre había reclamado para sí como máxima ambición: integrar un nuevo Ejército de Rusos Blancos para derrocar a los Rojos. Y, en aquella ocasión, casi nadie dudaba de que pudiera triunfar puesto que lo respaldaba todo el poderío armado del Reich. No obstante, por primera vez admitía la inmensidad de la responsabilidad que iba a cargar sobre sus hombros; la responsabilidad de crear otra guerra civil, cuando la primera había sido uno de los encuentros más sanguinarios en la historia de la humanidad.

Paul suponía que el príncipe se sobrepondría y acabaría por hacer un buen trabajo. De no ser así, Himmler no lo toleraría ni un instante más, pese a que era el consentido de Goebbels, ya que el ministro de Propaganda consideraba a Peter como un instrumento perfecto para la propaganda.

Paul le sonrió desde su asiento.

—Llegaremos muy pronto —comentó—. ¿No le parece increíble? Apenas se advierte que en esta comarca acaba de librarse una guerra. Me imagino que ello se debe a que el territorio es muy vasto; pero también creo que es necesario rendirle tributo al poder de la *blitzkrieg*. Es cierto lo que se dice en el sentido de que, mientras más terrible y arrolladora sea una guerra, más económica resulta en términos de vidas humanas y de dinero.

Peter Borodin se limitaba a escuchar observando fijamente a Paul von Hassell.

—Y cuando se trata de una guerra necesaria... —prosiguió explicando Paul, y se detuvo al comprender que podía estar enredándose en una conversación de la que luego le resultaría difícil salir—. Pues bien, ésta es una guerra necesaria, príncipe Peter. Usted mismo lo ha indicado en muchas ocasiones.

Peter Borodin suspiró profundamente y dio vuelta a la cabeza para mirar por la ventanilla.

—Le rasuraron la cabeza —dijo como si hablara consigo mismo.

Paul lo miró desconcertado, hasta que recordó a la mujer judía de quien Peter y George habían hablado; al parecer, una vieja amiga de la familia. De cualquier manera, una judía y, además, amante de un funcionario comunista y con antecedentes de agitadora comunista.

—Sí, bueno... ya sé que eso es algo... indigno —mencionó—, pero la prisión misma es algo indigno. Además, cuando se aglomera en un solo lugar a tanta gente, los piojos se esparcen. Por eso, también pelamos al rape a nuestros soldados —hizo el intento de sonreír. Peter Borodin se volvió para mirarlo de nuevo, con una expresión hermética en el rostro y sin decir nada—. Pero tan pronto como la guerra concluya —continuó Paul como si intentara tranquilizarlo—, ya no será necesario mantener encerrados a los elementos subversivos. Y ya no falta mucho para eso, sobre todo ahora que usted nos ayudará.

—¿A los subversivos? —preguntó Peter todavía como si hablara consigo mismo—. ¿Acaso puede ser ella un elemento subversivo? Aborrece a los bolcheviques tanto como yo. Yo mismo la eduqué y le infundí esas ideas. Nadie puede calificarla de subversiva.

Paul frunció el ceño antes de responder:

—De nada sirve discutir los antecedentes de *fräulein* Stein, príncipe Peter. Quizá deteste a los bolcheviques, pero, evidentemente, es comunista. Además, es judía.

El príncipe Peter había dejado de escuchar. Otra vez observaba por la ventanilla las casas aisladas que empezaban a aparecer, mientras el tren reducía aún más la velocidad.

—Le raparon la cabeza —repitió—. Heydrich me garantizó que la tratarían bien, pero le raparon la cabeza y se llevaron todas sus ropas y sus cosméticos y la pusieron a trabajar en el hospital. ¡A una niña como ésa! ¡Ay, Dios mío! —ahora hablaba con la voz entrecortada—. Pasó dos años en una prisión de Rusia y ahora le hacen esto —volvió levemente la cabeza para mirar a Paul—. Los rusos no le raparon la cabeza ni la maltrataron; la encerraron y le dieron libros para que leyera.

Paul no hacía más que mirarlo, desconcertado. No tenía la menor idea de lo que el príncipe estaba diciendo. Por un instante, se le ocurrió que quizá estuviera perdiendo la razón. Sin duda, emprender la misión de fundar un ejército con gente que, durante años, había estado bajo el dominio de los comunistas le ocasionaba un estado de tensión nerviosa constante.

De pronto, cayó en la cuenta de que Peter estaba sonriendo. Paul se sintió incómodo.

—Era a mí a quien querían atrapar —dijo entonces—. Eso es lo que ella misma cree. Querían atraparme a mí y se la llevaron a ella porque yo no estaba en casa. Y, luego de llevársela, ya no supieron qué hacer y la encerraron en la prisión. Durante dos años la mantuvieron encerrada. ¿Quién podría creerlo?

Paul movió la cabeza compasivamente. El gesto le pareció menos comprometedor que una afirmación.

—¿Quiere saber algo más? —prosiguió Peter—. Ella está contenta. Parece estar feliz al encontrarse de nuevo entre tanta gente, a pesar de que lleva la cabeza rapada. Está contenta porque ahora puede ver el sol de cuando en cuando. ¿Puede creerlo?

Paul miró por la ventana e hizo un gesto de alivio al ver que el tren se estaba deteniendo en la estación. Al mismo tiempo, Peter Borodin pareció volver a la realidad. Se enderezó y se abotonó el saco.

—Le pido que olvide todo lo que acabo de decir, capitán Von Hassell —solicitó—, puesto que yo no debo comentar con nadie de este asunto.

—Por supuesto, príncipe Peter —prometió el capitán poniéndose de pie para ponerse la gorra—. Comprendo perfectamente.

—¿Lo comprende? —preguntó Peter con tono escéptico.

Bajaron juntos del tren al andén, donde el coronel Von Bledow los esperaba. Paul se sintió tranquilo de inmediato. Von Bledow era de baja estatura, rechoncho y sonreía continuamente. Toda su cara parecía hecha para sonreír o quizá para reír y daba la impresión de que, en cualquier instante, sus ojillos brillantes y su pequeña nariz se iban a perder entre las protuberancias de carne de sus mejillas y su mentón. Al príncipe lo recibió con el saludo nazi y después se estrecharon las manos.

—Príncipe Borodin —le dijo con una amplia sonrisa—. Estamos muy complacidos de tenerlo aquí, con nosotros. He puesto a su disposición un edificio entero, con oficinas, secretarios y todo lo que pueda requerir; pero si necesita cualquier otra cosa, no tiene más que pedirla —se echó a reír haciendo que se sacudiera su uniforme en torno de su cuerpo rechoncho—. ¡Un ejército ruso combatiendo codo con codo con los alemanes! Es increíble, príncipe Borodin. Me cuesta trabajo creerlo. Pero estoy bien dispuesto a admitirlo en cuanto lo vea, ¿eh?

Dejó al príncipe Peter con la boca abierta para responder y se volvió hacia Paul para estrecharle la mano efusivamente.

—Usted debe ser el capitán Von Hassell —volvió a reír y a sacudirse—. ¡Qué bien, qué bien! Mire hacia allá.

Paul miró hacia las lejanas copas de los árboles que se elevaban sobre el horizonte como una enorme nube baja. Ya había contemplado varias veces los bosques y los pantanos del Pripet. Afirmó con la cabeza.

—¿Ha establecido ya contacto con ellos, coronel?

—Por supuesto que no. Allá están todos dentro; nosotros estamos afuera. No los hemos visto ni hemos escuchado hablar de ellos desde la noche en que huyeron. Yo creo que los aldeanos de las orillas del pantano les están dando de comer; me había propuesto detenerlos, pero me pareció que no era conveniente organizar una operación militar contra un puñado de bailarinas... Además, sería necesario distraer a varios regimientos para explorar esos pantanos. No, no; que se queden allí y que se mueran de hambre, si eso es lo que quieren. Pero, por otro lado, capitán, si acaso los convence de que se entreguen... —lanzó una gran risotada—. Sería muy bueno que usted los convenza para que salgan de allí. Intente conseguirlo, capitán. Convénzalos para que salgan.

—¡Señor Hayman! —Stalin salió de atrás de su escritorio con los dos brazos extendidos—. Se diría que siempre nos vemos en momentos críticos; de cualquier forma, estoy muy complacido por volver a verlo. El camarada Molotov me ha comentado que ha venido con carácter oficial.

—Sucede que estoy en el lugar de los hechos, excelencia —dijo George.

—¡Por supuesto! —Stalin se llevó a George a un amplio sofá cubierto con tapices orientales que estaba en un rincón y se sentó junto a él. Molotov acercó una silla y se sentó enfrente—. Ya sé que iba rumbo a la boda de su hijastro cuando sucedió todo esto. Es lamentable. Me entristece pensar en la pobre Tatiana Dimitrievna, una heroína de la Unión Soviética y una de sus más destacadas figuras culturales, perdida en ese infierno...

—¿No hay alguna noticia sobre ellos? —preguntó George.

—Nada —contestó Stalin—. Le he solicitado a mi vicecomisario de la seguridad interna que venga a informarle las medidas que ha tomado en este asunto —volvió la cabeza para mirar a Molotov.

—Está esperando afuera —dijo éste y se levantó para abrir la puerta y dar paso a Iván Nej—. Por supuesto, señor Hayman, usted ya conoce al camarada Nej.

—Sí —afirmó George—. Ya conozco al camarada Nej —no hizo movimiento alguno para saludar de mano al hombre que más abominaba en el mundo.

—Siéntate —lo invitó Stalin—. Siéntate, Iván Nikolaievich, y haz favor de comunicarle al señor Hayman, con todo detalle, los pasos que has dado para tratar de averiguar el paradero de Tatiana Dimitrievna.

—Estoy haciendo todo lo que está a nuestro alcance —dijo Iván—. He despachado a mi mejor agente, una mujer llamada Anna Ragosina... —hizo una pausa para mirar a George de soslayo. Estaba al tanto de que éste la conocía, puesto que había sido ella la que entregó a Ilona en manos de Iván, en la prisión de Lubianka—. La envié a la región del Pripet. La misión es muy riesgosa, como podrá comprender, señor Hayman. Si los alemanes llegan a capturar a Tatiana, me estremezco al pensar en el destino que le aguarda. Anna ha partido ya, con dos agentes, para establecer contacto con mi esposa, si eso fuera posible.

—¿Y también para sacarla de allí?

—Si eso fuera posible —repitió Iván desviando la mirada pero no tan pronto que George dejara de advertir algo así como un velo que había caído frente a sus ojos.

—Estamos librando una guerra desesperada, señor Hayman —puntualizó Stalin—. Todos los días nos llegan noticias de alguna nueva catástrofe. Nada de lo que hacemos parece suficiente para detener a los alemanes. ¿Se ha dado cuenta de que ya están sólo a unos cuantos cientos de kilómetros de Moscú?

—Y a poco menos de doscientos de Leningrado —añadió Molotov.

—Ya estamos evacuando a los elementos del gobierno para trasladarlos a Kuibyshev, en los Urales —continuó exponiendo Stalin—. Le prometo que su cuñada, así como su hijastro y su prometida, serán encontrados, si eso es humanamente posible; pero, en las condiciones en las que estamos, no podríamos pronosticar lo que ocurrirá mañana.

George asintió.

—El esfuerzo que están realizando aquí es magnífico. Tuve oportunidad de leer su discurso y, si su excelencia me permite decirlo, lo considero brillante.

—¡Muchas gracias, señor Hayman! Muchas gracias. Puede estar seguro de que lucharemos hasta perder la última gota de nuestra sangre —sonrió con genialidad, como de costumbre—. Y por supuesto que lucharemos hasta que se nos agote la última bomba, la última bala, la última gota de gasolina para mover el último tanque de los que ustedes puedan proporcionarnos.

—Nada de eso escaseará —aseguró George—; sin embargo, a mi gobierno no le agradará saber que tiene la intención de evacuar Moscú.

La sonrisa de Stalin se desvaneció y adoptó una expresión grave.

—No tengo la más mínima intención de evacuar Moscú, señor Hayman.

—Pero, si el gobierno...

—Enviaré a varios de los departamentos del gobierno a Kuibyshev, pues no es indispensable que permanezcan aquí. De hecho, no nos servirían más que de estorbo. Además, es posible que la batalla decisiva de todo este conflicto se libre aquí, en Moscú, así que ya estoy evacuando a todos los hombres y mujeres que no sean indispensables. Los niños ya han partido; pero yo no me iré. Yo mismo estaré al mando de la defensa en la ciudad y le prometo, señor Hayman, que si los alemanes toman el Kremlin deberán pasar por encima de mi cadáver.

Hablaba con tanta tranquilidad, dando todo como un hecho, que George creyó a pie juntillas lo que estaba señalando y, al mismo tiempo, se consolidó en su mente la idea de que los alemanes no tomarían Moscú.

—¿Y qué hay de Leningrado?

Stalin había empezado a sonreír de nuevo.

—También esa ciudad quedará en nuestras manos, señor Hayman. Está al cuidado de un viejo amigo y colaborador mío y suyo también... Michael Nikolaievich.

George hizo un signo afirmativo con la cabeza.

—¡Cómo me gustaría ir a esa ciudad tan pronto como resuelva los asuntos pendientes en ésta!

—Eso sería imposible —advirtió Molotov—. Los alemanes están demasiado cerca. Podría decirse que ya están luchando en los suburbios.

—Ya he estado antes bajo el fuego, camarada Stalin —indicó George.

—¿Por qué tiene tanto empeño en ir a Leningrado, señor Hayman? —inquirió Stalin—. ¿Será porque desea volver a ver a Michael Nikolaievich?

—Ciertamente, me agradaría mucho volver a verlo, excelencia. Él y yo somos viejos amigos; además, hace años compartimos juntos una batalla contra los japoneses.

—Hace ya mucho tiempo de eso —musitó Stalin.

—Pero también quisiera visitar de nuevo la ciudad. En Leningrado pasé largas temporadas antes y durante la Gran Guerra —Stalin hizo un gesto afirmativo—. Además —añadió George—, antes de volver a casa, quisiera presenciar, si fuera posible, una auténtica lucha entre las fuerzas soviéticas y las alemanas.

—¿Para informar a su gobierno si se está empleado bien el material del tratado de Préstamo y Arriendo? —inquirió Molotov.

—Naturalmente —aceptó George—; pero también soy un periodista, camarada, no lo olvide. Lo he sido toda mi vida.

—Por supuesto —dijo Stalin sonriendo—. Una información de primera mano del propio dueño del periódico. ¡Ah, señor Hayman, se diría que huele la batalla y la sigue por el olor, como un perro a su presa! ¿Sabe que existe otro motivo para que usted vaya a Leningrado? Allá está Boris Petrov.

—¿Boris? Bueno, entonces...

—Sus padres viven allí —explicó Stalin—. Pobre Petrov, su existencia no ha sido muy afortunada. Bueno, es indispensable que vaya a Leningrado —hizo una pausa y alzó el índice de su mano derecha, a modo de advertencia—. Pero antes, deberá hablar con mi personal para la defensa y elaborar sus listas.

—Por supuesto —reconoció George.

—Y siempre y cuando me prometa que no permitirá que lo maten.

—Haré todo lo posible por evitarlo.

—Muy bien, muy bien —se levantó y todos los que estaban en la oficina hicieron lo mismo—. Quizá nos haga el honor de venir a cenar con nosotros; será una pequeña reunión.

—Me sentiré muy honrado —dijo George.

—Bueno, nos veremos más tarde.

Salieron los tres hombres y dejaron a Stalin solo en su oficina.

—Ya es hora del almuerzo —dijo Molotov observando a George—. Supongo que estará cansado luego del viaje. ¿Quiere que comencemos a ver nuestros asuntos mañana por la mañana?

—Muy bien —asintió George.

—Entonces, tenga la bondad de disculparme. El camarada Nej se ocupará de que lo lleven a su hotel.

George lanzó una mirada de reojo a Iván.

—Con todo gusto, señor Hayman —aceptó éste—; pero antes, quisiera almorzar con usted. Tenemos muchas cosas de qué hablar.

George vaciló durante unos segundos.

—Sí, estoy seguro que sí.

Iván Nej condujo a George escaleras arriba hasta el restaurante. A pesar de las cotidianas visitas de los bombarderos de la Luftwaffe y de que la gente iba y venía de prisa por las calles, llena de ansiedad, deteniéndose en algunas esquinas para leer las últimas noticias colocadas en tableros colgados en los muros, Moscú, lo mismo que Berlín, llevaba una vida casi normal. Mientras George entregaba al mozo de la puerta su sombrero y su abrigo, se dijo, mirando a su alrededor, que aquel lugar debía estar reservado para oficiales de muy alto rango en el partido y para otros igualmente importantes del ejército, a juzgar por la gran cantidad de reluciente bronce que podía apreciarse; pero, de cualquier forma, el sitio estaba abarrotado y ofrecía un aspecto tan lujoso y cómodo como cualquier otro parecido en Nueva York.

—Hemos sido enemigos en el pasado, señor Hayman —principió diciendo Iván. No había abierto la boca durante el recorrido en el auto oficial desde el Kremlin y, evidentemente, estaba elaborando en su mente lo que iba a decir. George esperó—; pero, ahora, me parece positivo que ambos estemos del mismo lado, ¿eh?

—Si lo que quieres decir es que los dos nos oponemos al nazismo o al fascismo en cualquiera de sus formas, estoy de acuerdo contigo.

Uno de los camareros los estaba conduciendo a una mesa; Iván debía ser un cliente asiduo en aquel restaurante. George pensó que Iván semejaba un auténtico héroe de una de las historias románticas de Horacio Alger en la que un chico ascendía desde lo profundo del pozo de la miseria hasta codearse con los más encumbrados de la comarca. Aunque, en el caso de Iván Nej, la historia adquiría horribles connotaciones.

—Pero usted sigue calificándome como un monstruo —recalcó y sonrió—. Yo también leo la prensa estadounidense, señor Hayman, en especial sus periódicos.

—¿Cómo quieres que te considere exactamente? —inquirió George.

Iván no respondió en seguida. Ya habían llegado a la mesa, ubicada discretamente al fondo del gran salón. La mesa tenía tres cubiertos. El tercero de los comensales ya estaba allí: un joven alto, con su uniforme, que se levantaba para saludar al comisario y a su invitado. Se había puesto de pie para saludar a su padre, según comprendió George algo asombrado. El alto porte de los Borodin y las facciones bien delineadas del rostro, no podían pertenecer más que al hijo de Iván y de Tattie.

—Es mi hijo —aclaró Iván—. Gregory Ivanovich. Éste es el señor Hayman, de Estados Unidos. Ya me has escuchado hablar de él. Creo que también habrás oído a tu madre hablando de él.

Gregory estrechó la mano de George. Éste advirtió la expresión triste del rostro y las comisuras de la boca caídas. Era raro ver tanta tristeza en un muchacho tan joven.

—¿Tiene noticias de mi madre, señor Hayman?

George miró a Iván quien suspiró al sentarse.

—El señor Hayman está buscando noticias de tu madre, Gregory, lo mismo que todos nosotros. Por desgracia, no ha tenido ninguna.

—Yo debería estar allá —aseveró Gregory Nej—. Creo...

—Tu lugar está aquí —dijo Iván tranquilamente mientras observaba a George—. Gregory está trabajando para mí, en Lubianka —explicó—. Es miembro de mi escuadrón especial y está ayudándome a entrenar un nuevo escuadrón especial. Pero se empeña en estar en el campo de batalla.

—Es allí donde yo debería estar —dijo el chico.

—Ordenemos la comida —solicitó Iván—. El caviar está exquisito en esta temporada, señor Hayman, lo mismo que la carpa. La carne escasea bastante —le dirigió a George otra breve sonrisa—; los alemanes se han adueñado de la mayor parte de nuestro ganado en Ucrania.

—Me quedo con la carpa —contestó George y se dedicó a analizar a su huésped. Cuando era el lustrabotas en Starogan, Iván Nej no había atraído la atención de nadie. Ahora, a pesar de su uniforme, de sus brillantes cueros y de sus insignias de bronce reluciente, pese a los modales firmes y seguros con los que llamó al mesero, hizo el pedido y ordenó los vinos, continuaba teniendo el aspecto de un animal hambriento. Cuando la infalible botella de vodka fue colocada sobre la mesa, se bebió de un sorbo la que le sirvieron en su vaso, como lo habría hecho cualquier soldado ruso, en tanto que su hijo y su invitado se bebían la suya poco a poco. Pero, en aquel Iván, más viejo y más experimentado, había una manifiesta autoconfianza que faltaba por completo en aquella pobre criatura que había suplicado para salvar su vida en 1932, cuando sus planes para destruir a los Hayman fueron patentes. George se apresuró a recordarse a sí mismo que aquellos cambios no se debían a que el hombre hubiera madurado o se hubiera humanizado con el correr de los años y con el éxito, sino en particular a que, en aquellos nueve años intermedios, se había convertido cada vez más en la criatura de Stalin, el hombre que había organizado con mano maestra los arrestos y los juicios, las torturas y las ejecuciones, todos aquellos actos que transformaron en una terrible burla al Estado soviético a mediados y a fines de la década de los treinta.

George experimentó el incómodo sentimiento de que aquel lustrabotas convertido en el "verdugo maestro", ya no se doblegaría ni se rebajaría con tanta facilidad.

Iván sonreía. Sin duda, se había dado cuenta de la mirada escrutadora de George e incluso era posible que hubiese adivinado algunos de sus pensamientos.

—¿Me pregunta que cómo quiero que me considere, señor Hayman? —reflexionó en voz alta—. Pues, sencillamente, como un hombre que está cumpliendo con su deber para con su país, tanto como usted está cumpliendo con el suyo. No quiero discutir ni pelear con usted; los asuntos que tenemos entre manos son demasiado importantes como para ponernos a discutir —se inclinó como si quisiera hablar más íntimamente con George—. Pero sí quiero aclarar que yo estoy tan preocupado por Tatiana Dimitrievna como lo está usted y, al mismo tiempo, quiero manifestarle que admiro enormemente las acciones brillantes de su hijastro al arrebatar a las alumnas de la academia de manos de los alemanes. Estoy convencido de que, en eso, estaremos de acuerdo.

—¿No te parece que John cometió una equivocación al rescatarlas? —le preguntó George—. Los alemanes aseguran que ellos no le habrían hecho ningún daño a Tattie.

—¿Acaso se les puede creer? Hemos tenido reportes de que varias de las jóvenes de la academia fueron separadas de las demás y fusiladas, por el simple hecho de que eran judías rusas.

—¡Por Dios! —exclamó George—. Yo no sabía nada al respecto. ¿Eso ya está confirmado?

Iván se encogió de hombros.

—Es muy difícil conseguir confirmación sobre cualquier cosa. Quizá Anna Ragosina pueda averiguar algo con certeza. Lleva un radiotransmisor de onda corta con el que es posible que se ponga en contacto con nuestras fuerzas.

—Si no es que la matan antes —comentó George.

—Ése es el riesgo que debe correr. Es un riesgo que todos corremos incluso en estos momentos en los que estamos sentados aquí, en el restaurante, saboreando nuestra comida —puntualizó Iván—. Y si hay alguien capaz de sobrevivir, ésa es Anna Petrovna; no obstante, yo no dudo de la veracidad de esos informes, pues son muy semejantes a otros que hemos recibido. No, no, señor Hayman, el joven Mikhailovich actuó como es debido, hizo lo único que se podía hacer. Es mejor morir con la pistola en la mano que contra un muro y las manos atadas a la espalda.

"Tú debes saberlo mejor que nadie", pensó George; pero no dijo nada.

—Por lo tanto —prosiguió diciendo Iván—, yo deseo que seamos amigos o, por lo menos, camaradas... mientras dure este conflicto, señor Hayman, y también después. Tenemos un objetivo en común, ¿no es cierto? —extendió la mano, ofreciéndosela a George.

Éste vaciló unos segundos y luego la estrechó en la suya.

—Por lo menos mientras dure la guerra, Iván Nikolaievich —dijo.

Iván sonrió y levantó su copa.

—Entonces, debo brindar por nuestra victoria. Porque yo le prometo que obtendremos la victoria. Ahora, deben disculparme por un instante.

Gregory Nej se quedó mirando a su padre que caminaba en dirección a los baños.

—Siente de corazón lo que ha dicho, señor Hayman —comentó—. Yo sé algo de ese antagonismo entre ustedes. Mi madre me lo ha mencionado.

—Sin embargo, tú estás trabajando para él —dijo George.

La expresión en el rostro de Gregory se endureció.

—Yo trabajo para Rusia, señor Hayman. ¿Hay algo de malo en eso?

George estudió su rostro. El chico poseía toda la nobleza de los rasgos de los Borodin, aunque había algo de los Nej en sus facciones. Sin duda, parecía más hijo de Tattie que de Iván Nej; aunque, de cualquier modo, era un miembro de la policía secreta.

Pero, quizá, se dijo George, incluso la NKVD podría llegar a ser una corporación civilizada en cuanto fueran desapareciendo los revolucionarios sanguinarios, como Iván Nej, y la autoridad quedara en manos de los jóvenes como aquél, quien jamás conoció otra cosa que el Estado soviético.

Tal vez...

Probablemente, ésa podría ser la única esperanza para su país, para Europa y quizá para el mundo entero.

—No, Gregory Ivanovich —afirmó George—. No hay absolutamente nada de malo en eso.

La muchedumbre estaba en silencio, observando con atención lo que ocurría, llena de desconfianza y de temor. Había motivos de sobra para ello. La plaza de la ciudad de Slutsk estaba rodeada en su totalidad por los soldados alemanes bien armados y se habían colocado depósitos de ametralladoras en las azoteas de las casas y la tribuna sobre la cual estaba de pie el príncipe de Starogan; también, estaba circundada por una muralla de hombres armados, con sus cascos de acero brillando bajo la luz del sol.

Peter Borodin se preguntaba cuántos de aquellos sujetos habían acudido allí de manera voluntaria. Cierto que el alcalde había hecho una convocatoria; pero también era indudable que los alemanes habían recorrido la ciudad, casa por casa, para ordenar a todos los hombres hábiles, jóvenes y viejos, que acudieran a la plaza con el fin de escuchar lo que el príncipe de Starogan tenía que decirles. Pero éste ya había principiado a preguntarse cuántos de aquellos hombres recordaban o sabían quién o qué era el príncipe de Starogan.

Sentía las palmas de las manos empapadas por el sudor y la garganta reseca. Aquel debía ser uno de los días más memorables en su existencia y, sin embargo, era un día sombrío en el que no cesaba de pensar en la cabeza rapada de su hija Ruth. Aun suponiendo que consiguiera integrar el ejército, éste quedaría a las órdenes de los mismos individuos que fueron capaces de rapar a una chica indefensa y de encerrarla por el único motivo de su ascendencia judía. Recordaba las escandalizadas protestas de su madre contra él, treinta años atrás, por haber considerado la posibilidad de que Judith Stein fuera su amante. "¡Esa muchacha es una judía!", había vociferado su madre encolerizada. Y él se le había quedado mirando, lleno también de indignación, para preguntarle qué diferencia podía haber si aquella joven era o no judía si era dueña de una gran belleza, de un porte distinguido, de una actitud muy digna, de una gran inteligencia y de una cultura muy vasta.

Eso era lo que él creía entonces y lo seguía creyendo ahora; sin embargo, después de todo, su madre estaba en lo cierto. En ese entonces, en Rusia, lo mismo que ahora en Alemania y, por la influencia germana, en toda Europa, el hecho de ser judío equivalía a ser inaceptable como integrante de la raza humana. Por lo menos Raquel había evitado los sufrimientos infligidos a su hija y a su hermana. Cuando Peter visitó Ravensbrück, el comandante lo invitó a ver también a la otra prisionera Stein, pero él se negó. Con haber visto a Ruth tenía suficiente.

Y ahora debía ponerse a trabajar para los hombres que habían elaborado esas políticas infames e inhumanas y que estaban dispuestos a implementarlas.

Peter suspiró y se aclaró la garganta; el oficial alemán que estaba parado sobre la tribuna, detrás de él, ya había empezado a tamborilear con sus dedos el cinturón de su uniforme y en la multitud de hombres que iban a escucharlo se advertían movimientos de impaciencia.

—¡Compatriotas rusos! —clamó Peter—. Todos deben haber escuchado hablar de mí. Soy el príncipe de Starogan. Durante veinte años, he luchado contra la maligna plaga del bolchevismo que está carcomiendo esta hermosa tierra nuestra, tal como ustedes hubiesen deseado combatir contra ella, como sus padres y sus abuelos lucharon contra ella. Ellos perdieron aquellas primeras batallas y yo también fracasé. Por lo tanto, nos hemos visto forzados a esperar el momento oportuno. ¡Amigos míos, ese momento ha llegado por fin! Con la ayuda de la poderosa Wehrmacht alemana, ahora es posible, finalmente, barrer el bolchevismo fuera de nuestra tierra, destruir el Estado soviético y restaurar la Rusia de los zares, la Rusia de nuestra grandeza. No debemos permitir que la Wehrmacht efectúe ella sola la tarea de limpiar nuestra casa para nosotros, ni ellos querrán hacerlo. Esta tierra es nuestra y nos corresponde el deber de desempeñar nuestra parte en su liberación. Ésa es la intención que tengo y sé muy bien que todos me seguirán para llegar juntos al feliz día en el que el monstruo Stalin sea derrocado del trono del Kremlin que tan indignamente ocupa, cuando todos sus colaboradores sean destruidos, cuando Rusia goce otra vez de libertad, de prosperidad y de grandeza.

Y ahora, amigos míos, voy a decirles cómo podríamos lograr todo eso...

El coronel Von Bledow dejó de mirar por la ventana de su oficina que dominaba la plaza e hizo una mueca de contento.

—El príncipe está hablando sin el más mínimo rastro de convicción —advirtió—. Como era de esperarse, es imposible despertar cualquier clase de entusiasmo entre esa ralea de campesinos. Debemos reconocer, capitán Von Hassell, que el nivel medio de la inteligencia en Rusia debe ser más bajo que en cualquier otra parte de Europa —se quedó callado al pasar junto al escritorio de su secretaria y le dio a ésta un cariñoso apretón en el hombro, dejando que su mano se deslizara un poco más abajo por la espalda.

"Alguna razón debe tener para hacer eso", se dijo Paul. La chica era poco más alta que su jefe, portaba anteojos con armazón de cuero y llevaba el cabello rubio muy pálido restirado por un chongo sobre la nuca; pero la pechera de su blusa blanca contenía apenas el busto más voluminoso que Paul hubiese mirado en su vida. Evidentemente, el resto del cuerpo de la muchacha era, también, protuberante; pero eso, por supuesto, le fascinaba al coronel.

No obstante, Paul tenía otras cosas más importantes en qué pensar.

—¿Cree usted que lo seguirán, coronel?

Von Bledow se encogió de hombros.

—No tiene ninguna importancia si lo hacen o no, en vista de la manera en que pelearon contra nosotros. Es imposible confiar en esa gente. Corren de una mano a la otra, buscando al que los alimente mejor. Además, viven en un estado de constante terror. Ven conmigo, te mostraré un ejemplo.

—Yo quisiera iniciar cuanto antes mi misión, señor —aclaró Paul.

—Hay tiempo. Es inútil hacer el intento de negociar con la gente a no ser que sepas algo de lo que son y de la forma en que actúan —Von Bledow lo miró sonriendo—. Comprendo que estés ansioso por hallar a tu prometida; pero si hoy está allá, también lo estará mañana.

—Sí, señor —dijo Paul—. Y precisamente con ella y con su madre tendré que negociar y no con los campesinos.

—Eso no lo sabes con certeza, Von Hassell —el coronel Von Bledow abrió la puerta y se fue por delante por los corredores y escaleras abajo. Lo mismo que un perro fiel, la joven, Ilsa, se puso de pie para irse tras de él, llevando en su mano una libreta y un lápiz y balanceando sus vastas caderas bajo la ajustada falda negra, a medida que avanzaba—. Por tu propio bien, quiero que consideres lo siguiente: ¿No es acaso posible que madame Nej y su hija, luego de que ese loco de Hayman las obligó a escapar, caigan en cuenta del error que cometieron y regresen por voluntad propia a acogerse a la seguridad de nuestra protección? Quizá se arrepientan de la enormidad de lo que han hecho. Por desgracia, ya para estos momentos deben estar mal aconsejadas y no sólo por Hayman; hemos sabido que también hay numerosos desertores rusos refugiados en esos bosques. Imagínate la alegría de aquellos hombres hambrientos, asustados y desesperados, ante la repentina aparición de treinta hermosas mujeres jóvenes. ¿Entiendes lo que te quiero decir, capitán Von Hassell? Si esa probabilidad fuera verdadera, no podría culparse a ninguna de las chicas de Tatiana Nej por lo que sucedió aquí en la noche del veinticuatro de junio.

El coronel bajó por otro tramo de escaleras y los condujo al sótano del edificio. Frente a ellos había una puerta cerrada sobre la que el coronel llamó con los nudillos.

—Tiene razón, por supuesto —comentó Paul, comprendiendo el giro que su superior quería darle a la solución del asunto, una solución que resultaba lógica; pese a ello, John Hayman quedaba solo y en grave peligro, aunque ése era un problema que podría resolverse después, en cuanto las jóvenes quedaran en libertad y a salvo. Por otro lado, Paul von Hassell contaba con la palabra de Heydrich.

Y era indudable, por lo demás, que John Hayman había privado de la vida a por lo menos catorce soldados alemanes.

—De modo que deberás negociar con esos campesinos que están jugando a ser soldados —dijo Von Bledow al tiempo que abría la puerta un hombrazo en mangas de camisa. Había otro tramo de pocos escalones de piedra y, en la sala de abajo, aguardaban otros tres sujetos en mangas de camisa. Un poco más al fondo, suspendido del techo por un peculiar sistema de cuatro cuerdas con sus poleas, dos atadas a sus muñecas y las otras dos a sus tobillos, estaba otro individuo en posición horizontal sobre el suelo y más o menos a un metro y medio por encima de él. Paul sintió una oleada de repulsión que le cortó el aliento, le invadió todo el cuerpo y lo dejó temblando, lleno de malestar. Aquella sensación se debía, en parte, al tétrico ambiente medieval de la celda, las paredes húmedas, sucias, carcomidas, mostrando plastas de yeso sobre los ladrillos con rastros de lama ennegrecida; por el olor penetrante, que era una mezcla de moho, de caños podridos, de sudor humano y también de excrementos humanos. Pero, en especial, su náusea la ocasionaba aquel hombre suspendido, al que habían desnudado y su cuerpo, blanco y desmadejado, colgaba de las cuerdas como una víctima a la que iban a destazar. Sin embargo, no parecía que le hubiesen hecho algún daño, a no ser por las huellas de algunos golpes en las costillas. Sin duda, estaba consciente y alerta, pues, al escuchar el ruido de la puerta, alzó la cabeza que tenía echada hacia atrás, para observar a los recién llegados.

Paul lanzó una rápida mirada a Ilsa, la joven que estaba junto a ellos en los escalones.

—Usted no debería estar aquí —señaló.

Ella se le quedó viendo con los ojos muy abiertos.

—Por supuesto que Ilsa debe estar aquí —aseguró el coronel Von Bledow sonriendo, mientras bajaba los escalones—. Debe tomar nota de todo lo que el prisionero declare; además, le gusta presenciar estas cosas.

La muchacha siguió a su jefe y después cruzó la sala para sentarse frente a un escritorio colocado en el rincón, con la libreta frente a ella, el lápiz entre los dedos y parpadeando detrás de los anteojos observando al hombre colgado.

—Este sistema lo inventé yo —explicó Von Bledow caminando en torno del prisionero ruso que lo seguía con los ojos y torciendo la cabeza, sin comprender ni una palabra de lo que se estaba diciendo—. Es un aparato muy sencillo: sólo cuatro cuerdas y cuatro poleas empotradas en el techo. Eso significa que el prisionero al que interrogaremos puede ser colocado en cualquier posición que se requiera. Por ejemplo, si deseo azotarlo... —chasqueó los dedos y uno de los hombrazos en mangas de camisa le dio vueltas a una manivela para que las dos cuerdas atadas a las muñecas del ruso fueran levantadas hasta el techo y el cuerpo subió con ellas, cada vez más alto. Los músculos de los brazos se restiraron, las coyunturas se pusieron tensas, el hombre movió la cabeza y abrió la boca, hasta que al fin quedó casi vertical, colgando de las muñecas y los pies a medio metro del suelo.

—*Voilá!* —exclamó el coronel Von Bledow con una sonrisa de contento y, alzando su bastón, le asestó al hombre un fiero golpe en la espalda. El cuerpo se contrajo y las mandíbulas se le apretaron.

—Y entonces —prosiguió exponiendo el coronel—, podemos modificar por completo el ángulo si deseamos utilizar la técnica del agua —volvió a chasquear los dedos; las cuerdas que sostenían las muñecas bajaron hasta que las manos quedaron muy cerca del suelo, en tanto que las cuerdas de los tobillos subían, de manera que, en un segundo, el hombre quedó colgando de cabeza. Mientras, otro de los sujetos en mangas de camisa había llenado de agua un balde en la llave que goteaba en un rincón; él mismo colocó el balde lleno bajo la cabeza del hombre colgado y, tomándolo por el cuello, le sumergió la cabeza en el agua y allí se la mantuvo sujeta. El cuerpo suspendido empezó a retorcerse y a girar, pero el sargento de la ss retenía con firmeza la cabeza del prisionero dentro del agua.

—¡Lo van a ahogar! —gritó Paul.

Von Bledow alzó la mano y chasqueó los dedos. El sargento retiró el balde. El hombre gemía, jadeaba y vomitaba; el agua chorreaba de sus orejas, sus ojos y su nariz.

—Por regla general, no permitimos que se ahoguen, mi querido capitán Von Hassell —el coronel volvió a sonreír—. El interrogatorio es un arte y no un mero acto de brutalidad. Esto que acabas de presenciar, pertenece a los métodos anticuados y primitivos. Mi sistema está orientado, sobre todo, a responder a las necesidades de nuestros más recientes procedimientos que exigen que el individuo no tenga que estar en contacto con su interrogador de ninguna manera. Voy a demostrarte...

—No —le interrumpió Paul—. No, señor. Los interrogatorios no son asunto mío y no deseo presenciarlo. Tengo una tarea que cumplir y, si usted me lo permite, coronel, haré los preparativos para emprenderla.

Leves nubecillas de polvo amarillo se elevaban lentamente en el aire quieto del verano y envolvían en una suave niebla la columna militar. No era una gran columna: dos motocicletas a la cabeza, luego cuatro camiones, seguidos por un vehículo blindado y, cerrando la marcha, otras dos motocicletas, éstas con sus *sidecars*, en los que se transportaban soldados empuñando las ametralladoras. Los conductores de los vehículos, lo mismo que los guardias, vigilaban con atención e interés la cortina de árboles que se levantaba a su alrededor; pero no parecían atemorizados. Sabían que los elementos de los desmantelados ejércitos rusos estaban escondidos en aquella amplia región de bosques y pantanos, de tal forma inexpugnable que había sido dejada de lado, tanto por el cuerpo del ejército al mando del general Von Rundstedt, quien recibió instrucciones de desbaratar todas las fuerzas rusas que se ubicaran al sur de los pantanos del Pripet, como por el cuerpo del ejército comandado por el general Von Bock, que debía cumplir una misión similar, pero hacia el norte de los pantanos. A pesar de ello, ningún soldado alemán podía sentir miedo de transitar por alguno de los muy escasos caminos a través de los bosques del Pripet: todos sabían hasta qué punto se hallaba destrozada la moral de los rusos.

Y ciertamente tenían razón, pensaba John Hayman, echado boca abajo en el suelo junto a un enorme tronco y detrás de la espesura de la maleza, mirando pasar la columna. Durante las últimas semanas, un creciente número de desertores se había congregado en los bosques. Por supuesto, ellos mismos no se consideraban como tales; eran sobrevivientes, los únicos sobrevivientes de los ejércitos rusos que habían intentado poner un alto a los rápidos progresos de la Wehrmacht. Habiendo salido con vida del desmedido avance de la *blitzkrieg*, no tenían prisa alguna de entrar de nuevo en la batalla. Por supuesto, volverían a pelear, aseguraban ellos, cuando los rusos lanzaran su contraofensiva y ellos pudieran desempeñar una parte útil en la derrota del ejército alemán. Hasta entonces, no tenían nada que ofrecer y, manteniéndose ocultos e inactivos en los bosques, no alentaban a los alemanes a que fueran a buscarlos hasta allí.

John Hayman también les concedía la razón. Estaba consciente de su propia posición en todo el asunto, frente al hecho de que él mismo había matado tal vez a una docena de hombres que, si bien no eran inocentes, continuaban siendo seres humanos. ¿Y para qué? ¿Para caer en manos de los rusos, tan voraces como los nazis? ¿Era acaso mejor para las mujeres que las violara un hombre de su propia nacionalidad que un extranjero? El resultado final era el mismo. ¿Sería capaz alguna de aquellas chicas, tras haber compartido una intimidad tan grande con los soldados de paso, rehacer su vida otra vez?

Entre ellas, había tres excepciones. Rodó sobre su vientre para quedar acostado de espaldas y poder contemplar a las dos mujeres que se aproximaban a él andando a gatas, tal como les había ordenado que lo hicieran cuando estuvieran cerca de los caminos. Natasha iba por delante, medio cubierta en los harapos de un vestido que le había proporcionado una de las mujeres de la aldea, con su gran masa de cabello castaño, que le había crecido mucho desde que bailaba en los escenarios de Moscú y de Berlín, sacudiéndose a un lado y al otro de sus hombros. Ahora, Natasha era su mujer de un modo en que jamás lo hubiera sido si se hubieran casado y partido en luna de miel a la usanza convencional. Él estaba sorprendido de lo indispensable que resultaba para un hombre y una mujer haber compartido la experiencia de la muerte, de luchar codo a codo, para aprender a comprenderse. En los brazos de Natasha, él descubrió momentos de éxtasis que no creía posibles y ella parecía feliz al compartir un lecho duro, húmedo o mojado, siempre y cuando tuviese a su hombre al alcance de la mano. Así que aquella guerra devastadora que lo había convertido en un asesino, lo hizo también el más feliz de los hombres, sin otra preocupación que la de los abastecimientos, cada vez más escasos. Con la mayor buena voluntad del mundo, los pobladores de las aldeas vecinas no podían obtener la comida suficiente para alimentar al creciente grupo de refugiados en los bosques y ya muy pronto sería forzoso considerar las penurias del invierno.

¿Y Svetlana, quien se acercaba gateando junto a Natasha, qué pensaba de todo aquello? A ella no se le había autorizado compartir la camaradería general de los fugitivos; incluso suponiendo que lo hubiese deseado, la tía Tattie había dado órdenes estrictas al respecto. Sin duda, Tatiana Dimitrievna habría dado órdenes idénticas a su primera bailarina, de no haber estado él allí. Bien podía ser la tía Tattie la más equitativa de todos los Borodin, pero, de hecho, creía que ciertas personas eran más iguales entre sí que otras.

De cualquier manera, Svetlana constituía un problema, ya que, entre todas ellas, era la única firmemente convencida de que no había necesidad de llevar aquella penosa existencia de gitanos; sin embargo, como hija de Tatiana Dimitrievna, pretendía, por lo menos, aceptar la situación.

—¿Qué novedades hay? —preguntó John en voz baja.

Natasha sacudió la cabeza.

—Las cosas andan mal. El padre Gabón vino a vernos. Aparentemente, los alemanes han estado confiscando todo lo que encuentran en las aldeas. El padre cree que los aldeanos no podrán abastecernos de alimentos durante mucho tiempo más. No hay lo suficiente y los alemanes ya saben dónde está el alimento. Además, nos informó que capturaron a Efim Vaganian, el cartero, cuando venía a visitarnos.

—¿Qué fue lo que hicieron con él?

—Nadie lo sabe —dijo Natasha encogiéndose de hombros—. Se lo llevaron al cuartel general de Slutsk y el padre Gabón tiene un mal presentimiento.

—También advirtió que no habrá ningún contraataque ruso —declaró Svetlana—. Asegura que los alemanes se lo dijeron a él mismo. Los ejércitos alemanes están prácticamente en Moscú y en Leningrado y están a punto de tomar Kiev. Proclaman que ya hemos perdido esta guerra. El padre Gabón insinúa que saldríamos ganando si nos rendimos.

—Ésa es una estupidez —respondió Natasha con tono de irritación—. Para empezar, a John y a mí nos colgarían en seguida y también a tu madre.

—Por otro lado —explicó John—, probablemente se trata de propaganda alemana. No es posible que sus ejércitos ya estén en Leningrado o en Moscú.

No podrían haber llegado tan lejos, incluso suponiendo que no se les hubiese ofrecido resistencia... —de repente, se detuvo al percatarse de la gravedad de lo que él estaba diciendo.

Natasha había estado mirando por encima del hombro de John.

—Será mejor que nos vayamos —susurró—. Mira hacia allá.

John dio media vuelta para quedar de nuevo pecho a tierra y miró a través de la cortina de ramas y hojas. La pequeña columna militar se había detenido más adelante y los hombres bajaban saltando de los camiones.

—Van a entrar al bosque —murmuró Svetlana angustiada—. El cartero debe haberles informado dónde nos podrían encontrar.

—¡Agáchate! —le ordenó John, agarrándola por las muñecas, mientras observaba cómo los soldados desplegaban una gran bandera blanca. Luego, vio a un oficial que descendía del vehículo blindado, con un altoparlante en la mano. John hubiese deseado tener unos binoculares para verle el rostro al oficial.

—Yo sé que todos están allí —las palabras rusas mal pronunciadas resonaron en el aire a través de los árboles y sobre sus cabezas—. Madame Nej, John Hayman, Svetlana Nej... ¿Pueden escucharme? Soy yo: Paul von Hassell.

Svetlana hizo el intento de zafar sus manos; pero John se las sujetó con fuerza.

—He venido para ayudarles —gritó Paul—. Me enviaron especialmente para ayudarles. Salgan de allí y entréguense, junto con todos los demás. Les aseguro que no se atentará contra sus vidas. Debes salir de allí, Svetlana; de otro modo, morirás en los pantanos. No hay justificación para permanecer allí. Tus ejércitos han sido derrotados y tu gobierno se entregará muy pronto. Entonces, serán tratados como proscritos. Ríndanse ahora, mi querida Svetlana; así, podré salvarlos a todos.

La voz siguió despertando ecos a través de los árboles durante unos instantes todavía; la bandera blanca fue enrollada y los soldados alemanes regresaron a sus vehículos. A continuación, la caravana avanzó a lo largo del camino.

—Paul —dijo Svetlana quien al fin tenía libres las manos y se había puesto de rodillas—. Ése era Paul. Yo debo...

—No debes hacer nada —le dijo John moviendo la cabeza.

—Seguramente ésa era la voz de Paul von Hassell —dijo Natasha.

—Yo estoy segura de que era Paul en persona.

— Entonces...

—Debe ser una trampa para engañarnos. ¿No pueden entenderlo? ¿Suponen que los alemanes decretarán una amnistía para mí o para Natasha, después de lo que hicimos el mes pasado?

Svetlana se mordió los labios.

—Quizá... —respondió Natasha.

—Sí —la interrumpió Svetlana—. Yo podría ir a su encuentro; yo sola. Déjenme ir, no me harán daño. Allí está Paul para impedirlo; Paul no pensaría en engañarme.

John se quedó callado.

—Valdría la pena intentarlo —sugirió Natasha—. Aunque los alemanes no vengan a perseguirnos ni ganen la guerra pronto, todos vamos a morir cuando llegue el invierno, atrapados aquí, sin alimentos, sin vestidos y sin tener dónde refugiarnos.

—No te permitirán volver con nosotros —le indicó John a Svetlana.

—Por supuesto que me dejarán. Yo sé que me tratarán bien —manifestó ésta—. Déjame ir, John, por favor...

—Oigan —dijo Natasha. A lo lejos podía escucharse de nuevo la voz a través del altoparlante. Al parecer, Paul había decidido detenerse cada dos kilómetros para proclamar su mensaje.

John se puso de pie.

—Vámonos , discutiremos el asunto con mi tía Tattie.

—Sí —afirmó Natasha—. Tatiana Dimitrievna sabrá mejor lo que nos conviene.

Svetlana titubeó un instante y después se levantó, sólo para quedarse inmóvil, repentinamente paralizada lo mismo que los otros dos, al oír el ruido de pasos sobre las ramas que se quebraban. Ninguno de ellos estaba armado. John no portaba el rifle automático porque le parecía muy pesado para poder cargarlo; sobre todo si no había pensado en defenderse ni en matar a nadie. Además, ya casi no le quedaban balas. Por lo tanto, al cabo de un momento, dieron media vuelta para quedar de frente al lugar de donde provenía el sonido y no tardaron en distinguir a tres personas que permanecieron paradas entre las hojas: las tres vestían uniformes verdes y estaban armadas hasta los dientes, con ametralladoras, granadas y pistolas en los cinturones. Al principio, John no se percató de que dos de las tres personas eran mujeres.

—¿Qué pasa, en nombre de Dios...?

—John Hayman —pronunció la mujer que parecía de más edad dando unos pasos hacia él. En la memoria de John surgió una imagen al contemplar el rostro pálido como el de una madona, la cabellera negra que le caía de la gorra militar sobre las mejillas, los profundos ojos negros que ya lo habían mirado una vez, cuando estaba desnudo y maniatado, de pie delante de ella.

—¿Anna Ragosina? —todavía no daba crédito de lo que veía.

Anna sonrió y miró a las dos jóvenes.

—¿Natasha Brusilova? ¿No te acuerdas de mí? ¿Svetlana Nej? Yo soy la ayudante de tu padre.

Natasha también la estaba mirando al recordar que aquella mujer la había arrestado y la había llevado a la prisión.

—¿La ayudante de papá? —preguntó Svetlana—. Pero, ¿qué están haciendo aquí?

—Yo estoy combatiendo contra los alemanes, lo mismo que tú —Anna hizo un gesto de disgusto dejando caer su labio inferior—. No hace diez minutos que una pequeña columna alemana avanzaba por ese camino. Habría sido muy fácil acabar con ella; no obstante, no se disparó ni una sola bala. ¿Podría explicarme por qué, señor Hayman?

—Bueno, ¡por el amor de Dios! —expresó John—. En primer lugar, esos alemanes avanzaban enarbolando la bandera blanca de tregua y, en segundo, no habían venido a luchar con nosotros. Estaban tratando de negociar con nosotros.

—De todas maneras —añadió Natasha—, si nos atreviéramos a disparar contra un alemán, vendrían todos al bosque para perseguirnos. Por ahora, parecen bien dispuestos a dejarnos tranquilos.

—¡Tratando de negociar con nosotros! —exclamó Anna Ragosina con desdén—. ¡Dispuestos a dejarnos en paz! ¿No te has dado cuenta, camarada Brusilova, que se está librando una guerra? No puede negociarse con el enemigo; hay que destruirlo. Jamás podremos destruirlo si le suplicamos que nos deje tranquilos. Al contrario: deberíamos invitarlo a que nos ataque y entonces los mataremos. Llévenme a su campamento. Quiero verlos a todos y hablar con todos. Hemos venido a enseñarles a matar alemanes.

CAPÍTULO IX

ENTRE EL RECHINIDO DE LOS FRENOS Y EN MEDIO DE UNA NUBE de polvo, el camión se detuvo en el camino; de inmediato quedó rodeado por las mujeres. Todas llevaban un pañuelo atado en la cabeza y utilizaban una gran variedad de vestidos: desde pantalones hasta faldas, desde los viejos, raídos y desgarrados, hasta los relativamente nuevos y también su edad era muy diversa, puesto que había jovencitas que apenas rebasaban los diez años hasta mujeres muy cercanas a los sesenta. A pesar de que todas y cada una llevaban un azadón, una pala o un pico y todas tenían aspecto de gran fatiga, parecían muy contentas, saludaban a los soldados del camión agitando alegremente las manos y también a los civiles que iban junto al conductor.

—¡Han venido a pelear contra los boches! —gritaban las mujeres—. ¡Ojalá que lo hagan mejor que los flojos que tenemos ahora!

Siguieron su camino entre risas y charlas. El coronel le guiñó el ojo a George Hayman.

—La moral sigue en alto, ¿no es cierto, señor Hayman?

—Su moral es excelente —reconoció George. Durante su largo y penosamente lento viaje desde Moscú, había observado ese estado de ánimo constante y siempre sorprendente. Aquella gente literalmente estaba aplastada contra el suelo por una guerra que no era por capricho de algún monarca ni por alguna pequeña ventaja comercial, sino por la razón misma de la existencia de su nación, si es que había que darle algún crédito al dogma de los nazis; pese a ello, todavía podían sonreír y conversar y también trabajar. George podía constatar a su alrededor las pruebas de lo que aquellas mujeres habían realizado con su trabajo. Por lo menos durante la última hora de viaje, el camión había pasado entre enjambres de trincheras cavadas a toda prisa, barreras contra los tanques apresuradamente levantadas, casetas de cemento en el que éste estaba aún fresco. En una extensión de varios kilómetros alrededor de Leningrado, el campo era un hervidero de gente, semejante a un gigantesco hormiguero al que alguien hubiese perturbado, estremecido sin cesar por el cañoneo remoto, pero siempre creciente, hacia el sur y hacia el oeste. Incluso las plateadas aguas por el sol del lago Ladoga, que George tenía a su derecha, estaban profusamente surcadas por barcos, lanchas y veleros que iban y venían de un lado al otro.

La ciudad propiamente dicha ofrecía la mayor de las sorpresas, pues, aparte de las muestras de algún bombardeo aéreo ocasional, permanecía casi íntegra. George no había estado allí desde 1922, en que él e Ilona le hicieron una rápida visita cuando procedían de Moscú camino a Estados Unidos. En ese entonces, la ciudad no se había recuperado de los estragos de la revolución, cuando fue escenario de grandes batallas durante varias semanas. Asimismo, George había estado allí durante el tempestuoso periodo y recordaba muy bien la lenta desintegración de la que aún era la capital de toda Rusia para convertirse en una ciudad fantasma en ruinas, donde ya no quedaba poder ni autoridad alguna, con grandes grietas y agujeros en las calles y caminos, sin ninguna cañería ni drenaje en funciones, así que los olores nauseabundos parecían flotar en el aire de las calles. Pero aquel Leningrado era, una vez más, una ciudad muy bella y muy próspera, suspendida, como siempre, entre dos grandes aguas: la del lago y la del Báltico, alimentadas por la corriente incesante del Neva, florecida en los últimos calores del verano. Y, dentro de la ciudad, el ajetreo y la actividad eran tan grandes como afuera, porque toda ella se preparaba para defenderse contra las hordas nazis.

Iba avanzando el camión a lo largo de la Perspectiva Nevsky y George podía vislumbrar de nueva cuenta el sitio en el que, en noviembre de 1917, estaba parado, cuando el pobre Víctor Borodin quien, a su modo, era tan radical y desencaminado como su primo el príncipe Peter, lo había tomado por el brazo para invitarlo a presenciar la toma del Palacio de Invierno. Pero George no había permanecido allí, sino que corrió en sentido contrario, buscando una oficina de telégrafos para avisarle a Ilona y salvarla, junto con los niños, de la catástrofe que, con seguridad, iba a cimbrar Rusia hasta sus cimientos. Y en aquella ocasión, pocos minutos más tarde, estuvo hablando con Michael Nej acerca de la manera de dirigir a los bolcheviques a la acción.

Ahora, Michael estaba conduciendo de nuevo a su pueblo a la acción. El camión se había detenido frente al mismo Palacio de Invierno y a George se le guiaba dentro, después hacia arriba por un tramo de vastas escaleras y luego a una espaciosa oficina casi llena con una gran mesa de madera sobre la que estaban extendidos algunos mapas y planos de la ciudad. Alrededor de la mesa, estaban de pie seis hombres, quienes alzaron la vista al mismo tiempo cuando el ordenanza abrió la puerta para que él entrara.

—¿George? —preguntó Michael— ¿George Hayman? —se apresuró a rodear la mesa con los brazos abiertos—. ¿Eres tú de verdad? —le dio un fuerte abrazo a su antiguo rival—. Me habían comentado que estabas en Rusia; pero no creí que vinieras hasta acá. Ya sabes que es muy riesgoso navegar por el Báltico. Ahora es imposible. Han cerrado el paso a todos los barcos, incluso a los estadounidenses y a los suecos.

—Por el momento, yo no voy a ninguna parte, Michael —le aclaró George—. Estoy aquí como observador, si tú me lo permites. También Stalin estima que será de gran provecho para el pueblo estadounidense saber con exactitud lo que esta guerra significa en realidad para la gente de la calle, para los hombres y mujeres comunes y corrientes.

Michael sonrió, pero con una expresión de tristeza.

—Ya no hay hombres y mujeres comunes y corrientes en las calles de Leningrado, George. Mucho me temo que será necesario aceptar que los alemanes nos tomaron por sorpresa y, por supuesto, nos ha perjudicado demasiado que los pobladores del Báltico y los finlandeses se hayan lanzado en contra nuestra. Ven acá y te explicaré cómo está la situación. ¿Ya conoces al mariscal Voroshilov?

—Señor Hayman —el mariscal hizo el saludo militar antes de estrecharle la mano—. Ya había oído hablar de usted, señor. Pues bien, la situación se encuentra de esta manera. Aquí, en el norte, los finlandeses ocupan todo el istmo entre el mar y el lago.

George observó el mapa.

—Pero eso está a poco más de cuarenta kilómetros de distancia.

Voroshilov asintió.

—Estamos al alcance de su artillería pesada; pero los finlandeses no están peleando con demasiado entusiasmo, señor Hayman. Durante algunos minutos cada día, nos disparan sus balas, pero son tan prudentes que, por regla general, todas van a caer en el mar. Mucho más nos preocupan los frentes del sur y del oeste. Los alemanes avanzaron con mucha rapidez al principio. Ahora, los hemos detenido; sin embargo, como puede mirar, continúan manteniendo sus líneas aquí, aquí y aquí.

George volvió a analizar el mapa que señalaba el mariscal.

—Si cruzan el Luga, la ciudad quedará cortada y aislada, al menos por tierra.

De nuevo, Voroshilov estuvo de acuerdo.

—Probablemente, ése es el punto decisivo; pero lo estamos defendiendo con todo lo que tenemos a nuestro alcance y lo conservaremos, señor Hayman. Estoy convencido de que lo conservaremos —al decir esto, lanzó una mirada a Michael.

—De hecho, George —confesó Michael— andamos muy escasos de tropas para las líneas de combate. La mayoría de nuestras tropas fueron absorbidas en las batallas que se libraron más al sur. Así que hemos tenido que recurrir a los que llamamos *opolcheniye*; es decir, a los regimientos de las fábricas o lo que podrías llamar nuestra guardia nacional. Pero ésos no son soldados de tiempo completo y, en realidad, no sabemos cómo se comportarán frente a la Wehrmacht —sonrió—. No obstante, son hombres valientes y muy listos. Ya no quedan en la ciudad hombres en edad de empuñar las armas.

George se rascó la cabeza.

—Entonces, ¿quiénes mantienen en actividad las fábricas? ¿Quiénes limpian las calles? ¿Quiénes mantienen viva la ciudad?

—¡Las mujeres, por supuesto! Las mujeres y los niños. Estoy intentando arreglar la evacuación de todas las madres y los niños, pero el asunto va muy despacio.

—Debes contar con muchas mujeres —comentó George— a juzgar por los grupos tan numerosos que he visto por los caminos durante estos últimos dos días.

—Son las mismas, George. Durante todo el día están cavando las defensas contra los tanques y, por las noches, trabajan en las fábricas. Estamos en guerra.

A George le pareció que se había precipitado en su opinión; pero, a decir verdad, jamás había sabido de un pueblo mejor dispuesto a lanzar a cada uno de sus hombres, de sus mujeres y de sus niños para cubrir la brecha si fuera necesario.

—¿Y a ti te parece que las cosas mejorarán o que se pondrán peores? —preguntó George.

—Mucho peores de lo que están —contestó Michael con seriedad, pero luego sonrió—. Sin embargo, los detendremos. El camarada Stalin ha decretado que los alemanes no tomarán Leningrado, Moscú y la Crimea. Al parecer, nosotros seremos los primeros en defender esos límites aquí en Leningrado. Los defenderemos. Pero, ahora, nos ocuparemos de ti. Debes estar cansado después del viaje. Te llevaré a mi casa para que veas a Catalina y a Nona, cuando ésta vuelva —en ese instante, su sonrisa se torció—. Nona está construyendo casetas de cemento en sus vacaciones de verano.

—Sí —dijo George y se quedó pensativo. Recordaba a Beth, en su estudio, dedicada tranquilamente a su pintura y a Felícitas haciendo galopar su caballo a lo largo de las playas de Long Island. Se diría que estaban viviendo en otro planeta—. Me informaron que Boris Petrov está aquí.

—Es verdad —Michael condujo a George escaleras abajo hasta el patio, donde esperaba un automóvil oficial—. Boris es un hombre muy desdichado. ¿Tienes alguna noticia, George?

—No son buenas noticias. ¿Ya te enteraste de lo de Tattie?

Michael hizo un gesto afirmativo con la cabeza.

—También he sabido lo que hizo John y estoy orgulloso de él; muy orgulloso.

—¿Incluso en el caso de que los maten a todos ellos?

—John habría muerto entonces como un hombre, como me gustaría morir si salimos derrotados de esta lucha. Pero yo estaba pensando en Judith.

—Está encerrada en el campo de concentración de Ravensbrück —George se reclinó en el asiento cuando el coche salió del palacio.

—¿Judith? Pero... ¿No se podía hacer nada en su favor?

—Yo le pedí a Peter que la ayudara y no pareció interesarse en el asunto. Recurrí a Goebbels y su interés fue aún menor.

Michael se quedó mirando por la ventanilla del auto; había apretado fuertemente los dedos de una mano y con el puño se dio un golpe en el muslo.

—Debemos aplastar a esa gente, George, es necesario.

—¿No es eso lo que piensas hacer?

Michael volvió la cabeza para lanzarle una mirada rápida.

—No lo sé. Ahora que estamos a solas, puedo decirte que, sencillamente, no lo sé. A veces dudo de que podamos detenerlos. Parecería que nadie es capaz de hacerlo. Absolutamente nadie —suspiró profundamente—. Cuando considero lo que está sucediendo en mi país, cuando leo los informes de los distintos frentes, cuando me percato del caos en que la nación ha caído en unas cuantas semanas... me siento desesperado, George. Simplemente, no tengo idea de cómo empezar ahora a derrotar a los alemanes.

—Mi nombre es Anna Ragosina —se había quedado parada en actitud firme, con las dos manos apoyadas en las caderas—. Ella es Alexandra Gorchakova.

La otra mujer, joven, alta y fuerte con su cabellera negra, sonrió.

—Y él es Tigran Paldinsky.

El hombre, también muy joven, delgado y moreno, hizo una breve inclinación de la cabeza.

Los soldados se le quedaron mirando. Habían salido de sus escondrijos en el bosque al enterarse de la llegada de otras dos mujeres jóvenes. Era evidente que no esperaban encontrarse con dos mujeres soldados.

"Bueno —pensó Anna—, yo tampoco esperaba encontrarme con ellos." Jamás había visto una colección tan grande de desechos humanos; sus uniformes, desgarrados, no parecían ya más que trapos remendados. Todos tenían la barba crecida; ya habían perdido sus cascos y sus mochilas, muchos iban descalzos. Ninguno portaba armas.

Las chicas que estaban con ellos, las integrantes de la academia de danza Nej, no ofrecían mejor aspecto; ya no se preocupaban por cubrir sus cuerpos tostados por el sol, bajo los harapos que llevaban encima; su cabellera no había sido cepillada en semanas y llevaban las uñas descuidadas. Ni siquiera la misma Tatiana Nej —que fue la última en llegar, pues al parecer estaba durmiendo— se asemejaba a la famosa artista tan reconocida que era poco tiempo antes, sino, más bien, a una ninfa de los bosques. Anna se dijo que, a pesar de que debía haberla identificado, no dio ninguna señal.

Anna se dedicó a contemplar a John Hayman, cuyos hombros se encogieron levemente. Pero no parecía diferente de los demás. En realidad, entre todos los presentes, la única que en apariencia se preocupaba un poco por cuidar de sí misma era Svetlana Nej. De hecho, jamás hubiera imaginado llegar a ver a la famosa Brusilova tan decrépita. Anna se decía que, probablemente, Natasha, en las condiciones en las que estaba, no significaría mucho como rival, pese a que John le demostraba un afecto evidentemente protector. Pero Anna se recordó a sí misma que no debía apresurarse. Quería ganarse a aquel hombre y no ejercer sobre él su poder para mandarlo y eso sólo lo podría conseguir con una conducta ejemplar, forzándolo a que la admirara.

Por otro lado, era obvio que ella tenía mucho trabajo por delante con el entrenamiento de aquellos parias para integrar con ellos una fuerza de combate, como para ponerse a considerar sus propios deseos.

Lo sorprendente del caso era que, aparte de Svetlana, todos los demás lucían muy contentos y notablemente saludables, descansados y satisfechos por el modo en que habían pasado el verano. Y eran muchos; Anna calculaba que no podían ser menos de doscientos. Se le presentaba una oportunidad inmejorable para ejercitar su poder.

—¿De qué unidad proceden? —preguntó el soldado que parecía más veterano; no era un oficial, pero Anna lo calificó en su fuero interno de sargento.

—Yo pertenezco a la NKVD —respondió Anna— lo mismo que mis dos camaradas.

Los hombres y las mujeres del campamento se fueron acercando un poco más.

—¿Vienen de Moscú? —preguntó el sargento— ¿Han recorrido todo el camino desde Moscú hasta los pantanos del Pripet?

—Y atravesando las líneas alemanas, camarada —le indicó Alexandra Gorchakova.

—Pero, ¿con qué propósito? —el sargento parecía auténticamente asombrado.

—Hemos venido para enseñarles a luchar —comentó Tigran Paldinsky.

El sargento se le quedó mirando, cada vez más azorado. Pero, de pronto, echó hacia atrás la cabeza y soltó una carcajada.

—¿Tú nos vas a enseñar a luchar? —después de mirar al joven, contempló a las dos mujeres, mientras una sonrisa burlona le torcía la boca—. ¿También ustedes dos? —y volvió a lanzar otra carcajada.

—Me queda claro que es una profesión que ya han olvidado, camarada —dijo Anna serenamente.

El sargento se irguió y colocó las dos manos sobre sus caderas, para imitar la posición adoptada por Anna, mientras la miraba burlonamente.

—¿Y contra quién vas a pelear tú, muchachita? —inquirió.

—Contra los enemigos de nuestra madre tierra —contestó—. Contra los alemanes.

—¡Ah! —exclamó el sargento mirando de soslayo a John Hayman—. ¿Tú crees en lo que está diciendo esta mujer?

—Sí, ella cree en lo que está diciendo —repuso John.

—¿De veras? Así que pelearemos contra los alemanes, ¿no es cierto? Y, ahora, dinos con qué, jovencita.

—¿Acaso no tienen armas propias?

—Tenemos rifles y algunas municiones —dijo Natasha Brusilova.

—¿Y a ti quién te preguntó? —inquirió el sargento—. ¡Rifles y algunas municiones! —exclamó despectivamente—. Tendremos apenas doce balas por cabeza. Sólo contamos con algunos rifles y ésos se están enmoheciendo.

—Entonces, les conseguiremos más rifles y muchas armas mejores.

—¿Qué nos los vas a conseguir? ¿De dónde?

—Se los quitaremos a los alemanes, camarada —aseguró Anna y, en aquel instante, tomó una decisión, aunque no se alteró para nada su expresión.

El sargento adoptó una actitud teatral. Adelantó una mano extendida, la hizo girar hacia atrás, irguió su dedo índice y se apuntó repetidas veces al pecho mientras declaraba:

—Ahora, tú me escucharás a mí, muchachita. Nosotros sí hemos combatido contra los alemanes. Mientras tú y tus compañeros la pasaban en grande en la seguridad de Moscú, nosotros luchábamos con ametralladoras y con artillería pesada y con tanques, cuando nosotros éramos varios cientos de miles y, sin embargo, nos derrotaron.

Anna hizo un signo afirmativo.

—Fueron sorprendidos por los alemanes y sus líderes los condujeron mal. Pero, ahora, las cosas serán distintas. Serán ustedes los que sorprendan a los alemanes y tendrán un buen dirigente.

El sargento miró hacia un lado y al otro.

—¿Quién será nuestro general?

—Yo soy la generala —declaró Anna—, de ahora en adelante.

El sargento se quedó con la boca abierta y parecía haber perdido el habla. Otro de los soldados, se adelantó para hablar.

—Es que no comprendes, camarada Ragosina —trató de explicar—. Los alemanes nos han dejado solos durante estas últimas semanas; no han querido perder el tiempo enviando tropas a estos bosques para buscarnos. Pero, si salimos de los bosques y empezamos a molestarlos, seguramente que vendrán tras de nosotros.

—Y entonces será más fácil acabar con ellos —expresó Anna—. Una vez que se decidan a entrar en estos pantanos, los tendrán a su merced.

Todos la miraban fijamente sin decir palabra.

—Eso no tiene sentido —fue la primera vez que Tatiana Dimitrievna hablaba—. Yo quisiera aplastar a los alemanes tanto como cualquiera, camarada Ragosina, pero no veo el modo en que podamos ayudar. Pese a ello, en cuanto los ejércitos rusos lancen la contraofensiva y los alemanes queden derrotados, entonces...

—No habrá tal contraofensiva —aseguró Anna interrumpiendo a Tatiana, con toda serenidad—. Por lo menos no la habrá antes del año próximo —hizo una pausa para dejar que meditaran en sus palabras—. Y cuando la halla, transcurrirá mucho tiempo antes de que llegue hasta aquí. Los alemanes están a poco menos de doscientos kilómetros de Leningrado y muy cerca de Moscú. Están atacando al mismo tiempo la Crimea. Se han dispersado por toda Rusia como hormigas; pero aquí, si ustedes aseveran que no podemos hacer daño a los alemanes, están muy equivocados. Por lo menos, podemos interrumpir sus líneas de comunicación. Será como si un pigmeo luchara contra un gigante; mas si el pigmeo llega a cortar uno o dos vasos sanguíneos o una o dos venas del gigante y las mantiene cortadas, éste se desangrará hasta morir. Además, no les queda otra alternativa. ¿Piensan quedarse aquí durante el invierno sin más abastecimientos de los que tienen hasta ahora? Por ejemplo, tú —apuntó a la chica más cercana, Nina Alexandrovna, quien movió sus pies descalzos, nerviosa—, tú vas a reventar de hambre y de frío. Quizá eso te ocurrirá de todas formas, aunque yo te podría enseñar cómo sobrevivir hasta el invierno. Pero, si vas a morir, más te valdría llevarte a algunos alemanes contigo.

Los hombres principiaron a mirarse unos a otros y el sargento, quien había recuperado el habla, creyó comprender que aquella mujer estaba en vías de persuadirlos.

—¡Cualquiera que escuche a esa mujer es porque esta loco! —gritó—. Ya cometimos una locura al tolerar que esté aquí, entre nosotros, después de aparecer entre el follaje como una asaltante de caminos, declarando que ella se encargará de conducirnos. ¿Con qué autoridad pretendes encabezarnos, camarada Ragosina?

—Con la autoridad que me ha conferido el propio Joseph Vissarionovich Stalin —advirtió Anna y, palpándose los bolsillos, extrajo el pliego de la orden. El sargento la observaba.

—Déjame ver eso —dijo Tatiana Dimitrievna, para tomar el papel—. Es auténtico —expresó después—. Está legalmente autorizada —levantó la cabeza para lanzar una mirada desafiante a Anna—. ¿Te han puesto al mando para que me des órdenes a mí? Iván Nikolaievich se ha propuesto hacerme una broma.

—Esta guerra no es ninguna broma, Tatiana Dimitrievna —respondió Anna Ragosina.

—Aún podemos negociar —indicó Svetlana—. Estoy convencida de que podremos, mamá; Paul está aquí. Está con los alemanes en Slutsk, yo lo vi esta mañana. Estaba transmitiendo un llamado por un altoparlante. Decía que, si nos rendíamos, seríamos tratados con indulgencia.

—Yo también lo oí —manifestó uno de los hombres.

—Y yo —dijo otro.

—Podemos confiar en Paul, mamá —reiteró Svetlana con tono suplicante—. Tú sabes bien que podemos confiar en él.

Tatiana permaneció callada.

—Eso sí que tiene algún sentido —expuso con entusiasmo el sargento—: rendirnos. Sí, eso es lo mejor que podemos hacer. Si los alemanes están sitiando Leningrado y Moscú, si están a punto de tomar la Crimea, entonces, la guerra está perdida. Debemos rendirnos.

—Cualquiera que haga el intento de entablar negociaciones con los alemanes —contestó Anna—, es un traidor. Tú tienes la carta, Tatiana Dimitrievna; diles si es verdad o no que me han otorgado poderes de vida y muerte.

Tatiana hojeó la carta.

—Sí, eso es lo que dice.

El sargento lanzó otra risotada.

—¿Tú tienes poderes de vida y muerte? —preguntó en tono de sorna—. ¿Tú tienes autoridad para mandarnos? ¡Eres una niña de mierda! Déjame decirte una cosa, Anna Ragosina: yo soy el que manda aquí, junto con la camarada Nej. Somos nosotros los que tomamos las decisiones sobre lo que se debe hacer. Stalin está a miles de kilómetros de distancia, corriendo para salvar la vida. Nosotros estamos aquí. Lo que nosotros hagamos será dictado por ese hecho. Y yo digo...

Anna Ragosina confirmó su decisión. Con un solo movimiento rápido, bajó la correa que sujetaba la ametralladora sobre su hombro, la tomó con ambas manos y disparó contra el sargento, atravesándole el pecho.

El estampido del disparo retumbó de un árbol al otro durante un rato, hasta disiparse poco a poco a la distancia. En el transcurso de ese tiempo, nadie se movió, excepto el sargento que, impulsado por la fuerza del impacto, cayó hacia atrás formando un arco, pues Anna le había disparado desde poco más de un metro de distancia. Todavía, al caer en el suelo, rodó en varias ocasiones sobre sí mismo; pero ya para entonces estaba muerto. Había dejado, detrás de él, una delgada estela de sangre sobre la hierba.

A continuación, se produjo un leve movimiento, un suave balanceo entre los soldados allí reunidos y, al mismo tiempo, Alexandra Gorchakova y Tigran Paldinsky bajaron las correas de sus ametralladoras y las empuñaron.

—¡Dios mío! —exclamó Tattie y corrió hacia el hombre caído. Ya estaba allí John, con una rodilla en tierra, contemplando al muerto; luego, alzó la cabeza para lanzar una mirada de reproche a Anna Ragosina.

—Estaba empeñado en negociar —sentenció Anna—. Yo había dicho que ejecutaría a cualquiera que intentara negociar con el enemigo.

—Lo asesinaste —masculló Tattie—. Acabas de matarlo a sangre fría.

—Lo ejecuté, Tatiana Dimitrievna —corrigió Anna pacientemente—. Ésa era mi obligación y la cumplí. Ahora, espero que todos cumplan con su deber. ¡Todos los que estamos aquí! —levantó la voz—: Les ordeno que traigan de inmediato a este lugar las armas con las que cuentan, para saber de cuántas disponemos —sabía que, en aquel momento, era fundamental capitalizar la ascendencia que había obtenido, si quería convertir la muerte del sargento en un triunfo de su poderío personal—. ¡Apresúrense! —gritó—. Es mucho lo que debemos hacer y en poco tiempo.

John se levantó del suelo.

—¿Nos permitirás que lo sepultemos, camarada? —quiso saber.

—Las mujeres se ocuparán de eso —señaló Anna—. Tú, Tatiana Dimitrievna, haz que tus muchachas caven una tumba para enterrarlo. No tendrán dificultad en localizar un trozo de tierra blanda.

Tattie continuaba mirándola.

—Quiero que todo esté concluido para cuando yo vuelva —mandó Anna—. Y tú, camarada Hayman, hemos oído decir que luchaste como un soldado para huir de los alemanes. Ahora, ha llegado el momento de que lo vuelvas a hacer. ¿Tienes algún arma?

John titubeó un segundo y después asintió con la cabeza.

—Tráela pronto —le dijo Anna—. ¡Todos deberán darse prisa! ¡Es necesario apresurarse!

John se metió entre el follaje.

—¿Vas a atacar Slutsk? —preguntó entonces Natasha.

—En estos momentos, los alemanes confían demasiado en sí mismos —puntualizó Anna—. Precisamente ahora hay en estos bosques una pequeña columna militar, la que los invitaba a rendirse y a convertirse en traidores. Iniciaremos con ellos.

—¡No! ¡No pueden hacer eso! —clamó Svetlana agarrando a Anna por un brazo—. Esa columna está al mando de Paul.

—¿Quién es Paul?

—Es un oficial alemán apellidado Von Hassell —explicó Natasha—. Paul es el prometido de Svetlana Ivanovna.

Anna se volvió para mirar de frente a la joven.

—¿Tú estás comprometida en matrimonio con un alemán?

—Lo conocí antes de que la guerra comenzara —informó Svetlana ruborizándose—; pero no es un nazi, no es más que un soldado.

—Un soldado que está matando a los rusos —destacó Anna—. Yo estoy segura de que podrías encontrar a un muchacho ruso encantador para comprometerte con él. Nuestro deber es aniquilar a los alemanes y ese hombre es un alemán y un oficial.

—¡Mamá! —se lamentó Svetlana.

—Estoy segura de que será posible arreglar que al capitán Von Hassell se le haga prisionero —sugirió Tattie.

—¿Prisionero? —inquirió Anna—. Nosotros no tomamos prisioneros. ¡Escuchen bien lo que voy a decirles! —proclamó alzando la voz para que la escucharan los soldados que ya empezaban a llegar al claro portando sus armas y sus cartucheras—. No sólo nos ocuparemos de matar a los alemanes, sino que, además, tendremos que atemorizarlos hasta destruir su moral, haciéndolos luchar en las condiciones que nosotros les impongamos. Entiendan bien lo que les digo: deberemos desempeñar nuestras actividades mediante la violencia y el terror; para eso estamos aquí. No nos limitaremos a matar alemanes: los obligaremos a que lamenten el día en que entraron por la fuerza en Rusia. Y ahora tú, Tatiana Dimitrievna, llévate de aquí a esta criatura.

Al cabo de un instante de duda, Tattie tomó por la mano a Svetlana y se la llevó hacia el bosque.

—Ahora —prosiguió diciendo Anna—. ¿Cuántos son los que tienen un rifle? —los contó rápidamente—. Cuarenta y nueve —dijo suspirando con tristeza—. Tenemos cuarenta y nueve rifles para doscientos hombres. Bueno, camaradas: muy pronto tendremos más rifles y entonces todos los vamos a usar a fondo. Por el momento, deberemos conformarnos con cuarenta y nueve. Tú, señor Hayman, sígueme —luego, se dirigió a Natasha—. Tú, camarada Brusilova, te quedarás a cargo de las chicas que van a enterrar al muerto.

—Yo quisiera ir contigo —dijo Natasha.

—¿Tú? Ni siquiera tienes armas y no sabes cómo matar.

—Entonces, dame una de las tuyas —le propuso Natasha—. Te aseguro que sabré cómo emplearla. Ya he matado antes.

Anna Ragosina sonrió. Ya había logrado convertir para su causa, por lo menos, a una.

Los hombres yacían pecho a tierra, ocultos entre el follaje de la maleza, jadeantes por la fatiga y mordisqueando hojas y trozos de ramas para mitigar el hambre que les daba mordiscos en el estómago. Anna Ragosina no les había dado tiempo ni para comerse un bocado; no obstante, era tanto el poder que ya ejercía sobre ellos, tan fuerte la sensación de urgencia que había conseguido despertar en sus vidas, que la habían seguido sin protestar durante una caminata de una hora, al trote largo, chapoteando en los agujeros llenos de lodo y a través de los arroyos, apartando las hojas y las ramas espinosas, suspirando y exhalando, como lo hacían en aquel momento, pero acompañándola sin parar, hasta que ella les dio la oportunidad de descansar, mientras se adelantaba a hacer una inspección del terreno, junto con sus dos compañeros.

John, exhausto como todos los demás —ni siquiera había tenido un entrenamiento de soldado desde 1922—, suponía que la actitud de Anna se relacionaba con su sexo y su personalidad, más que con la forma implacable y cruel con que había aniquilado al sargento. Ella era joven y hermosa —en verdad encantadora con su rostro pálido, sus delicadas facciones, sus profundos ojos negros y, en particular, su masa ondulante de cabello negro, que no se había cortado ni siquiera para emprender la peligrosa aventura de penetrar las líneas alemanas. Su figura era estupenda y sus músculos, desde luego, duros y flexibles. Así era también mentalmente. John recordaba la manera amable e incluso casual con la que cierta vez lo amenazó con destruirlo, mientras él estaba parado frente a ella en una celda de la prisión de Lubianka. En aquella ocasión, no sabía si debía tomarla en serio o en broma; pero no había tenido tiempo de comprobar cuál era su actitud, ya que, gracias a los esfuerzos de su padre y de George, salió rápidamente de la prisión. Sin embargo, acababa de presenciar cómo Anna había ejecutado al sargento en la misma forma serena y casual. Ahora, nueve años después del acontecimiento, le pasó por la cabeza la idea de que era necesario sentir hacia ella tanto miedo como ella quería que lo sintiera.

Pero todo eso pertenecía al pasado. ¿Qué decisión podía tomar él para el futuro, si Anna tenía razón al calcular que la guerra duraría por lo menos un año más? Incluso la tía Tattie parecía como adormecida por los poderes, la autoridad y la decisión de Anna. Pero, ¿acaso no, tanto Tattie como el resto, habían quedado como atontados por la vida que se habían visto forzados a llevar durante las últimas semanas? Sin duda, habían sufrido un choque emocional cuando escaparon de manos de los alemanes. Ninguno de ellos —excepto Tattie y de eso hacía mucho tiempo—, había sido afectado durante su vida por tantas penalidades y tantos actos de violencia brutal, inesperada y cruel. Por ese motivo, a todos les había parecido lo más conveniente esconderse en los bosques, convencidos de que ya no podían hacer otra cosa más que aguardar, ocultos, a que llegaran los ejércitos rusos para rescatarlos.

Pero, ¿qué aportaría el año venidero, bajo el mando de Anna Ragosina? ¿Qué otra cosa podría aportar además de una gran cantidad de muertes?

Natasha se arrodilló al lado de John.

—¿Crees tú que sea capaz de conducirnos en la lucha contra los alemanes? —le preguntó.

John alzó la cabeza. También Natasha parecía haber seguido la corriente general en favor de la indolencia, olvidado ya su estallido inicial de energía generado por el odio; sin embargo, ahora parecía haber recuperado algo de su antiguo valor.

—Esa mujer me aterroriza —confesó Natasha, al ver que John no le respondía en seguida. Pero él se preguntó si sólo estaba tratando de tranquilizarlo. Después, volvió la cabeza para observar a los tres integrantes de la NKVD que regresaban entre los árboles.

—Los alemanes están almorzando —anuncio Anna deteniéndose frente a ellos con las piernas un poco abiertas y las dos manos apoyadas en las caderas—. ¿Podríamos encontrar una mejor oportunidad que ésta? Ni por la cabeza les ha pasado la idea de que estamos aquí, cerca de ellos. El camarada Paldinsky tomará a quince hombres. ¡Adelante, camarada, elige a tus soldados!

El joven moreno fue indicando con el dedo a los que quería, pasando por alto a John y a Natasha. Cuando terminó, Anna Ragosina, le hizo una señal con la cabeza y el joven se metió entre los árboles, seguido por los quince hombres.

—Ahora —dijo Anna— yo tomaré la mitad de los restantes y la camarada Gorchakova la otra mitad. Tú vendrás conmigo, camarada Hayman... Y tú también, camarada Brusilova. ¡De prisa!

Encabezó la caravana a través de los árboles, pisando con mucha precaución para evitar cualquier ruido. John iba pisándole los talones con Natasha a su lado. Tras caminar poco más de cien metros, Anna disminuyó el paso, avanzó muy despacio y, luego, hizo con su mano extendida una señal para que se agacharan los que iban detrás de ella. Entonces, todos echaron cuerpo a tierra y avanzaron muy lentamente, arrastrándose sobre la hierba y las ramas de la maleza; poco después, se detuvieron, ya que podían distinguir, a través del follaje, el camino y a los alemanes. En efecto, estaban descuidados y tomando las cosas con mucha calma, según pensaba John; ya habían finalizado su almuerzo y uno de ellos estaba levantando una mesa plegadiza en la que Paul había estado comiendo. "¡El muy necio!", se dijo John; pero, ¿acaso no tenía Anna toda la razón? Los alemanes ya habían descartado por completo a los rusos como una fuerza de combate.

No podía verse al centinela, pero era evidente que había uno, pues, de pronto, se escuchó una voz y alguien hizo un disparo hacia la parte izquierda de donde estaban ellos. Todos los alemanes quedaron de pie en seguida, empuñando sus armas; pero todos estaban mirando hacia el sitio de donde surgió el ruido del primer disparo que, en aquel instante, fue seguido por una ráfaga. No se le había atinado más que a uno sólo de los alemanes, y a juzgar por la manera en que se escondió rodando debajo del último de los camiones, no estaba mal herido. Todos los demás buscaron refugio, con los rifles automáticos frente a ellos devolviendo el fuego. Paul hincó una rodilla en tierra al final de la hilera de camiones y desenfundó la pistola, mientras pregonaba órdenes con una voz notablemente serena y pausada.

—¡Apunten bien al blanco! —decía y sus palabras se escuchaban con toda claridad—. ¡Disparen a discreción! ¡Hombres para las ametralladoras!

Dos de sus hombres intentaron abordar el vehículo blindado donde estaba instalada la ametralladora grande; pero de inmediato cayeron acribillados por las balas de los rusos. Surgieron nuevas andanadas de disparos desde el bosque, a la derecha de donde estaba John y también hacia el flanco derecho de los alemanes. Alguno lanzó un alarido y cayó de bruces. Paul dio la orden a la mitad de sus hombres de que hicieran fuego en esa dirección y una lluvia de balas estremeció las hojas de los árboles.

—¡Ahora! —ordenó Anna—. ¡Ahora es nuestro turno!

Ciertamente, era una mujer valiente, se dijo John, viéndola cómo se incorporaba con agilidad, como impulsada por un resorte, y corría hacia abajo por la pendiente, con su ametralladora por delante, sacudiéndose entre sus manos, disparando sin cesar. Uno de los alemanes dio media vuelta y la observó; pero, en seguida, cayó hacia atrás, con la chaqueta del uniforme bañada en sangre. Junto a él, veía a Natasha vaciando su pistola y, entonces, cayó en la cuenta de que él también estaba abriendo fuego con su rifle. Todos estaban disparando sin tregua y la luz de la tarde parecía un caleidoscopio entre el torbellino de detonaciones. Asimismo, John comprendió que los alemanes, atacados por tres flancos, quedarían completamente derrotados.

Los atacantes llegaron al camino propiamente dicho y, corriendo, continuaron su avance, sin dejar de hacer fuego; John escuchó el clic del martillo de su rifle sobre la cámara vacía y entendió que se le habían terminado las balas. Ya para entonces, los disparos de los contrarios también habían cesado casi del todo. Los alemanes consideraron más prudente emprender la retirada. El motor de uno de los camiones principió a bufar y el vehículo arrancó, sacudiéndose y traqueteando sobre sus dos llantas traseras desinfladas por los agujeros de las balas; pero continuó avanzando directamente sobre los rusos que corrían hacia él en un esfuerzo por detenerlo. Otro de los camiones estaba ardiendo, al igual que una de las motocicletas; los demás vehículos estaban volcados y sobre el terreno había más de una docena de alemanes tirados en el suelo en posturas grotescas. En realidad, John jamás había contemplado hombres muertos, pues, la noche que dirigió la huida de la granja, había demasiada oscuridad para examinar el resultado de su obra.

Ahora, los soldados rusos vociferaban y reían, mientras arrastraban a los heridos —otra media docena de hombres— y llevaban a empujones, hacia donde estaba Anna, a otros tres que parecían ilesos. John observaba a un lado y al otro. Alexandra Gorchakova se acercaba a ellos, completamente tranquila tras la breve batalla. También andaba por allí el joven Paldinsky, ocupado en registrar los camiones con la ayuda de otros soldados que había llamado para que auxiliaran; estaban amontonados sobre el camino los rifles y las municiones, las piezas de aparatos eléctricos y los abastecimientos; otros sujetos trabajaban para desmontar las ametralladoras, que no habían disparado ni un solo tiro durante el veloz encuentro. Para alivio de John, no se halló ni el menor rastro de Paul von Hassell.

Natasha estaba de rodillas junto a él con la cabeza inclinada sobre el pecho. En un primer momento, creyó que estaba herida y se inclinó para auxiliarla, sintiendo que el corazón se le subía a la garganta; pero la joven no tenía más que un cansancio extenuante y una profunda impresión a causa de lo que acababa de acontecer. Y aún faltaba más, reflexionó, experimentando una sensación de disgusto en el fondo de su estómago, al ver que Anna caminaba hacia los heridos. Los examinó superficialmente: tres de ellos tenían enormes heridas.

—Aten de pies y manos a esos tres —ordenó.

Los soldados rusos la miraron azorados.

—Ellos morirán —dijo con alivio—. Pronto morirán; se desangrarán por completo antes de que alguien llegue a auxiliarlos. ¡Átenlos!

Los soldados rusos dieron un grito de placer semejante a los de las películas de vaqueros contra indios que John había visto, pensó éste con disgusto. Arrastraron los cuerpos de los tres heridos que gemían y se quejaban y dejaban en el suelo un ancho rastro de sangre. Los alinearon junto a un tronco y, con sus propios cinturones y correas, los ataron de pies y manos. John se puso de pie de un salto y se acercó a Anna.

No debes hacer eso —le advirtió.

Anna volvió la cabeza y lo miró con frialdad, pero desvió la vista de inmediato para fijarla otra vez al frente.

—Aten también de pies y manos a todos éstos —ordenó.

—Éstos no se van a desangrar hasta morir, camarada Ragosina —comentó uno de los soldados.

—¡Oh! Ya lo verás —prometió Anna—. Átenles las manos a la espalda y sus tobillos juntos. Y, luego, bájenles los pantalones. Ya verán cómo se desangran hasta morir.

John la agarró con fuerza por un brazo.

—No, eso no. Esto no es un acto de guerra, es mero barbarismo. No permitiré que lo hagas.

Anna bajó la vista para mirar los dedos de John en su brazo y éste, poco a poco, los aflojó.

—La guerra es barbarie, camarada Hayman —indicó—. Si no quieres mirar, vete de aquí y llévate a la Brusilova.

John le soltó el brazo, se le quedó mirando un instante, pero se sintió incapaz de contradecirla. En aquel momento, todos los hombres la seguirían hasta el mismo infierno si ella quisiera. Se apartó despacio de Anna y ayudó a Natasha a ponerse de pie.

—Regresaremos al campamento —le dijo.

—No —afirmó Natasha—, ya formamos parte de todo esto. Si queremos seguir siéndolo, debemos quedarnos.

John le dio la espalda, desesperado. Los seis soldados alemanes ya estaban tendidos en el suelo, luego de haber sido empujados por los rusos y todos se prestaron de buen grado a que los ataran de manos y pies, creyéndose afortunados por estar todavía con vida; pero cuando los rusos se arrodillaron junto a ellos para desabrocharles la chaqueta del uniforme, para desabotonar y bajar los pantalones, comprendieron, o por lo menos uno comprendió, lo que les sucedería.

—¡No! —gritó en alemán—. ¡No! ¡Te lo suplico! —estaba mirando fijamente, con una expresión aterrorizada, a Anna Ragosina—. ¡No querrás hacernos eso!

Anna comprendía el alemán. John la vio sonreír mientras se arrodillaba junto al joven, quien no podía tener más de dieciocho años.

—Quizá —le dijo en alemán— si la suerte no te favorece, aún estarás vivo cuando lleguen tus camaradas. Entonces, les dirás que fue Anna Ragosina la que te hizo eso.

De una funda que llevaba en el cinturón, extrajo una daga larga, delgada y muy filosa y la empuñó con fuerza.

—Ésa es la gente con quien pretendías entablar negociaciones, capitán Von Hassell —dijo el coronel Von Bledow—. ¡Por Cristo! Sólo mirarlos me provoca náuseas —estaba parado, con las manos sobre las caderas y miraba fijamente a los soldados muertos, acomodados en hilera y ya cubiertos de moscones que volaban sobre el camino, emitiendo un zumbido más fuerte como el de los motores de los vehículos llevados a toda prisa al lugar de los hechos.

—Yo debía haberme quedado —murmuró Paul—. ¡Oh, Dios mío! Yo debía haberme quedado para morir con ellos!

—¿Quieres que te obliguen a comerte tus propios testículos? —inquirió Von Bledow—. ¡Cúbranlos! —gritó—. Ya no soporto seguirlos viendo. ¡Que los cubran! —dio la vuelta, espantó las moscas que se habían parado sobre la manga de su uniforme, se palpó los bolsillos, sacó un cigarrillo y lo encendió rápidamente para tratar de combatir el mal olor.

—Era mi deber quedarme —insistió Paul—. Cuando ordené la retirada, corrí, pensando en que todos me seguirían; pero yo debía haber sido el último en partir.

—Sin duda —reconoció Von Bledow.

—Fue culpa de esos árboles —explicó Paul—. No podíamos ver nada al principio; sólo podíamos oír los disparos y el silbido de las balas. Después, nos atacaron por la retaguardia, mientras aún estábamos atentos para defendernos del fuego que venía de frente.

—Y tú perdiste la cabeza —dijo el coronel en un tono poco amable—. ¿Cuántos calculas que fueron los que los atacaron?

Paul se encogió de hombros.

—Quizá fueron veinte los que tomaron parte en el asalto; pero debe haber muchos más escondidos en los bosques —lanzó un suspiro—. Me he comportado muy mal, coronel. Debería ser destituido.

El coronel Von Bledow le dio unas palmadas en la espalda.

—Todos perdemos la cabeza ocasionalmente, Von Hassell, en especial cuando debemos enfrentarnos a las guerrillas que no obedecen regla alguna. Pero son hombres, tal vez algunas mujeres; mas no son demonios ni seres sobrehumanos. Nosotros acabaremos con ellos, te lo garantizo, y, en vez de correr derrotado, quedarás cubierto de gloria —se rió entre dientes—. Pero no quiero volverte a escuchar hablar de negociaciones, ¿eh?

—Estoy completamente seguro, señor, de que ni madame Nej, ni su hija, ni las alumnas de la academia de danza, ni siquiera John Hayman, participaron en ese asalto —afirmó Paul—. Ellas son unas damas y él es un caballero. No existe ni la más remota posibilidad de que ellos hubiesen permitido que se cometiera tal bestialidad.

—Es cierto —comentó Von Bledow contemplando los árboles con aire pensativo—. Me inclino a estar de acuerdo contigo, hasta cierto punto. Durante seis semanas, nuestras columnas militares han empleado este camino —algunas tan reducidas como la tuya—, sin que se produjera alguna interferencia. Pero, ahora, inesperadamente, no sólo hemos sufrido interferencias, sino que nos han atacado y hemos sido masacrados. Sí, algún elemento nuevo ha entrado en el conflicto, puedes estar seguro. Bueno, deberemos hacer algo al respecto.

—¿Qué podríamos hacer? —inquirió Paul observando también hacia los árboles. Comenzaba a anochecer y las sombras se alargaban. Detrás de ellos, los últimos cadáveres habían sido recogidos, envueltos en mantas y colocados en los camiones; en torno suyo, los soldados iban y venían, inquietos, afianzando con fuerza sus rifles, procurando no meterse en los lugares donde las sombras se intensificaban y lanzando miradas ansiosas a las cámaras de carga de las ametralladoras—. Los bosques son bastante espesos y el suelo es demasiado blando para el tránsito de vehículos pesados.

—Tampoco podríamos quemarlo, pues es excesivamente grande —observó el coronel con pesar—. Ellos retrocederían frente a las llamas. Pero creo que sí podríamos hacerlos salir por medio del humo, capitán Von Hassell. No hay comida en esos bosques, han conseguido sobrevivir hasta ahora gracias a la ayuda que les ha prestado la población local. No obstante, los haremos salir como sea.

—Jamás había escuchado algo tan absurdo —declaró el príncipe Peter Borodin. Estaba parado en el centro de la oficina del coronel Von Bledow, en el tercer piso de lo que había sido el ayuntamiento de Slutsk y, desde allí, lanzaba miradas fulminantes sobre el jefe de la ss—. ¡Qué disparate tan obsceno! Para usted, coronel, eso equivaldría a rebajarse al nivel de esos mismos hombres que tratan de destruir.

—¿Y usted me habla de disparates obscenos? —le preguntó Von Bledow—. Bien se ve que no estaba usted conmigo ayer por la tarde. No pudo mirar a aquellos jóvenes soldados míos destrozados, descuartizados, mutilados cuando aún estaban vivos. Los médicos me han mencionado que, por lo menos dos, murieron ahogados por su propia sangre. ¿Podría imaginarse algo más horrible? No son seres humanos los que están combatiendo ocultos en los bosques, sino verdaderos lobos. Es necesario aniquilarlos, por muy severos que sean los métodos a los que debamos recurrir.

—¿Estima usted, coronel, que si va a empezar ahora a fusilar a los civiles, acudirán sus familiares y conocidos a unirse a mi ejército? —inquirió Peter—. Ya son muchas las dificultades que tengo para conseguir voluntarios.

—Precisamente. ¿Por qué supone que tiene tantas dificultades? Porque la mayoría de los campesinos de los alrededores simpatizan con los hombres ocultos en los bosques, les proporcionan alimento. Yo sé que lo hacen; de otra forma, esos lobos ya no vivirían —alzó un dedo—. No crea que sus motivos personales escapan a mis cuidados, príncipe Borodin; tengo presente que su hermana está allá, con ellos. Pero me siento inclinado a aceptar la teoría del capitán Von Hassell de que ni ella ni su hija estuvieron involucradas en el ataque contra mis hombres y mucho menos en su castración. Aunque si su hermana y su hija desean continuar con vida, les convendría más salir de los bosques y rendirse, ya que estoy decidido a exterminar a esos lobos y, mientras más pronto, mejor.

—Y yo estoy de acuerdo con que debe exterminarlos —dijo Peter— y por supuesto en que Tatiana Dimitrievna debe ser rescatada, lo mismo que su hija; pese a ello, no puedo aceptar que se ejerza una presión tan fuerte sobre la población civil. Semejantes medidas no arrojarán los resultados que se esperan; por el contrario, sólo ocasionarán grandes dificultades a mi... a su trabajo en esta comarca, coronel.

—¡Bah! —exclamó Von Bledow—. Permítame decirle una cosa, príncipe Borodin: la toma y la ejecución de rehenes ha dado muy buenos resultados en otros países ocupados.

—¿Es posible? —inquirió Peter con tono sarcástico—. ¿Acaso ha cesado ya toda resistencia en Francia, en Checoslovaquia y en Noruega?

—Le aseguro que la tenemos dominada.

—No lo creo —aseguró Peter—. La ejecución de los rehenes no es más que una expresión de venganza por parte de los alemanes. No ha dado ningún resultado positivo.

—Venganza —repitió el coronel Von Bledow—. Eso es precisamente en nuestro caso. Dile tú, capitán Von Hassell. Cuéntale lo que viste.

—Fue algo inenarrable, príncipe Peter —expresó Paul—. La escena más horrible que pueda imaginarse.

—No lo niego —contestó Peter—, sólo alego que no puedo permitir que respondan con el "ojo por ojo y diente por diente".

—¿No lo puede permitir? —inquirió el coronel.

—Si persiste en esa locura —manifestó Peter— renunciaré a mi cargo y, lo que es más, explicaré mis motivos a Himmler.

El coronel Von Bledow se le quedó mirando un instante y luego volvió la cabeza al escuchar que alguien llamaba a la puerta.

—¡Entre! —gruñó.

Entraron dos soldados y, entre ellos, venía un hombre vestido con la sotana negra del sacerdote y cubierta la cabeza con un sombrero. Era un hombre de edad avanzada y tenía el rostro marcado por profundas arrugas; tenía las espaldas encorvadas. Von Bledow lo observó durante algunos segundos.

—¿Es usted el padre Gabón? —le preguntó por fin.

—Yo soy, excelencia —la voz del sacerdote era profunda y resonante, quizá por estar acostumbrado a predicar al aire libre.

—¿Es el párroco de la aldea de Shelniky, en el Pripet?

—Sí, lo soy, excelencia.

Von Bledow levantó su dedo índice con ademán acusador.

—Ha estado abasteciendo con alimentos a los desertores rusos que están escondidos en los bosques, no trate de negarlo.

—Hemos estado abasteciendo con alimentos al ejército alemán, excelencia —explicó el padre Gabón—. Lo que queda apenas basta para que comamos nosotros.

—Eso es mentira —replicó Von Bledow—. Ese cartero de su aldea al que capturamos, me dijo lo que estaba ocurriendo por allá, antes de mandarlo ahorcar. Ya conozco los procedimientos que se utilizan por aquí, padre Gabón. Es posible que me haya conducido con demasiada blandura con ustedes; pero, ahora, los guerrilleros han asesinado a varios de mis hombres. Los han asesinado a sangre fría y todo porque ustedes los ayudan.

—Su excelencia...

—Veintiuno de mis hombres cayeron por las acciones de esa guerrilla. Muy bien, padre; ahora, volverá a su aldea, elegirá a veintiuno de los aldeanos y me los traerá aquí mañana. No me importa si son hombres, mujeres o niños; pero mañana por la mañana deberán presentarse aquí veintiuno de ellos.

El sacerdote lo miró alarmado.

—¿Qué piensa hacer con ellos?

—Voy a hacer un llamado a esos guerrilleros ocultos en los bosques para invitarlos a que se rindan —comunicó Von Bledow—. Les pondré un plazo de veinticuatro horas para que se entreguen. Si no lo hacen, comenzaré a fusilar a los rehenes. Cada día morirá uno de ellos hasta completar veintiuno. A continuación, tomaré otros veintiuno y empezaré de nuevo. De modo que más le conviene pensarlo bien, padre, antes de volver a darles de comer a esos lobos de los bosques. Y si puede establecer contacto con ellos, será mejor que les informe lo que pienso hacer; coménteles, además, que mis panfletos no son falsas amenazas. Dígaselos así, padre.

—No es posible que nos haga eso, excelencia —protestó el sacerdote—. La gente de mi pueblo ha recibido a sus soldados como amigos. Les hemos brindado toda la comida de que podemos disponer. Nosotros...

—Los miembros de su comunidad han respaldado a los enemigos del Reich y, por lo tanto, ellos mismos son enemigos del Reich. En sus manos está el remedio, padre Gabón. Cuando haya conseguido la rendición de los guerrilleros del bosque, dejaré de fusilar a los integrantes de su comunidad. En sus manos está su suerte, padre. Ya puede retirarse.

Un soldado le tocó el hombro con la mano y lo condujo fuera de la oficina. El sacerdote caminaba como un autómata.

—Ahora, es tu turno, capitán Von Hassell —le dijo el coronel Von Bledow—. Sube al avión y deja caer esos panfletos —se rió entre dientes—. Pero con precaución para que no te vayan a derribar el aparato, ¿eh? Así no le servirás de nada a esa prometida tuya, aun en el caso de que la saques de allí con vida —lanzó una mirada de soslayo a Peter Borodin—. Seguramente que tendrá cosas que hacer en otro lado, excelencia.

Peter Borodin lo miró durante unos instantes. Acto seguido, dio media vuelta y salió de la oficina.

El zumbido del motor del avión que volaba en círculos en el cielo sacó a John Hayman de su ensimismamiento. A él le parecía, en primer lugar, que no estaba soñando despierto. Sólo se preguntaba lo que hubiese dicho Anna Ragosina si hubiera descubierto que John, en lugar de estar vigilando la pendiente que le habían encargado, estaba absorto en muchos otros pensamientos, como en el Parque Central de Nueva York en una tarde de verano como aquella, en los días de ocio cuando jugaba ajedrez. Se sentía seguro al pensar en cosas como ésas. Pensar en el ambiente que le rodeaba, le hubiese ocasionado un gran terror, una enorme confusión, dos sentimientos que estaba decidido a evadir.

No obstante, tenía una sospecha que le inquietaba: que lo que había ocurrido dos días antes era la realidad auténtica y todo lo demás eran sueños agradables. El hombre era un animal depredador. Toda su historia, tanto la de sus conflictos con los de la misma especie como la del encarnizado exterminio de las especies consideradas inferiores, lo constataban; sin embargo, por grueso que hubiese sido el manto de civilización con el que de cuando en cuando se había cubierto, seguía estando, como siempre, a merced de la sed de su sangre. Era de suponerse que los soldados estaban ejercitados para ser más sanguinarios, más sedientos de sangre que los demás; a pesar de eso, había vivido con esos soldados en los bosques desde hacía seis semanas y los había encontrado como simples campesinos, como los mujics que representaban una gran parte de la población rusa, como hombres que habían elegido servir en el ejército —todos eran integrantes de las tropas de las líneas de combate y no conscriptos—, porque creían que allí podrían escaparse de sus koljoses o de una miserable carrera en las fábricas. Sus sueños y sus recuerdos se concentraban en los placeres bucólicos de su niñez, en los ríos en los que habían pescado, en las chicas a las que habían cortejado, en el vodka que hubiesen bebido y en las peleas en que se habían involucrado. Sin duda, se habían sentido tristemente decepcionados por la trágica facilidad con que sus unidades quedaron destruidas y dispersas por los ejércitos alemanes y, después, en esas condiciones, se habían refugiado en la seguridad de los bosques y les pareció muy grato sumergirse de nuevo en los placeres de la juventud, sobre todo cuando, de manera inesperada, se encontraron en posesión de veinticinco extremadamente atractivas jóvenes mujeres. John estaba preparado para aceptarlos tal como eran, como soldados profesionales y, en esas condiciones, la costumbre de acatar el mando estaba tan arraigada, que la aparición de Anna Ragosina y la terrible ejecución de su sargento sólo les había recordado que, después de todo, continuaban siendo soldados. En eso, no había nada verdaderamente contrario a la civilización ni nada inhumano.

Pero, dos días antes, Anna los había invitado a desechar todo aquel bagaje de sueños y recuerdos innecesarios para convertirse de nuevo en las bestias que ella creía que eran. Y, a la invitación de Anna, respondieron con singular entusiasmo. El ímpetu con el que habían entrado en la batalla, el morboso salvajismo con el que se habían congregado para observar a Anna y a su amiga Alexandra cuando practicaban su espantoso trabajo de castración, la completa ausencia de compasión con la que habían contemplado los cuerpos ensangrentados y palpitantes de los alemanes moribundos... Cualquiera hubiese supuesto que estaba viviendo entre hienas y no entre hombres.

Sin embargo, él también estuvo allí, de pie, presenciando como los demás, y se las había arreglado para controlar su náusea. Natasha había hecho lo mismo; ambos sintieron un profundo malestar y se habían sentido horrorizados al saber lo que Anna pretendía hacer. Pero aquello no había sido más que otro aspecto del horror constante que le rodeaba. ¡Cuántos recuerdos podrían compartir para el resto de sus vidas, suponiendo que les quedara algún tiempo de vida! John estaba convencido de que los alemanes no tardarían en responder a la carnicería de veintiuno de sus camaradas; pero, al menos, se dijo John, sería un recuerdo compartido que, mientras durara, los habría de mantener más unidos que nunca.

El crujido de una rama que se rompía le obligó a volver la cabeza, aunque estaba seguro de que era ella quien le traía el frugal almuerzo de un poco de agua y un pedazo del pan que pudieron rescatar de la vencida columna militar alemana. Dio media vuelta para quedar acostado de espaldas y poder mirarla, cuando ella se arrodillaba a su lado. Aún conservaba sus movimientos gráciles de bailarina, pero, durante los últimos días, John había advertido una rara pesadez en la joven que antes parecía tan leve que se diría que flotaba al caminar. Además, sudaba en abundancia, mucho más que antes. Ahora mismo notó unas minúsculas gotitas de sudor sobre sus labios, al inclinarse para darle un beso en la mejilla. Y nada de eso tenía algo que ver con los acontecimientos de dos días antes, puesto que él había hecho sus observaciones antes de la llegada de Anna Ragosina. A lo mejor había vivido demasiado tiempo comiendo mal y apenas lo suficiente; pese a ello, sonreía alegremente al sentarse junto a él.

—Me duele la cabeza —confesó—. Además, veo que todo el bosque me da vueltas. ¿No te parece absurdo?

—Si la camarada Ragosina no puede proporcionarnos algo decente para comer, todos sus proyectos serán inútiles —señaló él.

—La camarada Ragosina —dijo Natasha—. ¿Tuvo ella algo... tú hiciste algo... en 1932...?

—A decir verdad, no hubo tiempo para hacer nada, gracias a Dios —aclaró él—. ¡Cuidado!

Por la parte de arriba de la cuesta, venía bajando una mujer vieja. Por lo menos parecía una vieja, desde lejos, con la cabeza cubierta por un chal y sus pies ocultos dentro de deformes botas de cuero; a pesar de eso, el vigor de sus movimientos, la firmeza de sus pasos, la delataban. Sin duda, su valor era increíble. John no quería ni imaginar lo que los alemanes harían con ella si llegaran a capturarla y se enteraran de que Anna había sido la que mutiló a los soldados. Pero, lo más probable, dada su personalidad tan extraña, es que aceptara incluso la tortura como un revés de la suerte y soportara todo lo que se le hiciera sin un solo gemido, sin lanzar siquiera un grito, quizá sonriendo hasta llegar a la muerte.

John se preguntó si acaso no admiraba a aquella mujer en el fondo de su corazón.

Ya junto a ellos, se quitó el chal; su cabellera negra lucía hermosa como siempre. John se incorporó para ponerse de rodillas.

—¿Tienes noticias?

—Muchas —se quedó observando al cielo donde volaba el aeroplano que había desaparecido en otra parte del bosque, pero que retornó en seguida, volando muy bajo sobre sus cabezas.

—¿Aún nos están buscando?

—Me imagino que sí —admitió John.

—Bueno, que nos busquen. Muy pronto les vamos a indicar dónde estamos. Me he enterado de que viene para acá un tren con provisiones; arribará dentro de tres días. Ése es nuestro próximo blanco.

—¿Un tren con provisiones? —clamó John—. Debe estar bien armado y todo lo que nosotros tenemos es un par de ametralladoras y algunas armas de mano.

—Con eso basta, hasta que destrocemos el tren. Además, contamos con la gelignita explosiva. Traigo suficiente en mi mochila; la suficiente para volar el puente un poco al sur de Slutsk.

—¡Ése es un disparate! —protestó Natasha—. El puente se localiza a pocos kilómetros de la ciudad. Toda la guarnición quedará en estado de alerta y se echará sobre nosotros.

—Por supuesto, será necesario trazar los planes cuidadosamente —aceptó Anna—; pero las guerras no se ganan sin correr riesgos. Tenemos dos días para trabajar en ellos. Es esencial que lo hagamos con rapidez; pero yo lo organizaré bien, quizá tú quieras ayudarme. Puedo enviar a otro para que te sustituya en la vigilancia —miró a Natasha—. ¿Qué sucede contigo?

—A mí no me pasa nada —respondió Natasha poniéndose de pie trabajosamente.

—Natasha no se siente bien —explicó John—. No tiene suficiente alimento para comer.

—Tendremos bastantes alimentos cuando asaltemos ese tren —aseguró Anna y tomó a Natasha cuando ésta empezó a trastabillar como si fuera a caer—. Pero tú, no estás bien.

—No es nada. Ya se me pasará —indicó Natasha—. Me siento un poco mareada.

—¿Mareada? —Anna la examinó y después emitió un gruñido como si hubiese visto algo muy divertido—. Estás embarazada —anunció.

—¿Embarazada? —Natasha lanzó una rápida mirada a John—. Eso es imposible.

—Pues estás embarazada —dijo Anna con firmeza—. Eso tenía que ocurrir. Y ahora, ¿de qué me vas a servir con la barriga inflada? ¿Y más tarde, con tu animalito colgando de tus tetas? Debería darte un tiro.

—Si le tocas un solo cabello de la cabeza... —amenazó John. No era posible saber cuándo Anna Ragosina hablaba en serio o cuándo sólo hablaba metafóricamente.

—¡Oh! Yo sería incapaz de hacerle daño a Natasha Brusilova —dijo ella con cierto desdén—; no obstante, deberá trabajar igual que todos los demás, con bebé o sin él, ¿me entienden? —volvió a levantar la cabeza para mirar al avión que, en aquel instante, lanzaba por la portezuela abierta una nube de hojas blancas con el mensaje de rendición—. ¡Más negociaciones! —exclamó.

John corrió a través de la maleza para atrapar una hoja que venía cayendo pausadamente de rama en rama. De inmediato, leyó lo escrito en un ruso deficiente.

—¡Por Dios! —gritó—. Von Bledow nos amenaza con fusilar un aldeano cada día, a no ser que nos rindamos.

—Así es —dijo Anna—. También fue eso algo de lo que me comentaron en el pueblo.

—¿Y qué piensas hacer tú al respecto?

—¿Qué supones tú que yo deba hacer? —inquirió Anna—. ¿Tienes tú la intención de rendirte, camarada Hayman?

—¡Por el amor de Dios! Me pones en un dilema espantoso —volvió la cabeza para mirar a Natasha.

—No es más que una amenaza —dijo ésta—. Los alemanes requieren de los aldeanos para conseguir alimentos. Te digo que se trata de una fanfarronada, de un truco para que nos quedemos quietos.

—Quizá —expresó John—. Se ve que piensan tener todos los triunfos en la mano. Ahora, me parece que esa idea del asalto al tren no es una locura.

—Claro que no es una locura —aseguró Anna—. Y es muy probable que resulte bien. Además, para eso estamos aquí: para matar alemanes y para cortar sus líneas de comunicación.

—¿Lo dices en serio? —preguntó John—. Si asaltas el tren, puedes estar segura de que el coronel Von Bledow cumplirá con sus amenazas.

—Yo diría que, de cualquier modo, tiene la intención de llevar a cabo sus amenazas —señaló Anna—. La gente de la aldea no considera que sea un fanfarrón; me supongo que querrán destrozarme, considerando que yo seré la culpable de lo que les suceda. Pero, si todos mueren fusilados, habrán muerto por su patria, aunque sea pasivamente. Habrán desempeñado su papel; tal como nosotros desempeñaremos el nuestro. Atacaremos ese tren.

CAPÍTULO X

GEORGE HAYMAN HIJO, DETUVO EL ROLLS-ROYCE ANTE LOS EScalones del frente de la casa de sus padres en Cold Spring Harbor, entre rechinidos de llantas y fuentes de grava elevándose por doquier. Penders, el jardinero, se dijo que el joven George manejaba igual que su padre y que jamás dejaría de hacer experimentos con los automóviles de la familia. Con aire cansado, Penders volvió a tomar su rastrillo.

—Me parece que el acelerador no está del todo bien —le dijo George a Rowntree, el chofer, al pasar junto a él.

—Yo le echaré un vistazo, señor George —prometió Rowntree.

George le dio una palmada sobre la espalda.

—Y no tengas tan triste la mirada; no es el fin del mundo si tenemos un nuevo coche. Y a mí me parece que ya es tiempo de sobra.

Subió la escalera a zancadas, dejando a Rowntree rascándose la cabeza junto con Penders. A pesar de que George hijo era tan alto y fornido como su padre y estas características se acentuaban por las de su madre, le resultaba difícil a cualquiera de los sirvientes de los Hayman, por mucho tiempo que hubiesen estado al servicio de la familia, imaginar que el señor Hayman padre hubiese poseído alguna vez un carácter tan efervescente como el de su hijo. Era imposible dudar de que, en su juventud, George padre contaba con un gran caudal de energía y así lo constataban su actuación como corresponsal de guerra, su increíble romance con la señora de la casa —del cual todavía conversaban los servidores—, así como la forma en que ahora, como siempre, se proponía ver las cosas por sí mismo, por muchos peligros y penurias que aportaran. Pero así lo hacía y, sin duda, siempre lo había hecho, de una manera seria, reflexiva y serena que hacían aparecer las dificultades que pudiera encontrar menos temibles que las satisfacciones de que pudiera gozar. El joven George le cobraba su valor a la vida. Puesto que la señora Hayman tenía un carácter igualmente serio y reflexivo como el de su esposo, el hijo tendría que haber heredado su carácter de algún ancestro experimentado bebedor de vodka, por el lado de Pedro el Grande, o de un bebedor de cerveza en una taberna de Londres; ese mismo antepasado, por lo menos en el lado ruso, fue el que debió heredar a la famosa tía del joven George. Ciertamente, en los tres meses desde que su padre estaba ausente, los mismos en que el joven George se hallaba a cargo del periódico *American People*, una ligereza alegre y despreocupada había aparecido en algunas de las columnas y había conquistado más lectores de los que había perdido.

Al mismo tiempo, los sirvientes apreciaban su bullicioso buen humor, aunque eso les ocasionara bastante trabajo extra. Harrison, el mayordomo, mantenía abierta la puerta para que él entrara.

—La señora Hayman lo estaba esperando, señor George. Las jóvenes damas ya están allí, con ella.

—Entonces debo haber llegado tarde. Sírvenos martinis, Harrison, mi viejo, para romper el hielo —se detuvo en el umbral de la puerta del salón, con los brazos abiertos—. Reciban al hijo pródigo. ¿Cómo está mi Diana?

"Ésa sí —se dijo Harrison— es una verdadera Hayman." A pesar de sus ocho años de edad y de su piel oscura, poseía todos los rasgos de los Hayman. Se acercó a su padre con aire serio y le dio un breve abrazo.

—Hay carta de mi abuelo —dijo.

—¿Una carta de papá? —a Harrison, que era un observador perspicaz, no le pasó inadvertido el gesto de preocupación que se reflejó en el rostro del joven George, sin que por ello desapareciera su sonrisa. Y había motivos para ello, pues, por muy despreocupado que fuera, no dejaba de comprender que su padre llevaba una vida muy peligrosa—. ¡Qué bueno! —cruzó el salón para acercarse a su madre; apretó de paso la mano de su esposa Beth y lanzó un beso a su hermana Felícitas. Por fin se sentó en el sofá, al lado de su madre, pasándole el brazo sobre los hombros para atraerla hacia él y darle un beso en la mejilla—. ¿Va todo bien?

—Pues no lo sé con certeza —respondió Ilona—. Todo iba bien cuando tu padre escribió esa carta, el 30 de agosto; pero ya ha transcurrido un mes desde entonces. Sólo me dice: "Una nota rápida para que alcance a salir en el tren de hoy. Los alemanes han incursionado en las posiciones de Luga, que eran fundamentales para mantener nuestro contacto con el resto del país. Desde entonces, la situación ha empeorado. Ahora, están bombardeando la ciudad continuamente, desde una distancia de ciento quince kilómetros. ¡Oh! Allí viene otra. Ya todo el piso está cubierto con trozos de yeso.

"El hecho es, querida mía, que yo no daría un comino por las posibilidades que los rusos tienen de conservar esta ciudad. Por ahora, están completamente rodeados por tierra y, por supuesto, el lago también está bajo un continuo bombardeo. Los soldados, en su mayoría aprendices, no pueden tener ninguna ventaja sobre los alemanes, pese a que todos, tanto las mujeres como los hombres, están combatiendo con un valor y una entrega increíbles. Y como aún quedan un par de millones de ellos, habrá todavía una gran cantidad de lucha. Y ése es también el problema principal de Michael en esta ciudad donde tiene a tanta gente y tan poco con qué alimentarla. Presiento que la próxima vez que me veas ya no podrás picarme la barriga."

Ilona dejó de leer y levantó la cabeza para mirar a su hijo.

—Si pudo mandar fuera de la ciudad esa carta —comentó éste—, ¿por qué no puede salir él mismo?

—Ya conoces a tu padre. Todavía sigue diciendo en su carta: "Pero todo esto es muy emocionante; así que, si no tienes inconveniente, aún me quedaré por aquí durante algún tiempo. Esto se asemeja a Puerto Arturo, aunque me parece que Michael es mucho más estricto que el viejo general Stoessel. Su energía es impresionante. Creo que tú ya debes saber algo de eso. Además, parece que goza de la total confianza de la población. Bien puede decirse que están decididos a luchar hasta que caiga el último hombre. Yo considero que me encuentro en un escenario épico, de modo que bien puedes mencionarle a George junior que conserve caliente mi asiento en la oficina durante unas dos semanas más. No tardaré más tiempo, te lo prometo. Si los rusos no pueden abrir un corredor antes del invierno, todo estará perdido y entonces, los nazis me enviarán a casa con algún regaño, como a un niño malcriado. Todavía no tengo noticias ni de Tattie ni de John. Temo por ellos, pero esperemos que salgan con bien. Estoy seguro de que, si los alemanes los hubieran capturado, ya lo habrían comunicado. ¡Oh! Aquí viene otra... Y parece muy grande..." —Ilona lanzó un profundo suspiro—. Yo le pido a Dios que mi marido madure. No parece percatarse de que los corresponsales de guerra, incluso los neutrales, pueden morir destrozados por una bomba, lo mismo que cualquier otro.

—Pero él vivirá. Yo sé que él vivirá —Beth Hayman se había sentado junto a Ilona y tenía su mano entre las suyas y aquel gesto llenó de satisfacción al joven George. Después de aquel terrible comienzo, cuando Ilona había ordenado, prácticamente, que su futura nuera abandonara la casa, las relaciones entre las dos habían mejorado poco a poco. Por supuesto que la pequeña Diana tenía mucho que ver con ello. Era la única nieta de los Hayman y, por esa razón, se le consideraba más preciosa que nada. Además, Beth era una persona de tan buen corazón, que era imposible desairarla; a pesar de eso, él estaba muy al tanto de que Ilona no aprobaba, aún, el gusto de Beth por pintar desnudos.

—Ya lo creo que vivirá —aseguró George—. No existe la bomba alemana que acabe con papá. Yo también tengo algunas noticias.

—¿Cuáles, George? ¿Son de Johnnie? —Ilona apretaba con ansia la mano de su hijo.

—Bueno, podría ser; la información proviene de nuestras oficinas en Suecia, a donde llegó un mensajero enviado por Conway, nuestro corresponsal en Berlín. Parece que los alemanes no autorizan que las noticias como ésta salgan de su país; pero el caso es que, durante el mes anterior, se han proferido graves ataques contra las unidades del ejército de ocupación en las cercanías de los pantanos del Pripet, en particular en Slutsk.

—¿Ataques?

—Ataques de la guerrilla. Por lo menos uno fue en gran escala: asaltaron un tren, lo volaron y lo saquearon, asesinando a más de cien alemanes.

—¿Johnnie? —gritó Felícitas—. ¿Puede haber sido obra de Johnnie?

—No lo sé, pero pueden estar seguros de que yo le daré publicidad al asalto como obra suya.

—Pero... —Ilona continuaba oprimiendo su mano ansiosamente— Entonces los alemanes...

De cualquier manera lo fusilarían si llegaran a apresarlo, no sólo por este ataque; sino por lo de junio. El mensaje de Conway también habla de que los alemanes están fusilando rehenes a diestra y siniestra, con la intención de detener a esos guerrilleros o partisanos, como él los llama. Dice que ya se ha diezmado un pueblo entero. ¿Y quieres saber algo más? Conway menciona que el príncipe Peter Borodin, quien se encontraba en el Minsk reclutando hombres para integrar un ejército antisoviético dentro del lado alemán, ha dimitido y ya volvió a Berlín.

—¡Bien por Peter! —exclamó Ilona—. Yo jamás pensé que fuera un nazi de corazón —se detuvo para suspirar con tristeza—. Pero Johnnie y esas pobres jóvenes y Tattie..., todos involucrados en una situación tan horrible, en una matanza... —se interrumpió de nuevo para asir el brazo de George—. ¿Y qué me dices del invierno? Tu padre afirma que sólo falta un mes para que el invierno inicie. ¿Cómo podrán sobrevivir en el invierno?

El ruido de un trozo de madera que se parte despertó a Svetlana Nej. En un primer instante, no supo qué era lo que había provocado el sonido y, sin ninguna precaución, sacó la cabeza de la bolsa para dormir que compartía con su madre y, con aquel movimiento, despertó también a Tattie.

—¡Por Dios! ¿Qué te pasa? —dijo ésta y volvió a meter la cabeza en la bolsa y comenzó a toser. Sus accesos de tos principiaron un mes antes, casi al empezar la temporada de lluvias. El cálido verano de 1941 culminó con una serie de violentos chubascos que se mantuvieron casi sin cesar durante poco más de una semana y, luego de eso, había llovido diariamente durante varias horas. Entonces, por primera vez, los fugitivos descubrieron el motivo por el que los pantanos del Pripet se consideraban como un formidable obstáculo natural. Durante la sequía relativa del verano anterior, habían imaginado que el lugar era un bosque común y corriente; mas, de la noche a la mañana, la corriente de agua vecina al campamento creció tan alto, que los inundó mientras dormían. Dos hombres y una de las chicas quedaron aislados y murieron ahogados, antes de que Anna Ragosina, asombrada por aquella catástrofe natural, pudiera organizar la evacuación.

Pero, ¿qué importancia tenía la muerte de tres personas, incluso cuando una de ellas fuera una antigua compañera de danza, cuando vivían en aquella atmósfera de muerte?

De hecho, las lluvias dieron un respiro temporal al negocio de matar y que los mataran. Desde el momento en que Anna los llevó a un terreno más elevado, vivieron prácticamente en una isla rodeada por los torrentes de agua, en ocasiones con varios metros de profundidad, o por vastas zonas de fango pegajoso por las que era imposible el acceso. Cierta vez, el pobre Igor Abramov intentó pasar y no pudo evitar los lugares que no tenían fondo. De pronto, el desdichado Igor Abramov se encontró atrapado en el lodo; se hundió con tanta rapidez que, si bien sus compañeros hicieron una cuerda con sus cinturones y se la arrojaron, ya no fue posible tirar de él y tuvieron que contemplar cómo desaparecía poco a poco en el fango, tratando de respirar hasta el último momento.

Pese a todo, Anna permanecía intacta. No era una mujer normal, había concluido Svetlana desde antes. Si bien su madre se mostró contrariada, lo mismo que John y Natasha, por el deplorable resultado del asalto al tren, en el que se perdieron veintisiete hombres, Anna lo consideraba como un triunfo: más de cien alemanes cayeron en el asalto, los partisanos obtuvieron grandes cantidades de alimentos, armas, municiones y un abasto considerable de otros productos, como aquella bolsa para dormir en la que ahora se cubría del frío, así como la camisa con que estaba envuelta.

—¡El frío!

Escuchó con atención la respiración entrecortada por la tos de su madre; Svetlana sacó de nuevo la cabeza fuera de la bolsa. Su mamá estaba enferma y, sin duda, se pondría peor si seguía acostada allí, bajo los árboles helados, entre la humedad y el frío. En aquel instante, supo a qué se debía el extraño ruido que había percibido: era alguien que caminaba sobre el hielo.

Ocurrió de la noche a la mañana. Ayer habían cesado las lluvias, el cielo quedó despejado y todo el mundo parecía más contento; incluso Anna había sonreído. Ésta estuvo tan disgustada como los demás debido a las lluvias, no tanto porque los torrentes y el fango le impidieran atacar el tren, sino porque aquel mismo mar de lodo complicaba que los alemanes pudieran llegar hasta la vía destrozada para repararla. "¡Oh, si pudiéramos tener otro tren!", repetía Anna, una y otra vez. Y, cuando todos la miraban y recordaban a algún camarada muerto en el último asalto, ella les respondía gritando irritada: "¿Cómo suponen que vamos a sobrevivir durante el invierno, si no tenemos otro tren para abastecernos?" Nadie podía dudar de que estaba en lo cierto. Nadie podía dudar de que Anna era capaz de cualquier cosa, desde la seguridad de que mataría a cualquiera de ellos que la defraudara o la traicionara, hasta la de que los conduciría a la victoria cuando estuviera decidida a conquistar un objetivo. Svetlana no podía imaginar que un grupo de gente pudiera ser dominado de tal modo por una sola mentalidad, por una sola determinación, por una sola personalidad. Cuando Anna sonreía, todos los demás lo hacían. Cuando ella fruncía el ceño, todos empezaban a temblar, incluso Tattie. ¿No sería aquel temblor de Tatiana un síntoma de su mala salud?

Y el reino de Anna crecía constantemente. Ahora, lideraba a más de trescientas personas, a pesar de las muchas bajas que había sufrido. Hombres, mujeres y niños habían huido a buscar refugio en los pantanos cuando los alemanes principiaron su campaña de represalias. Cuatro de las aldeas en torno de la ciudad de Slutsk estaban deshabitadas, con sus casas incendiadas y sin un perro siquiera que aullara por las calles desiertas y todo, ¿para qué? Eso era lo más terrible. Con sus hojas sueltas y sus altoparlantes, los alemanes martilleaban sobre lo mismo, una y otra vez: la guerra estaba perdida para Rusia. Leningrado había quedado totalmente sitiado y a punto de rendirse. Las patrullas nazis estaban combatiendo en las calles de Moscú y las divisiones Panzer avanzaban de manera arrolladora hacia la Crimea. Indicaban que, cuando cercaron Kiev, destruyeron a todo un grupo del ejército ruso con millones de hombres muertos o hechos prisioneros. No había esperanza de que los rusos sobrevivieran al invierno y mucho menos de que lanzaran un contraataque. Eso era lo que los alemanes decían y, pese a que Anna reiteraba desdeñosamente que se trataba de una simple propaganda, Svetlana sí lo creía. No había la menor señal de que los rusos se acercaran por el oriente, ningún sonido de cañones ni la más mínima agitación en la guarnición alemana de Slutsk, ni un solo avión soviético en el cielo. Tampoco Anna podía obtener alguna respuesta de los rusos en su radio de onda corta, aunque hacía intentos con regularidad haciendo funcionar el generador eléctrico que tomó del tren de los alemanes.

Por lo tanto, ¿qué es lo que esperaban lograr? Se habían convertido en bandidos que vivían en medio del terror y de la extorsión. La propia Svetlana era una bandida, aunque ni ella ni su madre habían participado en las incursiones y sólo por segunda mano sabían del valor y la barbarie de Anna. Permanecían en el campamento, cortaban la leña, lavaban la ropa, atendían a los heridos como mejor podían y cuidaban a Natasha y a las otras chicas, como Nina Alexandrovna y la aterrorizada Lena Vassilievna, ya que las tres estaban embarazadas. A Tattie y a su hija se les permitía quedar fuera de los ataques, pues la primera era considerada como muy vieja y en Svetlana no se podía confiar, debido a la presencia de Paul en Slutsk. El pobre capitán debía vivir en un infierno, noche tras noche, allá en la ciudad, y ella, aquí, en el bosque, vivía en un infierno similar. Ahora, podrían estar casados, durmiendo juntos en la misma cama tibia y gozando de su felicidad mutua. En cambio, debían estar separados por el odio y por la lluvia y, además, por el invierno. Día tras día, el abismo que los separaba se hacía cada vez más profundo.

En su línea de visión, junto a la bolsa de dormir, aparecieron unos pies. Svetlana miró hacia arriba y vio a Anna cuya silueta se levantaba contra el cielo del amanecer. Habían sido los pies de Anna los que produjeron aquel ruido de madera rota.

—Oí toser a tu madre —dijo Anna—. Siempre está tosiendo.

—Está enferma —respondió Svetlana—, muy enferma. Y ahora que va a comenzar a hacer frío... Camarada Ragosina, debemos conseguirle medicamentos o, por lo menos, algún lugar caliente.

—No hay medicamentos —contestó Anna—. Tampoco hay un lugar caliente, pero bien puede permanecer aquí, dormida en su bolsa, hasta que esté mejor. Tú harás su trabajo en su lugar —tocó con la punta del pie la bolsa más próxima y de ella surgió la cabeza de John—. Cayó una helada durante la noche, camarada Hayman —comentó—. ¿No te parece una buena noticia?

—¿Qué tiene de buena? —inquirió John somnoliento. También él debió haber dormido mal, pues Svetlana pudo escuchar los quejidos de Natasha durante la noche.

—Eso quiere decir que los caminos de nuevo serán transitables y los alemanes empezarán a moverse otra vez. Nosotros también podremos movernos. ¡Levántate y vístete! Quiero hacer un reconocimiento y tú me acompañarás.

John vaciló y entonces Natasha le dijo:

—Vete con ella, yo estaré bien.

—¿Qué le ocurre? —inquirió Anna con desdén—. ¿Ya no le cabe la barriga en la bolsa?

—Tiene hambre —expresó John saliendo de la bolsa, estremeciéndose al sentir el aire frío.

—Todos tenemos hambre —puntualizó Ana.

—Pero ella requiere más alimento que los demás —replicó John—. Son dos los que tienen que comer.

—Ella debió haber pensado en eso antes de dejar que tú la montaras —dijo Anna—. Ahora, hay siete mujeres preñadas en el campamento. ¡Dios mío, qué equipo! Si a todas les concedo ración extra de alimento, moriremos más pronto de lo que creemos. Lo que necesitamos es más comida, señor Hayman. Así que más vale que vengas conmigo para hacer el reconocimiento.

Svetlana los estuvo observando hasta que se perdieron de vista detrás de los árboles; luego, se salió ella misma de la bolsa y empezó a vestirse con sus harapos.

—¿Adónde vas? —le preguntó Tattie que había dejado de toser—. ¡Por Cristo, cómo me duele el pecho! ¿Tienes algo caliente que yo pueda beber, Svetlana?

Svetlana sintió las lágrimas ardientes que brotaban de sus ojos y que de inmediato se congelaban sobre sus mejillas. Se dio cuenta de que, en una sola noche, la temperatura debió descender quince grados.

—No, mamá —susurró—. No hay nada caliente que puedas beber; pero muy pronto lo habrá, te lo prometo. Lo tendremos todo, mamá. Para ti, para Natasha, para todos nosotros. Te lo prometo.

Paul von Hassell estaba sentado frente a su escritorio y contemplaba por la ventana los copos de nieve que caían suavemente. El invierno se había adelantado, aunque las señales de su proximidad habían aparecido en el cielo desde tiempo atrás. Aquel invierno debía de ser el más feliz de su vida; en cambio, a no ser que sucediera un milagro, sería el más desdichado.

No obstante, se dijo, ¿para cuántos soldados alemanes más el invierno sería tan miserable? Por lo menos él, estaba en la región austral de Bielorrusia. ¿Qué sería de los hombres que estaban en torno de Leningrado, cerca de Moscú? A ellos se les había prometido el abrigo de las dos ciudades para la época de frío; se les había asegurado que el gobierno ruso se derrocaría o emprendería la huida o se entregaría para el fin del verano. Con esa certidumbre en mente, iniciaron la campaña sin considerar el invierno de Rusia, sin ropas de abrigo, sin botas forradas de pieles, sin los sacos y los sobretodos.

Paul suponía que, por lo menos, lograrían los objetivos aunque se helaran en el intento. Leningrado estaba absolutamente cercado y con grave escasez de alimentos. Allí, la victoria era asunto de días, antes de que el frío se estableciera en forma definitiva. Ya se estaba peleando en los suburbios de Moscú y, sin duda, la ciudad caería antes de que el año finalizara, sin tomar en cuenta la potencia de la lucha de los rusos ni si eran arrojadas a la batalla nuevas tropas de la reserva de hombres que parecía inagotable.

De modo que los otros soldados alemanes podían vislumbrar un triunfo próximo y el fin de la guerra y su retorno a sus tibios hogares y sus seres queridos: el regreso a la felicidad.

Él no tenía nada de eso. Hacía tres meses que estaba allí y, desde hacía un mes, tenía que estar casado. En cambio, estaba sentado ahí, a solas, mirando caer la nieve, en tanto su Svetlana estaba allá, atrapada en el enorme pantano que, muy pronto, se convertiría en un congelador. Por supuesto que Svetlana debía saber que él estaba allí, ansioso por ayudarla. Sin duda, ella deseaba acudir a él; pero, evidentemente, alguien la retenía. ¿Sería John? A juzgar por los reportes de la prensa estadounidense que habían caído en sus manos, era John el que estaba al mando. Eso resultaba increíble; jamás se había equivocado Paul tan rotundamente al juzgar a un hombre. Muy lejos de ser un individuo reservado, tranquilo e introspectivo —el jugador de ajedrez común—, que él había conocido, el estadounidense se había transformado de pronto en un perturbado que se complacía en asesinar y mutilar a los soldados alemanes. Paul conocía ahora algunos de los motivos que condujeron al escape de los presos; había reunido pruebas en el sentido de que Tatiana Dimitrievna habrá sido sentenciada de inmediato a muerte y de que Natasha Brusilova había sido flagelada en público. Una vez en poder de esas pruebas, Paul estaba convencido de obtener la absolución de John, incluso frente a un tribunal militar, con base en una provocación extrema. Pero eso ya no era posible: John Hayman estaba condenado por las fechorías que había cometido últimamente y no podría haber clemencia para él.

Pese a ello, su pequeña Svetlana no podía ser partícipe de todo aquello. De eso, Paul estaba seguro. No podía decir lo mismo de su madre; sin duda, Tatiana Dimitrienva poseía rasgos de salvajismo primitivo que se revelaban en sus danzas y que, posiblemente, había llegado hasta ella por medio de sus antepasados circasianos de mil años atrás. Pero nada de eso se le había transmitido a su hija; también de eso estaba convencido. Por lo tanto, la pobre Svetlana debía llevar una existencia infernal en su escondite del bosque, anhelando recurrir a él y ansiosa por no traicionar a su madre... De hecho, él no permitiría que le ocurriera algo a Tatiana Dimitrievna.

Si sólo...

Hubo un leve llamado en la puerta y su secretario se puso de pie para abrirla. A diferencia de su superior, Paul prefería tener un hombre como secretario; éste era el joven llamado Engels, quien usaba anteojos de grueso armazón.

Entró un sargento, haciendo el saludo militar.

—Capitán, aquí afuera hay alguien que desea verlo.

Paul dejó de mirar la caída de la nieve.

—¿A mí?

—Es una mujer, señor. Una mujer rusa. Campesina, al parecer. La hemos registrado, capitán. No lleva consigo ninguna arma. Pero si usted quiere que la echemos fuera...

Paul lo miró frunciendo el ceño.

—¿Una campesina? ¿De dónde viene? ¿Aquí, en Slutsk?

—No lo sé, capitán. Mi ruso no es muy bueno. Ella repite sin cesar: "Capitán von Hassell. Mensaje. Mensaje" —el sargento sonrió—. Es muy joven, señor; sería muy bonita si estuviera más limpia.

—Entonces, será mejor que la hagas pasar.

—¿Está seguro de que la registraron debidamente, sargento? —preguntó Engels—. ¿No traerá cuchillos o granadas?

Se amplió la sonrisa del sargento.

—Fue registrada perfectamente, *herr* Engels. Ya mencioné que es muy hermosa, bajo la capa de mugre. Y hay algo interesante, capitán: lleva una camisa hecha en Alemania: una camisa del ejército. ¿Cómo se imagina que la consiguió?

—¡Hazla pasar de una vez! —Paul se reclinó sobre el respaldo de su silla. Tenía que ser alguna muchacha que venía a suplicar por la libertad de un padre o de un hermano sorprendido luego del toque de queda; como si estuviera en sus manos modificar las reglas contra cualquier ruso. El hombre capturado sería fusilado y así concluía el asunto. Era un trabajo detestable. Paul era un soldado de combate, no un policía. A él le contrariaba arrestar a la gente y mandarla fusilar una vez terminados los interrogatorios de Von Bledow. No había vuelto a entrar a la celda que se ubicaba debajo de su oficina desde el primer día en que lo hizo; no tenía el menor interés de saber lo que sucedía allí. Para trastornar su estómago, le bastaba con ver de lejos los despojos humanos que los soldados destruían. Sin embargo, era indispensable hacer entender a los rusos... Sacudió la cabeza como para aclarar sus pensamientos, cayendo en la cuenta de que estaba razonando como el coronel Von Bledow. Entonces, miró a la mujer que entraba por la puerta.

Su primera impresión fue la de estar frente a una muñeca de trapo sucia y desaliñada. Portaba tres vestidos, uno encima del otro, y todos estaban desgarrados, con roturas y agujeros. Sus piernas estaban desnudas y en los pies se observaban unos deformes cueros atados, con los que quizá intentaba hacerse unas botas. Un chal cubría su cabello y una parte de su rostro. Sus brazos desnudos habían adquirido un color azul por el frío y ella se estremecía constantemente.

—¿Y bien? —preguntó Paul en ruso—. Me han dicho que llevas una camisa fabricada en Alemania. Tendrás que decirme cómo llegó a tus manos antes de seguir adelante.

La mujer se le había quedado mirando.

—¿Paul? —musitó—. ¡Oh, Dios mío! ¡Paul! —se le doblaron las piernas y cayó de rodillas frente al escritorio, apoyándose en él.

Paul von Hassell se enderezó despacio sobre su silla, mientras Engels le miraba consternado.

—¿Svetlana? —inquirió. De una zancada, saltó el escritorio para quedar de rodillas junto a ella, le quitó el chal de su cabeza y de su rostro y le soltó la masa de cabello rubio, tieso por la tierra y el frío, para que cayera sobre sus hombros—. ¡Oh, Dios mío! ¡Svetlana! —la levantó entre sus brazos y la aproximó al fuego de la chimenea—. ¡Oh, Svetlana! —le besó los párpados, la nariz, la barbilla, la boca, la estrechó contra su pecho sintiendo los estremecimientos de su cuerpo que ya empezaba a entrar en calor—. Mi querida, mi adorada Svetlana. ¿Y se atrevieron a registrarte?

Ella sacudió la cabeza contra su pecho.

—Eso no fue nada, en realidad, Paul. Ya nada importa si estoy aquí, contigo.

—Conmigo —repitió él—. Conmigo ahora y para siempre. ¡Oh, querida, querida mía!

—Paul... —dijo ella levantando la cabeza.

—Ya lo sé, mi amor —la interrumpió él—. Tenemos tantas cosas que decirnos y tanto por hacer; pero, antes, tendremos que calentarte y vestirte decentemente. Un baño caliente; eso es lo primero que vas a hacer.

—¿Un baño? ¿Tú crees que yo pueda tomar un baño, Paul?

—En este instante. Llama a Hans, Engels. Dile que prepare un baño caliente en mi tina y, después, conducirás a *fräulein* Nej para que lo tome. Y, óyeme, Engels: pórtate bien o te arrancaré las orejas, ¿eh?

El joven secretario adoptó la actitud de firme.

—Por supuesto, capitán; pero... *¿fräulein* Nej?

—A ella me refiero. Te irás con Engels, Svetlana, mi dulce amor. Él y Hans cuidarán de ti. Si necesitas cualquier cosa, pídesela a ellos. Cuando esté bañada y cómoda, Engels, le buscarás alguna ropa para que se la ponga. Ropa buena, ¿comprendes?

—Claro, capitán —Engels mantuvo abierta la puerta para que Svetlana saliera.

—Pero... ¿por qué no puedes venir tú conmigo? —preguntó ésta.

—Dentro de un momento volveré contigo —le respondió Paul dándole un beso sobre la frente—. Pero antes debo ir a ver al coronel Von Bledow, mi comandante, para reportarle que tú estás aquí. ¡Oh, Svetlana, mi amor! Éste es el día más feliz de mi vida.

—Es por el frío; usted sabe, camarada comisario —explicaba la camarada Vaninka. Era una mujer de baja estatura, con el cabello gris y, seguramente que no era obesa, según calculaba George, aunque bien que lo parecía, enfundada como estaba en tres suéteres y quién sabe cuántas cosas más debajo de sus faldas; pero, ni aun así, podía permanecer quieta, sino que se golpeaba las manos una contra la otra y daba patadas constantes en el suelo con sus pies.

George pensó que tanto él como Boris estaban haciendo lo mismo.

—Entumece las manos —prosiguió diciendo la camarada Vaninka— y también el cerebro. Mis chicas hubiesen preferido estar allá afuera, peleando, y no aquí dentro, intentando poner a funcionar sus máquinas. Ustedes, los hombres, siempre son los más afortunados.

Boris Petrov suspiró. Iba tan arropado como cualquiera, con una bufanda alrededor de su cuello. También, como todos los demás, temblaba todo el tiempo.

—De cualquier manera, camarada Vaninka, la producción debe seguir adelante. Una disminución del cinco por ciento, ya es mala, pero el diez por ciento, es inaceptable. Ya no podríamos continuar combatiendo si nuestros soldados no tienen balas. Exponles eso mismo a tus chicas —hizo una pausa e inclinó la cabeza como para oír mejor un gemido agudo. Se habían producido otros pocos minutos antes, así como se habían escuchado lamentos similares durante toda la mañana, pero aquél parecía más fuerte que los demás.

No había absolutamente nada que hacer, aparte de quedarse de pie, sin moverse, y esperar dos segundos para saber si aún se estaba vivo. George estaba parado junto al barandal de la plataforma sobre la cual se ubicaba el escritorio del director, mirando hacia abajo al piso de la fábrica. Ya no había corriente eléctrica y los tornos y las máquinas funcionaban con un generador al que había que darle vueltas con la mano; media docena de mujeres aguardaban en el fondo del piso, esperando su turno para tomar el arduo trabajo. Ellas eran las afortunadas; por lo menos estaban sudando. Las otras, de todas las edades, desde los sesenta hasta los dieciséis, laboraban en las máquinas, sentadas frente a sus tareas, estremeciéndose, temblando y cometiendo errores; ni siquiera detuvieron el trabajo cuando se oyó el silbido de la bomba. Y después, al finalizar su turno, se irían hacia los suburbios de la ciudad, donde sus hombres estaban deteniendo a los alemanes a punta de bayoneta, a cavar trincheras y a construir casetas, tal como lo habían estado haciendo durante seis semanas. Regresaban a casa hasta la medianoche. ¿Y para qué volvían a casa? Sin calefacción, sin luz y con el alimento suficiente apenas para conservar juntos los huesos.

Se produjo la fuerte explosión, la fábrica se sacudió, las mujeres prosiguieron trabajando y George, seguido por Boris, bajó las escaleras para llegar hasta la puerta.

—Es la tarea más difícil de las que yo haya desempeñado —detalló Boris—: dirigir a mujeres hasta que se derrumben por el cansancio. Pero no queda más remedio. Aunque... —venía hablando en ruso, pero, en aquel momento, cambió al inglés—. En muchas ocasiones me he preguntado si no estarían en peores condiciones bajo el dominio de los alemanes.

—Algunas estarían peor —contestó George—. Tú debes saberlo —"sobre todo tú deberías saberlo, Boris Petrov", pensó sin decir nada.

Salieron al aire libre y se percataron de que, por mucho frío que se sintiera adentro de la fábrica, debido al calor de los cuerpos reunidos en ella, la temperatura no llegaba a los cero grados, en tanto que, allí afuera, podría llegar a los veinte grados bajo cero. Era el mediodía y el sol se encontraba en la mitad de un cielo despejado. Pero, ¿se le podría llamar sol a aquel bulbo amarillo pálido, que no irradiaba ningún calor y que parecía dominado por el azul intenso e inmaculado de la bóveda del cielo?

La luminosidad era tremenda. Toda la ciudad estaba envuelta en la gruesa capa de nieve que había caído en la noche anterior y que ahora se había endurecido, ya que el frío se incrementaba a medida que el día transcurría; sin embargo, la nieve era una bendición. La capa de nieve lo cubría todo con una blancura increíble. Así que, el reciente agujero, la casa que había quedado destruida a poco más de doscientos metros de distancia, era el único ejemplo visible de la destrucción sistemática a que la ciudad estaba sometida. Podían apreciarse las ruinas del edificio derribado, torcido en forma disparatada hacia la avenida. Las casas que antes se alzaban entre la fábrica y el cráter y que habían sido demolidas por los bombardeos de los últimos días, habían dejado de existir por completo. Sus vigas rotas, sus rejas retorcidas, los muebles despedazados y los cadáveres de sus habitantes estaban todos perfectamente cubiertos por la gruesa capa de nieve endurecida que crujía bajo las pisadas.

—¿Y ahora qué? —preguntó George metiendo las manos en los guantes forrados en piel.

—Éste habrá de ser el último de esta mañana —expresó Boris—. Creo que deberíamos retornar al Palacio de Invierno para informar. Y quizá para almorzar, ¿no? —emitió una leve risa, pues no había perdido del todo su antiguo buen humor.

Caminaron calle arriba hasta que llegaron al cráter. Dos niños estaban parados en el borde posterior, observando la casa destruida que había sido incendiada y, en aquel instante, estaba ardiendo. No había nadie en Leningrado que tuviera tiempo para ocuparse de un edificio bombardeado, ni aunque estuviese ardiendo. Tampoco se preocupaban por un agujero en el suelo, aunque fuera enorme y a través de él pudieran verse los tubos del drenaje.

Pero Boris era un comisario y debía interesarse en cualquier aspecto de la situación.

—¿Había gente en la casa? —preguntó a los dos chicos. Sus alientos formaban nubecillas azules delante de sus narices.

—Yo creo que no, camarada —respondió el mayor de los dos.

—Tal vez la abuela Burtseva —dijo el más joven—. Vivía en la azotea.

—Pero no la vimos caer —declaró el primero de los niños.

George examinó el edificio. La azotea y el último piso habían sido destruidos por completo por la bomba antes de caer a la calle. Aun cuando la abuela Burtseva hubiese sobrevivido milagrosamente a eso, ya para entonces estaría sofocada por las nubes de polvo que surgían de los escombros y se alzaban para unirse en las alturas con las otras nubes de polvo y de humo que flotaban sobre la ciudad. La toma de Puerto Arturo había sido muy diferente. O tal vez él estaba mucho más joven, pensó George. ¿Qué clase de hombres llegarían a ser aquellos niños cuando crecieran, luego de verse forzados a pasar su infancia en compañía de la muerte? Él y Boris rodearon el cráter y, caminando con dificultad sobre la nieve, se dirigieron hacia la Perspectiva Nevsky, que ahora era una ancha avenida desierta, con la excepción de un sujeto que caminaba frente a ellos, hacia la orilla del río. Debía haber sido un anciano, ya que, evidentemente, no era un comisario y, por lo tanto, no tenía nada que hacer caminando por la ciudad, si estaba en edad de empuñar un rifle o una pala. Avanzaba con mucha lentitud, como si tuviera dificultad en adelantar un pie frente al otro. Sin duda, reflexionó George, estaba buscando algo que pudiera utilizarse como alimento o un trozo de madera para hacer fuego. George apresuró el paso para informarle al hombre que allí cerca había un edificio entero que acababa de ser derribado por una bomba y que podía emplearse como refugio cuando el incendio concluyera; pero, cuando estaba próximo al hombre, éste cayó de repente hacia adelante, sin emitir palabra ni hacer algún movimiento extraño; parecía que sólo había perdido el equilibrio y cayó de cara sobre la nieve.

George se arrodilló junto a él y le dio vuelta al cuerpo. Con gestos desesperados, dio masaje a las mejillas resecas del hombre, las golpeó con fuerza, trató de levantar al caído.

—¡Dios mío! —exclamó mirando a Boris que estaba de pie junto a él—. Está muerto.

—Yo diría que sí.

—Cayó muerto así nada más —comentó George—. Iba caminando y, de pronto...

—No era un soldado ni un trabajador de las fábricas —aclaró Boris—. Tampoco era un comisario ni algún corresponsal estadounidense —añadió con una sonrisa sarcástica—. Su racionamiento debe haber sido de nueve onzas de pan al día; sólo nueve onzas. Unas tres libras de azúcar por mes y once onzas de grasa dentro de ese mismo mes. Nadie puede vivir con eso, en particular si se considera que, al mismo tiempo, se está congelando.

Con mucho cuidado, George bajó la cabeza del cadáver para dejarla descansando sobre la nieve.

—Podríamos buscar un lugar para enterrarlo.

—¿Dónde supones que lo encontraremos?

—No podemos dejarlo simplemente aquí —gritó George.

Boris se encogió de hombros.

—Volverá a nevar dentro de poco. Para mañana, estará sepultado, por lo menos hasta la primavera —con la espalda encorvada, continuó su camino—. Habrá una enorme labor de limpieza para la próxima primavera.

George se apresuró a ponerse de pie para alcanzar a Boris.

—¿Estás tratando de decirme que habrá muy pocos sobrevivientes para la primavera próxima?

—Es una posibilidad.

—Sin embargo, no pensarán en rendirse, ¿verdad?

Boris lo miró de reojo.

—No, George, no nos rendiremos.

George suspiró.

—Bueno... ¿Qué opinas de ese camino que piensan construir a través del lago? Dentro de pocos días, si persiste este tiempo, el hielo estará suficientemente firme para resistir el peso de los vehículos. ¿Cuál es tu punto de vista?

—Que debemos hacer el intento, por supuesto —expuso Boris—. Un camino para vehículos a través del lago, no estaría mal —volvió la cabeza para lanzar una última mirada al hombre muerto—. Debemos intentarlo.

George se le quedó mirando al oír el temblor de su voz; vio cómo le brotaban las lágrimas de sus ojos y corrían sobre sus mejillas, antes de quedar congeladas.

—Debemos hacer el intento —repitió Boris—. Es imposible pensar en que nos rindamos a los nazis.

—La gente debe comer —insistió George inclinándose sobre la mesa aquella misma noche—. ¿Qué sentido tiene ofrecer resistencia a los alemanes si tu pueblo se está muriendo de hambre?

—Porque eso es preferible a rendirse —explicó Michael armándose de paciencia—. Por otro lado, sólo algunos morirán: los viejos, como el hombre a quien tú viste, y algunos jóvenes. El resto sobrevivirá, incluso con lo que tenemos y, tan pronto como esté listo el camino...

—El camino —dijo George despectivamente—. Ése es un sueño, Michael, y tú lo sabes muy bien. Deberías ser más equitativo en la distribución de los alimentos; nadie puede vivir con lo que tú les estás repartiendo a los viejos y a los jóvenes. Mientras que a otros...

—George: a mí me pusieron aquí para mantener esta ciudad en nuestras manos y para contener a tantas divisiones nazis como fuera posible, no para salvar vidas individuales. Los soldados que están en las trincheras y las mujeres que se encuentran en las fábricas reciben doble ración de alimento en comparación con los que sólo existen porque demandan de toda su fuerza. Así debe ser; de otro modo, no podrían seguir luchando y trabajando.

George bajó los ojos para ver su plato con abundante comida y después miró a Catalina.

—Y los comisarios reciben el doble que los soldados.

—Así debe ser —expresó Michael sin que se advirtiera en su voz algún rencor—, porque somos los comisarios los que debemos pensar, los que debemos hacer los planes, los que debemos tomar las decisiones más difíciles. Sin los comisarios y sin mí a la cabeza, no habría defensa alguna. No debemos permitir que nuestros juicios se entorpezcan por un estómago vacío.

—Filosofía afortunada —dijo George—, cuando se trata de un comisario. Supongo que no puede aplicarse también a los corresponsales extranjeros.

Michael sonrió.

—Sí se puede, cuando el corresponsal es amigo del comisario. Come bien, amigo mío. No hay suficiente alimento como para desperdiciarlo. Yo voy a acostarme un rato para descansar.

Se fue hacia la recámara y se echó sobre la cama. Al cabo de un momento, Catalina lo siguió y se sentó junto a él.

—¿Será cierto que habrá un camino a través del lago? —preguntó ella—. ¿Podría hacerse?

—Sí —afirmó Michael—. Puede hacerse y se hará. Tan pronto como el hielo esté suficientemente duro y eso será dentro de poco.

Ella tomó su mano entre las suyas.

—Ruégale a Dios que sea muy pronto —dijo y se ruborizó. Había sido una cristiana muy devota cuando niña y, lo mismo que incontables rusos, no obstante los decretos del Estado, recurría a la Divina Providencia en sus necesidades.

Michael no se lo reprochaba, pero no compartía su fe; todo lo demás lo compartían. Por fin, él admitía que era muy extraña la situación de empezar a enamorarse de la propia esposa, tras dieciséis años de matrimonio. En el pasado, había muchas barreras entre ellos. Ella era la chica que él había rescatado de los calabozos de Iván, porque había compartido la prisión con Ilona y porque estaba en Lubianka por causa de los Hayman. Catalina lo había sabido siempre y también era consciente de que, si alguna vez le faltara su protección, podría estar de nuevo en manos de la policía secreta por el más mínimo pretexto. Por eso, había ido a la cama de Michael con una gratitud inmensa. Siempre lo había respetado, o al menos, ésa impresión daba, y ambos eran personas saludables y apasionadas que siempre hallaron el placer suficiente en sus mutuas caricias; además, como era uno de los hombres más poderosos de Rusia, le había brindado a su mujer muchos lujos que se le negaban a los demás.

Pero no había amor; no había nada de ese compartir el deseo y la intención que puede elevar la relación de dos seres de lo animal a lo sublime; no había amor, sino hasta estos últimos meses en Leningrado. Allí, por vez primera, los dos habían vivido y habían luchado y habían trabajado hombro con hombro. Ella pudo identificar la enorme fuerza del hombre con el que se había casado, la entereza espiritual que germinaba en sus determinaciones, la energía avasalladora de sus actos. A Michael se le había confiado desempeñar una tarea y él iba a llevarla a cabo aunque ya no quedara más que él con vida en Leningrado. Aquel rasgo había resultado atractivo para el espíritu tártaro de Catalina y había levantado su propio respaldo inflexible y su valor callado. Pero había más todavía: Leningrado estaba condenado, incluso Michael debía reconocerlo. Ya no había sitio para la risa, sino sólo para la pasión callada, la miseria silenciosa. En aquel dormitorio, en aquella cama, se encontraba toda la felicidad, todo el placer, todo el gusto que ellos dos pudieran esperar de la ciudad entera y era más valioso porque el tiempo que les quedaba era más breve. En Leningrado, la pareja era el hombre y la esposa, en toda la extensión de la palabra; antes, habían estado sencillamente casados.

Catalina permaneció sobre la cama, con su cabeza apoyada en el hombro de Michael. Quizá consiguió dormir un poco, la mejor de las bendiciones en Leningrado. No hubiera sabido precisar cuánto tiempo transcurrió hasta que oyó el ruido de pasos en la escalera y el de la puerta de entrada que se abría. Catalina despertó al instante y corrió hacia la puerta. Michael también se puso de pie y fue él quien abrió la puerta para quedar frente al mariscal Voroshilov. El rostro del mariscal estaba rojo por el esfuerzo y la excitación.

—Camarada —reportó—. Mis ingenieros han medido la capa de hielo en el lago. Ahora tiene trece centímetros de grueso. Dentro de veinticuatro horas, habrá alcanzado los quince. Una capa de quince centímetros de hielo resistirá el peso de un camión bien cargado. Mi gente está segura de eso.

—¡Gracias a Dios! —exclamó Michael—. ¿Ya has dado las órdenes para que se inicie la construcción del camino?

—Inmediatamente —se restregó las manos—. Tendremos balas, camarada; tendremos granadas, bombas y tropas frescas.

—Y alimento —dijo Michael—. Tendremos suficiente comida.

—También podremos enviar a los niños fuera de la ciudad —dijo Catalina con tono suplicante—. ¿Verdad que sí podremos sacar a los ancianos y a los niños de la ciudad, Michael Nikolaievich?

Catalina estaba pensando en su hija Nona y, en su fuero interno, manifestó el deseo de que las voces no la hubieran despertado.

—También eso —agregó Michael—. Ahora, George podrá escribir un artículo que hable de cómo el destino de Leningrado, quizá de toda Rusia y del mundo civilizado, dependía de una capa de quince centímetros de agua congelada.

El coronel Von Bledow dejó la pluma sobre el escritorio y se reclinó sobre el respaldo de su silla.

—Estás tartamudeando, capitán Von Hassell. Ten calma. Habla más despacio. Ilsa, sírvele al capitán un vasito de schnapps. ¿Quieres decirme que *fräulein* Nej está aquí, en este edificio?

Paul cayó en la cuenta de que necesitaba aquel trago. Estaba tan excitado, tan aliviado, que se puso a gritar y a tartamudear. Vació el vasito de un trago y aspiró una gran bocanada de aire...

—Así es, coronel —dijo hablando más despacio y con más calma—. Está en mi recámara tomando un baño.

—¿Un baño?

—Bueno, señor, estaba helada y... bueno... —miró de soslayo a Ilsa—. Necesitaba un baño.

Von Bledow hizo un signo afirmativo.

—¿Quieres decir que la joven llegó y se rindió? —se rascó la cabeza—. Apenas puede creerse. Debo felicitarte, capitán Von Hassell. Jamás creí que tus panfletos y tus altoparlantes dieran algún resultado y, por supuesto, fue el frío el que finalmente la obligó a entregarse.

—Pues, sí, señor; aunque yo diría que trató de escapar de las manos de Hayman durante el mes anterior, mas no lo logró debido a las inundaciones. Pero ahora que todo está helado, ha venido de manera voluntaria hacia nosotros.

—Por cierto que sí —afirmó Von Bledow levantándose y tomando su gorra y su bastón—. Incluso, podría decirse que se nos ha adelantado un regalo de Navidad. Voy a ver a esa muchacha, capitán.

—Por supuesto, señor, tan pronto como esté vestida.

—La veré ahora mismo. Ven conmigo, Ilsa, y trae tu libreta —salió por la puerta y se dirigió a las escaleras—. ¿Tú crees que vaya a cooperar con nosotros?

—Bueno, entonces, ¿para qué vino?

—Sí, claro —admitió Von Bledow—. Te mereces una promoción, capitán, y yo voy a proponerte. Por supuesto que lo haré. Eres un genio; así lo escribiré en mi informe. Un genio, sí, señor —casi a la carrera subió las escaleras en su prisa por llegar—. Yo siempre supe que se nos presentaría la oportunidad, tarde o temprano. Paciencia. Ése es el secreto: paciencia —abrió de golpe la puerta de la habitación de Paul, contigua a la suya en la planta alta del edificio, y se quedó viendo a Engels, el secretario de Paul, y a Hans, su ordenanza—. ¿Dónde está *fräulein* Nej?

Engels se puso en actitud de atención.

—Está en el cuarto de baño, coronel.

Von Bledow lanzó una mirada a Paul.

—Sácala para verla aquí.

Paul frunció el ceño.

—Yo no puedo entrar allí, señor.

Von Bledow arqueó las cejas y se dirigió a Ilsa.

—Sácala de allí —le ordenó.

—Dígale que puede cubrirse con mi bata —añadió Paul.

Ilsa abrió la puerta del cuarto de baño.

—Tú —gritó—. Sal fuera.

—No es una prisionera —protestó Paul—. No debe ser tratada como si lo fuera. Vino aquí por su propia voluntad.

—La forma en que se trate a la *fräulein* depende de ella —aseguró el coronel y se volvió para mirar a Svetlana, lo mismo que todos los otros que estaban en la habitación. Ésta se había lavado el pelo que, aún mojado, caía en mechones sobre el cuello de la bata color rojo oscuro de Paul. La bata era demasiado grande para ella y la llevaba apretada sobre el vientre, de tal modo que dejaba expuestos sus pies descalzos y, bajo el pliegue del cuello de la bata, también su garganta. Era la visión más encantadora que el coronel Von Bledow hubiese contemplado—. ¿Ésta es *fräulein* Nej? —preguntó.

—Svetlana Nej, coronel. Éste es nuestro comandante, Svetlana, el coronel Von Bledow. Te ofrezco disculpas por molestarte, pero el coronel estaba tan contento como yo por haber decidido venirte con nosotros.

—Es muy hermosa —expresó el coronel Von Bledow, con su molesta costumbre de referirse a la joven como si ésta no estuviera allí—. Muy hermosa, en verdad. ¿No te parece, Ilsa?

—Muy hermosa, en verdad, coronel —repitió Ilsa con gesto de amargura.

—Comienzo a comprender tus frenéticos esfuerzos para conseguir recuperarla viva —comentó el coronel—. Bueno, bueno; siéntese, *fräulein* Nej. Dile a tus hombres que se retiren, capitán, y tú también puedes dejarnos. Yo te llamaré en cuanto haya terminado de interrogar a *fräulein* Nej.

—Con su permiso, señor, prefiero quedarme —solicitó Paul—. *Fräulein* Nej es mi prometida.

—Sí —aceptó Von Bledow—, está bien; despide a tus hombres —esperó a que la puerta se cerrara detrás de Hans y Engels; luego, se sentó en el sofá y palmeó con su mano el espacio que estaba junto a él—. Siéntese, *fräulein* Nej —le sonrió—. Siéntese.

Svetlana miró de reojo a Paul, éste le hizo un signo afirmativo y se sentó junto al coronel. Ilsa se sentó frente la mesita para comer y colocó su libreta frente a ella. Paul se quedó de pie junto a la puerta.

—Nos ha provocado un sinnúmero de contratiempos —indicó el coronel con creciente jovialidad— escondiéndose en esos bosques, asesinando a mis hombres —sacudió su dedo índice—. Eso es muy malo de su parte, *fräulein*.

—Yo... —de nuevo lanzó una mirada furtiva a Paul.

—Puedo garantizarle que Svetlana no participó en ninguno de los ataques contra los soldados alemanes —dijo éste.

—¿No sería mejor que ella misma responda las preguntas? —inquirió Von Bledow sonriéndole a la joven.

—Yo... fue Anna Ragosina —explicó Svetlana.

—¿Anna Ragosina?

—Es una coronela de la NKVD a la que enviaron para que nos dirigiera. Ella nos forzó a combatir. Ella nos obligó a... a hacer todo eso.

—Anna Ragosina —pronunció Von Bledow suavemente—. Toma nota de ese nombre, Ilsa.

—Sí, señor —contestó Ilsa.

—¿Y fue ella la que te retuvo como prisionera? —le preguntó Paul.

—Sí, sí, supongo que fue ella. Yo quería venir a verte, Paul, desde el primer día, pero ella no me lo permitió. En cambio, nos obligó a atacarte.

—¿Tú estabas allí aquel primer día? —quiso averiguar Von Bledow.

Svetlana afirmó con la cabeza.

—Pero yo me negué a ir a pelear.

—Bien hecho, muchacha —el coronel le dio unas palmaditas sobre la rodilla—. Muy bien hecho. Tú serás una bendición para nosotros, Svetlana. ¿No te importa que te hable de tú y te llame Svetlana?

—Por supuesto que no —respondió Svetlana—. Me gustaría que me llamara así, coronel Von Bledow. Quiero decirle que mi mamá está muy enferma: tiene pleuresía, según creo; no deja de toser. Morirá allí, en campo abierto y con el invierno encima. Yo pensé que quizá... con alguna medicina...

—Por supuesto —prometió Von Bledow—. Tendrá su medicina tan pronto como venga hacia nosotros —se reclinó hacia atrás sin apartar los ojos de la joven—. Pero debes entender que antes debo destruir a esos gusanos, a esa Anna Ragosina y a ese Hayman. Son enemigos del Reich.

Svetlana se le quedó mirando con los ojos muy abiertos.

—Ellos no se rendirán jamás. Ahora menos que nunca.

—Yo no esperaba eso. Por eso hay que destruirlos. Tienen un campamento, ¿no? ¿Tienen un escondite?

Svetlana afirmó moviendo muy despacio la cabeza y parecía que su expresión se cerraba.

—Sí, un campamento inaccesible al asalto de un gran cuerpo de tropas; pero yo podría atacarlo con bombas, Svetlana. Abajo tengo un mapa en gran escala de toda la región de los pantanos del Pripet. Si tú me señalas en el mapa dónde tiene Anna Ragosina su campamento, yo lo haré volar en mil pedazos. No temas; primero pediré su rendición para que por lo menos tu madre se rinda. Pero todos los que se nieguen a entregarse deberán ser exterminados.

—Yo no puedo informarle nada de eso —declaró Svetlana.

Von Bledow frunció el ceño.

—¿Por qué no? Tú estabas de acuerdo con que deben ser destruidos.

—Pero es que allá está John —explicó—. Y Natasha —volvió la cabeza para mirar a Paul—. Natasha está embarazada.

—¡Ah! —exclamó Von Bledow—. Así que no se pasa todo el tiempo matando alemanes, ¿eh? —sonrió con la boca torcida—. Pero ese John, ese Hayman, es culpable. Tú misma lo reconocías hace un segundo.

—Yo... él sólo hizo lo que Anna le ordenaba. Si todos pudieran salir fuera y entregarse...

—Sí —aceptó el coronel—. Si tú pudieras persuadirlos para que se entreguen.

—Pero John es culpable, Svetlana —dijo Paul—. No tiene excusa lo que ha estado haciendo durante estos últimos tres meses.

El coronel Von Bledow suspiró y sacudió la cabeza tristemente.

—Yo... Yo no podría traicionar a Johnnie —indicó Svetlana.

—Eres una chica desobediente —manifestó el coronel Von Bledow con tono juguetón—. Lo único que conseguirás es hacerme enojar —se inclinó y acarició el rostro de la joven, dejando su mano bajo la barbilla—. ¿Sabes lo que hago con las mujeres que me hacen enojar? —le sonrió—. Las quemo. Eso no te gustará nada, Svetlana.

La joven mujer abrió desmesuradamente los ojos y se quedó observando a Paul.

—Yo protesto, coronel —señaló Paul—. *Fräulein* Nej no es una prisionera; habíamos quedado de acuerdo en eso.

—Sólo tú estabas de acuerdo, capitán —aseguró Von Bledow—. Para mí, esta joven es un regalo de los dioses. Si colabora con nosotros, no se le hará daño; tienes mi palabra de oficial y de caballero. Pero, si no lo hace... Bueno, yo tengo órdenes de exterminar a esos gusanos del Pripet por todos los medios de que me pueda valer y ella es uno muy valioso, ¿no es cierto? Ahora, te diré lo que haremos, capitán. Terminaremos con este asunto lo más pronto posible. Tú subirás en tu aeroplano, volarás sobre los bosques con tus panfletos y le dirás a esa gente que ahora tenemos en nuestro poder a *fräulein* Nej y que, si no se rinden en un plazo de cuarenta y ocho horas, ella será ejecutada de un modo lento y doloroso y su cadáver será expuesto para que ellos puedan verlo.

—¡Coronel Von...!

—Y, al mismo tiempo, intentaré convencer a la encantadora *fräulein* para que me muestre el campamento de los guerrilleros. Calla y escúchame, Von Hassell. Estoy siendo muy generoso. Les ofrezco dos alternativas: si los guerrilleros se entregan, la *fräulein* quedará en libertad. Si ella me indica el sitio del campamento, quedará libre. No puedo ofrecer más.

—Paul miró al coronel y, después, a la joven.

—Svetlana...

—Yo no podría traicionarlos, Paul. No traicionaré a Johnnie ni a Natasha; ellos salvaron la vida de mi madre. Pero tú no dejarás que me hagan daño, Paul —tenía la respiración entrecortada y una expresión de azoro y de confusión. Pero, siendo hija de Tattie, no podía creer que fuera a ocurrirle algo terrible.

Paul adoptó la posición de firmes.

—No puedo permitir tal cosa, coronel. La joven es mi prometida y es la hija de una de las bailarinas más famosas del mundo. No puedo permitirlo.

El coronel Von Bledow se le quedó mirando por un segundo; acto seguido, se puso de pie, se acercó a la puerta y la abrió.

—¡Sargento Brinckman! —vociferó—. ¡Sargento Brinckman!

—Ya voy, señor —el sargento subió a zancadas las escaleras.

—Pondrás al capitán Von Hassell bajo arresto —ordenó el coronel Von Bledow—. Lo detendrás por insubordinación; si se resiste, le das un balazo —se volvió para ver a Svetlana y en su rostro se dibujó una sonrisa—. Y ahora tú, *fräulein* Nej, mi querida Svetlana, vendrás conmigo.

Svetlana se halló de pronto de pie, sin saber cómo ni por qué se había levantado. Volvió sus ojos a Paul, quien también la estaba mirando con una expresión extraña en la que se mezclaban el desconcierto, la ira, el temor, combinados también con la rigidez del soldado de carrera a quien acaban de comunicar que está detenido. Pero eso era imposible; no podía sucederle semejante cosa a Paul y a ella.

Svetlana observó al sargento, quien le daba unos golpecitos a Paul sobre la espalda.

—Su pistola, capitán.

Paul se estremeció, como si despertara de un sueño. Desabrochó la cubierta de la funda. Svetlana sentía deseos de gritar: "Sácala y empieza a disparar contra todos", pues ella, que jamás hubiese deseado que alguien muriera sobre la Tierra, anhelaba de pronto que fueran exterminados todos los que estaban en aquel cuarto, con excepción de Paul y de ella misma. Ahora comprendía que había cometido un error. Ahora sabía que Anna Ragosina tenía razón desde un principio y que toda esa gente debía ser aniquilada. Por lo tanto, su única esperanza de salvación estaba en llevarse a Paul a los bosques para vivir allí durante el invierno lo mejor que se pudiera, por lo menos, en compañía de los amigos."

Pero era imposible que ocurriera una cosa así. Observó a Paul que extraía su pistola con mucho cuidado, agarrándola por el extremo del cañón, con el índice y el pulgar, para entregarla en las manos del sargento.

—Paul...

Volvió la cabeza para mirarla, pero de inmediato volteó a otra parte. Parecía estar en un estado de profunda consternación. Sonoramente, aspiró una bocanada de aire.

—Dile dónde se localiza el campamento. Por favor, Svetlana; diles dónde está.

A continuación, se lo llevaron. Oyó el ruido de sus botas en la escalera.

—Es un buen consejo —admitió el coronel Von Bledow—. Aunque debes saber una cosa, Svetlana: me causarías un desengaño si me revelaras el sitio. ¿Podrías creerlo? Tú y yo tendríamos que conocernos mejor. Bueno, vámonos ya.

El cerebro de Svetlana comenzó a caminar muy despacio. Sólo podía pensar en la forma de detener el tiempo.

—Mis ropas...

El coronel Von Bledow se echó a reír alegremente.

—No necesitarás tus ropas, Svetlana. A veces, las ropas son un estorbo. Pero... —añadió generosamente— puedes cubrirte con la bata, al menos por ahora. Estoy seguro de que Von Hassell no la necesita. Vamos.

Los pies de la chica principiaron a moverse antes de que ella se diera cuenta y ya estaba sobre la escalera; el coronel y la mujer a la que él llamaba Ilsa, iban inmediatamente detrás de ella. Las escaleras eran estrechas y empinadas. Si ella se echara desde allí, probablemente se rompería algo, quizás el cuello. Pasó por su mente el impulso de arrojarse, pero se disipó al instante. No pensaba que fueran a hacerle mucho daño y, si en realidad querían hacérselo, una pierna rota no sería impedimento.

Además, ya era demasiado tarde. El corredor que estaba al pie de la escalera, ya estaba lleno de hombres que la observaban al acercarse. Ya se había corrido la voz de que el capitán Von Hassell estaba preso y que también su prometida estaba bajo arresto. Todos querían mirarla.

A lo mejor querían tocarla. Ella caminó hacia los hombres y se metió entre ellos, conteniendo el aliento y afianzada a la bata, consciente de las sonrisas burlonas y de sus alientos. Pero nadie la tocaría; ella era propiedad del hombre que caminaba detrás de ella, del hombre que iba a dañarla y a hacerla sufrir y que iba a sonreír mientras la hería. Su mente se convirtió en un rabioso torbellino de miedo y de repugnancia que bajaba hasta su estómago y le provocaba náuseas; no obstante, continuaba moviéndose pues creía que, si se detenía, se acercaría el momento. Mientras pudiera moverse...; pero ya había bajado por otro tramo de escaleras y después otro y había avanzado a lo largo de un corredor y ahora estaba en una oficina y el coronel estaba parado detrás de ella, indicándole la silla de respaldo recto frente al escritorio.

—Siéntate, Svetlana —le ordenó—. Creo que debes descansar. Me parece que te tiemblan las piernas hasta el grado que tus rodillas chocan una contra la otra.

Svetlana se dejó caer sobre la silla y descubrió que estaba jadeante; podía escuchar los latidos de su corazón.

El coronel Von Bledow le dio la espalda, desenrolló un gran mapa y lo extendió sobre su escritorio. Supongamos que ella diera un salto, atrapara la pistola del coronel que tan invitadoramente se mostraba en su funda... Estaba segura de que podría hacerlo y entonces... Pero esa mujer, Ilsa, estaba parada exactamente detrás de su silla. Podía oler su perfume. Ella misma no había utilizado perfume desde hacía tres meses.

Cruzó por su mente la idea de que ya no volvería a usar perfume jamás. El coronel pasó la palma de su mano sobre el escritorio para extender el mapa.

—Aquí tienes —le dijo—: los pantanos del Pripet. Obsérvalo con detenimiento, Svetlana —le dio un lápiz azul—. Todo lo que debes hacer es señalar con un círculo el sitio donde está el campamento. Y luego, ¿sabes lo que voy a hacer por ti? Voy a rescindir mi orden de arresto contra Paul von Hassell y los enviaré a los dos juntos a Alemania. ¿No te gustaría?

Svetlana se quedó contemplando el mapa. ¡Que si le gustaría! ¡Oh, cuánto le gustaría! No tendría que hacer otra cosa aparte de traicionar a Johnnie y a Natasha y... también a su madre, sin duda. Pero, ¿no iba a morir su madre de cualquier modo si ella no cooperaba? Todos iban a morir si ella no cooperaba; en cambio, su colaboración le permitiría salvar, por lo menos, su propia vida. Todo lo que debía hacer era... Le pareció que una luz brillante se encendía en su cerebro. Todo lo que debía hacer era encerrar con un círculo azul una pequeña zona de los bosques. Aun después de que el coronel enviara sus bombarderos, no había forma de verificar si había alcanzado el campamento o no, ni si la continuidad de los ataques contra los alemanes significaba que no habían tenido suerte y que Anna Ragosina no estaba en el lugar donde las bombas cayeron.

Excitada por la propia necedad de su idea, por su falta de astucia para pelear contra aquella gente, tomó el lápiz azul, estudió el mapa rápidamente, seleccionó una zona que quizá se encontrara a quince kilómetros de dónde ella calculaba que se hallaba el campamento y la marcó con un círculo azul. Se percató de que el coronel estaba de pie detrás de ella, con sus dedos detrás de su nuca, acariciando su carne, bajando bajo su cabello aún mojado, adelantándose más y más hasta cerrarse sobre su garganta.

—¡Ajá! —dijo—. Algo más allá de lo que yo suponía. De todas formas, es bueno saber que estás cooperando con nosotros, Svetlana. Es bueno saberlo —de pronto, los dedos que acariciaban su garganta se apretaron, detuvieron su respiración y le llenaron el pecho con una opresión dolorosa. Se vio forzada a abrir la boca, pero estaba decidida a no gritar.

—Usted prometió —expresó jadeante.

Los dedos se aflojaron y la mano se retiró. Ella se desmadejó sobre la silla, ansiosa de acariciar su garganta y negándose a aceptar su agonía.

—Por supuesto que lo prometí —dijo él—, pero antes debo estar seguro. Ven conmigo, Svetlana.

Aquella vez, él se fue por delante e Ilsa lo seguía detrás de ella. La joven, apretando la bata contra su cuerpo, debió soportar de nuevo las miradas y las sonrisas picarescas de los soldados. Pero el coronel había prometido. Su mente era un torbellino de ideas. No era posible que el coronel supiera que ella lo había desencaminado. No lo podía saber.

La puerta de la celda se abrió y ella retrocedió ante la pestilencia y la visión de los dos hombrazos que los aguardaban. No era necesario que le dijeran en qué consistía su profesión. Pero ya no había modo de retroceder; cuando lo intentó, Ilsa la empujó por la espalda.

—Aquí tienes a una chica bonita para tu colección —anunció Von Bledow con una sonrisa ladina—. ¿No te parece, Johannes?

—Es preciosa, coronel —expresó uno de los dos hombrazos, fijos los ojos en las piernas de la joven que asomaban bajo la bata al bajar los escalones.

—Voy a dejarte que la veas bien —dijo el coronel—. Quítate la bata, Svetlana.

—No —dijo ella y apretó más la bata contra su cuerpo.

Von Bledow se echó a reír.

—Quítatela. Estuviste en los bosques tres meses con cientos de hombres; no te queda tanto recato.

—Nunca me he desvestido frente a un hombre —declaró ella.

—¿Es posible? Y aquí estamos nosotros injuriando a los rusos de campesinos inmorales, *fräulein*. Te ofrezco una disculpa —se acercó a ella y, otra vez, le acarició la barbilla—. Pero ahora tendrás que quitártela de cualquier manera. No querrás que te la quitemos a tirones, ¿verdad? Es la bata de Paul von Hassell y es su favorita.

Svetlana vacilaba; volvió el rostro para ver a Ilsa, buscando un apoyo femenino; pero la mujer ya se había colocado frente al escritorio del rincón y, detrás de las gafas, sus ojos brillaban como los de una loba. Svetlana aspiró aire.

—Yo protesto —dijo—. Yo...

Ya para entonces, el coronel Von Bledow había chasqueado los dedos y los dos hombres se precipitaron sobre ella con una rapidez y una violencia que ella no creía posibles. Le arrancaron la bata de sus hombros al tiempo que la aplastaban contra las losas del suelo. Aún estaba Svetlana intentando recuperar el aliento, cuando vio las cuerdas que bajaban de las poleas sujetas al techo: cada cuerda se le ató con fuerza a los dos tobillos y a las dos muñecas. Luego, sintió un tremendo tirón en los brazos y vio que su cuerpo se levantaba del suelo y quedaba balanceándose, con los brazos estirados por encima de la cabeza, a punto de desarticularse; sin embargo, no podía ponerse de pie, pues sus tobillos también habían sido sujetos por las cuerdas y estaban alzados sobre el suelo, de modo que su cuerpo formaba una especie de media luna y todo su peso se concentraba en su estómago.

Von Bledow, siempre sonriente, estaba parado frente a ella.

—La zona que marcaste con un círculo en el mapa, tiene un nombre, Svetlana. ¿Cuál es ese nombre? Tú debes saberlo.

Ella hizo un esfuerzo por pensar. Él la estaba poniendo a prueba. Si decía el nombre de la región que había marcado, él le creería; pero ni siquiera había mirado el mapa. ¡Ah, qué tontería había cometido! No había mirado. Y ahora no podía pensar, con aquellas cuerdas que le estaban mordiendo las muñecas. Se habían trasladado a la Hondonada, que se inundó, al Montículo, donde ahora estaban. Pero había otros nombres.

—Se llama Isla de Peter, ¿no es así? —inquirió Von Bledow—. Fue allí adonde se trasladaron. Ya ves, estoy tratando de ayudarte. ¿Es la Isla de Peter?

Svetlana afirmó con la cabeza sin poder detenerse.

—Sí —jadeó—. Sí... —oyó el golpe antes de sentir el bastonazo y antes de que se produjera el dolor; pero sabía que vendría y fue algo que jamás había sentido en su vida. Su cuerpo se arqueó hacia arriba, volviendo al revés, por un instante, la forma de la media luna, mientras que sus palabras brotaban ininteligibles formando un solo alarido, mezclado con rugidos de dolor. Pero el hombre que estaba parado detrás de ella le pegó de nuevo, antes de que pudiera tranquilizarse su balanceo y, durante los siguientes minutos, su cuerpo parecía volar por los aires, doblándose a un lado y al otro, retorciéndose hacia arriba y hacia abajo, mientras el bastón se descargaba sobre sus nalgas, sobre sus muslos y sobre su espalda. Cuando los golpes cesaron, también de repente, quedó exhausta; sólo sabía que se estaba meciendo en las cuerdas como un cuerpo flojo, abierto en canal; además, sentía que las lágrimas calientes le bañaban las mejillas y que, a través de ellas, apenas podía distinguir a Von Bledow, sonriendo, y a Ilsa, observándola fijamente.

—Ésa fue una maldad de tu parte —aseveró el coronel Von Bledow—. Eres una niña malvada, Svetlana. Y a las niñas malvadas se les castiga —extendió la mano y apartó algunos mechones de cabello dorado del rostro de la chica, enjugando sus lágrimas con los cabellos al mismo tiempo—. Pero ahora, si no me dices la verdad, voy a lastimarte.

Ella gimió, intentó concentrar su mirada para verlo y trató de controlar sus agitados pensamientos, al tiempo que trataba de olvidar el enorme dolor de su espalda.

—¿Vas a decirme dónde está?

Svetlana era incapaz de pensar. Su cerebro había muerto. Ni siquiera podía inventar; aunque no se hubiera atrevido a hacerlo. El hombre le haría daño. ¿Cómo podría ocasionarle uno mayor al que ya le había infligido? Ahora empezaban a bajarla. Echó una mirada al techo y se percató de que su cuerpo estaba en línea paralela al suelo a un metro y medio de distancia. Estaba tendida con las piernas y los brazos abiertos sobre un colchón de aire, a merced de aquel monstruo sonriente que llevaba entre sus manos una toalla y, con movimientos suaves, enjugaba el sudor de sus pechos, dando masaje a la carne suave con una expresión de ternura. Ella lo miró esperando el asalto sexual. Sabía que éste se produciría, debía producirse, y principió por mantener su respiración a un ritmo más lento y, por encima de él, vio a Ilsa, quien sostenía en las manos una especie de caja. A pesar de su dolor, su miedo y su humillación, sentía curiosidad y volvió la cabeza para mirar lo que el coronel estaba haciendo. Éste tenía en su mano una pinza puntiaguda; con su mano libre, tiró del pezón del seno derecho de Svetlana hasta erguirlo lo más posible y después cerró la punta de la pinza sobre él. El pequeño diente de acero, se clavó en su carne y ella creyó que iba a mutilarla en alguna forma especialmente perversa. Exhaló un quejido leve por el dolor que experimentó y a continuación sintió que se practicaba el mismo procedimiento en su seno izquierdo. Entonces, percibió que el coronel retrocedía hasta colocarse a más de un metro de distancia, sosteniendo la caja con ambas manos. Del centro de la caja salía una pequeña manija, semejante a la horquilla de un aparato telefónico y, del fondo de la caja, salía un alambre grueso parecido, también, al alambre de un teléfono. ¿Se trataría de un teléfono?, pensó Svetlana. ¿Iría a hacer una llamada telefónica a través de sus pechos?

Von Bledow continuaba sonriendo.

—Y ahora —explicó—, voy a hacerte daño. Debes saber, mi pequeña Svetlana, que mis hombres tienen hecha una apuesta en el sentido de que, al mover esta palanca y la corriente eléctrica pase a través de tus hermosos senos, tú darás un salto tan alto que tocarás el techo. ¿Serás capaz de darlo, Svetlana?

Ella lo miró y abrió la boca para hablar; pero no había nada que pudiera decir, nada que pudiera hacer, nada... Sonriendo, el coronel Von Bledow movió la palanca.

—¡Debo ir a reunirme con ella! ¡Por Dios! ¡Debo ir con ella! No podrás detenerme. Es mi hija y yo tengo que estar con ella.

Jamás había visto John a su tía Tattie tan inquieta y no le había pasado por la cabeza que un destino tan trágico le tocara en suerte. Se arrodilló en el suelo en el frío intenso de la mañana, tosiendo y gimiendo en busca de aire y alzaba las manos suplicantes a Anna Ragosina y hacia otras personas que se habían congregado alrededor. Tattie seguía arrugando entre sus dedos el panfleto.

—No puedes ir con ella —advirtió Anna—. Nos ha traicionado y ése es el punto final del asunto. Esos panfletos no son más que trucos de la propaganda alemana. Debemos evacuar esta isla lo más rápidamente que sea posible y trasladarnos a otra. Alexandra Igorovna: tú te ocuparás de que se empaquen nuestras cosas cuanto antes. De prisa. Los bombarderos alemanes llegarán en cualquier momento.

—Yo no puedo creer que Svetlana nos haya traicionado —protestó John.

—Por supuesto que no —aseguró Natasha—. Se fue para ver si podía negociar, si era posible hacer un trato.

—¿Y ésa no es una traición? —inquirió Anna—. Yo debo decirles, camaradas, que, si alguna vez vuelve, yo la mandaré ejecutar como traidora.

—¡Entonces, ejecútame a mí también, ahora mismo! —aulló Tattie—. Fui yo la que la envió.

—¿Tú? —Anna Ragosina frunció el ceño.

—Sí —aseguró Tatiana con firmeza—. Yo ya no puedo continuar por más tiempo aquí, viviendo como animal. Ya no aguanto la tos y me estoy muriendo. Todos vamos a morir. Por eso envié a mi hija a que viera a Paul y le dijera que yo estaba dispuesta a rendirme. Yo misma la mandé.

Los labios de Anna Ragosina se abrieron como para sonreír.

—No te creo, Tatiana Dimitrievna. Y, por otro lado, no te vas a morir; no por una simple tos. Métanla otra vez en su bolsa de dormir y arrópenla para que conserve el calor —le dijo a Alexandra Gorchakova—. Hagan una litera para cargarla. Tú no vas a morir, Tatiana Dimitrievna —repitió—. Y, cuando esta guerra finalice, podrás comentarle a tu esposo todo lo que has hecho —se detuvo en seco y volvió la cabeza para mirar a un hombre que venía corriendo entre los árboles, tropezando y resbalando en el hielo—. ¿Sí? ¿Qué ocurre? ¿Son los bombarderos?

Él se detuvo y sacudió la cabeza.

—Se trata de esa chica. De esa muchacha, Svetlana Ivanovna.

Anna titubeó un segundo y después empezó a correr entre los árboles. Sin decir ni una palabra, los demás guerrilleros comenzaron a correr detrás de ella. Natasha ayudó a Tattie a incorporarse y ésta también principió a correr, tosiendo y jadeando. John apresuró el paso, junto con todos, sintiendo que su corazón latía apresuradamente. "¿No comprenden que vamos a encontrarnos con la muerte? —se preguntaba—, se trata de una trampa." Aquel era el primer signo de debilidad humana que había detectado en Anna Ragosina, pues era ella quien encabezaba la carrera, olvidándose de la necesidad de ocultarse o de hacer antes un reconocimiento; no quería otra cosa más que ver a Svetlana y saber lo que había sucedido con ella. Pese a ello, no podía ser una trampa. Los alemanes no tenían la menor idea de dónde estaba el centro de operaciones de los partisanos ni sobre cuáles serían sus reacciones. Simplemente, habían arrojado el cadáver de Svetlana en alguno de los muchos caminos que entraban a los pantanos, sabiendo que, tarde o temprano, sería encontrado y sabiendo, además, el horror y el temor que su muerte provocaría en los corazones de sus camaradas. De pronto, John cayó en la cuenta de que ya había dado por muerta a su prima.

Sin duda, algunos pensamientos similares cruzaban por la cabeza de Anna, pues se detuvo en seco y dijo:

—Bien puede tratarse de una trampa —y, descolgando la ametralladora de su correa, instintivamente la empuñó con las dos manos.

—No es una trampa —afirmó el hombre que había llegado a avisar—. Los alemanes venían por el camino a gran velocidad y arrojaron fuera el cuerpo de la muchacha sin detenerse. No hay nadie más por el camino. Te lo juro, Anna Petrovna.

Anna lo observó durante un instante y después afirmó con la cabeza.

—De cualquier modo, nos vamos a dispersar y a cubrir el camino —dijo—. Y avancen con cuidado —ella misma caminó muy despacio, con John a su lado. A ella le gustaba tenerlo allí y contar con él. Lo tenía como su apoyo y, a decir verdad, se había creado una especie de amistad entre ellos durante las últimas dos semanas.

Por su parte, John aborrecía todo lo que Anna representaba, pero, al mismo tiempo, admiraba su notable valor, su seguridad en sí misma, su sangre fría. Aquellas eran cualidades que él hubiese deseado poseer y que, al parecer, Anna estaba convencida de que él ya tenía.

Y aquel día estaba más contento que nunca de la actitud de Anna, ya que, inesperadamente, había dejado de estar en guardia y había dado muestras de que también ella se dejaba afectar por la emoción acerca de lo que le hubiese ocurrido a Svetlana.

Se arrodillaron entre la maleza, muy juntos uno con el otro, y se quedaron mirando fijamente la forma de carne plateada que yacía encogida junto al camino. Anna sacó de la funda los binoculares y, durante varios segundos, estudió el cuerpo.

—Cúbreme —le ordenó a John.

—Déjame ver —dijo él.

Anna puso los binoculares en su estuche.

—Cúbreme —le dijo otra vez—. Y cuando llegue Tatiana Dimitrievna, no le permitas que baje al camino.

Se incorporó, se deslizó sobre la cuneta helada, quedó abajo, de pie, y se fue caminando a donde estaba el cuerpo, mientras colgaba su ametralladora de la correa sobre su hombro. John la observaba cuando hincó una rodilla junto al cuerpo, le daba vuelta con sus manos y se inclinó un poco más. Él no podía ver bien, pues Anna se interponía ante el cadáver de Svetlana; pero John ya principiaba a experimentar una creciente sensación de rabia que le surgía en la boca del estómago. Svetlana era una jovencita tan vivaz, tan encantadora, tan... profundamente enamorada.

Escuchó el ruido de la tos de Tattie y se volvió para mirar a ésta y a Natasha que llegaban dando tumbos entre los árboles.

—Agáchense —les ordenó.

Pero las dos mujeres permanecieron de pie, mirando fijamente a las personas que se encontraban sobre el camino.

—Ayúdame a bajar —solicitó Tattie.

John se levantó del suelo para sujetarla por un brazo.

—No —le dijo.

—¡Johnnie...!

—No —repitió él con firmeza y vio que Anna ya volvía hacia donde ellos estaban.

—Debo ir con ella —clamó Tatiana.

—No, la dejarás donde está —le dijo Anna.

—¿Dejarla allí? ¡Estás loca! Me molesta tu forma...

—No es conveniente que la veas, camarada Nej —advirtió Anna al subir la cuesta para reunirse con ellos. John notó que su rostro había envejecido en cuestión de segundos. Quizá Anna había comprendido, por lo que acababa de ver, el aspecto que ella podría tener cuando los de la SS acabaran con ella misma.

Tattie la agarró ansiosamente por el brazo.

—¿Qué fue lo que le hicieron? —le preguntó con voz suplicante—. ¿Dime qué...?

—La mataron —informó Anna—. Entiéndelo de una vez: la asesinaron —gritó repentinamente enfurecida—. La destrozaron como si fuera una bestia. No le perdonaron nada. Nada, ¿lo entiendes? Había restos de semen en sus muslos. Nada le perdonaron. Y, después, la sacrificaron.

Tatiana se le había quedado mirando con la boca abierta.

—¿Mi Svetlana? —susurró—. ¿Mi hija Svetlana?

—Pero sí les aseguro —prosiguió diciendo Anna—, que ella no cedió ante sus verdugos. Eso lo sé por todo lo que éstos le hicieron y porque no han llegado los bombarderos. Murió como una heroína, como la digna hija de Tatiana Nej —rodeó con su brazo los hombros de Tattie—. Quizá ahora —le dijo con cariño—, me ayudes a matar alemanes, Tatiana Dimitrievna.

Las partículas de nieve se alzaban, blanquísimas, de las llantas del vehículo, contra el cielo de la madrugada, como si el hielo se hubiese roto y permitiese que una fuente de agua pasara por su superficie quebradiza, y en algunos sitios, ciertamente, el hielo se había quebrado, puesto que los alemanes también andaban por allí y sus aviones rondaban por encima del extenso lago, descargando sus bombas y lanzando al aire enormes nubes de hielo y de nieve. Los chorros de agua que salían por las grietas, aunaban su ruido peculiar al zumbido de los motores y a los gritos de los "vivas" y los "alerta" de los vigilantes de la costa de Leningrado, transformando la madrugada en un caleidoscopio de ruido y de movimiento y en una cascada de muerte.

No obstante, no había absolutamente nada, se dijo George restregándose los ojos porque le ardían a pesar de que sus binoculares estaban teñidos para atenuar el resplandor de la nieve, que detuviera a los rusos. Habían construido aquel camino a través del hielo, frente al constante bombardeo de los alemanes y ahora lo estaban usando. En toda la extensión que abarcaba su vista, los camiones de la caravana venían a una velocidad vertiginosa y, en ese momento, los que la encabezaban, ya estaban llegando a la zona de seguridad.

Los vítores aumentaron cuando el primero de los camiones dejó el hielo del lago, patinando hacia un lado al hallarse con la tierra cubierta de nieve, pero dominado rápidamente por el hábil conductor que luchaba contra las ruedas. Más de cincuenta ayudantes corrieron hacia el camión para enderezarlo y conducirlo hacia el camino, dejando el lugar para los que venían detrás. Catalina Nej dio un grito de alegría y echó los brazos en torno del cuello de George y le dio un beso en la boca. Éste jamás había visto que se expresara tanta alegría en una persona tan reservada; sin embargo, ya la había conocido mejor durante los meses que había vivido allí con ella y con Michael, compartiendo sus alimentos cada vez más escasos y entendiendo cada vez mejor la profunda felicidad que se había acrecentado entre ellos. También George estaba muy contento al verlos tan felices, luego de todos los traumas y las tragedias que habían soportado juntos.

Al cabo de estos últimos meses, había llegado a respetar a ambos, lo mismo que a todos los defensores de Leningrado. No tenía la menor idea acerca del número de hombres, mujeres y niños que habían muerto durante los últimos tres meses. Nadie tenía un cálculo aproximado. La cantidad de los cadáveres que debían estar sepultados bajo la capa de nieve endurecida —las víctimas de las bombas alemanas, las del hambre y del frío, las del fuego de la artillería alemana en las trincheras y las casetas— desafiaban cualquier recuento. Tampoco había alguien que tuviera una idea clara sobre la cantidad que habrían de morir antes de que los ejércitos de Rusia pudieran levantar el sitio. Pero ahora, a medida que los camiones de la caravana entraban bufando a la seguridad de las calles de la ciudad, entre los vítores de la gente, ya no era posible dudar de que la ciudad resistiera. La ciudad y sus heroicos ciudadanos habían soportado todo lo que los alemanes pudieron arrojar sobre ellos, y estaban a punto de recibir ayuda.

Y la gloria mayor de todo aquello debía recaer en sus dirigentes, en los grandes hombres como el mariscal Voroshilov, el comandante del ejército; en el comisario Zhdanov, jefe del Sóviet de Leningrado y, por supuesto, en Michael Nikolaievich Nej, el representante especial de Stalin.

George escuchó que gritaban su nombre y, con Catalina aún en sus brazos, dio media vuelta para mirar a Michael Nej y a Boris Petrov corriendo hacia ellos.

—¡Michael! —le gritó George—. ¡Lo has conseguido! El camino está abierto. ¡Lograrás retener la ciudad!

Michael llegó jadeante y con la cara encendida por la emoción. George jamás lo había visto tan feliz.

—¡La retendremos, George! —clamó mientras se acercaba—. ¡La conservaremos y obtendremos la victoria! Acabamos de recibir un mensaje por la radio.

—¿El contraataque?

—Sí, el contraataque, George. —Confirmó Michael—. Pero todavía hay algo mejor: los japoneses atacaron anteayer la flota de Estados Unidos en Pearl Harbor.

George no pudo hacer otra cosa más que mirarlo, sin dar crédito a lo que estaba oyendo.

—Los japoneses reclaman para sí un gran triunfo —explicó Boris—. Fueron hundidos varios acorazados y naves de guerra; pero eso no importa tanto como el hecho de que tú también estás en guerra, George. Ayer, el gobierno de Estados Unidos no sólo declaró la guerra contra Japón, sino también contra la Alemania nazi.

—¡Por Dios! —murmuró George.

Catalina le apretó el brazo.

—¿Qué piensas hacer ahora, George?

—¿Qué pienso hacer? ¡Caramba! —miró a Michael—. Debo volver a casa. Tengo que estar allá.

Michael asintió.

—Claro que debes estar allá. Retornarás a tierra firme en estos camiones, esta misma noche. Partirás en cuanto acabemos de descargar. Te enviaremos a casa tan pronto como nos sea humanamente posible —se echó a reír de nuevo y abrazó juntos a George y a Catalina—. Pero regresarás muy rápido. Tendrás que volver porque no hay potencia que pueda resistir a Rusia unida a la Gran Bretaña y a Estados Unidos. Estarás de vuelta con nosotros, George, para celebrar el éxito.

CAPÍTULO XI

GEORGE HAYMAN DIVISABA DESDE EL PUENTE DEL TRASATLÁN-
tico la línea de los rascacielos de Manhattan. Era la visión más alentadora
que pudiera haber en el mundo, se dijo para sí mismo: era el símbolo de la
riqueza y el poder que ahora entraba a la guerra y que la ganaría para la libertad y la democracia. De eso no tenía la menor duda.

Pero no podía dejar de sentir la amargura de que aquella potencia tan
enorme hubiera estado tanto tiempo en la retaguardia y las líneas externas,
cuando su participación era tan necesaria.

En su bolsillo estaban los dos telegramas, uno junto al otro. Era imposible decidir cuál era el más sorprendente, el más increíble, el más lleno de
horrores para el futuro. La muerte de David Cassidy en Pearl Harbor era
una catástrofe para toda la familia, pese a que debió caer limpia y honrada-
mente, según reflexionaba George. El anuncio de los nazis de haber "ejecutado" a Svetlana Nej, con todas las espantosas implicaciones que entrañaba la palabra, era aún peor porque, si ella había sido arrestada, ¿qué no les
habría ocurrido a John, a Tatiana y a Natasha? Estaba convencido de que
estos últimos no habían sido capturados, ya que, en ese caso, los alemanes
habrían hecho gran algarabía. Pero, ¿acaso John permitiría, por lo menos,
que Svetlana fuera capturada sin ofrendar su vida a cambio? Era insoportable la idea de que, si Roosevelt le hubiese hecho caso más de dos años antes,
aquella gran tragedia podría no haber sucedido.

La intensidad del volumen de los silbatos, las sirenas y los gritos de
bienvenida creció, ahogando el campaneo de las señales de telégrafo desde el puente. Los remolcadores finalizaron su trabajo con silbidos triunfales y el gran barco, muy despacio, casi imperceptiblemente, se deslizó a lo
largo del muelle. Las pasarelas y los puentes fueron bajados de inmediato;
pero, antes de que cualquier oficial, funcionario o marinero pudiera pasar
por ellos, fueron abarrotados por reporteros que subían apresuradamente

atropellándolo todo y rompiendo las barreras entre las primera y la segunda clase, para alcanzar el puente superior y la solitaria figura reclinada sobre el barandal.

—Háblenos de Rusia, señor Hayman.

—¿Qué ocurre en Leningrado, señor Hayman?

—¿Es cierto que su hijastro encabeza los movimientos de los guerrilleros detrás de las líneas alemanas?

—¿Qué opina de los sucesos de Pearl Harbor, señor Hayman?

—¿Dónde cree que se produzca el próximo ataque de los japoneses?

—¿Piensa que podamos retener Corregidor?

—¿Podría describirnos al mariscal Stalin, señor Hayman?

George notó que su hijo se ubicaba al fondo de la multitud. Alzó la mano.

—Ahora, jóvenes —dijo a los de la prensa—, ya saben que ahora que he vuelto tengo mucho que hacer; pero siempre me gusta hacer algo por ustedes: asistan mañana por la mañana al edificio del *American People* y les daré todo el informe. Además —levantó dos dedos de su mano diestra—: prometo que no aparecerá ni una palabra en mi periódico antes de que se publique en los de ustedes.

—Por lo menos díganos cómo volvió de Rusia. Debió ser una jornada memorable, ¿verdad?

—¡Ya lo creo! —exclamó George suspirando—. Viajé vía Moscú, a Samarkanda, Nueva Delhi y Bombay; de allí tomé un barco a Ciudad del Cabo. Luego, en este navío hasta aquí, pasando por Puerto Rico.

—¡Vaya viaje! —expresó el periodista—. ¿Y qué opina sobre lo que puede ocurrir ahora? ¿Ya sabe que Singapur ha caído en manos de los japoneses? Éstos parecen querer avanzar por todos lados y sostienen que muy pronto tomarán Corregidor. ¿Considera usted que estamos en problemas, señor Hayman?

—¿En problemas? —George observó a los periodistas, sonriendo—. No lo creo; podremos salir con bien de cualquiera de nuestros apuros. Los japoneses nos atacaron por sorpresa, eso es todo. Es posible que Corregidor también caiga; pero, a fin de cuentas, los japoneses no podrán con nosotros y con los australianos y con los ingleses al mismo tiempo. No tienen recursos para tantos.

—De acuerdo; pero, si los alemanes aplastan a los rusos...

—Olvídense de eso —aseguró George—. Tampoco los alemanes tienen los recursos suficientes. Si no hacen nuevos progresos significativos para la Navidad, jamás ganarán la guerra. Leningrado está aún en manos de los rusos y también lo está Moscú. Les garantizo que los alemanes no pasarán más allá.

—Hace mucho bien escuchar una opinión optimista entre tanto pesimismo —comentó alguien.

—Y ahora, señor Hayman, háblenos de Stalin...

—Ya es suficiente, caballeros —interrumpió George—. Nos vemos mañana en el edificio del *American People* —acalló las protestas con un gesto de la mano, se abrió paso entre los periodistas y le tendió la mano a su hijo—. ¿Dónde está tu madre?

—En el auto; no quiso subir al barco —George *junior* apartó a la gente, ayudado por una improvisada escuadrilla dc marineros y así escoltó a su padre hasta la pasarela de salida—. Pero mi madre está feliz de que hayas retornado —hizo una breve pausa y se ruborizó—. Y yo también.

—He sabido que te has desempeñado muy bien en tu trabajo —afirmó George bajando de prisa por la pasarela—. A mí me parece que ya estás listo para una vicepresidencia o acaso para una presidencia. Yo me estoy haciendo viejo.

—Te sentirás joven de nuevo tras un buen descanso. De todas formas, por ahora, no hablemos de la vicepresidencia, papá. Yo quiero entrar en acción.

George se detuvo un segundo para mirar de frente a su hijo.

—No lo dices en serio, ¿verdad?

—¡Por supuesto que sí! Estamos en guerra, ¿no?

George se halló de pronto ante la portezuela de su Rolls-Royce, acosado aún por la gente que le daba amistosas palmadas en la espalda, le tiraba del saco e incluso trataba de derribar su sombrero. Se metió de un salto en el automóvil, se encontró encima de Ilona y la tomó en sus brazos. La multitud lanzó vivas.

—¡Ay, George! —susurró ella hablándole al oído—. ¡Por fin estás de vuelta! ¡Y estás a salvo! —lo apartó un poco para mirarle el rostro—. Hace dos meses que todas las noches sueño con cañones y submarinos.

—Bueno, oímos los cañones, pero no hemos visto ni un solo submarino —le besó la nariz a Ilona—. Como te podrás imaginar, hemos andado apurados.

—Pero, George, las noticias...

—Son bastante tristes, pero pronto cambiarán. No tengo duda al respecto.

La otra portezuela se cerró de golpe cuando el joven George se metió al coche y éste empezó a avanzar entre el gentío.

—Es muy bueno tenerlo de regreso, señor Hayman —dijo Rowntree.

—Es bueno estar de vuelta —reconoció George.

—Debe haber resultado muy escabroso estar en Leningrado —comentó el joven George.

—Fue muy difícil.

—El presidente Roosevelt desea que le llames tan pronto como puedas, George —informó Ilona—. Desea sostener una larga conversación contigo.

—Tan pronto como pueda. ¿Qué me dices de Felícitas?

Ilona suspiró profundamente.

—No quiere hablar con nadie. No quiere comer. Se pasa el día sentada a solas en su recámara. George... lo más triste es la manera en que sucedió la muerte de David: el barco quedó volcado boca abajo y David estaba en el fondo. Durante muchas horas e incluso días completos, se escucharon los golpes que daban en el casco los náufragos atrapados allí; pero nadie pudo llegar a rescatarlos; ¿te lo puedes imaginar?

George pensó en el anciano que caminaba delante de él en las calles de Leningrado y que de pronto cayó muerto.

—Sí —contestó—. Puedo imaginarlo muy bien.

Se preguntó si la guerra anterior había sido como ésta. ¿Habría sido tan terrible? Tal vez lo fue, pero a él no le pareció tanto, quizá porque estaba más joven, porque era más fuerte y estaba más endurecido.

—Y ahora, éste también quiere irse —mencionó Ilona.

—Vamos, madre —protestó George hijo—; resulta que hay una guerra en curso...

—Y también hay un reclutamiento —puntualizó Ilona—. Se supone que éste se encarga de los hombres que deben ir a pelear. Tu nombre no ha sido citado. ¿Para qué quieres anticiparte?

—¿Qué opina Beth sobre la idea? —quiso saber George.

—Bueno... pues, no está muy entusiasmada que digamos; pero sabe que es algo que yo debo hacer.

—¿Por qué? —clamó Ilona—. ¿Por qué, en el nombre de Dios? Para nosotros acaba de iniciar esta guerra y ya nos ha llenado de congoja. Felícitas está devastada y piensa que su vida está arruinada; Johnnie está extraviado, a lo mejor muerto junto con Tattie y Svetlana... ¡Oh, la pobre, la desdichada Svetlana!... —principiaron a brotar lágrimas de sus ojos y a mojar sus mejillas—. Y cuando pienso que tú, George, estabas en Leningrado...

—Y en Judith —añadió George—. No te olvides de Judith. Ella estaba en lo cierto cuando nos comentó de esos campos de concentración, ¿recuerdas?, aquella tarde de 1938, cuando estuvimos en su casa en París, junto con Boris, y hablamos del asunto. Judith tenía razón y yo estaba equivocado. Tal vez si yo hubiese comentado el caso con más fuerza en el periódico, habría podido hacer algo. Pero en el nombre de Judith y en el de John y en el de Svetlana y también en el de David, es indispensable que ganemos esta guerra lo más pronto posible, sin esperar a que nos llamen, George. Tienes mi bendición, hijo. Mata unos cuantos por mí.

Sonó la campana y Ruth Borodina tocó suavemente en la espalda al hombre que estaba acostado boca abajo sobre ella.

—Es momento de que te vayas —le dijo sutilmente.

El hombre prefirió no moverse y continuó echado con medio cuerpo encima del de ella, sorbiendo con los labios abiertos la piel de su cuello, el vientre pegado al suyo y acariciando tiernamente el cabello corto y sedoso que cubría su cabeza. El hombre era muy joven, probablemente más joven que ella y tenía mucho miedo. Éste era su último permiso antes de partir al frente ruso, como lo había repetido una y otra vez cuando se desvestía. ¡Qué contraste con los hombres que habían estado allí durante el último verano! Aquéllos estaban ansiosos por tomar parte en la esplendida marcha hacia Moscú para despedazar al antiguo país. Pero, en el transcurso del invierno, la euforia se había disipado; naturalmente, no desde el punto de vista oficial. En las palabras de la prensa controlada por los nazis, el hecho de que los ejércitos alemanes estuviesen detenidos por la nieve y el hielo en temperaturas tan bajas que era imposible echar a andar los motores de los tanques y los camiones, a no ser que se mantuvieran ardiendo toda la noche las hogueras debajo de los vehículos, no era otra cosa más que una desafortunada aberración de la naturaleza. Sin duda, el avance alemán se restablecería con la primavera próxima y, entonces, la constante fuga desordenada de los rusos llegaría a su conclusión satisfactoria.

No obstante, las declaraciones triunfales de los periódicos eran cada vez más difíciles de aceptar por los lectores ordinarios, pues los más viejos recordaban la última guerra y la diferencia que provocó en ella la participación de Estados Unidos. Por mucho que se difundiera que las cosas iban saliendo muy bien, por mucho que el Partido Nazi insistiera en que los estadounidenses estaban a punto de ser aplastados por el poderío de los japoneses y que, de cualquier modo, pasarían años antes de que la fuerza estadounidense, ya fuera en la industria o en el campo de batalla, se dejara sentir en Europa, eran muchos los que recordaban que se habían pregonado historias similares durante la guerra pasada.

Por otra parte, allí estaba la corriente continua, convertida ahora en un río tumultuoso, de hombres heridos y destrozados que provenían del frente oriental. A éstos, Ruth Borodina los conocía de primera mano, ya que algunos de ellos, los que habían sido considerados capaces de recuperarse y de convertirse en soldados para el combate, habían sido llevados a la "clínica" para que experimentaran un momento de hechizo y de placer antes de ser asignados de nuevo. Eran sujetos con sombras siniestras en sus visiones, con sacudidas peculiares y horrores al acecho en lo más profundo de sus cerebros; eran individuos que susurraban palabras incongruentes acerca del efecto paralizador del frío de Rusia, de los compañeros que fueron hallados muertos y tiesos por el hielo, tras unas horas de guardia, y de otros que habían quedado ciegos por observar durante demasiado tiempo los campos nevados, y de otros más que murmuraban incoherentes relatos sobre la terrible ira del pueblo al que habían derrotado y de las crueles brutalidades de los guerrilleros que los atacaban constantemente.

Aunque también había hombres que conocían las razones. "Es un proceso interminable —expresaban acostados de espalda junto a ella y contemplando el cielo raso—. Nosotros los ejecutamos y ellos nos asesinan. No tiene fin; pero, entre ellos, las mujeres son más crueles. Es increíble eso de que sean ellas, riendo y parloteando, las que lo sujetan a uno contra el suelo y lo hacen pedazos..." Ésos eran los soldados que quedaron devastados psicológicamente y que ya después no servirían para nada.

Era obvio que aquel joven había platicado con un amigo, con un hermano, con su tío o con su padre, cuando volvieron del frente ruso. Incluso en su sudor, se sentía el olor del miedo; sin embargo, Ruth no debía dejarse caer en la trampa de sentir compasión por un soldado alemán. Mientras más pronto se fuera a Rusia para que le volaran la cabeza, más pronto finalizaría la guerra.

De nuevo, le pegó en la espalda, más fuerte que la primera ocasión, pero no con bastante insistencia. Ése era el gran problema de Ruth: sentirse compadecida por la gente, incluso por la gente como aquella. Antes había supuesto que dos años de confinamiento solitario, sin otra compañía que la de la mentalidad retorcida de Anna Ragosina, era la mayor desgracia que le pudiera acontecer a un ser humano. Ahora, había comprendido que la celda de los sótanos de Lubianka no había sido más que la antesala del infierno; pese a ello, si el campo de concentración era el infierno mismo, ¿qué calificativo podría hallar para definir el burdel del campo de concentración? Inclusive el horror de haber quedado marcada sobre el antebrazo, el dolor y el olor nauseabundo de su propia carne quemada, habían sido menos espantosos que la destrucción mental de verse forzada a someter su cuerpo, varias veces al día, a aquellos hombres a los que temía, odiaba y aborrecía... Y por los que sentía compasión.

De hecho, ahora era consciente de que, de no haber sido por las experiencias que tuvo con Anna, no habría podido sobrevivir en aquel sitio; se hubiese vuelto loca desde tiempo atrás. Su prisión en Rusia, con Anna como su carcelera, la había endurecido de manera notable. Y hasta el pozo sin fondo que era la mente de Anna, alimentado por el odio, resultaba un lugar placentero en comparación con las mentalidades que había encontrado en el campo de concentración, tanto entre los guardias y las carceleras amorales, como entre los codiciosos soldados o las mismas compañeras de prisión entre las cuales había ejemplares enloquecidos por el temor y odio frenético. Ruth daba gracias a Dios de que, en su mente, todos aquellos ejemplares siniestros se hubieran diluido en un campo gris de miseria, aunque hubo algunos casos de aterradora depravación que permanecieron grabados en su cerebro y que no tenía esperanza de poder olvidar. Así ocurrió en aquella ocasión en la que ella y Judith fueron usadas en un experimento en el que debían hacer el amor con un hombre que había sido sumergido en agua congelada hasta el instante de morir, ya que uno de los médicos del campamento sostenía la teoría de que los pilotos de la Luftwaffe derribados en el Mar del Norte y que habían muerto de frío, podían ser resucitados por la aplicación del calor animal y los estímulos animales. La teoría no pudo demostrarse: el hombre había muerto. Cuando las dos mujeres regresaron a sus barracas, Judith la había mirado fijamente con aquellos ojos negros, profundos y llenos de determinación, para comentarle: "Toda esta gente está fuera de sus cabales: está loca. Es una existencia trastornada, vuelta del revés al derecho y nosotras somos las únicas cuerdas dentro de este manicomio."

De Anna, por lo menos, no podía afirmarse que estuviera loca. Sencillamente, era una mujer a la que la propia existencia y el entrenamiento al que fue sometida habían contribuido para eliminar toda humanidad; aunque no toda: por ejemplo, Anna suponía que todavía era capaz de amar. Había pretendido, incluso, que amaba a Ruth Borodina: pero jamás comprendió que, para ella, el amor no era más que la posesión, la sumisión, la conquista. Anna deseaba con esa lujuria espeluznante de la mantis religiosa.

A pesar de todo, Anna era una figura casi admirable en comparación con aquellos monstruos que custodiaban y utilizaban el campo de concentración de una forma tan bestial, alentada por el poder que les había conferido su Führer.

Por añadidura, existía además otro pensamiento aterrador: ¿qué sería de ella cuando la guerra por fin terminara? Si los alemanes quedaban vencidos, sería necesario que ella iniciara su vida de nuevo y ésa era una idea inconcebible, pues, a donde quiera que fuese y cualquier cosa que hiciese, siempre sería Ruth Borodina, la chica que pasó dos años confinada en una celda solitaria en Rusia y que, luego, se convirtió en una prostituta del ejército. Para una persona así, ya jamás podría haber una sonrisa, algún placer, algún sentimiento. Por lo tanto, quizá estaba mejor en el campo de concentración donde no tenía necesidad de sentir, donde ni siquiera podía imaginarse la necesidad de sentir, porque eso equivaldría a rebelarse contra cualquier labor servil que la obligaran a ejecutar, contra cualquier patada, golpe o latigazo de los guardias, contra la penetración de cualquier falo veinte veces al día.

Era mucho mejor pensar, soñar e imaginar que volver a experimentar un sentimiento.

Pese a ello, aquel joven debía marcharse. Ella se metería en apuros si le permitía permanecer más tiempo del estipulado y, además, aquel muchacho era el último de su turno. Frente a ella quedaba la comida y el descanso.

Aún era de día y ella tendría la oportunidad de contemplar un poco la luz del sol: valía la pena apreciar incluso el sol triste del invierno; asimismo, podría soñar.

Por tercera ocasión, golpeó con su mano la espalda del joven, con más fuerza. Él levantó la cabeza.

—Debes irte —le advitió.

Él lanzó un suspiro y se incorporó.

—Cuando vuelva, vendré aquí, contigo —le dijo. Acarició su cabeza por última vez y dejó que su mano se deslizara sobre sus senos. Ella no protestó. Todos querían una última caricia.

—Sí —le dijo Ruth.

—Si es que regreso —comentó él y Ruth notó, a su vez, que tenía los ojos empañados por las lágrimas.

—Sí —repitió.

El joven esperó todavía un instante para ver si pronunciaba alguna palabra de consuelo, alguna sugerencia de comprensión. Después, suspiró de nuevo, se puso sus ropas y partió.

Ruth pudo vestirse y se dispuso a salir. De pronto, recordó que aquel era un día especial. El tiempo libre de Judith coincidía con el de ella. Si aún existiera una persona junto a la cual podía sentirse feliz, ésa era su tía Judith.

Anna Ragosina, arrodillada junto al tronco de un árbol, levantó sus binoculares para observar la aldea abandonada de Shelniky. John Hayman, de rodillas junto a ella, esperaba y atisbaba también. Estaban solos en el bosque. Así lo había decidido Anna, en especial a partir de la Navidad. John Hayman debía acompañarla a donde ella fuera. Si acaso le preguntaba por qué, ella le contestaba sonriendo: "Es que yo tengo confianza en ti. Tiras con mucha precisión".

Anna Ragosina. Anna había llegado a dominar la existencia de todos; en particular a raíz de los días terribles que siguieron a la ejecución de Svetlana, días de espantosa amargura, acentuada por el incremento del frío, que ya había cobrado la vida a varios de los partisanos y que habían dejado a John y a Natasha muy preocupados por la tía Tattie, tanto por su estado mental como por su salud física; días para escatimar los alimentos hasta el grado de que todos estaban con hambre y de que los soldados estaban mejor dispuestos a pelear el uno contra el otro que contra los alemanes, inaccesibles y bien acantonados en sus campamentos de invierno. Hubo ocasiones en las que Alexandra Gorchakova y Tigran Paldinsky, los compañeros de Anna, parecían estar en el extremo del agotamiento; pero Anna, entera como siempre, continuaba siendo la eterna líder vigorizándolos a todos con su energía infernal, haciéndolos reír a veces con sus bromas siniestras, acallando el más leve rastro de rebelión con el gesto cruel de sus labios apretados y la mirada inescrutable de sus ojos negros, aparte del dedo índice doblado sobre el gatillo de su ametralladora. En muchas ocasiones, John la miraba como el verdadero espíritu de la resistencia rusa, suponiendo que existiera en verdad tal resistencia y que en realidad los rusos no estuvieran, como lo señalaban los panfletos alemanes, empeñados en librar una guerra particular en el vacío, una guerra que, necesariamente, debía concluir con la muerte de todos por hambre, por frío o por la reanudación del ataque final, cuando la Wehrmacht estuviera lista para lanzarlo.

Por otro lado, a John le fascinaba observar a Anna. Ésta no poseía, por ejemplo, la gracia de Natasha —aun tras seis meses de embarazo—; pero sí contaba con una gracia propia muy especial: la de la aptitud suprema y la suprema confianza. John suponía que ni siquiera George Hayman poseyera una confianza tan absoluta e instintiva en sus propios poderes, una certeza tan evidente de que no había nadie en su mundo particular que pudiera contradecir sus designios. La diferencia radicaba en que George Hayman representaba todo lo que podía calificarse de decente en el mundo y, por eso, la representación de George podría ser la parte esencial en el proceso para conseguir la paz cuando llegara a su fin este holocausto; en cambio, Anna Ragosina sólo simbolizaba la muerte y la destrucción. Marte era su dios y ninguno de los otros tenía algún significado para ella. Por ese motivo, John sospechaba que, al llegar a su fin esta hecatombe, ella llegaría también a su fin, puesto que su *raison d'etre* ya no podría sostenerla.

Anna le pasó los binoculares por encima del hombro.

—Mira a la plaza —le dijo.

John enfocó los prismáticos en los muros de las casas desiertas, en el arroyo congelado que formaba recovecos hacia los árboles y, más adelante, en el patíbulo improvisado en la plaza, del que colgaba un cadáver, balanceándose despacio, cubierto con la sotana sacerdotal.

—El padre Gabón.

—Es obvio —explicó Anna—. Ya no quedaba nadie más para ahorcar; pero, observa hacia la casa que está detrás del patíbulo.

John volvió a empuñar los prismáticos, los alzó y los enfocó hacia los hombres, vestidos en el uniforme café para el trabajo y abrigados por una variedad de suéteres que, sin duda, habían sido suministrados hacía poco desde el frente interno. Los hombres salían y entraban por las puertas abiertas de lo que había sido el edificio del ayuntamiento. Los que entraban, iban con las manos vacías; los que salían, llevaban vigas y trozos de madera sobre los hombros para acomodarlos en camiones estacionados en una calle lateral.

—Están desmantelando el ayuntamiento —advirtió John.

—Es evidente que usarán toda la madera para quemarla —explicó ella—. Pero no acabarán hoy; no les queda más que media hora de luz y aún hay un centenar de casas en la aldea. Los alemanes son los individuos más metódicos del mundo y, si están decididos a emplear la aldea de Shelniky para hacer leña, la utilizarán por completo. Pasarán días, quizá una semana, para que se lleven todo lo que requieren.

—Creo que tienes razón; pero ya no queda nada para nosotros en la aldea.

—Los alemanes aún están allí.

John movió los prismáticos hacia un lado y al otro. Ahora que sabía lo que estaba buscando, pudo distinguir los dos montones de ametralladoras que dominaban la plaza y los dos vehículos blindados, alineados en otra calle.

—Están muy bien protegidos —indicó.

—Pero esas ametralladoras no van a pasar la noche allí, John. Si ocupamos nuestras posiciones y mañana, cuando lleguen, estamos en ellas, quizá podamos liquidar a toda la fuerza.

—Sería toda una batalla —manifestó John—. ¿Y con qué propósito? ¿Adueñarnos de un par de ametralladoras, unos cuantos rifles y algunas municiones? Para eso, perderíamos a mucha gente.

Anna arrebató los prismáticos de manos de John.

—El punto es que es necesario hacerlo —replicó.

John se encontró con su mirada enfurecida.

—El punto es que hace tres semanas que no matas a nadie y ya empiezas a sentir hambre.

—Sí —prosiguió diciendo—. Lo que ocurre es que ninguno de nosotros ha matado alemanes en las últimas tres semanas. No hemos hecho otra cosa que tiritar de frío en nuestras bolsas de dormir hasta morir helados y dar vueltas y más vueltas a nuestros pensamientos y recordar los restos de Svetlana abandonados en el camino. El ejército existe para luchar. Cuando no pelea, le sucede lo que a sus armas: se enmohece. Las mentes de los hombres se enmohecen más rápidamente que las armas. Además, ¿no consideras que los alemanes nos deben mucho por la muerte de Svetlana? Aún no nos vengamos —alzó la mano y apuntó con el pulgar hacia la aldea—. Tampoco hemos vengado la muerte del padre Gabón. Ven conmigo y llevemos acabo nuestros planes.

Apoyada en sus manos y en sus rodillas, dio media vuelta y empezó a avanzar, gateando, a través de la maleza congelada. Mirándola desde atrás, tenía la forma de un animal extraño, con las viseras de su *shlem* forradas de pieles, colgándole de las orejas, la ametralladora atravesada sobre la espalda, las granadas balanceándose en su cinturón y su chaqueta, sus pantalones y sus botas forrados de pieles. Lo mismo que sus acompañantes, Anna había llegado bien pertrechada para resistir el invierno. Ya podían sufrir los otros los mordiscos del frío, pero no Anna Ragosina. Jamás ofreció compartir sus ropas de abrigo y a John le parecía que podía entender su razonamiento:

ella era el cerebro del grupo y no debía haber alguna incomodidad personal que la distrajera de sus planes y su disciplina.

No obstante, jamás recurría a su cargo para obtener más alimento del que estipulaba su ración. De hecho, con frecuencia, comía menos de lo que señalaba su ración. John suponía que una mujer como ella tuviera necesidad de alimento. Anna le hacía pensar en un vampiro que no requería más que sangre para sostenerse.

De pronto, la mano enguantada de Anna patinó sobre un trozo de hielo y toda ella se deslizó hacia adelante, cayendo pesadamente sobre su vientre, emitiendo un gemido. John la agarró por un hombro, la incorporó un poco y cayó en la cuenta de que se había golpeado en la barbilla. Allí tenía un corte por el que brotaba la sangre que se coagulaba en cuanto llegaba al aire. Aquello le sorprendió: él creía que Anna no sangraba por grande que fuera la herida.

Durante un segundo, mantuvo los ojos cerrados; cuando los abrió, parpadeó un instante y los volvió a cerrar. John sintió pánico. Antes de que Anna llegara, él había recorrido esos bosques libremente y sin temor; pero, desde su arribo, era impensable hacer algo o ir a cualquier lado sin la compañía de Anna. Y ahora, la joven se había golpeado y estaba inconsciente.

—¿Anna? —susurró John—. ¡Anna! —exclamó suplicante—. ¡Despierta! —desesperado, le dio vuelta, la sostuvo entre sus brazos y la apretó contra su pecho. Su aliento despedía una nubecilla azul que se mezclaba con el aliento de la chica—. ¿Anna?

No sabía qué hacer: cargarla sería imposible con todo el peso que llevaba y también era imposible abandonarla con su equipo. Para ella, eso habría sido un pecado imperdonable.

Tampoco quería dejarla momentáneamente para ir en busca de ayuda. Con los ojos cerrados y los labios levemente entreabiertos, tenía más que nunca el aspecto de una madona. Era excepcionalmente bella.

—¡Anna! —repetía él—. ¡Despierta, por el amor de Dios!

Entonces, se le abrieron los ojos y John se ruborizó, pues la reacción de la muchacha lo tomó por sorpresa.

—¿No te gustaría que yo muriera, John Hayman? —le preguntó—. Así, todos podrían ir a refugiarse en medio de los bosques, sin necesidad de hacer nada. Tú mismo has mencionado en incontables ocasiones que, si no molestamos a los alemanes, ellos nos dejarán en paz.

John se le quedó mirando, sin saber si había estado fingiendo todo el tiempo.

Anna le sonrió, se dio vuelta entre sus brazos y, antes de que él pudiera impedirlo, le echó los brazos al cuello.

—No —le dijo—. No creo que quieras que me muera, John Hayman. Estoy segura de que lo lamentarías mucho —le dio un beso apasionado en la boca.

Avanzaban despacio, uno tras otro, caminando a tropezones en la penumbra helada de la madrugada. El hielo crujía bajo sus pies, los rifles resbalaban de los dedos entumidos y saltaban chasqueando contra la superficie quebradiza, los alientos emanaban en nubes, formando una leve niebla en el aire matinal. A pesar de las estrictas recomendaciones de Anna, ya hacía tiempo que la energía de las baterías para las linternas de mano que habían tomado del tren se había agotado; pero John consideraba que aquello era una ventaja, ya que él no podía creer que dejara de haber algún centinela alemán oculto en la aldea. Se adelantaban muy lentamente, haciendo el menor ruido posible, en medio de la oscuridad de la aldea desierta.

Anna los había llevado a donde ella quería que estuvieran, ocultándolos en las casas que rodeaban la plaza y en las de las calles laterales, donde los vehículos blindados se habían estacionado el día anterior. Ella confiaba en la falta de imaginación de sus enemigos.

La emboscada principal quedó organizada en el propio edificio del ayuntamiento, ya que a los metódicos alemanes primero los habían llevado a saquear las plantas superiores, mientras que, en los dos pisos inferiores, todavía se encontraban los muebles y las maderas intactos.

—Aquí estaré yo al mando —expuso Anna—. Tú, John, ocuparás la casa que está al otro lado de la calle. Y recuerda: yo haré el primer disparo. Nadie debe hacer el menor ruido hasta que escuche ese primer disparo. Cualquiera que infrinja la orden será tenido por un traidor y tratado como tal —barrió con la mirada a los comandantes de cada uno de los grupos—. No olviden lo que he dicho. Váyanse ahora.

Tigran Paldinsky se dirigió a la izquierda, Alexandra Gorchakova a la derecha y John cruzó la plaza levantando la cabeza para ver, a su pesar, el cadáver del sacerdote que continuaba colgado, convertido ya en un témpano de hielo. Se metió de prisa al edificio que se le había asignado y que antes había sido el almacén del lugar.

La planta baja abarcaba un enorme mostrador, con estantes contra la pared, todos vacíos ahora. Allí acomodó a seis de sus hombres armados con rifles. Arriba, donde las recámaras y un salón daban a la calle, instaló el sector de las ametralladoras, solicitando a sus hombres que las retiraran de las ventanas y las ocultaran en la oscuridad.

—Nadie debe abrir fuego hasta que oiga el primer disparo —les recordó—. Entonces, acérquense a las ventanas y disparen contra todos los alemanes que vean.

Todos asintieron. Con sus barbas cubiertas de hielo y sus ropas desgarradas, John los comparó, en su fuero interno, con lobos hambrientos y, después de haberlos visto en acción, se confirmó su suposición: eran verdaderos lobos tanto en sus pensamientos como en sus actos. John no tenía la menor duda de que los hechos de aquel día serían tan terribles como los de los días anteriores.

—Y, a fin de cuentas, ¿qué ventajas le traerían?

Bajó de nuevo para estar con los seis hombres armados con rifles, escondidos detrás del mostrador. Ésa era la posición más expuesta y peligrosa; era la posición que Anna habría elegido. Él no podría hacer menos.

¿Acaso Anna lo había conquistado con tanta facilidad? A medida que la iba conociendo mejor, al comprender la manera en la que urdía sus planes y la forma lenta y metódica con que los implementaba, ya no dudaba de que él también figuraba en ellos desde el instante en que Anna llegó al campamento; sin embargo, hasta el día de ayer, no había hecho absolutamente nada más que aguardar con esa paciencia avasalladora que la caracterizaba. Anna no podía poner en duda que John amaba a Natasha, a la que ya consideraba como su esposa; pero tampoco había puesto en duda que John, siendo un hombre joven y saludable, tarde o temprano, sentiría deseos ahora que Natasha estaba ya tan voluminosa y que ya no podían compartir una sola bolsa para dormir.

Ayer, la paciencia de Anna había dado fruto. Durante algunos segundos, John la tuvo en sus brazos y le resultó difícil dejarla ir. Anna continuó tejiendo su red de araña para atraparlo al fingir que no se desviaría del camino que ella misma se había trazado por muy oportuno que le pareciera el momento. Ayer por la tarde, John sólo la había deseado a ella. Luego de que sus lenguas se tocaron, las manos de John empezaron a buscar un sitio entre las pesadas ropas para acariciar su cuerpo. Él jamás la había visto desnuda; cuando ella necesitaba de la soledad, se internaba en el bosque y nadie se atrevía a seguirla ni a espiarla. Tampoco sabía John si por lo menos se desvestía dentro de su bolsa de dormir. Siempre era ella la última en acostarse y la primera en levantarse por las mañanas; pero no era posible dudar de que su cuerpo correspondería con su rostro.

Y ella se echó a reír suavemente, lo besó un poco más y le dio un tierno apretón en la parte delantera de su pantalón. "Mañana —le dijo—. Mañana, cuando hayamos obtenido la victoria, la celebraremos. La celebraremos tú y yo juntos, John Hayman."

¿Natasha habría sospechado? No habría modo de asegurarlo. Lo mismo que Lena Vassilievna o Nina Alexandrovna o cualquiera de las otras chicas que estaban embarazadas en el campamento, Natasha vivía en un estado permanente de depresión, consciente de las barreras que se alzaban ante ella cuando se requería tanto trabajo o sólo para conservar la vida y consciente, asimismo, de la atrocidad que estaba cometiendo al llevar a otro ser humano a ese infierno en el que vivían. Las mujeres en tales condiciones, demandaban de la lealtad, del respaldo y del consuelo constante. Por eso, la noche anterior, John había permanecido sentado junto a Natasha, abrazándola con ternura y enjugando con sus besos las lágrimas que mojaban sus mejillas, y, al mismo tiempo, John se preguntaba si Natasha podría detectar los fuertes latidos de su corazón cuando contemplaba, al otro lado del campamento, el lugar donde Anna estaba sentada, limpiando su ametralladora y sonriendo. Aquella mujer era un monstruo destructor; ceder a sus deseos sería mucho más que traicionar a Natasha: equivaldría a traicionarse a sí mismo, a la última esperanza que le restaba de salir de aquella guerra como un ser humano y no como un psicópata desequilibrado.

Sin embargo, ¿habría un hombre con tanta fuerza de voluntad y de espíritu como para resistir al magnetismo animal, al poderío animal, a la indudable pasión animal como los que, evidentemente, ofrecía aquella mujer?

No obstante, tales pensamientos resultaban inoportunos cuando estaba a punto de enviar a sus hombres a matar o a morir. Sí, porque, en aquel momento, a través de la leve claridad de la madrugada, podía oírse a lo lejos el tintineo de las cadenas en las ruedas de los vehículos alemanes. Se habían levantado temprano para aprovechar más el breve lapso de la luz del día.

John miró a la fila de hombres detrás del mostrador; se limpiaban la saliva congelada sobre sus barbas y sus bigotes con el dorso de la mano y ya habían afianzado sus armas con más fuerza. El ruido de las cadenas se aproximaba más e incluso podía distinguirse el zumbido de diferentes motores. John no se atrevía a enderezarse, sino que, agachado junto al extremo del mostrador, atisbaba hacia la plaza a través de la puerta entreabierta. Podía observar las botas del cuerpo ahorcado del padre Gabón. De repente, apareció un camión entre su línea de visión y los pies del padre Gabón. Se bajó la redila posterior y los alemanes principiaron a bajar. Si acaso habían traído sus rifles, no los iban cargando por ahora; al parecer, se sentían seguros, debido a la inactividad de los guerrilleros desde antes de Navidad y bien resguardados por los vehículos blindados y por sus camaradas. Más allá del primer camión, podía ver a otro del que estaban descendiendo unos veinte hombres. Todos parecían contentos, puesto que reían y bromeaban, hasta en el momento en que el sargento los alineó y los mandó avanzar en hileras hacia el edificio del ayuntamiento. John creyó que la hora había llegado; pero no se oyó ruido. Seguramente, Anna esperaría hasta tener a los hombres frente a sus armas para abrir fuego.

De pronto, apareció un oficial en el campo visual de John y mirando directamente frente a él. Por un instante, permaneció inmóvil por un acto de voluntad; pero el hombre caminaba lenta y despreocupadamente y se veían sus botas relucientes lanzando destellos al reflejar la blancura del hielo a través de la puerta. Muy despacio y con mucha precaución, John se encogió detrás del mostrador, hasta que dejó de ver al oficial alemán, creyendo ingenuamente que, con ello, tampoco él podría verlo. Lanzó una mirada de soslayo a los sujetos que estaban a su lado dando muestras de inquietud al caer en la cuenta de que algo estaba sucediendo. Pero Anna había señalado que ejecutaría a la persona que disparara antes que ella y nadie podía dudar de que cumpliera sus amenazas, aun tratándose de John Hayman.

La puerta crujió al abrirse un poco más y el individuo que estaba junto a John se estremeció y sorbió una bocanada de aire. John sacudió la cabeza enérgicamente y escuchó el ruido de los pasos sobre las tablas del piso de la tienda. Contuvo el aliento. Era imposible estar dentro de una habitación en la que había siete hombres sin saber que allí estaban, aunque no fuera posible verlos. Seguramente...

Entonces, se oyó el disparo. Fue un disparo repentino, solitario y, por un momento, único, sorprendente incluso para aquellos que lo habían estado esperando. Pero ya se había hecho fuego. John se levantó y todos sus hombres junto con él. Al escuchar la detonación, el oficial había dado media vuelta y estaba en el marco de la puerta abierta, de espaldas a ellos, abriendo la boca para emitir las primeras notas de una pregunta que continuó despertando ecos a través del aire helado, mientras que siete balas se incrustaron en su gruesa chaqueta, provocándole desgarrones bañados en sangre, incluso antes de que el oficial se desplomara.

—¡A las ventanas! —gritó John en los momentos en que, desde arriba, se oyó el repiqueteo de las ametralladoras, confundiéndose en el escándalo general de cada uno de los rifles y ametralladoras que había en Shelniky al abrir fuego. Se acurrucó junto al quicio de la puerta y miró a los hombres desarmados que salían corriendo en desorden desde el ayuntamiento, muchos de ellos ya heridos y trastabillando, hasta topar con una granizada de balas disparadas desde la tienda por sus propios hombres y por su propio rifle, que hacía fuego sin cesar, deteniéndose únicamente para meter más balas al cargador. La penumbra helada de la madrugada se transformó en un tropel de muertos, de silbidos de balas, de ruidos extraños y de gritos y gemidos. Se prendió fuego en uno de los camiones que estaban en la plaza y la fuerte explosión comunicó el fuego al otro camión, del que salió un gran flamazo hacia el cielo oscuro. Uno de los conductores corrió a través de la plaza con las ropas ardiendo y cayó, retorciéndose de dolor, con balas en el estómago. El cuerpo colgante del padre Gabón desapareció al quedar envuelto por el fuego. Algunas balas penetraron en la tienda y uno de los hombres de John cayó al suelo con gran estruendo, pero sin que saliera algún sonido de su garganta destrozada; su rifle le pegó a John en un hombro.

Pero, ya para entonces, la batalla había concluido. La plaza se asemejaba al destazadero de un rastro; las últimas detonaciones sordas procedían de una calle lateral donde se habían lanzado granadas. John se puso de pie con mucho cuidado y muy despacio, reclinado aún contra el quicio de la puerta, contemplando a sus pies el cuerpo tendido del oficial, con las piernas dobladas y los brazos abiertos contra el suelo. Sentía la boca reseca y la garganta saturada por el olor de la pólvora. Se preguntó si, al venir el deshielo de la primavera, toda Rusia percibiría el hedor a podredumbre de los millones de cadáveres sin sepultura que proseguían cubiertos por la capa de nieve.

Los guerrilleros empezaron a salir de sus escondites del edificio del ayuntamiento y del piso superior de la tienda. De nuevo habían luchado y habían triunfado bajo la guía de Anna Ragosina. Salieron dando saltos y coreando vítores; apartaron con el pie los cuerpos de los muertos que hallaron a su paso y comenzaron a buscar a los que todavía vivían. Anna fue una de las últimas en aparecer. Tenía las mejillas encendidas ante el placer de la destrucción, pero ya principiaba a respirar con calma, dominando la situación.

—Desvistan esos cadáveres —ordenó—. Llevan buenas botas y chaquetas forradas de piel. Recojan todas las balas sin utilizar y todas las armas —se quedó parada en su pose predilecta, con las manos sobre las caderas, mirando los camiones quemados—. Eso sí que es una lástima —expresó—; probablemente allí venía su comida para el almuerzo. Pero también los conductores de los vehículos blindados traían sus raciones en las mochilas; recójanlas. ¡De prisa! Todo este escándalo debe haberse escuchado hasta Slutsk. Escriban una lista con los nombres de los nuestros que hayan caído y traigan a los heridos. ¡De prisa! ¡Rápido! —se acercó a John para decirle—: Quisiera saber quién hizo el primer disparo.

—¿No fuiste tú?

—No.

Se volvió hacia Paldinsky y la Gorchakova que se acercaban procedentes de una de las calles laterales.

—Quiero saber quién hizo aquel primer disparo contraviniendo mis órdenes —declaró. Alexandra Gorchakova se irguió para adoptar la postura de firmes.

—Fui yo, Anna Petrovna.

—¿Tú? —en el tono de la voz de Anna se advertía la incredulidad.

Alexandra Gorchakova aspiró profundamente el aire.

—Mi rifle resbaló, Anna Petrovna. Intenté agarrarlo para que no cayera al suelo y se disparó.

—Bien —dijo John—. El disparo se produjo en el momento oportuno.

Alexandra Gorchakova mantenía los ojos fijos en Anna, se diría que apenas respiraba.

—Estás bajo arresto, Alexandra Igorovna —le comunicó Anna tranquilamente—. Deja tus armas.

Alexandra titubeó y, a continuación, soltó la correa de su rifle, se quitó el cinturón con la funda de la pistola y una última granada que colgaba de su gancho. Su rostro, hierático, había perdido toda expresión. Le entregó sus armas a Paldinsky, cuyo rostro tampoco tenía expresión.

—Ahora, quítate la ropa —mandó Anna.

—¿Estás hablando en serio? —preguntó John.

—Viste muy buena ropa —puntualizó Anna severamente—: chaqueta, pantalones y botas forrados con piel. Cualquiera de las muchachas del campamento estará muy agradecida con ella. Tal vez tu propia Natasha.

Alexandra se desabotonó la chaqueta, se la retiró, empezó a quitarse los pantalones y comenzó a temblar.

—¡Va a congelarse! —gritó John.

—Es una forma rápida de morir —replicó Anna.

John lanzó una mirada de desesperación a la mujer que estaba sentada sobre la nieve para quitarse las botas.

—¡No puedes hacer eso! —le gritó, consciente de que, de repente, estaba rodeado de gente que esperaba y observaba—. ¿Qué importa que haya disparado por accidente? Ya tienes tu triunfo por ahora. Has matado a muchos alemanes —expuso frente al grupo de hombres que se estremecían horrorizados; sólo doce de los cien o más que habían acudido a la aldea esa madrugada—. Aún tienes a tus heridos y prisioneros para que puedas acabar con ellos.

—Estás muy cerca de la insubordinación —advirtió Anna sin que se alterara la serenidad de su voz—. Recuerda, camarada Hayman, que si me veo obligada a ejecutarte, sin duda, también ejecutaré a la camarada Brusilova. En la condición improductiva en la que está, continúa con vida porque es tu mujer. Recuérdalo.

John fijó los ojos en ella y Anna le devolvió la mirada por un instante y después se dirigió a Paldinsky.

—Toma a tus hombres y rompe una porción de hielo en el río.

Paldinsky afirmó con la cabeza y llamó a su escuadrilla. Ni siquiera lanzó una mirada a Alexandra que ahora se encontraba de pie, totalmente desnuda, esforzándose por contener sus estremecimientos y consciente de que no había hombre o mujer de los que estaban en la aldea que no tuviera la mirada fija en ella.

Anna señaló hacia la corriente, donde Paldinsky y sus hombres estaban destrozando el hielo con sus bayonetas y los golpes de las culatas de sus rifles y sus pistolas.

—Por allí —le dijo—. Si te detienes, Alexandra Igorovna, yo misma dispararé contra ti. Pero tú eres un buen soldado y una buena camarada, ¿no es verdad? No me obligarás a desperdiciar una bala.

Alexandra se detuvo un segundo, como si quisiera hablar; acto seguido, dio media vuelta y echó a andar calle abajo, dando tumbos, pues ya tenía los pies blancos y entumidos.

—Y ahora, ustedes —dijo Anna hablando en alemán para que los heridos y los presos la entendieran—, sigan el ejemplo de la camarada Gorchakova y traten de morir como hombres de verdad. Desvístanse.

Todos la contemplaron con gesto de asombro, acurrucados entre sí. Ya sabían lo que les había ocurrido a otros soldados capturados por los guerrilleros.

—¡Desnúdense! —repitió Anna—. De lo contrario, yo misma los mataré lentamente.

Se miraron mutuamente: era mejor morir congelado por una exposición al frío que ser destazados por Anna y sus guerrilleros, pensaron. De nuevo, John sintió náuseas; ya sabía que así iba a sentirse antes de que la jornada concluyera. Pero cada una era más horrible que la anterior.

Los hombres se despojaron rápidamente de las ropas y las arrojaron al suelo.

—También las botas —solicitó Anna—; pero —añadió en alemán—, pueden conservar los cascos —luego, ordenó en ruso—: Ahora, átenlos.

Los guerrilleros se pusieron en actividad y pasaron una cuerda alrededor para unir a los doce hombres, uno sobre el otro, en actitudes obscenas, estremeciéndose por el frío, mientras sus carnes se amorataban y después se ponían blancas.

—Caminen hacia el río —ordenó Anna—. Sigan a la camarada Gorchakova.

Paldinsky y sus hombres habían abierto un agujero de dos metros de diámetro en la gruesa capa de hielo que cubría la corriente y ahora formaban una doble fila por la cual debía pasar Alexandra Gorchakova. Ésta vacilaba.

John pensaba que, probablemente, estaba estudiando la oportunidad de echarse a correr hacia la izquierda o la derecha para no tener que sumergirse en el agua; pero que había deducido que los hombres la capturarían con facilidad y harían las cosas peores de lo que eran. Aspiró el aire y se metió a la corriente. No había una profundidad mayor a los cincuenta centímetros y la cubría hasta debajo de las rodillas. Apresuró el paso, salpicó el agua sobre ella y alcanzó el borde del hielo al otro lado del agujero; hizo un esfuerzo para impulsar su cuerpo, resbaló y cayó golpeándose el rostro; con un enorme brío, se incorporó hasta quedar de rodillas e intentó nadar hacia adelante. John, horrorizado, vio que el agua sobre sus piernas se estaba congelando. Ella también lo había sentido. Se dio vuelta y, con vigorosos movimientos de sus manos, trató de quitarse la capa de hielo; dio media vuelta sobre sus rodillas; quiso incorporarse, volvió a resbalar y cayó de costado; pero, en esta ocasión, permaneció acostada, incapaz de efectuar cualquier movimiento.

—¡Dale un balazo por el amor de Dios! —exclamó John en voz baja y pastosa, como si tuviera la boca llena de saliva.

Anna lo miró de soslayo.

—Ya debe estar muerta —declaró— o, por lo menos, ya está inconsciente —gritó—: ¿Qué pasa? Que se apresuren esos hombres.

Los alemanes fueron arrastrados al agua, inhabilitados para hacer otra cosa fuera de apiñarse entre sí, mientras los soldados rusos, gritando y saltando, tiraban de los dos cabos de la cuerda. Se produjo una salpicadura de agua, acompañada por los crujidos del hielo, ya que la corriente ya había empezado a congelarse. Los hombres, percatándose de su horrible destino, se agitaron y se retorcieron, levantaron las manos y comenzaron a suplicar a gritos, tratando de salir; pero los tirones que los rusos daban a los extremos de la cuerda y los movimientos frenéticos que hacían sus compañeros de desgracia se los impedían.

—También ellos morirán dentro de pocos segundos —explicó Anna—. Lo malo es que no hay espacio suficiente para que se hundan bajo la capa de hielo. Así que, cuando lleguen los otros alemanes, aún estarán allí, todos congelados. Eso servirá para hacer reflexionar a los demás. ¡Apresurémonos! —dijo levantando la voz—. Acopien las ropas. Debemos irnos. Se puso a correr de un lado para otro, empujándolos para que dejaran de mirar a los alemanes moribundos y se pusieran a trabajar, hasta que todos se internaron en el bosque y sólo ella, con John, quedaron en la aldea.

—Es una lástima que Alexandra Igorovna haya tenido que morir —expresó—. Era una buena chica, aunque tenía una gran tendencia a cometer descuidos. Cuando yo la estaba entrenando, se lo advertí varias veces. Yo le decía: "Alexandra Igorovna: ese modo de ser tuyo, tan despreocupado, te costará muy caro algún día". Pero así es la vida, ¿no es verdad, John Hayman? —suspiró—. Por lo visto, no aprendió la lección —tomó en su mano la de John—. Ahora, debemos irnos —le sonrió muy dulcemente—. Pero no volveremos al campamento: conozco una pequeña hondonada donde podemos ir y estar solos. Tendremos frío, pero el lugar está protegido de la nieve y nosotros mismos lo calentaremos, ¿no? Hemos obtenido nuestra victoria, la mayor de todas. Y a ti te había prometido tu recompensa.

John Hayman bajó la vista para mirarla con dureza y retiró su mano con brusquedad.

—Yo creo que vas a perder esa preciosa bala, Anna Petrovna —le dijo con tono grave—, porque algún día voy a hacer que te cuelguen en la horca.

Se apartó de ella y se fue caminando hacia el bosque, detrás de los últimos guerrilleros.

—¡*Heil* Hitler! —el ayudante levantó la mano para hacer el saludo nazi—. ¡Atención, prisionero!

Paul von Hassell hizo chocar sus talones y miró al frente. Tras seis meses de aislamiento en una celda del cuartel, estaba a punto de saber su destino final. ¿Podría importarle algo?

Sin embargo, se asombró de que el oficial que entró a su celda no era Heydrich. El *obergruppenführer* había conducido su proceso, poco antes de la Navidad y dictaminó que era culpable de conducta antimilitar.

—Muy bien, Von Hassell —comentó el oficial, tan alto como Heydrich, aunque más ancho y macizo; su pelo negro, muy corto, revelaba que había sido un oficial regular del ejército—. ¿Tienes algo qué alegar en tu favor?

—No tengo nada qué decir, general —respondió Paul.

—¿De veras? Pues tendrías mucho qué decir. Se te ha dado mucho tiempo para que reflexiones, para que consideres dónde está tu verdadera obligación. Deja tu actitud de firmes. Descansa y siéntate. Tú puedes irte, Rennseler.

El ayudante saludó y dejó la celda, cerrando la puerta al salir. El general se sentó, cruzó la pierna, sacó una cigarrera de oro y la abrió para ofrecerle a Paul. Éste titubeó un instante y después tomó un cigarrillo.

—También te han dado tiempo para que comprendas lo equivocado que estabas —expuso el general.

—*Fräulein* Nej era mi prometida, señor —recalcó Paul—. Estábamos enamorados el uno del otro; íbamos a casarnos. Yo no podía haber actuado de otra forma ni en el amor ni en el honor. Tampoco puedo pasar por alto el acto que ocasionó su muerte ni el modo en que la ejecutaron.

—*Fräulein* Nej era una guerrillera, Von Hassell.

—Eso no podré creerlo jamás, señor —afirmó Paul—. Jamás. Era una chica inocente, atrapada en circunstancias más allá de su control.

—Ése es un asunto que queda abierto —declaró el general arrojando una bocanada de humo—. Ciertamente, ella sabía dónde era posible localizar a los guerrilleros y era su deber, si en realidad pretendía convertirse en la esposa de un oficial alemán, ayudarnos a exterminar esa plaga. ¡Qué digo plaga! En los pantanos del Pripet han llegado a ser una grave amenaza. Su osadía es notable y el responsable es ese hombre apellidado Hayman. Durante los últimos meses, han asesinado a cerca de quinientos alemanes, muchos de ellos de una manera brutal. ¿En verdad podrías perdonar un comportamiento tan poco civilizado, Von Hassell? Además, debes saber —agitó su cigarrillo en el aire como para indicar algo con insistencia—, que esa conducta se ha generalizado. No me has preguntado dónde está el *obergruppenführer* Heydrich, ¿por qué?

—Supongo que manifestará el deseo de verme a su debido tiempo, general.

—¿El deseo de verte? Déjame decirte algo, Von Hassell: el *obergruppen-führer* Heydrich, ya no volverá a ver a nadie jamás —Paul alzó involuntariamente la cabeza para mirar a su superior— porque ha muerto. Está muerto. Fue destazado como una res. Fue asesinado por una manada de anarquistas checos, pero pagarán por eso, por Dios que deberán pagarlo. La muerte de Richard Heydrich no será olvidada jamás por los checos ni por los alemanes. Pero mientras en el mundo existan seres tan desequilibrados, tan depravados y crueles como ésos, no habrá un lugar decente para vivir, y el hecho es, capitán Von Hassell, que tú eres culpable de complicidad para conservar vivos y fuertes a seres como ésos. Es posible suponer que, a no ser por la idea equivocada de *fräulein* Nej de que tú podrías rescatarla de las penalidades en las que vivía, ella le hubiese comunicado al coronel Von Bledow todo lo que sabía y ya para ahora estaríamos libres de esos gusanos del Pripet.

Paul no sabía qué decir. Le costaba trabajo asimilar que Heydrich ya había muerto. A Heydrich lo conocía desde que tomó parte en su primer desfile como integrante de la Waffen ss y siempre había admirado su firme mentalidad, su elegancia, su confianza e intentó a conciencia modelarse a sí mismo, formarse de acuerdo con aquel modelo magnífico. Pero, durante aquellos últimos seis meses, había llegado a odiar a Heydrich y a todo lo que él representaba, pues había sido él quien confirmó las acciones de Von Bledow en Slutsk. Pero ahora estaba muerto; había sido golpeado por la más certera de todas las igualdades: la guadaña de la muerte.

—Te hemos dado algo en qué pensar, ¿no es cierto? —inquirió el general.

Paul mantuvo erguida la cabeza.

—Sí, señor.

—Muy bien. Ya sabía yo que emplearías bien estos meses reflexionando profundamente en tu posición. El Reich demanda de hombres como tú, Von Hassell. Debes tener presente que estamos comprometidos en la lucha más gigantesca de nuestra historia. Es una lucha titánica que, sin duda, culminará con nuestro triunfo. Pero los rusos y los ingleses parecen decididos a combatir hasta la última gota de su sangre, y, cuando nosotros hayamos agotado la última gota de la nuestra, deberemos ayudar a nuestros aliados japoneses a que aleccionen a los estadounidenses sobre algunos hechos reales de la vida; así que, al parecer, esta guerra todavía se prolongará algunos años. En consecuencia, necesitamos disponer de los jóvenes de talento con los que contamos; por supuesto, tú eres uno de ellos. De modo que debes estar muy complacido al saber que el Führer ha firmado una orden para restaurarte en tu regimiento y en tu rango anteriores. A su debido tiempo, se te asignará un cargo; pero, mientras tanto, puedes gozar de dos semanas de vacaciones. Podrás visitar a tu madre, capitán Von Hassell. Asimismo, podrás portar con orgullo tu antiguo uniforme. ¿No te parece espléndido? —Paul se le quedó mirando—. Ya sabía yo que ibas a quedar complacido —externó el general y se puso de pie—. Bueno, debo retirarme. Recuerda llevar con orgullo tu uniforme —hizo el saludo nazi y salió de la celda.

Paul se fue detrás de él a paso lento, satisfecho al ver que al mediar la mañana no se vieran por ninguna parte los otros oficiales, compañeros suyos; los ordenanzas y los empleados estaban obligados a saludarlo siempre, incluso durante su encarcelamiento.

El sol brillaba con todo el rigor de un estupendo día primaveral. Era la primera ocasión en seis meses que se le había autorizado abandonar solo el edificio; siempre había salido acompañado por los guardias y nunca se le permitió alejarse de las barracas. Esta vez, salió por la reja principal, devolvió el saludo del guardia con mucha satisfacción y abordó un tranvía en el centro de la ciudad. Se fue a comer al Albert, algo con lo que había soñado durante los seis meses anteriores.

Luego, tomó un tren suburbano para llegar a Wiesbaden y a los brazos de su madre. La pobre mujer se había sentido muy apenada por las noticias de la caída en desgracia de su hijo y, sin duda, se llenaría de felicidad al verlo de nuevo y al saber que había recuperado su rango y sus privilegios.

Y todo eso, para volver a Rusia. Había pensado muy poco en Svetlana en los últimos tiempos. En un principio, la joven había sido todo para él; pero, a fin de cuentas, ella había preferido a su país y a su familia por encima de una vida de felicidad junto a él. Si Paul no hubiese aceptado esa idea, se habría vuelto loco.

Sin embargo, Svetlana era la heroína y él era el villano. No había modo de escapar de ese hecho. Su retorno a Rusia entrañaría obedecer las órdenes que abarcarían las torturas de otras muchachas hasta morir, el envío a la horca de los sacerdotes y los alcaldes que no pretendían otra cosa que proteger a su población, la necesidad de destrozar a los rehenes inermes que no deseaban participar en la guerra y, también, implicaría para él, correr el riesgo de ser capturado por los guerrilleros y así morir destazado como un cerdo para el mercado.

El sol se enturbió como si alguien hubiera corrido una persiana frente a él, aunque su luz continuaba iluminando las avenidas. Descendió del tren y se fue caminando despacio por la Unter den Linden. El general le había mencionado que la guerra podría durar muchos años, años de matanzas, de ultrajes, de terror y de catástrofes. De todo eso, él estaba forzado a ser parte. Él junto con todos los alemanes. Porque eran ellos los que habían emprendido la guerra contra los ingleses y los franceses, los polacos y los checos, los noruegos, los belgas y los holandeses, y también contra los rusos. En todos los casos, había sido el ejército alemán el que había dado el paso irrevocable para atravesar la frontera con otro país o para hacer el intento de dominar por la fuerza a una nación, siempre motivado por las demoniacas ambiciones de su Führer.

Se preguntó si habría otros alemanes que sintieran y pensaran como él, que se atrevieran a reconocer tales ideas ante otros. Y, si así fuera, ¿qué ganarían? ¿Acaso podrían ellos tratar de influir sobre el amo y señor para detenerlo en su insana carrera?

Nunca se había sentido tan desamparado, tan desesperado y tan disgustado por haber sobrevivido a Svetlana cuando todo el mundo parecía destinado al desastre. Tampoco se había sentido jamás tan poco atraído a que le sirvieran una cena en el Albert.

Se detuvo a las puertas del hotel, les dio la espalda y se alejó. En aquel instante, escuchó que alguien le llamaba por su nombre.

—¿Paul von Hassell? ¡Dios mío! ¿Eres tú? Ven y siéntate. Estoy seguro de que tenemos mucho de que hablar.

Era el príncipe Peter de Starogan.

CAPÍTULO XII

PETER BORODIN SE DETUVO SOBRE EL DESCANSILLO FINAL DE LA escalera y volvió la cabeza para ver al joven que lo seguía.

—Debes comprender —le dijo—, que ésta es la última oportunidad que se te presenta para volver atrás.

Paul apenas podía distinguir la silueta de Peter levantándose encima de él, pues el salón superior estaba muy oscuro. Todo el techo había sido volado por una bomba y, después, parchado con tejas de madera. Pero a Paul le parecía que aquel salón siempre había sido muy oscuro. La casa se ubicaba en el sector más sombrío de Berlín. Por lo tanto, podía pensarse que el gran príncipe de Starogan había quedado reducido a esa vida miserable; no obstante, suponía que aquella pocilga era mejor que un campo de concentración: el príncipe tenía suerte. Sin duda, Himmler lo seguía considerando un loco inofensivo que aún podría resultar de utilidad. Una vez que la guerra con el Oriente finalizara, Alemania tendría necesidad de un personaje que hiciera las veces de títere para reconciliar al pueblo ruso con sus nuevos amos. Aquel renegado de Vlasov, quien había reemplazado al príncipe como jefe y organizador del ejército ruso preparado para pelear contra los rusos en favor de los nazis, no tenía la estatura internacional del príncipe Borodin.

Pero, por supuesto, Himmler cambiaría radicalmente de actitud si descubriera que el príncipe era culpable de ser parte de un complot contra el régimen. También, sería muy diferente su actitud hacia aquellos que habían aceptado ayudar al príncipe... Y, en particular, si éstos provenían de las filas de la ss... Por otro lado, toda la idea era absurda. Nadie mejor que Paul conocía tan a fondo el poder absoluto que la maquinaria nazi tenía sobre la vida en Alemania. Para un puñado de aficionados civiles, aunque estuvieran apoyados por uno o dos soldados, lanzar un reto al poder resultaba una locura.

A pesar de eso, allí estaba Paul, impulsado en parte por el atractivo fascinante que la personalidad del príncipe ejercía sobre él. Paul había visto al hombre cuando partió de Slutsk, humillado aparentemente porque le habían demostrado lo poco importante que era; sin embargo, allí estaba de nuevo, ufano, inquieto y con la misma determinación de siempre para emprender un nuevo camino con un fervor igual al que había puesto para andar por el viejo.

Tal vez sus motivos otra vez eran personales. Quizá, no obstante sus negativas, estaba decidido a vengar la terrible muerte de su sobrina y, a lo mejor, también, a obtener la liberación del campo de concentración de Ravensbrück de su vieja amiga, la judía. ¿Acaso los motivos de Paul von Hassell eran menos personales?

Había llegado a la conclusión de que debía quedarse allí. Su única alternativa era dar la espalda a todo lo que había ocurrido, olvidarse de Svetlana y de sus sueños, dejar de lado todas sus nociones sobre el honor y la futura grandeza de Alemania y convertirse en un auténtico nazi como se suponía que ahora lo era, sin cortapisas ni restricciones, aunque implicara dejar de ser humano.

Le sonrió a las sombras.

—Habiéndome traído tan lejos, príncipe Peter, ¿no será necesario que me mate en seguida?

—Si yo no creyera que se puede confiar en ti, Von Hassell, jamás te hubiese invitado a venir hasta acá —le advirtió Peter con absoluta seriedad—. Lo que aún desconozco con certeza es si tendrás la constancia, la firmeza y la tenacidad que requieres para hacer frente a lo que parecen dificultades insuperables y graves peligros.

Paul dejó oír una breve risa.

—No te causaré desilusiones, excelencia. Te doy mi palabra.

Peter asintió y abrió la puerta. Ya había siete personas en la habitación en penumbra, alumbrada por las velas: eran cinco hombres y dos mujeres. Todos se levantaron de inmediato; no por haber visto al príncipe, sino por el uniforme que vestía su compañero. Uno de los hombres sacó al instante la pistola y una de las mujeres ahogó un grito con su mano en la boca.

—Guarda esa arma —ordenó Peter Borodin y se volvió para cerrar la puerta—. El capitán Paul von Hassell es uno de los nuestros.

Todos lo examinaron con detenimiento, negándose a creer que tal cosa fuera posible.

—La sobrina mía que fuera ejecutada en Bielorrusia por los integrantes de la ss —prosiguió exponiendo Peter con serenidad—, era la prometida en matrimonio del capitán Von Hassell. Cuando éste se negó a aceptar la sentencia, fue detenido a su vez y los últimos seis meses los ha pasado encerrado en su cuartel, completamente aislado. Ahora lo han puesto en libertad y lo han reintegrado a su rango. Supongo que estarán de acuerdo con que es un recluta muy valioso para nuestra causa.

—¿Ha sido puesto en libertad? —inquirió uno de los hombres—. ¿Se le ha devuelto a su regimiento y a su rango? Me cuesta trabajo aceptar eso, si se considera que se opuso a la sentencia.

Peter paseó su mirada entre los presentes, sonriendo.

—El capitán Von Hassell es algo así como un protegido del Führer.

De nuevo, todos lo observaron con detenimiento.

—Pero el Führer ha dejado de ser su dios; me complazco en decirlo. Hagan el favor de sentarse. No hay ninguna necesidad de que se extienda la alarma. Yo confío en este joven y él en nosotros; de lo contrario, no habría venido.

—A no ser que Himmler se lo hubiera ordenado —insinuó alguno de los presentes.

—En ese caso, bien podemos darnos por muertos —indicó Peter. Los estuvo observando lentamente mientras uno a uno ocuparon sus asientos—. Pero, entonces, ¿cómo suponen que podremos progresar hasta lograr nuestras metas? ¿Debemos continuar encerrados en este cuarto hablando sobre el asunto? Nos hemos comprometido en una empresa grande y peligrosa. Eso es lo que está implícito en nuestras intenciones. Por lo tanto, hay que asumir los riesgos si queremos darle una oportunidad al éxito. La presencia de Paul es un riesgo calculado y tendrá que haber otros: recuerden que nada podemos decir ni podremos hacer sin el apoyo del ejército. Las fuerzas armadas constituyen la clave de todo esto y aquí tenemos a nuestro primer recluta del ejército. A mí me parece que hoy es un gran día y ahora, Paul, deseo que conozcas a los otros integrantes de este grupo.

Los nombres se le quedaron rondando en la cabeza. Algunos ya los conocía o había oído en alguna parte: Carl Goerdeler, Fabián von Schlabrendorff y su esposa, quien era, ni más ni menos, la nieta de Bismarck. Los demás no eran más que nombres. Todos eran intelectuales, hombres que se habían dado tiempo para pensar y que habían sido capacitados para pensar y no para obedecer órdenes ciegamente. Pero, eventualmente, tendría que haberlas cuando llegara el momento de actuar más que de discutir y las órdenes tendrían que acatarse ciegamente, sin tomar en cuenta las reservas que los intelectuales pudieran tener acerca de ellas.

—Quizá ahora —propuso entonces Peter—, tú quieras decirnos algo.

—Estoy aquí para aprender —aseguró Paul. Hizo una pausa para mirar a su alrededor los rostros que le rodeaban—. El príncipe Peter me ha dado a entender que todos ustedes..., que todos nosotros, procuramos un cambio de gobierno, de dirección y de orientación para Alemania, una forma de poner fin a esta guerra absurda que se ha extendido a todo el mundo civilizado contra nosotros y también un modo de acabar con esa conducta incivilizada que estamos padeciendo en el frente interno. Yo estoy en favor de todas esas metas y los apoyaré hasta el fin; pero, como el príncipe ha mencionado, se trata de una empresa enorme y muy peligrosa. Jamás llegará a realizarse con palabras.

—Ésas son las palabras de nuestro soldado —comentó Peter—. Pero no te olvides, Paul, que yo también fui antaño un soldado y que estoy dispuesto a serlo de nuevo. Considero que estarás de acuerdo con que este régimen nos ha traicionado a todos. Ha traicionado nuestras esperanzas para una Alemania más grande y mejor al lanzarnos a esta carrera de conquistas que nos está aniquilando. A mí también me ha traicionado. Yo creí que la Alemania nazi se me aparecería como el último y el único baluarte contra el comunismo internacional, ese pernicioso sistema que tiene asido por el cuello a mi propia patria. ¿Y qué es lo que encuentro? Que los nazis son peores que los soviéticos. Que su idea de liberar una nación estriba en convertirla en un lugar desolado y desierto. ¿Cómo podría yo reinar alguna vez en Rusia si primero participé en la ejecución de miles de mis futuros ciudadanos por el único crimen de haber pretendido defenderse? Por lo tanto, repito una vez más que no puede haber diferencias entre nosotros en cuanto a los propósitos que queremos conseguir. Tampoco, como ya lo he advertido, puede haber alguna diferencia entre nosotros respecto del método. Debemos realizar nuestra finalidad mediante un golpe de Estado. La detención de todos los jefes nazis y, al mismo tiempo, la puesta en práctica de un plan cuidadosamente trazado, por el cual, las unidades leales del ejército, las cuales previamente habrán tomado sus puestos en las zonas clave aquí, en Berlín, se harán cargo de la situación. No es posible poner en tela de juicio que esas unidades leales existen, así como numerosos grupos de altos oficiales que están de acuerdo con nuestra manera de pensar. No obstante, por el momento, esos grupos permanecen aislados, desconfían unos de los otros, están desorganizados. La organización debe proceder de nosotros. Llegado el tiempo de dar el golpe, tendremos ya elegido a un nuevo jefe de Estado y bien dispuesto para hacerse cargo. De inmediato, hablará por radio para informar al pueblo alemán acerca del cambio de la situación e invitará a los países democráticos y a sus aliados, los soviéticos, a firmar un armisticio. Como podrán deducir, no estoy proponiendo el establecimiento de la anarquía ni tampoco una rendición. La Wehrmacht seguirá en existencia y estará preparada a continuar con sus victorias, si es que nuestros actuales enemigos se muestran reacios a aceptar nuestros términos; pero la oferta persistirá. Y, tarde o temprano, el régimen deberá sustituirse por otro con el que podrá negociarse con honradez —hizo una pausa para dedicar a su auditorio una sonrisa triste—. Podrán advertir, amigos míos, que es mucho lo que estoy sacrificando en este caso, puesto que estoy preparado a consentir la prolongación del régimen soviético en Rusia por algún tiempo más con el fin de poner término a la matanza insensata. Pero ése es un asunto secundario. Lo principal es que no podremos seguir adelante hasta que algunos elementos clave del ejército y algunos de sus comandantes queden asegurados para nuestra causa. Eso implicará tiempo; tendremos que abordarlos con infinitas precauciones. Aunque, por lo menos, ya hemos llevado a cabo un buen principio. ¿Tienes alguna idea sobre cómo podremos proseguir, Paul?

—Pues bien, señores —explicó Paul—, se trata de una labor inmensamente complicada. Quizá tengan razón al afirmar que hay mucha gente en Alemania y numerosos elementos de la Wehrmacht que están disgustados e indignados por lo que está ocurriendo, por la matanza en Rusia y por el terror que se extiende en el frente interno; pese a ello, señores, estar indignados y romper el juramento prestado son dos cosas muy diferentes. Todos los hombres que pertenecen a las fuerzas armadas en Alemania han prestado juramento de adhesión personal al Führer. El mero hecho de que Hitler quede bajo custodia, por justificado que eso sea, no sería un motivo para que rompan ese juramento.

—Así como tú rompiste tu juramento —expresó alguien en voz alta.

—Así como yo estoy dispuesto a romper el mío —indicó Paul—. Tal vez no sean muchos mis camaradas que tengan tantos motivos como yo.

—Yo pienso que no debe haber diferencias entre nosotros —insistió Peter— y Paul tiene razón. Pedirle a un soldado que rompa su juramento de adhesión es algo terrible. Lo que debemos hacer, como parte de nuestro *coup d'etat*, es eliminar el objeto del juramento. En esto, Hitler nos ha ayudado. Como ha expuesto Paul, el soldado alemán no ha hecho un juramento para sostener al gobierno nazi ni a cualquier otro gobierno. Ha hecho un juramento de adhesión personal al Führer. Por lo tanto, amigos míos, no es suficiente con arrestar al Führer; debe ser ejecutado. La muerte de Hitler es el eje del que depende todo el éxito de nuestro plan.

Natasha Brusilova yacía sobre la hierba tibia y su cuerpo se retorcía y se estiraba hacia un lado y al otro, hacia adelante y hacia atrás. Tatiana Dimitrievna le había retirado la bolsa de dormir y había dejado expuesta a la mujer tanto al viento y al sol como a las miradas curiosas de los guerrilleros, pues no había otra cosa que hacer. Ahora, mientras gemía y se lamentaba, alzó la cabeza para mirar a Nina Alexandrovna, quien la tenía asida por las muñecas, apretándoselas contra el suelo. Nina también estaba embarazada, pero aún le faltaban algunas semanas para dar a luz. Natasha Brusilova era la primera de las chicas de la academia que iba a dar a luz en el bosque.

El calor era intenso. Lo sentía más debido a sus trabajos y sus dolores, pero aquel día de mayo era caluroso, claro y soleado, el primero de que había disfrutado hasta entonces. Las lluvias primaverales habían cesado una semana antes, los grandes arroyos habían dejado de crecer, los lodazales que se formaron abundantemente en el corazón del bosque ya empezaban a cubrirse con una capa de tierra seca. Era verdaderamente el principio del año, el renacimiento de algo nuevo. Las flores primaverales se abrían con profusión entre las raíces de los árboles gigantescos y los pájaros cantaban sin parar entre las hojas. Las mariposas aleteaban volando de un lado para el otro y, por encima de todo, se extendía un cielo nítidamente azul. De todas las estaciones del año, no podía haber una mejor que ésta para dar a luz.

Aunque ningún momento podría ser el bueno para dar a luz allí, en el bosque, viviendo como un animal fugitivo y rodeada por muchos otros animales fugitivos. El pensamiento le provocó un retortijón de dolor y un grito ahogado. Tatiana Dimitrievna le palpó el vientre y los muslos, le rogó que permaneciera tranquila y le prometió que todo saldría bien.

Unos dedos fuertes y bronceados por el sol se entrelazaron con los suyos. Eran los dedos de su esposo ante Dios, aunque no lo era aún ante los hombres. Era más que un marido, era un hombre entre los hombres. Entre todos los guerrilleros, sólo el nombre de John Hayman podía equipararse al de Anna Ragosina. Juntos habían inmortalizado a aquel grupo en los anales de este conflicto brutal y extraño en los pantanos del Pripet. El hecho de que John dedicara gran parte de su tiempo tratando de civilizar a su comandante, intentando civilizarlos a todos, ya no tenía tanta relevancia; pocas veces tenía éxito. Pero su valor, su destreza y su determinación habían conquistado el respeto de todos, incluyendo el de Anna.

Pero, ella, Natasha, ¿era merecedora de alguien así? Natasha abrió los ojos, le sonrió con desgano a John y observó que Anna Ragosina estaba parada detrás de él. También a ella le interesaba aquel acto supremo de la naturaleza en el que no había querido tomar parte; no obstante, su interés era meramente académico. En su rostro no había expresión alguna; aparecía tan vacío como en el mes de enero anterior cuando ordenó a su compañera de armas, Alexandra Gorchakova, que se diera muerte. Aquel acto había sido demasiado para John. Había retornado al campamento y se había echado de bruces al suelo esperando que Anna lo matara también a él, pero ésta no lo hizo, ya que lo tenía en alta estima. Y así, de manera gradual, una vez más, las barreras de desaprobación y de disgusto quedaron derribadas, pues se trataba de Anna Ragosina y ella era lo máximo en aquella existencia a la que habían sido arrastrados. Y, además, era una mujer joven y encantadora, llena de habilidades y de atractivos para los hombres que la rodeaban; aunque no los dominaba a causa de eso, sino por su valor, su crueldad, su aparente insensibilidad y su desconocimiento absoluto del miedo.

De modo que ella continuaba dirigiendo al grupo, incluyendo a John Hayman.

Natasha se preguntaba si estaba celosa de Anna. Durante los últimos meses, Natasha había estado inutilizada y había constituido una carga para todos, mientras que Anna trabajaba sin descanso, formulando sus planes, asaltando los puestos alemanes aislados, volando puentes y destrozando las vías férreas, siempre con John a su lado. En ocasiones, ambos desaparecían durante días enteros. ¿Dónde y cómo dormían? Ésa era una pregunta para la que ella no deseaba saber la respuesta. Sentir celos de Anna era muy poco práctico y forzar a John a elegir entre ellas dos era correr un gran riesgo. Natasha sabía que él la amaba y, pese a las circunstancias, el hecho de dar a luz a ese niño era lo más importante que ella hubiese hecho.

Y ese momento culminante ya estaba allí.

—Vamos —clamó Tatiana—, ahora, Natasha, ahora —los dedos de John se apretaron sobre los suyos al tiempo que los espasmos estremecían todo su cuerpo. Abrió muy grandes los ojos y vio a los hombres acercándose en torno suyo, murmurando palabras uno a otro, algunos dándole ánimo, aunque sintiéndose cohibidos, concluyó Natasha. La mayoría contemplaban absortos lo que estaban presenciando. "Una lección gratuita de anatomía", pensó ella, al cerrar los ojos y abrir la boca, a impulsos del dolor.

Escuchó un ruido extraño, un zumbido interminable que subía y bajaba como el que producirían miles de bocinas lejanas. El ruido parecía perforarle el cerebro. A continuación, se produjeron otros ruidos, el de voces fuertes y gritos. Las manos que la retenían por las muñecas desaparecieron de repente; pero muy pronto fueron sustituidas por otras que ella reconoció: las de Johnnie. Luego, hubo grandes estruendos, el suelo vibró e incluso hubo algo que cayó sobre su rostro y, en el mismo instante, los dolores cesaron y oyó las alegres exclamaciones de Tattie, seguidas por un golpe seco y el chillido agudo del ser que protestaba al ser recibido a golpes en el mundo.

Entonces, Natasha fue alzada del suelo y abrió los ojos para mirar, primero, el cielo oscurecido por los bombarderos volando bajo, de un lado y del otro, y, después, con un terror desesperado, el hoyo que la bomba había abierto a menos de cien metros de distancia. Observó los cuerpos desmembrados, mitad fuera y mitad dentro, del cráter y vio a Nina Alexandrovna de bruces, poco más cerca, con la sangre manando a borbotones de su espalda; luego, volvió a mirar hacia arriba y vio el rostro de Johnnie que estaba corriendo, cargando con ella, hacia otras zonas más escondidas del bosque.

—¡Mi niño! —gritó Natasha—. ¡Mi hijo!

—Lo tiene mi tía Tattie —dijo John entre jadeos. Cayó de rodillas junto a un macizo de malezas tupidas—. Estará bien cuidado en brazos de mi tía Tattie —recuperó el aliento y le sonrió a Natasha—. Ella lo tiene.

—Es mi hijo —suspiró Natasha y apoyó la cabeza contra el pecho de John, comprendiendo, por fin, que todo había pasado. Luego, levantó la cabeza, alarmada, pues otra bomba acababa de explotar muy cerca de donde estaban—. ¡Johnnie!

—Ya sabíamos que esto ocurriría —dijo éste—. No era posible que nos dejaran en paz para siempre, mi amor.

—Pero, Johnnie...

Lo vio alzar la cabeza y mirar por encima de la suya.

—Estará bien aquí, camarada Hayman —aseguró Anna Ragosina—. Es la madre de tu hijo. Ahora, déjala y ven conmigo. Donde están los bombarderos, seguramente deben estar los soldados. Esta vez, tienen la intención de destruirnos.

Avanzó a gatas entre la maleza que se levantaba frente a él. En muchas ocasiones la había visto hacer lo mismo, pero en el verano era más difícil recordar quién era y lo que era. Ya no llevaba el *shlem* con orejeras ni la chaqueta ni las botas forradas de pieles; sino la camisa desabrochada y con los faldellines fuera de los pantalones; éstos eran cortos y, a medida que movía las piernas, permitía que se vieran las arrugas de carne blanca en la parte superior de sus muslos. La ametralladora, cruzada sobre su espalda, se balanceaba sin cesar.

Dejó de avanzar a gatas y se quedó reclinada sobre el tronco de un árbol con los binoculares levantados para mirar a la distancia. Se había arremangado la blusa y John podía ver el movimiento de sus músculos en los antebrazos y en los bíceps. Llevaba el cuello abierto, así que quedaban expuestos su garganta y su cuello; se podían distinguir los minúsculos hilillos de sudor que bajaban por la piel pálida para extraviarse en el fragante "país de las maravillas" situado entre el primer botón cerrado de su blusa y el cinturón de sus pantalones. Era un monstruo. Eso se lo había recordado John de cuando en cuando durante todo el invierno y el principio de la primavera. El hecho de que no hubiese usado sus poderes para destruirlo se debía, por supuesto, a la casualidad. No sabía con certeza cuáles eran los motivos: si se trataba de un atractivo animal por él o, más probablemente, para obedecer las órdenes de Iván Nej. Pero, sin duda, los sentimientos personales de Anna tenían mucho que ver con todo ello. Ahora, mientras le hacía un gesto con la mano para que se tendiera junto a ella, la miró jugueteando con el botón superior de su blusa.

—Mira hacia allá —le dijo extendiéndole los binoculares. Él los enfocó hacia el regimiento de tanques que maniobraban despacio para formarse en la superficie ahora seca de lo que había sido un gran charco; la infantería se alineaba detrás de los vehículos junto con las motocicletas y las ametralladoras instaladas en los cochecitos adyacentes.

—Ahora sí van en serio —manifestó John.

—Tenía que ser —añadió ella—. Sólo estaban esperando el buen tiempo.

John dejó de mirar por los prismáticos y fijó los ojos en ella. Ahora estaba acostada de espaldas; se había quitado la gorra y mostraba su rostro en descanso.

—Supongo que te hace feliz que nos ataquen —le dijo él.

—Tan pronto como se internen en estos bosques y por grandes que sean las bajas que nos ocasionen, nosotros acabaremos con cinco por cada uno que ellos nos maten. Éste es el momento que todos habíamos estado esperando, el momento en que se lanzaran contra nosotros. Ya tengo trazados mis planes para recibirlos.

—¿Cuáles planes? —inquirió John—. Tenemos aproximadamente cuatrocientos hombres, de modo que podríamos acabar con dos mil alemanes. ¿Eso hace alguna diferencia?

—Todo lo que nosotros hagamos causa alguna diferencia —respondió ella orgullosamente—. Podríamos matar a dos mil de esos hombres, pero, de cualquier manera, hay una división entera estancada en la región sólo para combatir a nuestros cuatrocientos elementos. Eso en sí ya representa una victoria.

—Y eso basta para que a ti no te importe vivir o morir.

—¡Oh, sí! —exclamó ella—. Me importa mucho, John Hayman; aunque quizá no tanto como a ti, ya que yo no tengo a un chiquillo chillando, ansioso para continuar viviendo en este mundo. Yo no he tenido ninguno que se sienta feliz mecido en mis brazos, pero sí me importa vivir. ¿Acaso lo dudas?

—No —contestó John—. No puedo dudarlo, Anna Petrovna. Todos tenemos que cuidar nuestra vida. Pero, ahora, si vamos a destruir alemanes en la proporción debida, debemos ponernos en acción.

Anna sacudió la cabeza sobre la hierba.

—No hay prisa —con un gesto lánguido de su dedo señaló al cielo, donde los bombarderos proseguían volando—. No avanzarán hasta que la aviación haya finalizado sus operaciones. Y tú ya sabes lo que debes hacer.

—Yo ya sé cómo morir —reconoció él.

—Entonces, lo mejor que puedes hacer es vivir mientras estés a tiempo —expresó ella—. Haz el amor conmigo, John Hayman.

Jamás le habían hecho una invitación tan directa. Ella se había desabotonado toda la blusa, del cuello a la cintura. Tenía los senos más grandes de lo que él suponía; sus pezones se elevaban erectos y todo su cuerpo se estremecía ansioso por el deseo.

—¿Por qué me aborreces? —preguntó Anna Ragosina. Y como él no respondió en seguida, ella continuó—: ¿Es por lo que yo soy? ¿Porque soy un integrante de la NKVD? ¿Porque he torturado, matado y perseguido? Es parte de mi trabajo, John Hayman. Soy lo que soy; soy lo que han hecho de mí.

Pero tú podrías hacer de mí una persona distinta. Todo lo que me hace falta es amor, John Hayman.

"¡Qué conversación tan absurda cuando el mundo se está deshaciendo!", reflexionó John.

—Todo lo que te hace falta es amor, Anna —pronunció en voz alta—; sin embargo, primero tú debes aprender a amar.

Anna tomó su mano y se la puso sobre un seno.

—¿Tú crees que no soy capaz de responder con esa clase de amor, John Hayman?

¡Era el demonio en persona! Era un monstruo de maldad que había condenado a una muerte inhumana y miserable a su única amiga. Era una mujer a la que era necesario despreciar, temer y odiar.

Pero, al mismo tiempo, era una mujer a la que había que respetar, admirar y seguir hasta las puertas del infierno.

Y él era el amante —el marido en todo menos ante la ley— de la mujer más hermosa y maravillosa que pudiera haber en el mundo y el padre de su hijo.

La sonrisa de Anna era indolente; en aquel momento, faltaba la intensidad pasional que él asociaba siempre con ella.

—Desde hace tres años —le dijo— no estoy con un hombre —sus hombros temblaron—, pero nunca quise a nadie, excepto a ti.

—Y siempre consigues lo que quieres, Anna —el sentido de culpa y su deseo se confundían en su cabeza.

—¿Y no siempre es posible? —preguntó ella con seriedad—. Con paciencia y decisión.

—Y, ciertamente, cuando sabes lo que quieres...

—Claro; sin saberlo, el éxito es imposible.

—¿Y tú sabes lo que yo quiero? —quiso saber él.

—Por supuesto —admitió ella de nuevo—. Quieres a Natasha Feodorovna, a tu hijo, una casa con jardín y muebles preciosos y un automóvil. Anhelas todas las cosas buenas de la vida porque llevas el apellido Hayman y te consideras con derecho a tenerlas.

Él suspiró.

—Bueno, entonces...

—¡Oh, no vayas a ponerte a llorar por mí! —dijo ella—. Tú estás mucho más seguro de ti mismo de lo que yo estoy. Yo no soy más que una criatura, John Hayman. Tú vas a salir a sacarle todo el provecho posible a la vida; yo no puedo ser otra cosa sino lo que la vida ha hecho de mí. No busco la dicha, puesto que ya sé que jamás habré de tenerla. Puedo buscar el éxtasis momentáneo. Puedo buscar ese placer que siento cuando hago daño. Quizá hayas pensado que soy un monstruo; pero también los monstruos tienen sentimientos y también son capaces de llorar en lo más recóndito de sus bolsas de dormir, donde nadie pueda verlos ni oírlos. También los monstruos son capaces de anhelar, aun cuando sepan que la realización de su anhelo durará un instante y nada más —John la escuchaba asombrado y analizaba el significado de su sonrisa—. ¿Nunca llegaste a sospechar que también los monstruos pueden compartir sus sentimientos, John Hayman? —le preguntó y después frunció el ceño—. Escucha.

El suelo había dejado de cimbrarse; el zumbido de los bombarderos se apagó de repente.

John se puso de pie.

—Ahora iniciará el asalto —señaló.

—Todavía están a cerca de dos kilómetros de distancia —advirtió ella—. Aún hay tiempo.

—¿Quieres que nos maten aquí, mientras estamos en brazos uno del otro?

Anna sacudió la cabeza.

—Eso era lo que estaba pensando hace unos minutos: "Ahora, es el momento de morir, Anna Petrovna", pensé. Quería que tú y yo nos lanzáramos contra esa escoria nazi, matando sin cesar hasta nuestro último aliento, para que nuestras almas pudieran emprender juntas el vuelo hacia la eternidad, con los rifles en las manos y hombro con hombro.

—Y ahora has cambiado de parecer.

—Ya he cobrado muchas vidas —afirmó—. Ahora pienso devolver algunas. Tu propia vida, John, la de Natasha y la de tu hijo —se le torció el rostro—. Ésta será la primera vez en mi vida que falte a mi deber, lo cual no significa —añadió— que debamos olvidarnos de matar alemanes —una vez más, se arrodilló pegada al tronco del árbol y observó a través de los binoculares la columna militar que se aproximaba—. Dame tu rifle.

Él se lo entregó. Se arrodilló a sus espaldas y sintió el impulso de tocarla; mas ya había pasado el momento oportuno, así como su suavidad y su feminidad eran cosa del pasado. La observó levantando el rifle, verificar su mecanismo, comprobar el modo en que la culata se acomodaba a su hombro y atisbar por la mira. Los prismáticos estaban en el suelo y él los recogió para ver a lo lejos.

Los tanques venían por delante; un escuadrón de ellos que ahora empezaba a atravesar el camino, antes de iniciar su empuje entre los árboles. Llevaban abiertas las escotillas y era posible mirar a sus comandantes inspeccionando la espesura del bosque frente a ellos con sus binoculares. La escena le recordó el avance de los alemanes sobre la granja que ocupaba la tía Tattie el año anterior; pero, en esta ocasión, sería diferente. ¿Habría sido distinta la vez anterior, si Anna Ragosina hubiese estado al frente de la defensa?

Detrás de los tanques avanzaba también la infantería, formando una amplia fila y en perfecto orden. Marchaban despacio, con entera confianza y absoluta determinación, a juzgar por la expresión de sus caras. Estaban allí para exterminar a los gusanos que desde hacía tiempo estaban causando estragos.

Frente a él, los movimientos de Anna parecían simultáneos con los sonidos del rifle. En el mismo instante, el comandante del primero de los tanques alzó los brazos y cayó hacia atrás, sostenido por el peso de las piernas a la torrecilla y con el cuerpo suelto, echado hacia atrás. Su gorra había caído, descubriendo una cabellera rubia y suelta; todo el frente de su chaqueta era una mancha roja y en su rostro no se advertía expresión alguna.

—¡Agáchate! —le gritó Anna y le dio un empujón con el hombro para echarlo por tierra. Las balas en ráfagas tupidas, ocasionaron una lluvia de hojas y ramas sobre sus cabezas. Al incesante silbido, se aunaba el estruendo de los cañones de los tanques. John sintió la boca de Anna que le hablaba a la oreja, pero transcurrieron unos segundos antes de que pudiera comprender lo que le decía.

—Vete de aquí de inmediato —vociferó—. Busca a Natasha, a Tatiana y al niño e intérnate en el bosque.

—Yo tengo a mis hombres y estoy al mando...

—Ya te relevé del mando. Paldinsky se hará cargo de tus hombres. Ahora, vete.

John titubeó un momento y ella lo besó en la frente.

—No me desobedezcas, camarada. Ni siquiera tú puedes desobedecerme.

John avanzó a gatas entre la maleza lo más rápidamente posible. Se detuvo para mirar por encima de su hombro y la miró correr hacia el otro lado. Se sintió aliviado; por un segundo, había temido que Anna llevara a cabo su deseo de suicidarse gloriosamente. Un instante después, se perdió de vista y él bajó a una hondonada, donde pudo levantarse y correr entre los matorrales, mientras que el fragor cacofónico de los disparos retumbaba sobre su cabeza, cada vez más próximo.

—¡Johnnie! —Tattie estaba de pie, frente a él, con las manos sobre las caderas—. ¿Qué ocurre, por Dios?

Él se le acercó, jadeante.

—¿Dónde está Natasha?

—Allá, con el niño. Johnnie...

—Entraremos en el bosque —ordenó él—. Entraremos lo más profundamente que sea posible —tomó a Tatiana por una mano y la arrastró a través de los árboles—. ¡Natasha! —iba gritando.

La cabeza de Natasha asomó por encima de un hueco en el que estaba escondida y se incorporó hasta quedar de rodillas, con el niño en los brazos. John la alcanzó y le echó los brazos alrededor de sus hombros.

—¡Oh, Johnnie! —exclamó Natasha—. ¡Gracias a Dios que volviste! Pero, Johnnie...

—No vamos a pelear; son órdenes de Anna. Tendremos que huir hacia el bosque y perdernos en él.

—¡Gracias a Dios! —expresó Tattie—. Dame al niño.

—Pero, Tatiana Dimitrievna...

—Yo sé más que tú sobre los bebés —replicó Tatiana—. Cuídate tú.

—Pero es que ya tiene hambre... —dijo Natasha y el bebé comenzó a llorar.

—Y tú no tienes leche todavía; así que el crío deberá arreglárselas como pueda. Vámonos ya —con la excitación del parto y ahora la de la batalla, Tattie se había desecho, por fin, de la inercia que la había mantenido postrada durante el invierno, originada, en parte, por su enfermedad y por el horror de la muerte de su hija. Ahora, de repente, había vuelto a ser la antigua Tatiana Dimitrievna, enérgica y dominante. Se diría que en Natasha había descubierto una nueva hija y que, por su intermedio, había conseguido a su primer sobrino nieto.

Encabezó el traslado, seguida por John y Natasha. Hacia la izquierda y hacia la derecha, se veían otras de las jóvenes que también corrían, llamándose las unas a las otras, mientras que hacia atrás se escuchaba el repiqueteo de los rifles y el de las armas automáticas, para señalar que Anna o Paldinsky habían establecido contacto con los alemanes en marcha.

—¡Síganme! —gritó John a las mujeres. Estaba aconteciendo lo mismo que el año pasado, sólo que ahora sumaban más de cien y todos ellos tenían armas; pero continuaban huyendo para alejarse de la amenaza. Se le ocurrió pensar que seguiría huyendo por el resto de su vida.

Una ráfaga repentina lo tomó por sorpresa y lo dejó aplastado contra el suelo, atontado por el horror de lo que podía haber sucedido. Sólo podía ver hacia adelante de él: Lena Vassilievna, quien también estaba embarazada, yacía de espaldas, sin cabeza, la cual le habían arrancado las balas de la ametralladora; otras de las muchachas estaban dispersas entre la maleza, con los brazos y las piernas en posiciones disparatadas, representando el siniestro ballet de la muerte.

—¡Al suelo! —gritaba John, ya con el rifle en las manos y devolviendo el fuego, pero sin saber dónde se ocultaban los alemanes emboscados. Natasha yacía pecho a tierra a su lado, con la respiración entrecortada, mirando de un lado al otro. A Tattie no se le veía por ningún lado.

—¡Mi bebé! —gemía y clamaba Natasha—. ¡Mi bebé!

Los disparos de la ametralladora se dispersaron entre los árboles, arrancando trozos de corteza y dejando muescas blancas en los troncos. De lejos, a su izquierda, alguien estaba gritando; se oyó otra andanada de las ametralladoras y los gritos parecieron multiplicar su intensidad. Observó que los matorrales que estaban frente a él se movían y también algunas figuras grises que empuñaban las bayonetas.

—¡Mi bebé! —sollozaba Natasha—. ¡Mi bebé!

John quedó acostado, totalmente inmóvil. Hacer fuego significaba la muerte; pero no hacerlo equivaldría a lo mismo. Vio a los alemanes corriendo y a otra de las chicas que surgió de pronto de entre la maleza a unos quince metros de distancia, miró a los alemanes, les arrojó su pistola descargada, se dio media vuelta para echarse a correr, tropezó y cayó de rodillas; entonces, vio la figura del alemán cargando con la bayoneta para clavársela; observó la cabeza de la joven que se echaba hacia atrás y después lanzaba un aullido de desesperación; la mujer cayó muerta hacia adelante y John contempló cómo el soldado alemán colocaba su pie sobre las nalgas de la muchacha, para apoyarse y sacar la bayoneta teñida en sangre, para clavarla de nuevo; también pudo ver al soldado alemán que giró sobre sí mismo y cayó a tierra emitiendo un ruido sordo. John se quedó mirando al cañón de su rifle, el que acababa de disparar, siguiendo el impulso instintivo de su ira.

Y, como si su disparo hubiese echado a andar algún mecanismo universal, todo el bosque a su alrededor ardió en llamas. Observó a muchos de los alemanes que caían y a otros que se retiraban corriendo. Se les atacaba por la derecha y por la izquierda y los enormes árboles parecían sacudidos por un enjambre de abejas que iban y venían. John cayó en la cuenta de que él cargaba el rifle y disparaba, para volver a cargar de nueva cuenta. Natasha estaba asida con fuerza a una de sus piernas y lloraba. Aparecieron frente a él un par de pies; alzó la cabeza y vio a Anna, jadeante, con el rostro ennegrecido por el humo y con el cabello tiznado flotando en mechones.

—Retirémonos —ordenó Anna—. ¡Vamos! Puede haber otro grupo en el flanco. ¡A los pantanos, camaradas, a los pantanos!

—¡Mi bebé! —clamó Natasha. ¡Mi bebé!

Anna miró interrogante a John.

—Lo tenía mi tía Tattie. ¡Tía Tattie! —vociferó con la garganta seca y la voz ronca. La idea de que una de aquellas bayonetas hubiese traspasando las carnes de Tatiana y también las de su hijo, lo estremeció de pies a cabeza—. ¡Tía Tattie!

Se agitaron las hojas de los arbustos y Tatiana Dimitrievna surgió entre ellas. Había desabotonado su blusa para dejar que el niño, al que llevaba apretado entre los brazos, pudiera por lo menos chupar la carne.

—¡Alex! —gritó Natasha y corrió hacia adelante.

Anna Ragosina le sonrió a John.

—Muy bien. Ahora tu hijo tiene un nombre. Nació en medio de la batalla y llegará muy lejos. Vámonos de prisa —tendió la mano para llevarlo consigo.

—Pero... Los alemanes...

—Continúan llegando, pero ya se detendrán. Proclamarán esta batalla como una victoria y así lo asegurarán en sus periódicos. Han matado a muchos de los nuestros; pero nosotros hemos matado a muchos más de los suyos. Y cuando se retiren para celebrar su triunfo, nosotros aún estaremos aquí, John Hayman. Estaremos aquí hasta que se hayan marchado para siempre.

CAPÍTULO XIII

—AHORA PUEDE ENTRAR, CAPITÁN HAYMAN —ANUNCIÓ EL ayudante.

George Hayman *junior* se puso de pie y apretó su gorra militar bajo el brazo. Entró con paso decidido a través de la puerta abierta y de inmediato se irguió en pose de atención. Había otros cuatro hombres en la habitación a dos de los cuales identificó en seguida: la cabeza calva del general Eisenhower, sentado frente al amplio escritorio y la cara arrugada de facciones afiladas del mariscal de campo británico Montgomery, de pie, detrás del general. Habían estado analizando un informe que estaba sobre el escritorio frente a Eisenhower; pero todos levantaron la cabeza para ver entrar a George.

—El capitán Hayman, del servicio de inteligencia del ejército, general —dijo el ayudante.

—¿Fue usted el compilador de este informe? —le preguntó Eisenhower a George.

—Sí, señor.

—¿Fundándose en los contactos con los agentes enemigos mencionados en él? —preguntó a su vez Montgomery.

—Sí, señor.

—Se le ve muy joven para encontrarse en esa posición.

—Ya tenía los contactos, señor —explicó George—. Los periódicos de mi padre tienen muchos corresponsales en Europa; los tenían, antes de la guerra. Varios de ellos aún están allá y ninguno es nazi. Así que a mí se me asignó la tarea de ponerme en contacto con ellos mediante los agentes internos y de correlacionar sus informes.

—¿Y cree usted en todo lo que se dice aquí?

George levantó la vista y miró fijamente al frente.

—Definitivamente, existe una conspiración contra el régimen de Hitler, general. Un complot contra el mismo Hitler.

—Pero los conspiradores quieren garantías en el sentido de que, después, tendremos tratos con Alemania como un enemigo honorable e incluso de que lleguemos a unirnos con ellos para combatir a los soviéticos —advirtió Eisenhower—. Es imposible que otorgue tales garantías aunque yo lo quiera. Quizá esa gente sepa que su única esperanza es deponer a Hitler. Eso no los exime de la gran culpa de haberlo respaldado durante los pasados once años.

—Sí, señor.

—De modo que este informe no tiene sentido. No puedo hacer ni haré algún trato con ninguno de los oficiales de la Wehrmacht, a no ser para aceptar su rendición incondicional.

—Sí, señor. Yo creo que ya lo saben, señor.

Eisenhower frunció el ceño.

—Explíquese.

—Evidentemente, ellos querrían cerrar un trato así, señor, pero saben muy bien que no podrán realizarlo jamás. Creo que el complot proseguirá; pero requiere de algo positivo por parte de los Aliados para estallar. Los conspiradores tendrían que presentar al pueblo una situación concreta y desesperada en la que la guerra aparezca como perdida sin remedio y en la que sólo un gobierno antinazi podría tener la esperanza de concertar una paz honorable. Hasta el momento, no se ha presentado una situación semejante.

—¿No considera que la situación en Stalingrado sea lo suficientemente desesperada para Alemania? —preguntó Montgomery— ¿O la de Italia?

—Aparentemente, no, señor. Italia está más allá de los Alpes y Rusia está al otro lado de Ucrania. El baluarte de los nazis, limitado por los pantanos del Pripet, los Cárpatos, los Alpes, los Pirineos y el Atlántico aún permanece inviolable y el pueblo alemán cree que ese baluarte es todavía lo suficientemente poderoso como para ser invadido. Cuando se establezca el Segundo Frente, señor... —hizo una pausa.

—Usted estima que un desembarco en Francia podría apretar el gatillo para que estalle la conspiración, ¿no es así, capitán? —propuso Eisenhower.

—Sí, señor. Así lo creo.

Eisenhower afirmó con la cabeza y lanzó una mirada de reojo al calendario que estaba sobre su escritorio. La fecha era el 3 de mayo de 1944.

—Muy bien, capitán —dijo—. Esperemos que esté en lo cierto, cuando llegue el momento. Que tenga buenos días y muchas gracias.

El teléfono repiqueteó y Paul von Hassell alzó la bocina.

—El príncipe Borodin desea hablarle, coronel Von Hassell, desde Brandenburgo —informó la voz de la joven.

Hacía más de un año que el príncipe había partido de Berlín, alegando que sería más sencillo y menos riesgoso manejar la conspiración desde un punto ubicado a unos cincuenta kilómetros de la ciudad. Al parecer, a nadie le había preocupado la ausencia de Peter. En apariencia, los nazis estaban decididos a pasar por alto la existencia de su problemático protegido, a no ser, según pensaba Paul a menudo, que le estuvieran soltando la cuerda hasta tener la suficiente para ahorcarlo. A él y a sus cómplices.

—¿Sí? —dijo en el teléfono intentando recordar las numerosas palabras y frases en clave que, se suponía, él debía saber de memoria. Cosas de niños de escuela. Y con la misma irrealidad de los juegos con que se entretenían los estudiantes de la escuela.

—Buenos días, Paul —saludó Peter Borodin—. Y por cierto que muy buenos, si se considera lo que sucedió ayer.

Paul se sentó muy derecho en su silla. Peter acababa de informarle que estuviera preparado, aunque no era la primera vez que se lo decía.

—Sí —respondió.

—Porque —prosiguió diciendo Peter por el teléfono—, ya he ajustado cuentas, por fin, con aquella rata que andaba en el baño. Me supongo que te alegrará saber la noticia, sobre todo si se consideran las molestias que la rata te ocasionó en muchas ocasiones.

Paul apartó la bocina de su oreja y se le quedó viendo y advirtió que su secretaria lo miraba extrañada. ¡Eso era increíble! ¡Después de tanto tiempo!

—¿Cómo puedes estar seguro? —preguntó, esforzándose por conservar su voz firme y tranquila.

—Hice que Stauffenberg me ayudara —explicó Peter—. Estaba ansioso por hacer el intento. Yo ya estoy muy viejo para andar a gatas cazando roedores. Pero Stauffenberg lo hizo todo y él me garantizó que la bestia ha muerto.

—¿Cuándo fue? —preguntó Paul.

—Hace cuatro horas más o menos. Comprendes...

—¿Cuatro horas? —gritó Paul.

—Sí. Tuve algunos problemas para comunicarme y, por supuesto, tuve que esperar a que Stauffenberg pudiera decirme que estaba seguro. Bueno, no quiero detenerte por más tiempo. Ya sé que tienes mucho que hacer y, mientras más pronto lo hagas, mejor. ¿No te parece? Llámame aquí dentro de tres horas para decirme cómo estás. Adiós, Paul.

El teléfono quedó mudo y Paul, muy despacio, colocó la bocina en su lugar. Al principio, su cerebro permaneció en blanco. No tenía esperanzas de que ocurriera lo que le habían anunciado. Habían transcurrido ya dos años. Dos años para formar, muy despacio, el grupo que debía administrar el golpe cuando aconteciera. Esta labor había demandado mucho más tiempo del que todos habían estimado y, cuando estuvo completa, sólo parecía algo más que un juego. Por fin, habían conseguido el apoyo del mariscal de campo Beck quien, antes de haber sido destituido por Hitler, a principios de la guerra, fue el primer comandante de la Wehrmacht y ahora era, además de Hitler, un hombre al que los soldados alemanes obedecerían sin reservas. Por intermedio de Beck, se las habían ingeniado para acercarse a varios oficiales de alto rango y todo había caminado con notable éxito; no obstante, los requisitos siempre habían sido los mismos. Ningún soldado emprendería la acción en tanto Hitler viviera y el asesinato de éste se convertía por momentos en un asunto cada vez más difícil, ya que el Führer, respondiendo a la situación militar, que empeoraba a cada instante, pasaba la mayor parte del tiempo en sus cuarteles de Prusia oriental, en Rastenburg, rodeado sólo por los colaboradores más fieles.

Eso había sido otro ingrediente de la larga y lenta caminata hacia un complot factible: los desastres que habían aquejado a la Wehrmacht desde los primeros días del verano de 1942. A partir de entonces, se produjo la batalla de El Alamein, el desembarco de los estadounidenses en el norte de África, la catastrófica invasión de Italia y, dominándolo, la tragedia de Paulus y de su sexto ejército en Stalingrado, desde donde había arrancado el contraataque, irresistible al parecer, del Ejército Rojo, que ahora arrollaba todo lo que intentaba oponerse a él.

A continuación, se produjo el golpe final: dos semanas antes, los estadounidenses y los británicos habían desembarcado en las costas de Normandía. Hasta ahora, habían sido contenidos. Aún era posible que la invasión fuera rechazada de nuevo al mar. Pero el hecho de que los Aliados hubiesen podido desembarcar una cantidad tan grande de hombres y de equipo bélico, implicaba que la derrota militar de Alemania estaba a la vista. Si los arrojaban de allí, no tardarían en desembarcar en otro lugar. ¿Cómo podría la Wehrmacht combatir en tres frentes al mismo tiempo y mantener sujetos a los pueblos de un continente entero?

Ciertamente, no podría hacerlo, en tanto que los regimientos más poderosos, como el que estaba a su cargo, un millar de los mejores combatientes de Europa, se encontraban acuartelados en varios lugares, como Praga. Tal vez fuera necesario. Los checos se mostraban tan recalcitrantes como los rusos y, pese a que Paul rehusaba tener algo que ver con los interrogatorios y las ejecuciones, sí estaba forzado a firmar las órdenes necesarias. Después de todo, no estaba tan lejos del detestado Von Bledow.

Sin duda, tener a su cargo un regimiento como el de Praga era parte esencial de la conspiración. Con la ayuda de los más altos oficiales leales,

Peter Borodin, Beck y Stauffenberg y los otros conspiradores más destacados, habían trabajado arduamente para que toda ciudad importante y toda municipalidad estuviera controlada por las tropas que estaban involucradas en el complot junto con ellos. Sin embargo, Paul ni siquiera había tenido que solicitar el puesto: se le había asignado, quizá porque aún se le consideraba poco digno de confianza. Era necesario que diera muestras de que podía gobernar una población cautiva, antes de que volvieran a enviarlo a Rusia; no obstante, su regimiento habría sido más útil en Normandía.

Los últimos meses habían sido de profundas dudas. Incluso en aquel instante, estaba confuso. El nazismo había sido un fatal error, por su parte y por el de toda la nación; eso ya no podía dudarse. Tampoco ponía en duda que los hombres que habían ejecutado a Svetlana Nej y a muchos otros como ella y que habían enviado a cientos y miles a los campos de concentración merecían la horca. De igual forma, era indudable que Hitler debía ser ejecutado, pues era el origen de tanta miseria. Pero, por desgracia, todos los intentos que se habían hecho habían fracasado, tanto por los defectos de los artefactos explosivos como por la falta de valor de los conspiradores y, mientras tanto, la situación de Alemania se había deteriorado y las dudas iban en aumento. Peter Borodin sostenía que no iban a rendirse y que la Wehrmacht estaría lista para reanudar sus marchas triunfales si los Aliados se negaban a entablar negociaciones. Pero, en aquellos momentos, esas palabras sonaban huecas. Intentando apresurar las cosas, Paul se ofreció él mismo como voluntario para ser el asesino, pero había sido rechazado: su rango no era lo suficientemente alto como para tener acceso al Fürer. Había que convencer a algún oficial del Estado Mayor, aunque implicara más tiempo. Peter en muchas ocasiones comentaba que el fracaso en los negocios de esta naturaleza se debe a la impaciencia.

Paul había llegado a sospechar que todos los conspiradores se mantenían en el terreno de la teoría y que no eran más que un grupo de hombres y mujeres que se reunían para vociferar en torno de una mesa de café, sin la menor disposición para correr algún riesgo. Mientras tanto, él podía sentir con todo su ser cómo poco a poco todo se iba a la nada, hasta que apareció Stauffenberg. "Stauffenberg —había comentado Peter— es el hombre indicado. Es un sujeto que desconoce el miedo; es un individuo decidido y es un oficial de alto rango."

De hecho, podía depositarse la mayor confianza en Stauffenberg. Su valor y su decisión eran legendarios. Pero, ¿podría un hombre que había sido gravemente herido por el estallido de una mina en el Norte de África, donde perdió un ojo, un brazo y dos dedos de su otra mano, ser capaz de cometer un asesinato?

Al parecer, sí había sido capaz. Y Paul von Hassell continuaba sentado en su escritorio, pensando en todo esto, cuando había tanto que hacer. La Wehrmacht aún era una fuerza formidable, una fuerza con la que los Aliados estarían dispuestos a concertar la paz al deshacerse de su demoniaco líder.

Se puso de pie de un salto.

—Acabo de recibir reportes —expresó a su secretaria—, en el sentido de que los guerrilleros checos están a punto de lanzar un golpe para apoderarse de Praga con la ayuda de los traidores de las fuerzas que están a nuestro mando. Comuníqueme con el capitán Roedeler y transmita las órdenes de que el batallón esté listo para moverse en quince minutos. Tendremos que ocupar la estación de radio y los cuarteles generales; debemos poner la ciudad bajo la ley marcial y esperar nuevas órdenes. De prisa, *fräulein*. El destino de Alemania está en nuestras manos.

Mientras el general Schmitt miraba fijamente el cañón de la pistola Luger de Paul, sacaba muy despacio su propia pistola de la funda y la dejaba sobre el escritorio, frente a él.

—A ti —dijo con tono indiferente—, te van a enviar a la horca, Hassell. En mi opinión, te has vuelto loco.

—Aún tengo esperanzas de que usted, general, demuestre poseer algo de sentido común y se sume a nosotros —respondió Paul—. La ciudad entera está en manos de mis hombres.

—¿Y supones que seguirán siendo tus hombres en cuanto se enteren de lo que estás haciendo? —el general se reclinó sobre el respaldo de su sillón giratorio, volvió un poco la cabeza para ver por la ventana y dejó caer descuidadamente su mano hacia un lado de su escritorio.

—Si trata de oprimir alguno de esos botones, general —le advirtió Paul—, me veré forzado a matarlo, lo mismo que a los que crucen por esa puerta para responder a su llamado. Mis hombres también están en control de este edificio. Pero, general, ¿por qué no me hace el favor de llamar por teléfono a Berlín? Hable con Beck, el mariscal de campo.

El general Schmitt frunció el ceño.

—¿El mariscal de campo Beck? Está retirado.

—Ha vuelto de su retiro para encabezar el gobierno y ponerse al frente de la Wehrmacht, ahora que el Führer ha muerto.

Schmitt se le quedó mirando por largo rato con la boca abierta; después, alzó la bocina del teléfono.

—Y, por favor, recuerde, *herr* general —le advirtió Paul sentándose en el borde del escritorio—, no admitiré trucos.

Schmitt continuó observándolo con detenimiento, dio las instrucciones necesarias por el teléfono y esperó, tamborileando con los dedos el escritorio.

—Si el Führer está muerto —dijo al cabo de un momento como si hablara consigo mismo—, entonces, es posible que toda la situación deba revisarse.

Paul empezó a respirar con más tranquilidad. Si lograra la adhesión de Schmitt para su bando, con todas las divisiones alemanas en Checoslovaquia bajo su mando inmediato...

—Sí —contestó Schmitt por el teléfono—. ¿Es el mariscal de campo? —escuchó por un instante y una expresión grave se dibujó sobre su rostro. A continuación dijo—: No lo entiendo. ¿Está arrestado?

Paul se puso de pie, sintiendo que el estómago se le encogía. Schmitt lo miraba fijamente, pero continuaba hablando en el teléfono.

—Se me ha dado a entender, *herr* general —explicó con cautela—, que hubo un atentado contra la vida del Führer y que el mariscal de campo Beck fue llamado a hacerse cargo... ¿No es verdad? —de nuevo escuchó un momento—. ¿El Führer está vivo? ¿Usted mismo habló con él por teléfono? —lanzó una mirada a Paul—. ¿*Herr* Goebbels ha tomado el mando? Ya comprendo. Y el mariscal de campo está detenido. ¿Lo van a fusilar? Sí. Ya entiendo. Los otros... Stauffenberg... ¿Para fusilarlo también? Ya veo... No, aquí no hay ninguna contrariedad, se lo aseguro. Tomaré las medidas necesarias. Quizá fusilar a uno o dos aquí también, por supuesto... ¿Carta blanca? Muchas gracias, general. Puede contar conmigo.

Colgó el teléfono tan despacio como lo había descolgado.

—Está usted fingiendo —dijo Paul con voz ahogada, pero sabía que había dicho la verdad. Era imposible que Schmitt supiera el nombre de Stauffenberg entre los de los conspiradores, si no se lo hubiesen comunicado por el teléfono.

Schmitt se encogió de hombros.

—Llama tú mismo por teléfono, pero yo te aconsejaría que guardaras tu pistola en la funda. Por supuesto que ahora podrías disparar contra mí, Hassell; aunque te arrestarían y te entregarían a la Gestapo, y no creo que tengan mucha prisa por matarte, coronel. A pesar de eso, te haré una propuesta. Te conozco desde hace muchos años e incluso hubo una época en la que te tuve afecto, voy a salir de esta habitación; tú tienes tu revólver. Volveré dentro de quince minutos. Tienes mi palabra de oficial y de caballero —hizo retroceder su sillón y se puso de pie—. Debes creerme; eso es lo mejor que puedes hacer.

Paul lo miró por un segundo; después, se inclinó hacia adelante y, doblando el brazo, asestó un fuerte golpe a su superior, a un lado de la cabeza con la culata de la pistola. Schmitt, tomado por sorpresa, cayó sin emitir ningún sonido; Paul tuvo tiempo de sostenerlo y acomodarlo sobre el sillón antes de que cayera al piso. Luego, con rápidos movimientos, le quitó al general las botas, la corbata y los calcetines; utilizó todos los cordones para atarlo, sujetarlo al sillón y amordazarlo con los calcetines. Paul había entrado en acción y prosiguió febrilmente en ella, pese a que sentía el estómago cada vez más pesado. Con toda seguridad, Peter Borodin le había dado la información precisa. Por alguna razón desconocida, las cosas habían resultado mal en Berlín y tanto Beck como Stauffenberg estaban detenidos y serían fusilados. Pero si las cosas habían salido mal en Berlín, incluso si Hitler estaba muerto, de cualquier forma, el juego había terminado: con Goebbels en el mando, las cosas podrían resultar peores que si las manejara Hitler.

Cayó en la cuenta de que estaba respirando con dificultad. Quería huir. ¿Hacia dónde? Seguramente estaba sepultado en el centro de la Europa ocupada por los alemanes. Además, éstos iban a cerrar las fronteras con Suiza, que era la única región a donde podría pensar en escapar.

Se mordió los labios. ¡Peter Borodin! Peter era el eje de la conspiración. Él debía saber lo que había salido mal y también qué era lo que procedía ahora.

Levantó la bocina del teléfono y pidió el número. La telefonista repuso de inmediato:

—Brandenburgo acaba de ser bombardeada, coronel. Las líneas quedaron cortadas; pero hay una llamada de Berlín para el general Schmitt.

—No —contestó Paul—, el general Schmitt no recibirá llamadas; solicitó que no lo molesten hasta nuevo aviso —colgó la bocina. ¡Qué mala suerte! Sin embargo, Peter Borodin era la última esperanza de los conspiradores para salvar algo de la catástrofe. Por supuesto, no podía permanecer allí, esperando que fueran a detenerlo.

No había más de cuatrocientos kilómetros de Praga a Brandenburgo.

Lanzó el automóvil a toda velocidad por la autopista. Como llevaba el uniforme y conducía un vehículo militar, casi todo el tránsito le cedía el paso.

Pero, ¿qué era lo que estaba haciendo? Estaba huyendo. La idea le vino de golpe a la cabeza. Jamás había dudado de su valor personal; no obstante, estaba escapando de nuevo, así como lo había hecho de los guerrilleros y, así como había huido, había permitido que lo alejaran de Svetlana.

Un soldado que comprende de pronto que ha actuado como un cobarde, experimenta un terrible choque. Disminuyó la velocidad de su auto durante un instante; pero ya no tenía caso lanzarse a morir como un héroe. Ya para entonces, el mayor Helsingen, a quien había dejado al mando en Praga, habría entrado a la oficina del general, aunque no fuera más que por curiosidad. Así que el puesto de Praga estaba perdido, pues Helsingen no estaba inmiscuido en el complot y sólo obedecía órdenes. Sin duda, lo mismo sucedería en toda Alemania, en toda Europa. Sólo en Berlín podía rectificarse la situación y sólo Peter Borodin sabría cómo rectificarla, ya que únicamente él tenía la lista completa de los conspiradores y sabía con exactitud a quién debía llamar. Corrían rumores de que Rommel e incluso Model estaban implicados. Y el propio Rundstedt. Si alguno de ellos o los tres enfrentaran a Hitler, la causa todavía podría salvarse.

Pero no había tiempo. El tiempo estaba marcado en el tablero de su Mercedes; cada tick acercaba más el instante de la muerte para él y para cualquiera de sus cómplices. A él le quedaba la alternativa del suicidio; su pistola estaba todavía en la funda de su cinturón. Sin embargo, eso lo dejaría como último recurso, hasta después de haber hablado con Peter Borodin, hasta que sus captores aparecieran frente a él con sus armas en la mano. De pronto, se sintió impulsado por una enorme exitación en parte causada por la velocidad del coche y en parte por el hecho de pensar que aún podía escapar si actuaba con determinación. Pese a ello, se recordaba constantemente que no le quedaba otra alternativa más que la muerte.

Se metió por las calles devastadas de Brandenburgo, en el calor de la tarde de junio. Los carros de los bomberos aullaban, acompañados por las sirenas de la policía. Muchas casas ardían y los civiles auxiliaban a los guardias y a los bomberos para remover escombros. Otros formaban grupos de gente asustada, con los nervios destrozados por aquella hecatombe que habían descargado sobre ellas las fortalezas voladoras estadounidenses. Todos abrían paso instintivamente al coronel de la ss.

Él apenas observaba todo aquello: tenía una vaga sensación de hambre y recordó que no había almorzado. Detuvo el coche en una calle lateral, esperando ver aparecer a los de la Gestapo detrás de cada arbusto. Pero la avenida estaba desierta y no había sufrido daños por el bombardeo. Subió a zancadas abarcando cuatros escalones a la vez y llamó a golpes en la puerta.

—¿Quién es?

¡Gracias a Dios que lo encontraba!, pensó Paul.

—Paul von Hassell.

—¿Paul? ¿Vienes solo?

—Sí. ¡Apúrate por el amor de Dios, príncipe Peter!

La puerta se abrió y Peter se le quedó mirando. Por la expresión de su rostro, era obvio que ya sabía lo que había ocurrido; sin embargo, no parecía especialmente asustado.

—¿Por qué no estás en Praga?

—¿No lo comprendes? —replicó Paul—. Goebbels está a cargo en Berlín. ¿Qué fue lo que salió mal, en el nombre de Dios?

—No podrías creerlo. Esos tontos fracasaron en su intento de tomar la estación de radio; se pusieron a discutir. Hitler todavía está vivo.

—¿Cómo es posible eso? Si Stauffenberg colocó la bomba en el salón de conferencias...

—No tengo la menor idea de lo que sucedió —reconoció Peter—. Algunas veces pienso que ese hombre está protegido por un genio del mal, por algún demonio —se dirigió al fondo de la habitación y atizó la chimenea donde ardía un gran fuego, cosa rara en aquella cálida tarde de junio.

—¿Qué vas a hacer? —inquirió Paul cerrando la puerta.

—¿Hacer? —repitió Peter desde la chimenea donde seguía atizando—. No hay nada que pueda hacerse. Lo lamento mucho por Stauffenberg y por Beck y los otros que están en Berlín. Sólo podemos esperar que mantengan cerrada la boca.

—¿Y no piensas hacer nada?

Peter volvió la cabeza para mirarlo.

—¿Qué puedo hacer?, sólo empezar de nuevo, si se me permite.

—¿Piensas permanecer aquí sentado esperando a que vengan los de la Gestapo a detenerte y después a torturarte?

—Apuraré el veneno antes de que me detengan —dijo Peter—. Pero aún hay esperanzas, si no hay denuncias...

—¡Por el amor de Dios —clamó Paul—, por supuesto que habrá denuncias! La Gestapo los dejará reducidos a un estado tal que ya ni sabrán lo que están diciendo. ¿Y qué será de la gente como yo? A estas horas, el general Schmitt ya debe haberme mandado arrestar.

—En ese caso, procura escapar cuanto antes —sugirió Peter.

—¿Y tú no vendrás conmigo?

—¿Quieres decir huir otra vez?

—¡Vamos, príncipe Peter! —le recordó Paul—. Ya huiste de los bolcheviques en 1918 porque no te quedaba más remedio. Así conservaste la vida para luchar más adelante. Escucha lo que voy a decirte: abajo tengo un automóvil; todavía nos quedan unas horas. Llevo mi uniforme y varios pases. Ya tengo ideada la manera: si llegamos a Warnemünde, cerca de Rostock, esta misma noche antes de que zarpe la flotilla de pescadores, podríamos escapar, pues hay un viejo amigo mío, un marino llamado Jürgen. Cuando era niño, navegué muchas veces con él. Estoy convencido de que nos ayudará. Está casado con una sueca y nos conducirá a la costa de Suecia.

—¿A través del Báltico? Es absurdo.

—Es una posibilidad —insistió Paul—. Es la única alternativa que nos queda. Si atacan la lancha y nos hunden, moriremos ahogados. Es mejor eso a que nos metan los electrodos en el ano —dio unos pasos hacia la puerta—. De cualquier modo, yo haré el intento.

Peter titubeaba, torció la boca y después dijo:

—Tienes un coche y vas a Rostock. Pasarás junto a Ravensbrück y allí...

Paul lo miró severamente.

—Ésa es una locura. Cada momento es vital y, además...

—Tú tienes varios pases militares... Tanto tú, Paul von Hassell, como yo, el príncipe de Starogan, somos perseguidos. El último lugar a donde podrían ir a buscarnos es en un campo de concentración —cruzó la habitación y tomó a Paul por el brazo—. Vamos a morir y tú lo sabes, Paul. No hay modo de sobrevivir a todo esto.

—¿Y tú quieres llevar contigo a esa mujer judía? ¿Quieres llevarla al infierno?

—¿A Judith? Claro. Me llevaré a Judith conmigo; pero a quien quiero rescatar es a mi hija. También Ruth está en Ravensbrück.

Paul lo miró sorprendido.

—¿Tú hija? Pero...

—Desapareció hace cinco años; es una historia larga. Los nazis se la llevaron a Ravensbrück desde hace tres. Le raparon la cabeza, ¿puedes creerlo? Paul, es necesario que hagamos el intento de rescatarla. Si es allí donde nos matan, será lo mismo que morir ahogados en el Báltico. Debemos intentarlo.

Ahora fue Paul quien vaciló.

—Y también Judith —insistió Peter—. Yo la traté muy mal, Paul. Le di un trato infame, que no merecía.

Paul suspiró.

—Y tú asumes que ellas prefieren que las maten...

—¿Qué seguir viviendo en Ravensbrück? —le completó Peter—. ¡Por supuesto! Creo que preferirían estar muertas, junto conmigo. Llévame a Ravensbrück, Paul, y después te ayudaré a llegar a Warnemünde.

Con un rechinido de los frenos, el automóvil se detuvo. El guardia saludó y a continuación verificó el pase. Parecía tardarse una eternidad y Paul no tenía nada que hacer más que recostarse en el asiento y contemplar el edificio de las barracas y el signo sobre la reja. Jamás había estado dentro de un campo de concentración. Evidentemente, aquello era una prisión; así lo revelaban las alambradas y las torrecillas de vigilancia con sus guardias y las ametralladoras mostrando sus cañones. También, lo manifestaba el olor a desinfectante que flotaba pesadamente en el aire de la tarde de verano.

El guardia devolvió el pase e hizo el saludo reglamentario.

—La casa de la comandante es la que se halla a la derecha, señor. Paul le sonrió.

—¿No tienen internos?

—Ellos están trabajando, señor —le contestó el guardia muy serio.

—Por supuesto —repuso Paul avanzando suavemente hacia adelante. Era necesario demostrar absoluta confianza al conducir, al hablar y al sonreír, olvidar por completo que esperaba que lo detuvieran en cualquier instante y olvidarse de pensar en lo que el príncipe Peter podría estar haciendo en aquellos momentos en la vecina aldea donde lo había dejado para esperarlo. Ellos habían decidido que, puesto que Peter había visto antes a Ruth en el campo de concentración, era posible que lo identificaran y, por lo tanto, sólo Paul era quien debía intentar la escapatoria. El príncipe Peter ignoraba que estaba poniendo su vida y la de su hija en manos de un cobarde. Pero, ¿el príncipe Peter podría jugarle una mala pasada? El cerebro de Paul parecía un torbellino de ideas. No abandonaría a su hija y, además, sin el auto, estaba perdido.

El automóvil se detuvo frente al edificio de la derecha, de cuyo portón colgaba, decaída, la bandera roja con la suástica. En aquel momento, pudo distinguir un ruido lejano, como el de un millar de palomas que se arrullaban y recordó que, en alguna ocasión, muchos años atrás, había entrado en una escuela para mujeres. Éste también era un mundo de mujeres. Dos de ellas, en uniforme, bajaron la escalera de la entrada, le abrieron la portezuela y se mantuvieron firmes.

—¿La comandante? —preguntó Paul.

—Está en su oficina, señor. ¿Espera su visita?

—No; pero es urgente que la vea.

La mujer hizo un signo afirmativo, subió por delante y llamó con los nudillos sobre una puerta interior. Las otras secretarias y mecanógrafas levantaron la cabeza para observarlo.

—¿Sí? —la comandante era una mujer alta y rubia que antaño debió de ser muy hermosa, pensó Paul. Ahora, su rostro estaba marcado por un gesto de perpetua arrogancia.

—Paul von Hassell —informó él.

Ella lo examinó brevemente, advirtió de inmediato su grado y lo saludó.

—Me han dicho que es algo urgente.

—Es urgente —repitió él—. En este campamento están recluidas dos mujeres: Judith Stein y Ruth Borodina.

—Sí; esas dos mujeres están aquí.

—Las dos deben acompañarme a Berlín.

La mirada de la mujer rubia acentuó su severidad.

—¿Me pide que deje en libertad a dos reclusas de este campamento, sin autoridad?

—Se trata de un asunto extremadamente urgente. Será mejor que sepa el verdadero motivo: hubo un atentado contra la vida del Führer, junto con un golpe de Estado en Berlín. No se preocupe: el intento fracasó y todo está bajo control; pero es un hecho que el príncipe Borodin de Starogan está muy involucrado en este golpe. Por ahora, el príncipe ha escapado; sin embargo, *herr* Goebbels quiere que estas dos mujeres, la hija del príncipe y su cuñada, sean llevadas de inmediato a Berlín para someterlas a interrogatorios.

—¿Para interrogarlas? —la comandante le dirigió una mirada que denotaba la confusión que privaba en su mente.

—Sí y en seguida —prosiguió explicando Paul—. Y tengo algo más que solicitarle, *fräulein*: como no puedo hacerme cargo de las dos mujeres yo solo —estudió por un instante su tono para que sonara lo más convincente posible—, me dieron instrucciones para pedirle que me acompañen dos de sus guardias.

—Bueno... Supongo que todo eso puede arreglarse —dijo la comandante con incertidumbre—. Pero todo el asunto es muy irregular.

—Además, le pediría que sus guardias vinieran armadas —añadió Paul— y ya ejercitadas para emplear sus armas. Estas reclusas podrían intentar algún acto desesperado.

—Sí —declaró la comandante—. Traigan a esas dos mujeres —ordenó a una de sus subordinadas—. Y tú, Helga, junto con Inge, podrán hacer un viaje a Berlín. Les caerá bien, ¿no? Vayan a empacar algunas cosas y no olviden sus armas.

—Dense prisa —señaló Paul—. Es vital.

La facilidad con que las cosas se desarrollaron lo dejó asombrado. Por supuesto que las verdaderas dificultades estaban por iniciar; aunque no pensaba que éstas provinieran de Helga o de Inge, puesto que ya había decidido lo que tenía que hacer con ellas. Era muy sencillo: debía recordar que las dos eran guardias de un campo de concentración que se pasaban el tiempo torturando a otras mujeres inocentes y que eran de la misma ralea que Ilsa, la secretaria del coronel Von Bledow quien, sin duda, había contemplado, sonriente, a Svetlana al morir en la tortura. Le preocupaban más las dos mujeres a las que estaba rescatando.

La que se llamaba Judith Stein estaba en el asiento posterior, entre las dos guardias. Paul pensaba que, como era la de mayor edad y con más experiencia, sabría controlarse cuando él matara a las dos guardias; no obstante, le había sido muy difícil tomar esa decisión, pues los ojos de la Stein aparecían tan apagados y carentes de vida como los ojos de la otra mujer, la más joven, la hija del príncipe. Por supuesto que ellas creían que las llevaban a la cámara de torturas de la Gestapo. Ni la Stein ni la otra parecían haber sufrido demasiado: las dos habían sido bien alimentadas, sin duda, y su aspecto estaba bien cuidado, a no ser por el cabello muy corto y el perpetuo olor a desinfectante. Pero, por supuesto, ahora sabía que las dos provenían del burdel del campamento y que allí habían vivido los tres últimos años. Después de eso, ninguna mujer podría tener otra mirada.

Por los reportes de las dos guardias y las observaciones de la comandante, Paul se había enterado de que los soldados clientes procuraban sobre todo a aquellas dos mujeres. Eso sí lo podía comprender: Judith Stein era aún una mujer notablemente hermosa y atractiva, con sus facciones bien delineadas y su cuerpo voluptuoso; en cuanto a la hija de Peter Borodin, resultaba una delicia verla, incluso con su cabello rapado. Sin embargo, Paul no se decidía a contemplarla, pues, al mirarla, ella le devolvía la mirada y se encontraba con los ojos profundos, dolorosos y sin vida.

A pesar de eso, las dos mujeres eran un problema para el príncipe Peter. Paul tenía la esperanza de que supieran comportarse cuando llegara el momento y éste tenía que llegar pronto, antes de entrar a la aldea, donde recogerían al príncipe Peter. En realidad, tenía que ser ahora mismo: ya estaban lejos del campo de concentración y no era posible que se escuchara la detonación de los disparos. Se salió del camino, se metió a la hierba del campo y aplicó los frenos.

—¿Qué ocurre? —preguntó Helga.

Paul giró sobre su asiento, levantando las rodillas, ya con la pistola desenfundada. Era muy simple: le bastaba pensar en Svetlana. Aunque no le resultaba tan sencillo como había esperado. Vaciló al toparse con los ojos asustados y sorprendidos de Helga; su titubeo duró menos de un segundo, sin duda, pero fue demasiado. Al oprimir el gatillo y ver la chaqueta de Helga teñida de rojo, echar su cabeza hacia adelante y dejar que todo su cuerpo se desplomara al piso del auto, sintió un tremendo golpe en su propio cuerpo, un golpe tan fuerte que lo arrojó a un lado; Paul cayó en la cuenta de que su fatal titubeo le había dado tiempo a la otra mujer, Inge, para sacar su arma y disparar.

Hizo un segundo disparo al aire, pues había caído contra la portezuela con tanta fuerza que ésta se abrió y él quedó tirado en el suelo. Se sintió paralizado e incapacitado para emplear su arma. Pero ya no se produjo otro disparo; hubo sólo una serie de gritos y gemidos. Abrió los ojos y vio a Judith Stein con la otra pistola Luger en la mano.

—¿Ella está...? —jadeó Paul.

—Está inconsciente —dijo Judith arrodillándose junto a él—. Y usted tiene una herida grave.

—Mátala... Debes matarla —susurró. Luego, suspiró. Le era muy difícil coordinar las palabras—. Su uniforme...

Judith lo estuvo observando durante varios segundos y después sacudió la cabeza.

—Véndale las heridas —dijo volviendo la cabeza para hablar con Ruth—. Usa la ropa de las mujeres.

Paul ya no pudo sostener en alto la cabeza: la dejó caer en el suelo y cerró los ojos. Sintió las manos que le tocaban los hombros, le abrían la chaqueta, le arrancaban a tirones la camisa. Volvió a abrir los ojos y se encontró con el rostro de la muchacha, Ruth Borodina, que no denotaba ninguna expresión.

Estaba trabajando activamente cubriéndole las heridas con trozos de caqui manchados de sangre. Oyó vagamente otro disparo y después vio aparecer a Judith por detrás del auto.

—¿La... matas... te?

—Un balazo en la cabeza —afirmó Judith—. Hay sangre, pero no en el uniforme. ¿Quieres que conduzca el coche?

Judith parecía capaz de leer sus pensamientos; no necesitaba hacer preguntas, sólo se había detenido para revisar el trabajo que estaba efectuando su sobrina.

—¿Tiene todavía la bala dentro?

Ruth Borodina negó con la cabeza. Paul se dijo que hasta el momento no la había oído hablar. Tal vez era muda.

Judith Stein desapareció de nuevo, aunque él no podía decir cuántos minutos, pues había perdido la noción del tiempo. Cuando reapareció, vestía el uniforme de Inge, excepto por la gorra; pero luego la vio inclinarse dentro del auto y tomar la gorra de Helga para ponérsela, antes de sacar a rastras el cuerpo y echarlo rodando a la cuneta.

Paul aspiró una bocanada de aire.

—Tendrás que conducir el coche hasta la aldea. De prisa. Allá espera el príncipe Peter.

—¿Peter? —exclamó Judith con voz ahogada. El gesto de su rostro cambió inmediatamente, pero él no pudo estudiar su expresión. Al cabo de una pausa, preguntó—: ¿Y tú?

—Espero que me lleves contigo.

—Sí; aunque sólo sea para que me des explicaciones —comentó ella sin sonreír. Entre las dos lo alzaron y lo colocaron en el asiento de adelante—. Tú tendrás que cambiarte de ropa, Ruth —advirtió Judith mirando a su sobrina—. Puedes cambiarte en el asiento de atrás, mientras yo conduzco. Debe de haber algo en los maletines de las guardias.

Ruth volvió a asentir con la cabeza y tomó los maletines.

Judith titubeó de nuevo; Ruth Borodina se subió al asiento de atrás sin decir nada. Paul se acomodó en el frente, intentando dominar su respiración, controlar las poderosas sacudidas que parecían partirle el cuerpo e impedir que el dolor le dejara la mente en estado de coma. Judith se subió detrás del volante y echó a andar el motor.

—Estás seriamente herido —le dijo.

—Conduce, *fräulein* Stein —murmuró—. ¡Vámonos, por el amor de Dios!

Al entrar de nuevo al camino, Paul miró por el retrovisor y vio los dos cuerpos tirados: uno era blanco bajo la decadente luz del sol; el otro, era una masa deforme de tela de caqui empapada en sangre. Pensó que, por lo menos, Svetlana había sido vengada.

—¡Mi Dios! —exclamó Peter Borodin al verlos—. ¿Está muerto?

—No lo creo —respondió fríamente Judith—. Voy a conducir yo si me dices adónde.

—Hay un pequeño puerto llamado Warnemünde. Está a la salida de la bahía de Rostock, a unos ochenta kilómetros al norte de aquí.

Se subió al automóvil y se acomodó en el asiento de atrás.

—¡Qué bueno que puedo verlas... Judith... Ruth...!

Judith lo observó por el espejo retrovisor cuando ponía su brazo sobre los hombros de Ruth para abrazarla. A Judith le parecía increíble. Le parecía mentira que estuviese sentada detrás del volante de aquel auto, avanzando despacio a través de las calles del pueblo, observada con mucha deferencia por los transeúntes civiles, como si fuera una mujer que volvía a casa del trabajo. Apresuró el paso. Incrementó la velocidad al llegar al camino abierto. Se resistía a creer que acababa de disparar un tiro a la cabeza de Inge. ¡Desde hacía tres años, cuando entró por primera vez a Ravensbrück, había soñado con hacer eso!

Así que allí estaba un sueño realizado. ¿O quizá sólo estaba soñando y pronto despertaría con una patada en las costillas?

—No quiere decir nada —se lamentó Peter—. ¿Por qué no habla? ¿Qué le ha sucedido, Judith? ¿Qué ocurrió con ella?

—Creo que está muy sorprendida —explicó Judith—. Las dos estamos sorprendidas. Este hombre...

—Es un amigo mío.

—¿Un oficial de la ss?

—Él y yo hemos estado trabajando junto con otros en un plan para derrocar al gobierno —expresó Peter.

—¿Derrocar al gobierno? Pero...

—La conspiración ha fracasado. Ahora nos persiguen; pero aún nos queda una posibilidad, si podemos llegar a Warnemünde. Hassell conoce allá a un barquero. Debemos despertarlo.

Judith aspiró con fuerza el aire. Entonces, ¿no era un sueño? Pero daba lo mismo. No tardarían mucho en atraparlos; aunque, por lo menos, llevaba una pistola en el cinturón. Podía morir con toda dignidad antes de que le infligieran más sufrimientos.

—¡Ruth! ¡Mi querida, mi adorada Ruth! —decía entre tanto Peter—. ¿Acaso dudabas de que yo iba a sacarte de allí algún día? ¿Jamás lo dudaste, verdad?

Por fin habló Ruth.

—No, papá —dijo—. Nunca lo dudé.

—Y no te trataron del todo mal, ¿eh? —comentó Peter con tono suplicante—. No se te ve muy maltratada y... ¿No fue tan malo, verdad?

—No papá —asintió Ruth de nuevo—. No fue tan malo...

—Trabajabas en el hospital, ¿no? ¿En la clínica? Allí te deben haber enseñado una profesión. Ahora eres enfermera, hija, tu madre fue enfermera durante la última guerra. También tu tía Judith.

—La clínica es el nombre que le dan al burdel del campo de concentración, papá —indicó entonces Ruth.

Judith suspiró largamente.

—¿El... el burdel? —preguntó Peter.

—Sí, papá. Estos últimos tres años los he pasado ejerciendo la profesión de prostituta.

—¡Como una...! —exclamó Peter con la voz ahogada. Judith ya no pudo seguir viéndolo en el espejo.

—Pero nosotras éramos las afortunadas, papá —expresó Ruth, como si estuviera tratando de convencer a un niño—. Nos daban bien de comer y sólo nos pegaban de cuando en cuando. Teníamos que estar regordetas y limpias para los soldados. Éramos las afortunadas.

"Es cierto", reflexionó Judith mirando a la cinta del camino frente a ella, mientras sentía que el corazón le latía en la garganta al ver pasar un escuadrón de tanques rugiendo lentamente en su camino hacia Berlín. Pero los comandantes del escuadrón sólo saludaron al oficial de la ss que parecía estar dormido en el asiento de adelante. "Éramos las afortunadas".

De pronto, cayó en la cuenta de que eso era verdad. En comparación con las demás, se les había dado bien de comer y era raro que se les golpeara. Sólo cuando Inge sufría dolor de cabeza por la borrachera del día anterior, se desquitaba con ellas. ¿Y qué era lo que les obligaba a hacer? Quedarse acostadas debajo de los hombres. Unos hombres que sólo podían tomar posesión de sus cuerpos, más no de sus mentes. De modo que, para ella, los hombres no tenían la más mínima importancia.

En cambio, Ruth era virgen y aulló de miedo, de dolor y de vergüenza la primera vez y fue tan grande el escándalo que atrajo a las guardias e incluso a la comandante quienes se apresuraron para contemplar la "divertida escena". Luego, se recuperó, poniendo de manifiesto un valor que Judith no había esperado encontrar en una chica tan frágil. En ocasiones, reía y conversaba como si estuviera muy contenta. "Por lo menos aquí veo a mucha gente —solía decir Ruth—. En Rusia no veía a nadie."

Sólo Judith se había creído capaz de comprender la terrible amargura que yacía detrás de la sonrisa y de la frágil alegría de Ruth. ¿Podría ser de otra forma? Los primeros recuerdos de Ruth se remontaban a los primeros años de la década de los veinte, cuando su padre y su madre rehusaban la insistencia de los Hayman para convertirse en los mimados de la sociedad de Nueva York y se habían sepultado en una pobreza tal que impulsó a Raquel al suicidio. Luego, padre e hija vagabundeaban por todos los rincones de Europa, donde el príncipe Peter buscaba apoyo para sus planes de luchar contra los bolcheviques. Por ese motivo, cuando estaba en Alemania, fue secuestrada por equivocación y después llevada al encierro solitario en la prisión de Lubianka durante dos años. De allí pasó al campo de concentración para permanecer tres años en un burdel. En todo ese tiempo, no pudo haber ni un instante de dicha; no pudo haber más que la espera del siguiente golpe. Sin duda, se imaginaba que aquella loca carrera finalizaría en un desastre más.

Pero Judith la había protegido para que sobreviviera. Era imposible que hubiese una existencia tan vacía de toda esperanza de amor y de placer para que terminara tan abruptamente. Judith miró con cuidado a través de la penumbra cada vez más densa que la rodeaba. Por lo tanto, ella misma tendría que sobrevivir también, aunque sólo fuera para enseñar a Ruth cómo ser feliz y estaba tan segura de esa decisión como no lo había estado en años.

—¡Oh, Ruth! —decía Peter de nueva cuenta estrechando a su hija entre sus brazos—. ¡Oh, mi querida Ruth!, ya saldremos de ésta, ya lo verás, y yo procuraré que seas feliz, te lo juro...

En ese instante, Von Hassell se agitó bruscamente en su asiento y alzó la cabeza.

—¿Dónde estamos? —preguntó con voz débil.

—Ya pasamos Rostock, coronel —le informó Judith—. Warnemünde está a cuatro kilómetros de aquí.

—Sigue derecho hasta los muelles —dijo y miró su reloj—. Quiera Dios que lleguemos a tiempo.

El automóvil se introdujo por las calles solitarias. Todo el pueblo parecía desierto, salvo en la sección de los muelles, donde la flota pesquera se disponía a hacerse a la mar, rugían los motores, se lanzaban las cuerdas y se dejaban oír las voces de los hombres intercambiando bromas y comentarios. Judith disminuyó la velocidad e hizo serpentear el coche entre las amas de casa y las amigas que habían acudido a despedir a sus hombres. Su corazón latía con fuerza, ése era el momento de verdadera crisis en el día, en sus vidas.

—Allá —dijo Paul señalando con su brazo sano—. Es el número uno, siete, dos. Todavía está allí, acércate.

Estaba junto al muelle. En la popa, un joven soltaba las cuerdas y su compañero, en la proa, estaba listo para arrojarlas, tan pronto como el capitán diera la voz de mando. El humo negro salía de la pequeña chimenea. Había otros dos hombres hacia la mitad, examinando las redes.

El auto se detuvo y Paul salió con dificultad por la portezuela y se mantuvo de pie.

—¡Hans! —gritó—. ¡Hans Jürgen!

En la ventanilla del timón apareció un rostro recio alumbrado de rojo por el resplandor de una pipa.

—¿*Herr* Von Hassell? ¡Pero si hace cuatro años que no nos veíamos!

—Cuatro largos años, Hans —dijo Paul—. Déjame subir a bordo, con mis amigos.

—Sostengan las amarras —ordenó Hans Jürgen—. ¡Adelante, *herr* Von Hassell! Pero sólo cinco minutos; los peces me esperan, ¿eh?

Paul se sostuvo en la barandilla de la pasarela y Judith ayudó a Ruth a subir. Algunos transeúntes se detuvieron para mirar con curiosidad. La chica, cubierta con las ropas mucho más holgadas de Inge y su cabello corto, ofrecía un aspecto raro. Se abrió la puerta de la cabina y todos se precipitaron dentro; Paul había subido ya los escalones hasta la caseta del timón. Dos marineros estaban frente a la puerta abierta de la cabina, observándolos.

—¡Suelten las amarras! —gritó una voz desde la caseta del timón—. ¡Cuidado con esos retenes!

Los dos marineros se apartaron de la puerta de la cabina.

—¡Ruth! —imploraba la voz de Peter—. ¡Mírame por lo menos y sonríe! Ya estamos a bordo. Estamos a salvo, vamos a escapar...

Ruth fijó sus ojos profundos y enigmáticos en Judith. No se atrevía a creer, pero ahora sí quería creer... Estar libre, haber escapado... Era algo demasiado insólito como para hacerle frente.

Judith se levantó y se acercó a la escalerilla de la caseta del timón para ayudar a Paul a bajar. Su cara estaba pálida como la de un muerto; se estremecía con fuerza y se tambaleaba al caminar. Probablemente había perdido más sangre durante los últimos minutos debido a sus movimientos.

Sin embargo, le sonrió a Judith.

—Hans y sus hombres nos ayudarán —le dijo.

Judith suspiró.

—Hallarán el automóvil, coronel. Enviarán sus aviones y sus barcos. No alcanzaremos las costas de Suecia hasta mañana.

—Las alcanzaremos —afirmó Paul—. Se pronostica una pesada niebla para esta noche. No nos encontrarán... —Le flaquearon las piernas y se dejó caer sobre una silla. Trató de sonreír de nuevo y, de pronto, cayó hacia adelante, golpeando la mesa con su cabeza.

El ruido del motor se intensificó mientras el barco adquiría velocidad. Ya estaban fuera de la bahía. Podía decirse que estaban libres. Su salvador estaba moribundo.

—Al fondo hay unos camastros —una mujer había entrado a la cabina. Se presentó a sí misma como *frau* Jürgen. Por encima de su cabeza, Judith podía ver el parpadeo de las luces de la aldea que se alejaban.

—Ayúdenme —ordenó la mujer—. Entre todos, bajaron a Paul por otra escalerilla hacia una pequeña habitación del fondo y lo acostaron sobre uno de los camastros. *Frau* Jürgen le quitó las botas, mientras Judith le apartaba los vendajes y examinaba la herida. Era verdaderamente horrible; había sangre por todos lados y no podía verse por dónde había entrado la bala. Sin duda, había perdido dos o tres costillas; pero, como había indicado Ruth, la bala había salido; sólo podía esperarse que no hubiese perforado algún órgano vital, como el pulmón o los riñones. El principal riesgo era la abundante pérdida de sangre. *Frau* Jürgen trajo agua caliente y algunos trapos y después nuevas vendas. Judith volvió a cubrir la herida de Paul y lo arropó con las cobijas; sin embargo, él continuaba temblando y sus dientes castañeaban.

—Le ha bajado mucho la temperatura —aseguró *frau* Jürgen—. Eso se debe al choque de la herida y a la pérdida de sangre. Esto no luce nada bien, *fräulein*. Es un viejo amigo nuestro y sería espantoso que muriera.

—También para nosotros sería terrible —admitió Judith—. Acaba de salvarnos la vida. ¿No habrá forma de calentarlo?

—Traeré más cobertores y una bebida caliente —comentó *frau* Jürgen—, quizá podremos despertarlo para que beba algo y para arroparlo bien...

Levantó la cabeza al ver que Ruth Borodina bajaba por la escalerilla.

—Yo lo calentaré —anunció—. Ya sé cómo debe hacerse. Déjenos solos y yo lo calentaré.

CAPÍTULO XIV

EL RUIDO ERA INTERMINABLE; ERA UN BUFIDO TREMENDO QUE abarcaba todo el sector oriental de la bóveda del cielo y continuaba creciendo sin cesar. A menudo, por las noches, los guerrilleros podían vislumbrar los resplandores rojos de los disparos iluminando las copas de los árboles. Ahora, apenas si podía distinguirse alguno que otro avión alemán surcando los cielos; todos eran transportes rusos, volando bajo sobre los bosques, arrojando paracaídas con armas y municiones, con alimentos y medicamentos. Además, transmitían órdenes. Ahora se les daba instrucciones precisas sobre el sitio donde debían atacar, en qué momento y cuáles eran los puentes que debían destruir para coincidir con el ataque desde el oriente, cuáles instalaciones ferroviarias deberían ser dañadas. En algunas ocasiones, aquellas órdenes sólo eran artimañas para distraer a los nazis en relación con algún movimiento del Ejército Rojo.

Las órdenes iban dirigidas al general Iván Nej. Eso, por extraño que parezca, no le importaba gran cosa a Anna Ragosina. Luego de haber vivido tanto tiempo escondida y a la sombra, se sentía contenta por seguir allí. Además, aquel tan mentado "Iván Nej", comandante de los guerrilleros, era, evidentemente, un títere, un personaje político de pacotilla, un advenedizo que había vuelto para combatir por su patria, por el comunismo soviético y por vincular al pueblo de Estados Unidos con el pueblo soviético.

John sospechaba que era el mismo Iván Nej el que estaba detrás de aquella propaganda, según se deducía de los boletines de noticias que los aviones dejaban caer. Por esos boletines, se enteraba también de que su propio padre, Michael Nej, estaba muy ocupado peleando en Leningrado y era satisfactorio saber que padre e hijo combatían con creciente éxito en favor de la misma meta.

Asimismo, el tío Peter había resurgido para tomar parte en la publicidad. Los periódicos no lo trataban muy bien. Ninguno de sus hechos, por heroicos que parecieran, podrían subsanar las ofensas de Peter Borodin, el príncipe de Starogan, un hombre que, además de su oposición de toda la vida al bolchevismo, había estado trabajando para los alemanes y que incluso había hecho el intento de formar un Ejército Blanco en Ucrania para luchar contra su propio pueblo. Por fin, en aquel "lobo con piel de cordero", de acuerdo con *Pravda*, había resucitado la auténtica sangre rusa, puesto que el tío Peter, por extraño que pareciera, había sido uno de los conspiradores en el increíble complot para acabar con la vida de Hitler, que había acontecido una semana antes y cuyos pormenores se estaban dando a conocer. Ahora, la Gestapo lo estaba buscando y, sin duda, los alemanes acabarían por ahorcarlo; pero por lo menos iba a morir como debía hacerlo un ruso.

¡Qué mundo tan enredado era aquél! John se recostó de espaldas para mirar los últimos aviones regresando a las líneas rusas. Sus hombres corrían entre los bosques, en busca de los preciados paracaídas y sus mujeres se hallaban muy atareadas cocinando y sin la preocupación de esconderse. Los alemanes, quienes habían fracasado en su intento de liquidar a los guerrilleros dos veranos antes, ya no hacían otra cosa más que contenerlos y, para eso, habían construido una red de fortines alrededor del bosque. ¡Como si los fortines pudieran detener a Anna Ragosina!

Y ahora, al cabo de tres años, aquella guerra de guerrillas estaba a punto de concluir para todos y lo más asombroso era que John Hayman no quería que finalizara. Se incorporó ligeramente, apoyándose en el codo, para observar al pequeño Alex, jugando entre las plantas. Tras haber proclamado a gritos su nombre entre el estruendo de los disparos, Natasha insistió en seguir usando el equivalente estadounidense para llamarlo. A pesar de que había otros niños en el campamento, Alex era un niño solitario. Ninguna de las chicas que estaban embarazadas había sobrevivido al ataque de los alemanes, así que todos los niños que había en el campamento eran varios meses menores que Alex. Pero éste era feliz, pues era el consentido de todo el grupo, lo mismo de los hombres que de las mujeres. Incluso Anna, de cuando en cuando, lo tomaba en brazos, lo besaba y daba volteretas con él, como si bailara, en especial cuando había bebido bastante vodka para celebrar un nuevo asalto.

Pero, ¿qué iba a ser de un niño que había nacido en medio de un bombardeo y que había oído, como primeros sonidos de este mundo, los gritos y los gemidos de los que morían, que jamás había visto el interior de una casa ni había dormido sobre una cama? Una infancia en esas condiciones debía dejar huellas en su subconsciente durante el resto de su vida.

Y allí estaba también su madre, quien ahora atravesaba el prado y venía a arrodillarse junto a su esposo para ofrecerle un cuenco de té humeante.

En ella estaba la belleza de siempre, la expresión de dominio, la seguridad propia y la felicidad radiante. Igual que los demás, Natasha se había convertido en una criatura de los bosques. Había momentos en que se lanzaba a bailar de manera espontánea, para regocijo de los guerrilleros. ¿Volvería Natasha Brusilova a adaptarse a las restricciones de la cocina y del salón de recibir, de los embotellamientos del tránsito, de las fiestas y las reuniones?

¿Y la tía Tattie? Tatiana Dimitrievna era magnífica. Era el general del campamento, tanto como Anna o él mismo eran los generales de la ofensiva. Su palabra era la ley dentro del bosque y no había nadie, ni siquiera Anna, que opinara de otro modo. Tatiana era el espíritu de los bosques; durante el verano, vagaba entre los árboles, vistiendo apenas un camisón desgarrado, suelto el cabello dorado, sin un solo mechón gris, hasta los muslos, con sus piernas poderosas luciendo espléndidas el tostado del sol y del viento. Sólo a veces, por las tardes, cuando se sentaba a solas para tararear alguna vieja canción, podía notarse la tragedia oscureciendo la profundidad de sus ojos. Una tragedia que era más que la muerte de Svetlana: era la destrucción total de su academia, de las encantadoras jóvenes que había educado y formado. De las treinta bailarinas que se apiñaban en torno suyo en aquella noche memorable del 22 de junio, tres años atrás, no quedaban más que cinco. Por lo tanto, Tattie había reemplazado el trabajo que aquéllas le daban, con ocupaciones y responsabilidades aún mayores, al hacerse cargo de las necesidades domésticas de varios cientos de personas. El término de la guerra significaría, también para Tattie, el fin de todas aquellas ocupaciones para su mente y la búsqueda de otras nuevas.

¿Y qué sería de John Hayman? ¿Podría volver a ser el director de la sección de deportes del periódico para relatar las hazañas de los demás y dejar de desempeñar el papel de héroe él mismo?

Se quedó observando a Anna Ragosina, quien venía caminando hacia ellos entre los árboles, muy de prisa, como de costumbre, con el rostro encendido por la excitación. Llevaba su aparato radiotransmisor; desde hacía algunas semanas, estaba en contacto con las avanzadas de las tropas rusas y, a juzgar por la expresión de su rostro, había recibido buenas noticias acerca de algún triunfo de los rusos. John la contemplaba con mucha atención, porque, para él, Anna continuaba siendo un misterio. Su personalidad malvada y violenta le había ocultado durante mucho tiempo su aspecto de ser humano, de un ser que sentía, deseaba y que también temía, como cualquier otro; de un ser que amaba o deseaba amar. No era posible dudar de que la atracción sexual era mutua. Pero ahora Anna había aceptado su lealtad; tal vez concediera mayor valor a su amistad, pues por fin habían llegado a ser amigos. A pesar de su barbarie en el combate, John pensaba que ahora Anna era más humana que nunca, gracias a él. ¿Qué podía significar el final de la guerra para ella? ¿Una coronela de la NKVD con Iván Nej como árbitro definitivo de su destino?

Al llegar, se arrodilló a su lado, junto con Natasha. Era increíble, pero las dos mujeres también habían llegado a ser amigas.

—¡Ya es el fin! —anunció con la voz entrecortada por la emoción—. ¡Ha llegado el fin!

John se sentó sobre el suelo.

—¿Qué quieres decir?

—Acaban de anunciármelo por la radio —declaró—. Nuestros ejércitos se han lanzado sobre Minsk. Exigen que los guerrilleros lancen una ofensiva al mismo tiempo, detrás de las líneas alemanas. Nuestra meta es Slutsk.

Para el amanecer, ya se ubicaban en sus puestos, luego de haber pasado la noche en el transporte de los hombres y el equipo, desde los pantanos a través del río y pasando los fortines alemanes. Ya entonces, estaban acostumbrados a efectuar esa peligrosa operación, aunque contaban con una cantidad considerable de equipo para moverse. Los días en que eran un puñado de hombres y mujeres, con rifles, algunas ametralladoras y explosivos habían desaparecido. Ahora, se contaban por cientos, hasta integrar un batallón irregular de infantería bien pertrechado con todas las armas necesarias, varias ametralladoras e incluso algunos de los letales morteros katyusha, que habían contribuido, más que nada, a desmoronar la moral de los alemanes en la guerra.

—Estamos a tiempo —susurró Anna, señalando—. Ya se están preparando para emprender la marcha.

Se acomodaron en el último de los macizos de árboles, a poco más de un centenar de metros de las casas abandonadas que establecían los límites de la población —saqueadas desde tiempo atrás para hacer leña— y observaron la actividad de los soldados, frente a ellos. El camino principal que salía de Slutsk exhibía una larga hilera de camiones cargados de pertrechos, con grupos de civiles que contemplaban asustados los preparativos de la evacuación, con las mujeres que clamaban a gritos para que se les cediera un lugar, sabedoras del sombrío destino que les aguardaba si se quedarán, acusadas de servir de rameras a los alemanes.

—Hay muchos que no son combatientes —observó John.

—Pero son más los alemanes —replicó Anna Ragosina—. Daré la orden de abrir fuego.

John se le quedó mirando, pero ella tenía razón. No había otra forma de sorprender a los alemanes si se quería obtener la victoria. Asintió con la cabeza y ella le dio vuelta al brazo izquierdo en el que empuñaba la linterna de mano. Detrás de ella, distribuidas en las pequeñas hondonadas del suelo, pecho a tierra, alrededor del poblado, esperaban las fuerzas de asalto; y aún más atrás, ocultos por el borde del banco del río, estaban los morteros junto con las ametralladoras pesadas para cubrir la retirada si fuera necesario. De repente, John se percató de que jamás había pensado como ahora, pues antes, siempre había aceptado la retirada como algo inevitable; pero, entonces, jamás había participado en un asalto abierto contra una población ni contra un batallón alemán completo. El círculo al fin se cerraba.

La linterna de Anna se encendió y los katyushas detonaron. El disparo sordo y seco podía haber resultado inaudible en el centro del poblado; pero la primera bomba ocasionó un gran estruendo al explotar entre los camiones estacionados con una seguridad letal lanzando al aire trozos del camión, piezas del motor y cuerpos descuartizados, incendiando los tanques de combustible y transmitiendo el fuego de inmediato a los camiones de ambos lados, mientras el resto de las bombas de los morteros estallaban alrededor. En un instante, el camino quedó transformado en un infierno incontenible de muerte.

John se puso de pie y levantó el brazo. Había llegado el momento. Corrió hacia adelante empuñando la ametralladora frente a él y sabiendo que Anna corría exactamente atrás, seguida por los demás guerrilleros. Durante varios segundos, mientras corría hacia las llamas que ya habían alcanzado a las casas detrás de los camiones, no vio ni oyó nada aparte del estruendo de los morteros que ya estaban cayendo dentro de la población misma y el rugido de las llamas. Después, al aproximarse más, pudo escuchar los gritos y los lamentos, interrumpidos por los disparos. Descargó una ráfaga de su ametralladora contra las llamas, corrió acurrucado a lo largo de la cuneta junto al camino, vio una brecha junto a un camión que no había explotado y se metió por ella, para quedar frente a tres alemanes que habían caído con la explosión inicial y, en aquel segundo, se estaban incorporando y extendiendo sus manos para tomar sus armas. Otra ráfaga de su ametralladora los derribó como una masa deforme de brazos y piernas dislocados. John saltó sobre los muertos y se enfrentó a un grupo de mujeres rusas que le imploraban de rodillas.

—¡Métanse a los sótanos! —les ordenó a gritos—. ¡Protéjanse!

Por ambos lados, oyó el repiqueteo de otras ametralladoras, ahogando los estampidos aislados y más pesados de los rifles alemanes. Sin duda, los defensores de Slutsk no esperaban un ataque y mucho menos aquél tan furioso. Las escaramuzas contra los asaltantes de los trenes y los de las columnas aisladas eran una cosa y otra muy diferente aquel asalto en gran escala.

John corrió calle arriba, pegado a los muros, hasta quedar frente a la plaza y se hincó con una rodilla en tierra, tanto para recuperar el aliento, como para estudiar la situación. Volvió la cabeza y miró a unos cincuenta de sus hombres detrás de él, los cuales habían seguido su ejemplo. No pudo ver a Anna por ningún lado.

Examinó la plaza. Frente al edificio del ayuntamiento, varios vehículos militares aguardaban en silencio, listos para ser cargados; la brisa del amanecer hacía volar esporádicamente alguna hoja de papel de las cajas que estaban junto a los automóviles. Todavía ondeaba la bandera con la suástica sobre el edificio. John estaba seguro de que éste estaba bien defendido desde adentro. Más adelante, dentro del poblado, se escuchaba un redoblado intercambio de disparos. Las bombas de los morteros habían cesado y parecía que los alemanes se estaban recuperando. Tomar el ayuntamiento era prioritario.

—Harán fuego con las armas cortas —ordenó—. Hay que acorralarlos —se mordió los labios. Un mortero o una ametralladora pesada arreglarían el asunto en un instante; pero no tenía tiempo de esperar a que trajeran alguno—. ¡Tú y tú! —mandó, señalando a dos hombres—. ¡Lanzaran sus granadas! ¡Síganme!

Aspiró una gran bocanada de aire, se incorporó y echó a correr alrededor de la esquina. En su entorno, sus hombres abrieron un fuego graneado que recibió respuesta desde el ayuntamiento. Ciertamente, los alemanes tenían por lo menos una ametralladora. Las balas destrozaban el pavimento y abrían surcos en la calle. John se arrojó boca abajo y empezó a rodar sobre sí mismo hasta detenerse junto a una barda de piedra donde había un bebedero para los caballos; el agua se levantaba en fuentes que le salpicaban el rostro, al ser alcanzada por las balas. Detrás de él, se oyó una explosión seca y John cayó en la cuenta de que uno de sus hombres había sido alcanzado por las balas en el cinturón donde colgaban las granadas. Pero había otros tres de ellos agachados junto a él.

—¡A los coches primero! —arrancó el gancho, contó los segundos y arrojó la granada. Cayó cerca, pero se fue rodando por la calle hasta quedar junto a la llanta del frente del segundo coche. Otras tres granadas cayeron entre los automóviles y explotaron todas al mismo tiempo. Uno de éstos se deshizo en pedazos inmediatamente; el frente del edificio del ayuntamiento quedó cubierto con una cortina de llamas, de humo, de piedras que volaban y de tierra. Ya estaba John de pie y corría, sintiendo que su corazón se le salía del pecho, llevándose el poco aliento que le quedaba. Entonces, estalló otro coche y la explosión lo echó por el suelo, contra el muro, le arrebató la gorra y le desgarró la camisa.

Volvió a incorporarse, levantó el brazo y corrió hacia la escalinata del frente. Detrás de él, oyó los gritos de sus hombres al lanzarse a la carga. Un soldado alemán apareció sobre los escalones y, en seguida, cayó rodando, herido muchas veces. No obstante, aún había muchos otros para defender el edificio; una descarga de balas se derramó desde las ventanas y John se encontró de nuevo en el suelo, mirando consternado el hilillo de sangre que salía de su pierna izquierda, empapando la tela y causando una sensación caliente y pegajosa en su pie, dentro de la bota. Y no había nadie en torno suyo. Se diría que todos sus acompañantes habían sido exterminados por el fuego de la ametralladora, o bien, que estaban ocultos, pecho a tierra. Era absurdo, pero no sentía dolor.

Volteó hacia arriba; por ahora, estaba fuera del alcance de las balas que se disparaban desde las ventanas, resguardado por el barandal de piedra de la escalinata del frente, que le había salvado la vida. Aunque, de cualquier manera, si quería que el ataque progresara, iba a morir. Parecía que esto ya no tenía sentido; sin embargo, no era posible emitir un juicio que ejerciera su efecto sobre la situación. Aquel John Hayman que anhelaba vivir, que soñaba con llevar a Natasha y al pequeño Alex a Estados Unidos, había dado cabida en su mente a una niebla vaga y deforme. El hombre que había caído allí, herido, no era más que un soldado consciente de que su único deber era ponerse de pie, subir las escaleras y llamar a sus hombres para que lo siguieran.

Los alemanes habían suspendido el fuego, quizá esperando el inevitable asalto final. Despacio, John se incorporó hasta quedar de rodillas y escuchó a lo lejos un ruido que crecía por momentos; procedía del oriente y se parecía al rechinido y al traqueteo de una escuadra de tanques; también, se oía el trueno de su artillería. ¿Serían tanques alemanes o rusos? Que el ruido procediera del oriente no tenía significado alguno. Además, si él iba a morir, el asunto no tenía trascendencia. Había más ruido, éste cercano: el repiqueteo rápido de las ametralladoras desde la parte posterior del edificio del ayuntamiento. Lanzó un rugido y subió corriendo los escalones del frente. Escuchó disparos, pero no fue alcanzado por ninguno y continuó avanzando hacia atrás del lugar de donde salían los disparos constantes, arrojando todo el peso de su cuerpo contra la hoja de la puerta, ya bastante deteriorada; abrió a patadas otra puerta que estaba a la izquierda de la primera, lanzó una ráfaga de su ametralladora sobre los alemanes ya muertos que estaban adentro, corrió hacia afuera y se encontró rodeado por sus propios hombres. Alzó la cabeza para ver entrar a Anna Ragosina, seguida por una docena de hombres.

—¡Ya están huyendo en desbandada! —gritó Anna—. ¡Ya oyeron el ruido de nuestros tanques!

—¿Nuestros tanques? ¿Estás segura?

Se echó a reír y acarició la radio que colgaba de su hombro.

—Tanques rusos. Pero todavía hay gente aquí dentro. No he visto al coronel Von Bledow. Es necesario atraparlo. Vayan abajo a revisar los sótanos —ordenó, señalando a dos de sus hombres—. Yo buscaré arriba.

John subió corriendo detrás de ella hacia el segundo piso, respirando hondo e intentando contener el latido de su corazón; otros tres hombres los seguían. ¡La victoria era suya! ¡Tanques rusos! Pero, ya que habían conquistado el triunfo, había llegado el momento de poner punto final al salvajismo para iniciar el regreso a la normalidad. El coronel Von Bledow, por grandes que fueran los crímenes que cometiera, era ahora un prisionero de guerra. También Anna debía comprenderlo así, cualesquiera que fuesen sus iras y sus rencores ocultos, ya que, incluso así, era una mujer como lo había demostrado lo suficiente durante los últimos dos años.

Era una mujer a la que casi podría amar en aquel instante.

—Allí —dijo señalando una puerta. Uno de los hombres hizo un signo afirmativo y corrió hacia la puerta, mientras que los otros dos se pusieron a un lado, empuñando las ametralladoras.

—Recuerden, lo queremos vivo —aclaró Anna.

La puerta se abrió de un empujón y los hombres saltaron dentro, balanceando sus ametralladoras. Anna los siguió y se abrió paso entre ellos sacudiendo los brazos. Pero se detuvo al observar el cadáver que estaba encima del escritorio. Había una pistola en el suelo y un hilillo rojo y gris de sangre y sesos corría sobre el papel secante.

—Hizo lo que debía —murmuró John.

—Un acto acertado —reconoció Anna. Escupió con furia y se volvió para mirar a la que estaba contra la pared, respirando con agitación y con los anteojos empañados por las lágrimas. Tenía una pistola en la mano, pero sólo en la punta de sus dedos, sin la intención de disparar—. Pero tú no fuiste razonable —le dijo Anna, hablando en alemán.

Ilsa abrió la boca y la cerró de nuevo. Su pecho se sacudía de prisa.

Anna sonrió.

—Tú eras su secretaria, ¿verdad?

Ilsa sacudió la cabeza.

—Ya he escuchado hablar de ti —continuó diciendo Anna—. Tú estabas presente en todos sus interrogatorios.

A Ilsa se le cortó el aliento.

—Suelta la pistola —ordenó Anna.

El arma cayó al suelo con un ruido sordo.

—Debías haberla usado razonablemente —Anna se acercó a ella unos pasos y el tono de su voz era acariciante—. Ahora, le rogarás a Dios haberla utilizado en el momento oportuno —extendió la mano, le quitó los anteojos a la mujer y los arrojó al suelo.

—Llévensela abajo —ordenó John—. Es una prisionera de guerra. Ténganlo presente, camaradas.

Los hombres se adelantaron.

—No —dijo Anna—. Nos ocuparemos de ella aquí y ahora mismo.

—Es una prisionera de guerra —repitió John—. Ahora podemos tomar prisioneros, Anna. La guerra ha finalizado.

—Es una cerda nazi —masculló Anna—. La colgarán de todas formas. Pero nosotros la conservaremos para eso.

Ilsa, que apenas comprendía el ruso, los miraba a uno y a otro con ansia. Resultaba espantoso escuchar su respiración ahogada.

—Yo dije...

—Tú no dijiste nada —le replicó Anna—. Soy yo la que manda aquí y siempre he sido yo. Tú no eres nada más que un testaferro. Sin mi movimiento de flanco, no habrías sido capaz de tomar este edificio y, ya para estas horas, estarías muerto, camarada Hayman. Ve a que te curen las heridas y déjanos trabajar —chasqueó los dedos—. ¡Desnúdenla!

Ilsa lanzó un débil chillido de desesperación. John puso la mano sobre el hombro de Anna.

—¡Por el amor de Dios! —le gritó—. Todo eso ha terminado por ahora. También para ti. Concluido por completo. ¿No puedes entenderlo? Ha llegado el momento de que dejes de odiar. Tendremos que vivir con esta gente. No podremos vivir con ellos si tú continúas mutilando a sus mujeres.

El golpe que Anna le asestó lo tomó por sorpresa. Fue descargado con tanta fuerza y una rabia tan grande que lo derribó y John se encontró tirado en el suelo, incluso antes de sentir el dolor. Anna Ragosina estaba parada encima de él con los ojos incandescentes, con la expresión sedienta de sangre, como la había visto en las batallas.

—¿Odio? —chilló—. ¿Qué sabes tú de odio, John Hayman? Odio es todo lo que yo tengo. En ningún momento he dejado de odiar; los odio a todos y a cada uno; odio a todo ser que respira. Yo te odio a ti y a ti y a ti —gritó desaforada.

Apretaba con tanta fuerza su arma que los dedos sobre el gatillo se le veían blancos. John creyó que, sin duda, iba a disparar contra él. Pero ella dio media vuelta con tanta violencia como la que había demostrado para empuñar el arma y asestarle un golpe en el rostro, se colgó la ametralladora en el hombro y sacó el puñal de la funda.

—¡Auxilio! —aulló Ilsa, echando el cuerpo a un lado y al otro y retenida por dos guerrilleros contra la pared—. ¡Dios mío, ayúdame, Dios mío!

Anna extendió la mano para desgarrar el frente de la camisa blanca y John se las ingenió para incorporarse y ponerse de rodillas. Al mismo tiempo, soltó la ametralladora de su correa e hizo un disparo, un solo disparo que penetró por la camisa blanca, por la carne y por el hueso para terminar con todo el miedo, el sufrimiento y el odio con un solo golpe.

No había disparado contra Anna, le había dado un tiro certero a Ilsa.

Se dio la señal y la banda hizo estallar la música marcial. Los seis héroes, cuatro hombres y dos mujeres, marcharon juntos: eran los guerrilleros de los pantanos del Pripet, que no tenían rival en valor y en arrojo.

Pero era raro estar con cinco rusos y llevar aquel extraño uniforme, apresuradamente confeccionado para él. Había pasado la última semana aprendiendo esa marcha: cada pierna lanzada hacia adelante en línea recta y levantándola tan alto como pudiera. No sólo como los otros, sino como Anna Ragosina, que tenía un aire más militar que él. Además, la pierna herida aún le dolía.

Anna Ragosina. Durante todo el viaje en el tren hasta Moscú no le había dirigido la palabra ni una vez; tampoco le había hablado durante la última semana. Pero él la observaba y en sus ojos veía cómo se reflejaba el rencor por el pecado mortal que había cometido al poner en tela de juicio sus órdenes, sus deseos, sus anhelos, frente a los otros integrantes del grupo. Sólo la superioridad técnica en su rango le había salvado la vida a John; quizá ella contaba su fracaso para matar a John, como el más grave de sus errores tácticos.

A pesar de eso, ahora todos ellos eran héroes de la Unión Soviética, marchando por la Plaza Roja, avanzando hacia el conjunto de oficiales parados en el otro extremo de la plaza, que parecía resplandecer cuando la luz del sol principió a brillar desde las cúpulas en forma de cebolla de la catedral de San Basilio. La multitud estallaba en tormentas de aplausos ahogando las notas estridentes de la banda. John podía identificar algunos rostros, el de Stalin, por supuesto, aunque jamás había sido presentado al secretario del partido, pero ya había visto muchas fotografías suyas; y luego, el de su padre, Michael, de pie junto a Stalin, seguido de Iván Nej, de la tía Tattie que le estaba sonriendo e iba vestida de nuevo con los vestidos deslumbrantes de la inmortal Tatiana Nej; junto a ella, estaba su Clive Bullen, portando el uniforme de coronel del ejército británico y, por último, Natasha con el pequeño Alex en sus brazos. Sólo estaban ausentes su madre y George; pero ellos los estarían esperando en el muelle a él, a Natasha y a Alex cuando llegaran a Nueva York.

¡Nueva York! Parecía muy distante, en otro planeta, mientras que en Moscú los daños de los bombardeos y las interminables tumbas, los uniformes y la dedicación absoluta de aquel pueblo por ganar la guerra eran la extensión de la sangre y el frío, de la cólera y la bestialidad de la guerra de guerrillas en los pantanos. No obstante, lo que John estaba recordando era el Nueva York de la primavera de 1941; a lo mejor aquello también había cambiado.

Adoptaron la pose de atención y el mariscal Stalin desfiló lentamente a lo largo de la fila. Había iniciado en el otro extremo de la hilera y John no se atrevía a volver la cabeza; no obstante, ahora, los bigotes se movían con una sonrisa amable, cuando su dueño quedó frente Anna.

—Camarada Ragosina —le decía Stalin—, he oído hablar mucho de ti. Necesitamos mujeres como tú para dirigir a nuestro pueblo.

—¡Gracias, camarada! —respondió Anna.

Stalin prendió la medalla sobre la parte izquierda del frente de su chaqueta.

—Y es mucho lo que nos falta por hacer —añadió—. Mucho.

—Estoy dispuesta, camarada —afirmó Anna.

Stalin asintió con la cabeza, le colocó ambas manos sobre los hombros, la besó en cada mejilla y se retiró un paso para recibir el saludo. A continuación, quedó frente a John.

—Camarada Hayman —principió diciendo—. ¿O debería citarlo mejor como *mister* Hayman? Me han dicho que ha expresado su deseo de volver a Estados Unidos.

John sabía que se le iba a hacer ese reproche.

—Aquél es mi hogar, camarada —explicó—, y también es el hogar de mi madre.

Stalin frunció el ceño.

—La Unión Soviética es tu hogar, *mister* Hayman. Podría ser también el de tu madre, si ella lo hubiese elegido —sonrió—. Quizá tú lo escojas como tu hogar con el correr del tiempo; por el momento, si tu deseo es volver a Estados Unidos, allá es a donde irás. Has luchado en una guerra larga y con todo éxito, Iván Mikhailovich. Acuérdate de nosotros cuando estés del otro lado del océano.

Le prendió la medalla, le dio un beso en cada mejilla y se retiró un paso para recibir el saludo. La banda, que había reducido la intensidad de su música durante las presentaciones, hizo resonar sus clarines una vez más y fue necesario dar media vuelta y marchar de regreso, haciendo resonar las botas sobre el empedrado y alzando la cabeza y arqueando el pecho frente a la noción de que, para ellos, ya había concluido la matanza y el peligro de morir y de que habían sido aclamados como héroes por un pueblo cuya voluntad colectiva de triunfar no era menos heroica.

La banda cesó de tocar y ellos pudieron dispersarse. De inmediato, se vieron rodeados por sus familiares y amigos y por los que se acercaban a felicitarlos. Los familiares de John Hayman y los que deseaban felicitarlo, estaban en el otro extremo de la plaza, junto con el grupo de oficiales. Pero se percató de que Anna Ragosina no tenía absolutamente a nadie que la felicitara o que le ofreciera sus buenos deseos. No había nadie en todo Moscú, nadie en toda Rusia, nadie en el mundo entero.

John le tocó el hombro y ella se volvió. Durante un instante, se miraron fijamente el uno al otro. Luego, él le extendió la mano.

—Hemos combatido muy bien juntos —le dijo—, después de que tú me enseñaste a luchar. También, hubo momentos en que tú y yo, juntos, fuimos felices, Anna Petrovna. Te saludo y te aseguro que no te olvidaré.

—Yo tampoco te olvidaré, John Hayman —le contestó y dio la vuelta para alejarse sin tocar la mano que él le había extendido. Unos momentos más tarde, ella se había perdido entre la muchedumbre.

Cuando se es un fugitivo, buscado por la organización más poderosa del mundo, el repiqueteo del timbre de la puerta provoca un estremecimiento a lo largo de la espina dorsal. En realidad, la organización había sido una de las más poderosas del mundo, según se decía Judith al secarse las manos en el delantal para acudir a la puerta; pese a ello, esa organización era aún capaz de hacer investigaciones para vengarse de alguien. ¿Incluso después de diez meses?

—¿Quién es, Judith? —preguntó Peter desde el pequeño salón de recibir que miraba hacia la bahía. La primavera acababa de llegar a Estocolmo; el hielo y la nieve estaban todavía en la mente de todos, y Estocolmo multiplicaba su belleza con el arribo de la primavera. Ésa era una de las ciudades más bellas y más seguras de Europa, tal vez del mundo.

—Voy a ver —respondió Judith y corrió el cerrojo. Se quedó parpadeando ante la figura grande de un hombre con su abrigo y su sombrero, sin caer en la cuenta de quién podría ser.

—¡Judith! —exclamó Boris—. ¡Dios mío, Judith! Ésta se había quedado con la boca abierta y la cerró de pronto, sin atinar a decir nada.

—¿Me permites pasar? —preguntó Boris—. Traigo muchas noticias.

Poco a poco, Judith quitó la cadena que sujetaba la puerta.

—¿Cómo pudiste encontrarme?

—Buscando —contestó él. Le colocó las manos sobre los hombros y la atrajo sobre su pecho. Ella no opuso resistencia, pero no ofreció sus labios para recibir su beso—. Aunque me tomó tiempo. Gracias a que tu príncipe ha estado escribiendo artículos para los periódicos suecos, me facilitó la búsqueda.

—Teníamos que vivir —expreso ella.

—Por supuesto, Judith...

—¡Judith! —volvió a llamarla Peter desde dentro—. ¿Quién es?

—No es nadie. El muchacho de la tienda —empujó a Boris a través de la puerta, lo sacó al descansillo de la escalera y cerró la puerta detrás de ella—. Continúa odiando todo lo que sea comunista y a toda persona comunista.

—Pero tú has vivido con él desde hace diez meses.

Ella le sostuvo la mirada.

—Hace diez meses que le cuido su casa, velo por su hija y por ese pobre joven que nos ayudó a escapar de Ravensbrück. El príncipe Peter fue el responsable de nuestra huida, ¿comprendes? Pero yo no creo que haya deseado acostarse conmigo, Boris; no luego de tres años en Ravensbrück.

Él volvió a tomarla por los hombros.

—¡Si tú supieras!

—Sí, lo sé. ¡Oh, mi querida, mi amada Judith! Pero ya todo eso ha pasado. Ya pasaron las tristezas y las tragedias, mi amor. Ahora te he encontrado y ya no hay nada más que temer —ella lo miró y él se inclinó para besarla en la nariz—. Esta mañana, mientras venía a Estocolmo, supe la noticia. Hitler ha muerto. Ya acabó todo, Judith.

Poco a poco, la mirada de ella se tornó sombría.

—Debo ir a decírselo a Peter —anunció.

—Ya habrá tiempo; pero tú no pareces muy complacida.

Ella se encogió de hombros.

—Tengo que asimilar la noticia y comprenderla. Es difícil —Judith dio la vuelta para acercarse a la puerta y Boris le tomó la mano.

—Ya tendrás tiempo para comprenderlo todo, Judith. Tendremos el tiempo necesario.

Ella titubeó un instante y después sacudió el brazo para desprenderlo; se apartó un paso y se subió la manga para que él pudiera ver la marca. Bajó los ojos para no ver los suyos.

—Ya lo sé —replicó él—. Judith...

—Pasé tres años en el burdel del campo de concentración —confesó ella.

—¿Tú supones que eso podría importarme? —inquirió Boris—. Tampoco debería importarte a ti, Judith. Tú eres Judith Stein. No dejas que te aplasten los asuntos de esa naturaleza. Además, yo te amo.

Por fin se volvió para mirarlo.

—No permito que me aplasten cosas como ésa —reconoció con fiereza—. Pero tampoco soy capaz de olvidarlas. Pasé mucho tiempo dejando a un lado mis obligaciones. Soy judía y, durante estos últimos seis años, mi gente ha soportado la persecución más grande de su historia. Ellos son mi gente, Boris, y yo debo *ser* una de ellos. Ahora me dices que Hitler ha muerto y yo te lo creo. También creo que los últimos vestigios del nazismo desaparecerán. Pero ésa no puede ser una meta definitiva para el pueblo judío; sino sólo el inicio. De entre los millones de nosotros que fuimos golpeados, vejados, torturados y asesinados, tendremos que crear algo valioso; de otro modo, la nuestra sería una tragedia aún mayor —se le endulzó entonces la mirada y el tono de su voz y acarició con su mano la mejilla de Boris—. Y yo te amo —declaró—. Ahora lo sé de cierto, Boris. Si conseguí sobrevivir en Ravensbrück, el soñar contigo me sostuvo. Mas, ¿qué quieres que haga ahora? ¿Que me vaya contigo a Rusia, que nos casemos, que me convierta en un pilar de la sociedad soviética? Ya no puedo hacer eso. Ahora ya no desprecio a los bolcheviques tanto como antes; he aprendido que hay en el mundo muchas cosas peores que el bolchevismo. Incluso, les he perdonado que asesinaran a papá y a mamá, pero su sociedad es estéril, Boris. Está fundada en el control físico, tanto como la sociedad nazi. Tú ridiculizas a los estadounidenses porque sólo piensan en el dinero; pero, ¿en qué piensas tú, Boris? Al menos para hacer dinero se debe trabajar con tesón. Tú tienes una meta, ¿cuál es esa meta?

—Quizá —respondió él suspirando—, llegar a hacer de Rusia una sociedad ideal.

—¡Qué necedad! ¿Crees que eso pueda realizarse algún día en una dictadura socialista?

—Jamás ocurrirá, Judith, a no ser que haya alguien que procure que suceda. Darle la espalda al problema, nunca lo resolverá. Debes saber, Judith, que Rusia jamás ha estado tan madura para el cambio como ahora. Quizá no llegue con Stalin ni con alguien de la vieja guardia, pero existe una cantidad enorme de hombres de la nueva guardia, de hombres que lucharon y que vieron a sus hermanos y sus hermanas morir por Rusia. A ese grupo perteneces tú, Judith. Después de todos estos años, es ahí a donde perteneces. Porque tú eres rusa en la misma medida en que eres judía. Y, además, Judith —la estrechó suavemente entre sus brazos—, aún hay millones de judíos en Rusia esperando que alguien los ayude y que alguien los dirija.

La puerta detrás de ellos se abrió bruscamente y se asomó Peter Borodin.

—¡Judith! ¿Qué diablos...?

—¡Peter! —exclamó ella acercándose para besarlo en la mejilla—. Hay maravillosas noticias. Hitler ha muerto. Los alemanes se están rindiendo por doquier. La guerra ha terminado.

Peter miraba fijamente a Boris, por encima del hombro de Judith.

—¿Eres tú? ¿Has venido hasta aquí? ¿Tú?

Boris sacudió la cabeza.

—Sí, y así como he podido encontrarte, excelencia —expresó Boris Petrov—, también puede haber otros que lo hagan. Por lo tanto, es una buena idea que empieces a mudarte de aquí.

—¿Mudarnos? —inquirió Judith—. Pero si tú dijiste...

—Ya no tienen nada que temer por parte de la ss; pero el príncipe Peter figura en las listas de los criminales de guerra.

—¿De los criminales? ¡Eso es imposible!

—Inició el reclutamiento de su Ejército Blanco en Bielorrusia. Se hallaba en Slutsk cuando tuvieron lugar allí las peores atrocidades.

—¡Debido a esas atrocidades Peter renunció! —protestó Judith—. Y después, participó en el complot contra Hitler. Por eso estamos aquí, Boris.

—Todo eso tendrá que probarse —manifestó Boris; luego, suavizó su tono—. Yo no creo que alguna vez te condenen, excelencia, en vista de lo que ha ocurrido. Sólo me ha parecido prudente advertirte.

Peter se le quedó mirando.

—¿Eres tú quien me advierte que se me tiene por un criminal de guerra, Petrov? Bien sabes que ésa es una tontería. Tus polizontes bolcheviques no podrán hacerme nada mientras permanezca en Suecia. En cambio, yo sí puedo amenazarlos a ellos; pues debes saber que esto de los nazis fue sólo un interludio, una burbuja sucia que no habrá de provocar ningún efecto en el curso principal de la historia. Ese curso es, y ha sido durante veinte años, la determinación de todo hombre de honor, de buen sentido y de comprensión, acabar con el sistema de los bolcheviques. Pues bien, mi señor Boris, yo tengo la intención de regresar al frente de batalla en esa lucha. Ahora que te vayas, podrás informarles a tus señores del Kremlin exactamente lo que yo te he comentado.

Dio media vuelta y volvió a entrar en el departamento. Judith corrió detrás de él.

—¡Peter! No es verdad nada de lo que has dicho. ¡Por el amor de Dios; la guerra ya ha finalizado! Pongamos un alto a todas las guerras. Precisamente para eso quiere Boris que yo retorne con él a Rusia, para ayudarle a construir un lugar mejor, para ahogar al viejo bolchevismo con algo verdaderamente bueno, con algo mucho mejor que el zarismo.

—Judith, tú tienes el suficiente sentido común como para llegar a creer en semejante patraña —le dijo Peter.

—Tengo el suficiente sentido común como para tener esperanzas —clamó ella.

—Aun así, ya no regresarás jamás a Rusia, ¿verdad, Judith?

Ésta aspiró una gran bocanada de aire.

—Permaneceré contigo, Peter, si dejas de lado tu disparatada guerra particular.

—Yo soy el príncipe de Starogan. Quizá otros hayan sido desviados de su deber, pero yo no, ni me desviaré jamás. Hice un juramento de oponerme a cualquier forma de bolchevismo hasta que desaparezca de la faz de la Tierra y no mancillaré mi honor —Judith lo miró y retrocedió unos pasos—. Y además —siguió diciendo—, faltarías a tu deber si me abandonas ahora.

Ella negó con la cabeza.

—No te abandonaré nunca, príncipe Peter, aunque tú me hayas abandonado a mí, una y otra vez. Por otro lado, creo que estás loco.

Él le sonrió.

—Ése es el último refugio de los que no comprenden. Bueno, entonces... —se fue caminando hasta la ventana—. Mira allá abajo. ¿Acaso no crees que tienes deberes para con ellos?

Judith miró por la ventana la plaza que estaba abajo del edificio de departamentos, la banca donde estaba sentada una pareja tomada de las manos. Paul von Hassell no había recuperado todavía todo su vigor y aún llevaba vendajes en la terrible herida de su costado; pero estaba en camino de recuperarse por completo. ¿Se quedaría Ruth a su lado? A pesar de sus temores de que la joven no volvería a sonreír jamás, Judith podía observar que Ruth había encontrado algo profundamente precioso en el hombre que le había salvado la vida. ¿Llegaría a amar? ¿Podría amar tras sus experiencias? ¿Y precisamente a aquel hombre? Por la forma en que Paul había arriesgado su vida para salvar las suyas, ya había expiado, sin duda, los últimos vestigios de nazismo en su alma; de cualquier manera, así lo creía Ruth. Posiblemente su amor llegaría también a ser físico y eso, sólo el tiempo podría decirlo. Pero, ¿acaso no era más valioso lo que ellos dos poseían hasta el momento?

"Yo nunca tuve ni siquiera eso", se decía Judith contemplándolos.

—Ellos dos no me abandonarán nunca —declaró Peter—. Ruth ya no volverá a separarse de mí y tampoco Paul von Hassell.

Judith suspiró, pero sabía que aquello era cierto: Ruth no volvería a separarse de su padre y Paul no volvería a separarse de Ruth. Y, sin duda, bajo la influencia de la personalidad del príncipe, todos acabarían por trabajar junto con él en contra de los bolcheviques.

—No —afirmó Judith—. Ellos jamás te abandonarán, Peter. Le ruego a Dios que no seas tú el que los abandones a ellos —giró sus talones y salió del departamento. Boris se puso a caminar a su lado.

CAPÍTULO XV

—ASÍ QUE HAS QUERIDO VENIR A DESPEDIRTE —DIJO JOSEPH Vissarionovich Stalin, reteniendo entre las suyas las dos manos de Tattie y atrayéndola hacia él para darle un beso—. Es una gran decisión la que has tomado.

—Mi trabajo aquí ya está hecho —aseguró Tattie con firmeza—. Mis chicas han muerto. Mi academia está en ruinas. Ahora, en estas circunstancias, ya no podría comenzar de nuevo. Además, Joseph Vissarionovich, ¿no tengo derecho a gozar de un poco de felicidad en mi vejez?

—¿Jamás has sido feliz en Rusia?

—¡Por supuesto que lo he sido, Joseph Vissarionovich!; pero, ahora, mi corazón está en otra parte.

—Está en Inglaterra —Stalin estrechó la mano de Clive Bullen—. Es usted un hombre con suerte, coronel Bullen. Partirá de Rusia llevándose a nuestra estrella más refulgente. Quizá le permitirá que vuelva de cuando en cuando a visitarnos, una vez que todos estos disparos hayan concluido por fin.

—Será un placer, excelencia —respondió Clive—. Yo mismo la acompañaré, si me lo permiten.

—Será un placer, coronel —Stalin sonreía ampliamente.

Tattie había pasado a través del gran salón ocupado por la mesa donde acababa de celebrarse el banquete de su despedida, entre todos los invitados sonrientes, con joyas y medallas resplandecientes, hasta el salón contiguo, donde la esperaban Michael, Catalina y Nona. También Michael ostentaba la medalla de la Orden de Lenin. Su actuación en la defensa de Leningrado lo había convertido en uno de los inmortales de la historia de la Unión Soviética. Quizá Michael no estaba de acuerdo con la decisión de Tatiana, pero jamás se atrevería a criticarla. De modo que no había necesidad de palabras. Habían sido amigos durante toda la vida y continuarían siéndolo por el resto de sus días.

Gregory estaba en la puerta vistiendo su uniforme de capitán de la NKVD. Tattie se detuvo frente a él y le sonrió fingidamente.

—¿Podrás perdonarme?

—Un hombre puede perdonarle a su madre cualquier cosa —contestó—. Además, lo que vas a hacer ya tiene la aprobación del mariscal Stalin.

—Tu aprobación es lo que yo quisiera.

El rostro de Gregory permaneció duro e inexpresivo.

—Ésta es nuestra patria, madre. Svetlana murió por ella y nuestra sangre ha regado su suelo. No entiendo tu deseo de abandonarla.

Tatiana suspiró y lanzó una mirada furtiva a Clive, quien se estaba despidiendo de Michael y Catalina, entonces dijo:

—No lo entiendes porque te niegas a reconocer el poder del amor, hijo. O tal vez jamás lo hayas conocido.

—No lo he conocido nunca, madre.

Tatiana se detuvo un instante más; tomó entre sus manos el rostro de su hijo y lo besó tiernamente en los labios.

—Algún día lo conocerás y, entonces, podrás perdonarme. También querrás ir a verme, querido hijo mío —le dio un último apretón en la mano y se volvió para atender a Clive, quien se encontraba a su lado. Ya había llegado el momento de partir.

Stalin dejó el salón de banquetes por una puerta posterior, se fue andando a su oficina, abrió la puerta, encendió la luz y se quedó mirando la figura del sujeto acurrucado sobre una silla junto al gran escritorio.

—Tal vez —dijo Stalin— debías haber ido al banquete.

—Un hombre —respondió Iván—, no debe asistir al banquete ofrecido en honor de su recién divorciada esposa para celebrar ese divorcio.

—Fui yo el que ofreció el banquete, Iván Nikolaievich.

Iván levantó la cabeza.

—¿Acaso por eso crees que te he traicionado? —inquirió Stalin sentándose en su sillón—. Yo jamás traiciono a mis amigos fieles, Iván Nikolaievich. Aunque, en algunas ocasiones, un jefe de Estado debe fingir y disimular más de lo que él quisiera y más de lo que sus amigos podrían comprender.

—Ella se ha ido —expresó Iván—. Mañana se va.

—Sí —admitió Stalin—. Mañana ya no estará aquí. Pero yo quise darle una amable despedida, Iván, y ahora deseo que tú les proporciones un automóvil para que los trasladen, a ella y a su amante, al aeropuerto. Quiero que seas tú quien se los facilite.

Iván alzó despacio la cabeza para ver a Stalin.

—Ya desde hace tiempo —le indicó éste—, tú y yo discutimos este punto, Iván Nikolaievich. Quedamos en que Tatiana Dimitrievna, quien era un objeto de propaganda útil y brillante para nuestra cultura, habría de llegar un día a superar su utilidad. Ahora desea dejarnos para irse a vivir en Occidente. Una mujer como ella es capaz de olvidar en una hora todos los beneficios que haya recibido aquí y todas las buenas obras que haya realizado a lo largo de veinte años. ¿No es muy triste tener que verlo? ¡Toda la belleza, toda la gracia, toda la emoción, deshaciéndose poco a poco en la vejez!

—¡Sí! —exclamó Iván—. Sí —de repente, su rostro reflejaba excitación—. ¡Cuánto había esperado este momento, Joseph Vissarionovich! ¡Cuánto había soñado con esto, noche tras noche! Puedo mandarla detener en este instante. Puedo arrestarlos a los dos. Puedo...

—Iván, Iván —dijo Stalin con tono lastimero—. ¿Acaso no he hablado claramente? No es posible detener, así como así, a una mujer como Tatiana Dimitrievna ni tampoco a un oficial de la fuerza británica. Después de todo, los ingleses son nuestros aliados y yo mismo autoricé públicamente a Tattie para que se marchara. No, no. Si algo llegara a ocurrir, tendría que ser por accidente.

—¿Por accidente? —inquirió Iván con el entusiasmo desvanecido.

—Sí, un accidente —repitió Stalin con firmeza—. Tú verás cómo se hace; pero no puede haber errores. Para todo el mundo, deberá ser un accidente y, además, Iván, asegúrate de que haya una cantidad suficiente de testigos oculares.

—Un accidente —musitó Iván.

—Eso te brindará un motivo para soñar esta noche —Stalin expuso sonriente—; pero no te olvides de tomar todas las precauciones para que salga bien.

—¡Claro! —exclamó Iván ya más entusiasmado—. Por lo menos en sus últimos momentos, ella sabrá que yo soy el responsable de su muerte.

—Tal vez lo consigas —dijo Stalin—. Ahora, vete. Te repito que no debe haber errores.

Iván se levantó.

—No los habrá, Joseph Vissarionovich. Te doy las gracias —saludó y salió de la oficina.

Stalin permaneció donde estaba durante varios segundos, mirando la puerta que acababa de cerrarse; luego, oprimió un botón de los de su escritorio.

—Necesito que encuentren a la coronela Ragosina —dijo por la bocina—. Quizá esté en viaje hacia la Crimea. Localícenla y háganla volver aquí, conmigo, de manera privada. Usen aeroplanos si fuera necesario. La quiero tener aquí mañana, antes del amanecer.

—¿Cuáles son sus sentimientos al abandonar Rusia, madame Nej?

—Háblenos de lo que espera encontrar en Inglaterra, madame Nej.

—¿Tiene planes de matrimonio, madame Nej?

En cuanto Tattie y Clive Bullen salieron al vestíbulo del hotel, los periodistas y los fotógrafos se apiñaron en torno suyo. Tatiana les sonreía amablemente.

—Tengo entendido, señores, que todos ustedes van a volar en el mismo avión —declaró.

—Sí, varios de nosotros —afirmó el corresponsal del *American People*—. Apenas anoche nos lo informaron.

—Bueno, entonces, podrán entrevistarme en el avión. Durante el vuelo, concederé una conferencia de prensa. ¿Cómo podría decirles lo que siento al dejar Rusia, sino es hasta que la haya dejado?

Esa respuesta hizo reír a los corresponsales y Tattie se abrió paso entre ellos hacia la puerta principal, donde se detuvo asombrada al encontrarse con su ex marido.

—¡Vaya, Iván Nikolaievich! —exclamó—. ¿No me dirás que Joseph ha cambiado de idea y ordena que me quede en Rusia?

—Joseph Vissarionovich jamás cambia de idea —declaró Iván—. Yo he venido a despedirme de ti.

—¿Tú has venido a decirme adiós? —inquirió Tattie con tono escéptico.

—Espero —dijo Iván— que seas muy feliz a donde vayas... —lanzó una mirada de soslayo a Clive— con el coronel Bullen.

—Ésa es mi intención —replicó Tatiana.

—Y lo serás, sin duda. ¿No le darás un beso a tu esposo, puesto que ésta es una despedida para siempre?

Tattie titubeó un instante; después, se inclinó y le dio un beso a Iván en la mejilla.

—Una vez me salvaste la vida, hombrecito —afirmó—. Siempre he estado agradecida contigo por eso. Es una lástima que seas tan despreciable, pues podríamos haber llegado a ser felices. Sin duda, ahora estarás contento con tu Ragosina.

—Ya la envié lejos de aquí —informó Iván—. No la volveré a ver.

Tatiana arqueó las cejas.

—Bueno, entonces, no dudo que encontrarás a alguien. ¿Vamos, Clive? Tenemos que tomar un avión.

Levantó la mano y la sacudió para despedirse de la multitud que se había congregado para despedir a su bailarina favorita, no obstante lo temprano de la hora, y se dejó caer sobre los cojines del asiento del auto oficial. Clive le apretó la mano.

—¿No te arrepientes? —le preguntó.

De inmediato, echó a andar el coche.

—Por supuesto que tengo sentimientos encontrados, querido mío —aseguró ella—. Abandono mi casa. Tal como dijo Gregory, la sangre de mi hija

está en este suelo. Abandono a mi pueblo. Dejo atrás mi fama. Todo por ti
—le dio un beso en la mejilla y le sonrió a través de las lágrimas que empaña-
ban sus ojos—. Sólo el haberlo hecho por ti no me pesa.

Clive miró por el grueso vidrio de atrás al automóvil lleno de periodistas
que los seguían hacia las afueras de la ciudad.

—Tu fama no la perderás jamás —señaló.

—¡Bah! —replicó Tattie—. Cuando concluya mi conferencia con la prensa en el avión, todos se olvidarán de mí y desapareceré en la nada. Ya no seré
nadie. No, eso sí que no; puesto que seré la señora de Clive Bullen —suspiró
y reclinó la cabeza sobre el hombro del coronel, cuando el automóvil dejaba
atrás las últimas casas y tomaba el rumbo del aeropuerto. Aún no eran las
siete de la mañana y no había tránsito; el coche iba adquiriendo velocidad
poco a poco. Dieron vuelta en una curva y Clive miró hacia atrás y vio que el
automóvil de los periodistas ya no los seguía.

—Oye —comentó—, parece que nuestros amigos han desaparecido —se
inclinó para dar unos golpecitos con los nudillos sobre el cristal que separaba el asiento de los pasajeros del asiento del conductor. Éste hizo bajar
el cristal y volvió ligeramente la cabeza—. El coche que venía detrás —dijo
Clive—, ya no nos sigue. Quizá se hayan detenido debido a algún accidente.

El conductor se encogió de hombros.

—¿Por qué no retrocedemos un poco para ver qué ocurrió? —preguntó
Clive Bullen.

—Tengo órdenes de no detenerme por ningún motivo —contestó el conductor y levantó el cristal.

—Tal vez Iván dio esas órdenes —mencionó Tatiana—. Tiene miedo
de que puedan secuestrarme. Ni por un momento puede dejar de ser un
polizonte.

—Es posible, pero me gustaría que el conductor dejara de fingir que va
persiguiendo a criminales —explicó Clive cuando el automóvil, a toda velocidad, giró por otra curva y después, de modo sorprendente y repentino,
aplicó los frenos entre fuertes rechinidos y se detuvo en la mitad del camino, en un pequeño tramo anterior a la siguiente curva—. ¿Qué demonios
sucede? —interrogó Clive y se quedó mudo de asombro al observar que el
conductor abrió la portezuela y salió del auto, pero no para quedar de pie,
sino para echarse a rodar hasta quedar detenido por el parapeto, lleno de
cortaduras y golpes, con las ropas desgarradas y cubiertas de polvo y de
lodo—. ¡Se ha vuelto loco!

—¡Clive! —Tattie se irguió sobre el asiento, apretando con fuerza el
brazo de Clive con sus dedos. Estaba mirando, aterrada, al enorme camión
que acababa de dar la vuelta por la curva a toda velocidad y se venía contra
ellos—. ¡Clive! —gritó—. ¡Clive!

Él intentó abrir la portezuela y descubrió que estaba cerrada por algún aparato colocado en el exterior. Tampoco podía abrir la otra. Los vidrios de las ventanillas no bajaban. Había una lámina de vidrio grueso entre ellos y el asiento delantero.

—Iván —dijo él con voz ahogada.

—Iván —murmuró ella y se apretó contra Clive cuando se produjo el terrible choque.

Con la voz entrecortada por la falta de aliento, agitado y sudoroso, con la gorra echada a un lado, el hombre trataba de rendir su declaración.

—Fue algo terrible..., camarada comisario... Algo terrible...

Iván lo miró.

—¿Qué es lo que intentas decirme? —preguntó con voz baja, como si estuviera desconcertado. Después, alzó la voz—: ¿Tratas de decirme que Tatiana Dimitrievna ha muerto?

—Fue un choque de frente —tartamudeó el hombre—. En la mitad del camino. El conductor vio venir al camión y saltó fuera del automóvil. Se lo llevaron al hospital, conmocionado.

—¿De veras? —inquirió Iván—. ¿Tatiana Dimitrievna y el coronel Bullen no pudieron saltar a tiempo?

—No, parece que las portezuelas estaban cerradas, camarada comisario. Además, no hubo tiempo de nada. El camión no podía detenerse y se impactó de lleno sobre el automóvil.

—¡Dios mío! —exclamó Iván. Se puso de pie y fue hasta la ventana, con las manos cruzadas a la espalda en imitación inconsciente del gesto clásico de su amo—. ¿Hubo testigos del accidente?

—Sí, camarada comisario. El conductor del camión... Iba solo, pero también quedó conmocionado y se lo llevaron al hospital. Pero, además, estaban allí muchos periodistas que venían en un coche detrás de madame Nej. Habían tenido que detenerse un momento para revisar una llanta y llegaron al lugar minutos después de que el accidente se produjera.

"Y sin duda que todos sufren de conmoción", dijo Iván Nej para sus adentros.

—Estoy horrorizado —declaró después, observando de nuevo al hombre—. ¿Cómo es posible que ocurran esas cosas? Tatiana Dimitrievna... Tú, Igor Simonovich: ocúpate de que esos dos conductores sean trasladados a alguno de nuestros hospitales. No faltará gente mal pensada que empiece a decir que los conductores son culpables de algún crimen, sólo porque sobrevivieron al accidente. Procura que sean trasladados de inmediato.

—Por supuesto, camarada comisario; inmediatamente —el hombre vaciló un instante—. ¿Y madame Nej...?

—Yo tendré que ir a la morgue —dijo Iván—. Yo debo... —se quitó los anteojos para secarlos con el pañuelo. El empleado susurró unas palabras de condolencia y salió, cerrando la puerta detrás de él.

Iván volvió a colocarse los anteojos. Estaba solo en su oficina y sentía deseos de echarse a llorar. A él mismo le pareció raro tener aquel sentimiento. Había odiado a Tattie, pero también la había amado. Estaba recordando a la chica sonriente, alegre y voluptuosa que él había tomado por mujer; y recordaba, asimismo, épocas anteriores, los días lejanos de Starogan, cuando el lustrabotas contemplaba a su joven ama, entretenida con la vida esplendorosa que llevaba y también aquellos días de tumultos de 1918, cuando él conducía a la horda desaforada contra la casa de los príncipes, aquellos días en los que había tomado a la muchacha para hacerla suya por la fuerza... Pensar que toda aquella belleza, que toda aquella inquietud encantadora yacía en un montón ensangrentado en el asiento posterior de un automóvil, le provocaba el deseo de llorar... Pero ya lo había comentado Stalin: era igualmente trágico pensar que aquella criatura deliciosa se iba a hacer vieja y...

La puerta se abrió de golpe y él levantó la cabeza, irritado. Nadie había llamado a la puerta antes de entrar. Luego, abrió mucho los ojos mirando con asombro.

—¿Eres tú? ¡Pero si yo te mandé a la Crimea!

—Pero me ordenaron volver, camarada Nej —Anna Ragosina se quitó la gorra y la colgó del perchero, junto a la puerta.

—¿Tú...?

—Soy yo —dijo Anna—. Traigo conmigo la autorización legal para proceder a tu arresto.

—¿Una autorización? ¿Para mi arresto? —Iván repetía las cosas como si fuera incapaz de comprender.

Con absoluto desparpajo, Anna fue a sentarse sobre el sillón de Iván, frente a su escritorio.

—También traigo conmigo una confesión que yo misma escribí a máquina para que tú la firmes. Si la firmas voluntariamente, camarada Nej, podrás pasar el resto de tu vida en un campo de trabajos forzados; si no lo haces, haré que te lleven abajo, a las celdas, y allí te interrogaremos hasta que estés dispuesto a firmar. Después, te fusilaremos. Tú eliges —arrojó el papel sobre el escritorio y se reclinó en el respaldo.

Iván se le quedó mirando; contempló su cutis terso, su complexión perfecta. Los tres años en los pantanos del Pripet no habían hecho mella en aquella mujer, aparte de haber provocado que perdiera la razón.

—¡Estás loca! —le dijo Iván—. ¡Te has vuelto completamente loca! —caminó a zancadas hacia la puerta abierta, donde cuatro guardias armados esperaban—. ¡Llévense a esa mujer a las celdas y denle de golpes hasta que recupere el sentido! —ordenó gritando.

Los guardias miraron a Anna Ragosina por encima de la cabeza de Iván.

—¿Por qué no actúas razonablemente y firmas la confesión? —le preguntó con voz amable—. No es tan malo el campo de trabajos forzados. Yo pasé cinco años en uno, ¿recuerdas? Tú mismo me enviaste allá. Te raparán la cabeza y te cortarán el pelo del cuerpo; de cuando en cuando, te darán una paliza, te darán un baño de agua fría en pleno invierno y te dejarán sentir el hambre. Eso no es tan malo. Lo que sí es malo es la gente con la que te encontrarás allá, Iván Nikolaievich. Esa gente a la que tú mismo enviaste. Ésa sí te hará sentir muy mal, pero saldrás vivo de sus manos. Si yo pude sobrevivir, estoy convencida de que tú también podrás. Firma ese papel —le sonrió dulcemente—. Eso sería mejor que sufrir las torturas para que te fusilen después, camarada, pues yo, personalmente, me ocuparé de ello.

—¡Loca! —vociferó Iván—. ¡Está loca de remate! ¡No se queden ahí parados! —les gritó a los guardias—. ¡Deténganla!

Anna sacó otra hoja de papel y la dejó sobre el escritorio.

—A lo mejor deseas ver también la autorización legal —expresó—. Está firmada por el propio Stalin.

Beth Hayman abrió con precaución la puerta de la recámara al escuchar que la tocaban; en seguida, trató de cerrarla, pero se lo impidieron con un empujón amable, aunque firme.

—¡Johnnie! —gritó Ilona al ver aparecer a su hijo—. No debes entrar aquí. Es de mala suerte.

—Ya hemos agotado toda nuestra mala suerte —dijo John y cerró la puerta al entrar. Luego, miró a Natasha. Estaba toda vestida de blanco y acababa de prenderse el velo. A su lado, estaban de pie Ilona y Beth, la primera ataviada en color azul rey, la segunda, en azul pálido; las dos radiantes, aunque menos que la novia.

—Bueno... —dijo Ilona volteando a ver a Beth y a continuación le tomó la mano—. Es posible que los invitados empiecen a llegar. Sólo tienes cinco minutos, Johnnie.

La puerta de la habitación se cerró detrás de ellas. Natasha se quedó mirando a su "futuro" esposo. Ella había tratado de postergar la boda, pero Ilona había intentado convencerla para que no lo hiciera, puesto que ése debía ser el deseo de Tattie; de hecho, eso era, en realidad, lo que Tatiana tenía planeado hacer.

—¿Piensas que podrás con el paquete? —le preguntó John.

Ella asintió con la cabeza y a él le brillaron los ojos.

—Me refiero a todo el paquete —aclaró John—. El hecho de estar aquí, de que vas a vivir aquí. No sólo de que vas a casarte conmigo. Natasha dio media vuelta y se asomó por la ventana para mirar hacia el Parque Central.

—Sí —dijo.

—Convénceme.

Los hombros de ella subían y bajaban.

—Debo confesar que es algo diferente. Es incluso distinto a lo que yo había imaginado. Tú conoces Rusia y puedes entenderlo.

—Por supuesto que lo entiendo, Natasha. Pero a ti, ¿qué te parece: es mejor o es peor?

Ella lo miró con una sonrisa a pesar de que comenzó a derramar lágrimas.

—Lo que quieres que te diga es que no puede haber nada peor que la Rusia soviética. Y tienes razón.

—Hay todavía un pero, ¿no es verdad?

Ella suspiró y se sentó con las manos sobre sus muslos.

—No conozco Estados Unidos —expuso—. No he visto más que un poco de Nueva York y de Long Island. Sólo sé lo que tú me has dicho y lo que Tatiana Dimitrievna... —hizo una pausa y él le apretó la mano— me comentaba. No tenía nada más que añadir a mis primeras impresiones; pero puedo comprender muy bien que se trata de una gran nación y de un gran pueblo. No obstante, con todos sus recursos, han conseguido que su propia grandeza se les imponga. Todos son como un hombre que ha nacido y ha vivido su vida entera en un huerto, donde no tenía que hacer otra cosa que alargar la mano y agarrar el fruto o esperar a que le cayera en las manos —sonrió—. En Rusia no hay huertos así. ¿Estoy diciendo algo absurdo? ¿Me equivoco al pensar que haya tanta gente bendecida por la buena fortuna?

Como de costumbre, John se quedó asombrado por la profundidad de los pensamientos de Natasha, por la intensidad de sus sentimientos. John se sentó junto a ella.

—No te creas que somos tan blandos —le dijo—. Creí que te habíamos dado muestras de lo contrario en estos últimos cuatro años.

—Tienen a los mejores soldados del mundo, John; pero Estados Unidos es un país que jamás ha sido invadido, nunca ha sido destrozado como Bielorrusia o Ucrania.

—Buen punto —reconoció él con tono de meditación.

Ella le acarició las manos.

—Pero debo decirte, John, que estoy muy contenta, absolutamente feliz de ser como una de ustedes y aún más: estoy feliz de que Alex crezca como uno de ustedes.

Él se inclinó para darle un beso en la nariz.

—¿Y no forma parte de tu felicidad llegar a ser la señora de John Hayman?

Ella le devolvió el beso.

—He sido la señora de John Hayman, al menos en mi mente y en mi corazón, desde hace muchos años. Lo de hoy no hace ninguna diferencia.

—Por lo tanto, damas y caballeros —proclamó George Hayman—, brindaremos por la novia y el novio.

El gentío que abarrotaba el salón, el que con signos se había mantenido en silencio mientras George hablaba, estalló en vítores y risas y se agitó cuando todos querían acercarse a estrechar la mano de John, a abrazarlo, a besar a la hermosa novia de cabellos castaños. George rodeó la mesa donde todavía estaba el pastel sin cortar y dejó a los novios entre el grupo de sus amistades. De pronto, se encontró junto a su mujer.

—¡Oh, George! —le expresó—. Ya no se qué decir. Si por lo menos Tattie estuviera aquí... —había lágrimas en sus ojos. Él no recordaba haber visto llorar a su mujer.

Le acarició la cabeza y la besó sobre la frente.

—Hay algo que debí informarte ayer —le anunció—; no quise hablarte de ello mientras estabas ocupada con la boda...

—¿De qué se trata, George? ¿Que lo de Tattie no fue un accidente?

—Bueno... La verdad sobre el asunto no la sabremos jamás; pero el caso es que Iván Nej ha sido condenado por un tribunal especial de actividades antisoviéticas y se le ha sentenciado a trabajos forzados de por vida.

—¿Iván? ¡Pero si era la mano derecha de Stalin!

—Ya no lo es, por lo visto.

—¿Crees que eso tenga algo que ver con la muerte de Tattie?

—Tú misma acabas de decir que él era la mano derecha de Stalin.

—¡Fue Iván! —exclamó con los ojos brillantes de indignación—. Siempre sospeché que Iván tenía algo que ver con eso. Sería un acto digno de él. Stalin debió haberlo enviado a la horca. Él debió...

—Espera un poco —le dijo George acariciando su mano para tranquilizarla—. Para empezar, tengo la idea de que Iván encontraría mucho más llevadero el sufrimiento de la muerte en la horca que la vida en el campo de trabajo. Y considera esto, mi amor: ¿alguna vez Iván, durante toda su vida, hizo algo que no hubiera sido ordenado por su amigo Joseph?

Ella se le quedó mirando con los ojos muy abiertos.

—¡Dios mío!

—Así es —respondió George—. Hay motivos para reflexionar —lanzó una mirada de reojo al otro extremo del salón, donde el pequeño Alex estaba en brazos de su niñera; la labor de esta mujer era difícil, pues el niño no hablaba inglés y ella no hablaba ruso—. Demos gracias a Dios de que ellos pudieran salir.

—Por supuesto —reconoció Ilona contemplando al joven George, a Beth y a la pequeña Diana con su vestido de dama de honor, abriéndose paso entre la multitud, alrededor de la mesa—. Si por lo menos... —estaba observando a Felícitas con su vestido de dama de honor, pero a solas junto a la pared del fondo, con su usual gesto de tristeza.

—Todo saldrá bien a fin de cuentas —le aseguró George—. Así debe ser.

—¿También le resultó bien a Tattie?

—Tu hermana Tattie llevaba una vida diferente a la de otros seres humanos —expuso George—. Siempre estuvo al tanto de los peligros que la acechaban, como si estuviera jugando con fuego. El de Clive era el mismo caso. Murieron juntos mientras gozaban de plena felicidad. Nadie podría pedirle tanto a la vida, Ilona. Así tenía que ser para tu hermana y verás que a Felícitas también le llegará la oportunidad de volver a gozar de la felicidad. Así será.

Ya no pudieron continuar conversando porque los invitados, tras haberse reunido en torno de los novios, venían a felicitar a los padres. Para aquella gente, la muerte de la famosa bailarina Tatiana Nej, quien también era la tía del novio, sólo servía para agregar un toque de encanto y de aventura a la ocasión y George pensó, con un macabro toque de humor, que, sin duda, a Tattie le hubiera gustado eso.

Se dejó llevar por la gente hacia la terraza, donde pudo respirar aire fresco, encender un puro y echar un vistazo al Parque Central.

Escuchó el movimiento de la gente detrás de él y no tuvo que volver la cabeza para saber de quién se trataba.

—¿Se está cambiando de ropa?

—Sí —respondió John.

— Si quieres, hablamos a tu regreso.

—Yo preferiría que habláramos ahora —sugirió John—. George, quiero hablarte acerca de la dirección de la sección de deportes del periódico...

—Ya lo sé —dijo George.

—Quería decirte que... Bueno, que yo no soy el indicado para desempeñar el puesto —sonrió amablemente—. Creo que sería mejor que me buscara otro trabajo.

—No te precipites —advirtió George—. Por ahora, te tengo encomendado que escribas tus memorias, las memorias del general John Hayman, líder de los guerrilleros. ¿Te parece bien pagado a diez mil dólares?

—Vamos, George...

—No te estoy ofreciendo ninguna caridad —afirmó George—. Yo obtendré diez veces más con la venta, que puede aparecer por entregas en el *American People*.

—Si tú crees que yo sea capaz...

—Si no lo creyera, no te lo habría sugerido. Allí tienes una magnífica historia que contar, John. Es una historia que hace tiempo estoy esperando conocer a fondo.

—Si yo me atrevo.

—La quiero completa, hasta la última gota de sangre derramada, John. Te garantizo que, en cuanto empieces a escribirla, podrás principiar a olvidarla.

—¿Olvidarla? ¡Ay, George, si tú supieras...!

—Yo estuve en la última guerra —le recordó George—. Estuve en Rusia durante la guerra civil y creo que fue peor que la guerra contra los nazis. Te conviene escribir lo que te solicito.

—¿Y después?

—¿Y después? Después, olvidarte de todo lo que se refiere a Rusia e iniciar una nueva vida.

—¿Tú crees que alguna vez regrese a Rusia, George? ¿Volveremos alguna vez Natasha y yo?

George sacudió la ceniza por encima del barandal de la terraza y contempló cómo el resplandor se fue desvaneciendo a medida que caía hacia la Quinta Avenida.

—No creas que puedes volver sólo porque en estos momentos todos nos amamos como hermanos. Yo no creo que los soviéticos estén dispuestos a modificar su ideología y, por otro lado, estoy seguro de que nosotros no cambiaremos. Así que, el hecho de que volvamos a encontrarnos con ellos como amigos o enemigos... —sonrió ampliamente y le puso la mano a su hijastro sobre el hombro—, depende del camarada Stalin.

www.ingramcontent.com/pod-product-compliance
Lightning Source LLC
Chambersburg PA
CBHW070205310726
48976CB00001B/222